KB043713

마더
무덤에서 돌아온 여자

THE 마더

T. M. LOGAN

T. M. 로건 장편소설 | 천화영 옮김

무덤에서 돌아온 여자

arte

어머니 베라에게, 사랑을 담아

나는 어둠 속에서 죽음을 갈망하고 지옥에서 살아났다.
─어밀리아 조지핀 버, 「생의 노래」

자식은 어머니를 삶에 붙들어놓는 닻이다.
─소포클레스

차례

2023년 9월 22일 금요일

나는 교회의 뒤쪽 어둠 속에서 지켜보고 있다.

여기 발코니석에서, 남의 눈에 띄지 않고 지켜볼 수 있는 곳에서.

어두운색 모직 모자 아래로 내 머리는 남자처럼 짧게 잘라서 옆머리를 밀고 검정에 가깝게 염색한 상태다. 두툼한 재킷으로 어깨를 넓혔고, 두꺼운 돌벽에서 때아닌 냉기가 배어 나오는 듯해 옷깃도 세웠다. 어두운색 테를 두른 안경알은 도수가 없는 투명한 플라스틱에 불과하다. 지난밤에 숨어든 이곳 어둠 속에서 가만히 그리고 조용히, 거의 눈에 보이지 않는 존재처럼 있다.

맨 앞줄에 앉은 두 남자아이가 보인다. 저렇게 어두운색 정장과 흰색 셔츠를 갖춰 입으니 참 잘생겼다. 두 뺨은 부드럽고, 머리는 말쑥하게 빗질한 모습이다.

나는 심장을 돌로 만든다.

어느새 능숙해졌다. 심장을 살아 움직이는 것이 아니라 단단한 화강암이나 대리석 덩어리로, 가슴 속에 주먹 크기로 자리한, 무엇도 건드릴 수 없는 돌덩어리로 상상하는 일에. 이렇게 해야만 버틸 수 있었으니까.

두 아이에게서 겨우 눈을 떼고 찬찬히 주위를 살핀다. 어두운색 광택제를 바른 신도 좌석은 세월에 닳아서 반들반들한데, 오크나무로 만들어져 교도소의 침상만큼이나 딱딱하고 탄력이 없다. 좌석에 달린 고리마다 검은색으로 장정한 찬송가집과 먼지가 폴폴 나는 기도용 무릎 방석이 걸려 있다. 기둥마다 붙은 나무판자에는 지난 일요일 예배에서 부른 찬송가 번호가 게시돼 있다.

중앙에는 단 위로 꽃 장식 없이 소박한 관이 놓여 있다.

물론 이곳에도 취재진이 있다. 남편 장례 때만큼은 아니지만. 그때는 좌석이 다 차서 서 있는 사람도 많았다고 한다. 여기에도 드문드문 보이는 친구, 가족과 멀찍이 떨어진 곳에 소수이나마 취재진이 존재한다. 휴대전화로 무언가를 입력하고, 무언가를 적고, 녹음하고, 슬쩍슬쩍 사진도 찍는다. 저 얼굴들 중 알아볼 수 있는 얼굴은 많지 않다. 저들은 분명 아무도 나를 알아보지 못할 테다. 지금은 아니리라. 특히 이 자리에서는.

목사가 짧은 추도사를 변변찮으나마 시작한다. 목사의 떨리는 목소리가 돌로 된 아치형 천장에 부딪혀 제단과 멀리 떨어진 곳까지 울려 퍼진다. 그렇게 정적을 메운다.

"우리는 여기 헤더 엘리자베스 버넌의 생애를 기억하기 위해 모였습니다." 목사가 흘끗 시선을 내려 원고를 본다. "우리는 헤더를 그녀가 저지른 일, 그 단 한 번의 행위가 아닌 헤더라는 사람으로 기억하고자 합니다. 그녀가 약한 인간으로서 저지른 어떠한 죄도 사하여 주시기를, 헤더를 어머니로, 딸로, 친구이자 동료로 기억해주시기를 주님께 간청드립니다. 헤더의 두 아들인 시오와 핀에게 깊고 깊은 위로의 말을 전하며 형제가 어머니에 대한 기억 중 최고의 기억만을 기리며 살아갈 힘을 주시기를, 주님께 간청드립니다."

목사는 유감스러운 듯, 거의 머뭇대는 듯 보인다. 마치 신도 중 한 사람으로부터 분노 어린 항의가 날아들 것을 각오하고 있기라도 하듯이.

나는 목사에게서 관심을 거둔다.

고개를 살짝 움직여 다른 참석자 중에서 내가 알아볼 수 있는 사람이, 전에 알던 누구라도 있는지 살핀다. 친구들이나 예전 동네 사람이나 얼마 남지 않은 가족 중 누구라도 와 있는지. 몇몇 익숙한 얼굴이 보이지만 대부분은 낯설다.

짧은 추도사는 어느새 결론을 향해 굽이굽이 나아가고 있다. 나는 다시 맨 앞줄의 두 남자아이에게로 시선을 돌린다. 사람들에게 둘러싸여 있지만 내 눈에는 철저히 혼자인 듯 보이는 아이들. 동생인 핀이 앉아서 고개를 숙인 채 어깨를 들썩이며 흐느끼는 걸 보니 가슴 속에 오랫동안 자리 잡은 익숙한 고통이 고개를 든다. 돌덩이처럼 굳은 마음이 물러지고 녹고 있다. 핀에게 가서 다독여주고 옆에 앉아 손을 잡고픈 충동이 인다. 핀은 이제 막 열세 번째 생일을 지났다. 늦여름에 태어난 아이인데, 예정일보다 한 주 늦게, 풍성하고 색이 짙은 머리칼과 내가 본 가장 푸른 눈을 지닌 채 나왔다. 핀보다 머리 하나만큼 큰 시오는 어느새 눈에 띄게 제 아버지를 닮은 얼굴이 되어 있어 숨이 멎을 뻔한다. 시오는 꼭 조각상처럼 제단 위의 어떤 고정된 점을 응시하는 듯이 앞만 보고 미동도 없이 앉아 있다. 오른팔로는 동생의 어깨를 감싼 채 무너지지 않겠다고, 울지 않으리라고 굳게 마음을 먹은 듯하다.

형제가 자신들의 어머니, 그러니까 오늘보다 아주 오래전에 이미 잃은 어머니에 대해 말할지 궁금하다. 우리 네 사람이 함께 찍은 사진들이 어딘가에 있을지, 아니면 모두 떼어내어 상자에 넣고 테이프로 봉한 다음 먼지 가득한 다락에 영원히 처박아뒀을지. 어쩌면 배스에 있는 저택의 벽난로에서 불태워졌을지도 모른다. 두 아이가 그간 들어온 이야기를 그대로 믿는지 궁금하다. 처음부터 그대로 믿었을까, 아니면 줄곧 의심의 속삭임이, 내가 혐의를 받은 그 짓을 저질렀을 리 없다는 어렴풋한 희망이 존재했을까.

두 아이가 언젠가 나를 용서하는 날이 올까.

교회 뒤편 어둠 속에서 나는 무언의 주문을, 기도를, 약속을 되뇐다. 내 기억보다 더 많이, 벼랑 끝에 선 나를 뒤로 잡아끈 다섯 음절.

꼭 돌아갈게.

꼭 돌아갈게.

장례식과 교회, 저 관이 한데 어우러져 다른 이야기를 들려줄지라도.

크지 않은 교회다. 저 아이들은 나와 25미터쯤 떨어져 있을 테지만 세상 저편에 있는 것과 마찬가지다. 그렇더라도 충동을 억제하기 힘들다. 자리에서 일어나 좁은 돌계단을 내려가고 복도를 따라 걸으며 모자와 안경과 코트를 벗어서 아이들에게 내 얼굴을 드러내는 상상을 한다. 두 팔로 아이들을 감싸 안고 바짝 끌어당기는 상상을 한다. 너희는 이 세상에 혼자가 아니라고, 고아가 아니라고, 엄마는 너희를 절대, 결코, 다시는 떠나지 않을 것이라고 말한다.

하지만 불가능한 일이다. 아직은 아니다.

아이들은 지금 내 장례식을 치르고 있으니까.

1부

그날
2013년 7월 12일 금요일
1

시오는 좀처럼 잠에 들려 하지 않았다.

될 수 있는 대로 오래 깨어 있으려 하는, 너무 덥다든가 너무 춥다든가, 배고프다거나 목이 마르다거나 무섭다거나 화장실에 또 가야 한다는 둥 잘 수 없는 이유를 계속해서 만들어내는 단계를 거치고 있었다. 마침내 꺾이면 빠르게 잠들 테지만 그 전까지는 게임을 이어가겠다는 의지가 굳셌다.

나는 이미 시오에게 두 번째 이야기책을 읽어줬고 두 번째 입맞춤을 했으며 두 번째로 불을 끈 뒤 베개가 잘 뒤집어져 있는지, 이불은 잘 덮어졌는지, 야간 등은 제대로 작동하고 있는지 확인했다. 시오의 네 번째 생일이 오기 한참 전부터 우리가 해온 게임이었다. 큰아들이 매일 밤 새로운 전략을 발전시키는 듯한 게임이었다.

책은 한 권까지만 읽어주는 것으로 선을 그으려 했다. 여러 육아 서적을 통해 이론을 익히 알고 있었으니까. 아이가 이런 식으로 나올 때 최선은 직접 관여하지 않는 것, 말하지 않는 것, 불을 켜거나 매일 잘 시간이면 거치는 단계들을 처음부터 다시 반복하지 않는 것이다.

그러나 육아 서적과 현실은 별개였다. 그리고 시오가 계속해서 그런 식으로 소리를 질러댄다면 동생을 깨우고 말 테고 그러면 두 아이 모두 이후 몇 시간 동안 잠도 자지 않고 악을 쓸 것이며 그러면 또 나를 포함한 우리 세 사람 모두 짜증스럽고 훨씬 더 피곤한 아침을 맞이할 터였다. 두 아이 중 어느 하나가 아무리 늦게까지 깨어 있다 한들 아침에 일어나는 시간은 전혀 달라지지 않았으니까. 두 살배기 핀은 아침 7시가 되기도 전에 침대에서 튀어나와 형을 깨우러 갈 터였다. 나는 이미 너무 피곤한데, 그 피곤함은 붕 뜨고 불안한 탈진 상태여서 약을 먹지 않고는 잠이 들 수 없는 것을 의미했다. 게다가 나와 리엄이 먹을 저녁 식사 준비도 시작하고 빨래를 또 한 무더기 돌리고 이번 주말까지 마쳐야 하는 업무 보고서에서도 진전을 봐야만 했다.

시간은 늘 부족했다.

내일도 시간이 거의 없을 터였다. 늦은 아침부터 계속 두 아이를 돌봐야 하니까. 두 아이가 함께 수영을 다녀온 다음, 시오는 축구가 있고 핀은 어린이집에서 만난 꼬마 친구 중 한 명의 생일파티에 가야 하며, 형제에게 놀이터에 데려가준다고 약속까지 해놓은 데다, 강아지 산책도 시켜야 할 터였다. 리엄은 정오부터 지역구민들과의 면담 일정이 있고 뒤이어 지역 무료 급식소에서 언론 행사도……

그건 그렇고, 남편은 도대체 어디에 있나?

시계를 또 한 번 확인했다. 7시 50분. 나는 결코 남편을 들들 볶고 일거수일투족을 추적하는 그런 아내가 되고 싶지는 않았다. 하지만 리엄이 약속한 귀가 시간은 한 시간 전이었다. 하긴, 리엄은 최근에 야근이 잦았다. 거의 매일 야근을 했다. 나도 알았다. 늦게까지 일하는 게 리엄이 하는 일의, 그가 하겠다고 나선 일의 한 부분이라는 것을. 하지만 꼭 매번 그래야만 할까? 금요일 밤까지?

내 휴대전화가 주방 아일랜드 식탁에서 충전되고 있었다. 휴대전화의 잠금을 풀고 리엄이 보낸 새 메시지가 있는지 확인했다. 내가 속한 이메일 그룹 몇 곳, 그러니까 NCT(임신과 분만, 육아 관련 정보를 제공하고 지원하는 영국 자선 단체-옮긴이)에서 만나 확대된 육아 모임과 월요 성가대, 이 도시 배스의 구석진 곳에 자리한 스트리트 몇 곳을 묶은 동네 모임에서 온 새 메시지는 있었지만 나중에 읽기로 했다. 오늘 오후를 마지막으로, 리엄이 새로 보낸 메시지는 없었다. 2시 59분에 발신된 그의 마지막 메시지를 다시 읽어보았다.

> 또 늦을 것 같네. 미안. 위원회가 길어지고 있고 4시에는 테라스 파빌
> 리온(영국 국회 의사당에 있는 연회장—옮긴이)에서 연회가 있어. 집에는
> 7시쯤 도착할 듯?

그때 나는 이 회의 저 회의를 오가느라 바쁜 와중에 답장을 보냈다.

> 알겠어. 이따 봐.

남편이 답장으로 보낸 건 엄지 척 이모티콘 하나.

이후 남편은 아무것도 보내지 않았다. 메시지 끝머리에 키스도 없었다. 언제 키스를 붙이는 걸 그만뒀을까? 그러고 보니, 나는 언제 그만뒀을까? 몇 달 전에? 몇 년 전에? 우리가 처음 결혼했을 때만 해도 서로 늘 키스를 붙였다. 어린아이들이 함께하는 가족생활을 꾸려나가며 매일같이 벌어지는 전투 속에서, 이제 그건 뒷전으로 밀려난 여러 가지 중 하나에 지나지 않는 듯했다. 여러 접시를 동시에 끊임없이 돌리면서 하나라도 삐끗하면 바닥에 떨어지기 전에 얼른 잡아야 하는, 곡예와 같은 전투 속에서.

나는 휴대전화를 내려놓고 주방 조리대에서 와인 한 병을 집어 들었다. 지난밤에 (아주) 늦은 저녁을 먹으며 두어 잔 마셨는데 아직도 3분의 2가 남아 있었다. 코르크 마개를 뽑고 한 잔을 넉넉히 따른 다음 조리대에 기대 홀짝였다. 프랑스산 레드와인의 짙고 무거운 과일 향을, 첫 모금에 아주 살짝 긴장이 풀리는 느낌을 음미했다. 그렇게 주방에 꼼짝하지 않고 서서 위층에서 어떤 소리라도 들려오는지 귀를 기울였다.

우리 착한 아들, 제발 자라. 제발 자. 동생을 깨우지 마. 이번 한 번만, 엄마 좀 도와줘. 오늘 밤만이라도.

침묵뿐, 더없이 행복한 침묵뿐이다. 주방 벽에 걸린 시계에서 초침이 부드럽게 재깍거리는 소리만이 유일하다. 상향등이 은은한 불빛을 내고, 검은

화강암으로 된 아일랜드 식탁은 마침내 두 아이의 장난감과 색칠용 그림책과 간식을 담았던 더러운 그릇들이 치워지고, 그 자리를 내 노트북이 뚜껑이 열린 채 차지하고 있었다. 이 집을 선택한 이유도 주방 때문이었다. 물론 아이들의 통원이 가능한 거리라는 점도 작용했지만, 나는 여전히 이 공간이 마음에 들었다. 공간이 주는 느낌이, 딱 떨어지는 선과 이태리제 대리석이 좋았다.

이제 두 아이가 겨우 잠들었으니, 벽걸이 텔레비전을 음 소거 상태로 두고 24시간 뉴스 채널로 돌렸다. 나는 와인을 홀짝이며 오늘 처음으로 맞이한 평화의 순간을 만끽하면서 잠시 화면을 응시했다. 오늘 브뤼셀에서 열린 행사에 대한 종합 뉴스가 보도되고 있었다. 데이비드 캐머런 총리가 활짝 웃으며 역시 정장 차림의 여러 EU 정상들과 악수를 나누고 있었다. 나는 잠시 그렇게 서서 조용한 순간을, 총리가 테니스 선수 앤디 머리로, 그가 첫 남자 단식 트로피를 거머쥔 채 팬들에 둘러싸인 장면으로 전환되는 동안 고요를 누렸다. 그러다 텔레비전에서 몸을 돌리고 냉장고에서 카르보나라 재료를 꺼내기 시작했다.

우리 강아지 제트는 라디에이터 옆에 마련된 자신의 바구니 속에 몸을 말아 넣고 자면서 좋은 꿈이라도 꾸는 듯이 코를 쿵쿵거렸다. 생후 6개월의 이 영리한 콜리는 몇 달 전 두 아이의 성화에 못 이겨 리엄이 데려왔다. 리엄이 말하길, 자신이 이제 대중에 노출된 직업을 가져서 집 밖에서 많은 시간을 보내는 만큼 제트는 우리 두 아들을 위한 선물이자 자신에게는 마음의 평화를 조금 더 가져다주는 존재가 될 것이라고 했다. **우리 가족을 돌봐줄 두 눈이 더 생긴 것**이라고, 그는 말했다. 그도 그럴 것이 제트는 벌써 두 아이를 지독히도 보호하려 들었고 두 아이의 열렬한 애정 공세를 놀랍도록 잘 견뎌주고 있었다. 나 역시 이 까맣고 하얀 강아지를 사랑했지만, 리엄이 자주 자리를 비운다는 건 제트를 돌보는 일이 또 하나의 내 몫이 되었음을 의미했다. 꿈속에서 양 떼라도 모는 듯, 잠든 제트의 발이 움찔움찔했다.

위층에서 또다시 외침이 들려왔다.

두 음절. 늘 같은 고음, 늘 같은 조건 반사였다. 내 고개는 어떤 냄새를 맡은 테리어처럼 소리가 나는 쪽을 향해 돌아갔다.

"엄마?"

나는 한숨을 내쉬며 묵직한 크리스털 와인 잔을 내려놓고 천천히 복도로 나갔고 현관 옆 외투걸이 아래 두 줄로 늘어선 아이들의 작은 신발을 지나쳤다. 또다시 계단을 오르는 두 다리가 무겁게, 거의 납덩이처럼 느껴졌다. 큰아들의 방문을 밀어 열자 문이 두툼하고 부드러운 카펫에 쓸리며 쉬익 소리를 냈다. 시오는 침대에 앉아 있었다. 허리 주변으로 이불이 뭉쳐 있고, 야간 등의 흐릿한 불빛이 바닥에 시오의 윤곽을 드리우고 있었다.

"잠이 안 와요. 에이미 고모한테 이야기책 읽어달라고 하면 안 돼요?" 시오가 작고 슬픈 목소리로 말했다.

"에이미 고모는 집에 가셨지. 고모는 늘 시오가 잘 시간이 되기 전에 집에 가시잖아. 알면서 그러니."

우리는 일상의 틀을 잡아놓았다. 월요일과 금요일마다 시누이가 아이들의 이른 하원을 도맡아 집에 와서 간식도 챙겨주고 내가 퇴근할 때까지 자리를 지켜주기로 했다. 그건 각양각색의 천 조각을 이어 붙인 듯이 복잡한 평일 육아의 일부였다. 에이미는 부탁을 받으면 더 오래 있어줄 사람이었다. 아이들이 가장 좋아하는 고모라는 현재의 입지에 큰 자부심을 느끼고 있었으니까. 하지만 너무 무리하게 부탁하고 싶지는 않았다.

"엄마, 어린이집에서 그림 그렸어요." 시오가 베개 밑에서 접힌 종이 한 장을 꺼냈다. 크레용으로 그린 커다란 나비가 노란색과 보라색으로 세심하게 색칠돼 있었다. "어때요?"

"예쁘다, 시오야." 나는 미소를 짓고 그림을 받아 들어 머리맡 작은 탁자에 올려놓았다. "이제 잘 시간이지?"

"제트 볼래요."

"제트는 쿨쿨 자. 시오 네가 지금 자야 하는 것처럼."

"잠이 안 와요. 그럼 아빠보고 이야기책 읽어달라고 해요."

나는 한숨을 내쉬었다. 이번에도 끝없이 돌고 도는 대화에 접어들고 있었다. 우리 아들이 전문가가 되어가고 있는 분야였다.

"시오, 아빠는 회사에 계셔."

"페이스타임?" 시오가 희망을 품고 속삭였다.

"아빠는 곧 오실 거고 그때 널 보러 올라오실 거야. 다만 네가 정말 조용히 있어야, 쥐처럼 조용해야 널 보러 올라오실 거야. 그러니 너는 지금 잠에 들려고 정말 열심히 노력해야 해. 알겠니?" 나는 시오의 이마에 입을 맞추고 다시 베개에 머리를 대고 눕도록 한 다음 어깨까지 이불을 끌어 올려주었다. "자, 이제 눈 감자."

계단참으로 나온 나는 시오의 방문을 당겨 닫힐락 말락 한 상태로 두고 빛의 밝기를 낮췄다. 잠시 다음 침실 앞에서, 증기 기관차 모양의 나무 문패가 달려 있고 그 밑에 막내의 이름 철자가 각기 다른 색으로 쓰여 있는 문밖에서 멈춰 섰다. 어떤 소리가 들리는지, 핀이 형의 목소리에 깨어버린 낌새가 느껴지는지 귀를 기울였다.

주방으로 돌아온 나는 저녁 준비를 시작해 파르메산 치즈를 강판에 갈고 팬에 물을 끓이면서도 시오가 계속 잠을 거부하고 있을까 봐 한쪽 귀는 시오의 방을 향해 열어두었다.

휴대전화를 다시 확인했다. 리엄에게선 아무것도 오지 않았다. 전화를 걸어보았지만 신호음이 울리다가 음성 사서함으로 넘어갔다.

처음에는 리엄의 새 직업이 신기하고 흥미로웠다. 아이들이 아빠를 텔레비전에서, 뉴스에서 본다는 전율이, 리엄이 집으로 들고 오는 정계의 소문 토막들이 그랬다. 하지만 얼마 안 가서 그런 들뜬 기분은 차츰 수그러들었다. 이론상 우리는 모든 것을, 육아와 집안일, 공과금을 비롯한 여러 책임을 함께 짊어지고 있었다. 그리고 이론상 내 경력은 리엄의 경력과 똑같이 중요했다. 하지만 현실에서 어린이집과 불과 몇 킬로미터 거리에서 일하는 사람은 나였고, 등하원은 대부분 내 몫이었으며, 무슨 일이 생겼을 때 다 제쳐두고 가야 하는 사람도 나였다. 현재 남편을 찾는 사람은 너무도 많았고, 남편이 나와 두 아이와 함께 보내는 시간은 점점 더 줄어들었다. 그건 내가 집안의 모든 일을 떠안아야 함을 의미했다.

나는 레드와인 병에 손을 뻗어 아직 술이 남은 잔을 가득 채웠다.

2

리엄과 언쟁하고 싶지 않았다. 언쟁을 벌일 에너지도 없었지만 이런 날들에, 이런 저녁이면 언쟁으로 번지기는 갈수록 너무도 **쉬운** 일이 되었고, 우리는 대화를 하다가도 서로의 말을 싹둑 끊고 누가 더 피곤한지, 누가 잠을 더 적게 자는지, 아이들과 더 많은 시간을 보내고 집안일을 더 많이 하는 사람은 누구인지 따져 물으며 유치하게 나오고 말았다. 우리가 함께 보내는 얼마 안 되는 시간은, 그러니까 우리 둘만 보내는 시간은 무의미한 마찰로 낭비되기 일쑤였고, 이렇게 마찰을 빚은 후에는 거의 항상 후회만 남았다. 이런 사소한 충돌이 대개 어떻게 시작되는지조차 모르겠는데, 지난 몇 달 사이에 우리는 결국 점점 더 빈번히 서로 부딪치는 듯했다.

이런 생각에 잠겨 있는데 마침내 리엄이 자물쇠에 열쇠를 꽂는 소리가 들렸다. 소파에 축 늘어진 내 허벅지 위로 노트북이 균형을 잡고 있었고, 리엄의 카르보나라 스파게티는 팬에서 엉겨 굳어가고 있었다. 텔레비전에서는 코미디 퀴즈쇼가 펼쳐지고 있었다.

벽난로 위 선반에 놓인 시계를 흘끗 올려다보는데 현관문이 열리는 달칵, 금속성의 소리가 들려왔다. 저녁 9시 31분이었다.

거실에 들어선 리엄이 바닥에 서류가방을 툭 내려놓고 정장 상의는 의자 등판에 걸었다. 흰 셔츠는 주름졌고 넥타이 매듭은 밑으로 늘어졌으며 낮 동안 자란 수염이 그의 힘 있는 턱을 검게 물들이고 있었다. 하지만 피곤에 찌든 상태에도 리엄은 여전히 헝클어진 모습 나름의 매력을 풍기고 있었다. 그러한 유의 편안하면서도 보기 좋은 외모가 리엄을 타블로이드지가 즐겨 찾는 남자로 만들었다.

"나 왔어. 너무 늦어서 미안. 와, 진짜 힘든 하루였어. 위원회는 악몽 같았고 6시가 넘어서야 연회에 갈 수 있었어. 거기서 늙은이 스트런이랑 그 무리에 잡혔지. 말이 참 많단 말이야. 빠져나올 수가 없지 뭐야."

리엄은 이렇게 말하고 몸을 굽혀 내 볼에 가볍게 입을 맞췄다. 짧게 자란 수염이 따뜻하고 거칠었다. 그의 숨에서 값싼 화이트와인이 남긴 시큼하고 톡 쏘는 냄새가 났다. 다른 냄새도…… 뭔가 달콤한?

"또 누가 있었어?" 내가 물었다.

리엄은 별게 없다는 듯이 한 손을 내저었다.

"뭐, 늘 있는 무리랑 스트런이 잘 보이고 싶어 하는 사람들 정도? 스트런이 나한테 미국 대표단 사람들을 소개해줬는데, 그게 살짝 마라톤처럼 길어졌어. 스트런의 초대로 온 사람들인데, 거물이란 거물은 다 데려왔더라고. 자기들 유럽 분과의 부(副)수장하며……."

리엄의 재킷 어딘가에서 휴대전화가 울렸다. 업무용 전화의 기본 벨 소리였다. 리엄은 주머니에서 휴대전화를 꺼내 잠시 보더니 화면을 쿡 찔러서 통화를 거절했다.

나는 노트북을 닫고 옆자리 바닥에 내려놓았다. "주방에 저녁 있어. 카르보나라야. 영화 한 편 같이 볼까 했지."

리엄이 난감해하며 얼굴을 일그러뜨렸다. "먹고 왔어. 미안."

"아." 왈칵 화가 났지만 혀끝에 걸린 말을 삼켜냈다. "알겠어."

"미안해, 여보. 자리를 잡고 앉아서 제대로 먹는 뷔페라서 도저히……." 내 표정을 살피며 말꼬리를 흐렸다. "애들은? 별일 없고? 오늘은 어땠어?"

"별일 없지. 둘 다 좋은 하루 보냈어. 당신 동생이 간식으로 팬케이크를 만들어주고 목욕도 시켜주고 이야기책도 읽어줬대."

리엄은 분명 내 말투에 담긴 속뜻을 알아차렸을 터였다. **당신 동생. 당신 두 아들을 당신보다 더 많이 보고, 더 많은 일과를 담당하고 있는 당신 동생 말**

이야. 알 수 없는 무언가가 그의 얼굴에 스쳤다. 아주 잠깐이었고, 이내 사라졌다.

"내 동생은 어때?" 리엄은 무늬가 들어간 어두운색 넥타이를 당겨서 풀고 재킷 위에 올려뒀다. "괜찮나?"

"늘 그렇듯 훌륭했지. 애들은 아예 고모가 들어와 살기를 바라는 것 같아."

"그렇겠지." 리엄은 계단 쪽으로 몸을 돌렸다. "애들한테 잘 자라고 얼른 뽀뽀만 해주고 올게."

"리엄?"

그가 돌아봤다. "응?"

"꼭 해야 해? 시오가 또 깰 텐데? 오늘 밤 시오를 재우는 일은 악몽 그 자체였어. 내가 요요라도 되는 것처럼 계단을 오르락내리락하게 굴렸단 말이야."

"어." 리엄은 낙담하며 고개를 끄덕였다. "알겠어."

나는 반쯤 빈 와인 잔을 가리켰다. "주방에 와인 따놓은 거 있어."

"오늘 밤은 그만해야 할 것 같아." 리엄이 두 손으로 얼굴을 문질렀다. "파티에서 싸구려 와인을 마셨더니 앞으로 영원히 와인에는 손도 안 갈 것 같네."

리엄을 조금 더 자세히 살펴봤다. "지칠 대로 지쳐 보여. 내일은 내가 애들 일어날 시간에 일어날 테니 당신은 늦잠 좀 잘래?"

"아니야. 괜찮아. 내가 일어나야지." 리엄은 어색한 미소를 지어 보였다. "애들을 거의 일주일 내내 보지도 못했는데."

"그러자 그럼. 영화는 뭐 볼까?" 나는 애써 미소를 지으며 소파 위 옆자리를 톡톡 쳤다. "당신이 고를 차례야. 제이슨 스테이섬이 나오는 것만 아니면 난 다 괜찮아."

그의 미소가 얼어붙었다. "어, 그게…… 실은 오늘까지 검토해야 할 일이 좀 남았어."

내 입가에서도 미소가 걷혀가는 게 느껴졌다. 익숙하게 찌릿한 짜증이 그 자리를 대신하고 있었다. 리엄이 온통 일에 사로잡혀서 금요일 밤에 부부가 단 한 시간도 함께 보내지 못한다는 데서 오는 좌절감이었다. 우리의 결혼 생활에 들어선 이 제삼자, 그러니까 그의 일이 다른 무엇보다 더 중요한 듯한 데서 오는 좌절감이었다.

"알겠어." 나는 다시 와인 잔을 집어 들고 텔레비전으로 몸을 돌렸다.

"미안해, 여보." 리엄은 큰 죄를 지었다는 표시로 두 손바닥을 맞댔다. "오늘 중으로 브리핑 자료를 좀 읽어둬야 진행 상황을 따라갈 수 있어서 그래."

아무 대꾸도 하지 않았다. 나는 잘 해보려 했는데, 잘 안 된 거니까. 그게 다였다. 금요일 밤에 이 문제로 리엄과 긴 토론에 들어가지는 않을 작정이었다.

리엄은 서재로 빠져나갔다.

나는 볼 만한 것을 찾아 텔레비전 채널을 모조리 휙휙 돌려대며 짜증스럽게 10분을 보냈다. 결국 넌더리가 나서 꺼버리고 소파에 리모컨을 던졌다.

리엄은 통화 중이었다. 서재 문을 뚫고 그의 목소리가 들릴락 말락 했다.

리엄 잘못이 아니라는 거, 나도 알았다. 리엄은 그저 모두를 만족시키려 애쓸 뿐, 그게 다였다. 거절할 줄을 몰랐다.

나는 굳은 몸을 천천히 일으켰고, 의자 등받이에 걸린 리엄의 정장 상의를 집어 들고 탁탁 털어 주름을 펴서 바로 세운 다음 복도에 걸어놓으려 했다. 플라스틱 옷걸이에 양쪽 어깨를 넣는데 그 냄새가 또 올라왔다. 남색 재킷을 얼굴에 더 가까이 가져왔다. **맞잖아.** 애프터 셰이브를 바꿨나? 익숙지 않은 냄새였다. 빠르게 흘끗 거실에, 닫힌 서재 문에 시선을 던지며 주머니를 확인해볼까 생각했다. 왼쪽 안주머니에 손을 찔러 넣으려는 찰나, 멈칫했다. **안 돼.** 나는 그런 아내가 아니었다. 리엄도 그런 남편이 아니었다. 최근에 자주 늦게 귀가하긴 **했고,** 함께 많은 시간을 보내지 못했으며, 늘 자신의 휴대전화 중 하나에 정신이 팔린 듯 보이긴 했다. 하지만 모두 일 때문이었다.

리엄은 그냥 바쁜 거였다. 그게 다였다.

두 아이의 빨갛고 노란 바람막이 사이에 리엄의 재킷을 건 나는 설거지를 마저 끝내기 위해 주방으로 복귀했다.

나는 그에게 화가 난 게 아니라, 그의 일에 화가 난 거였다. 나도 알았다, 어느 정도는. 그리고 어떠한 경우든, 내가 느낀 좌절감은 이미 화력이 약해진 상태였다. 15분의 휴식이면 짜증은 옅어졌다. 내일 밤이면 우리는 아이들을 일찍 재울 테고, 나는 리엄과 제대로 된 시간을 가질 터였다. 일요일은 아무 일정도 없는 날이니 우리 네 사람이 함께 시간을 보낼 수 있었다. 어쩌면 로열 빅토리아 공원으로 소풍을 나가서 축구를 할 수도 있겠다. 리엄과 핀 대 나와 시오. 우리는 보통 이렇게 편을 갈랐다. 가장 큰 사람과 가장 작은 사람이 한편이 되고, 이에 맞서 중간에 낀 두 사람이 한편이 됐다.

개수대 속 따뜻하게 거품을 낸 물에 손을 깊이 담그는데 내 뒤로 복도에서 깡통끼리 부딪치는 듯이 요란한 소리가 울리기 시작했다. 들어보니 최대 음량으로 키운 「시가렛 앤드 알코올」(영국 록 밴드 오아시스가 1994년 발매한 곡—옮긴이)의 전주 부분이었다.

나는 수건을 움켜쥐고 황급히 다시 복도로 나갔다. 소리에 아이들이 깰지도 몰랐다. 리엄의 재킷에 다가가서 가슴 부위에 달린 주머니에 손을 쑥 넣었고, 그가 개인용으로 쓰는 아이폰을 발견했다. 리엄이 가장 좋아하는 오아시스의 노래를 쾅쾅 울려대고 있었다. 아이폰을 꺼내자 화면에서 익숙한 이름이 보였다. 리엄은 일과 가정을 어느 정도라도 분리하기 위해 업무용 휴대전화와 개인용 휴대전화를 엄격히 구분하려고 애썼지만 늘 뜻대로 되는 건 아니었다.

발신인이 나도 아는 사람이어서 받으려는 참에 돌연 벨 소리가 멈췄다.

한숨을 내쉬며 아이폰을 리엄의 재킷에 돌려놓고는 아이들의 침실에서 어떤 소리가 들려오는지, 소음에 깬 기색이 느껴지는지 귀를 기울였다.

모두 조용했다. 다시 주방으로, 산더미같이 쌓인 설거지거리로 돌아가는 사이에 내 생각은 월요일에 필요한 사업부 보고서와 지금 보고서를 쓰기에는 너무 늦은 시간인지에 대한 고민으로 옮겨 갔다. 내일은 대부분 아이들 뒤치다꺼리로 바쁠 테고, 일요일은 더 낫긴 하지만 미리 해놓아야 마음이 편한……

리엄의 휴대전화가 다시 울리기 시작했다.

젠장.

온 길을 되돌아가며 수건에 손을 닦고 리엄의 재킷 주머니에서 아이폰을 꺼내느라 잠시 씨름했다. 분명한 것은 금요일 저녁 10시가 다 된 시간에 리엄과 꼭 연락이 닿고야 말겠다는 여자의 의지였다. 전화를 받으려는 찰나에 또 끊기면서 화면은 또 한 번 어두워졌다.

용건이 뭐든, 급한 일인 듯했다. 전화를 가지고 거실을 지나 작은 방으로 갔다. 리엄이 업무 공간으로 개조한 곳이었다. 문은 살짝 틈을 남긴 채 닫혀 있어 반대편에서 남편의 목소리가 들려왔다. 은은하고 흐릿한 말소리였다.

아이폰이 세 번째로 울리기 시작하며 내 손에서 진동을 일으켰다.

리엄의 서재 문을 밀었다. 리엄은 내게서 반쯤 등을 돌린 채 책상 의자에 앉아 있었는데 팔꿈치는 양 무릎에 올리고 고개는 숙인 자세였다. 귀에는 업무용으로 쓰는 삼성 휴대전화를 대고 무언가 공모라도 하는 듯한 낮은 목소리로 통화하고 있었다. 문이 쓱 하고 조금 열리면서 대화의 파편들이 내 귀에 꽂혔다. 아니, 난 해야만 하고 이유는 잘 알잖아, 계속 이런 식으로 갈 수는 없어, 난 그 문제에 솔직해질 필요가 있고 그 사람한테 말해야만 해. 그러다 리엄이 문가에 선 나를 발견했고, 갑자기 대화를 중단했다.

"있잖아, 그만 끊어야 할 것 같아." 리엄이 허겁지겁 말했다.

수화기 너머의 여자는 말을 멈추지 않았지만 리엄은 통화를 종료했다.

3

"왔어?" 리엄이 검은색 가죽으로 된 회전의자에 등을 파묻었다. 얼굴이 붉게 달아올라 있었다. "미안. 일 때문에. 애들 깼어?"

"아직 자. 누구랑 통화한 거야?"

"크리스틴." 리엄의 지역구 사무소 매니저인 크리스틴은 이제 우리의 삶 속에 자리를 잡고 한시도 뜨지 않는 것처럼 느껴졌다. 또 한 명의 가족 구성원이라 할 수 있을 지경이었다. "내일 점심때 언론 쪽 일이 있어서 몇 가지 정리를 좀 하느라."

목덜미에 소름이 끼쳤다. 나는 많은 것을 견딜 수 있었다. 늘 바쁘게 뛰어다니며 육아와 집안일과 내 일이라는 세 가지 공을 던지고 받아내는 곡예를 부리는 일도, 남편과의 시간은 말할 것도 없고 혼자만의 시간조차 갖지 못하는 것도, 하지만 이것만큼은 참을 수 없었다. 내가 두려워하는 **그게** 맞는다면.

"그래?"

"마지막까지 주름을 최대한 펴는 거지." 리엄이 애처롭게 미소를 짓자 보조개가 움푹 패고 짙은 두 눈썹은 위로 솟았다. 우리가 처음 만났을 때 짓던 바로 그 미소, 내가 사랑에 빠진 그 미소였다. "미안해."

오늘 저녁에는 내게 참 많이도 사과를 하는 듯했다. 입을 열 때마다 한다고 봐도 무방했다.

"방금 크리스틴이랑 통화했다고? 크리스틴 레이 말하는 거야?" 내가 물었다.

몇 분의 1초와 같은 찰나의 순간, 주저함이 보였다. "맞아. 스테이션 스트리트에 새로 예술 시설이 들어선 거 알지. 내가 거기 공식 개관……."

"크리스틴은 좀 전까지 다른 휴대전화로 전화를 걸어오고 있었거든." 그의 아이폰을 들어 보였다. 목구멍이 뜨거워졌다. "지난 3분 사이에 세 번이나 말이야."

리엄의 미소가 서서히 걷혔다. 그는 한 손을 들어 올려 턱 끝에 대고 아래턱을 따라 짧게 자란 수염을 문질렀다. 나와 눈을 맞추지 못했다. **딱 걸렸지.** 그나마 조금은 죄스러운 기색을 비치는 성의를 보이긴 했다. 그러더니 결국 내 손에 들린 휴대전화를 애매하게 가리켰다.

"크리스틴의 비서가 대신 전화를 걸었을 수……."

"이러기야, 정말? 빤히 들여다보이는 거짓말을 한 거야? 그게 최선이니? **정말?**"

그의 시선이 잠시 휙 내 시선까지 올라왔다가 이내 떨어졌다.

"정말이야."

"날 **좀** 만만하게 보지 마, 리엄." 분노 어린 열감이 가슴으로, 목으로 퍼지고 있었다. 두 뺨까지 달아오르는 게 느껴졌다. 난데없이 찾아온, 맞서 싸우느냐 피하느냐의 판단을 해야 하는 생리적 각성 상태에 얼얼했다. 리엄을 믿어주고 싶었고, 침착함을 유지하고 싶었지만, 좌절감이 너무도 빠르게 차오르고 있었다. 리엄이 저렇게 쉽게, 저렇게 술술 거짓말을 하는 데서 오는 상처와 혼란이, 나를 바보 취급 하려 든다는 분노가 그랬다. 그때 휴대전화가, 이 **망할 전화**가 내 손안에서 다시 울려댔다.

"그럼 이렇게 하자. 크리스틴한테 물어보면 어때? **크리스틴도** 아는 사실인지 확인하는 거야."

나는 손가락 하나로 화면을 쿡 찌르고 전화를 받았다.

"크리스틴? 안녕하세요. 네, 그이 여기 있어요." 나는 잠시 그녀의 말을 들었다. "아니에요, 뭘요. 조금 전까지도 이 사람이랑 통화하신 것 같던데요? 금요일 밤까지 이렇게 열심히 일하게 만들다니, 이 사람이 월급을 올려 드려야겠어요. 전화기 두 대에 동시에 전화를 걸게 만들다니 말예요."

나는 통화를 끊지 않고 아이폰을 책상 너머의 리엄에게 던지듯이 건넸다.

"자, 누구였니? 아까 통화한 사람은 도대체 누구였냐고!" 손가락으로 허공에 큰따옴표를 만들며 그의 말을 가져왔다. "왜 **계속 이런 식으로 갈 수는 없는 건데**?"

"목소리 낮춰. 애들 깨겠……."

"나한테 감히 애들을 들먹이지 마!" 그를 향해 분노 어린 손가락을 찌르듯이 내밀었다. "집에서 애들이랑 보내는 시간이 얼마나 된다고! 게다가 당신은, 당신은 지금 여기 몰래 숨어서 누군지 모를 여자랑 통화하고 있잖아! 내 얼굴에 대고 거짓말을 하잖아! 당신네 정계 사람들을 쫓아다니는 팬들을 두고 소셜 미디어에서 별의별 말이 다 돌아. 내가 그걸 못 봤겠니?"

리엄이 전화를 받아 들고 조용히 말한다.

"어, 크리스틴. 내가 몇 분 후에 다시 전화해도 될까?"

나는 그 자리에 그대로 서 있었다. 오크나무 책상이 우리 둘 사이를 가로막고 있었다. 분노가, 속상함이 흘러나오는 것을 막으려 했지만 마치 누군가가 수문을 열어버리기라도 한 것처럼 모조리 터져 나오고 말았다. 한 주간의 그 모든 좌절이 쏟아져 나왔다. 우리의 인생, 우리의 결혼 생활, 우리 가족의 토대는 우리가 한 팀이라는, 그러니까 우리 두 사람 모두 그 안에서 함께 같은 방향으로 줄을 당긴다는 생각이 이루고 있었다. 팀이 **존재하지 않**는다면, 나 혼자 힘을 다 쓰고 리엄은 자기 멋대로 행동한다면 그 생각은 송두리째 무너져버릴 터였다.

마치 정강이를 걷어차여 바닥에 쓰러지고 호흡이 가빠오는 기분이었다.

"자, 어서 말해봐. 왜 나한테 거짓말을 하는 거야?"

리엄은 서류 더미 위에 휴대전화를 엎어두었다.

"좀 복잡해. 당신이 생각하는 그런 건…… 아니야."

"내 질문에 답을 안 했잖아."

"노력 중이야."

"그럼 어디 계속해봐."

리엄은 무거운 숨을 내쉬며 어깨를 털썩 내리더니 이내 두 눈을 들어 나를 보았다.

리엄이 마침내 입을 열었다. "어떤 상황이 벌어졌어. 어려운 상황. 민감하고."

"자기 아내한테 말할 수 없을 정도로 민감하다?"

"아니, 그런 게 아니야. 나는…… 난 당신한테 짐을 지우고 싶지 않아. 내가 상대해야, 내가 처리해야 할 일이야." 리엄은 두 손바닥을 위로 한 채 내게 내밀었다. "봐, 당신은 이미 할 일이 산더미인데, 내가 매번 일 얘기를, 책상에 올라오고 내려가는 모든 건 일일이 떠들어대면서 보낼 것까진 없잖아."

나는 잠시 골똘히 그의 말을, 인터뷰할 때 나오는 특유의 말투를 생각했다. 리엄의 모습은 마치 지역 방송에 쓰일 것을 노리고 귀에 꽂히는 말을 하려는 정치인과 같았다.

"아직 내 질문에 대한 답이 안 돼."

"이게 진실이야. 이렇게 늦은 시간까지 전화를 받고 있으면 당신이 잔뜩 화가 날 것 같았어. 게다가 나는 어떻게 하면 그런 일, 특히 좋지 않은 일을 당신과 애들로부터 떼어놓을 수 있을지 여전히 궁리 중이기도 하고. 일과 가정 사이에 칸막이를 세우고 구분해야 하는데 늘 생각대로 되지만은 않네."

"어떤 일인데?"

"말할 수 없는 거 알잖아."

그의 재킷에 달라붙은 톡 쏘듯 달콤한 냄새를 떠올렸다. 값비싸고, 노골적이고, 낯선 향을. 지난 몇 주 동안 의심이 끈질기게 고개를 들어도 억누르고 잠재웠는데, 어느새 또다시 고개를 쳐들었다.

"사무소에 새로 들어온 인턴이니? 대학을 갓 졸업했다던?" 딱 한 번, 올해 열린 상공 회의소 행사에서 그 인턴을 만났다. 금발은 윤기가 흘렀고 피부는 흠 하나 없었으며 이중으로 된 성을 쓰고 있었다. "이름이 뭐더라? 프란체스카? 계속 늦는 게 인턴 때문이니?"

리엄이 다시 고개를 저었다.

"프란은 오늘 밤에 있지도 않았어."

"왜 그렇게 비밀스럽게 나오는 건데? 날 못 믿어?"

"저기, 우리 다른 얘기를 하면 안 될까? 내가 미안해, 응? 분위기를 나쁘게 만들고 싶지 않아. 내 문제를 집에 가져오고 싶지 않다고."

"집에 가져오려야 가져올 수도 없지. 집에 잘 없잖아."

"알아. 미안해. 나아질 거야. 약속해."

"리엄, 도대체 뭐가 어떻게 돼가고 있는 거야?" 나는 가슴 앞으로 팔짱을 단단히 꼈다. "내 말은, 집에도 잘 없고, 있을 땐 뭔지 모를 일에 사로잡혀서 정신이 팔려 있고, 꼭 낯선 사람이랑 사는 것 같다고."

리엄은 회전의자에 몸을 깊이 파묻고 잠시 눈을 감았다. 이내 다시 힘겹게 눈을 뜨더니 나를 뚫어져라 보았다. 결단을 내린 눈치였다.

"그게…… 동료 한 명이 나한테 비밀을 털어놓았어." 적절한 단어를 찾는지 잠시 멈췄다. "하원 의원의 행동 강령 위반이 될 수 있는, 웨스트민스터(국회 의사당과 총리 관저 등이 위치한 곳으로, 영국의 의회와 정부를 가리킨다―옮긴이)에서의 범법 행위가 될 수 있는, 정말 심각한 일에 대해서 말이야. 그 친구가 극도로 걱정하고 속상해하는 거야, 뭐가 최선일지 모르겠다면서. 나는…… 그 친구를 위로해주고 있었어."

여전히 남편의 말은 당장 머리에 떠오르는 대로 지어내는 것처럼 들렸다.

"**위로해주고 있었다고?**"

"응."

"테라스 파빌리온에서 연회가 한창 진행 중일 때, 다른 의원들 수십 명에 둘러싸여서?"

리엄이 마른침을 삼키자 목젖이 꿈틀거렸다. "따로…… 방이 있었어."

그때 나는 남편을, 키 크고 잘생긴 내 남편을, 낮 동안 짧게 자란 수염으로 거뭇한 굳건한 턱을, 짙은 갈색의 눈동자를, 편안한 매력과 선거를 승리로 이끈 미소를 바라봤다. 부정할 수 없는 확신이 나를 덮쳤다. 그는 여전히 내게 온전한 진실을 말하고 있지 않았다.

"누굴 바보로 알아?"

"헤더……."

"아니." 내가 한 손을 들어 보였다. "대답하지 마."

나가면서 방문을 쾅 닫아버렸다.

4

고통이 거기, 다른 어떤 것보다 먼저 와 있었다. 모든 것의 중심에 자리해 그 외의 것은 전부 다 가장자리로 밀어내는 듯한, 두개골 안에서 무거운 저음의 진동이 울려대는 고통이었다. 입에서는 시큼한 금속의 맛이 났다. 가만히 누워 있으면 괜찮아지겠지 생각했다. 다시 스르르 잠에 들어 무의식으로 돌아가면, 그저……

"엄마?" 작고, 익숙한 목소리였다. 아주 가까운 곳에서 들려오는.

한쪽 눈을 가늘게 떴다. 커튼 틈을 비집고 창문을 통해 들어오는 빛이 눈부시게, 눈을 태울 듯이 밝았다. 서서히, 내가 누운 침대 옆으로 두 개의 작은 형상에 초점이 맞춰졌다. 이른 아침의 햇살을 배경으로 검은 윤곽을 드러낸 두 형상은 공룡이 그려진 잠옷 차림의 시오와 핀이었다. 색이 짙어지고 있는 시오의 머리카락은 사방팔방으로 뻗쳐 있었고, 동생은 입에 엄지가 단단히 심어진 채 모슬린 천을 움켜쥐고 있었다. 두 아이는 언젠가부터 그러했듯 손을 잡고 있었다. 언젠가부터 시오는 집 안 이리저리 동생을 데리고 다녔는데 마치 두 아이가 페파피그(영국의 아동용 애니메이션에 나오는 돼지 가족-옮긴이) 놀이나 병정놀이, 날 따라 해봐요 놀이 중 하나를 하는 것 같았다.

"흐음?" 머리가 지끈거리는 통에 말이 나오지 않았다. 너무 버겁고, 너무 힘들었다.

시오가 작고 따뜻한 손가락 하나로 내 어깨를 부드럽게 쿡 찔렀다. "엄마, 일어났어요?"

"흠."

"시비비스(영국 공영 방송 BBC의 유아 전문 채널-옮긴이) 봐도 돼요?"

소용없었다. 말을 하려 했지만 입술이 서로 딱 붙어서 떨어질 줄을 몰랐다. 몸을 굴려서 바로 누우며 왼팔로 리엄 자리를 더듬었다. 이불을 어루만지니 납작한 게, 안에 사람이 없었다. 지난밤 우리가 다퉜다는 달갑지 않은 기억이 돌아왔다. 힘겹게 입을 열고 깊은 곳에서 단어 하나하나를 끌어올리며 말을 만들었다. 한 음절을 말할 때마다 두개골에 망치질을 하는 듯했다.

"시오, 아빠한테 아침 차려주세요, 하자." 그 순간, 그 어떤 것보다 내게 필요한 한 가지 중요한 정보를 불러오려 애썼다. 오늘이 평일인가, 아닌가? 애들을 준비시켜야 하나? 입히고, 먹이고, 이를 닦여야 하나? 나도 준비하고 옷을 입고 늦지 않게 문밖을 나서야 하나? 아니다. 오늘은…… 토요일이었다. 맞는 것 같았다. 맞는다. 확신이 들었다. 신이시여, 작은 자비를 베풀어주셔서 감사합니다. "오늘은 아빠표 아침을 먹는 날이네."

나는 다시 눈을 감았다. 익숙한 죄책감과 밀려오는 안도감이 섞이고 있었다. 세상의 그 무엇보다도 아이들을 사랑했지만, 딱 20분만 더 방해받지 않고 푹 잘 수 있다면 영혼이라도 팔 수 있을 것 같을 때가 있었다.

아이들이 조심조심 복도로 나가는 소리를 기다렸지만 들려오지 않았다.

"엄마?" 다시 들려온 것은 아들의 목소리였다.

"아빠한테…… 텔레비전을 틀어달라고 해." 목이 따끔거리고 쓰라렸다. "아빠는 커다란 소파에 있어. 아침도 차려주실 거야."

잠시 정적이 흘렀다.

"아빠는 자고 있어요." 시오는 끈질겼다.

힘겹게, 다시 눈을 떴다. 디지털 알람 시계를 보니 오전 7시 2분이었다.

지난밤 몇 시에 잠자리에 들었는지 떠올리려 애썼다. 평소보다 일찍 잤는데…… 아닌가, 그 전날 밤이던가? 뇌가 급속 냉동이 되어서 녹을 줄 모르는 단단한 얼음덩어리로 변한 듯이 느껴졌다. 자세를 바꿨다. 피곤에 곯아 떨어져서 베개에 머리를 댄 그대로 밤새 꿈쩍도 안 했을 때, 녹초가 돼서 자는 내내 조금도 뒤척이지 않았을 때 가끔 그러하듯 목이 뻣뻣하고 경련을 일으켰다. 침대보도 끈적거렸다. 무언가 지저분하게 말라붙은 흔적이 보였다. 손에 마실 것을 쥔 채 깜빡 졸았나 보다. 그나마 오늘은 우리 부부와 아이들 모두 침대보를 교체하는 날이었다.

신음 소리를 내며 윗몸을 일으키고 두 다리를 휙 침대에서 내린 다음 훅 올라온 메스꺼움이 지나가길 기다렸다. 보통의 숙취 같지 않았다. 뭔가 달랐다. 다른 것이었다. 더 나쁜 것이었다. 안개가 낀 듯이 머리가 멍한 가운데 침대 옆 탁자를 실눈으로 보았다. 빈 위스키 잔 옆에 내 수면제가 놓였는데 파란색과 흰색이 섞인 상자가 열려 있고 약이 알알이 포장된 플라스틱판 하나는 절반이 빈 상태였다. 평소에 나는 약을 저기에 **절대** 두지 않았다. 두 아들의 손이 닿지 않도록 늘 내 옷장의 맨 위 칸 차지였다. 왜 저기에 있지? 바닥에는 와인 잔이 옆으로 누워 있었고 내 발 옆으로 짙은 얼룩이 두툼한 벌꿀 색 카펫에 잔뜩 스며들어 있었다. **세상에.** 절대 빠지지 않을 얼룩이었다.

침대의 남편 자리가 비어 있음을 알면서도 한번 훑어보았다. 침대보는 여전히 저쪽 끝부분이 단정히 밀어 넣어진 상태였고 베개도 손을 대지 않은 그대로였다. 지난밤 기억의 조각조각이, 리엄의 늦은 귀가와 우리의 다툼이 떠올랐다. 약간 후회가 들었다. 지난 몇 달 사이에 그가 아래층에서 잠을 잔 것도 처음은 아니었다.

끙 하는 소리와 함께 조심스럽게 일어선 나는 몸을 제대로 가누지 못하면서도 두 아이의 정수리에 차례로 입을 맞췄다. 아이들의 머리에서 지난밤의 목욕이 남긴 나른하면서도 달콤한 샴푸 냄새가 났다. 침실의 공기는 서늘했고 이제 막 중앙난방이 딸깍 켜지면서 파이프가 철거덕거리고 삐걱대기 시작했다. 가운을 걸치고 계단참으로 나가는 동안 두 아이는 여전히 손을 맞잡은 채 종종걸음으로 내 뒤를 충실히 따랐다. 발을 내디딜 때마다 마치 거센 물살을 헤치며 나아가는 듯했고 광택제를 바른 나무 난간을 두 손으로 부여잡아 몸을 지탱했다. 다시 걷는 법을 갓 배운 환자가 된 기분이었다.

"리엄?" 내 목소리에 내가 움찔하고 말았다. 그 한 단어에 마치 강철 볼트가 내 이마에 턱 하고 떨어진 듯 새로운 고통이 찾아왔다. 아래층에서 아무 대답도 들려오지 않았다. 다시 불러보았다. 하지만 내 밑으로 어딘가에서 은은하게 딸깍, 톡톡 하는 소리가 나는 것을 제외하고는 아무 반응도 없었다.

언제 다시 어지럼증이 덮쳐올지 몰라 경계하면서 왼손으로 난간을 꽉 잡고 천천히 계단을 내려갔다. 세 계단을 내려갔을 때 문득, 뭔가 이상하다는 생각이 들었다.

"시오, 아까 아빠한테 가면서 계단 문을 열었니?" 나는 계단 꼭대기에 열린 채로 있는 흰색의 금속 울타리를 가리켰다. "동생을 데리고 다닐 땐 조심해야 한댔지."

큰아이가 고개를 저었다. "이미 열려 **있었는걸요.**"

나는 얼굴을 찡그리며 계단을 계속 내려갔다. 말을 하는 일이 여전히 너무도 고통스럽고 시오를 추궁할 힘도 없었다. 두 아이도 내 뒤에서 맞잡은 손을 놓지 않은 채 계단을 내려갔다. 핀은 형에게 이끌려 미끄럼틀을 타듯 엉덩이로 계단을 내려오고 있었다.

쪽모이 세공을 한 복도 바닥이 발에 매끄럽게 와닿았고, 이른 아침의 촉촉한 햇살이 파란색을 입힌 현관 유리를 통해 스며들고 있었다. 거실로 통하는 문은 살짝 열려 있었다. 열린 틈을 들여다보며 문을 더 열었다. 거실은 아직 어두웠고 그림자로 가득했다. 날이 밝아오는 것을 저지하려는 듯 커튼이 드리워진 채였다.

"리엄?" 나는 뻣뻣한 목을 풀기 위해 고개를 이리저리 돌리며 말했다. "애들 일어났어."

문을 더 열고 주위를 둘러봤다. 긴 소파에 누운 리엄의 위로 이불이 둔덕을 이루고 있었는데 베개로 쓴 쿠션이 옅은 빛깔이어서 그의 머리칼이 한층 짙어 보였고 흰 티셔츠를 입은 한쪽 어깨의 둥근 부분만이 드러나 있었다.

주방 문 뒤로 딸깍, 톡톡 하는 소리에 다급함이 더해졌다.

시오의 신난 목소리가 등 뒤에서 들려왔다. "엄마, 제트를 꺼내줄까요?"

아직은 제트의 넘치는 기운을 감당할 수 없었다.

"시오, 잠깐만. 아빠를 먼저 깨우자."

서서히. 내 눈이 거실의 어둠에 적응하기 시작했다. 여러 그림자가 합쳐져 입체 형상을 이루었다. 안락의자, 책장, 낮은 탁자, 텔레비전을 향하도록 놓인 긴 소파까지. 또다시 리엄과의 다툼에 대한, 다툼이 그리도 빠르게 고조된 데 대한 후회가 고개를 들었다. 그때 나는 와인을 너무 많이 마신 상태였고, 늘 그렇듯 너무 피곤해서 과민 반응을 보였던 것 같다. 도대체 뭐 때문에 다퉜나? 그 전화 때문에? 어쩌면 그 통화에 대한 합리적인 설명이 존재할 수도 있었다. 오해일 수도. 리엄은 스스로를 과도하게 밀어붙이면서 과로하고 있었으니까.

나중에 머리의 욱신거림이 멈추면 리엄에게 물어봐야겠다.

"리엄?" 나직이 불렀다. "주전자 물을 올릴 건데, 당신도 한잔 줄까?"

거실에 더 깊숙이 들어서면서 내 두 발은 벽난로 앞에 깔린 부드러운 러그에 잠겨 들었다. 소파 옆 바닥은 리엄의 각종 문서와 파일, 메모, 폴더로 엉망이었고 이것들이 들어 있던 서류가방은 입을 벌린 채 비어 있었다. 나는 리엄의 오늘 아침 일정을 겨우 떠올렸다.

"여보, 9시에 지역구민 면담회가 있잖아." 허리를 굽혀 서류 몇 장을 치웠다. "샤워를 할 거면 그사이에 토스트도 좀 구워줄 수 있고."

남편은 나를 무시하기로 작정한 듯했다. 내게서, 희미하게나마 커튼을 비집고 들어오려는 햇빛으로부터 등을 돌린 채였다. 나는 그를 굽어보며 넓은 어깨를 잡고 가볍게 흔들었다. 리엄은 대학생 때 학교 대표 조정 선수로 활약했고, 여전히 늘씬하면서도 단단한 조정 선수의 몸을 지니고 있었다. 나는 늘 그의 어깨를, 어깨에 기댈 수 있다는 사실을, 일요일 저녁이면 소파에 함께 앉아 있다가 어깨에 기대어 스르륵 잠이 드는 일을 사랑했다.

아무 반응이 없었다.

리엄을 살짝 토닥이며 잠시 그의 어깨를 동그랗게 감싸 쥐었다. 무언가, 티셔츠 위로 느껴지는 근육이 뭔가 이상했다. 뭔가 잘못됐다.

"리엄?" 내 귀에도 내 목소리가 거칠고 아득하게 들렸다.

이불을 그의 팔에서 부드럽게 걷어 내렸다. 리엄은 아무 소리도 내지 않았고, 아무 저항도, 미동도 없었다. 그의 아래팔을 조심스레 만져보았다. 손에 닿은 그의 피부가 서늘했다.

철렁하는 공포에 무릎이 풀렸고 또다시 아찔한 메스꺼움이 높은 파도처럼 밀려왔다.

소파 끝에 걸터앉아 이불을 아래로 더 내리고 있는데 톡 쏘는 구리 냄새 같은 게 목구멍 뒤쪽에 훅 걸렸다.

그대로 멈췄다. 한 손을 입으로 가져가서 터지려는 비명을 막았다.

리엄의 흰색 티셔츠가 검붉게 얼룩져 있었고, 몸 아래로 시트와 소파, 쿠션들이 어두운 빛깔의 끈적이는 무언가로 흠뻑 젖어 있었다.

티셔츠 복판에는 거칠게 찢긴 단 하나의 자국이 있었다. 흉곽 위로, 상처 주위로 엉긴 피는 검정에 가까웠다.

피였다. 피가 정말 많았다.

2부 ——————— 10년 후

날이 말도 안 되게 밝다.

교도소 건물의 냄새에서 벗어난다. 더께와 소독약 냄새를, 하수구와 너무 오래 익힌 음식 냄새와 여자들이 너무 많이 너무 가까이 붙어 살면서 맡아지는 체취를 겪은 후라 바깥 공기가 더없이 상쾌해서 취할 지경이다. 나는 잠시 그대로 서서 두 폐를 가득 채우고 강렬한 낮의 햇빛에 두 눈을 가린다. 내 왼편으로 익숙한 5미터짜리 철망이 쳐져 있다. 철망 위에 얹은 고리 모양의 철선에 촘촘히 붙어 있는, 면도날처럼 작고 날카로운 금속이 햇빛을 받아 반짝이고 있다. 하지만 오른편으로는, 3000여 일 만에 처음으로, 나와 저 탁 트인 초록 들판 사이에 아무것도 없다. 들판은 완만한 오르막을 이루다 낮은 산등성이와 만나고, 산등성이를 따라 키 큰 오크나무들이 늘어서 있다. 저 멀리로는 생경하게 빅토리아 시대의 시골 저택이 있는데 나무들이 장막처럼 심어져 그 뒤로 굴뚝과 잿빛 벽만이 겨우 보인다.

가까운 어디에선가 새 한 마리가 지저귀고 있다.

교도관은 말 한마디 없이 나를 입구까지 안내했다. 마침내, 단 한 걸음으로 보이지 않는 문턱을 넘고 자유를 얻은 나는 교도소 앞 매끄럽게 포장된 도로로 나아갔다. 소지품을 담은 투명한 비닐봉지를 움켜쥔 채였다. 소지품이라고 해봐야 법원에서 이곳으로 왔을 때 입었던 옷과 세면도구를 비롯해 두고 가고 싶지 않은 소소한 물품들이 다였다. 그렇게 이곳에 온 이후 처음으로, 녹색의 육중한 철문이 내 등 뒤에 놓이게 됐다. 철망이 내 뒤에 있었다. 문을 둘러싼 온갖 표지판이 내 뒤에 있었다. **이스트우드 파크 왕립 교도소에 오신 것을 환영합니다. CCTV 촬영 중. 이 지점부터 허가받지 않은 자는 접근이 불가함.**

마지막으로 한 번 더 철문을 돌아본다. 절대 다시 오지 않으리라.

소지품이 담긴 투명한 비닐봉지에 시계가 들었지만 배터리가 죽은 지 한참이라 시곗바늘은 오래전 어느 날의 시간을 가리킨 채 얼어붙었다. 그래도 손목에 채운다. 수형자 입출소 구역에 있던 시계에 따르면 이제 아침 8시 30분이 갓 지났다. 오늘은 9월의 첫째 날이다. 내 기억보다 더 오랜 시간 동안 줄곧 더딘 속도로 내게 조금씩 다가오던 날이었다. 그리도 오랫동안 꿈꿔왔건만, 정작 오늘이 되니 나는 꼭 내 시계처럼 잠시 얼어붙고 말았다. 앞날에 무엇이 놓였는지 알기에 마비돼버렸다.

교도소 공식 용어로 오늘의 유일한 **출소자**로서, 나는 다른 사람들보다 15분 일찍 풀려나 입출소 센터로 인도되었다. 거기서 몸수색을 받고 선임 교도관이 읊어주는 허가 조건을 들었다. 그리고 나서 네 장짜리 석방 문서에 서명을 해야 했는데, 죄명과 보호관찰 기간, 어떤 사항을 위반하면 다시 이곳으로 돌아와 남은 형기를 채워야 하는지 등 10여 가지가 상세히 나열돼 있었다. 소지품은 내가 여기 왔을 때 기입된 보관품 목록과 대조해 확인됐다. 그 후 유치장에서 버스 이용 허가서와 석방 보조금 76파운드, 여러 일정이 상세히 나열된 종이 한 장을 받았다. 각종 사회 복귀 지원 사업에 참여하고 담당 보호관찰관과 면담하는 일정들이었다.

호송 담당 교도관은 말없이 나를 데리고 안마당을 지나 정문까지 왔고, 자물쇠를 풀고 힘을 실어 당기자 녹슨 경첩들에서 끼익 하는 소리가 나며 문이 열렸다.

그게 다였다.

끝이었다.

그렇게 나는 창문에 창살이 있고 잠금장치가 삼중으로 된 감방, B동 D-26에서 일어난 지 꼭 한 시간 만에 이렇게 바깥 공기를 마시며 서 있게 된 것이다. 다시 현실 세계로 돌아왔다. 자유의 몸이 되어. 철저히 혼자로.

이스트우드 파크 교도소로 이어지는 좁은 도로는 막다른 길이어서 지나가는 차가 없고 교도소 입구 쪽으로 직원 전용 주차장과 방문객들을 대상으로 한 더 작은 공간이 마련돼 있을 뿐이다. 오늘 나를 만나러 온 사람도, 나를 태울 차도 없지만 놀랍지 않다. 나는 옷이 담긴 비닐봉지를 어깨에 둘러메고 이곳에서 제2의 천성이 되어버린 대로, 그러니까 누구와도 눈을 마주치지 않는 동시에 모든 것을 의식하면서 걷기 시작한다. 길을 따라 걸으며 땅딸막한 직원 훈련 센터를, 그리고 가족 방문 센터의 두 배 크기인 탁한 녹색의 이동식 가건물을 지나고, 몇 줄로 늘어선 작은 집들을 지나고, 선데이스힐 레인 끝에 자리한 석조 건물인 작은 교회를 지나서 큰길로 들어선다.

크고 작고를 막론하고 여기서 가장 가까운 도시는 손버리인데 걸어서 6.5킬로미터 정도 거리다.

걷다 보니 M5 고속도로 인근에 다다르고, 짧게 우회해 고속도로 위를 지나는 육교에 올라선다. 남북으로 휙휙 지나가는 차량에 넋이 나간다. 너무 많은 차에, 너무 큰 움직임과 속도와 자유에 감각 과부하가 걸려서 난간을 손가락 마디마디가 하얗게 질릴 정도로 꽉 붙든다. 저리도 많은 삶이 목적과 방향을 가지고 바삐 움직이고 있다. 일하고 생활하고, 여행하고, 가정을 꾸리고, 스스로를 위해 실체가 있는 무언가를 쌓아 올리고 있다.

나는 어디에도 닻을 내릴 곳이 없는 기분이다. 나를 어딘가에 매어둔 밧줄이 풀려서 저 자욱한 디젤 구름 속으로 둥둥 떠갈 것만 같다. 내 삶은 공백이었다. 남편이 죽었고, 우리 엄마도 돌아가셨으며, 두 아들에게 나는 낯선 사람으로 전락했다. 집과 직업, 경력, 평판, 모두 사라졌다. 모두 타버려 고운 재가 되었고 바람에 실려 날아갔다.

내가 알던 삶은 영원히 사라졌다.

이제 또 다른 여정이 시작될 참이다.

하지만 먼저, 가야 할 곳이 있었다.

6

나는 손버리에서 옥스팜 자선 중고품 매장을 찾아 옷이 담긴 봉지를 건넨
다. 9년 전 법원에서 입었던 단정한 직장용 옷인데 이제 내게 맞지 않는다.
설령 맞는다 해도 더는 쓸모가 없다. 다른 사람에게 가면 조금 더 오래 입을
수 있는 옷이라는 생각만 아니라면 그 회색 옷감에 꽤나 기꺼이 불을 붙여
버렸을 것이다. 내게 남은 것이라고는 교도소에서 입던 빛깔이 바랜 조거팬
츠와 스웨트셔츠, 작동하지 않는 가는 손목시계, 낡을 대로 낡은 청재킷 주
머니에 쑤셔 넣은 세면도구가 전부다. 거기에다, 이스트우드 파크 교도소를
영원히 잊지 못하게 해줄, 내 피부에 남은 흉터들까지.

점원이 기부 장려금 어쩌고 하며 물어보지만 나는 그저 고개를 젓고 선반
에서 집어 온 몇 가지 물건값을 현금으로 치른다. 커다란 선글라스와 작은
배낭, 회색 벙거지 모자로, 시골길 걷기 여행에 나선 사람처럼 보이길 바라
는 마음이다. 길 건너 주유소에서 샌드위치와 물도 사고 한 시간을 기다린
끝에 티더링턴으로 가는 버스에 오른다. 타고 내리는 사람을 모조리 볼 수
있고 내 뒤로는 아무도 오지 않도록 맨 뒷자리로 가서 앉는다. 내려서 자갈
섞인 시멘트를 바른 작은 버스정류장에서 또 한 시간을 기다리자 버스가 와
서 나를 글로스터셔 시골 지역으로 더 깊숙이 데려간다. 끝없는 산울타리와
농장, 작물로 빽빽하며 잘 정돈된 밭을 지난다. 모든 곳이 푸르고 무성하고
생명력이 폭발하는 듯하다.

너무도 오랫동안 내 인생에서 색은 지저분한 잿빛과 우중충한 빛깔, 물 빠진 파랑 외에는 없었기에 밖에 있다는 것이 낯설었다. 벽도, 문도, 창살이 쳐진 창문도, 긴 줄도, 어디든 고개만 돌리면 보이는 사람도 없이 이렇게 온갖 빛과 여백이 넘치는 **진짜** 밖에 있다는 게 어떤 것인지 잊고 있었다. 나는 킹스우드의 마을 회관 옆에서 내려서 버스가 텅텅 빈 채로 잘 정비된 거리를 따라 우르릉 소리를 내며 멀어지는 사이 주위를 살핀다.

여정의 마지막 1.5킬로미터 구간에는 버스도, 어떠한 대중교통도 없지만 주민 한 명이라도 나를 알아볼 가능성이 희박하게나마 있으니 남의 차를 얻어 탈 수도 없다. 나는 걷기로 한다. 양옆이 산울타리로 빽빽한 시골길을 따라 익숙한 경로를 더듬어나간다. 교통량이 거의 없어 이따금 트랙터나 사륜구동 차가 지나갈 뿐이며, 그 운전자들 중에서도 풀이 난 길가를 터벅터벅 걷는 내게 관심을 두는 사람은 없다. 한 걸음 내디딜 때마다 내 마음은 조금씩 들뜨고 있다. 우리 사이의 거리가 1미터씩 가까워진다는 상상을 하며.

돌아갈 길이 멀 것임을 안다.

그래도 나는 그들을 **봐야** 한다.

감방 벽에 붙였던 구깃구깃한 사진이 아니다. 불이 꺼진 뒤에 머릿속으로 떠올리는 흐릿한 상도 아니다. 그들을 **제대로**, 내 두 눈으로 직접 봐야 한다.

그들과 같은 구획으로 묶인 하늘 아래 서서, 같은 공기를 마시고, 같은 태양에 몸이 데워져야 한다.

걸은 지 20분이 지나 목덜미에 땀이 고일 무렵, 마로니에가 우거져 이룬 장막 사이로 커다란 시골집의 지붕이 어렴풋이 시야에 들어온다. 별장을 둘러싼 외벽이, 모르타르를 바른 저 돌벽이 익숙하다. 이 지붕창집은 빅토리아 시대의 한 은행가가 세기가 바뀔 무렵 딸에게 줄 결혼 선물로 지은 집이다. 수십 년 뒤에 리엄의 조부가 사들였고, 그때부터 이 별장은 줄곧 리엄의 집안 소유로, 역시 집안 소유인 1만 5000평 땅에 자리한 420평 규모의 주말 도피처 역할을 해왔다. 지붕의 각 면에 커다란 창이 네 개씩 한 줄로 나 있어서 2층 침실마다 빛이 쏟아져 들어오는 것이 특징이라 지붕창집이라고 부르는 이 별장은 현대적인 보안 조치들을 취해놓아 입구부터 발각되지 않고 접근하기란 어렵다.

걸음을 늦춘다. 내가 마지막으로 방문한 뒤 10년 사이에 보안 조치를 추가해놓은 것처럼 보인다. 정문은 더 높아졌고 새로 늘어난 카메라들이 여러 각도에서 겨누고 있다. 그럴 만도 했으리라. 비극이 가족의 심장부를 강타하면 경계 태세를 강화하는 것이, 남은 가족을 보호하는 데 그 어느 때보다 더 큰 힘을 쏟는 것이 지극히 당연하다. 그 범죄로 애먼 사람이 교도소에 갇혔다 하더라도.

하지만 나는 이곳을 잘 알았다. 우리가 결혼하기 전에도, 결혼한 후로도 여기서 수십 번도 더 주말을 보냈으니까. 눈에 훤히 보이는 길뿐만 아니라 이곳으로 통하는 뒷길, 그러니까 동네 주민들만 아는 길도 알았다. 나 역시 가을이면 마로니에 열매를 찾아, 봄이면 새로 태어난 양을 찾아 아이들을 데리고 별장의 가장자리를 빙 돌아 산책을 나갈 때 이용한 길이었다. 나는 별장의 앞쪽 진입로를 피해 외벽의 북쪽을 둘러 가며 벽이 드리우는 그림자를 따라 별장 뒤편에 다다른다. 작은 뒷문에 이르자 벽에서 멀어지며 작은 숲을 향해 올라간다. 발밑으로 땅이 완만하게 상승하는 것이 느껴진다.

숲은 작지만 나무가 빽빽해서 푸른 잎과 그늘에 마음이 편안해지는 오아시스 같은 곳이다. 인근 목초지보다 살짝 더 높은 이곳을, 아이들은 어렸을 때 소풍을 나가고 숨바꼭질하는 장소로서 사랑했다. 나는 저 끝에서 오래된 너도밤나무를 발견하고 기어올라 가장 낮은 가지와 줄기 사이에 몸을 끼워 넣고 숨을 돌린다.

여기서는 별장의 뒤편을 볼 수 있다. 외벽 뒤로 완벽하게 관리된 잔디가 펼쳐진 모습, 파티오, 뜰, 한쪽에는 마구간, 다른 한쪽에는 벽을 두른 정원도 보인다. 어쩌면 여기 내가 걸터앉은 너도밤나무로부터 100미터쯤 떨어진 곳에서는 도우미가 기다란 식탁에 점심 식사를 차리고 있을지도 모른다. 바퀴가 달린 수레에 이런저런 식기와 음식을 싣고 파티오를 가로질러 와서, 새하얀 식탁보에 다섯 명 기준의 상차림을 하고 있을지도 모른다. 한 쌍의 커다랗고 흰 양산이 식탁에 빈틈없이 그늘을 드리우고 있을 테다.

오늘은 금요일이다. 버넌 일가는 날이 맑든 궂든 매달 첫 번째로 돌아오는 주말은 늘 지붕창집에 온 가족이 모여서 함께 시간을 보냈다. 리엄의 아버지가 어렸을 때, 이 대저택이 처음 집안의 손에 들어왔을 때부터 이어져 내려온 전통이었다. 나는 또한 버넌 일가가 내 석방 날짜를 전달받았으며, 출소한 뒤 버스에서 갓 내린 나와 배스에서 마주칠 위험을 감수하고 싶지 않으리라는 것도 알았다.

시가에 대해서라면 잘 알았다. 내가 시가 사람이라면 오늘, 그러니까 주말이 오기도 전에 아이들을 이곳에 데려왔을 터였다. 며칠이라도 안전한 장소에서 나와 아이들 사이에 약간의 거리를 두려 했을 터였다. 어쩌면 시오와 핀에게 내 석방 소식을 알려줄지도 모른다. 나는 등을 기대고 아까 주유소에서 산 치즈 샌드위치를 조금씩 베어 물면서 주변 나무 속에서 새들이 밝게 지저귀는 소리와 멀리 트랙터가 웅웅대는 소리에 귀를 기울인다. 내 추측이 맞는지 확인하기를 기다리며.

오래 기다릴 필요가 없다.

시어머니 콜린이 먼저 나온다. 주방에서 나온 시어머니는 긴 꽃무늬 원피스 차림으로 양 손목과 목에 달린 금붙이가 햇빛에 반짝인다. 시어머니가 도우미에게 무어라 말하자 도우미는 서둘러 안으로 들어간다.

잠시 뒤, 또 한 사람이 거실에서 유리문을 열고 나온다.

숨이 목에 걸린다.

잠시 머릿속이 뒤죽박죽이 된다. 어떻게 된 거지? 내 눈앞의 상황은 말이 안 되는데. **그럴 수가 없는데**, 그런데 여기, 그 사람이 있다. 반바지와 빨간색 축구 셔츠 차림에, 큰 키와 호리호리한 몸, 색이 짙은 머리칼까지. 어느 모로 보나 남편이다. 리엄이다.

그가 손차양을 하며 탁자 쪽으로 천천히 걸음을 옮기고 나서야 내가 착각한 것임을 깨닫는다.

시오다.

우리 큰아들은 이제 열네 살인데 벌써 저렇게 아빠를 닮은 모습이다. 걸음걸이와 특유의 버릇, 어깨의 모양까지. 영락없는 리엄이다. 리엄의 턱과 머리 선, 키를 그대로 보여준다.

나는 한 손으로 입을 막는다. 눈물이 고여 눈가가 따끔거린다.

핀이 뒤따라 나온다. 작고 가냘픈 몸에 밑단이 풀린 짧은 청바지와 검은색 티셔츠를 입고 있다. 시오보다 머리 하나만큼 작은 핀은 깡충거리며 형을 앞질러 가서 식탁에 제일 먼저 앉고는 높은 목소리로 뭐라 뭐라 말하는데 너무 멀어서 내게는 들리지 않는다.

우리 아기. 우리 막내.

가슴에 온기가 퍼진다. 심장이 온기로 채워지고 커지면서 폐를 밀어내 숨을 쉬지 못할 것처럼 느껴진다. 나는 꼼짝하지 않고 앉아서 넋을 놓고 본다. 작은 것 하나 놓치지 않고 흡수한다. 두 아이의 지극히 익숙하면서도 동시에 전혀 새로운 모습을.

10년 만에 처음으로 내 아이들을 보는 것이다.

처음으로 움직이고 말하고 웃는 두 아이를 내 두 눈으로 직접 보는 것이다. 세월에 구겨지고 바랜 옛 사진 속 두 어린아이가 아니다. 우리 엄마가 아무리 열심히 버넌 일가를 설득해도, 그들이 아이들을 데리고 나를 면회하러 온 적은 없었다. 단 한 번도 없었다. 시가의 입장에서 나는 마치 더는 존재하지 않는 사람이자 아이들의 미래에서 맡을 역할이 전혀 없는 사람인 듯했다.

나는 이 지붕창집을 마지막으로 찾았던 때를 떠올리려 애쓴다. 10년 전, 리엄이 살해되기 불과 2주 전이었다.

눈물을 훔치며, 떠올리려 애쓴다.

핀은 내가 안아주길 바랐다. 걷다가 멈춰서 샌들을 신은 앙증맞은 두 발을 빡빡한 풀 속에 단단히 고정하고 고개는 앞으로 푹 늘어뜨린 모양새가 마치 도저히 더는 한 발도 내딛지 못하겠다는 것 같았다.

"거의 다 왔어, 핀. 왜 그러는데?" 나는 막내에게 말했다.

"다리가 자꾸 구부러져요." 핀이 나를 향해 팔을 위로 뻗었다. "더 못 걷겠어요. 엄마, 안아주면 안 돼요?"

핀도 그럴 만한 것이, 우리 네 사람은 이미 마구간에서 콜린의 말 두 마리, 그러니까 브론테와 스타에게 각각 사과를 먹인 다음 벽을 두른 정원을 통해 나가 오래된 물방아용 수로 아래 개울에서 푸 나뭇가지 놀이(곰돌이 푸 동화에 나오는 놀이로, 흐르는 물에 나뭇가지를 동시에 떨어뜨려 가장 먼저 흘러내려 보내는 쪽이 이긴다—옮긴이)까지 한 터였다. 시오는 이제 앞서서 달리고 있고 그 옆에서 제트도 종종걸음을 치고 있으며 에이미는 제트에게 테니스공을 던져주고 있었다.

"다리가 구부러져요." 핀이 가장 작고 가장 슬픈 목소리로 재차 말했다. "못 걸어요."

나는 미소를 지으며 핀을 안아 올려 골반에 얹었다. 핀의 깡마른 다리가 팔에 닿아 따뜻했고, 어린아이 특유의 냄새가 났다. 깨끗한 피부와 부드러운 면직물과 아기용 샴푸 냄새에 핀에게 코를 파묻고 절대 빠져나오고 싶지 않았다. 핀은 아직 거뜬히 들 수 있을 정도로 가벼웠는데, 내 골반 위로 척 알맞게 감겨 왔다. 언젠가 몸이 커져서 더는 안아 올릴 수 없는 날이 올 터였다. 그래도 아직은 아니었다.

핀이 통통한 볼로 활짝 웃어 보이며 급격히 활기를 되찾았고, 작은 손 하나로 내 맥시 드레스의 끈을 쥐었다.

다른 손으로는, 그 부드러운 손가락으로 내 턱 선을 훑었다. "엄마가 안아준다."

나도 미소를 지어주었다. "배고파요, 꼬맹이?"

핀이 고개를 끄덕이며 내 옆구리에서 기분 좋게 들썩였다. "케이크 먹어요?"

"샌드위치를 남기지 않고 다 먹으면."

나는 핀을 조금 더 높이 들고 무성한 풀 속으로 다시 발걸음을 뗐다. 풀밭은 너도밤나무가 드리운 그늘 사이사이로 햇빛이 들어와 얼룩덜룩했다. 공기는 깨끗하고 맑았고, 머리 위로 잎들이 부드럽게 바스락거리는 소리와 목줄을 푼 제트가 신나게 거닐면서 목걸이가 희미하게 짤랑거리는 소리만 들려왔다. **바로 이런 순간**. 내게 필요한 것은 이게 다였다. 두 아이와 아이들의 아빠, 우리라는 작은 팀이면 되었고 그 밖에는 다른 어떤 것도 상관없었다. 미친 듯이 휘몰아치는 그 모든 일상의 일도, 쉼 없이 돌아가는 낮과 잠들지 못하는 밤도, 나를 괴롭히는 이런저런 걱정도 중요하지 않았다. 나는 운이 좋은 사람이니까. 축복받은 사람이니까. 내겐 두 아이가 있고 리엄이 있으며, 때로는 우리가 무슨 일이든 함께 헤쳐나갈 수 있다는 사실만 스스로에게 상기시키면 그만이었다. 우리 네 사람으로 이뤄진 작은 팀에 속한다는 건 온 세상을 손에 쥔 것이나 다름없다고.

동생이 안긴 모습을 본 시오가 시누이를 향해 돌아서서 두 팔을 위로 뻗었다. 에이미가 등을 돌리고 무릎을 꿇자 시오가 올라탔고, 시오의 위치를 안전하게 바로잡은 에이미가 빠르게 세 번 원을 그리며 돌자 시오는 까르르 즐거운 웃음을 터뜨렸다.

우리는 함께 오래된 오크나무 다리를 통해 다시 개울을 건너서 별장과 그 앞으로 펼쳐진 약 1200평에 달하는 가지런한 잔디를 향해 방향을 틀었다. 별장에 더 가까워지자 시누이가 제트에게 나뭇가지를 던져주었고, 제트가 껑충껑충

달려 나가자 시오도 등에서 내려와 뒤쫓았다. 핀도 따라가겠다고 꼼지락대며 내 어깨에서 내려왔고, 신이 난 두 아이는 고음으로 꽥꽥 소리를 질러대며 강아지의 뒤를 쫓아 달렸다.

에이미가 밤색의 머리 한 가닥을 귀 뒤로 넘겼다. "애들이 제트한테 금세 마음을 붙였나 보죠?"

"사랑스러운 짓만 골라서 하거든요. 애들이 아주 푹 빠졌어요." 내가 말했다.

우리는 잠시 시오가 제트에게 나뭇가지를 던져주고 제트는 또다시 한계를 모르는 듯한 에너지로 잽싸게 뛰어 나가는 광경을 지켜봤다.

에이미가 입을 열었다. "그래서, 우리 똑똑하신 큰오빠는 어떻게 지내요? 이제 다음은 다우닝가 10번지(영국의 총리 관저. 영국 정부를 가리키는 대명사로도 쓰인다-옮긴이)에 입성할 차례인가?"

나는 머뭇거렸다. "그이는…… 바빠요."

에이미가 목소리를 낮췄다. "언니, 무슨 일 있어요? 여기 온 후로 계속 신경이 곤두서 있잖아요."

"솔직히 말할까요? 나도 리엄이 어떻게 지내는지 모르겠어요. 아가씨 추측이나 내 추측이나 다를 바 없을걸요."

"일 때문이에요?"

"온통 일에 사로잡혀 있죠. 함께 있을 시간이 좀처럼 나지 않네요. 어쩌다 같이 시간을 보낸다 해도 그이의 생각은 딴 데 가 있죠. 정말…… 멀리 있네요."

에이미는 한 손을 내 팔에 얹었고 걱정으로 목소리가 부드러워지고 있었다.

"두 사람 사이, 괜찮은 거예요?"

나는 후 하고 숨을 한 번 내뱉었다.

"뭐라 말하기 어렵네요. 그 문제로 대화를 해보려 했는데 어디 그 사람이 마음을 터놓으려 해야 말이죠. 가끔은 그이가 아버님이 늘 소원하셨던 일을 했더라면 좋을 텐데 하는 생각도 들어요."

"아버지 밑에서 일하는 게 그리 좋기만 한 건 아녜요." 에이미가 씁쓸하게 웃어 보였다. "제 말을 믿어도 좋아요."

"잘하고 있으면서. 아, 맞다, 승진 축하해요. 회사가 정말 잘되고 있는 것 같던데."

에이미가 어깨를 으쓱하며 내 칭찬을 넘겼다. "언니, 나한테 말해봐요. 돕고
싶어."

내가 적절한 말을 고르는 동안 우리는 나란히 걸었다.

"그냥 리엄이 요새 정말…… 어딘가에 정신이 팔린 사람 같아요. 같이 있어
도 옆에 없는 것 같다고 해야 할까. 꽤 자주, 리엄에게 말을 하면 제대로 듣고
있지 않다는 게, 마음이 딴 데 가 있다는 게 보일 때가 있어요. 아가씨 눈에는
그이가 어때 보여요?"

에이미는 별장 방향으로 시선을 두었다. "오빠가 특별 조사 위원회에, 추가
로 맡은 여러 책임에, 거기다 그 모든 지역구 일까지, 전속력으로 달리고 있다
는 건 알아요. 언니도 알다시피 오빠는 추가 업무를 거절할 줄 모르잖아요."

나는 또 한 번 머뭇거리며 다음 질문을 어떻게 꺼내야 할지 고민했다. 다른
누구와도, 엄마와도 나눈 적 없는 걱정거리를 어떻게 말로 옮겨야 할까.

"그런데 그게 아니라면?" 조용히 물었다.

"무슨 말이에요?"

"일 때문이 아니라면. 다른 이유가 있다면?"

"어떤 이유요?"

"모르죠. 그이가 혹시 아가씨한테는 말했나 궁금했어요."

시누이가 살짝 얼굴을 찌푸렸다. "다른 여자를 말하는 거예요?"

나는 어깨만 으쓱할 뿐, 아무 말도 하지 않았다.

에이미가 안쓰럽다는 듯이 미소를 지어 보였다. "언니, 솔직히 말해서 오빠
한테 그럴, 아니 뭐든 다른 걸 할 시간이 있는 것 같진 않은데요."

에이미의 시선이 향한 파티오에서는 시부모님이 커다란 양산 아래 앉아 있
었는데 콜린은 도우미에게 손수레에 싣고 온 샌드위치와 아이스 음료를 식탁
에 어떻게 배치해야 하는지 지시하고 있었다. 우리를 발견하고는 어서 오라고
짜증이 실린 손짓을 했다.

에이미가 말했다. "가자고요. 엄마가 성질을 부리기 전에 얼른 가서 앉는 게
좋겠어요. 나중에 다시 얘기해요, 괜찮죠?"

우리는 우아하게 차려진 식탁에서 의자를 끌어당겼고 나는 최대한 좋은 모습을 보여야 한다는 익숙한 기분을 억누르려 애썼다. 결혼한 지 6년이 지났는데도 여전히, 여기 정원에 웅장하게 장막을 드리우고 식을 올리며 공식적으로 이 집안의 일원이 된 지 6년이 지났는데도 여전히 이런 기분을 느낀다는 건 우스운 일이었다. 그러나 우습든 그렇지 않든, 매번 방문할 때마다 평가받는 기분을 떨칠 수가 없었다. 나 자신은 물론 두 아이의 행동도 평가 대상이었고, 무엇보다도 시부모의 특별하기 그지없는 첫째 아들에게 내가 얼마나 좋은 아내가 되어주고 있는지를 보여주어야 했다.

"근사해요." 내가 콜린에게 말했다.

콜린은 인정한다는 듯 고개를 살짝 까딱했다. "이제 음식이 다 상하기 전에 사내들만 합류하면 되겠구나."

리엄은 옆쪽으로 멀찍이, 자갈을 깐 뜰로 나가는 문 근처에 서서 휴대전화로 글자를 입력하고 있었다. 선글라스를 착용한 채 나나 아이들에게 알은체하지도 않았다. 피터는 여느 때처럼 휴대전화를 귀에 꼭 누른 채 별장에서 나와 우리 쪽으로 성큼성큼 걸어오면서 모두가 들을 수 있을 만큼 큰 소리로 말하고 있었다.

피터는 반복해서 말하고 있었는데 날카로운 목소리였다. "아니, 아니, 아니. 아니라고. 잘 들어, 그럴 일은 없을 거야. 그 머저리 같은 소런슨한테 말했는데 전달하지 않은 모양이야. 그쪽에선 왜 말을 들어먹질 않는 거야? 끝났다니까."

통화 상대방인 여자의 목소리가 들리다가도 바로 피터의 목소리에 묻히고 있었다.

"내 말 잘 들어. 그자에게 이렇게 전해. 지금 단계에서 법적 절차를 밟는다면 실수하는 일이 될 거라고. 우리의 결정은 최종적이라고. 마이클 해먼드더러 나한테 시급히 전화하라고도 전하고."

통화를 마친 피터가 식탁 위로 전화기를 툭 던지자, 그것은 얇게 썬 수박과 포도가 쌓여 있는 흰색 사기 접시들 사이로 달카닥 떨어졌다. 그 즉시 피터의 얼굴이 변했는데, 어둡고 성난 얼굴이 늑대처럼 활짝 웃는 얼굴로 바뀌며 손자들을 반겼다.

피터가 아이들을 내려다보며 말했다. "자, 우리 두 악동 녀석이 오늘 아침엔 무얼 했누?"

아이들은 눈을 둥그렇게 뜨고 입은 다문 채 할아버지를 빤히 올려다봤다.

나는 시오의 한쪽 어깨에 손을 얹었다. "말에게 먹이를 줬답니다. 그렇지, 얘들아? 두 녀석이 어찌나 용감하던지 직접……."

"우리가 해야 할 일을 할아비가 **말해주마.**" 피터는 마치 내가 여기 없는 사람인 양 무릎을 꿇고 아이들과 눈높이를 맞추며 말했다. "너희 둘을 말에 태워줘야겠다. 이제 이렇게나 커서 근사한 청년으로 변신하고 있으니 승마 수업을 좀 받아야지. 어떠냐? 좋으냐?"

시오와 핀은 말없이 눈만 깜빡였다.

"으흠." 결국 시오가 작게 고개를 끄덕이며 소리를 냈다.

"바로 그거야!" 피터가 손자의 가느다란 갈색 머리칼을 헝클어뜨렸다. "그런데 너희 아빠는 어디 간 게야?"

리엄은 여전히 옆쪽으로 멀찍이, 뜰로 난 문가에 서서 휴대전화 화면 위로 두 엄지손가락을 날리듯이 움직이고 있었다. 멀리서도 그의 몸짓 언어에서, 잔뜩 굳은 어깨와 씰룩대는 턱 근육에서 긴장이 보였다.

핀은 완벽하게 삼각형으로 잘린 샌드위치에 손을 뻗었다가 콜린이 손끝으로 모질게 손등을 톡톡 치는 바람에 얼어붙었다.

"안 돼." 콜린이 깔끔하게 손질된 손가락 하나를 들어 올리며 말했다. "안에 들어가서 씻고 와야지?"

핀이 눈을 둥그렇게 뜨고 콜린을 올려다봤고, 나는 잠깐 핀이 울음을 터뜨릴지도 모른다고 생각했는데, 에이미가 나서서 긴장감을 탁 풀어주었다.

"제가 데려갈게요. 가자, 둘 다."

에이미는 두 아이의 손을 잡고 별장 안으로 향했다.

식탁에 놓인 피터의 휴대전화가 울리자 그는 기다란 집게손가락으로 쿡 찔러서 소리를 잠재웠다.

리엄이 내 옆으로 와 앉았는데 두 눈은 여전히 선글라스 뒤로 감춘 채였다. 콜린이 그에게 샌드위치와 올리브, 신선한 과일이 가지런히 놓인 접시를 건넸다.

"감사해요." 리엄이 멍하니 말했다. 받은 접시를 식탁에 내려놓고도 손을 대지 않았다. 그 대신에 두 눈을 다시 휴대전화에 붙인 채 스크롤 하고, 두드리고, 얼굴을 찌푸리기 시작했다.

"괜찮아?" 내가 그의 팔을 가볍게 만지며 나직이 물었다.

"응, 괜찮아." 리엄은 나를 보지 않고 말했다.

"일?"

"원내 총무실에서 뭐 좀 확인하고 싶다네." 리엄이 휴대전화를 식탁에 엎어놓고는 드디어 주위를 처음인 양 둘러봤다. "애들은 어디 갔어?"

7

늦은 오후 즈음에 나는 브리스틀로 가는 지역 버스에 올라 비어 있는 뒷 줄 좌석에 앉고 버스 안 승객들을 경계의 눈초리로 지켜본다. 버스가 달려 나갈수록 내가 있어야 할 곳에 있지 않다는 감각은 커져만 간다.

현대의 삶에는 전에는 두 번 생각한 적이 없던 정말 많은 부분이 있었다. 그것이 저편에 배경음으로 희미하게 웅웅거리고 있다는 것을 알았지만, 내 인생에서 어떤 문제를 일으키리라고 걱정한 적은 없었다. 적어도 나의 예 전 삶에서는 말이다. 그때 나는 중산층에 화이트칼라 전문직에 속했고, 그 건 사람들이 늘 내 말을 믿어준다는 것을 의미했으니까. 리엄이 비명에 가 고 나서야 나는 내가 얼마나 특권을 누린 존재였는지, 하룻밤 사이에 그 특 권을 잃는다는 건 어떤 것인지 제대로 알게 됐다. 리엄이 눈을 감은 순간부 터 그 모든 것이, 경찰과 언론, 법원, **제도**가 모두 내게서 등을 돌렸으니까. 그리고 유죄 평결이 소리 내어 읽힌 바로 그 순간부터 나는 적이, 외부인이, **타인**이, 두려움의 대상이, 매도할 대상이, 결코 다시는 신뢰할 수 없는 존재 가 됐으니까.

세상은 계속 돌아갔다. 브렉시트. 트럼프. 코로나19. 우크라이나. 여왕의 장례식과 새로운 왕까지. 그러나 나는 그대로였다. 내게 시간은 그대로 멈 춰 있었다. 9개월간 구금된 데 이어 18년 형 중 9년을 복역한 지난 10년의 세월을 나는 그저 구경만 했다. 나는 시간 여행자였다. 또 다른 시간으로부터, 다른 10년으로부터 2023년에 새로이 도착한.

브리스틀의 버스 정류장에서 나를 배스의 중심으로 데려다줄 또 다른 버스를 찾는다. 사람이 **정말 많다**. 내 기억보다 많다. 나는 저 사람들이 모두 교도소에 걸맞은 칙칙한 옷차림의 나를, 빛바랜 바지와 스웨트셔츠를, 브랜드가 없는 운동화를, 지친 얼굴과 거뭇한 눈가를 보고 있다고 생각한다. 나를 평가하고 있다고 상상한다. **저 여자는 여기 어울리지 않아. 우리와 달라.** 저들은 돈과 지위, 재산, 또 결혼과 가족, 친구를 믿고 자신들은 안전하다고, 우월하다고 여긴다. 잔인한 운명은 남의 일일 뿐이라고 생각한다. 그러나 내 눈에 저들은 순진해빠진 사람들일 뿐이다. 어쩌면 저리도 **모를까**. 누구든, 언제든 전부 다 잃을 수 있다는 게 현실이다. 하룻밤 사이에, 한순간에, 인생이 산산조각이 나서 다시는 도로 붙일 수 없게 될 수 있다.

내가 바로 이 불편한 진실의 살아 있는 증거다.

버스에서 내려서 고개를 숙이고 두 손은 주머니에 찔러 넣고 재킷의 옷깃을 세운 채 누구와도 눈을 마주치지 않으며 걸어간다. 이곳에 대한 기억에 의존하다 보니 큰길로, 붐비는 길로만 다니게 된다. 예전의 기술을 한꺼번에 다시 배우자니 아이가 된 기분이다. 교통 사정을 판단해서 길을 건너고, 군중 사이를 헤치며 나아가고, 10대들이 새 문물로 보이는 전동킥보드를 타고 인도를 따라 쌩하고 다가오면 옆으로 비켜서야 한다. 내가 가는 곳은 도심에서 남서쪽으로 떨어진 교외에 있어서 관광객으로 꽉 막힌 수도원과 로마 목욕탕 유적 주변 거리로부터 벗어날 수 있으니 다행이다. 우회로를 통해 올드필드 파크와 트워턴, 나무가 늘어서고 차로 혼잡한 거리를 지난다.

헤이콤 공동묘지에 다다를 즈음 두 발이 욱신거리지만 아무래도 상관없다. 멈추지 않고, 생각하지 않고 걷는 편이 좋다. 나는 검은 철문을 통해 안으로 들어가고 왼쪽으로 난 길을 따라, 저 먼 구석으로 이어지는 완만한 경사를 따라 올라가며 줄지어 늘어선 흰색과 회색의 묘비들을 지난다. 수백 개의 묘비를 지난다. 수천 개의 묘비를 지난다.

엄마의 무덤은 어느 줄의 맨 끝에 있다. 아무런 꽃 장식 없이 소박한 돌에 이름과 출생일, 사망일이 새겨진 게 다다. 가장 기본 형태의 묘비. 나는 쪼그리고 앉아서 비석의 맨 아랫부분에 돋아나고 있는 잡초를 뽑고 측면을 감고 올라가는 담쟁이덩굴의 뿌리를 뽑는다.

최선을 다해 정리를 마친 나는 축축한 풀 위로 무릎을 꿇고 비석 위에 한 손을 얹는다. 마치 엄마에게 내가 왔다고 말하려는 듯이, 어떻게든 엄마를 느끼려는 듯이. 이렇게 하면 내 부재에 대한 죄책감을 덜 수 있기라도 한 것처럼. 또다시, 어쩌면 이게 정말 내가 품은 어두운 진실이 아닐까 하는 생각이 든다. 나는 사랑하는 사람들을 잃고 마는 저주받은 운명의 소유자이다. 더 나아가, 어떤 식으로든 내가 빌미가 된다. 아버지는 내가 갓 10대에 접어들었을 때 돌아가시고, 리엄은 우리가 결혼 7주년을 맞이하기도 전에 비명에 가더니, 몇 년 뒤에는 우리 엄마까지 나를 떠났다. 끝까지 나의 결백을 믿어준 유일한 사람이, 70대의 나이에 딸이 교도소에서 시들어가는 동안 당신도 시름시름 앓다가 알츠하이머병을 얻었다. 치매가 심해지면서 요양원에서 홀로, 하루하루 기억을 잃어가며, 아직 남아 있는 자신을 매어둘 수 있는 정기적인 방문객도 없이 스러져갔다. 외동딸의 방문 한 번 없이. 나는 감시 등급이 가장 높은 교도소의 수감자로 엄마의 장례식에 참석하기 위한 임시 석방조차 허락되지 않았다.

내가 바로 공통분모다. 내 인생에서 영원히 사라진 이들 모두와 연결되는 암흑의 고리다.

어쩌면 이 생각도, 마치 악령처럼 어둠 속에서 줄곧 나를 기다리던 끔찍한 생각도 사실일지 몰랐다. 두 아들에게 내가 없는 편이 나으리라는 것.

아니다.

그것만은 아니다.

두 아이를 잃지 않을 것이었다. 아이들은 이제 내가 가진 전부이자 이 세상에 남은 유일한 말뚝이었다. 나는 손끝을 입술에 대었다가 차갑고 거친 묘비 위로 옮기면서 목에 걸린 응어리를 삼켜낸다.

"미안해, 엄마." 마지막으로 한 번 더 비석에 새겨진 글자를 살핀다. "사랑해요."

자리에서 일어나 다시 길을 나선다. 언덕을 가로질러 비스듬히 가면서 위

아래로 늘어선 줄을 살피며 오늘에서야 처음으로 가는 또 다른 무덤을 찾는다. 참석이 허락되지 않은 또 한 번의 장례였다. 그래도 찾는 데 오래 걸리지 않는다. 이곳 공동묘지의 한쪽 끝에 하얀 대리석으로 된 묘비가 보인다. 깔끔하고 잘 관리된 구역이다. 비석 발치에는 며칠밖에 되지 않은 듯 보이는 싱싱한 백합이 놓여 있다.

리엄 피츠패트릭 버넌

1977∼2013

이번만은 눈물을 멈출 수가 없다. 재미있고, 다정하고, 똑똑하고, 잘생긴 나의 남편이자 그 누구보다 나를 잘 알고, 가족을 끔찍이 사랑하며, 늘 밝은 면을 보려 한 남자. 훌륭한 요리사였고 형편없는 춤꾼이었으며 시시하기 그지없는 농담을 던지는데도 어쩐 일인지 우리 모두를 웃게 만든 남자. 가끔은 옅은 미소를 띠고 나를 뚫어져라 보곤 했는데, 그의 얼굴은 내가 온 세상을 통틀어 가장 멋진 사람이며 자신이 얼마나 운이 좋은 남자인지 아직도 믿어지지 않는다는 표정이었다.

너무도 오랜 시간이, 여러 해가 지났지만 나는 아직도 왜 그가 죽었는지, 그날 밤 누가 칼을 휘둘렀는지 알지 못한다. 어쩌면 격정 또는 절망 또는 극단주의의 발현일 수도 있었다. 어쩌면 응징, 보복, 다른 사람들에 대한 경고였을 수도.

내가 아는 것은 나는 무고하다는 사실뿐이다.

그러나 지난 10년 사이에 나에 대한 유죄 판결은 의심할 여지가 없는 사실로 굳어졌다. 기정사실이, 구체적인 현실이 되었다. 지문과 사진, 선불 휴대전화, 남편이 미처 보내지 못한 죄책감으로 가득한 메시지, 이 모든 것이 합쳐져 내게 아주 불리하게 작용했다. 내가 남편을 살해했다는 데 이견을 보이는 사람은 없었고, 그것이 법원이 인정한 사건의 진상이 되어버렸다. 몇 년에 걸쳐 퇴적물이 층층이 쌓여가듯, 사건에 대한 이야기가 반복될 때마다 지난 이야기 위에 포개지며 새로운 현실이 만들어졌다.

그 비옥한 퇴적물에서 거짓이 잡초처럼 돋아났다.

리엄이 죽은 뒤로 온통 거짓투성이인 숲이 우거졌다. 거짓은 나와 두 아들 사이를 가로막았고, 내게서 그들을 영원히 떼어놓으려 했다.

거짓의 숲은 너무도 울창하고 너무도 엉클어지고 너무도 어두워서 누구도 더는 숲을 꿰뚫어 볼 수 없었다. 나는 맨 처음 거짓이 심어진 이유를 알았다. 내게 죄를 뒤집어씌우기 위해서였다. 내 입을 막고 진실을 아주 깊이 묻어버려 다시는 빛을 보지 못하게 하기 위해서였다. 그리고 나는 내가 할 일을 알았다.

나는 이 거짓의 숲으로 들어갈 것이다.

그리고 숲을 모조리 태워버릴 것이다.

8

토요일

참으로 오랜만에 리엄의 꿈을 꾼다.

잠의 토막들 속에서 나는 그에게 말을 하고 있다. 그와 언쟁을 벌이고 있는데 그가 뭐라고 하는지는 들리지 않는다. 마치 물속에 있는 사람처럼 그의 말은 둔해지고 왜곡된다. 꾸는 꿈마다 창백한 얼굴로 내 앞에 선 그는 처음에는 정장 차림이다가 돌연 가운 차림이 되고 다시 축구 셔츠이다가 흰색 티셔츠로 바뀌었다가 다음에는 결혼식 때 입었던 예복 차림이 되는데 내가 시선을 내리기만 하면 늘 그의 흉곽 위로 똑같은 핏빛의, 살인의 길고 깊은 상처가 나 있다. 피가 엉겨 거무스름한 빛을 띤다.

꾸는 꿈마다 내 손에는 긴 칼이 들려 있다.

살인자가 쥐었던 칼과 똑같은 것이다. 내 집에 있었던, 위층에 올라왔던, 침실에 나와 함께 있었던, 나를 가까이에서 지켜보며 내 가슴에도 서슴지 않고 칼을 찔러 넣을 수 있었을 사람. 그는 거기에 얼마나 오래 있었나? 내가 깨어났다면 나도 죽여버렸을까? 아이들의 침대 맡도 거쳤나? 계단참을 사이에 두고 내가 세상모르고 자고 있을 때, 아이들을 살려둘지 죽일지 고민하고 있었나? 자신의 손에 삶과 죽음을 가를 힘을 거머쥔 채 마침내, 대단히 관대하신 어느 신처럼, 아이들에게 어린 목숨을 허락해주기로 했던가?

나는 내가 있어야 할 곳에 있지 않다는 데 놀라서 움찔하며 일어난다. 무언가 잘못됐다. 내가 늘 눕고 일어나던 침상이 아니다. 이스트우드 파크 교도소의 어느 동 D-26에 있지 않다. 가슴 속에서 심장이 빠르고 얕게 쿵쾅거리고, 몇 초가 더 지나서야 내가 지금 어디에 있는지 기억해낸다.

사우스미드 하우스. 최근 출소한 보호관찰 대상자들을 수용하는 호스텔이다.

방 하나를 네 사람이 쓰는데 좁은 1인용 침대가 다닥다닥 붙어 있어 거의 한 침대에 나란히 누운 것이나 다름없다. 공기는 잠과 발과 날숨의 냄새로 텁텁하다. 자초지종이 빠르게 되살아난다. 나는 '가석방자 보호관찰 시설'에 배치된 것으로, 내가 있는 곳은 기차역 인근에 한 줄로 늘어선 테라스 하우스가 끝나는 지점, 후미진 곳에 위치한 2층짜리 땅딸막한 콘크리트 건물이다. 20~30명의 여자가 있고 같은 수의 남자가 아래층에 있다. 이 작은 공동 침실에 들어선 다른 세 개의 침대 중 두 개는 사용 중으로, 담요 아래로 잠자는 몸이 덩어리를 이루고 있다.

네 번째 여자는 내 침대 옆에 서 있다. 닿을 만큼 가까운 거리에.

내 나이 정도, 어쩌면 몇 살 더 어릴 수도 있을 여자는 생살이 다 드러나도록 손톱을 물어뜯어놓았고 왼쪽 눈 밑에서는 멍이 노래지고 있다. 거무스름한 머리는 지저분하게 뒤로 묶였고 한쪽 귀 뒤에는 작은 별 모양의 문신이 한 줄로 조악하게 새겨져 있다. 여자는 어떤 재킷을 입어보며 문 뒤에 붙은 작은 거울 속 자신의 모습에 감탄하고 있다. 나는 실눈을 뜨고 그녀를 올려다본다. 여자가 입어보는 옷은 내 재킷이다. 여자는 이리저리 몸을 틀고 손을 주머니에 넣어보며 마치 자라 매장의 탈의실 안에 있는 양 자세를 취한다. 예전의 나라면 여자가 옷을 벗을 때까지 기다리거나 돌려줄 수 있겠느냐고 정중하게 물었을 터였다. 하지만 그런 나는 사라진 지 오래였다. 거의 기억조차 나지 않는 먼 육촌처럼. 교도소에서 약점을 보인다는 건 얼마 되지 않으나마 가진 것을 잃기에 가장 빠른 방법이었다.

"뭐 하는 거예요?" 내가 여자에게 말한다. 아직 잠에서 덜 깬 쉰 목소리다. "내 건데?"

"나한테 꽤나 잘 맞는 듯?"

"벗어요."

"5파운드에 팔래요?" 여자의 말에 부드러운 브리스틀 억양이 감긴다.

"벗어요. 당장." 내가 재차 말한다.

홍분이 어리면서도 게슴츠레한 여자의 두 눈은 합성 물질이 혈류를 타고 분주히 돌아다니고 있음을 말해준다. "그럼 빌리기만 할게요. 하루 정도?"

"벗으라고요."

여자가 입술을 뿌루퉁히 내밀고 어깨를 들썩여 재킷을 다시 내 침대 끝으로 떨어뜨린다. 재킷을 벗은 여자는 운동복 바지와 지저분한 보라색 티셔츠 차림인데 아래팔의 퍼르스레한 정맥 주위로 주사 자국이 밀집된 것이 마치 짙은 주근깨가 피부에 번진 모양 같다. 여자는 내가 주사 자국을 알아챈 것을 보더니 어깨를 으쓱하며 팔짱을 낀다.

나는 여자의 발을 가리킨다. "운동화도요."

여자는 자신의 발에 꿴 내 신발을 내려다보곤 얼굴을 구긴다. "정말 이러기예요? 내 거랑 바꿀래요? 이거 나한테 **완전 딱** 맞는단 말이야. 있죠, 내 발이 표준 사이즈들 사이에 걸쳐 있어서 딱 맞는 걸 찾기가 여간 어려운 게 아녜요. 알죠? 어떤 매장에서는 사이즈 6이고 다른 매장에 가면 또 6.5인데……."

"바꾸기 싫어요." 여자가 자신의 침대 밑으로 벗어 던져놓은 낡은 단화는 금방이라도 밑창이 떨어져 나갈 것처럼 보인다.

나는 밑으로 침대 스프링이 삐걱거리는 소리와 함께 상체를 일으켜 세우고 한 손으로 얼굴을 문지른다. 교도소에 있을 때 자물쇠가 풀리는 시간은 오전 7시 45분 정각이었다. 매일 아침, 평일과 주말의 구분 없이, 크리스마스에도, 공휴일에도, 1년 내내 예외가 없었다. 하지만 이 방에는 시계가 없고, 내겐 휴대전화가 없으며 손목시계도 작동하지 않는다.

"지금 몇 시죠?"

나의 룸메이트가 어깨를 으쓱한다. "나 어디서 그쪽을 본 것 같은데. 맞죠?"

나는 침대 밖으로 휙 다리를 내리고 스웨트셔츠를 머리에 씌운 다음 잡아당겨 내리고 주위를 둘러보며 조거팬츠를 찾는다. 교도소에 있을 때, 특히 처음 몇 년간은 주기적으로 겪던 일이었다. 저 고고한 년이 피도 눈물도 없이 제 남편을 죽였잖아라든가 어떤 때는 저 돌처럼 차가운 년이 글쎄 애들이 제 아빠의 시체를 발견하게 뒀대라든가 소소하게는 저 건방진 년은 제가 제일 잘난 줄 안다니까 정도로. 나는 되도록 피하고 무시하는 법을, 억양을 단조롭게 하고 고개를 숙인 채로 다니는 법을, 최대한 튀지 않는 법을 배웠다.

"아닐걸요."

"본 거 맞아요. 이스트우드 파크에 있었죠? 나도 거기거든요. D동. 두어 달 전에 나왔고요. 아, 나는 조디라고 해요."

"헤더예요."

"출소하고 첫날이에요?" 내가 대답하기도 전에 그녀는 기관총 같은 속도로 말을 쏟아댄다. "와, 나도 처음 나온 날이 기억난다. 완전히 미쳐가지고 이만큼 진탕 취해서는 월요일 아침에 눈을 뜨니까 다시 경찰서 유치장이지 뭐예요. 주말 사이 기억은 **하나도** 안 나고. 그나저나 난 여기 오래 있진 않을 거예요. 스윈던에 사는 친구한테 방이 하나 남거든요. 돈이 어느 정도 모이는 대로 여길 떠서 친구랑 살 거예요. 그런 다음에 내 집 문제를 해결할 거고 그러면 딸을 데려와서 다시 함께 살 수 있어요." 그녀는 내 침대 끝에 걸터앉는다. "그래서, 헤더, 그쪽은 누구예요?"

"네?"

"보관 말예요." 여자가 어깨를 으쓱하며 말한다. "담당 보호관찰관이 누구냐고요."

나는 이스트우드 파크를 나올 때 받은 종이를 꺼내 펼치고 이름을 찾는다. "트레버 보일."

"저런." 여자는 코웃음을 친다. "행운을 빌어요. 완전 재수 없는 새끼거든."

"뭐 그런 놈은 차고 넘치잖아요."

여자가 웃음을 터뜨린다. "좋은 생각이 있어요. 내가 대신 가줄까요? 원한다면 그쪽인 척해줄게요. 운동화값으로다가."

"뭐라고요?" 나는 고개를 젓는다. "아니에요. 난 문제에 휘말리고 싶지 않아요."

"별거 아녜요. 전에도 해봤는걸. 그냥 신분증을 잃어버렸다고 하면 돼요. 내가 머리를 내리고 가면 그쪽인 줄 알고 넘어갈걸요, 전혀 문제없지."

"난 괜찮을 거예요. 그래도 제안은 고마워요."

"알겠어요." 여자가 내게 다시 휙 미소를 보낸다. "혹시 재킷에 대한 마음이 바뀌면 알려주고요."

9

"내 말을 알아듣습니까, 헤더?"

서류가 쌓인 책상 뒤의 남자를 향해 고개를 끄덕인다. 트레버 보일은 50대 중반의 작은 남자로 염소수염이 회색빛이고 물 빠진 청바지에 두른 허리띠 버클 위로 배가 둥그렇게 튀어나온 모습이다. 페이즐리 무늬의 조끼는 단추가 풀려 있고, 안에는 몇 년 전만 해도 하얬을지 모를 티셔츠를 받쳐 입었다.

"네. 알아들어요." 내가 말한다.

"중요한 일입니다, 헤더. 당신을 위해, 당신 삶이 앞으로 나아가기 위해서 말입니다. 그러니까, 다시 교도소로 돌아가고 싶지 않다면요."

"네, 알고 있습니다."

보호관찰소는 어느 산업단지 끝에 자리한 붉은색 벽돌 건물로 누구라도 좋아할 법하지 않은 곳이다. 창문마다 김이 서렸고 푹 꺼진 돌계단을 오르면 역시 움푹 찌그러진 현관문 옆에 한 줄로 늘어선 버저가 나온다. 접수처는 동네 의원의 대기실을 연상시키는데 투명한 플라스틱 벽이 접수대를 빈틈없이 둘러싸고 있다는 점과 낮은 탁자에 놓인 인쇄물의 종류만 다를 뿐이다. '전과를 가진 사람이 일자리를 구하는 법', '다시 사회에 통합되는 법', '출소 후의 삶' 등의 제목이 눈에 띈다.

트레버 보일이 작고 둥근 안경 위로 눈을 치뜨며 잠시 나를 살핀다.

"그러니까, 싫으신 거죠?"

"네? 뭐가요?"

"교도소로 돌아가기 싫으십니까?"

"네, 물론이죠."

나는 소리 없이 덧붙인다. 절대 안 돌아가요, 절대. 단 하루도, 한 시간도, 1분도 거기 있지 않을 거야. 당신 때문에라도, 그 누구 때문에라도 돌아가는 일은 없어.

그는 나를 향해 눈썹을 추켜세우고 장광설을 재개한다. 지난 수년간 수천 번까지는 아니더라도 수백 번은 똑같은 말을 읊었을 사람 특유의 모습이다.

"자, 반복해서 말하지만, 가석방은 수형자가 조건부로, 보호관찰관의 감시하에 사회로 복귀하는 것을 허락하는 제도입니다." 한 손바닥으로 자신의 가슴을 톡톡 두드린다. "축하합니다."

"조건부로 말이죠. 이해했습니다."

"형기 중 절반을 복역하셨고, 지침에 따라 남은 형기는 사회에서 채우게 됩니다. 가석방 허가 조건을 따라야 하고요. 이해하셨습니까, 헤더?"

"완벽하게 이해했습니다."

그는 또 한 장의 종이를 집어 들더니 뒷면에 봉투가 클립으로 고정된 그것을 짧게 훑는다.

"규칙과 요건에서 벗어나면 허가 조건을 '위반'한 것이 돼 곧바로 이스트우드 파크로 돌아가서 9년을 더 복역해야 합니다." 장난기 없이 함박웃음을 지어 보인다. "출발 칸을 지나지 마시오. 200파운드를 받지 못합니다. 감옥으로 직행하시오.(보드게임 「모노폴리」에서 복불복 카드 중 '감옥으로 이동' 카드에 적힌 문구. 말이 출발 칸을 지날 때마다 은행에서 200파운드를 받는 것이 원칙인데, 감옥 카드를 뽑으면 출발 칸을 지나지 않고 감옥으로 직행해야 하므로 200파운드도 받지 못한다-옮긴이)"

"규칙을 지킬 수 있어요." 나는 그를 향해 강하게 고개를 주억거린다. "그럴 수 있다고 확신해요. 확실합니다. 문제없을 겁니다."

"그렇게 말해주니 좋군요. 아주 좋아요." 그는 책상 뒤에서 나오더니 내 앞에 놓인 작고 둥근 탁자에 종이를 둔 다음 발을 질질 끌며 돌아가서 다시 의자에 푹 몸을 묻는다. "게임의 규칙입니다." 그가 말한다.

서류를 훑어본다. 상단에 왕립교정보호청의 파란색 문장과 주소가 인쇄되어 있고 그 아래로 글머리 기호를 붙여 정리한 조건 목록이 나온다.

다음 중 일부 또는 전부에 해당할 경우 조건을 위반한 것으로 간주되어 즉시 재수감될 수 있습니다.
- 형사 사안과 관련하여 체포 및 기소되는 경우
- 원재판과 관련된 증인이나 배심원, 경찰, 법원 직원 등과 **어떠한 형태로든** 접촉하는 경우
- 원재판의 피해자와 관계가 있는 가족 구성원과 접촉하는 경우

예상한 일이었다. 마지막 조건이 나올 것을 알았고 마음의 준비를 하려고도 애썼다. 하지만 막상 인쇄된 저 말을 읽으니 속이 요동친다.

피해자와 관계가 있는 가족 구성원과 접촉하는 경우.

"제 아들은요? 두 아이는 어떻게 만나면 되나요?" 조용히 묻는다.

"예, 그 문제와 관련해서 말이죠. 애들이 몇 살이라고 했죠?"

"핀은 갓 열세 살이 됐고 시오는 열네 살이 되고도 6개월이 지났어요."

"그렇죠. 음, 석방 허가 조건으로 명시됐듯." 그가 문서를 툭툭 친다. "아이들과 어떠한 접촉도 해서는 안 됩니다."

"하지만 분명…… 시간이 좀 지나면 볼 수 있는 방법이 있을 테잖아요? 아직 출소한 지 얼마 안 됐기도 하니까. 아이들을 못 본 지 정말 오래됐어요. 마지막으로 봤을 땐, 마지막으로 대화를 나눴을 땐 정말 조그마했는데, 분명 어떤 방법이……."

"헤더, 당신에겐 아이들을 볼 수 있는 법적 권리가 없습니다. 적어도 아이들의 법정 후견인의 명시적 허락이 있어야 합니다. 사망한 남편의 부모님이 아이들을 키우고 있다죠?"

"네. 그렇지만 제 아들인걸요."

"게다가 아이들은 법률상 아직 미성년자이고요. 열여덟 살이 되면 스스로 누구를 만나고 만나지 않을지 결정할 수 있죠. 그 전까지는, 말씀드렸다시피, 아이들의 조부모님이 결정하실 문젭니다."

"열여덟도 **몇 년**을 더 기다려야 하잖아요. 그사이에 제가 취할 수 있는 법적 조치는 뭐가 있나요?"

보일이 눈을 가늘게 뜬다. "무슨 뜻입니까?"

"이 문제를 다퉈볼 여지 말예요. 분명 법적으로 제가 할 수 있는 일이 있을 텐데."

"유감스럽게도 없습니다." 그가 가슴 앞으로 팔짱을 낀다. "이건 국법입니다. 법적으로 불복 절차를 밟을 수 있는, 일부 법원의 판단이 아니란 말입니다. 당신의 가석방 조건이라고요."

"그럼 어떻게 해야 아이들을 보나요?"

나무에 올라 멀리서 몰래 지켜보는 것 말고. 나는 잠시나마 어제 지붕창집에 들른 것이 엄밀히 따지면 위반에 해당하는 것은 아닐까 생각한다. 아마 그렇겠지.

보일은 마치 지금껏 뭘 들은 거냐는 듯이 어딘가 불편한 표정을 지어 보인다. "아이들의 법정 후견인에게 명시적인 서면 허락을 받지 않는 이상 볼 수 없습니다. 법정 후견인은 허락할 의무가 없고요."

지옥이 얼어붙는 날이 오지 않는 이상 어림도 없을 테고.

나는 목구멍이 죄어드는 고통을 삼켜낸다. "분명 방법이 있을 거예요."

"헤더, 제가 담당하는 사람들에게 조언하는 바는 오늘에 집중하라는 겁니다. 지금 여기, 현재에 집중하세요. 하루하루를 살고 미래에 대해서는 과도하게 생각하지 말아요. 당신이 교도소에서 나왔다는 것, 그게 가장 중요합니다."

"가장 중요한 건 아이들을 만나는 거예요." 목소리가 흔들리지 않도록 애쓴다. "다른 건 어떻게 되건 상관없어요."

나는 그의 얼굴을 본다. 도처에 서류가 넘치는 낡은 사무실에서 피곤에 찌든 남자를 보자 보호관찰 행정이라는 죽은 손이 내 어깨를 짓누르는 것이 느껴질 지경이다.

보일이 다시 컴퓨터 모니터로 몸을 돌리며 손목시계를 확인한다.

"2주 뒤에 다시 오시죠." 그의 손가락은 이미 키보드 위로 달가닥거리고 있다. "교도소로 돌아가고 싶지 않다면 문제를 일으키지 마시고요."

2013년 7월 13일 토요일

오후 3시 8분, 배스 경찰서

그들은 내게 아이들을 보여주지 않을 터였다.

국선 변호인 말고는 아무도 못 만나게 할 터였다. 20대 후반의 남자인 변호인은 호리호리한 체격에 회색 정장 차림으로 나와 한자리에 앉아 말하고 있고 나는 이가 빠진 파란색 머그잔을 쥔 채 진하고 설탕이 많이 들어간 차를 홀짝이고 있었다. 그가 뭐라 말하고 있는지, 그 말이 무슨 의미인지, 이 모든 것이 무슨 의미인지, 아이들과 있어야 할 시간에 여기 경찰서에서 홀로 뭘 하고 있는 것인지 도통 알 수가 없었다. 아이들이 겁을 먹었을 텐데. 어찌할 바를 모를 텐데. 배가 고플 텐데. 아이들에게는 내가 필요했다. 나는 아이들과 함께 있을 필요가 있었다. 그런데 그들은 아이들을 만나지 못하게 했다. **곧**, 사람들은 그 말만 반복했다. **곧, 하지만 아직은 아니라고.** 나는 마치 끊어지고 있는 듯이, 누군가가 나를 잡아당겨서, 찢기고, 금방이라도 갈기갈기 조각 날 것처럼, 아주 얇은 한 겹의 피부만이 나를 겨우 지탱하고 있는 것처럼 느껴졌다.

그렇게 나는 로어 브리스틀 로드에 위치한 이 시 단위 경찰서의 가장 깊숙한 곳, 작은 방에 앉아, 국선 변호사가 나를 대변하도록 놔두었다. 국선 변호사가 이상하게 단조로운 어조로 말하며 움직이는 입을, 손톱이 물어뜯긴 손으로 이리저리 휘젓는 손짓을, 양식에 맞게 서류를 작성하는 볼펜의 움직임을, 매끄럽고 창백한 얼굴에 떠오르는 표정을 볼 뿐이었다. 머릿속에서는 아침에 벌어진 일들이 끔찍한 영상으로 반복 재생 되고 있었다.

73

먼저 구급차가 있었다. 온통 초록인 옷차림의 응급 구조사 두 명이 나를 조심스레 리엄의 시신에서 떼어놓으며 기계적으로 그의 활력 징후를 확인했다. 오고 가는 무선 호출, 잡음과 축약어, 죽음을 말하는 무력하고 무정한 언어. **환자분은 사망하셨습니다.** 두 아이는 공포에 질려 눈이 휘둥그레졌다. 집에 들어온 이 시끄럽고 낯선 사람들 때문에 움츠러들었고, 지금 무슨 일이 벌어지고 있는지 제대로 알지 못하면서도 무언가 어둡고 끔찍하고 도무지 이해할 수 없는 일이라는 점만은 감지하고 있었다. 우리 세 사람은 가운 차림으로 주방에 모여 몸을 옹송그렸다. 나는 눈물을 멈추려고 안간힘을 쓰며 우묵한 그릇에 시리얼을 부었고, 강아지는 사료를 먹인 다음 작은 뒤뜰로 내보냈다. 시오는 코코팝스를 숟가락으로 퍼서 입안에 넣으면서도 주변 상황에 신경을 쓰고, 창백한 얼굴로 내가 답할 수 없는 질문을 끊임없이 쏟아냈다. 핀은 내가 필사적으로 끌어안고 있는데도 몸을 꼼지락거리며 빠져나와 장난감 바구니에서 공룡들을 꺼집어내 주방 바닥에 늘어놓고는 세상모르고 놀기 시작했다. 그사이에 응급 구조사들은 불과 몇 미터 떨어진 옆방에서 희망이 없는 임무를 이어갔다.

응급 구조사들 다음으로는 경찰이었다. 제복 차림의 두 사람이 왔는데 더 젊은 사람은 현관 밖을 지켰고 다른 한 명은 거실에서 응급 구조사들에게 낮은 목소리로 말하고 있었다.

그다음으로는 이웃이었다. 부랴부랴 옷을 입고 나온 사람들이 작게 무리 지어 있는데 반쯤은 아는 사람이었고 말조차 해본 적 없는 사람들도 있었다. 무리는 진입로 끝에서 팔짱을 낀 채 이웃으로서 걱정하는 체했다. 그리고 오래지 않아 사진사들이 도착하기 시작했다. 카메라와 장비 가방을 느슨하게 멘 사람이 한 명에서 두 명이 되더니 내 집 사진을 찍었다. 내 닛산 왜건 앞으로 진입로를 꽉 막고 있는 구급차를 향해 렌즈를 맞출 때는 그렇게 손발이 잘 맞을 수 없었다. 이어 두 번째 경찰차가 등장했고, 어느새 사진사 무리가 여섯 명으로 불어나더니…….

변호인이 내게 질문을 하고 있었다.

"네?" 내가 말했다.

"전화 통화를 하고 싶은 사람이 있으신가요?" 그가 물었고, 볼펜이 메모장 위에서 태세를 취하고 있었다. "친구나 친척이라든지?"

나는 눈을 깜박였다. 손에 들린 이 빠진 머그잔을 들여다봤다. 비어 있었다. 나는 아직 여기에, 아직 이 아무 특징도 없는 방에 있었다. 유일한 창문 곁에 놓인 낮고 낡아빠진 소파에 파묻힌 채. 탁자 위 티슈 상자는 반이 비었고 철망 휴지통은 벌써 반이 채워졌다. 바닥에는 거칠고 회색인 사무실용 카펫이 깔려 있고 벽에는 흔한 풍경화들이 걸려 있었다. 몇 년 전 엄마와 앉아 있던 병원 가족실을 연상시키는 공간이었다. 기다리다가 아버지의 완화 치료를 담당한 의사로부터 피할 수 없는 이야기를 들었던 곳.

"엄마요. 만날 수 있나요?"

"곧이요. 바라건대. 어머님은 아침부터 대기실에 계세요. 따님을 보겠다고. 아까 짧게 대화도 나눴어요. 계속 거기 있으시겠답니다."

엄마가 경찰서 대기실에 홀로 앉아 있을 생각을 하니 다시 목구멍에 응어리가 맺혔다. 하지만 엄마는 내 얼굴을 보고, 내게 말하고, 나를 안아줄 수 있을 때까지 얼마나 오래 걸리든 기다려주겠지.

고개를 돌리다가 여기 또 다른 남자가 있다는 것을 처음으로 알아챘다. 문 옆에 놓인 의자 중 하나에 등을 기대고 앉아 있었다. 흰색 셔츠 차림에 소매를 말아 올려 드러난 아래팔은 우람했고, 40대 중반으로 보이며, 바싹 깎은 머리는 이마가 벗어지고 있었다. 그가 언제 이 방에 들어왔는지도 몰랐다.

"어떻게 된 일인지 알려드려야 해서요." 그러자 또다시 크고 무거운 쇳덩이가 내 가슴을 제대로 강타해, 그 압도적인 무게에 폐에서 공기가 빠져나가는 듯했다. 잔인하기 그지없는, 믿을 수 없고, 말도 안 되는 그의 마지막 모습, 소파에 누워 일어날 줄을 모르던, 얼굴이 창백하고 축 늘어졌던. 눈물에 가려 앞이 잘 보이지 않았다. "안 돼, 어떡해. **어떡해**, 리엄. 저는 도저히……."

나는 말을 멈췄다. 새로 솟은 눈물이 얼굴을 타고 흘렀다. 날것의, 텅 빈, 몸의 일부가 떨어져 나간 듯한 감정을 느꼈다. 두 눈에 모래가 잔뜩 낀 듯했고 우느라 목이 붓고 끔찍이 아파왔다.

흰 셔츠를 입은 남자가 일어서더니 자신의 의자를 나와 더 가까운 위치로 가져왔고 티슈를 한 움큼 뽑아 건넸다. 티슈를 받아 든 나는 눈물을 훔치며 그의 목에 걸린 파란색 끈에 달린 신분증을 곁눈질했다. **존 머스그로브 경위**.

"먼저 저한테 말씀해주시는 게 어떨까요?" 온화한 목소리였다. 부드러운 요 크셔 억양에 마음이 진정될 지경이었다. "기억할 수 있는 모든 것을요. 그 전에 먼저 진심으로 깊은 애도의 뜻을 전합니다."

"이미 다른⋯⋯." 흐느끼는 와중에 막연히 바깥 복도를 가리켰다. "다른 경찰 관분들에게 말한걸요. 집에 오셨던 분들. 그리고 저한테 주의 사항을 고지하고 DNA를 채취하고 그런 모든 것들을 하신 동료분에게도요." 목이 다시 잠겼고 어깨가 흔들렸다. "그분이 왜 그런 걸 한 건지 모르겠어요."

"이 단계에서 거치는 형식상의 절차일 뿐입니다, 버넌 부인. 저희가 거듭 물을 수밖에 없어서 죄송합니다만, 부인께 직접 듣고 싶습니다. 그래야 범인을 잡아서 다른 피해자가 발생하는 것을 방지할 수 있을 테니까요. 천천히 여유를 갖고 말씀해주시면 됩니다."

나는 티슈를 더 뽑아 들고 안개가 낀 것처럼 멍한 머리에서 최대한 구체적인 이야기를 끄집어내 되풀이하기 시작했다.

말을 마쳤을 때 머스그로브 경위는 내게 어딘가 불편한 미소를 지어 보였다. "고맙습니다. 잠깐 휴식이 필요하면 알려주시고요." 그가 내 머그잔을 가리켰다. "따뜻한 음료를 한 잔 더 드릴까요? 아니면 뭐라도 드시겠습니까?"

나는 고개를 저었다.

"저는 그저 누가 리엄에게 이럴 마음을 먹었는지, 도대체 누가⋯⋯." 목소리가 갈라졌다. "왜 그랬을까요? 어떻게 우리 집에 들어올 수조차 있었죠?"

그 사람은 우리 집 안에 있었다. 살인범이 위층에 올라왔다는, 아이들의 침실이 있는 곳까지 왔다는 생각에 온몸이 얼음장같이 차가워지며 부들부들 떨렸다. 그 무엇보다도 아이들이 있는 집으로 돌아가고 싶은 마음과 그곳이 결코 다시는 우리 집일 수 없다는 깨달음 사이에서 괴로웠다. 우리가 삶을 꾸려왔던 곳, 우리의 안식처가 전혀 상상조차 할 수 없는 방식으로 훼손돼버렸다.

"말씀하신 것들이 다 저희가 밝히려고 노력 중인 사항입니다, 버넌 부인." 그가 수첩을 넘겨 새 장을 펼쳤다. "말씀하시기 어렵겠지만, 저는 리엄이 최근 집에서 받았을 수도 있는 악의적인 연락들에 특히 관심이 있습니다. 저희가 그의 최근 이메일 내역을 확인하고 있는데, 아 그나저나 남편분 휴대전화 비밀번호를 알려주셔서 감사합니다. 큰 도움이 되고 있어요. 아무튼 남편분이 혹시 특별히 뭔가를 언급하신 적이 있는지 궁금합니다."

"무슨 말씀이시죠?"

"협박 말입니다, 버넌 부인." 경위가 부드럽게 말했다. 유감스럽다는 듯이, 내 앞에서 그 말을 입 밖에 내고 싶지도 않다는 듯이. "남편의 목숨을 빼앗겠다는 협박이요."

10

핀들레이 앤드 가이 법률 사무소는 뉴브리지 로드의 한 부동산 중개 사무소 위층에 있다. 도시를 가로질러 걷는 사이에 가랑비가 내리기 시작해 도착할 즈음에는 재킷과 회색 조거팬츠가 축축하게 물을 먹어 묵직하고 젖은 천에서 교도소 냄새가 올라오고 있다. 아주 오랜만에 왔지만 그대로다. 부동산 중개 사무소의 붐비는 앞창 옆으로 출입구가 개방돼 있고 계단을 따라 올라가면 2층 대기실이 나온다. 비좁은 베이지색 공간에는 쭈글쭈글한 인쇄물들이 코르크 게시판에 핀으로 꽂혀 있고 딱딱한 플라스틱 의자가 벽에 기대어 한 줄로 늘어서 있다.

곡선을 이루는 접수대 뒤의 직원 한 명을 제외하고는 아무도 없다. 그는 얼굴에 핏기가 없는 젊은 남자로 코에 피어싱을 했고 고스족을 연상시키는 검은 머리에 헤드셋을 장착한 채 지루하고 단조로운 어조로 통화하고 있다. 나는 접수대 앞에 서서 기다린다. 이곳의 **모든 것**이 내가 기억하는 그대로다. 계단 꼭대기에 깔린 닳고 닳은 카펫하며, 오래된 담배 냄새가 은은하게 풍겨오고, 유리로 된 칸막이 너머로 사무실 두 개가 마련돼 있는 것까지. 접수대 직원만이 유일하게 새로 더해진 듯하다. 그리고 그는 대화를 마무리할 생각이 없이, 나를 모로 흘끗 보더니 다시 컴퓨터로 눈을 돌리고 마우스 단추를 **딸깍, 딸깍, 딸깍딸깍** 누른다.

드디어 그가 통화를 마치고 내게 눈을 돌린다.

"무엇을 도와드릴까요?" 나를 도와주는 것이 그가 세상에서 가장 하기 싫은 일이라는 말투다.

"가이 씨를 만나러 왔습니다."

"약속하셨나요?"

"아니요." 내 이름을 알려주면서 그의 얼굴에 나를 알아보는 빛이 스치지 않아 안도한다. 20대에 갓 접어들었으니, 내가 유죄 판결을 받은 것은 그의 반평생 전의 일이다. "하지만 잠깐이면 돼요."

직원은 그럴 줄 알았다는 듯이 입꼬리를 내린다. "죄송하지만 약속하고 오셔야 해요. 가이 씨는 지금 무척 바쁘십니다."

"정말 딱 5분이면 돼요."

그가 우리 사이에 놓인 접수대 위의 작은 플라스틱 명함 보관함을 톡톡 두드린다. "말씀드렸다시피, 미리 전화를 줘서 약속을 잡고 오셔야 해요. 번호는 여기 있고요. 다음 주 화요일이나 수요일 정도가 괜찮겠네요."

"제가 당장은 휴대전화가 없어서요."

그는 내가 또 다른 차원에서 새로 넘어온 외계인이라는 고백이라도 한 것처럼 나를 보더니 다시 화면으로 시선을 돌리고 마우스 단추를 딸깍거린다. "오늘이랑 월요일은 예약이 꽉 차 있어서요. 죄송합니다만 화요일은 언제 시간이 괜찮으시죠?"

"말씀드렸다시피, 저는 오늘……."

"무례하게 굴려는 건 아닌데요, 제대로 찾아온 건 맞으실까요?" 그가 다시 내게 시선을 던진다. 두 눈동자가 휙 내려갔다가 다시 올라오며 나를 훑는다. "가이 씨는 부동산 양도 양수 절차와 가족법, 유언장 작성과 공증 업무, 그런 종류의 일만 다루십니다."

"알아요."

"담당 분야가 아닌데요…… **형사** 사건은."

목을 타고 열이 스멀스멀 올라오는 것을 느끼며 그가 나를 어떻게 보는지 짐작하는 동시에 이런 반응을 보이는 나 자신이 몹시도 원망스럽다. "제 어머니의 유언장과 관련해서 왔어요. 유산 문제로요. 가이 씨가 몇 년 전에 담당하셨고 제가…… 없는 동안 여러 법적 문제를 처리해주셨죠." 유리 칸막이를 가리킨다. 지금 칸막이 너머로 앨런 가이의 비쩍 마르고 벗어지고 있는 머리의 형체가 회의실 탁자에 앉아 있다. **세계 최고의 할아버지**라 쓰인 머그잔을 들고 커피를 마시는 그의 앞에는 《데일리 텔레그래프》가 펼쳐져 있다. "바로 저기 계시네요. 유리로 다 보여요. 전 가이 씨를 만나기 전까지는 안 갈 거고요."

이 젊은 남자는 내가 가리키는 곳을 보더니 한숨을 크게 내쉰다. "이름이 어떻게 된다고 하셨죠?"

"헤더 버넌입니다. 어머니는 캐럴 메릿이고요."

그는 자리에서 일어나 나무로 된 문을 열고 들어가더니 유리 칸막이에 달린 블라인드를 일일이 끝까지 내려서 내가 더는 안쪽 사무실을 들여다보지 못하도록 조치한다. 홀로 남겨진 작은 대기실에는 창문 밖으로 아침을 달리는 차들의 낮은 소음만이 들려온다. 이곳에 마지막으로 왔던 때를 떠올려본다. 15년 전쯤, 내가 시오를 임신했을 때였나. 엄마는 손주가 생긴 상황을 반영하도록 자신의 유언장을 바꿔야 한다며 우리가 함께 가이 씨를 만나야 한다고 고집했다.

몇 분 후에 직원이 돌아온다. 등 뒤로 문을 당겨 닫고 자신의 자리인 접수대로 가서 앉는다. 혼자다. 그의 상사가 나타날 기미는 보이지 않는다. 분명 가이 씨는 유죄가 확정된 범죄자와 대면해서 자신의 손을 더럽히고 싶지 않은 것이다.

"어떻게 됐죠?" 내가 묻는다.

"말씀드렸다시피, 지금 당장은 따로 시간을 내기 어려우십니다." 그는 어깨를 으쓱해 보인다. "다만 이걸 전해주라고 하셨어요."

그는 우리 사이에 놓인 접수대에 A5 크기의 아무 무늬가 없는 갈색 봉투를 올려놓고 이게 우리 대화의 끝이라는 양 내게 밀어 보낸다. 어떤 딱지도, 이름도, 도장도 없고 아무것도 쓰여 있지 않다. 봉투를 집어 들고 뒤집어본다. 봉해진 봉투는 얇고 별 실체가 없어 보이며 끝부분으로 살짝 무게가 느껴질 뿐이다. 그저 얼렁뚱땅 넘어가려는 수작인지, 전단이나 어떤 문서 서

식인지, 나와 거리를 두기 위한 또 다른 방법인지 종잡을 수가 없다.

갑자기 심장이 뛴다. 어쩌면 편지나 어떤 메시지일 수도? 엄마가 보낸 무언가가 아닐까? 엄마가 돌아가신 후로 몇 년간 이곳에 맡겨진 건 아닐까? 이날을 기다리며? 봉투를 뜯는다. 안에서 접힌 종이 한 장이 나오는데 복사본으로 맨 위에 '토털 스토리지'라는 회사명이 찍혀 있다. 날짜와 결제 내역, 월 단위 총액, 계좌번호, 도심에 위치한 어느 주소, 맨 밑에는 내가 알아볼 수 없는 서명까지. 단 하나도 이해가 되지 않는다.

"이게 다인가요? 서류나 편지, 뭐 그런 게 더 있을 거라고 생각했는데요?" 내가 묻는다.

직원은 이미 다시 공격적으로 타자를 치기 시작했다. 못마땅하다는 티를 팍팍 내면서 자판 하나하나를 내리치고 있었다.

화면에서 눈을 떼지 않고 말한다. "그게 다예요. 가이 씨가 전해주라고 준 거고, 전해드렸고요."

나는 다시 이 복사된 종이를 살핀다. 뒤집어본다. 하지만 뒷면은 백지다. **이게? 이거라고? 이게 다라고?** 접수대 위로 봉투를 거꾸로 털어본다.

다가 아니었다. 무언가가 더 있다. 봉투에서 떨어져 접수대 위로 **쨍**하고 둔탁한 금속성의 소리를 낸다. 열쇠다.

11

나는 덩치가 크고 생글거리는 남자와 함께 걷고 있다. 남자는 검은색과 오렌지색이 섞인 토털 스토리지 티셔츠 차림이다. 우리의 발소리가 맨 벽에 부딪혀 메아리친다. 그는 20대이지만 턱수염을 길게 기르고 콧수염은 양 끝이 말려 올라간 모습이라 10년은 더 늙어 보인다. 어딜 가나 길고 무성하게 기른 턱수염이 보이는 듯하다. 언제 유행이 되었지? 내가 감방에 들어가기 전에? 기억도 나지 않는다. '마이클'이라 쓰인 명찰을 단 그는 우리가 창고로 더 깊숙이 들어가는 동안 손수레를 밀며 싹싹하게 떠든다.

남자의 설명에 따르면, 내가 찾는 보관함은 장기 구역에 있다. 기한이 따로 정해지지 않아 무한정으로 이용할 수 있는 계약 건이 모인 곳이다.

"자동 이체가 끊기지 않는 한 말이죠." 그가 쾌활하게 말하며 판독기에 직원 카드를 갖다 대자 육중한 문이 스르륵 열린다.

그를 따라 거대한 동굴 같은 정사각형 모양의 공간에 들어선다. 사면에 금속 선반이 늘어섰고 선반에는 철제 보관함 수백 개가 나란히 볼트로 접합되어 있다. 마치 거인들을 위해 마련된 헬스장 라커룸 같다. 각각 폭이 60센티미터, 길이가 90센티미터인 칸이 6층으로 쌓여 천장까지 닿아 있다. 마이클은 내가 가진 열쇠의 번호를 확인하더니 바퀴가 달린 운반 장비가 있는 곳으로 가서 그 윙윙대는 전동기를 저 먼 구석의 선반 앞에 세운다. 법률 사무소의 젊은 남자처럼 이 남자도 내 이름을 알아차리지 못하는 듯하다. 혹은 알아챘으나 신경 쓰지 않는 것일 수도. 저 고소 작업대를 올리다가 5581번 문 앞에서 멈춘 그는 자신의 열쇠를 꺼내서 철문을 열고 검은색 플라스틱 상자를 힘겹게 잡아당겨서 꺼낸다. 그는 다시 작업대를 끝까지 내리고 방 한가운데로 몰고 와서 커다란 철제 탁자에 상자를 던져놓고는 다시 후진해서 한구석에 주차시킨다.

"버넌 부인, 여기 있습니다. 당연한 말이지만 저희는 고객분들께 어떤 이유로든 이곳을 벗어날 때는 꼭 상자를 다시 잠글 것을 권고드립니다." 내게 검은색 카드형 열쇠를 건넨다. "이건 보안 문을 열 때 쓰시면 되고, 가실 때 접수대로 반납해주실 수 있겠죠? 화장실은 복도를 따라 쭉 가다 보면 오른쪽에 있습니다."

벽에 시계가 걸려 있을까 싶어서 주위를 둘러보지만 전혀 보이지 않고 창문조차 없다. CCTV 카메라 두 대의 눈만이 서로 반대편 구석에서 우리를 뚫어져라 내려다보고 있고, 머리 위 기다란 형광등 사이로 스프링클러 배관이 요리조리 지나고 있을 뿐이다.

"시간은 얼마나 주시나요?"

남자가 어깨를 으쓱해 보인다. "원하시는 만큼요. 문은 8시에 닫습니다. 다 마치고 상자를 다시 잠근 뒤에 접수대로 와서 제게 알려주시기만 하면 됩니다. 제가 내려와서 다시 선반에 돌려놓을 거고요."

그 말과 함께 남자는 휘파람을 불며 나가고 그의 등 뒤로 보안 문이 쉬익 하고 닫힌다.

탁자 양옆으로 긴 의자가 놓였고 사생활 보호용 칸막이가 고르게 간격을 두고 설치되어 있다. 손에 반짝이는 청동 열쇠를 쥔 채 자리에 앉는다. 이 창고의 고요한 한구석에 나와 상자만이 존재하는 것이다. 무엇이 들었는지는 전혀 알 길이 없다. 남자가 탁자 위에 던질 때 무거워 보이긴 했지만 내용물을 짐작하기란 어렵다. 엄마가 귀띔을 준 적도 없으니까.

깊고 긴 상자는 테스코(영국의 대형 유통 업체-옮긴이)에서 주문한 식품을 배달받을 때 담겨 오던 플라스틱 상자 크기 정도 되는데, 어떤 단단한 플라스틱으로 만들어졌고 금속으로 테를 둘렀으며 측면에는 바코드 옆으로

'5581'이라는 숫자가 검은색 도장으로 찍혀 있다. 내 주먹만 한 크기의 육중한 맹꽁이자물쇠도 채워져 있다.

자물쇠에 열쇠를 밀어 넣는다. 열쇠를 돌리자 수월하게 미끄러지며 부드러운 **딸깍** 소리와 함께 풀린다. 뚜껑의 긴 면 가장자리가 열리며 뒤쪽에 달린 경첩이 삐걱댄다. 오래 사용하지 않은 탓이다. 여러 해 동안 갇혀 있었을 퀴퀴한 먼지투성이 공기가 빠져나온다.

재판 후에 우리 집이 팔렸고 그 매각 대금은 아이들에게 신탁됐지만 집안 물건들이 어떻게 됐는지는 잘 알지 못했다. 엄마가 내 물건 중 일부를, 리엄의 부모님의 관심을 끌지 못한 개인 물품들을 받아 온 것은 알았다. 전부 다 쓰레기 매립지로 가지는 않았다는 데 감사해야겠지.

엄마는 어느 의식이 또렷한 날에, 치매에 주도권을 뺏기기 전에 이걸 다 꾸렸을 터였다. 이 얼마 안 남은 귀중한 물건을 안전하게 지켜야 한다는 사실을 잊어버리기 전에, 내가 다시 자유의 몸이 되는 날에 맞춰서 미리 보내 놓은 것이다. 가이 씨에게 열쇠를 맡기고 때맞춰 보관소 대금을 지불해달라고 의뢰한 것이다.

타임캡슐처럼, 나의 예전 삶이 보내온 택배처럼 느껴진다. 병 속에 담긴 쪽지처럼.

내용물은 깔끔하고 조심스럽게 포개져 있는데 상자를 절반 정도만 채운 상태다. 책 몇 권과 액자에 넣은 아이들의 사진 몇 장. 가장 좋아하던 핸드백. 갑에 담긴 워터맨 만년필. 리엄이 죽기 전 해에 크리스마스 선물로 준 캐시미어 스카프. 작은 보석함에는 목걸이와 팔찌 세트, 약혼반지, 시오를 낳았을 때 리엄이 사준 이터니티 링(둘레에 작은 보석을 빼곡히 박은 반지로, 영원한 사랑을 상징한다—옮긴이)이 담겼다. 봉해진 하얀색 봉투가 판지로 만든 서류철 상단에 클립으로 끼워져 있는데 앞면에는 엄마가 떨리는 손으로 **헤더**라고 써두었다. 하지만 아직 열어볼 준비가 되지 않았다. 봉투를 떼어 내 앞 탁자에 조심스럽게 내려놓는다.

상자 속 여러 서류철을 뒤적인다. 나의 출생증명서, 전 과목 GCSE와 A 레벨 성적표를 담은 두꺼운 봉투, 금융 서류, 그 외에 아마도 엄마가 어떻게 처리할지 판단이 서지 않았을 문서들도 이런저런 그림 옆에 끼워져 있다. 시오가 어린이집에서 그린 그림들에는 빨갛고 파란 굵은 선이 잔뜩 그어졌거나 노란색 태양이 자주 등장하고, 어느 집 앞으로 막대사탕 모양의 사람 네 명이 일렬로 서 있기도 한다. 큰 사람 두 명과 작은 사람 두 명 모두 눈에 띄게 활짝 웃고 있고, 막대기로 된 팔마다 막대기로 된 손가락이 다섯 개씩 솟아나 있다. 시오의 동생이 그린 또 다른 그림은 종이에 물감이 후드득 떨어진 것에 가까운데, 덩어리진 여러 가지 색이 세월에 갈라지고 바랬다. 그 밑으로 **핀 버넌**이라는, 어린이집 어느 직원의 단정하고 둥근 글씨가 보인다. 엄마는 이 그림들을 엄마의 작은 주방 한구석에 자리한 냉장고에 자석으로 붙여놓곤 했다. 아주 오래전 일이다.

나는 물건들을 꺼내어 조심스럽게 탁자에 내려놓는다. 엄마가 리엄이 죽기 전에 받은 것이거나 그의 가족이 다음 해에 집을 팔 때 가져가고 싶지 않아 했던 물건이 전부 모였을 터였다. 액자에 넣은 나의 졸업사진도 여기 있다. 말도 안 되게 젊은 내가 가운과 사각모 차림으로 사진 촬영용 둘둘 말린 졸업장 모형을 들고 활짝 웃고 있다. 옛집에 청구된 다양한 공과금 고지서. 나의 옛 다이어리도 몇 년 분량이 고무줄로 묶여 있다. 아이들이 처음 태어났을 때 엄마가 만든 반들반들한 사진첩도. 액자에 넣은 아이들의 단독 사진들, 참 어리다. 핀의 앙증맞은 첫 신발, 은 버클이 달린 단정하고 작고 검은 운동화가 내 손안에 쏙 들어온다.

집 전체가, 한쪽 벽면이 옆집과 붙어 있는 침실 세 개짜리 주택이, 거실과 다이닝룸과 주방과 서재, 그 모든 것이 이렇게 축소되어버렸다. 하나의 상자로.

안에 완충재를 덧댄 갈색 봉투에는 한 단어, 그러니까 대문자로 된 내 이름이 겉면에 더듬더듬 활자체로 쓰여 있다. 봉투를 뜯어보니 고무줄로 묶은 10파운드짜리 지폐들이 둘로 접혀 두툼한 쐐기 꼴을 이루고 있다. 지폐 묶음에는 엄마의 익숙한 필체로 **비상금으로 쓰렴**이라고 적힌 포스트잇도 붙어 있다. 선불 현금 카드도 있는데 마이캐시라는 이름의 회사가 엄마에게 1000파운드를 예치해주셔서 감사하다는 내용으로 보낸 발급 편지에 붙어 있는 상태 그대로이다. 엄마가 이 돈을 자신의 저축에서, 노후 자금으로 쓰려던 돈에서 떼어 마련해 미래의 어느 날 내가 발견하도록 여기 두었다는 생각을 하자 목이 멘다. 아마도 어느 날 엄마는 자기가 회복하지 못할 것임을 알았을 터였다. 치매가 자신을 완전히 앗아 가기 전에 나를 위해 준비를 해놓고자 이걸 다 계획한 것이다. 엄마는 계속 나를 보살피고 있었다, 지금까지도.

엄마가 가장 좋아하던 스카프가 여기 있다. 얼굴로 가져가서 깊이 들이마시자 내 기억 속 엄마에게서 내내 풍겨오던 꽃향기가 희미하게나마 맡아지면서 눈물이 터지려 한다. 재스민과 백단 향의 미약한 흔적이 이 모든 세월이 흐른 뒤에도 남아 있었다.

옷가지 아래로 신발 상자가 보인다. 안에서는 내 운전면허증이, 만료되고 예전 주소가 적힌 그대로 나온다. 2018년에 만료된 여권도 있다. 얇은 명함 묶음도 보이는데 고무줄이 닳아서 끊어지려 하고 맨 위에는 내 예전 명함이 있다. **헤더 버넌. 인사부장.** 다른 명함도 뒤적여본다. 소매상과 금융 자문, 전 직장 동료 들의 명함이 뒤섞여 있고, 기자 명함도 몇 장 있는데 하나도 기억이 나지 않는다. 내가 어릴 때부터 엄마가 보관해왔을, 차마 버릴 수 없었을 물건도 몇 가지 보인다. 핑크색 작은 손목시계와 반짝거리는 왕관, 아기 때의 금발 한 타래가 세심히 끼워진 아주 작고 하얀 상자도 있다. 빛이 바래가는 내 어린 시절의 유물들을 엄마가 계속 갖고 있었을 줄은 몰랐다.

나는 다시 내 이름을 품고 있는 흰색 작은 봉투로 돌아가 손안에서 뒤집어본다.

엄마는 축하 카드를 자주 썼다. 고마움을 표시할 때, 무언가를 기억하고 싶을 때. 어떠한 작은 가족 행사라도 있을 때면 **손주들에게 전하는 작은 선물**이라고 적고 5파운드씩 끼워서 아이들 손에 쥐여주었다. 엄마는 자선단체가 운영하는 중고품 매장에서 카드를 몇 상자씩 사 오곤 했는데, 코르크로 만든 게시판이나 냉장고에 붙일 수 있지 않냐며, 벽난로 위 선반에 올려놓거나 책갈피로 쓸 수 있지 않냐며 좋아했다. 문자 메시지나 이메일은 잊히고 말지만 카드는 추억을 되살려준다고도 했다.

봉투를 뜯어 카드를 꺼내자 목구멍이 딱딱하게 굳으며 아파온다. 가로 6센티미터, 세로 4센티미터 크기의 카드 한 장으로, 회색과 흰색이 섞인 새 한 마리가 나뭇가지 끝에 걸터앉아 노란빛이 도는 눈 하나로 내다보고 있는 은은한 수채화가 그려져 있다. 글귀를 읽어 내려가는 두 눈에 눈물이 차올라 금방이라도 넘칠 듯하다.

헤더에게,

네가 나오면 몇 가지 필요한 게 있으리라고 생각했단다. 내가 정신 병원으로 끌려갈 때 내 물건과 함께 한꺼번에 쓰레기통에 버려지기를 원치 않았지.

사랑한다. 사람들이 뭐라 하든, 나는 네가 하지 않았다는 걸 안다. 언젠가 진실이 밝혀질 테고, 모두가 알게 될 게다. 네가 무얼 하든, 나는 늘 그렇듯 네가, 사랑하는 내 딸이 정말이지 자랑스러울 거야.

아이들에게 나를 대신해 입을 맞춰주렴.

언제나 사랑한다, 엄마가

12

은행 지점장은 손톱을 깔끔하게 손질하고 단정한 단발머리를 한 30대 중반의 여자다. 그녀는 전문가의 태도를 유지하려 애쓰고 있지만 그 허울 밑으로는 내가 누구인지 정확히 아는 눈치이다. 우리가 지점 뒤쪽의 어느 칸막이 공간에 앉는 동안 그녀의 시선이 내게 조금은 오래 머무르고 묻지 못한 질문들이 입술에 걸려 있다. 오늘 밤, 틀림없이 그녀는 저녁 식사를 하면서 파트너에게 나와의 만남을, 회사에서 있었던 흥미로운 이야기를 들려줄 것이다.

여자가 타자를 치면서 입을 연다. "아시다시피, 가이 씨가 어머님의 재산을 관리하셨고, 아, 먼저 고인의 명복을 빕니다. 재산 처분과 관련하여 저희가 가이 씨와 접촉한 바 있습니다. 제가 알기로는 어머님이 가이 씨에게 꽤 구체적인 지시를 남겼더라고요. 자신의 재산이 살아 있는 가까운 친족에게 어떻게 상속되어야 하는지에 대해서 말입니다." 그러면서 나를 흘끗 본다. "재산과 관련해서 가이 씨가 어머님 및 저희와 협의를 했고, 그 모든 법적 절차가 완료된 뒤에 어머님의 당좌 예금에 예치됐습니다. 가이 씨는 또, 고객님이 그 계좌의 공동 서명인이 되도록 해놓았고요."

여자가 또 다른 조합으로 자판을 치더니 모니터를 내 쪽으로 돌려서 보여준다. 계좌 거래 명세인데 여러 숫자와 코드, 날짜가 나열되어 있고 오른쪽 맨 위로는 현재 잔액을 나타내는 수치가 보인다. 1만 1823파운드.

그 숫자를 보면서 고맙고 슬픈 감정이 또다시 밀려와 휘청한다. 우리 엄마. 한평생 열심히 일한 사람. 아버지가 돌아가신 후 혼자 힘으로 나를 키워낸 사람. 똑똑하고 독립적이며 다정하고 따뜻한 사람. 나를 대학까지 공부시키면서도 혼자 힘으로 주택 담보 대출금까지 다 갚아낸 사람. 그러나 서서히 치매의 안개 속으로 스러져가면서 그 비용을 대기 위해 소중한 집이 팔리는 모습을 보고만 있을 수밖에 없던 사람. 이 모든 것을 합산한 결과가 이 숫자다. 이만큼이 엄마에게 남은 것이었다. 정당해 보이지 않는다.

지점장은 내게 동정 어린 미소를 지어 보이며 화면을 다시 자신 쪽으로 돌린다.

"저희는 이 돈을 어떻게 관리할지를 두고 가이 씨와 논의를 거쳤습니다. 중단기적으로 더 나은 수익을 낼 수 있는 예금 상품이나 신탁으로 관리하는 편이 더 나을 수도 있다는 제안도 드린 바 있죠. 하지만 가이 씨는 꽤나 구체적이었습니다. 듣자 하니 어머님이 가이 씨에게 꽤나 구체적으로 지시하신 것 같더라고요."

여자가 내게 투명한 플라스틱 서류철을 책상 위로 밀어 보낸다.

이번에도 서류다. 서명해야 할 양식들이다. 그런데 내 이름이 쓰인 비자 직불 카드도 있다. 동봉된 종이에서 떼어내 두 손에 담아보기도 하고 뒤집어서 홀로그램이 빛을 받게도 해본다. 홀로그램 옆으로 내 이름이 은빛 글자로 고정돼 있다. 이리도 작고 일상적인 것인데, 오랫동안 당연시하며 예전 삶에서 1000번은 썼을 플라스틱 조각인데, 마치 부적이나 현실 세계로 다시 들어갈 수 있는 입장권처럼 느껴진다. 내가 정말로 아직도 실제로 존재하고 있다고 말해주는 징표 같다.

나가는 길에 현금 인출기 앞에 서지만 이 단순한 행위를, 카드를 넣고 숫자판을 누르고 선택하고 돈을 받는 동작을 수행한 지가 너무 오래되어서 거의 매 단계 과정을 떠올리며 어떻게 작동하는지 스스로에게 일깨워야 한다.

비밀번호를 2811로 바꾼다. 리엄 생일이다.

빳빳한 20파운드짜리 지폐들이 다르게 느껴진다. 더 매끈하고 더 가짜 같고 내 기억보다 더 작으며 더 형형색색인 데다 그림도 바뀌었다. 안에서 이

만큼 벌려면 몇 달이 걸릴 터였다. 교도소 주방이나 세탁실에서 일하고 받는 주급이 10파운드이니까.

나는 프라이마크(아일랜드에 본사를 둔 저가 패스트 패션 브랜드—옮긴이) 매장을 찾아 새로 옷을 산다. 사람들의 이목을 끌지 않도록 검은색과 회색 위주로, 검푸른 색 청바지와 야구 모자도 산다. 인파에 섞여 드는 데, 사라지는 데 도움이 될 옷으로. 아직도 교도소의 악취와 때에 찌들어 있고 너무 많이 입은 탓에 색이 바랜 옷가지를 벗어 던지니 후련하다. 마치 허물을 벗은 뱀이 된 기분이다. 허물을 뒤로하고 떠나는 기분. 지난 24시간 동안 사람들이 나를 보던 눈빛, 거리에서 나를 멀찍이 피하던 몸짓, 누구에게서도 다시 느끼고 싶지 않았다.

탈의실에서 나가기 전에 새 지폐의 절반은 청바지 주머니에, 남은 절반은 오른쪽 신발에 쑤셔 넣는다.

오랜 습관이다.

나는 한 슈퍼마켓의 화장실 칸 안에서 다른 사람이 된다. 머리를 뒤로 묶어 야구 모자를 쓰고 재킷의 깃을 세워서 목의 왼쪽을 타고 올라오며 긴 띠를 이루는 흉터를 조금 더 가린다.

선불 휴대전화를 사서 50파운드를 충전한 다음 공원에 가서 새로 설정하느라 30분 동안 씨름한다. 전에 쓰던 이메일 비밀번호가 통하지 않는데, 아마도 내 인생이 태엽을 감지 않은 시계처럼 멈춰버린 후로 계정이 디지털 공백 속으로 던져졌을 터였다. 재빨리 구글에 검색해보니 계정을 복구하기엔 8년 정도 늦은 모양이다. 전혀 사용하지 않는 상태로 2년이 지나 자동으로 삭제됐을 터였다.

이제 좀 감이 잡히는 듯하니 잠시 앉아서 연락처로 들어간다. 비어 있다. **시작해봅시다!**라고, 휴대전화가 제안한다. 그러나 주소록에 넣을 사람이, 전에 알던 번호가 없다. 추가할 이름과 번호를 찾아볼 예전 이메일도, 앱도 없다. 내 예전 번호조차 기억이 날까 말까 한데, 하물며 다른 사람의 번호는 어떻겠는가.

나는 구글로 가서 새 이메일 계정을 만든다. 이번에는 결혼 후가 아닌 결혼 전 성을 쓴다. 그러고 나서야 호스텔로 발걸음을 옮긴다. 군중을 피하고 옆길만 고집하면서.

새로운 에너지가 발걸음을 가볍게 하고 나를 앞으로 밀어준다.

정말이지 오랜만이라 그 에너지의 정체를 파악하는 데 얼마간 시간이 걸린다.

목적이었다. 다시 생긴 목적의식.

앞으로 나아가는 움직임이 느껴지고, 탄력이 붙는 기분이다. 한 발 앞으로 다른 발을 내디딜 이유가 생긴 느낌이랄까.

2013년 7월 13일 토요일

오후 3시 22분, 배스 경찰서

머스그로브 경위가 내게 티슈를 한 장 더 뽑아서 건넸다.

"최근 남편분께 어떠한 협박이라도 있었는지 확인할 필요가 있습니다. 구체적이거나 반복적으로 협박을 해온 사람이 있었을까요? 남편분이 상대한 지역 구민일 수도 있고, 불만을 품은 유권자나 의회 업무를 통해 남편분과 접촉한 사람일 수도 있지요. 물론 저희가 의회의 안전 담당 부서 쪽도 더 알아보고 있습니다만 남편분이 아직 신고하지 않은 사항일 수도 있어서요."

나는 고개를 저었다. "저한테 무슨 말을 한 적은 없어요. 확실히 괴짜들이 좀 있긴 했어요. 열정이 지나친 당원들이나 단일 쟁점에 집착하는 사람들, 특정 연령대의 여성들로 구성된 리엄의 소규모 팬클럽도 있죠. 하지만 모두 꽤나 무해해 보였어요. 물론 남편도 본인 몫의 악성 댓글을 겪었지만 하원 의원이라면 으레 겪는 정도에 지나지 않았죠."

"당시에 남편분이 다루고 있던 특정 사안이 있었습니까? 상당 시간을 할애하던 문제라든지요? 혹은 특정 개인을 언급한 적은 없었나요? 지난 몇 주 사이에 특별히 뭔가에 신경을 쓰고 있다거나 스트레스를 받은 것처럼 보이지는 않던가요?"

"리엄은 늘 바빴어요. 언제나 일 하나가 끝나면 다음 일이 기다리고 있었죠. 줄곧 전화를 붙잡고 있거나 행사에 가거나 이메일 등 서신에 답을 하고 있었어요. 지난 몇 주간은 특히 정신이 팔린 듯이 보이긴 했어요. 아주 늦게까지 일했죠."

92

"뭐에 정신이 팔렸죠?"

"일이죠. 저도 정확히는 모르겠어요." 사실 나만의 의심을 품은 적은 몇 번 있었다. 하지만 이제는 리엄을 의심했다는 죄책감에 화끈거리기만 할 뿐이었다. 나는 아이들과 내 일과 전쟁 같은 일상에 사로잡힌 나머지 무언가가 리엄을 괴롭히는 것도 알아차리지 못한 걸까? "리엄이 하는 일의 많은 부분이 기밀 사항이었어요. 지난밤에 동료와 무언가…… 수상쩍은 일이 벌어지고 있는 것에 대해, 의회 규정 같은 것을 위반한 사건에 대해 이야기를 나누고 있다고 하긴 했어요. 하지만 다 너무 막연해서요."

"이름을 말했나요?"

"솔직히 말씀드리면 저는 리엄이 자신의 행적을 감추려고 급하게 둘러댄 말일 거라 생각했어요." 바닥을 내려다봤다. "다른 여자가 생겼을지도 모른다고 생각했거든요."

"아무튼 저희가 그 부분도 들여다보겠습니다." 머스그로브가 수첩에 무언가를 적었다. "재정적인 측면은 어떤가요? 부채가 있었나요? 남편분께 돈 걱정이 있었나요? 무담보 대출이나 신용 문제 같은?"

"아니요. 리엄의 가족은 저희에게 꼭…… 언제나 후하게 베푸셨죠."

"지난밤에 무슨 소리를 들은 건 없는지 궁금합니다. 뭐라도 말이죠." 경위가 두 손을 펼쳐 보였다. 굵은 손가락 두 개 사이에 볼펜이 꽉 물려 있었다. "이를테면 현관문이 열리는 소리랄까, 남편분이 누군가를 들였다면 말이죠, 어떤 대화나 다투는 소리 같은 거 못 들었습니까?"

나는 안개 속처럼 뿌연 기억을 헤집으며 기억해내려 애를 썼다. 그러나 아무것도 없었다.

"꽤 깊게 잠이 드는 편이라서요. 잠드는 데 도움을 받고 있는 약이 있어요. 작년에 처방받은 건데, 산후 우울증이랑 범불안 장애, 불면증으로 먹는 약과 함께 받은 거예요. 제가 핀을 낳고 나서 여러 가지 어려움을 겪었거든요."

"헤더라고 불러도 될까요? 저는 존입니다."

"아이가 있으신가 봐요?" 내가 말했다.

머스그로브는 고개를 저었다. "안타깝게도 제 팔자엔 없네요. 그래도 조카는 많습니다."

조금 전 그의 질문이 뭐였는지 기억하려 애썼다. 뭐였더라? 머릿속이 뒤죽박죽이었다.

"잠드는 데 도움을 받고 있는 약이 있어요." 되풀이했다. "다만 주말에만 먹는 편이에요. 아이들을 깨워서 유치원에 보낼 준비를 하지 않아도 되니까요."

"그러면 지난밤에도 약을 드셨나요?"

"그……런 것 같아요. 아이들은 어떤가요? 아이들은 괜찮은 건가요? 아무도 어떤 말도 해주질 않아요."

"시가에서 돌봐주고 있습니다, 헤더."

"아이들을 봐야겠어요. 아이들에게 말해줘야 해요." 시오는 할머니가 안아 올리려 할 때 서럽게 울면서 내 다리에 매달렸고 핀은 창백한 얼굴로 조용히 형을 바라보며 하얀 모슬린 천을 쥔 작은 손을 오므린 채 엄지손가락을 빨고 있었다. "어떻게 된 일인지 설명해줘야 해요. 저는 언제 집에 갈 수 있죠?"

"곧 보내드리겠습니다." 그는 수첩의 새 장을 펼쳤다. "이 일을 빨리 마칠수록 더 빨리 아이들에게 데려다드릴 수 있습니다."

"아이들이 아빠의 그런 모습을 발견했다니 믿을 수가 없어요. 정말이지…… 너무 끔찍해요."

충격이 다시 파도처럼 밀려와 나를 휘감았다. 너무도 애통해서 바닥에 쓰러질 것만 같았다. 리엄에게 던진 마지막 말에 대한 기억, 분노에 차서 몰아세운 말들, 아이들을 깨울까 봐 걱정된다며 아이들에게 입을 맞추러 가는 걸음까지 멈춰 세운 기억.

이제 리엄은 다시는 아이들에게 입을 맞출 수 없겠지.

가슴을 한 대 강하게 맞은 것처럼 죄책감이 덮쳐왔다.

눈을 감을 때마다 리엄의 얼굴이 보였다. 밀랍 같고 창백한, 죽음의 이완으로 다른 사람처럼 보일 지경인 그의 모습.

그리고 매번 새롭게, 나를 예리한 칼로 찌르는 듯한 아픈 슬픔이 찾아왔다. 마치 내 인생의 최악의 순간을 반복하고 또 반복하고 또다시 반복해서 경험하는 것만 같았다. 피에 흠뻑 젖은 이불을 걷어 내리던 그 순간을. 그의 가슴을 압박하고 그의 차가운 입술에 입을 갖다 대며 필사적으로 숨을 불어 넣어 되살리려 할 때 번개처럼 나를 강타하던 공포를, 공황을, 다른 것은 섞이지 않은 무시무시한 공포 그 자체. 그의 가슴을 압박하고, 코를 꼬집고 어떻게든 폐에 공기를 보내고, 피로 두 손이 얼룩지고 잠옷은 흠뻑 젖은 채, 압박하고 숨을 불어 넣고, 숨을 불어 넣고 압박하고. **하나, 둘, 셋, 후, 하나, 둘, 셋, 후.** 방법을 알아봤자 소용없었지만 멈출 수도 없었다.

나직이 물었다. "볼 수 있나요? 리엄을 볼 수 있나요?"

"아직은 어렵습니다. 하지만 곧. 원하신다면 말입니다." 머스그로브가 앞으로 몸을 숙였다. "자, 엄청나게 힘든 시간이라는 걸 알아요. 하지만 지난밤의 일을 시간순으로 정리해 볼 필요가 있습니다. 마지막으로 기억나는 일이 뭔가요?"

나는 머리를 비워내기라도 하려는 듯이 좌우로 털었다. "아이들이 모두 잠에 들었는지 확인했어요."

"확실한가요?"

"꽤 확신해요." 인상을 썼다. "제가 자러 가기 전에 늘 마지막으로 하는 일인 걸요."

막상 떠올리려 하니 세부 사항이 좀처럼 기억나지 않았다. 너무 자주 해오던 일상적인 일이라 겉핥기식으로만 기억이 났다. 리엄의 서재에서 벌인 마지막 다툼 후로는 기억나는 것이 많지 않았다. 설거지를 마쳤고, 아이들을 확인했고, 그러고는…… 아무것도 없었다. 오로지 섬뜩한 백지상태, 기억의 공백뿐. 마치 밀물이 밀려들어 모든 것이 쓸려 나간 해변처럼 텅텅 비어버렸다. 약을 먹었는지조차 기억나지 않았다. 하지만 먹은 것은 분명했다.

"10시 30분쯤?" 금요일 밤에는 으레 그쯤이었으니까. "11시에 더 가까운 시간이었을 수도 있고요."

그가 다시 수첩을 확인했다.

"남편분이 거실에서 밤을 보내는 경우도 잦았나요?"

잦았나요. 과거 시제다.

"서재가 거실과 바로 붙어 있어요." 눈물을 꾸역꾸역 삼키며 말을 이어나갔다. "가끔 늦게까지 일하면 위층 침실로 오느니 그냥 소파에서 잘 때도 있었어요. 아이들을 깨울까 봐요."

나는 내 두 손을, 손가락을, 손톱 하나의 안쪽 귀퉁이에 녹이 슨 것처럼 적갈색 얼룩이 진 지점을 응시했다. 덜컥, 공포의 전율과 함께 이 얼룩이 말라붙은 피라는 것을 깨달았다. 리엄을 되살리려 애쓰던 절망적인 몇 분이 지나고 남은 흔적이었다. 나는 무릎 위의 두 손을 말아서 주먹을 만들었다.

머스그로브는 계속 말했다. "그렇다면 두 분이 각방을 쓰고 계셨다는 건데, 두 분 사이에 문제가 있었기 때문은 아닌가요?"

나는 눈을 끔뻑이며 경위의 너부데데한 얼굴을 올려다봤다. "무슨 뜻이죠?"

"결혼 생활에서의 문제 말입니다."

13

일요일

배스 중앙 도서관은 현대적이고 바람이 잘 통하는 곳으로 천장이 높으며 키 큰 책장에는 책이 잔뜩 쌓여 있고 널따란 계단은 2층으로 이어진다. 나는 2층으로 향해 중심 구역 뒤편으로 난 열람실로 가서 내가 찾던 것을 발견한다. PC 여섯 대가 마련된 기다란 책상. 두 대만이 사용 중인데 한 대는 나이가 지긋한 신사분이 옆에 지도를 한 무더기 펼쳐놓고 쓰고 있고 또 다른 한 대는 50대로 보이는 얼굴이 잿빛인 남자가 차지해 자판을 쪼면서 한 번 칠 때마다 화면을 확인하고 있다. 두 사람 모두 자리에 앉는 나를 거들떠보지 않는다.

피시방을 찾느라 30분쯤 허비했지만 시내 중심가에서 사라져버린 듯했다. 도서관이 차선책이었다.

나는 빈 단말기 앞에 앉아서 마우스를 흔들어 화면을 깨운다. 모든 것이 더 작아 보인다. 모니터가 더 얇아졌고 더 간결해졌으며 화면은 더 밝아졌다. 이스트우드 파크 교도소에서도 이메일 서비스에 제한적이나마 접근할 수 있었고 지난 몇 년간 팬데믹 봉쇄 기간에는 화상 통화도 지원됐지만 인터넷에, 구글에, 소셜 미디어에 제대로 접근할 수는 없었다. 나는 자판 위에 손가락을, F와 J에 양 검지를 올려놓고 근육 기억이 돌아오기를 기다린다. 대학생 때 독학한 열 손가락 타법을 손가락이 기억해내도록 유도한다.

그러나 지식은 사라지고 없었다. 지난 세월 동안 위축되어버렸다. 내 인생의 다른 많은 것처럼 오랫동안 쓰지 않은 탓에 시들어버렸다.

대신에 나는 맞은편 잿빛 얼굴의 남자처럼 자판을 하나하나 찾아서 쪼아댄다. 오래 걸리지는 않는다. 구글에 간단히 리엄의 이름만 넣어도 10만 건이 넘는 검색 결과가 뜬다. 대부분이 재판 진행 상황, 나의 유죄 판결, 리엄의 삶과 화려한 경력과 때 이른 죽음, 그의 부친이 운영하는 버넌 주식회사의 규모와 범위에 대한 것이었다. 페이지를 넘기고 넘겨도 재판과 그 여파에 대한 이야기, 사건의 결론인 나의 유죄를 부르짖는 헤드라인들이 계속이어진다.

모두 똑같은 사진을 실었다. 먼저 내가 경찰서로 걸어 들어가는 장면이다. 스웨트셔츠와 조거팬츠 차림의 내가 고개를 숙이고 머리에는 까치집을 지은 채 얼굴이 얼룩덜룩해서는 한 여자 경찰관에게 팔이 잡혀 끌려가고 있었다. 수갑은 차지 않았지만 수갑을 차는 편이 나았을 터였다. 녹이 슨 것처럼 짙은 적갈색 얼룩들이 손목 위로, 피가 채 지워지지 않은 지점에 남아 있었다.

다른 사진은 훨씬 더했다. 메이트랜드 스트리트에 있는 우리 집에서 끌려나오는 내가 고개를 들어 카메라를, 아침 해를 보고 있었다. 갑작스러운 밝은 빛에 눈을 가늘게 뜬 것이지만 사진으로는 그렇게 보이지 않았다. 순간 포착으로 마치 내가 **웃고 있는** 것처럼 보였다. 모인 취재진에게 보내는 섬뜩한 인사인 양 입꼬리가 올라가 있었다. 충격을 받거나 슬프기는커녕 전혀 모르는 사람에게도 씩 웃어줄 여유가 있는 것처럼 보였다.

어떻게 취재진이 그렇게 빨리, 첫 번째 경찰차에 이어 다음 차가, 또 다음 차가 도착한 지 한 시간도 채 되지 않은 시점에 우리 집에 올 수 있었는지 전혀 알지 못했다. 누군가가 정보를 흘리지 않은 이상 집 앞에서 저런 사진을 얻을 길은 없었다.

나는 기사마다 첫 줄을 훑어본다. 일부는 사실이고 일부는 반쯤 사실이며 추측이나 명백한 날조의 산물로 보이는 것도 있었다. 특히 눈이 가는 몇 문장. 나의 엄청난 비극이 화면 속 한 줌의 단어로 꾸려지고 포장되고 요약된 것을 보면서 목에 걸린 뜨겁고 아픈 응어리가 커져만 간다.

내각 진출이 유력시되며 당의 샛별로 떠오르던 리엄 버넌(36)이 자택에서 잔혹하게 살해된 주검으로 발견됐다……

……헤더 버넌(33)은 살인 사건 수사관들에게 이끌려 경찰서로 향하는 길에 아무 감정도 보이지 않았다……

……그녀가 다른 방에서 과음으로 곯아떨어진 사이에 각각 2세, 4세인 두 아들이 아버지의 참혹한 시신을 발견한 것으로 전해진다……

……부부는 심한 갈등을 겪고 있던 것으로 전해지며 피해자는 사망 당시 각방을 쓰고 있었다……

나는 고개를 저으며 열이 얼굴로 확 올라오는 것을 느낀다. 계속해서 클릭하고 스크롤 한다. 더는 보고 싶지 않으면서도 멈추고 싶지 않다. 폭력이나 그 외에 범죄가 의심되는 정황으로 사망한 다른 정치인들에 대한 배경 기사도 여럿 있었다. 일부 기사는 리엄의 인생을 다뤘다. 그의 걸출한 가족과 그가 하원 의원이 되기 전에 거친 금융계 경력, 커져가던 인기와 당내에서 급부상한 입지를 구체적으로 묘사했다. 그러나 더 많은 기사가 그간 성추문에 휘말려 추락을 자초한 다른 하원 의원들을 다뤘다. 프러퓨모 경부터 얼 젤리코, 세실 파킨슨, 데이비드 멜러에 이르기까지.

죽은 내 남편은 이제 위키피디아에도 등재되어 있는데 충격적이게도 나 역시 그렇다는 걸 알게 된다. 우리 두 사람의 인생이 대략적으로 기술되었고, 두 항목 모두 대부분은 그의 죽음과 나의 유죄 판결에 자리를 내주고 있다. 더 클릭하고 스크롤 한다. 다음 페이지로, 또 다음 페이지로. 어떤 신문들의 어떤 특별 기고가들은 일하는 엄마들이 문제라고 매도했다. 아내가 경력을 쫓느라 가정을 등한시하면, 방치되던 남편이 이기적인 아내에게서 눈을 돌리게 되는데, 그런 상황이 초래한 비극적인 결과가 바로 버넌 가족의 사례라는 주장이다.

나는 편한 자세로 고쳐 앉아 인터넷이라는 토끼 굴에 정신없이 빠져들면서 마조히즘적인 열정으로 탐독해나간다. 클릭. 스크롤. 클릭. 클릭.

어딘가에 의심이 있어야 했다. 사건에 대한 경찰의 설명을 씹지도 않고 그대로 삼켜버리지 않은 사람이, 배심원단의 결정을 액면 그대로 받아들이지 않은 사람이 있어야 했다. 나는 그런 의심들을 찾고 따라가며 헐거운 실한 가닥을 발견해내어 전체 뭉치가 풀리기 시작할 때까지 당겨야만 했다.

그것만이 나의 두 아들을 다시 볼 수 있는, 아이들과 함께하는 인생을 재건할 수 있는, 아이들의 엄마가 되어줄 수 있는 유일한 방법이었다.

한 시간이 지나자 브라우저에 스물네 개의 탭이 열려 있다. BBC 뉴스 웹사이트를 비롯해 여러 매체에서 리엄의 사망 1주기를 맞아 관련 기사를 다뤘는데, 그의 부모가 가정 폭력의 피해자를 돕기 위한 자선 신탁을 세운 것이었다. 나는 구글에 버넌 신탁을 검색해서 페이지를 훑어본다. 설명에 따르면 버넌 신탁은 파트너나 배우자가 저지른 가정 폭력의 남성 피해자에 대한 인식을 높이는 데에도 힘쓰고 있었다. '가해자가 아닌 피해자로서의 남성에 대해서는 매체에서 충분히 다루지 않으며, 오히려 이들에게 낙인이 찍히는 문제가 있다'는 주장이었다.

유죄 선고가 있고 2년 뒤에 실패로 끝난 나의 항소를 언급한 매체는 거의 없다. 가장 기본적인 사실만 담은 단신이 몇 건 있을 뿐, 그조차 모두가 이미 알고 있는 바를 확인해주는 데 그친다. 그 여자가 범인이라는 것. 딱히 뉴스랄 것도 없다.

몇 년 전 한 케이블 범죄 전문 채널에서 「어느 하원 의원의 죽음」이라는 제목의 다큐멘터리를 방영했고, 나는 그 다큐멘터리를 이제 유튜브에서 발견해 소리를 죽이고 자막을 켠 채 본다. 한 시간 분량의 프로그램에서 머스그로브 경위를 비롯한 여러 다양한 사람이, 이웃이, 예전 친구들과 의회 동료들이 인터뷰에 응하고 있다. 다큐멘터리를 시청하면서, 당시 경찰에 두 가지 가설이 존재했을 뿐이라는 게 금세 명확해진다. 첫 번째 가설은 주거 침입 사건이 꼬여버린 것으로, 아래층에 사람이 있는 걸 보고 놀란 강도가 어둠 속에서 리엄과 몸싸움을 벌이다 칼로 찔렀다는 것인데, 24시간 만에 증거 부족으로 제외된 듯하다. 리엄이 즐겨보던 「셜록 홈스」 시리즈에서 베네딕트 컴버배치가 뭐라고 했더라? 불가능한 것을 제외하고 남은 것, 그것이 무엇이든, 아무리 사실 같지 않더라도, 분명 진실이다. 뭐 이런 말이었던 것 같다. 경찰은 바로 이대로 했다. 다른 모든 가능성을 제외했다. 그랬더니 단 하나의 가설만이 남았다. 분명 집 안의 누군가가 범인이라는 것. 바로 내가 범인이라는 것.

경찰은 내가 진실이라고 **알고 있는** 가설에 대해서는 진지하게 생각하지 않았다. 내가 함정에 빠져 누명을 썼다는 가설 말이다. 미래의 당 대표로 물망에 오르는 인기 하원 의원을 살해한 냉혈한에게, 나는 완벽한 제물이었다.

이 글 저 글을 읽으니 리엄의 인기가 내게 **불리하게** 작용한 것처럼, 처음부터 주사위가 잘못 던져진 것처럼 보일 지경이다. 나는 맨 처음부터 그의 그림자에 가려져 있던 것처럼, 그의 긍정적인 면을 돋보이게 하는 부정적인 면이었던 것처럼. 남편은 카리스마가 있고 사람들이 좋아하는 정치인이었으니, 그리고 그런 정치인은 결코 흔치 않으니, 누군가는 그의 때 이른 죽음에 대한 대가를 치러야 했다. 어떻게든 그 어마어마한 빚이 청산되어야 했다. 누군가에게 책임을 물어야 하는데, 체포되면서 카메라를 향해 웃어 보인 차갑고 야망이 넘치며 출세를 꿈꾸는 그의 아내는 왜 안 되겠는가? 아이들을 키워야 하는 처지에 인사불성이 될 정도로 취하고, 재판정에서 눈물 한 번을 쏟지 않은 아내인데? 질투에 단단히 사로잡힌 나머지 가여운 두 어린 자식이 제 아버지가 자신의 피로 만들어진 웅덩이에 빠져 죽어 있는 광경을 보게 놔둔 아내인데?

좋은 이야깃거리였다. 그런데 그게 다였다.

14

남편의 죽음을 다룬 이 모든 뉴스 페이지와 웹사이트와 블로그와 논설 수백 개 중에서 의견을 달리하는 기사를 단 한 건 발견한다. 2016년 《가디언》에 실린 것으로, 그러니까 7년 전이다. 재판 진행 상황 보도와 특집 기사와 내가 죽을 때까지 철창에 갇혀야 한다는 주장이 쏟아지는 가운데 단 하나의 다른 목소리가 존재한다. 내 인생이 공공재가 되어버린 이후 '사실들'로 짜인 두툼한 태피스트리에서 단 한 가닥의 헐거운 실이 보이는 것이다.

하원 의원 피살 사건에 남은 여러 의문점

오언 태너 기자

카리스마 넘치는 하원 의원 리엄 버넌의 잔혹한 죽음은 나라 전체를 충격에 빠트린 사건이었다.

당시 질투가 동기로 작용한 치정 살인으로 규정된 이 사건은 남편의 배신에 모욕감을 느낀 아내가 복수심에 사로잡힌 가운데 술과 의사의 처방전이 필요한 약까지 먹은 상황에서 저지른 것으로 알려졌으며 남성을 향한 가정폭력 문제에 세간의 이목을 집중시켰다. 줄곧 범행을 부인해온 헤더 버넌은 18년 형을 선고받아 2023년이 되어서야 가석방 대상에 오를 수 있게 된다.

그러나 그녀가 유죄 판결을 받은 지 2년이 지난 지금도 사건의 여러 정황을 두고 해소되지 않은 의문점들이 여전히 남아 있다.

경찰 수사에서의 변칙 혹은 영국 사회의 최고 지배층에까지 미치는 은폐
공작에 대한 주장도 나오고 있다.

나는 스크롤을 더 내려서 내 사건에 걸려 있는 의문점과 모순점을 개괄한
소제목에 다다른다.

–재판에서 살인의 동기를 보여주는 증거로 제시된, 리엄 버넌의 불륜 의
혹의 상대 여성이 앞에 나서거나 경찰이 이 여성을 추적한 바가 없다.
–헤더 버넌은 사건 당시 한 소프트웨어 회사의 인사부장으로, 전과가 없
고 폭력 전력을 뒷받침하는 기록도 없다.
–의회 내 부패에 대한 의혹이 해소되지 않았으며, 버넌 의원이 사망 당시
내부 고발을 앞두고 있었다는 증거가 존재한다.

나는 세 번째 소제목을 다시 읽으며 뭐라도 구체적인 내용을 찾으려고 스
크롤 하지만 허사다. 부패라는 각도에서의 접근은 매체에서 몇 번 띄운 적
은 있지만 어떤 성과로 이어지지는 않은 듯했다. 그래도 뒤로 기대앉으며
마음속 깊은 곳에서 이상하게 가벼운 느낌이 든다. 잠시 뒤 이 느낌이 뭔지
깨닫는다. 아주 오랜만에 처음으로, 내가 철저히 혼자인 것은 아니라고 느
껴지는 것이다. 진실을 아는 사람이 나뿐만은 아니라는 느낌, 허리케인에
대고 외치는 목소리가 나 혼자만의 것은 아니라는 느낌.
기사의 날짜를 다시 확인한다. 2016년 4월 27일. 6월에 브렉시트 국민투
표가 시행되기까지 두 달도 채 남지 않은 시점으로, 당시 뉴스에서는 영국
이 유럽연합을 탈퇴하느냐 잔류하느냐를 두고 논쟁과 토론과 선전과 주장과
반론이 끊임없이 왔다 갔다 하고 있었다. 국민 투표가 모두를 사로잡을 기
세로, 마치 전염병처럼 온 나라를 장악해 그 외의 다른 뉴스는 다 몰아내는
듯했던 때였다.
기사 밑에 달린 댓글은 리엄의 죽음을 두고 각자의 의견을 늘어놓는 음모
론자들의 불쾌한 조합이다. 어쩌면 당의 스캔들을 은폐하려는 공작일 수도

있고, 러시아 요원이나 혹은 IS 조직에서 떨어져 나온 사람의 소행일 수도 있다는 것이다. 여기에 내가 대가를 치러야 마땅하다고 주장하는 익명의 여성 혐오주의자들과 나를 마치 저예산 텔레비전 프로그램에 등장하는 허구의 인물을 대하듯 말하는 범죄물 광팬들도 드문드문 보인다.

태너의 이름을 검색하자 2000년대 초반까지 거슬러 올라가는 기사 수백 개가 뜬다. 결과 페이지를 죽 넘겨보니 범죄와 정치는 물론, 기업 사기, 돈세탁, 고위층의 부패와 관련된 일부 국제 사안을 망라한다. 2010년의 한 기사에 자신의 이름과 함께 실린 사진 속에서 그는 작고 둥근 안경 너머로 노려보고 있는데, 붉은색 머리를 바짝 깎아서 그 길이가 주걱턱을 따라 까칠하게 자란 수염과 맞먹을 정도이다. 검색창에 내 이름과 그의 이름을 함께 넣자 그가 리엄이 죽은 주말 이후 줄곧 내 사건에 대해 쓰고 있었다는 사실을 알게 된다. 그의 기사에도 내가 경찰에 이끌려 집에서 나오면서 마치 웃는 듯한 모양으로 눈을 가늘게 뜨고 해를 보는 그 불리한 사진들이 실렸다.

그의 2016년 기사가 《가디언》에서 찾을 수 있는 마지막 기사다. 이후 《인디펜던트》와 《뉴스테이츠먼》에도 그가 쓴 기사가 몇 건 보이는데 그러다가 차츰 잦아드는 듯하다. 지난 몇 년 사이에는 그의 개인 블로그 www.theylietoyou.co.uk에서만 그가 쓴 글을 찾아볼 수 있다. 블로그에는 중국 첩보원과 러시아의 신흥 재벌에 대한 장황하고 두서없는 글과 팬데믹 당시 정부 계약을 장관들의 친지가 나눠 가졌다는 스캔들을 다룬 기사도 몇 건 있다.

내 사건에 대한 관심에 다시 불을 지피려는 그의 노력은 어떠한 추진력도 얻지 못한 게 분명했다. 나도 당시에 의미 있는 새 증거가 나타나지 않는 이상 항소 가능성은 희박하다는 것을 알았다. 하지만 어쩌면 이것이 시작점이 될 수도 있었다. 나중에 다시 읽을 수 있도록 태너의 2016년 기사 링크를 내 새로운 이메일 주소로 보내놓는다.

배고픔에 속이 우르르 울린다. 두 눈은 모래가 낀 듯이 까끌까끌하고 건조하다. 화면을 너무 오래 들여다본 탓이다. 너무 많은 것을 읽었고, 너무 많은 정보가 휘몰아쳐서 그걸 다 제대로 이해하려고 애썼다. 원한다면 여기 종일 앉아 있을 수 있다는 사실이 아직도 신기하다. 시간이 다 됐다고, 식당에 줄을 설 시간이라고, 일을 하러 갈 시간이라고, 감방으로 돌아가서 문이 잠기고 소등되길 기다려야 할 시간이라고 말하는 사람이 아무도 없다는 사실이 아직 낯설다. 깜빡이는 눈을 화면에서 떼고는 자판기가 어디 있나 두리번거린다. 조금 더 늦게까지 버티게 해줄 무언가를 찾아야 한다. 보호관찰소를 나온 이후로 아무것도 먹지 못했……

그대로 굳는다. 마음속 깊은 곳에서 불안감이 낮게 퍼덕이고 있다.

처음에는 저 모든 뉴스 기사가 누적되어 몸에 안 좋은 영향을 끼친 것이라고 생각한다. 글로 표현된 내 죄를 너무 많이 반복해서 확인한 탓이라고. 하지만 아래팔에 난 솜털들이 일어서고 있다. 이스트우드 파크에서 첫 몇 년을 보낸 뒤에 가끔 그러했듯이. 어떤 일이 막 벌어지려고 할 때, 누군가가 곧 습격당할 것이고 당사자를 제외한 모두가 그 사실을 알고 있을 때에 감돌던 저릿하고 부자연스러운 고요. 누군가가 묵은 원한을 갚겠다고 나서거나 선수를 치려 할 때. 무언의 의도 또는 경고가 파장을 일으켰을 때.

나는 참고 서적이 들어찬 벽에 등을 보이고 있는 상태다. 다른 벽에도 책이 늘어서 있고 탁자도 더 있으며 아동 서적 옆으로는 빈백 소파를 흩뜨려 놓아 마련한 앉을 공간이 있다. 이용객은 연금 수급자들을 비롯해 미취학 자녀를 데려온 부모들, 10대 몇 명, 향토사 구역의 소파에 앉아 졸고 있는 노숙자 한 명으로 구성된 듯하다. 도서관에서 으레 볼 수 있는 사람들.

한 남자만 빼고.

그는 내 주변 시야의 끝에 걸려 있다. 30대 초반, 탄탄한 체격, 어두운색 스웨트셔츠. 짧고 거무스름한 머리는 관자놀이 지점에서 벗어지고 있다. 처음 보는 남자인데 이곳에 전혀 어울리지 않아 보인다. 내가 남자를 향해 몸을 돌리면서 서로의 시선이 0.5초 동안 마주치고, 그러다 그는 높다란 책장 뒤로 스르륵 몸을 감춘다.

갑자기 도서관이 폐소 공포를 불러일으키는 듯하다. 책이 늘어선 벽들이 너무 가깝다. 나는 여러 출구로 나가는 경로를 점검한다. 앞쪽 복도를 따라 죽 직진하면 정문이 나온다. 오른쪽으로는 비상구도 있는데, 더 가깝고 바깥의 어느 뜰로 바로 이어진다. 필요하다면 5초 안에 저 문밖으로 나갈 수 있다.

두 손목에서 맥박이 발딱거리는 상태로 컴퓨터의 브라우저를 닫고 의자를 뒤로 굴려 책상과 멀어지며 나갈 준비를, 달릴 준비를 한다. 두 눈을 스웨트셔츠의 남자를 봤던 책장의 한쪽 끝에 고정한 채 그가 다시 나타나기를 기다린다. 그가 다시 나와 눈을 맞출지 확인하고 싶다.

내 뒤로 벽시계가 둔하게 바늘을 움직이는 소리에 맞춰서 60까지 센다.

그는 다시 나타나지 않는다.

나는 한 번 더 60까지 센 다음 자리에서 일어나, 멀리 돌아가는 길을 택해 남자를 봤던 통로로 향하며 정문까지 가는 길이 여전히 훤히 뚫려 있는지 확인한다. 배와 무릎이 얼얼하고 **여기서 나가, 그냥 나가**라고 말하는 마음의 소리가 들려오지만, 나가기 전에 그를 한 번 더 보고 싶다. 도서관에는 사람들이 있다. 직원과 이용객과 부모와 아이가 있다. 그러니 안전하다고, 나는 생각한다. 서가에서 서가로 빠르게 조용히 이동하며 멀리 돌아서 가면서 접수대와 잡지가 흩뿌려진 탁자를 지난다. 통로의 맨 가장자리에 다다른다. 이 정도 왔으면 그의 시선이 미치지 않을 테지. 가는 길에 무거운 양장본 한 권도 슥 빼낸다. 정확한 이유는 모르겠지만 그저 손에 무언가 단단한 것을 쥐고 있으면 기분이 나을 것 같다. 심장이 목구멍까지 튀어 오른 상태에서 발을 내디디고 통로를 훑어본다. 모서리가 딱딱한 양장본을 쥔 손가락에 잔뜩 힘이 들어간다.

그러나 아무도 없다. 통로는 텅 비어 있다.

15

나는 사우스미드 하우스로 돌아가는 우회로를 택해 잰걸음 하며 잽싸게 골목으로 빠지고 상점 입구에 슬며시 서보기도 하면서 도서관에서 본 남자가 따라오고 있지는 않은지 살핀다. 그러나 남자는 보이지 않고, 15분쯤 지나자 심장 박동이 정상에 가까운 수준으로 느려지고 아드레날린이 빠져나가면서 피로가 팔다리를 타고 스멀스멀 올라오는 게 느껴진다. 전부 다 내 머릿속에서 벌어진 일이었나? 나의 상상이었나? 남자가 열람실 건너편에서 나를 지켜보던 장면이?

어쩌면 그는 그저 늦깎이 대학생이거나 책을 좋아해서 도서관으로 나들이를 나온 사람이거나 조용한 오후에 시간을 죽이고 있는 사내일 수도 있었다.

하지만 그는 내가 그의 존재를 알아차리자 몹시도 빠르게 사라졌다. 게다가 그에게는 **뭔가** 있었다.

무사히 호스텔에 돌아온 나는 침대에 앉아 엄마의 보관함에서 가져온 종이 더미를 살펴보기 시작한다. 들고 올 수 있는 건 최대한 가져왔다. 아이들이 어렸을 때 찍은 컬러 사진과 메이트랜드 스트리트의 집 주방 서랍에 넣어두었던 오래된 주소록, 나의 예전 운전면허증과 서류와 추억거리, 한 무더기의 휴대용 다이어리. 여기에는 내가 마지막으로 썼던 다이어리도 포함돼 있는데, 신기하게도 내 인생의 최악의 해를 견디고 살아남은 것이다. 나머지 물건은 아직 보관소에, 안전하게 잠긴 상태로 있다.

나는 지금 호스텔의 이 작은 공동 침실에서 혼자다. 하루 종일 도시를 걸으며, 몹시도 많은 사람을 보며 번잡과 소란과 감각 과부하에 시달린 뒤에 지금의 고요를 만끽하고 있다. 종이 더미를 살펴본다. 고지서와 명세서, 편지와 증서, 소득세 신고서, 의회에서 보낸 공적인 느낌이 물씬 풍기는 문서와 그 외의 온갖 것들. 각각 보면서 쓸모 있다, 쓸모 있을 수도 있다, 쓸모 없을 것이다로 판단해 세 묶음으로 분류한다.

쓸모 있다 묶음이 가장 작다.

2013년의 휴대용 다이어리는 겉표지에 캐스키드슨 특유의 꽃무늬가 그려져 있는데, 리엄이 죽기 전 해에 크리스마스 선물로 사준 것이다. 여기에 내 예전 삶의 모든 것이 담겨 있다. 업무 회의부터 생일, 휴일, 아이들의 놀이 약속, 친구 집 방문, 저녁 파티, 아이 돌보미, 기억해야 할 일과 이런저런 목록, 혼자만의 사색에 이르기까지. 좌우 두 쪽이 한 쌍을 이뤄 매주의 가족 생활이 흐릿한 연필로 요약돼 있는데 2013년 7월 12일을 마지막으로 모두 자취를 감춰버렸다. 축하 카드를 보내지 못한 생일들, 참석하지 못한 행사들, 놓쳐버린 업무 마감일. 나는 우리의 오래된 주소록도 괜스레 뒤적이며 책장이 손가락을 톡톡 스치며 넘어가게 하고 이름과 일치하는 얼굴들을 떠올리려 애쓴다. 예전 학교 친구들, 대학 시절에 한집에 살던 친구들, 예전 동료들, 친척들, 이웃들. 리엄이 죽고 나서 거의 곧바로 연락을 끊은 사람도 많았고, 그 외에는 내가 유죄를 선고받은 뒤에 서서히 떠나가다가 끝내 거의 아무도 남지 않았다.

나는 더 오래된 휴대용 다이어리 뭉치로 돌아간다. 총 여섯 권으로, 겉표지가 세월에 굽었고 내지는 빛을 잃어가는 잉크와 함께 쪼글쪼글해졌다. 매년 표지 디자인이나 색은 달랐지만 크기는 늘 같았고 늘 주 단위로 기록하는 형식이었다. 2012년 다이어리의 일주일들을 뒤적이는데 한 장 한 장이 불러오는 기억이 달면서 쓰다. 예전 삶의 행복하고 소소한 일상을 더듬어가는 내내 가슴이 아파온다. 8월 5일의 칸은 흥분이 느껴지는 굵고 큰 글씨가 가득 채우고 있다. **핀의 두 번째 생일!** 나는 2011년과 2010년 다이어리도 뒤적이며 두 번 다시 오지 않을 시절에 대한 향수에 빠져본다. 따뜻한 목욕물에 몸을 담그듯이. 물 밖으로 나오면 두 배는 더 추울 것을 알면서도.

다이어리 뭉치의 맨 밑에 있는 것은 또 2013년의 것이다. 아까 것과 똑같은 모양이다. 나는 미간을 모으며 그해에 선물로 한 권을 더 받았던가 기억을 되살려본다. 하지만 이 다이어리는 새것이 아니었다.

그렇게 다이어리를 열자마자 내가 착각한 것임을 깨닫는다. 애초에 내 것이 아니었다.

리엄의 다이어리였다.

좁은 침대에 책상다리를 하고 앉은 내게 현기증 비슷한 것이 강하게 덮쳐오며 몸이 어질어질 흔들린다.

우리가 처음 만났을 때만 해도 리엄은 내가 종이와 펜을 선호한다는 점을 놀렸지만 결국 내가 그를 바꿔놓았고 그 후로 매년 크리스마스에 서로 다이어리를 선물하는 게 우리의 연례행사가 되었다. 우리만의 우세스러운 놀이이자, 결국 오고야 만 디지털로의 대이동 전에 누리던 우스꽝스러운 크리스마스 전통이었다. 지금 나는 이 얇은 다이어리의 군청색 표지를 손바닥으로 꾹 누르고 있다. 이렇게 하면 리엄의 무언가를 느낄 수 있기라도 하듯이, 종이 한 장 한 장이 꼭 붙잡아놓은 리엄의 무언가를 알아차릴 수 있기라도 하듯이. 우리 두 사람 사이에 끊어지지 않은 고리를 느끼고 알아차릴 수 있기라도 하듯이.

조심스럽게 펼쳐서 한때 익숙했던 리엄의 필체를, 빠르면서도 정확하게 쓴 글씨를 살펴보자 옛 기억의 충격이 고개를 든다. 10년 만에 보는 것이지만 그의 필체는 헷갈릴 여지가 없다. 뾰족한 T와 동글동글한 Y, 잔뜩 멋을 부려서 쓴 그만의 대문자 B하며 그것들이 다 물 흐르듯이 어우러지는 모습까지. 어떻게 이 다이어리가 내 물건 더미의 일부가 되었는지, 이 보관함에 들어가게 되었는지 전혀 모르겠다. 어쩌다 보니 내 것에 섞여 들어갔을 터였다. 모두 꽤 비슷하게 보였을 것이다. 그리고 이 다이어리도 내 것과 마찬가지로 여름까지만, 7월 중순의 그날로 이어지는 주와 달까지만 채워져 있다. 손끝으로 그의 글씨를 훑으며 마음의 눈으로 그를 본다. 식탁에 앉아 다이어리를 쓰곤 하던 그를. 노트북이 열려 있고, 그의 한쪽 무릎에서는 두 아이 중 하나가 콩콩 뛰고 있고, 내가 그의 와인 잔을 다시 채워주면 미소를 지어주던 모습을.

2013년 7월 8일로 시작하는 한 주가 펼쳐진 좌우 두 장에 다다르자 손이 살짝 떨린다. 그 주의 평일은 회의와 위원회와 의회 내 투표, 언론 인터뷰 두어 건, 전화 회의 일정 및 관련 번호로 빼곡하다. 그 주의 금요일, 그가 죽음을 맞이한 날도 여느 날과 똑같이 바쁜 일정이다. 회의 두 건과 기자와의 점심 약속, 분과 위원회, 오후 4시 템스강이 내다보이는 테라스 파빌리온에서의 연회까지.

나는 그다음 주로, 그가 살아서 보지 못한 주로 장을 넘긴다. 나중에 드러났듯이 내가 피의자 신분으로 전환되고 맞는 구금 첫 주였다. 잠시나마 그 끔찍한 날이 일어나지 않은 삶을 상상해본다. 우리의 삶이 그날이 있기 전에 오랫동안 그러했듯 아무 방해도 받지 않고 수월하게 흘러가는 평행 우주를. 7월 12일에 맞닥뜨린 끔찍한 갈림길 따위 없는 삶을. 우리 집에 침입한 사람도, 칼도, 살인 혐의도, 재판도 없는 삶을. 유죄 선고 따위 없는 삶을. 그러면 우리는 메이트랜드 스트리트의 그 집에서 계속 살고 있을까? 아마도 그럴 것이다. 나는 핀이 학교에 들어가면 다시 상근직으로 돌아갔겠지. 어쩌면 이직했거나 승진을 노렸을 수도 있겠다. 리엄은 당내에서 계속 위로 올라갔을 것이다. 확실히 야심가이니까. 어쩌면 지금쯤 내각에서 한자리를 차지했을 수도 있고, 어쩌면 그 이상으로…….

그만. 이런 건 도움이 되지 않았다.

나는 7월 15일로 시작하는 주의 각 항목에 겨우 다시 집중력을 모은다. 똑같은 것이 더 이어진다. 모두 딱 정해진 일과까지는 아니더라도 꽤 익숙한 반복이다. 이런 하원 의원의 의회 일정이 휴일을 향해 가면서 서서히 줄고 있었다. 실제로 그 주는 의회가 여름 휴회에 들어가기 전 마지막 주였다. 여기에 어떤 의미가 있었나? 18일 목요일 칸에 리엄은 '의회 폐회'라고 쓰고 밑줄을 한 번 그어놓았다. 9월이 오기 전 의회가 활동하는 마지막 주는 오히려 전주보다 더 바쁜 편에 속했다. 단 하나의 표기가 내 눈을 사로잡는데, 정말 짧기 때문이다. 15일 월요일의 첫 일정으로, 시간과 그 옆으로 머리글자만 쓰여 있다.

오전 8시 – AY.

리엄은 보통 월요일이면 오전 6시 2분에 패딩턴행 열차를 타곤 했다. 그날의 첫 업무를 시작하기 전 약간의 숨 돌릴 여유를 갖기 위해 8시까지는 사무실에 도착하는 걸 좋아했기 때문이다.

첫 일정이던 이 AY와의 미팅은 결코 이뤄지지 못했다.

16

AY에 대해서 구글에 빠르게 몇 차례 의회, 하원 의원, 웨스트민스터와 조합해서 검색해본다. 아무것도 눈에 확 들어오지 않는 듯하다.

그날의 다음 일정은 정오에야 있는데, 점심 회동이다. 오후에는 오래전에 잡힌 의회 일정이 있다. 리엄이 몇 주 또는 몇 달 전에, 그의 사무실이 그의 전자 다이어리에 일정을 기입해놓자마자 여기 종이 다이어리에도 추가해놓은 것일 터였다. 모두 구체적이고, 알아보기 쉽고, 모호하지 않다.

전혀 암호 같지 않다. 오전 8시의 일정과는 다르다. AY가 사람 이름의 머리글자라고 생각했는데, 어쩌면 장소일 수도? 다시 다이어리를 앞으로 휙휙 넘기며 AY라는 말이 들어간 장소에서 잡힌 회의가 있는지 찾아본다. 그러나 아무것도 찾을 수 없다. 우리 집에 보관하던 주소록도 대조해보지만 여기서도 일치하는 것은 전혀 없다.

경찰은 수사의 거의 시작 단계부터 리엄의 휴대전화와 전자 다이어리에 접근할 수 있었다. 그들이 내게, 리엄의 시신을 발견한 그 악몽 같던 첫날에 처음으로 물어본 것들 가운데 하나였으니까. 그런데 경찰은 이 종이 다이어리도 본 건가? 확신할 수 없었다. 두 다이어리가 거의 똑같긴 했다. 몇 가지 별도의 개인적인 사항만 종이 다이어리에 더해졌을 뿐이었다.

그렇다면 AY는 일이 아닌 **다른** 무언가라는 뜻일 수도 있다.

개인적인 만남. 사적인. 어쩌면 불법적인.

아니다.

거기까지 가고 싶지 않다. 지금 이 순간만은. 이제 막 내 예전 삶의 유물을 다시 찾았는데, 리엄이 백번은 손에 쥐었을, 재킷 속 심장 옆자리에 넣고 다녔을 이 작은 책을 이제야 발견했는데.

리엄이 세상을 떠난 주말의 일정은 평범해 보이고 쉽게 알아볼 수 있다. 토요일 아침 지역구민 면담이 있고, 이후 초대받은 행사에 간다. 일요일 아침에는 시오의 축구 경기가 있고, 그날 저녁에 다른 표기 하나가 보인다.

또 하나의 암호 같은 것.

저녁 8시—cl N.

cl은 리엄이 call을 줄여 쓰는 방식이었다. 그렇다면 일요일 오후 8시에 예정된 전화다. 그 시간이면 리엄은 이미 죽은 사람이 된 지 36시간도 더 지났고 나는 이미 그의 살인 혐의로 입건된 상태다. 어쩌면 N은 또 다른 동료일 수도? 그의 사무소 직원인가? 그가 근무 시간 외에 쉽게 전화를 걸곤 했던 유일한 사람은 크리스틴 레이로, 그의 사무소 매니저였다.

나는 다이어리를 뒤쪽으로 넘긴다. 노트 페이지의 대부분도 그의 글씨로 채워져 있는데 대부분은 지역구 일과 후속 조치, 지역 사안과 관련해 제기되어야 할 행동 계획안을 언급하고 있다. 페이지 절반 분량의 기록은 대부분 선을 그어 지워놓아, 짙은 검은색 잉크가 그 밑의 글자를 알아보기 어렵게 한다. 어느 한 선의 밑으로 몇 가지 다른 요소를 겨우 알아볼 만하다.

두 개의 추가 머리글자든, 이름이든, 그게 뭐가 되었든.

AT → NS?? 10/6/13 CUTOFF.

그 아래로 AY가 또 언급된 것을 발견한다. 선을 그어 지워진 다른 글자들 사이에 파묻혀 있는데 이 선은 끝으로 가면서 둥글게 화살표를 그려 위의 머리글자를 가리키고, 머리글자에는 잉크로 원을 두 번 그려놓았으며 얼마나 힘을 주었던지 종이가 찢어질락 말락 할 지경이다.

더 자세히 들여다보고서야 다음 장이 뜯겨 나간 지점에 너덜너덜하게 남은 종이가 보인다. 깔끔하게 뜯거나 칼로 자른 것이 아니라 마치 급하게 혹은 화가 나서 찢어버린 모양새다. 이상했다. 페이지를 통째로 찢어버리는 행동은 전혀 리엄답지 않았다. 왜 그냥 줄을 긋고 말지 않았을까? 나는 전부 다시 읽으며 패턴이나 의미를 찾아보려 한다. 그런 게 있기나 하다면.

결국 다이어리를 닫고 조심스럽게 베개 밑에 넣고는 다시 '쓸모 있다'로 묶인 몇 가지 다른 물품에 눈을 돌린다. 고무줄로 단단히 묶인 명함 더미에서 뭔가가 나올까. 거의 맨 위에서 오언 태너, 그 기자의 명함을 발견한다. 몇 년 전에 내 사건이나 항소와 관련해 엄마의 생각을 묻고자 접촉했던 모양이다. 휴대전화 번호와 이메일 주소가 보인다. 전화를 걸어보니 **지금 거신 번호는 없는 번호입니다. 다시 확인하시고 걸어주십시오**라는 자동 음성만 들려오기에, 나는 새로 만든 이메일을 열어 아까 도서관 컴퓨터로 발견한 그의 기사 링크를 첨부한다. 직장 생활을 할 때 하루에도 수십 번씩 이메일을 쓰곤 했던 나지만 이제 너무 오랜만이라 마치 아주 깊은 우물에서 물을 퍼 올리듯 기억에서 이메일 형식을 불러오기 위해 열심히 집중해야 한다. 어느 정도까지 구체적으로 써야 할지를 두고 나 자신과 토론하면서 몇 차례 이메일을 쓰고 지우다가, 결국 간단하게 가기로 한다.

태너 씨에게,

당신이 몇 년 전 제 사건에 대해 쓴 기사에 크게 관심이 갔습니다. 저는 배스에 돌아왔고 당신과 대화를 나누고 싶습니다. 만날 수 있을지요?

헤더 버넌

오언 태너가 내 남편의 죽음에 대해 무엇을 더 알고 있는지 알아봐야 할 때가 되었다.

17

공동 침실의 문이 홱 열리더니 조디가 불쑥 들어온다. 활짝 웃고 있다. 그녀의 목소리가 시끄럽다. "요오! 아직 여기 있네요?"

"아직 있죠." 내가 말한다.

"로열 크레센트 호텔의 스위트룸을 못 구했나 봐요?" 조디가 내게 찌그러진 윙크를 보내지만 취한 것 같지는 않다. 그저 좀 조증으로 보인다.

"과대평가됐죠." 나는 어깨를 으쓱해 보인다. "여기가 트립어드바이저에서 평점이 훨씬 높기도 하고요."

"하! 뭐 그렇죠." 조디가 발을 차며 신발을 벗는다. "그래도 지금쯤 빠이빠이 하고 제 갈 길을 가고 있을 줄 알았죠, 사모님."

"노력하고 있어요."

"그럼 우리가 이 천국에서 하룻밤을 더 보내겠군요." 조디가 과장되게 한숨을 내쉬며 자신의 침대에 털썩 드러눕는다. "아, 어제는 어땠어요? 그 나이 든 뭔 놈이랑?"

"누구요?"

"에이. 보일이랑 보호관찰 면담한 거 말예요."

"아, 보일. 뭐…… 괜찮았던 거 같아요."

"나는 못 견뎌요. 그 재수 없는 새끼." 그러더니 자신의 침대 끝에 놓인 쇼핑백을 가리킨다. 말투에서 날카로운 공격성이 묻어나고 있다. "뭐야, 이게? 누가 지 똥을 다 내 침대에 버려놓고 간 거야?"

"그쪽 거예요. 아직도 갖고 싶다면." 내가 말한다.

"뭔데요?"

"열어보면 알아요."

쇼핑백을 여는 그녀의 얼굴에 서서히 함박웃음이 돌아오고 있다. 그녀가 꺼낸 것은 내 예전 재킷으로, 어제 아침에 내가 잠든 사이에 입어본 바로 그 옷이다. 운동화도 들었다.

"나 약 올리는 거예요? 나한테 준다고요? 진짜로?" 그녀가 말한다.

"그럼요. 아직 원한다면."

조디는 어깨를 들썩여 실밥이 너털너털한 낡은 면 재킷을 벗어버리고 기쁘게 내 재킷을 입는다. 옷깃을 턱 세우더니 문 옆 작은 거울 앞에서 자세를 취하고 두 손을 주머니에 찔러 넣은 채 이리저리 몸을 비틀어본다. 그녀가 옳았다. 그녀에게 완전 딱이었다. 그녀는 양말을 신지 않은 두 발도 신발에 밀어 넣고 한 짝씩 빠르게 잡아당기며 제대로 신는다. 굳이 끈까지 묶지는 않는다.

"기분 나쁘게 듣지는 말아요, 근데 내가 그쪽보다 더 잘 소화하는 것 같아." 그녀는 내가 어깨를 으쓱하는 걸 보더니 걸걸하게 웃음을 터트린다. "헤더, 농담이에요! 그냥 자기를 약 좀 올려봤어."

"그 안에 다른 것도 더 있어요. 가지고 싶으면 가져요. 부츠(건강과 미용 관련 용품을 주로 취급하는 영국 체인점-옮긴이)에 갔다 왔거든."

그녀가 쇼핑백을 더 뒤지더니 샴푸와 컨디셔너, 샤워 젤, 치약을 꺼낸다.

여자가 말한다. "좀 털어 왔군요. 좋네요. 그런데 나는 줄 수 있는 게 아무것도 없는데. 그야말로 완전히 빈털터리라."

"돈은 됐어요."

여자가 미간을 좁힌다. "그럼 **원하는** 게 뭐예요?"

"없어요." 내가 어깨를 으쓱한다. "말했듯이, 부츠에 갔다 왔다니까요. 할인을 많이 하기에."

"할인? 그러니까, 슬쩍한 게 아니라는 거예요? 이걸 다 돈을 주고 **샀다고**?"

"네."

"진짜?" 다시 묻는 여자의 얼굴에 긴장이 풀리며 다시 미소가 떠오른다. "이거 완전 크리스마스잖아! 고마워, 친구."

조디가 나를 어색하게 안더니 등을 쓰다듬는다. 조디에게서 담배와 땀과 베리 맛 껌 냄새가 난다. 다시 자신의 좁은 침대로 돌아가 앉은 그녀는 자신의 예전 코트에서 따지 않은 보드카 하프 사이즈 병을 꺼내더니 내게 내민다.

"좀 마실래?"

나는 술을 절제해야 할 이유를 떠올려보려 하지만 하나도 떠오르지 않는다. 이 호스텔에는 다른 규칙 외에도 **약물 금지, 알코올 금지, 손님 금지** 정책이 있지만 강제되는 것 같지는 않다.

"안 될 건 또 뭐야?"

나는 조디에게서 작은 병을 받아 들어 뚜껑을 따고 입술에 가져다 댄다. 술을 마시는 게 참으로 오랜만이라 보드카가 아니라 불덩어리를 삼킨 듯하다. 불붙은 휘발유가 활활 타오르며 목구멍을 타고 내려가는 기분이다. 나는 숨을 헐떡이며 한 손으로 입을 가린다.

"여기 있을 사람이 아닌 것 같네." 조디가 웃음을 터뜨리며 내게서 보드카 병을 회수해 길게 한 모금 마신다. "있잖아, 우리 언제 한번 나가자, 너랑 나 말이야. 밤에 한번 제대로 마시자고. 우리가 갈 만한 좋은 곳을 몇 군데 알거든."

침대 옆 작은 탁자에서 익숙지 않게 윙윙대는 소리가 들려온다. 나의 새 휴대전화가 싸구려 합판과 부딪치며 떨고 있다. **새 이메일 한 통**. 오언 태너의 답장이다. 내가 그에게 메일을 보낸 지 불과 몇 분 만에 저기 내 수신함에 안착한 것이다.

안녕하세요
연락 감사합니다. 나오셨다니 기쁘네요.
대화라, 흥미롭겠군요.

궁금해서 묻는 건데 제 이메일 주소는 어떻게 알았습니까?

O

나는 엄마가 보관소에 맡긴 물건 가운데 그의 명함을 발견했다는 빠른 설명을 담아서 답장을 보낸다. 그의 대답은 단 한 줄이다. 인사말도, 맺음말도 없다.

이메일은 안전하지 않으니 텔레그램을 쓰고 나한테 휴대전화 번호 보내세요.

텔레그램은 또 뭐란 말인가? **실제** 텔레그램, 그러니까 전보를 치라는 뜻은 아닐 테다. 좀 구식 같지 않은가. 휴대전화로 몇 분을 별 소득 없이 검색한 끝에 나는 구글로, 위키피디아로, 그리고 거기에서 앱 스토어로 이동해 '처음부터 끝까지 완전히 보호되고 암호화되는 메시지 송수신'을 약속하는 텔레그램 앱을 다운로드 한다. 급히 새 계정을 만들고 그에게 사용자명과 전화번호를 보낸다.

조디는 선물 받은 옷을 입은 그대로 자기 침대에 팔다리를 펴고 누워서 길고 느리게 눈을 끔뻑이는 사이사이 자신의 휴대전화를 들여다본다.

텔레그램 앱이 탱 하는 소리와 함께 O$INT17614라는 사용자가 새 메시지를 보내 왔음을 알린다.

큰아들을 낳고 휴가를 떠난 곳은?

나는 인상을 쓰며 내가 이 앱을 이해하지 못해서 어쩌다 다른 사람의 대화방에 잘못 들어갔나 보다 생각한다. 잠시 후에야 이게 뭔지 깨닫는다. 그는 나를 **시험하고 있는** 것이다. 내가 정말 나인지 확인하는 것이다. 그가 어떻게 내 예전 삶과 관련해 잘 알려지지 않은 사실을 알고 있는지는 아무도 모를 일이지만.

글자를 입력한다.

애플도어라는 이름의 작은 마을. 데번 반스터플 인근.

당시 휴가에서 시오는 거의 내내 아파서 배앓이를 하고 콧물 범벅에다 밤의 절반은 깨어 있었는데, 거기에다 이틀 연속으로 비까지 내려 우리는 다시 짐을 싸서 M5 고속도로를 타고 먼 길을 올라올 수밖에 없었다.

휴대전화가 다시 윙윙거린다.

내일 오전 10시 30분에 볼까요? 피시폰즈에 올리네 카페라는 곳이 있습니다.

이제 조디는 저쪽 침대에서 부드럽게 코를 골고 있다. 휴대전화는 베개에, 반쯤 빈 보드카 병은 그녀의 가슴에 고이 안긴 채다.

나는 빠르게 대답을 입력한다.

좋아요. 제가 어떻게 당신을 알아보죠?

잠시 아무 반응이 없다가 세 개의 간결한 메시지가 빠르게 연속해서 도착한다. 휴대전화의 작은 화면 속에서 메시지 위에 메시지가 차례로 쌓여간다.

어딜 가는지 아무에게도 알리지 마십시오.
따라오는 사람은 없는지 확인하십시오.
혼자 오십시오.

머스그로브 경위가 자세를 고쳐 앉으며 좀 더 정면으로 나를 향하도록 몸을 틀었다.

"지난밤 남편이 집에 왔을 때 다툼이 있었습니까?"

나는 얼굴을 찌푸렸다. "그게 무슨 관련이 있나요?"

"남편분이 아래층에서 잠을 잔 사실과 관련해서요. 결혼 생활에 어떤…… 긴장이 있지는 않았는지 의문이 드는 겁니다."

"말씀드렸다시피, 남편이 늦게까지 일을 하다 보면 그대로 아래층에서 잘 때가 종종 있었을 뿐이에요. 그게 다예요."

"다만, 오늘 저희 서의 경찰관 몇 명이 이웃을 집집마다 방문하며 물었는데 말입니다. 그중 한 명이 지난밤 9시에서 10시 사이에 누가 언성을 높였다고 하더군요. 고함을 지르고, 따져 묻는 소리를, 여자 목소리를 들었다고요."

"누가 그런 말을 했죠?"

"그게 중요한가요?"

나는 온몸이 붉게 달아올랐다. 피가 얼굴로 쏠리고, 수치심에 뜨거운 눈물이 샘솟았다. 내가 남편에게 마지막으로 한 말이 분노에 차서 추궁하는 말이었다는 게 애석했다. 내가 죽는 날까지 그 말을 결코 떨쳐내지 못하리라는 걸 이미 알고 있었기에.

"전화 통화 때문이었어요." 내가 천천히 말했다. "남편은 동료와 통화하고 있다고 했는데 아니었어요. 다른 사람이었죠."

"누구죠?"

"저도 몰라요. 여자인데, 남편의 업무용 전화로 통화했어요. 남편은 어떤 민감한 일 문제로 통화했다고, 지역구민 관련 일이라고 했어요. 여자의 이름도 말해주지 않았죠. 남편은 다른 설명도 더 했는데 들을수록 많은 부분을 꾸며내고 있다는 생각이 들었어요." 우리가 나눈 나머지 대화도 기억이 도와주는 한 최선을 다해 설명했다. 내가 결국 문을 쾅 닫고 위층으로 쿵쾅대며 올라간 지점까지.

머스그로브가 잠시 멈춰서 수첩에 무언가를 또 끼적였다. 힘 있고 뭉툭한 대문자에 볼펜으로 세게 밑줄을 두 번 그었다.

"그렇다면 남편분이 이 미스터리 발신자에 대해 거짓말을 했고 그래서 다툰 거로군요." 더는 질문이 아니었다.

나는 두 눈을 탁자에 고정한 채 고개를 끄덕였다. "어리석었어요. 아무 일도 아니었는데."

"최근에 화를 많이 냈나 보지요?"

"네? 아니에요."

"지난밤에 술을 드셨고요?"

"아이들을 재우고 나서 와인을 몇 잔 마셨어요."

머스그로브가 천천히 고개를 끄덕였다. "몇 잔이라는 게 어느 정돕니까? 석 잔? 넉 잔? 첫 병을 다 비운 다음에 새 병을 딴 건가요?"

"두 잔 같은데, 모르겠어요. 석 잔일 수도 있고요. 저희가 보통 주중에는 술을 마시지 않지만 금요일 밤이었으니까요."

"제가 알기로는 주방 조리대에 빈 와인 병이 하나 있었고 당신의 침대 옆 탁자에도 마시다 만 위스키 잔이 있었습니다. 잠을 청하려고 한 모금 한 거겠죠?"

사실을 말하자면 위스키를 위층까지 가져오기는커녕 따른 기억조차 없었다. 위스키는 늘 나보다는 리엄의 것이었다. 리엄은 자신의 부모님이 오실 때면 저녁이 끝날 즈음 그 싱글 몰트를 꺼내곤 했다.

"마셨을 수도 있겠죠." 나는 고개를 저었다. "피곤했고, 늦은 시간이었어요."

경위가 목소리를 낮추었다. "수면제를 복용하면서 일시적인 의식 상실을 호소한 적이 있다고 알고 있습니다. 알코올이 더해질 때 말이죠. 주치의에게 용량을 낮춰달라고 요구했다죠, 맞습니까? 지난밤에도 잠시 의식을 잃은 것일 수도 있다고 생각합니까?"

"그건 왜 묻는 거죠? 리엄을 죽인 사람을 찾는 데 이게 어떤 도움이 되는 건데요?"

"왜냐하면 혹시, 예를 들어 당신이 아래층에서 벌어지는 몸싸움을, 실랑이를 듣지 못했을 이유가 있다면, 그 이유를 알아야 하니까요. 알겠습니까? 저희는 이런 의문들을 먼저 해소해야 하고, 그 시점은 지금이, 당신의 기억이 아직 선명할 때가 좋을 테니까요."

문을 두드리는 소리가 나더니 젊은 여자가 나타났다. 목에 경찰 신분증을 건 그녀는 아까 만난 사람이었다. 이곳에 처음 도착했을 때 내게 주의 사항을 고지하고 내 지문을 찍어 간 여자. 하지만 이름은 기억나지 않았다.

"선배?" 여자가 문 쪽으로 몸을 기울였다. 딱 부러지는 말투였다. "잠깐 볼까요?"

머스그로브가 녹음기로 손을 뻗었다. "15시 41분, 인터뷰 중지." 그가 단추를 누르자 붉은 빛이 깜빡거리더니 꺼졌다. "헤더, 잠시 실례할게요. 뭐 좀 가져다드려요? 차 한 잔 더 하겠습니까?"

나는 고개를 저었다. 머스그로브가 작은 방을 나설 때 육중한 문이 휘잉 닫히며 내는 쾅 소리에 움찔하고 말았다.

나는 억지로라도 현실적인 문제에 생각을 집중하려 애썼다. 아이들에 대해 생각하고, 오늘 밤 경찰 과학수사대가 계속 집에 있을 텐데 우리는 어디에 가 있어야 할지도 궁리했다. 오늘 오후에는 아이들이 배스윅에 있는 시부모님 피터와 콜린의 집에 가 있었다. 아이들을 데려와 우리 엄마 집으로 가야겠다. 아이들은 그편을 선호할 터였다. 아이들은 늘 외할머니 집을 더 좋아했다. 비스킷을 먹어도 되고 어린 남자아이들이 있는 집이 으레 그렇듯이 어질러놓아도 괜찮은 곳. 클리블랜드 워크에 있는 오래된 대저택에서는 건강한 간식만 먹어야 하고, 화단을 망가뜨릴 수 있다며 정원에서 축구하는 것도 금지되었으니까.

거의 30분 만에 돌아온 머스그로브의 표정은 전보다 조금 더 어두웠다. 우리 사이에 놓인 탁자에 경위가 투명한 증거물 봉투 하나와 갈색 판지로 된 서류철 하나를 내려놓았다.

"16시 04분, 인터뷰 재개." 경위가 목을 가다듬었다. "기존 인원 전원 참석."

밀봉한 봉투에는 작고 검은 플라스틱 재질의 휴대전화가 들어 있었다. 보통의 휴대전화보다 작은 그것은 작은 화면과 평범한 키패드가 달린 기본형이었다. 1990년대 후반, 휴대전화가 아직 신문물로 여겨질 당시 10대의 내가 주변에서 보던 종류의 휴대전화처럼 생겼다.

"헤더, 이게 당신 휴대전화입니까?"

"아니요. 제 것은 아이폰인데요. 여기 왔을 때 가져가셨잖아요."

그가 굵은 검지로 봉투 끝을 툭툭 쳤다.

"남편분 전화는 아니고요?"

"리엄은 업무용으로 삼성을 쓰고 개인용으로는 아이폰을 썼어요."

"그러면 이 휴대전화는 본 적이 없다는 건가요?"

나는 몸을 앞으로 숙여서 더 가까이 들여다봤다. 매끄러운 검은 플라스틱, 작은 화면, 새것 같지만 값은 별로 안 나갈 것 같고, 장난감에 가까워 보였다. 아이용 전화기 같았다. 브랜드 이름도 들어본 적이 없었다. '도로'라니.

"네, 전혀요."

"틀림없습니까?"

"네." 의자 등에 몸을 기댔다. 속이 불쾌하게 죄어왔다. "왜죠? 이게 누구 건데요?"

"저희는 남편분 휴대전화로 보고 있습니다. 선불 휴대전화죠." 그가 탁자 위로 증거물 봉투를 밀어 보낸다. "그렇다면 이 안에 있는 사진도 본 적이 없겠네요?"

"무슨 사진요?" 공포로 갑자기 휘청하는 느낌이었다. 나는 마치 타야 할 기차가 떠나기 시작한 승강장 위의 승객이 된 것 같았다. 그 옆으로 나란히 달리며 올라타려는데 기차가 엄청나게 속도를 올려버린 기분이었다. "누구 사진인데요?"

경위는 서류철에서 컬러 출력물을 한 묶음 꺼내어, 마치 유난히 큰 카드 한 벌을 쥔 카지노 딜러처럼 탁자에 펼쳐놓았다. 긴 금발의 여자, 어쩌면 여러 여자를 찍은 걸지도 모르겠다. 언뜻 봐서는 분간이 되지 않았다. 몇 장은 속옷 차림이고 몇 장은 반나체 상태인데 모두 클로즈업으로 촬영했고 극히 은밀한 분위기였다. 빛을 어둡게 하거나 잘라내거나 의도적으로 흐릿하게 처리하는 등 교묘하게 찍어서 얼굴을 드러내지 않았다. 모두 자신의 모습을 스스로 찍은 사진처럼 보였다.

머스그로브가 입을 열었다. "버넌 부인에게 증거물 JX191번부터 JX202번까지 보여주는 중. 본인인가요?"

"네?" 나는 흠칫 놀라며 얼굴을 찡그렸다. "아니요. 당연히 아니죠. 이 사람이 누군데요?"

"저희는 부인이 그 답을 말해줄 수 있기를 바랐습니다."

나는 잠시 멈춰서 사진 두어 장의 방향을 돌려 제대로 살폈다. 불현듯 리엄과의 마지막 대화가 떠올랐다. 그의 사무소에 새로 들어온 인턴. **그 인턴일까?**

조심스레 말했다. "남편 직원 중에 하급직이 한 명 있어요. 어린 여자예요. 20대 초반에 금발이고요. 인턴이죠."

"프란체스카 워커클라크 말인가요?"

"맞아요. 딱 한 번 봤지만 그 인턴이……."

"지난밤 런던 근교에 있던 걸로 확인됐습니다. 서리에서 가족 모임 중이었죠. 목격자도 열 명 넘게 있고요."

나는 어깨를 으쓱였다. "저는 이 사진들을 처음 보는걸요."

"지난밤에 이 열한 장의 사진을 본인의 휴대전화에 보내놓은 사실이 있지만 말이죠?" 그가 출력물 중 하나를 굵은 집게손가락으로 내리찍었다. 여자 허벅지의 곡선을, 가터벨트의 섬세한 빨간색 레이스를 드러낸 사진으로 배경은 별 특징이 없어 보였다. 침실 같기도 하고 욕실 같기도 했다. 시작하는 연인이 한창 불타오를 관계 초반에 주고받을 만한 사진으로 보였다. "헤더, 왜 그랬습니까? 남편이 삭제할 수 없도록? 그가 부인할 수 없는 증거로 내놓으려고? 지렛대로 쓰려고?"

"어떤 사진도 보내지 않았어요. 분명 오해가 있어요."

"오해 같은 건 없습니다. 당신 휴대전화에서 이 사진들을 발견했어요. 남편의 선불 휴대전화에서 보내놓은 것이었죠. 그렇다면 둘 중 하나입니다. 남편이 별안간 죄책감을 느껴서 다 털어놓으려고 보냈거나, 당신이 발견해서 증거로 남겨두려던 것이죠. 자, 어느 쪽입니까?"

"둘 다 아니에요!" 내가 다시 말했다.

"헤더, 다시 묻겠습니다." 높낮이가 느껴지지 않는 목소리가 위협적이다. "남편의 선불 휴대전화를 본 적이 있습니까?"

"아니요, 결코 없어요." 고개를 저었다. "맹세해요."

"그것참 놀라운 일이로군요." 머스그로브가 천천히 말했다.

"왜죠?"

"이 선불 휴대전화는 당신네 집 부부 침실에서 발견됐으니까요." 머스그로브 경위의 서늘하고 푸른 두 눈이 내게 머물렀다. "당신 베개 밑에서 말이죠."

18

월요일

브리스틀 템플 미즈행 열차는 통근하는 사람들로 붐비고, 나는 내내 문가에 서서 객실 내 모든 사람을 흘끗거린다. 배스에서 나와 함께 열차에 오른 사람들, 나와 함께 내리는 사람들을 한 명 한 명 빠짐없이 흘끗거린다. 그러나 브리스틀에는 사람이 수백 명으로, 승강장에 빈틈없이 들어찬 통근자 무리가 다 같이 발을 질질 끌며 걷고 있어 모두를 확인하기란 불가능하다. 누군가 나를 따라오는 사람이 **있다면** 저 무리 사이에서 찾아내기란 무척 어려울 테다.

버스를 타고 피시폰즈까지 가서 20분 일찍 카페에 도착한다. 차를 주문하고 받아 들어 문과 커다란 앞창을 바라보는 구석 자리로 간다. 낡았지만 깔끔한 카페에는 상판이 플라스틱으로 된 테이블이 배치되어 있고, 벽에 걸린 화이트보드에는 대문자로 정성스레 쓴 메뉴가 나열되어 있다. 자리에 앉아서 문을 보며 차를 홀짝인 지 10분이 지나서야 내가 아직 오늘 만날 남자의 최근 사진을 보지 못했다는 사실을 깨닫는다. 내가 찾을 수 있는 가장 최근 사진이 2010년의 것이니까.

다만 그간 온라인에 차곡차곡 쌓인 그의 기사를 통해 그가 40대 후반에서 50대 초반의 나이로 교육 수준이 높고 신중한 성향이며 아마도 이 지역에 살고 있을 것이고, 거의 분명 오늘 혼자 오겠구나 짐작한다. 나는 호리호리한 체격에 자기 고집이 있고 책을 좋아하며 둥근 안경을 쓴 사내를 그려본다. 보면 바로 알아볼 것이다.

카페는 참 조용하다.

앉은 자리에서 계속 기다리면서, 찻주전자에서 다 식어가며 찌꺼기와 섞여 나오는 마지막 잔을 따르는 사이에 문밖으로 거리를 내다본다. 한 젊은 엄마가 유모차와 씨름하며 문을 열고 들어와 창문 옆에 유모차를 세운다. 안에 기대고 누운, 이제 막 걸음마를 배우기 시작했을 아이가 두 팔을 뒤로 젖힌 채 잠들어 있다. 앞쪽에 짧은 챙이 달린 동글납작한 모자를 쓰고 레인코트를 입은 노인이 발을 질질 끌며 들어와 소시지 롤빵을 주문해 먹으면서 구깃구깃한 《레이싱 포스트》(경마와 스포츠 베팅을 전문으로 다루는 영국 일간지-옮긴이)를 열심히 들여다본다.

10시 반이 왔다가 지나간다.

구글 지도로 위치를 재확인한다. 약속 장소를 제대로 찾아온 건 **틀림없다**.

10시 45분, 아직 태너가 나타나지 않은 가운데 휴대전화가 텔레그램에 새 메시지가 도착했음을 알리며 윙윙 울린다.

미안하지만 일이 생겨서 못 만날 것 같습니다.

나는 맥이 풀려서 얼굴을 찌푸리며 답장을 입력한다.

저는 와 있어요. 기다릴 수 있어요. 전화로 이야기해도 좋고요.

그가 글자를 입력하는 동안 화면에서 점 여러 개가 고동친다.

같은 장소 같은 시간으로 내일은 어떤가요?

나는 보글보글 끓어오르는 짜증을 억누르며 다시 입력한다.

저는 와 있습니다. 브리스틀에 온 김에 오늘 이곳 어디서든 만날 수 있어요. 전화 통화도 좋고요.

오늘은 어려워요. 업무 관련 문제예요.

태너는 유용한 정보를 갖고 있을 수도 있고 나는 그의 지원이 필요하다. 한숨을 내쉬고 입력한다.

좋아요. 내일 10시 30분에 뵙죠.

남은 차를 쭉 마셔버리고 카페를 나와 다운엔드 로드의 버스 정류장으로 향한다. 이 도시에는 내가 대화를 나눠야 할 사람이 더 있다. 여기 온 김에 만나는 편이 좋을 테고, 벌써 퀸스 스퀘어에 위치한 주소도 알아둔 참이다. 점심시간에 맞춰 잠깐 볼 수 있으리라.

날이 밝고 화창한 데다 아침나절의 공기가 상쾌해서, 보행자 전용 도로를 벗어나 되돌아가는 동안 아까 바람맞았다는 데서 온 짜증이 서서히 걷힌다. 시간을 아끼기 위해 택시를 타기로 한 나는 공원을 질러가서 큰길로 나가려 한다. 왼편에 있는 작은 놀이터에서는 아직 학교에 입학하지 않은 어린아이들이 시끄럽게 달음박질치며 미끄럼틀과 그네와 정글짐을 차지한다. 내가 어디를 보든 항상 아이들이 있는 듯하다.

고개를 돌리고 계속 걷는다. 생각하면 할수록 태너가 돌연 마음을 바꾼 것이 이해가 되지 않는다. 내가 그에게 접근했다. 분명 나는 어떤 기자라도 구미가 당길 기삿거리였다. 내 이야기를 당사자에게 직접 들을 기회였다. 태너가 내 유죄 판결에 의문을 품을 만한 근거가 있다고 생각한 건 틀림없었다. 적어도 그 기사를 쓸 때만은 그렇게 생각했을 터였다. 그러면 지난밤과 오늘 아침 사이에 무엇이 바뀐 걸까?

어쩌면 그는 내가 진짜라고 믿지 않았을 수도 있다. 혹은 **정말로** 업무상 급한 일이 생겼을 수도 있다.

다시 큰길로 나오니 또 한 줄로 늘어선 상점이 보이는데 그중 카펫 도매상이 가장 눈에 띈다. 널따란 유리창 뒤로 두툼하게 말려서 쌓여 있는 카펫이 보인다. 그쪽을 향해 길을 건너는데 어떤 각도로 유리창에 도달한 햇빛이 내 뒤의 광경을 비춘다. 한 줄로 주차된 차들, 한 종류의 나무들, 울타리, 공원으로 들어가는 문…….

저 문을 통해 내게 다가오는 한 남자가 있다.

고개를 숙이고, 동행은 없고, 두 손은 주머니에 찔러 넣고 있다. 나와 똑같이 방향을 꺾는다.

나를 따라오는 건가?

어디서 본 것 같은 기분이다. 기차역일 수도 있고, 아니면 같은 버스를 탔나?

아드레날린이 불쾌하게 솟구치며 두 무릎에, 배에 힘이 풀린다. 걸음을 빨리하며 인도에 오른 나는 유리창을 한 번 더 흘끗 본다. 나를 뒤쫓는 남자는 도서관에서 봤던 남자보다 몸집이 크고 나이도 조금 더 많아 보이지만 똑같이 별 특징이 없고 군중에 묻힐 수 있는 옷차림이다. 검푸른 색 청바지와 스웨트셔츠 어디에도 로고나 무늬나 알아볼 만한 브랜드가 보이지 않는다. 이번 남자는 턱수염을 길렀고 검정 비니를 눈썹까지 내려쓰긴 했다.

나는 브리스틀의 이 동네 지리를 잘 모르고 내가 가야 할 방향만 대강 알 뿐이다. 휴대전화로 지도 앱을 보기 위해 걸음을 늦추면 저 남자가 순식간에 나를 덮칠 것이다. 머릿속이 더 많은 불길한 생각으로 넘쳐나는 사이에 문득 내가 오늘 어디에 가는지, 누구를 만날지 아는 사람이 아무도 없다는 사실이 떠오른다. 그건 태너의 지시 사항 중 하나였으니까. **어딜 가는지 아무에게도 알리지 마십시오.** 어쩌면 이 모든 것이 함정이었을 수도 있다. 어쩌면 이리도 멍청할 수 있었을까? 나는 교차로에서 왼쪽으로 꺾어서 잽싸게 옆길로 들어간 뒤 끝을 향해 내달린다. 길 끝에서 옆으로 홱 꺾어서 돌아 나와 다시 공원을 가로지르며 온 길을 되돌아가는 방식으로 남자를 따돌릴 작정이다.

달려서 모퉁이를 도는데 다이아몬드 모양으로 엮은 철망이 나온다. 맹꽁이자물쇠도 채워져 있다.

젠장.

궁지에 몰렸다. 나는 힘겹게 철망에 오른다. 십자형으로 엮인 철사가 손가락을 파고들고, 팔과 어깨가 화끈거리는 가운데 꼭대기를 굴러서 마침내 카펫 가게 뒤편으로 짐을 싣고 내리는 자리에 떨어진다. 저 끝으로 보이는 골목을 향해 달린다. 배달 기사가 소형 화물차에서 내리며 붉으락푸르락해서는 소리를 지르지만 모른 체한다. 계속 달릴 뿐이다. 저기. 골목 끝으로 보이는 초록빛 구획. 공원이 이제 막 시야에 들어왔다. 나는 다시 큰길을 가로질러 전력 질주 하며 주차된 차량 사이를 요리조리 빠져나간다. 아무도 보이지 않지만 저 놀이터로 돌아가면 나는 안전할 것이다. 저기에는 사람들이, 목격자가 있을 테니까. 이미 터질 것 같은 폐를 부여잡고 속도를 늦추며 공원을 질러가는데 뒤에서 인기척이 들린다.

숨소리, 저벅저벅한 발소리. 내 위로 떨어지는 키 큰 그림자.

내 팔에 닿는 손 하나.

나는 손을 피하며 돌아선다. 공포가 팔다리에 넘쳐흐르고, 목구멍에 비명이 차오르고 있다. 두 손을 말아서 주먹을 쥔다. 불쑥 다시 교도소로 돌아와 버린다. 교도소에서 싸울 때는 으레 첫 5초 만에 판가름이 나니까. 두 사람이 팽팽한 접전을 벌이며 한참 동안 주먹을 주고받는 장면 따윈 잊으시라. 그건 영화 속 허풍에 불과하니까. 현실에서 벌어지는 싸움에서 중요한 건 단 하나다. 먼저 때리고 그 한 방으로 끝나도록 할 것. 나는 주먹을 세워 남자를 조준해 뒤로 당긴다. 주먹을 날리고 달릴 준비를 한다, 이제 막……

남자가 뒤로 한 걸음 물러서며 항복의 표시로 두 손바닥을 들어 보인다.

"와우!" 그가 외친다.

"물러서!" 내 목소리는 비명에 가깝다.

"진정해요, 헤더." 그는 마치 놀란 짐승을 다루듯 두 손을 계속 그대로 들고 있다. "나예요, 오언."

19

나는 오언 태너에 대해 두 가지를 바로 알아차린다.

첫째, 그는 나의 예상과 다르다. 나이는 나보다 어려서 30대 후반쯤 되어 보이고 상상처럼 호리호리한 책벌레 유형이 아니라 다부지고 수염을 기른 모습이 책상에 묶인 사무직보다는 럭비 선수에 가까워 보인다. 글로 먹고산 사람 같지 않다. 둘째, 바로 코앞에서 보니 체격이 크다. 유리에 비친 모습으로 봤을 때보다 더 크다. 적어도 190센티미터는 넘을 것이 분명하고, 그만큼 몸집도 크다. 목도 굵고 어깨는 근육이 둥글게 감싸고 있다.

"세상에." 나는 헉하고 숨을 내쉰다. 여전히 주먹을 세운 채다. "간 떨어질 뻔했잖아요. 뭐예요, 도대체?"

"미안해요, 헤더." 그의 그윽한 목소리에는 런던 남부의 낮고 날카로운 어조가 실려 있다. "뛸 거라고는 생각 못 했어요. 놀라게 할 의도는 없었다고요."

"오늘 바빠서 못 만난다면서요? 나한테 메시지를 보냈잖아요, 내일에야 가능하다고."

"진짜인지 확인해야 했어요." 그가 공원을 훑어보고 자신의 어깨 너머도 확인한다. "진짜 당신이라는 걸 말예요."

"내가 아니면 누구겠어요?"

그가 어깨를 으쓱해 보인다. "난데없이 온 임의의 이메일, 누구든 될 수 있었죠. 특수부, MI5, 중국인, 러시아인, 미국인, 하나 골라봐요. 그나저나 차는 어땠어요? 올리네는 아침 식사도 끝내주는데."

나는 얼굴을 찌푸린다. "거기서도 날 지켜보고 있던 거예요? 카페에서?"

"당신이 혼자라는 걸, 아무도 따라붙지 않았다는 걸 확인해야 했어요. 미안합니다." 그가 재차 사과한다. "내가 계획한 도입부와는 다르네요. 사과의 뜻으로 커피 한잔 대접해도 될까요?"

그가 놀이터 옆 노천카페를 가리키고 우리는 그쪽으로 향한다. 밀려들던 아드레날린이 물러나기 시작하고, 그 자리에 은은한 피로가 몰려들고 있다.

함께 걸으며 나는 그를 살핀다. "나야말로 당신이 정말 당신이라는 걸 어떻게 알죠? 《가디언》 기자처럼 안 보이는데."

그가 끙 하는 소리를 낸다. "《가디언》 기자는 어떻게 생겨야 하는데요?"

"글쎄요." 내가 모호하게 그의 몸집을 가리킨다. "더 말라야 하나?"

그가 카드를 한 묶음 꺼낸다. 운전면허증과 직불 카드, 도서관 회원증으로, 모두 그의 이름을 품고 있다. 운전면허증의 사진 속 그는 깨끗하게 면도하긴 했어도 충분히 진짜처럼 보인다. "안면 인식 소프트웨어와 CCTV를 교란하는 데 수염만 한 게 없죠." 그가 말하며 손바닥으로 턱 선을 문지른다. "외모 중에서 계속 바꿀 수 있는 부분이 수염이니까요. 그들로선 일이 더 어려워지는 거죠."

"그들이 누구예요?"

그는 내 질문에 대답하지 않는다. "그런데 카페 위치는 구글에 검색했어요?"

"당연하죠."

그가 한숨을 내쉰다. "휴대전화의 위치 추적은 꺼놓은 거죠?"

"이걸 쓴 지 하루밖에 안 됐어요. 이메일을 보내는 법을 기억해내는 것만으로도 충분히 힘들었다고요."

"조심해서 나쁠 건 없죠. 내가 해줄게요." 그가 커다란 손을 내민다. "괜찮죠?"

"안 괜찮을 것 같아요."

그는 당황한 것처럼 보인다. "아, 그럼 뭐, 좋을 대로 하세요."

노천카페에 다다르자 오언은 나무로 된 피크닉 테이블을 하나 가리키고 주문을 하러 간다. 나는 자리에 앉아 그가 주문하는 모습을 지켜보다가 휴대전화를 꺼내 계산대 앞에 선 그를 슬쩍 찍는다. 나도 왜 그러는지 모르겠지만, 아직 이 남자에 대해 확신이 서지 않는다. 이 남자는 나를 지켜봤고, 따라왔고, 우리 만남을 비밀에 부치라고 하지 않았는가. 뭐라도 그에 대한 어떤 기록을 남기는 편이 마음 편하다.

오언이 김이 모락모락 나는 큰 종이컵 두 개를 들고 돌아와 내 앞에 하나를 내려놓는다. 그러더니 주머니에서 일회용 설탕을 한 움큼 꺼내고는 하나씩 뜯어서 총 네 봉을 자기 컵에 붓고 열심히 휘젓는다.

나는 커피를 한 모금 마신다. 진하고 입을 델듯이 뜨겁다. "그럼 지금은 프리랜서로 일하는 건가요?"

"네. 그렇다고 볼 수 있죠."

"이건 다 기사화하지 않기로 하는 거고요, 맞죠? 내 말을 인용하지 않는 거죠? 내가 그래도 된다고 하기 전까지는?"

"물론이죠."

카페는 조용하다. 우리 말고 피크닉 테이블 하나만 더 차 있는데 나이가 지긋한 부부가 앉아 있다. 백발의 할아버지가 유모차를 살살 앞뒤로 밀어주고, 자그마하고 미소를 띤 그의 아내는 걸음마를 갓 배운 아이들이 달리고 미끄러지고 그네를 타고 있는 놀이터를 조마조마하게 지켜본다.

내가 조심스레 말한다. "그쪽이 쓴 기사를 읽었어요. 내 유죄 판결에 남은 의문점들을 짚은 기사요. 고마워요. 훌륭한 기사였어요."

"별 영향력은 없었죠."

목소리를 낮춘다. "나는 남편을 죽이지 않았어요."

그는 보일락 말락 고개를 끄덕인다. "알아요."

"알아요?" 그 말을 귀로 들으니, 그것도 다른 사람 입에서 나온 그 말을 들으니 차가운 물을 뒤집어쓴 것과 같은 충격이 온다. "나를 믿어요?"

"네, 믿어요, 공교롭게도."

"당신이 유일할걸요."

"처음은 아닐 겁니다." 그가 차를 한 모금 마신다. 커다란 손이 컵을 감싸 쥐고 있다. "사실 그쪽 사건 때문에 경력이 다 박살 나 버렸지만 말이죠."

"네? 어쩌다가요? 어떻게 된 거예요?"

그가 됐다는 듯이 손을 내젓는다. "옛날이야기예요. 나중에 말해줄게요. 지금 중요한 건 당신이 나왔다는 거고, 오명을 씻을 절호의 기회라는 사실 이죠. 유죄 판결을 파기시킬 절호의 기회라고요."

핏속에서 돌연 몇 년간 느껴보지 못한 희망이 넘실댄다. 아직 이 남자를 전적으로 믿는 건 아니지만, 묻고 싶은 질문이 100개쯤 된다. 마음속에서 붐비고 밀치고 서로 앞줄에 서려고 안달이다.

"그럼 누가 리엄을 죽였는지 알아요?" 나는 어깨 너머를 흘끗 돌아보고 그에게 조금 더 가까이 몸을 기울인다. "사건의 진상을 아는 거예요?"

"어느 정도는요." 그가 내게 짙은 갈색 눈동자를 고정한다. "당신은 어쩌다 끼어든 것뿐이에요. 그게 다예요. 문제의 일부였다가, 해결책의 일부가된 거죠. 당신은 소설을, 경찰을 위한 이야기를 만드는 데 이용됐어요. 그럼에도 여전히 기소에 구멍이 많았기에, 당신의 항소가 받아들여지지 않았을 때 정말 놀랐어요. 이를테면 이런 거예요. 결코 발견되지 않은 **다른 여자** 는 어떤가요? 그 여자가 웨스트민스터 내부의 부패 의혹과 연관되어 있을까 요? 치정 범죄에서, 배신당한 배우자가 격분한 나머지 저지른 범죄에서 단하나의 상처만 나온 경우가 얼마나 될까요? 으레 다수의 상처가 발견되어야하지 않겠어요? 격정에 치달아 계속 공격을 이어갔을 테니까요. 단 한 번, 정확히 심장을 찔러서 끝낸 경우가 과연 얼마나 되겠냐고요?"

"모르겠어요." 나는 눈길을 돌린다. 그 모든 세월이 지난 뒤에도 리엄의 마지막 순간이 불러오는 공포는 여전히 날것 그대로다. 결코 낫지 않을, 내게도 남은 상처다.

오언은 알아차리지 못한 듯하다. "그런 경우는 절대 없죠. 그러니까, 적어도 거의 찾아보기 힘들다는 겁니다. 상처가 단 하나로 끝났다는 건 **전문가** 의 **솜씨**임을 말해주죠. 개인적인 감정도, 격정도, 분노도 실려 있지 않아요.

거의 수술 집도를 하듯이 신중하게 이뤄졌음을 말해주죠. 가정 내 살인에서는 거의 항상 열 개, 스무 개, 서른 개의 상처와 방어흔, 타박상이 발견돼요. 몸싸움을 벌인 흔적이죠. 하지만 이건……." 오언이 커다란 손가락 하나로 거친 나무 탁자를 툭툭 친다. "……암살에 가깝습니다."

"언론은 저를 얼음 여왕이라고 부르던걸요. 피도 눈물도 없는 년이라고요." 나는 당시의 타블로이드 신문 보도를 떠올린다.

"그런 표현의 단서가 저와 다른 몇 명에게 전달됐어요. 경찰이 가진 사실과 들어맞으니까."

"수사팀 내부에서 말을 흘린 건가요?"

그가 앉은 자리에서 몸을 움직인다. "네, 이런저런 자잘한 누설이 있었죠."

"그 부정적인 기사가 모두, 어딘가에 있을 누군가가 나를 최악의 모습으로 그려내려 했던 거군요. 나를 이렇게 차갑고 계산적인 살인마로 보이도록 말예요. 나더러 수컷을 잡아먹는 **흑거미**라더군요."

"그 표현은 다른 데서 전해 받은 건데 누군지는 몰라요. 기사가 터지고 몇 시간 뒤에 전화 한 통을 받았죠. 말했다시피, 정신없는 날이었어요. 소문과 억측과 누설이 잔뜩 날아드는데, 정말이지……."

"전화요? 이번에도 경찰 쪽이었나요?"

"아니요."

재판을 향해 가면서 스스로에게 몇 번이고 되묻던 질문에 대한 답이다. 퍼즐의 작은 조각일 뿐이지만, 그래도 한 부분을 차지하는 조각이다. 아직 드러나지 않은 것이 훨씬 더 많을 수도 있다는 증거. "그럼 누구였어요? 남자? 여자?"

"남자요. 하지만 너무 오래전 일이에요, 헤더."

"그 남자를 찾을 수 있을까요? 우리가 그 전화를 건 사람을 추적할 수 있을까요?"

카페에 함께 앉은 후로 내가 **우리**라는 말을 쓴 건 처음이다. 우리가 힘을 합치리라는, 우리에겐 진실을 찾겠다는 공통의 목표가 있음을 내포하는 말이다. 그러나 태너는 놀랐다 하더라도 티를 내지 않는다.

"솔직히 말할까요? 지금 와서 전화를 건 사람을 추적하는 일은 어려울 거예요." 그가 어깨를 으쓱해 보인다. "그저 당신에게 개인적인 앙심을 품은 사람이었을 수도 있잖아요. 몇 년 전에 마찰을 빚은 직장 동료이거나 옛 애인일 수도 있고. 아니면 특정 주제를 좇아다니며 인터넷 악성 댓글을 쓰는 사람이 그랬을 수도 있고."

나는 잠시 오언을 살핀다.

"하지만 당신도 그런 쪽으로는 생각하지 않잖아요."

오언이 조심스럽게 대답한다. "맞아요. 전화를 건 사람이 누구건 가능한 한 빨리 당신에게 불리하게 판을 짜려 했던 거라고 생각해요."

"금발의 여자는 어떤가요? 리엄의 선불 전화에 있던 사진 속 여자 말이에요. 사람들 말대로 그 여자가 **정말** 남편과 바람을 피우고 있었다면, 질투심에 사로잡혀 남편을 죽였을 수도 있지 않을까요? 그랬다면 관심을 내게로 돌리고 싶었을 테고요."

그가 고개를 젓고 잠시 다른 곳을 본다.

"그 여자는 사건 조사 과정과 재판에서 입증되지 못한 것 같아요."

"무슨 뜻이죠?"

"그리고 저는 경찰이 10년 전에, 아니 그 후 어느 시점에서든 그 여자를 추적하지 못한 이유가 있다고 봅니다. 지금 그 여자를 찾는 게 불가능에 가까운 이유와도 같죠."

"무슨 이유인데요?"

"그 여자는 당신 남편이 살해되던 시점으로부터 몇 시간 내로 사망한 것으로 보이니까요."

20

마치 망치를 내리치듯, 그의 말이 우리 사이에 놓인 탁자로 쾅 떨어진다. 교도소에서 그리도 많은 밤을 잠 못 이루며 보내놓고도, 누워서 어둠을 응시하며 도대체 어떻게 된 일일지 1000가지 시나리오를 구성해보고도, 그 금발 여자가 이 범죄의 가해자, 범죄의 일부, 어쩌면 범죄의 원인이 아닌 다른 것일 수도 있다는 생각은 단 한 번도 들지 않았다. 그녀 역시 피해자일 수도 있다는 생각은 단 한 번도 하지 않았다.

"뭐라고요?"

"그 여자 역시 당신만큼이나 경찰을 위한 거짓 이야기를 만드는 데 이용됐을 가능성이 충분하다는 겁니다."

"저는…… 이해가 안 돼요. 그러면 그 여자가 애초에 남편 애인도 아니었다는 건가요?"

"솔직히 어느 쪽도 확실하진 않아요. 제 직감으로는 여자의 역할이 우리가 생각하는 것보다 더 복잡했는데 결국 그 여자도 당신처럼 의도치 않은 희생양이 되어버렸다는 거죠. 만들어낸 이야기와 일부 모순될 수도 있는 증인을 살려둘 이유가 없잖아요? 제대로 매듭지어지지 않은 부분을 남겨서 위험을 감수할 필요도 없고요. 당신이 그 여자를 찾아내기라도 하면 얽히고설킨 이야기의 실마리가 풀릴 수도 있을 텐데 말이에요. 다만 근래 들어 가장 철저했던 경찰 수색에도 불구하고 여자는 발견되지 않았어요. 사람들이 흔히 생각하는 것과는 달리, 그렇게나 오랫동안 그냥 사라져버리는 건, 실수한 번 하지 않고 절대 발견되지 않는 건 엄청나게 어려운 일입니다. 통계적으로 볼 때 그 여자가 죽었을 확률이 **훨씬** 더 높아요."

머리가 빙빙 돈다. "그러니까, 이게 조직적으로 계획된 음모라는 건가요? 경찰과 대중과 배심원단과 그 밖의 모두를 호도한 거라고요? 도대체 누가 이 모든 걸 준비하고 실행에 옮길 수 있는 거죠?"

"이제야 우리가 진정한 질문에 도달하고 있군요." 그가 커다란 손바닥으로 나무 상판을 두드린다. "**쿠이 보노?**"

나는 얼굴을 찌푸린다. "제 라틴어 실력이 예전 같지 않아서요."

"루치우스 카시우스(로마 제국의 정치가이자 역사가-옮긴이) 몰라요?" 그가 눈썹을 치켜세운다. "**쿠이 보노**는 **누가 이익을 보는가?**라는 의미예요. 그러니까, 당신의 남편이 죽으면 누구한테 이익이 돌아가느냐는 거죠."

가당찮은 생각이다. 리엄이 살해되면 누군가는 실제로 이익을 볼 수 있다니, 나의 두 아들이 아버지를 잃는 데서 어떤 이익이 나올 수 있다니. 그러나 태너는 나의 이런 불편한 마음을 알아차렸다 한들 티를 내지 않는다.

"금전적으로요?" 내가 묻는다.

"어떤 식으로든지요."

"저는 그저…… 줄곧 이 금발 여자와 관련이 있다고만 생각했어요. 그 여자 짓이라고, 그 여자가 범인이라고요. 어쩌면 여자가 집착을 보여서 리엄은 외교력을 발휘해 여자를 살살 달래보려 했지만, 여자가 남편을 내버려두지 않았던 게 아닐까요. 결국 리엄이 여자에게 강하게 나간 거예요, 더는 안 된다고, 그만하라고. 그래서 여자가 홱 돌아버린 거고요."

나는 리엄의 다이어리 속 일정을 떠올리고, AY와 N에 대해, 이뤄지지 못한 만남과 통화에 대해서도 생각한다. 하지만 아직 이런 정보를 나눌 만큼 이 남자를 신뢰할 수 있을지 모르겠다.

태너는 나의 주저함을 알아차리지 못한 듯하다. 자신 있게 본론으로 들어가는 그의 두 눈이 반짝인다.

"하지만 그 여자가 아니라면, 그럼 누구일까요? 저는 기사를 쓸 때 들은 이야기는 전부 잊으려고 노력합니다. 모든 의제를 무시하고 0에서부터 시작하려 하죠. 오로지 사실만을 재료로, 그 외의 모든 것은 배제한 채 바닥부터 쌓아 올리죠. 그리고 늘 뉴스의 가장 순수한 정의란 바로 누군가는, 어디선가는 알려지길 원치 않을 이야기를 알리는 것이라는 점을 명심하려 합니다."

"그것도 루치우스 카시우스가 한 말인가요?"

오언은 고개를 젓는다. "노스클리프 경(20세기 초 신문의 대중화에 앞장선 영국의 신문업자-옮긴이)이요."

태너는 내 사건에 대한 세간의 관심에 다시 불을 지피려 했지만 실패했다고 설명한다. 알 수 없는 무리들이 그에게 손을 떼라며 다양한 방식으로 협박을 해왔다는 것이다. 리엄의 지역구 사무소 매니저인 크리스틴 레이에 대해서도 말한다. 크리스틴 레이에 대해 기사를 썼는데, 그 기사 한 건으로 명예 훼손으로 고소를 당해 결국 소송에서 패하면서 직업적으로나 금전적으로, 개인적으로 모든 것을 다 잃게 됐다는 것이다. 법원 명령으로 인터넷에서 그 기사는 흔적도 없이 다 지워졌지만 그의 블로그 속 비밀번호가 걸린 한 페이지에는 남아 있다. 그는 그 링크를 내게 이메일로 보내면서 읽어보라고 말한다.

"링크를 보내는 것만으로도, 엄밀히 따지면 법원 명령을 위반하고 있으니 더 퍼뜨리지는 말아줘요. 아무튼 거기에 당신이 알아야 할 내용이 있어요."

답례로, 나는 얼마 안 되나마 지난 사흘간 내가 알게 된 사실을 들려준다. 오언은 특히 토털 스토리지에 감춰진 보관함에 관심을 보이고, 우리는 내일 그곳에서 만나 내용물을 살펴보며 새로운 단서를 찾기로 한다. 내가 말을 마칠 즈음 남은 커피는 차갑게 식고, 날씨도 더 싸늘해져 강한 바람이 공원을 휘갈기고 있다.

"우리가 자원을 모으면 완전히 다른 방향으로 이 이야기에 접근할 수 있어요, 헤더." 오언이 말한다.

"이건 이야기가 아니에요." 나는 목소리가 떨리지 않도록 애쓴다. "내 인생이에요. 내 가족이고, 내 남편을 위한 정의예요."

"알아요." 수염 위로 그의 뺨이 붉어진다. "미안해요. 알다마다요. 그런 의도는 아니었어요." 빈 컵만 만지작거리던 그는 결국 남은 차를 마저 마시고 탁자 끝에 내려놓는다. "잘 들어요. 우리가 이 일을 할 거라면, 당신한테 먼저 물어야 할 게 더 있어요."

그의 말투에 뭔가 새로운 것이 있다. 그의 바리톤이 한층 더 깊이 떨어지고 있다.

"좋아요." 내가 말한다.

"당신이 어디까지 갈 준비가 됐는지 알아야겠어요. 남편을 살해한 사람을 찾기 위해서라면."

"우리가 가야 할 만큼 멀리, 필요한 만큼 멀리요."

"그게 몇 가지 규칙을 교묘하게 어기는 거라도?"

보호관찰관의 경고를 떠올린다. 교도소로 곧장 다시 보내져 남은 형기를 복역하게 될 위반 사항이 눈앞을 스친다. 형사 사안과 관련하여 체포 및 기소되는 경우.

"오언, 나는 조심해야 해요. 다시 잡히면 상황이 아주 힘들어질 거예요."

"알아들었어요. 또, 우리가 당신 남편에 대해 뭔가를 알게 될 수도 있어요. 당신이 좋아하지 않을, 듣지 않는 편이 나을 그런 진실이랄까요?"

나는 왼손으로 시선을 떨어뜨려 이틀 전에 다시 끼웠지만 아직 익숙해지지 않은 백금 결혼반지를 이리저리 돌려댄다. 손가락에 걸린 헐거운 금속이 쉬이 돌아간다. 이게 유일한 방법이야. 유일한 길이라고. 내가 예전 삶으로 돌아갈 수 있는 유일한 길.

"괜찮아요. 진실이기만 하다면, 어떤 진실이든 상관없어요." 내가 말한다.

오언은 마치 내가 어떤 시험이라도 통과했다는 듯이 고개를 끄덕인다. 그러고는 휴대전화 보안과, 그가 '감시 국가'라고 부르는 법망의 레이더에 잡히지 않을 방법에 대한 간략한 설명에 들어간다. 그는 내게 저렴한 선불 휴대전화를 구입해 그 번호로는 그에게 전화해야 할 때만 쓰고 메시지를 보낼 때는 텔레그램 앱을 쓰라고 한다. 내가 어제 산 휴대전화는 이미 위험해졌다고 봐야 하며, 통화나 문자 메시지, 이메일, 음성 메시지는 모두 그가 '악역들'이라 부르는 자들이 읽거나 들었을 수도 있다는 것이다.

"누구 때문에 위험하다는 거죠?" 이렇게 물으면서 나도 모르게 어깨 너머를 흘끗 돌아본다. 누군가가 벌써, 석방된 지 며칠밖에 되지 않은 나를 감시하고 있을 수도 있다고 생각하니 불안함에 속이 요동친다. 어쩌면 나는 이미 내 키를 훌쩍 넘는 물속에 있는데 그 사실을 아직 모르고 있을 뿐인지도 모른다.

"10년 전에 당신을 함정에 빠뜨린 사람들이요." 오언은 마치 세상에서 이보다 명백한 사실은 없다는 투로 내뱉더니 탁자 위로 몸을 숙이고 깍지를 낀다. "한 가지 더, 알아야 할 게 있어요. 당신이 유죄 판결을 받고 난 뒤 당신 사건을 파고 있을 때였어요. 어떤 일들이…… 벌어졌죠, 나한테."

"무슨 일인데요?"

"미행을 당했어요. 몇 달 동안, 있었다가 없었다가. 내 전 부인도 당했죠. 내 차에 추적 장치를 달아놨어요. 내 이메일을, 노트북을 해킹하고 업무를 방해하려는 시도가 수없이 있었죠."

나는 그에게 어제 도서관에서 본, 나를 지켜보는 듯했던 남자에 대해 털어놓는다. 그는 엄숙하게 고개를 주억거린다.

오언이 말을 잇는다. "그리고 두어 차례는 그 이상으로 나갔던 때도 있었죠. 내게 손을 떼라고 경고하려고."

"협박을 당한 거예요?"

오언은 고개를 돌려 귀 뒤로 보이는 흐릿한 흉터를 보여주고는 머리카락이 난 자리로 굽어 들어가는 또 다른 흉터를 가리킨다. 윗입술을 들어 올려 앞니 하나가 깨진 것도 보여준다.

"갈비뼈도 몇 대 부러뜨려놓았죠. 여기서 중요한 건, 그래도 나는 스스로를 어느 정도 지킬 만큼 크고 우락부락하다는 겁니다. 하지만 우리가 이 모든 걸 다시 파헤치기 시작하면, 놈들은 당신도 노릴……."

"교도소에서 보낸 세월이 9년이에요, 오언. 뒤통수에도 눈을 달아두는 것쯤은 배웠어요." 내가 그에게 말한다.

"경계를 늦추지 않으리라는 건 조금도 의심하지 않아요. 하지만 헤더, 당신은 놈들과 싸울 수 없어요. 나를 노린 두 놈 모두 덩치가 당신의 두 배만 했고, 나도 단지 운이 좋아서 빠져나올 수 있던 거였어요. 농담하는 거 아니에요. 놈들은 진지해요."

"나도 진지해요."

오언이 인상을 쓴다. 마치 지금껏 뭘 들은 거냐는 듯한 표정이다.

그의 목소리가 나직해진다. "당신 남편을 죽인 사람이 누구든, 나를 노린 자가 누구든, 멈추지 않을 겁니다. 당신은 조심해야 해요, 알아들어요?" 그러고는 커다란 손을 내 아래팔에 올려놓는다. "뒤를 조심해요."

21

나는 도시로 가는 버스를 잡아타서 뒷줄에 앉아 오늘 알게 된 사실을 곱씹는다. 그사이에 2층 버스는 메이필드 파크와 스피드웰을 구불구불 지나간다. 내 앞에 젊은 엄마가 앉았고 그녀의 맞은편에는 노란 비옷과 목이 긴 장화 차림의 아이가 있다. 아이는 네다섯 살쯤 되어 보이고 딸기의 빛깔이 도는 금발을 양 갈래로 단정하게 묶었다. 아이에게 미소를 지어주지만, 아이는 내게 찌푸린 얼굴을 돌려주더니 엄지를 입에 넣고 엄마의 무릎에 기어오른다.

나는 아직 태너를 어떻게 생각해야 할지 100퍼센트 확신하지 못한다. 그는 분명 엄청난 양의 시간과 노력을 들여 내 사건과 유죄 판결을 조사했다. 그가 편집증 환자로 넘어가는 경계선상에 있고 거의 모든 사람을 불신하는 것처럼 보이긴 했지만 말이다. 어쩌면 그렇게 되는 건 불가피했을지도 모른다. 진실을 밝히려고 열심히 일한 대가가 명예 훼손으로 고소를 당하고 비웃음을 사고 매도되고 파산까지 하게 되는 것이라면.

태너와의 만남으로 내가 지난 몇 년간 자물쇠를 걸어놓고 열지 않으려 애쓰던 생각들이 마구 뒤섞여 튀어나오고 말았다. 그날 밤 누군가가 칼을 들고 나를 굽어보았고, 리엄을 죽인 것만큼이나 손쉽게 나도 죽여버렸을 수 있었다. 단 한 번 심장을 찔러서. 그렇다면 우리 네 사람을, 아이들을 포함한 모두를 죽여버렸을 수도 있었다는 말이 된다. 생각만으로도 몸서리가 쳐진다. 그런데 살인자는 그렇게 하지 않았다. 왜일까?

이제 그 답은, 내가 기소되던 날 그러했듯이 명백해 보인다. 바로 희생양을 던져준 것이었다. 나는 손쉬운 제물이자, 책임을 덮어씌우기에 편리한 용의자로 경찰에게 던져졌다. 살인자가 남편과 아내를 모두 죽인 경우, 용의선상에 올릴 만한 사람의 범위는 매우 넓어진다. 전국 단위의 범인 수색으로 전환된다. 반면에 가정 내 살인, 그러니까 파트너가 상대 파트너를 죽이는 일은 분명 영국 내 모든 경찰에겐 암울하지만 흔하디흔한 일상의 일부다. 물론 이런 사건의 압도적 다수에서 피해자는 여성이지만, 용의자가 피해자의 현재 또는 과거의 파트너이기만 하다면 여전히 경찰의 경험 영역 내에 들어온다. 나는 경찰의 예상에서 벗어나지 않는 용의자였다.

버스는 반도 차지 않았는데 나는 승객들을 한 명 한 명 차례로 살핀다. 태너의 경고가 아직도 귓가에 맴돈다. 뒤를 조심해요. 위협적으로 보이는 사람이 없다고 스스로 납득하고 나서야 휴대전화를 꺼내 태너가 보내준 링크를 클릭해서 그를 소송에 휘말리게 한 기사를 확인한다. 내 유죄 판결에 의문을 던진 첫 기사의 후속이었다. 연속 기획으로 예정된 것으로, 그에게 영국 언론인상을 안겨줄 수도 있었을 탐사 보도였다. 결국 상이 아닌 파멸을 안겨주었지만. 판사의 명령으로 온갖 곳에서 내려진 기사는 이제 한 곳, 그의 웹사이트의 엄격히 제한된 페이지에만 존재한다. 비밀번호를 입력하자 헤드라인과 본문이 등장한다. 2017년의 어느 날이었다.

살해된 하원 의원과 연관된 선거 자금 문제

오언 태너

살해된 하원 의원 리엄 버넌의 가까운 동료가 부패 의혹의 중심에 있던 한 외국 기업과 연관된 것으로,《가디언》의 취재 결과 드러났다.

버넌 의원의 지역구 매니저인 크리스틴 레이는 기밀 정보를 제공한 대가로 역외에 등록된 모(某) 서류상 회사를 통해 수십만 파운드를 수령한 것으로 보인다.

의회 내 '요직 인사와의 접촉을 위한 뇌물 수수' 의혹의 중심에 있는 것으로 여겨진 미국 회사와 그녀의 관계에 여러 심각한 의문점이 남는다.

배스 지역의 인기 있는 하원 의원이던 버넌 의원은 2013년 7월 자택에서 숨진 채 발견됐다. 당시 그는 서른여섯 살이었다. 아내인 헤더 버넌은 남편을 살해한 혐의로 브리스틀 형사 법원에서 유죄가 확정돼 2014년 4월 18년 형을 선고받았다.

레이 씨가 수령한 총금액은 밝혀지지 않았지만 10만~40만 파운드 사이일 것으로, 케이맨 제도에 등록된 익명의 서류상 회사를 통해 받은 것으로 보인다. 현재까지 해당 서류상 회사의 주인을 추적하려는 노력은 세 대륙에 걸친 미로 같은 법과 경제 구조로 방해받고 있다.

본지의 조사로, 헤더 버넌의 유죄 판결로 이어졌던 경찰 수사의 여러 핵심적인 측면에서도 심각한 문제가 드러났다.

해당 수사의 핵심 관계자는…….

나는 기사에서 빠져나와 그의 웹사이트 첫 화면으로 돌아간다. 일련의 블로그 글이 그의 긴 법정 싸움과 패소가 불러온 참담한 결과를 기록하고 있다. 그는 사실상 프리랜서여서 결국 혼자서 그 비용을 부담하고 위험을 무릅써야 했다. 그 결과 집과 일자리를 잃었다. 평판과 생계 수단을 잃었다.

법원은 무자비한 효율성을 발휘해 기사를 묶어버렸다. 그를 묶어버렸다.

오언에게도 나와 만난 그 나름의 이유가 있음을 알고 있었다. 리엄에 대한 진실을 밝혀내면 경력을 되찾을 수 있을 테니까. 우리 두 사람 모두 무언가를, 어떤 식으로든 되찾으려 하고 있었다.

버스가 유니언 스트리트의 한 정류장에 접근하며 씨근거리고 엔진이 마구 떨리더니 조용해진다. 다른 사람이 다 내릴 때까지 기다렸다가 마지막으로 내리고 오른쪽으로 돌아 와인 스트리트에 들어서서 남서쪽으로 향한다. 알아볼 수 없는 새로운 상점들이 새로운 이름을 달고 있다. 내가 없는 동안 옛 상점들은 사라진 듯하다. 건물마다 익숙했던 외관이 옮겨졌거나 사라졌고 그 자리를 새로운 가게들이 대신하고 있다.

거리에 늘어선 카페는 동료들과 월요일 점심의 차 한잔을 즐기는 사람들로 붐비고, 가을볕은 여름의 마지막 숨을 토해내고 있다. 나는 볼드윈 스트리트를 건너 올드빅 극장을 지난 다음 방향을 틀어 옆길로 들어가서 퀸 스퀘어의 잎이 무성한 녹지로 향한다. 이곳에 줄줄이 늘어섰던 조지 왕조 시대의 4층짜리 멋진 테라스 하우스는 최첨단 사무실로 개조되었다.

리엄에 대해 내게 단 한 마디도 하지 않았던, 재판에서 결코 증언하지 않았던, 내가 이스트우드 파크 교도소에서 써서 보낸 열 통이 넘는 편지에 답장 한 번 하지 않았던 한 사람이 있었다.

그는 거의 나만큼이나 리엄을 잘 알던 사람이었다.

밤이 결코 끝나지 않을 것처럼 느껴졌다. 올이 다 드러난 담요를 뒤집어쓰고 어둠을 응시할 뿐, 극도의 피로로 신경이 곤두선 탓에 잠을 이루기란 거의 불가능했다. 역시 유치장 신세인 다른 사람들이 음담패설을 외쳐대고 하수구 냄새가 곳곳에서 스멀스멀 올라오는 데다 내가 수용된 칸의 잠긴 철문 밖으로는 시곗바늘처럼 규칙적인 발소리가 들려왔다. 나는 어떤 평행 우주 속으로 들어간 것이었다. 모든 것이 완전히 뒤바뀌고 그게 다 내 잘못인, 내 인생에서 좋은 것은 모두 없어진 곳, 내 예전 삶으로 통하는 거울로 다시 들어갈 수 있기만을 간절히 바랄 뿐이었다.

아침이 되자 나는 다시 머스그로브 경위와 그의 동료 길버트 경사와 함께 조사실에 돌아와 있었다. 길버트 경사는 30대 초반에 얼굴선이 날카롭고 거무스름한 머리를 이마부터 가차 없이 뒤로 당겨서 하나로 단단히 묶은 모습이었다. 그녀의 눈 밑으로 어두운 그늘이 자리 잡고 있었다. 머스그로브의 얼굴도 잿빛인 데다 까칠하게 자란 수염은 소금과 후추를 뿌려놓은 듯했다. 그에게서 커피와 땀 냄새가 났고 어제 입은 빳빳한 흰색 셔츠는 이제 구겨지고 주름이 갔다.

그가 서론 따위 없이 말했다. "자, 헤더. 선불 전화로 돌아가봅시다. 당신 베개 밑에서 발견된 전화 말입니다. 밤새 뭐라도 기억이 났는지 궁금하네요? 생각해볼 기회가 있었잖아요?"

나는 아무 말 없이 고개만 젓는다.

그가 서류철을 열더니 종이 한 장을 꺼내 내 쪽으로 돌려서 보여주었다. 출력물에는 번호 하나가 노란색으로 강조되어 있었다. 지난 2주에 걸친 수십 건의 통화 내역인데 모두 단 하나의 번호를 기준으로 발신되고 수신되었다.

"통화 내역에 있는 번호는 단 하나입니다. 또 다른 휴대전화죠. 알아보시겠습니까?"

나는 무슨 말인지 이해하려 애쓰며 얼굴을 찌푸렸다. "모르겠어요…… 그게 누구인지."

"저희는 리엄의 개인 휴대전화와 업무용 휴대전화, 사무소 매니저의 목록, 당신의 휴대전화까지 그 안에 있는 연락처를 모두 이 번호와 대조해보았습니다. 전혀 일치하지 않았죠. 참 미스터리하지 않습니까?"

"분명 어떤 이유가 있겠죠."

그가 불만스러운 한숨을 내쉬었다. "아, 그런데 이 휴대전화 말입니다, 당신은 처음 본다고 했잖아요? 케이스 뒷면에서 당신 지문이 나왔어요. 왼손 검지와 중지죠."

이마가 지끈거리기 시작했다. 눈 바로 위에서 쉴 새 없이 북소리가 울리는 기분이었다.

"그건 제가 아니……." 입안에서 말이 엉켰다. "우리 집에 들어온 사람 짓이에요. 이걸 제 베개 밑에 넣은 사람이 그런 거라고요. 어떤 식으로든 제 지문을 전화기에 찍은 게 분명해요……. 잠든 저의 손을 가져다 댔을 거예요."

내가 말하면서도 터무니없게 들렸다.

머스그로브는 분노에 차서 성마르게 고개를 젓고 있었다. 마치 그걸론 안 된다고 말하는 듯했다.

"그런데 말이죠, 헤더. 저희 과학수사팀이 당신 집을 안팎으로 샅샅이 살핀 지 이제 꼬박 24시간이 되었습니다. 그런데도 강제 침입의 흔적이 전혀 나오지 않았어요. 열쇠도 그대로 있고, 문이나 창문의 잠금이 풀려 있거나 손상되지도 않았으며, 열쇠 구멍을 쑤시거나 경보 장치가 작동하지 않도록 해놓은 물적 증거도 없어요. 이웃들 증언으로 볼 때 지난밤 당신 집을 방문한 사람이 있었던 것 같지도 않고요. 제삼자가 있었다는 증거가 전혀 없습니다. 당신과 당신 남편, 그리고 두 아들을 제외한 다른 누군가가 집에 있었다는 흔적이 없어요."

"누군가가 분명 휴대전화를 거기에 뒀다고요."

경위는 내 말이 조사실 안을 맴돌도록 잠시 가만있었다.

"그러면 잠깐 남편분 아이폰 이야기를 해볼까요? 남편 개인 휴대전화 말입니다." 그가 초록색 서류철에서 종이를 한 장 더 꺼내더니 탁자 위로 내게 밀어보냈다. 흰색 바탕에 검은색 글자. 익숙한 서식으로 짧은 몇 단락이 배치되어 있었다. "저희에게 비밀번호를 알려주셔서 감사합니다. 이건 저희가 남편분 임시 보관함에서 발견한, 아직 보내지 않은 이메일을 출력한 것입니다."

이메일을 살펴보았다. 받는 사람은 나였고, 제목 줄은 빈칸으로 남겨두었다.

"이게 뭐죠?"

머스그로브가 검지로 종이를 툭툭 치며 말했다. "저희 디지털 담당자가 현재까지 파악한 바에 따르면 이 이메일은 5일 전에 처음 작성됐고, 이후 수차례 수정되고 다시 저장되기를 반복했죠. 하지만 절대 발송되지는 않았습니다. 그러니 저희가 임시 보관함에서 발견한 것이죠. 한번 보시고 어떻게 생각하는지 말씀해주시죠."

빠르게 글을 훑어나간다. 한기가 스멀스멀 온몸으로 퍼져나갔다.

헤더,

먼저 글로 써서 생각을 정리해보려 해. 그저 내가 저지른 일에 대한 사실관계를 정리해보려는 거야. 나는 이 글을 썼다가 지우고, 다시 쓰고, 지우고 있어. 이렇게 머릿속에 뒤죽박죽인 말을 정리하려 노력 중이야. 당신을 직접 보고 말할 수 있는 용기를 찾으려 하고 있어.

사실 나는 믿기 어려울 만큼 어리석은 짓을 저질렀어. 아주 오랜 시간 후회할 일을 말이야. 어쩌면 남은 인생 내내 후회할지도 몰라. 내가 가장 걱정하는 건 당신과 아이들이야. 그리고 이 일이 우리 가족에게 어떤 의미로 남을지도 걱정돼. 지금껏 나는 겁쟁이였어. 겁쟁이 그 이상이지. 모든 것을 저버렸고, 당신을 실망시켰고, 우리 아이들을 실망시켰는데, 그건 결코 내가 바란 일이 아니야. 나는 진실을 털어놓아야 해. 내가 저지른 일을 변명하거나 당신의 이해를 구하려는 건 아니지만, 언젠가 당신이 나를 용서해줄 수 있기를 바라.

L

글을 두 번 읽는 동안 방 안의 눈이 전부 나를 향한 것을 느낀다. 단어 하나, 구절 하나가 나를 강타하는 듯해서 두 뺨이 뜨겁게 달아오른다.

머스그로브가 앉은 자리에서 뒤로 기대며 나를 찬찬히 살핀다. "헤더, 이 글을 본 적이 있습니까?"

"아니요. 전혀요." 내 눈은 아직 종이 위 글자들에 고정되어 있었다.

"금요일 밤에 남편이 이 비밀과 관련해 뭔가 말하지는 않았고요?"

"전혀요."

"자신이 저지른 일에 대해, 당신에게 말하려 했던 이 비밀에 대해 뭔가 암시하지도 않았고요?"

나는 고개를 젓는다. 목구멍에 단단한 응어리가 맺히는 듯하다. "전혀요."

"저한테는 이게 앞으로 할 말을 연습하는 것처럼, 당신에게 다 털어놓으려고 마음의 준비를 하는 것처럼 보입니다만. 어떻게 생각하십니까?"

나는 탁자에 놓인 종이를 다시 그가 있는 쪽으로 밀어낸다. 리엄과 마지막으로 대화를 나누던 장면이 번쩍 머리를 스친다. 전화 통화, 여자 목소리, 거짓말로 불붙은 우리의 마지막 다툼. 서로에게 던진 마지막 말들.

"리엄은 이런 식으로 말하지 않았어요."

머스그로브는 종이를 다시 초록색 서류철에 넣는 대신 탁자 위 우리 사이에 그대로 내버려둔다.

"이게 뭐라고 생각하십니까?"

"말씀드렸잖아요. 모르겠다고요." 내가 조용히 말했다.

"꽤나 자명한 것 같은데요, 안 그런가요? 제 눈에는 상당히 죄를 인정하는 것처럼 보여요." 그가 다시 집게손가락으로 종이를 찔렀다. "자백이죠."

22

법률 사무소 베킷, 위버 앤드 폭스의 접수처는 밝고 바람이 잘 통하며, 높은 천장의 중앙은 유리로 덮여 소리가 부딪쳐 되울리고 구석에는 낮은 탁자 하나를 가죽 안락의자 몇 개가 정사각형 모양으로 둘러싸고 있어 따뜻하게 맞이하는 느낌을 풍긴다. 하지만 접수처 직원의 무표정한 얼굴에서는 따뜻하게 맞이하는 기색이라곤 찾아볼 수 없다. 그녀는 짙은 적갈색 머리칼을 복잡하게 땋아 머리 위로 탑처럼 쌓아 올린 모습이다.

"약속을 하고 오신 게 아니라면 초프라 씨를 만날 수 없습니다."

또 이런 식이다.

"저를 만나겠다고 할 거예요."

"말씀드렸다시피, 초프라 씨는 오늘 **몹시** 바빠서 일정상 비는 시간이 없어요."

"저는 그의 오랜 친구예요. 우리는……."

"초프라 씨는 부인을 만나고 싶지 않다는 의사를 **충분히 밝히셨어요.**" 여자의 턱이 분노로 살짝 떨린다. "죄송하지만 부인, 이제 나가주셔야겠습니다."

"5분이요. 딱 5분이면 돼요." 내가 말한다.

여자가 수화기를 들고 보안 팀을 부르는 소리를 들으며, 나는 돌아서서 고개를 저으며 자리를 뜬다.

나가는 길에 벽에 그려진 법인 조직도를 본다. 이 법인에 소속된 변호사 전원의 어깨까지 오는 말쑥한 사진들이 담당 분야별로 모여 있다. 포토샵으로 매끈하고 완벽하게 보정한 사진들을 살피다가 그를 발견한다. **니샨 초프라, 상업 분야.** 10년 전에 마지막으로 봤을 때보다 얼굴에 살이 조금 더 붙었고 짙은 갈색 머리는 더 짧게 자른 모양이다.

초프라는 늘 실제 나이보다 어려 보였다. 우리가 대학에서 처음 만난 날이 바로 떠올랐다. 그가 '서기 400~1200년 중세 시대의 브리튼' 수업에서 내 옆자리에 앉은 깡마르고 진지한 아이였던 때가 있었다.

나는 미닫이 유리문을 통해 밖으로 나와 다시 미약한 9월의 햇살 속으로 들어간다. 법률 사무소 베킷, 위버 앤드 폭스가 자리한 이 거리는 나무가 늘어서 있고 우아한 섭정 시대의 공원을 바라보고 있는데, 도시 한가운데에 자리한 이 네모반듯한 초록빛 공원은 키 큰 플라타너스가 테를 두르고 있고 잎들이 벌써 가을을 맞아 황금빛 갈색으로 변해가고 있다. 여덟 갈래의 곧은길이 모여드는 공원 중심에는 오래전에 죽은 어떤 왕이 말을 타고 있는 모습으로 동상이 세워져 있다.

건물을 바라보는 벤치를 발견해 앉아서 기다린다. 40분이 지나도 그가 점심을 먹으러 나오지 않자, 보관함에서 나온 명함을 꺼내 그의 직통 전화로 전화를 건다. 그에게 내 이름을 말할 때 잠시 조용한 동요가 일더니 급하게 문을 닫는 소리가 들린다.

"지금 뭐 하자는 거야, 나한테 전화를 해?"

"나는 그럭저럭 잘 지내, 고마워, 니샨. 너는 잘 지내?" 내가 말한다.

"끊는다. 다신 전화하지 마."

"제발, 니샨." 수화기 너머로 잠시 침묵이 흐르고, 나는 그 침묵에 뛰어든다. "리엄에 대해 너한테 묻고 싶은 게 있어. 그 일이 있던 주말에 대해서."

"**도대체** 뭐야, 헤더? 여긴 내 사무실이야. 위층에 동료들이 있고, 고객들이 들어오고, 꼭대기 층에는 상사도 있다고!" 숨을 죽인 채 겁에 질린 목소리다. 마치 사고를 막 목격해서 자신이 뭘 본 건지 머릿속에서 처리하려고 애쓰는 사람의 모습이다. 아니면 가장 친한 친구를 죽인 죄로 유죄 판결을 받은 사람의 전화를 막 받았거나.

"접수처에서 진을 칠 수도 있어. 그편이 낫겠니?" 실눈을 뜨고 나무 사이로 조지 왕조 시대에 지어진 법률 사무소 건물을 본다. 마치 창문을 통해 그를 볼 수 있기라도 하듯이. "네 동료들이 볼 수 있게 제대로 난장판 한번 벌여줄까? 그게 싫으면 지금 나랑 대화를 하면 돼. 그럼 더 귀찮게 안 할게."

"끊는다. 말도 안 돼." 화가 난 목소리로 나직이 말한다.

내가 재차 간청한다. "제발, 친구로서 5분만 내줘. 그거면 돼. 앞으로 다시는 연락 안 할게."

초프라가 크게 한숨을 내쉰다. "2분 줄게. 원하는 게 뭐야?"

"그간 내가 보낸 편지들을 읽었다면 잘 알 텐데. 왜 한 번도 답장하지 않은 거야?"

"몰라서 물어?"

"내가 한 게 아니야, 니샨. 나는 죄가 없어."

"그걸 말해주려고 전화한 거라면 넌 지금 시간을 낭비하고……."

"진범을 찾아야 해. 그래야만 다시 아이들과 만날 수 있어. 너의 대자들 말이야. 너도 이해하지? 네가 다시는 미라를 보지 못한다고 생각해봐. 다른 사람이 저지른 죄의 대가를 치르느라 그렇게 된다면 어떤 기분일지 생각해 보라고."

초프라는 자신의 딸이 언급되자 머뭇거리는 듯하지만 잠시뿐이다.

"다른 사람의 죄가 아니잖아, 헤더. 네 죄야."

"단 한 번도 의심하지 않은 척하지 마. 너도 내가 그런 일을 저지를 사람이 아니라는 걸 알잖아."

초프라가 딱 잘라 말한다. "내가 지금 어떻게 생각하느냐는 중요하지 않아. 넌 공정하게 구성된 배심원단에 의해 유죄가 결정됐어. 네 항소는 기각됐지. 이제 네가 할 수 있는 최선은 새 출발 하는 거야. 네 삶을 살아."

"바로 그게 문제야. 난 새 출발을 **할 수 없다**고. 넌 진범을 잡는 데 관심이 없니? 진짜 책임을 져야 할 사람을 찾는 건데?"

"이제 와 그 일을 다 들춰서 네 아이들에게 좋을 게 뭔데."

나는 대학교 2학년, 3학년 때 함께 기숙사 생활을 했던 다정한 남자를 기억해내려 애쓴다. 시험 기간이면 나와 함께 도서관에서 밤샘 공부를 하고, 셀 수 없이 많은 밤을 학생 회관에서 함께 보낸 친구를 말이다. 학창 시절 친구인 리엄 버넌에게 나를 소개해주고 우리 결혼식에서 리엄의 들러리를 서주었던 친구인데. 그 사람은 어디로 가버린 걸까.

내가 조용히 말한다. "넌 리엄의 가장 친한 친구였잖아, 니샨. 리엄을 그 누구보다 잘 알았잖아."

초프라가 한숨을 내쉰다. 그에게서 싸우고자 하는 의욕이 일부 빠져나가고 있는 듯하다. "그랬겠지."

"리엄의 다이어리에서 발견한 것과 관련해서 너한테 묻고 싶은 게 있어."

대꾸할 가치를 못 느끼겠다는 말투가 된다. "10년 전 일을? 넌 지금 지푸라기라도 잡으려는 것 같은데, 난 당장 어제 일도 기억이 날까 말……."

"리엄이 죽은 주말에 말이야. 리엄은 일요일 밤에 너한테 전화할 계획이었잖아?"

마치 사실인 양 말한다. 오래된 다이어리 속 휘갈겨 쓴 몇 글자로 추측하는 것이 아니라, 확실히 아는 것처럼. 그런데 이어지는 침묵 속에 손에 만져질 듯이 뚜렷한 무언가가 존재하고, 나는 곧바로 내 추측이 맞아떨어졌다는 걸 알아차린다.

"뭐?"

"그 주말에, 일요일 저녁 8시에 리엄은 너한테 전화할 예정이었어. 잊어버릴까 봐 다이어리에 따로 표시까지 해뒀더라."

"그래서?"

"좀 이상한 것 같아서. 너한테 전화하는 걸 하나의 일정처럼 잡고 놓치면 안 되는 일로 다이어리에 적어두었다는 게 말이야. 넌 리엄의 가장 친한 친구였잖아. 굳이 왜 그렇게 했을까? 원한다면 그냥 바로 너한테 전화하면 될 일이잖아?"

니샨은 잠시 생각에 빠진다. 우리 사이에 또 한 번 침묵이 길게 이어진다.

"그때 우리는 한동안 제대로 대화를 나누지 못했어. 둘 다 엄청 바빴으니까. 메시지만 간간이 주고받는 정도였지. 어쩌면 리엄은 언제 한번 제대로 날을 잡고 서로 근황을 확인해야겠다고 생각했을 수도 있어."

"경찰에도 그렇게 말했니?"

그가 고개를 끄덕인다. "응. 리엄이 일요일 밤에 얘기 좀 하자고 했는데 무슨 일로 그랬는지는 모르겠다고 말했지. 사실 말할 것도 많지 않았어. 경찰이 더 알아봐야 할 것도 없었고."

"리엄이 무슨 일로 그러는지 암시도 안 한 게 분명해?" 눈을 감는다. "제발, 니샨. 친구로서 리엄에 대해 좋은 기억만 남길 바란다는 거 알아. 리엄이 좋은 사람이었던 것도 맞고. 하지만 나는 지금 진실이 필요해. 그 진실이 무엇이든 상관없어. 그 진실이 중요한 것일지도 몰라. 나는 리엄이 죽기 전 몇 주 동안 도대체 무슨 일이 있었던 건지, 왜 그렇게 나와 거리를 두었는지 알아내려고 너무도 오랜 세월을 보냈어."

"리엄이…… 그 주 초에 메시지를 보냈던 것 같아. 리엄이랑 연락이 잘 안 되던 때였어. 말했듯이, 우린 서로 전화를 받지 못하기 일쑤였고 몇 주간 제대로 된 대화 한 번 못 나눴어. 나는 그저 서로 근황이나 확인하자는 건 줄 알았다고." 말투가 살짝 부드러워진다. "헤더, 너무 오래전 일이잖아. 내가 기억해낼 수 있는 건 이게 다야."

"그게 다라고? 확실한 거야?"

"리엄한테 분명 뭔가 마음에 걸리는 일이 있긴 했는데, 나는 늘 그게 특별 조사 위원회와 관련해서 추가로 해야 하는 일 때문이라고 생각했어."

답답해진 내가 한숨을 내쉰다. "머리글자 AY는 어떻게 생각해? 이게 누군지, 혹은 뭔지 아니?"

그는 혼잣말로 AY를 되뇐다. 진지하게 생각해보는 눈치다. 그러나 결국 잘 모르겠다는 듯이 끙 앓는 소리만 들려온다.

나는 리엄의 다이어리 속 AY에 대해 설명한다. 월요일 아침으로 예정됐지만 결코 이뤄지지 못한 만남 혹은 **무언가를**. AY는 마찬가지로 이뤄지지 못한, 가장 친한 친구와의 근황 확인 통화가 예정된 시점으로부터 12시간 뒤로 예정되어 있었다. 둘 사이에 어떤 연관성이 있지는 않을까? 리엄이 내게 썼지만 보내지 않은 메시지와도 관련이 있을까? 그의 선불 전화 속 익명의 금발 여인과는? 은폐된 의회 내 부패 의혹과는?

그가 한숨을 내쉰다. 이제야 상황을 이해하겠다는 듯이 말투가 딱딱해지고 있다. "세상에, 너 오언 태너와 접촉하고 있구나? 아직도 전파 공격을 막아준다는 은박지 모자를 쓰고 다니던? 중국 측이 자신의 뒤를 쫓는다고 말하던? 미국이든가? 아니면 이번에는 화성인이려나?"

"난 그저 진실을 원할 뿐이야, 니샨."

"내 경험상 진실은 절대 바라는 만큼 흥미롭지 못해."

"아직 내 질문에 대답 안 했잖아."

"너한테 주어진 2분도 다 됐어. 내가 충고 하나 해줄까? 우선 네가 저지른 일부터 인정해야 거기서 벗어날 수 있어. 그렇지 않으면 계속해서 곱씹고 또 곱씹는 데 인생을 다 바치게 될 거야. 책임질 일들은 내팽겨쳐둔 채로 말이지. 너 말고 다른 사람은 다 새 출발을 했어. 너도 그래야 할 때야. 다신 연락하지 마."

니샨은 답을 기다리지 않고 전화를 끊는다.

23

보호관찰 호스텔에 돌아오니 편지가 나를 기다리고 있다.

아까 브리스틀 템플 미즈에서 배스로 돌아가는 열차를 기다릴 때 나를 알아보는 사람을 만난 터라, 호스텔에 다 와서도 다시금 조마조마하고 초조했다. 어쩌다 곁눈으로 회사원으로 보이는 남녀 커플을 보게 되었는데 둘 다 내 쪽으로 휴대전화를 들고 있었던 것이다. 나는 본능적으로 고개를 돌려 두 사람을 보고 말았다. 즉시 후회했고, 반대 방향으로 돌아서서 승강장을 따라 더 멀리 이동하는 한편 가방에서 야구 모자를 꺼내며 군중 속으로 사라지려 시도했다.

평가받는다는 느낌이 들지 않는 유일한 장소인 호스텔에 돌아오니 안도감이 들 지경이다. 관리인의 작은 사무실을 지나가는데 관리인이 나를 부르더니 공식적인 느낌을 풍기는 A4 크기의 흰색 봉투를 건넨다. 내 이름과 주소를 인쇄한 딱지가 붙어 있고, 아랫부분은 **기밀 사항, 본인 외 개봉 금지**라는 굵고 붉은 활자가 가로지르고 있다. **도착 보장과 서명 필요**라고 쓰인 스티커도 하나 더 붙어 있다. 나는 봉투를 들고 방으로 올라간다. 조디는 없지만 다른 여자 한 명이 맨 끝에 놓인 자신의 침대에 누워 있다. 오후 중반인데도 부드럽게 코까지 골며 자고 있다.

봉투를 찢어서 두껍고 무거운 종이 몇 장을 꺼낸다. 타자로 쳐서 인쇄한 종이인데 맨 위에 내 이름이 보이고 그 밑으로는 호스텔 정보가 쓰여 있다.

그렇다면 왕립교정보호청 말고도 누군가는 내가 여기 있다는 사실을 안다는 말이 된다. 편지 머리에는 배스 소재 법률 회사 이름과 값비싼 그레이트 펄트니 스트리트에 자리한 회사 주소가 인쇄되어 있고, 편지 본문으로 시선을 내리자 아는 이름이 나온다. 훑어 내려가면서 가슴 속에서 둔한 통증이 느껴진다. 구절구절이 뇌리에 박힌다.

저희 고객 피터 버넌 씨 부부를 대신하여⋯⋯

당신의 유죄 평결과 형의 선고, 뒤이은 가석방과 관련하여⋯⋯

가족과 특히 고인의 두 아이를 위해⋯⋯

저희는 당신에게 제안을 하도록 위임을 받았고⋯⋯

윅에 거처를 마련해놓아⋯⋯

재활을 돕기 위한 금전적 지원⋯⋯

그뿐만 아니라 가석방 기간의 만료 뒤 해외로 영구 이주를 목적으로 새 여권을 발급받을 수 있도록 계속 도움을⋯⋯

아래에 열거한 구체적 조항에 동의할 경우 서명을⋯⋯

모든 소통은 저희 사무실을 통해 이뤄질 것⋯⋯

제안은 이번 한 번뿐이며 수령일로부터 48시간 동안 유효⋯⋯.

하단의 한 부분은 내 서명과 날짜를 적도록 비워두었다. 그 옆에는 이미 시아버지의 서명이 자리해 있는데 검은색 잉크로 날카롭게 각을 세워 그은 모양이다.

편지를 다시 읽고 스물세 개의 구체적인 조항도 훑어본다. 비싼 런던 변호사들은 정말이지 철저했다. 모든 것을 고려했다. 휴대전화로 구글 지도를 확인해보니 내 의심은 사실이었다. 편지에 언급된 장소는 브리스틀에서 해안을 따라가면 바로 있는 윅이 아니라 스코틀랜드의 최북단 인근인 케이스네스에 있는 윅이다. 존오그로츠에서 불과 몇 킬로미터 떨어진 곳이다.

영국에서 배스로부터 최대한 멀어질 수 있는 곳인 셈이다.

흉곽에 뾰족한 것이 부딪치는 듯한 통증이 점점 부풀더니 목구멍까지 밀려 올라와 마치 보이지 않는 손이 나를 움켜잡고 내 몸에서 모든 공기가 빠져나가도록 쥐어짜는 느낌이다. 힘껏 더 힘껏, 나를 살아 있게 해줄 것이 아무것도 남지 않을 때까지 쥐어짠다. 마치 내 인생의 모든 자취가, 나였던 모든 것이, 마지막으로 남아 있는 내 가족과의 모든 연결 고리가 곧 사라질 것만 같다.

편지를 봉투에 밀어 넣고 다시 밖으로, 오후의 이슬비 속으로 들어간다.

시부모는 배스윅에 있는 집에 아직 그대로 살고 있다. 그 인상적인 3층짜리 조지 왕조 시대의 대저택은 집안 대대로 내려오는 재산이다. 나는 잠시 택시에 앉아 어디가 바뀌었는지를 본다. 별로 바뀐 부분도 없고 거의 그대로이다. 멋진 건물의 정면은 커다란 창이 줄지어 나 있고 크림색의 배스산 건축용 석회석으로 마무리된 모습이다. 한 줄의 너도밤나무가 이웃한 대저택과의 사이에 벽을 형성하고 있다. 열려 있는 두 칸짜리 차고에 시아버지 피터의 재규어가 깔끔하게 후면 주차되어 있고 그 옆으로는 시어머니의 한결 실용적인 아우디 왜건이 보인다.

널찍한 현관 복도가 그려진다. 고리에 코트가 걸려 있고 높다란 놋쇠 통에 우산 다발이 꽂혀 있으며 선반에는 신발이 늘어서 있을 것이다. 내 두 아들의 운동화와 학교에 갈 때 신는 신발, 럭비화가 있겠지. 어떤 기억이 돌아온다. 반평생 전에, 리엄과 만난 지 얼마 되지 않을 때 바로 이 현관 밖 계단에 서 있었다. 토요일 브런치에 우리를 집으로 초대한 그의 부모를 처음 뵙는 자리였다. 화려하게 장식된 놋쇠 초인종을 누를 때 속에서 나비 떼가 춤을 추는 듯했고, 리엄의 커다란 손은 내 손을 감쌌지.

내 시선이 머물던 현관문이 활짝 열리며 피터 버넌이 등장한다. 지난 10년 사이에 스무 살은 더 먹은 듯이 보인다. 어쩌면 나도 마찬가지일지 모른다. 그의 얼굴은 새로 늘어난 주름의 개수만큼 패었고 희끗희끗하던 머리는 완전히 백발이 되었으며 이마에서부터 뒤로 가며 숱이 줄고 있다. 그는 자신의 차로 가서 운전석에서 무언가를 집더니 거리 방향으로 몸을 돌린다. 그의 시선이 인도 옆에 정차해 있는 내 택시에 머무는 듯하다. 마치 무슨 일이 일어나길 기다리는 것처럼 눈을 가늘게 뜨고 잠시 응시한다. 그러더니 돌아서서 다시 집 안으로 사라진다.

나는 기사에게 돈을 지불하고 차 문을 연다. 자갈밭 진입로 위를 당당하게 걸어가 피터 버넌에게 나는 절대 당신의 피 묻은 돈을 받지 않겠다고 말할 준비를 한다. 10년 만에 처음으로 시아버지와 대면할 생각에 맥박이 빠르게 뛰면서 그 소리가 내 귀에까지 들린다. 재판정에서 마지막으로 본 그의 눈에는 증오심이 불타오르고…….

멈칫한다. 발 하나가 벌써 인도로 나갔지만.

잠깐. 생각해보자.

내가 가진 모든 본능은 저 집까지 걸어가 문을 쾅쾅 두드리고 나는 어디로도 가지 않으리라는 걸 분명히 하라고 말하고 있었다. 아이들의 인생에 대한 내 권리를 주장하라고. 그 권리가 아무리 미미하다 할지라도.

하지만 그게 바로 그들이 내가 하길 기대하는 행동이다. 피터 버넌은 내가 이렇게 나오길 기다리고 있을 것이다.

그건 나의 석방 허가 조건에 따라 명확히 금지된 것이기도 했다.

피해자와 관계가 있는 가족 구성원과 접촉하는 경우.

나는 다시 다리 한쪽을 택시에 집어넣고 문을 닫는다. 기사에게 10파운드짜리 지폐를 한 장 더 건넨다.

기사에게 말한다. "저, 여기서 5분만 기다릴 수 있을까요? 전화를 걸 데가 있어서요."

젊고 뚱한 기사는 며칠째 면도를 하지 않아 붉은 수염이 까칠하게 자라 있다. 그는 알겠다는 듯이 끙 하는 소리와 함께 현금을 받아 들고 자신의 휴대전화를 꺼낸다.

나도 휴대전화를 꺼내고 편지에서 이름과 번호를 찾는다. 마이클 해먼드는 수십 년째 피터의 담당 변호사였다. 나도 여러 회사 행사에서 그를 몇 번 만난 적이 있다. 지붕창집에서 열린 우리 결혼 피로연에서도 봤다고 꽤 자신 있게 말할 수 있다. 신호음이 네 번 울린 뒤에 그가 전화를 받자 내 소개를 한다.

"네, 말씀하시죠?" 그의 말투에 친근함 따윈 없다. 내 소개를 할 때 우리가 아는 사이라는 기색도 전혀 느껴지지 않는다. 그는 마치 안면이 없는 사람에게 말하듯이 하고 있다. "버넌 씨는 이 사안에서 제가 본인을 대리하도록 위임했습니다. 어떻게 도와드릴까요?"

나는 옆자리에 놓인 흰색 봉투를 흘낏 본다.

"거절하겠습니다."

"그런 경우라면, 재고할 것을 권합니다. 여러 사정으로 볼 때 무척이나 관대한 제안입니다."

"저는 동의하지 않아요. 서명하지 않겠습니다. 오늘도, 앞으로도 절대 안 합니다."

그가 한숨을 내쉰다. "그것참…… 유감스럽군요. 다시 시작할 기회입니다. 아무도 당신을 모르는 곳에서 새 출발을 할 기회죠. 더는 숨지 않아도 될 곳에서 말입니다."

"스코틀랜드 최북단, 제 아이들과 1000킬로미터쯤 떨어진 곳에서 말이죠."

"세계적으로 아름답다고 평가받는 지역이죠. 그 정도면 아주 괜찮은 겁니다."

"제 집은 여기예요."

"더는 아니죠. 그리고 이 주변을 맴도는 게 본인 외에 다른 누군가에게 이익이 되기라도 하는 것처럼 굴지 말아요. 당신은 또다시 분란만 일으키고 있을 뿐이고, 그건 아이들에게 **가장 필요하지 않은** 일입니다." 수화기 너머로 그가 종이를 뒤적이는 소리가 들린다. "버넌 씨 부부는 당신이 이번 이사를 통해 새 출발을 할 수 있도록 기꺼이 돕고자 합니다. 모두를 위해 최선이죠. 그들을 위해서나 당신을 위해서나."

나는 고개를 젓는다. "두 아들과 모든 접촉을 끊고 수백 킬로미터 떨어진 곳에서 사는 거요? 전 못 해요. 안 할 겁니다."

"어차피 당신에겐 아이들을 볼 수 있는 법적 권리가 없어요. 아이들은 새 출발을 했어요. 당신을 기억하지 못합니다. 아이들에게 당신은 과거에 있을 뿐이죠."

변호사의 유창한 말솜씨는 이상하게도 시아버지를 떠오르게 한다. 그의 말투며 자주 쓰는 표현을 빼다 박았다. 어쩌면 그래서 두 사람이 그리도 잘 맞았는지 모르겠다. 리엄의 아버지도 늘 이런 식이었다. 침착하게, 분석적으로, 변호사처럼, 상황을 재고 따져서 어떻게 하면 자신과 자신의 가족이 그 상황에서 가장 잘 빠져나올 수 있을지 판단을 내렸다. 이 지역 상류층에서 자신의 위치를 확고히 다진 남자. 상당한 재산을 물려받은 데서 그치지 않고, 회사의 사업 영역을 통신에서부터 친환경 에너지까지 다각화해 몇 배 이상으로 불린 남자. 부와 지위가 가져다주는 자신감으로 무장한 남자. 이 도시는 물론 저 너머에까지 연줄이 뻗어 있는 남자.

"리엄에게 일어난 일은……." 말이 목에 걸린다. 교도소에서 피터와 콜린에게 편지를 쓰면서 정말 많이도 썼던 말이다. 단 한 번도 답신을 받지 못한 편지들. "저 역시 망가뜨려놓았어요. 하지만 저는 결백합니다. 오로지 아이들 생각만으로 버텼어요."

"당신이 부인할 때마다 그의 부모에게 못할 짓을 하는 겁니다. 상처를 다시 헤집어놓는 것이고, 두 분의 아들이 편히 잠들지 못하게 하는 거예요. 알아듣습니까?" 변호사의 말투가 딱딱해지고 있다.

"진실인걸요. 제가 하지 않았어요. 그리고 전 제 인생을 되찾을 거예요."

"그럴 자격이 있다고 생각하는 거죠, 그렇죠? 두 아들도 되찾아야 한다고 생각하죠? 버넌 씨 부부가 두 분의 아들을 두 번 다시 볼 수 없게 된 게 바로 당신 때문입니다. 당신은 분명 편지에서 제안한 새로 시작할 기회를 누릴 자격이 없어요. 하지만 두 분은 앞으로 두 번 다시 당신을 보지 않을 수만 있다면 그런 제안을 할 가치가 있다고 생각한 겁니다."

"저는 남편을 사랑했어요. 그를 위해서라도 정의를 구현할 거예요. 가족 모두를 위해서요."

긴 침묵 끝에 해먼드가 다시 입을 연다.

"제안은 48시간 동안 유효합니다. 그동안 한 번 더 고민해보길 권합니다. 시오를 위해서, 핀을 위해서 옳은 결정을 내려주세요."

그가 전화를 끊는데 창문을 날카롭게 두드리는 소리에 앉은 자리에서 펄쩍 뛰고 만다. 몸을 틀어 창문을 윙 하고 내리니 택시 옆에 시누이가 서 있다. 나를 알아본 그녀의 얼굴이 잔뜩 찌푸려진다.

"헤더?"

10년 만에 처음으로 보는 친구다. 지난 세월 그녀는 비밀을 털어놓을 수 있는 친구였다. 내 결혼식에서 들러리도 서주었다. 하지만 막상 보니 말문이 막히고 만다. 하고 싶은 말이 100만 개쯤 되지만 모두 입안에서 맴돌 뿐이다.

"에이미." 돌연 목구멍이 마른다.

"여기서 뭐 하는 거예요?" 가슴 앞으로 팔짱을 단단히 낀 채 묻는다. 청바지에 흰색 스웨터를 입었고 색이 짙은 머리를 풀어서 어깨까지 느슨하게 늘어뜨린 모습이다. 제 오빠와 똑같은 밤색 머리칼. 에이미도 세월을 비켜 가진 못했지만, 높이 올라온 광대하며 다정하고 감정이 풍부하게 실린 두 눈까지, 여전히 매력적인 여자다.

내 옆자리의 흰색 종이 다발을 가리킨다. "난…… 고모 아버지의 변호사랑 이야기 중이었어요. 편지와 관련해서."

그녀의 찌푸림이 한층 깊어진다. 마치 10년의 슬픔과 고통과 상실이 거기 자리를 잡고 있는 것처럼.

"무슨 편지요?"

"제안 말이에요." 열린 창문을 통해 종이를 건네자 에이미가 찬찬히 살피는데 얼굴에 알 수 없는 무언가가 스쳐 지나간다.

"오늘 받은 거예요?"

"택배로요. 고모는 몰랐어요?"

그녀는 고개를 저으며 택시 창문으로 편지를 다시 돌려준다.

"언닌 거절한 거고요?"

"거절했죠."

"언니가 거절할 거라고 아빠한테 말할 수도 있었는데. 괜한 수고 하지 마시라고."

"에이미, 혹시……."

163

"언니, 그만 가는 게 좋겠어요. 아빠가 또 집 밖으로 나오기 전에요. 여기 있으면 안 되는 거잖아요."

"고모랑 할 얘기가 있어요."

"아빠는 절대 용서 안 할 거예요, 알잖아요. 그럴 분이 아녜요." 도로 팔짱을 낀다. "나도 용서할 수 있을 것 같지 않고요."

나는 우리가 얼굴을 마주 보고 이야기할 수 있도록, 문을 열고 택시에서 내린다. "용서를 구하려는 게 아니에요. 그냥 내 말 좀 들어줘요."

"왜 내가 언니와 대화하고 싶을 거라고 생각해요?"

"제발. 10분만. 고모도 알아야 할 것들이 있어요." 내가 애원한다.

"그거 좋은 생각 아니에요. 어떻게……."

"그 사람이 아직 밖에 있어요, 에이미. 자유롭게 거리를 활보하고 있다고요. 고모가 받아들이든 아니든, 나는 지금 고모한테 오빠를 죽인 사람이 법망을 빠져나갔다고 **말하는 거예요**. 그 사람은 결코 처벌받지 않았어요. 고모의 가족에게, 그리고 나한테 저지른 짓에 대해 책임을 질 필요도 없었죠."

시누이는 이미 고개를 젓고 있지만 내가 멈춰 세운다.

"만약 내가 틀리더라도, 고모가 잃을 게 뭐가 있겠어요? 난 이미 유죄 판결을 받았으니 달라지는 건 아무것도 없을 거예요. 하지만 내가 맞는다면, 그리고 난 고모도 마음속 깊은 곳에선 늘 의문을 품고 있었다고 봐요. 그게 아니라면 지금 여기서 나랑 말을 섞고 있진 않을 테니까. 그러니 내가 맞는다면, 그러면 우린 마침내 리엄을 위해 정의를 실현할 수 있어요. 마침내 리엄이 편히 잠들게 해줄 수 있어요."

에이미는 집 쪽을 흘끗 보면서도 표정이 조금 부드러워진다.

마침내, 누가 들을까 걱정이 되는지 조용히 말한다. "좋아요, 하지만 여기선 안 돼요."

에이미는 늘 내가 버넌 집안에서 리엄을 제외하고 가장 가깝다고 느끼던 사람이었다. 그녀의 말에 조금 들뜨기까지 한다. 희미하기 그지없는 희망의 불빛이지만 그래도 빛을 내고 있긴 하다.

"고마워요, 에이미."

"장소는요?"

잠시 곰곰이 기억을 들추다가 중립적인 장소가 한 곳 떠오른다. 우리 두 사람이 다 아는 이 근방의 장소.

"알렉산드라 공원의 그곳, 기억해요? 아이들이 어릴 때 우리가 데리고 가던 곳?" 나는 택시의 문을 연다. "내일 아침, 9시. 내가 고모를 찾을게요."

24

메이트랜드 스트리트의 집은 내가 기억하는 그대로다. 한쪽 벽면이 옆집과 붙어 있고 현관은 정중앙에 위치한 에드워드 7세 시대 주택으로 커다란 창문들은 창틀을 하얗게 칠해놓았다. 앞에 작게 검은색 정원 문이 나 있는 것도 똑같고, 왼편의 벗나무도 똑같고, 오른편으로 보랏빛 등나무가 주택의 옆면을 타고 올라가는 것도 똑같다. 현관문조차 내 기억과 똑같이 빨간 소방차 색이다. 정말이지 많은 기쁨을 준 곳이다. 병원에서 갓 태어난 두 아이를 데려온 곳이고 시오와 핀이 첫 생일과 첫 크리스마스를 보낸 곳이며 처음으로 걷고 처음으로 말을 한 곳이다. 비극의 장소이기도 하다. 상상도 할수 없는 아픔의 장소, 리엄이 목숨을 잃고 내 삶이 영영 산산조각이 나버린 곳이다. 우리의 두 아이가 참혹한 사건이 벌어진 그날 밤 이후 부모를 모두 잃게 된 곳이다.

내가 마지막으로 있었을 땐 이 집에 낯선 사람들이 들어왔다. 그들은 내가 처음 극심한 공포 속에서 999(영국의 긴급 상황 신고 번호-옮긴이)에 전화하자마자 밀려들기 시작해, 하루 종일 오고 또 와서 복도와 주방을 드나들고 계단을 오르내리며 쿵쾅거렸다. 현장 감식반이 진입로에서 흰색 작업복을 끌어 올려 입고는 가방과 카메라와 조명과 온갖 장비를 들고 줄지어 들어왔다. 우리의 집이 침범되었고 우리의 사적인 공간이 침해되었다. 한번도 아니고 두 번이나. 먼저 그 밤의 조용한 침입자에 의해, 그리고 경찰에 의해. 리엄이 살해당했다는 이유로 이 집이 돌연 공공재가 되어버리기라도 한 것 같았다. 이름도 모르는 낯선 사람들이 몰려와 사진을 찍고 증거를 채취하고 수집했다.

내가 지켜보는 사이에 폭스바겐 승합차 한 대가 진입로에 들어서더니 재잘거리는 10대 소녀 세 명을 쏟아내고, 이들은 깔끔한 레인코트 차림에 머리가 거무스름한 여자를 따라서 집 안으로 들어간다. 여자가 현관문을 닫다가 길 건너에 있는 나를 발견하고 멈칫한다. 마치 **난 너를 알아, 넌 여기에 어울리지 않아**라고 말하는 듯이 눈을 가늘게 뜨더니 문을 완전히 닫는다.

도시로 돌아가는 길에 24시간 주유소에 들러서 태너의 조언대로 저렴한 선불 휴대전화를 구입하고 20파운드만큼 충전한 다음 배낭 깊숙이 넣어둔다. 어렵겠지만 가능하다면 이런저런 것을 디지털 영역 밖에 두라는 그의 조언을 의식하며 작은 수첩도 하나 산다. 야구 모자 위로 스웨트셔츠에 달린 후드까지 뒤집어쓰고 걸으며 식당 창문을 흘끗흘끗 훔쳐본다. 창문 너머에선 가족들이 함께 먹고 마시며, 대화하고 웃고 월요일 밤의 외식을 즐기고 있다. 아침 식사 이후로 아무것도 먹지 못한 터라 허기로 속이 쓰리지만 저런 곳에 홀로 앉아서 열 쌍이 넘는 눈이 내게 향하는 것을 견딘다는 건 불가능하다. 생각조차 할 수 없다.

넬슨 플레이스에 있는 감리교회에서 무료 급식소를 운영해 매주 월요일과 수요일, 금요일 오후 6시에 밥을 먹을 수 있다고, 조디에게 들었다. 그래서 식당 대신 그곳으로 향한다.

도착하니 저녁 식사 시간이 거의 끝나갈 무렵인데도 급식소는 여전히 붐빈다. 낮은 목소리로 나누는 대화와 사람들의 체온으로 후끈한 공기, 다양한 연령대의 사람들이 늘어선 긴 식탁들로 가득 차 있다. 두꺼운 코트를 껴입은 겉늙은 남자들, 갓 10대에서 벗어난 삐쩍 마른 소년들, 어린아이와 함께 온 여자들, 혼자 앉아서 사람들을 의식하며 밥을 먹는 내 또래의 사람들도. 조디가 여기서 만나서 저녁을 먹자고 했지만 그녀는 찾아볼 수 없다. 배식대에 줄을 서서 기다리는데 몇 사람이 나를 빤히 쳐다본다. 이런 식으로 나를 한 번 더 보는 사람들을, 지난 며칠 사이에 점점 더 많이 알아차리기 시작했다. 어디서 **봤더라?** 하는 시선을.

그때마다 시선을 피하고 줄을 선 자리에서 조금씩 발을 끌며 앞으로 이동한다.

걸쭉한 채식 스튜와 통밀빵, 진한 차로 구성된 식사는 뜨끈하고 포만감을 준다. 지난 몇 년간 먹은 것 중 최고다. 교도소에서 배식 받던 찌꺼기 같은 음식과는 천지 차이이다. 식사를 하면서 오언에게 내 새 선불 전화 번호를 보내고 수첩에 메모를 끄적인다. 텔레그램으로 크리스틴 레이와, 살인 수사를 이끌었던 존 머스그로브 경위에 대한 몇 가지 질문도 보낸다.

오언은 우드퍼드 애비뉴에 있는 집 주소와 함께 빠르게 답장을 보내온다. 도시 북서쪽 교외 지역인 웨스턴 파크에 있는 집이다. 그가 가지고 있는 크리스틴의 마지막 집 주소라면서, 곧바로 다른 메시지를 두 개 더 보낸다.

조심히 다뤄요. 그녀는 나를 상대로 접근 금지 명령을 받아낸 상태예요.
머스그로브는 잘 모르겠네요. 2018년에 은퇴했고 그 후로 레이더에서
사라졌죠. 한 번 더 파볼게요.

아주 옛날에, 크리스틴과 나는 친구 비슷한 사이였다. 크리스틴은 리엄과 몇 년간 함께 일하면서 그가 2007년 선거에서 처음으로 의석을 확보하고, 이어서 2010년에 과반 득표까지 하며 기세를 확장해나갈 때 그의 곁에 있었다. 그녀는 지역구에서 리엄을 위해 여러 일을 담당하며 그가 배스를 대표하는 하원 의원으로서 해야 하는 일의 모든 측면을 다뤘다. 하지만 그건 그녀가 내 재판에서 검찰 측 증인으로 서기 전 일이었다. 그 후 오언이 의회 내부의 부패를 조사하면서 크리스틴의 이름을 언급하자, 그녀는 그를 명예 훼손으로 고소해 승소했다.

리엄의 후임은 아직 런던 로드에 있는 배스 의원 지역 사무소를 쓰고 있지만, 크리스틴은 더는 그 밑에서 일하지 않는다.

크리스틴은 온라인에서 존재감이 크지 않아 사생활을 중요시하는 사람이라는 인상을 준다. 구글 검색으로 나온 결과는 링크드인 페이지와 마지막

선거 시기 전후의 지역 뉴스 기사 몇 건이 전부다. 기사에 함께 실린 사진에서 그녀는 당의 여러 다른 직원들과 나란히 서서 활짝 웃고 있다. 트위터 계정은 2020년 이후 휴면 상태에 있다. 온라인에서 그녀에 대한 개인적인 것은 전혀 보이지 않는 듯하다. 페이스북도 인스타그램도, 적어도 그녀의 본명으로는 존재하지 않는다.

분명 그녀는 지금 날 보고 싶지 않을 것이다. 하지만 내가 그녀를 봐야겠다.

식사를 마칠 즈음 교회 급식소를 메운 사람들이 듬성해지기 시작한다. 빈 그릇을 반납하러 가면서 같은 보호관찰 호스텔에 묵는 여자 한 명을 발견한다. 20대 중반의 그녀는 거무스름한 머리를 아주 짧게 잘랐고 한쪽 귀에는 피어싱이 줄을 이루고 있다.

여자에게 알은체를 한다.

"조디는 못 봤죠?"

"오늘 아침 이후로 못 봤어요. 지금쯤이면 아마 굴다리에 가 있을 거예요." 그녀가 말한다.

"술집 이름인가요?"

여자가 코웃음을 친다. "옛 철길 아래 굴다리 말예요. 스테이션 스트리트에서 조금 떨어진 곳에."

"그렇군요."

"다른 알코올 중독자들이랑 다 같이 있을 거예요."

"이해했어요."

재킷을 집어 들고 다시 밖으로, 어둠이 내리고 있는 도시로 향한다.

* * *

굴다리는 런던행 철길 아래 벽돌로 만들어진 구멍들이 매연을 뒤집어쓰고 줄지어 늘어선 것에 지나지 않는다. 이 20여 개의 어두운색 반원은 다시 그 뒤의 산비탈로 이어지는 듯이 보인다. 도시에서 1.5킬로미터 정도 떨어진 데 더해, 로마 목욕탕 유적과 로열 크레센트(배스의 명소 중 한 곳으로, 테라스 하우스 30여 채가 초승달 모양으로 늘어서 있다-옮긴이), 그 모든 예쁜 건축물과도 떨어져 있는 이 굴다리에는 한때 마구간과 창고와 작업장이 자리했을 수도 있다. 하지만 이제는 버려져, 어둡고 막다른 길 끝에 자리한 이곳에 장작과 플라스틱을 태운 매캐한 냄새가 감돈다.

가까이 다가가자 정맥 속 피가 조금 더 빠르게 출렁이고 배와 손끝에서 아드레날린이 불쾌하게 실룩거린다. 첫 굴다리를 들여다본다. 그라피티가 그려진 동굴에 쓰레기가 나뒹굴고 빨간색 침낭 하나가 찢어진 채 구석에 버려져 있으며 흙과 비와 오줌똥 냄새가 진하게 풍겨 온다. 다음 굴다리에는 지저분한 초록색 텐트 하나가 지퍼를 끝까지 올리고 있고 그 옆으로 찢어진 검은색 쓰레기봉투가 쌓여 있으며 다 쓴 주사기들이 바닥에 흩어져 있다. 세 번째 굴다리에서는 수염이 덥수룩한 남자가 작게 불을 피우고 손을 녹이고 있다. 조디를 보았느냐고 묻자 남자는 이 허물어지고 있는 구조물의 더 먼 쪽으로 고개를 짧게 휙 돌린다.

굴다리 여섯 개를 더 내려갔을 때 내 예전 재킷을 발견한다. 쇼핑카트 뒤쪽에 걸쳐놓여 있다. 캄캄한 안쪽에서 은은하게 흐느끼는 소리도 들려온다. 휴대전화 손전등을 켜자 구석 어둠 속에서 하나의 형체가 눈에 들어온다. 더러운 상자를 포개놓은 위로 배를 깔고 널브러진 모양새다. 더 가까이 비추니 비틀비틀 움직이며 팔꿈치로 몸을 받치고 있는 내 룸메이트다.

"조디." 막힌 공간 속 내 목소리가 반음 낮게 메아리친다. "나야, 헤더. 괜찮은 거야?"

조디가 눈이 부신지 손으로 눈을 가린다.

"너무 밝아." 혀가 꼬부라진 소리다.

그녀 옆으로 찢어진 담요 위에 슈퍼마켓에서 살 수 있는 보드카 한 병이 절반이 비워진 채 놓여 있고 약이 알알이 포장됐던 플라스틱 판들이 흩어져 있다. 토사물의 톡 쏘는 시큼한 냄새가 어딘가 가까운 곳에서 풍겨온다.

손전등으로 약상자들을 비춰본다. 파라세타몰(해열 진통제의 일종-옮긴이)이다.

"이걸 먹은 거야? 얼마나 먹었니?"

조디는 알 수 없는 말을 중얼거린다.

"조디, 얼마나 먹은 거야?" 쭈그리고 앉아서 조디의 팔을 잡자, 처음으로 현실적인 공포가 마치 전류처럼 온몸에 찌릿하게 흐른다. 이스트우드 파크 교도소에서 나와 처음으로 같은 감방을 썼던 사람 중 한 명이던 케이틀린은 몇 주 동안 약을 그대로 모아서 어느 날 한꺼번에 털어 넣었고, 다음 날 아침 내가 그 사실을 깨닫고 어쩔 줄을 몰라서 악을 쓰며 교도관을 부를 즈음엔 이미 몸이 딱딱하게 굳어가며 차가워지고 있었다. 교도소에서 약물을 과다 복용하기란 어려운 일이지만, 그럼에도 여전히 일어나는 일이었다. 아주 굳게 마음을 먹은 사람들은 규칙을 교묘하게 피해 약을 비축했다. 조디를 보면 여러 면에서 케이틀린이 생각났다. 과도하게 들뜬 기분에 휩쓸렸다가 이내 어두운 기운을 풍기며 깊이 가라앉아서는 말수가 줄어들고 슬픔을 가누지 못하는 것이 똑같았다. 아찔한 활력에서 암울한 절망을 오가는 변화가 똑같았다.

"이 약들, 이걸 다 먹었어?" 내가 조디에게 재차 말하며 그녀의 얼굴 앞에 빈 진통제 상자를 들어 보인다.

조디가 고개를 끄덕인다. 또다시 터진 울음에 목이 메고 있다.

"두…… 두 상자."

"그럼 병원에 가야겠어." 내가 말하며 조디를 위로 잡아끈다. "걸을 수 있겠어?"

조디는 자신을 일으켜 세우려는 내 손을 뿌리치며 싫다는 말을 중얼거린다.

"조디, 내 말 잘 들어. **지금 당장** 병원에 가야 해."

"싫어."

"나 지금 부탁하는 거 아니야. 병원에 갈 거야."

다시 내 손을 밀쳐낸다.

"다 토했어."

"뭐?"

"약 말이야. 토해버렸어." 조디가 다시 털썩 더러운 벽돌 벽에 기대며 드러눕는다. "사방에 다 토해놨어. 나는 이거 하나도 제대로 못하네."

토사물의 톡 쏘는 냄새가 다시 코에 끼친다. 그 알싸한 냄새가 공기 중에 걸려 있다.

나는 조디의 옆, 납작하게 편 상자 하나에 무릎을 꿇고 앉는다.

"조디, 내가 도와줄게. 나한테 말해봐. 무슨 일이니?"

"그냥 혼자 있고 싶었어."

나는 가방에서 물 한 병을 찾아서 조디에게 건넨다.

"여기. 좀 마셔."

조디는 물병을 기울여 길게 한 모금을 마시더니 마침내 처음으로 내게 초점을 제대로 맞추는 듯하다. "근데 네가 왜 여기 있어?"

"급식소에서 못 만났잖아. 너한테 물어보고 싶은 게 있었거든."

"다들 늘 뭔가를 바라지." 조디는 몸을 일으켜 앉고 두 손으로 얼굴을 문지른다. 운 탓에 눈이 붓고 충혈되어 있다. "있지, 내가 진짜 가버려도 아무도 신경 안 쓸 거야. 공동 주택에서 죽었는데 몇 달간 아무도 모르다가 악취가 심해지고 나서야 발견되는 그런 고루한 노인들처럼 말이지. 키우던 셰퍼드 같은 거에 먹히는 거야."

"그럴 리가 있니, 너한텐 셰퍼드도 없잖아." 내가 부드럽게 말한다.

조디는 코웃음을 치지만 언뜻 미소도 스친다. "무슨 말인지 알잖아, 똑똑한 척은 다 해놓고."

"어떻게 된 건데?" 나는 그녀 옆의 바닥에 놓인 약과 보드카 병을 가리킨다. "왜 이렇게 하고 싶은 마음이 들었니?"

시선을 피하며 돌린 조디의 얼굴이 고통으로 구겨지고 지저분한 뺨에 눈물이 여러 갈래의 새 길을 내고 있다.

"가버렸어. 그가 데려가버렸어." 조디의 목소리는 속삭임에 지나지 않는다.

"누가?"

"전남편."

"전남편이 누굴 데려간 거니, 조디?"

조디가 코를 훌쩍인다. "우리 홀리. 내 딸. 처음에 사람들이 내가 더는 홀리를 볼 수 없을 거라고 하더니, 이제 그 사람이 데려가버렸어. 홀리는 없어. 아일랜드로, 그 사람 부모에게로 데려갔어."

"홀리는 몇 살이니?"

"11월이면 열다섯이 돼."

"내가 도울게. 분명 뭔가 우리가 할 수 있는 일이……."

조디는 흐느낀다. "없어, 아무것도 없어. 더는 소용없어. 홀리를 되찾을 방법이 없어."

나는 조디의 손을 감싸 쥔다. "늘 방법은 있어, 조디. 우린 그 방법을 찾기만 하면 돼."

"날 내버려둬." 조디는 다시 상자를 납작하게 펴서 임시변통으로 만든 자신의 매트리스에 드러눕는다. "그냥 날 내버려둬. 나는 그러고 싶지 않……."

"여기 있을 순 없어, 안전하지 않다고. 어떤 사람들이 돌아다닐 줄 알고 그래."

호스텔은 저녁 10시면 문을 닫는다. 그 말은 우리가 통금을 위반하기 전에 돌아가려면 겨우 30분밖에 남지 않았다는 뜻이다. 나는 조디의 겨드랑이에 손을 넣어 그녀를 일으킨다. 조디는 마치 격랑을 만난 배의 갑판 위에 서 있는 것처럼 불안정하게 흔들리고 있다.

"얼른. 널 다시 집에 데려다줄게." 내가 말한다.

25

알렉산드라 공원에서 보는 전망은 숨이 멎을 듯이 아름답다. 언덕 아래로 배스의 전경이 펼쳐져 있다. 이 자리에서 내려다보니 배스는 색이 연한 돌과 어두운색 지붕, 교회 첨탑, 언덕을 따라 정연하게 늘어선 조지 왕조 시대의 키 큰 테라스 하우스, 그 가운데를 관통하는 척추처럼 구불구불 오르고 휘감는 철길이 모인 우아한 모습이다. 언덕 맞은편에는 거리들이 라크홀과 찰컴 쪽을 향해 오르막을 이루고, 저 멀리 능선 위로 9월의 구름이 듬성듬성 흐른다.

나는 에이미와 만나기로 한 시간보다 일찍 도착해 있다. 간밤에 잠을 설쳤다. 회복 자세를 취하도록 옆으로 돌아눕힌 조디가 괜찮은지 몇 시간마다 확인했다. 오늘 아침에 호스텔을 나설 때도 조디는 계속 자고 있었다. 거친 잿빛 담요 밖으로 창백한 얼굴을 내밀고 깊고 느리게 숨을 쉬고 있었다.

에이미도 일찍 모습을 드러낸다. 길을 따라 내게 오더니 벤치 저쪽 끝에 앉으며 우리 사이에 충분한 간격을 둔다. 출근할 때 입는 옅은 회색 정장 차림에 길고 색이 짙은 머리를 뒤로 묶었다. 우리는 짧게 인사를 주고받은 다음 어색하고 무거운 침묵에 빠져, 앞에 펼쳐진 풍경만 응시할 뿐이다.

"정말 올 줄 몰랐어요." 결국 내가 입을 연다.

"저도 몰랐어요." 에이미가 말한다.

"와줘서 기뻐요."

에이미는 대꾸하지 않고, 우리는 다시 불편한 침묵에 빠진다.

"고맙다는 말을 하고 싶었어요." 에이미를 보지 않고 말한다. "아이들을 돌봐줘서, 내가…… 없는 동안 아이들 곁에 있어줘서 고마워요. 고모가 여전히 아이들 삶의 한 부분을 차지하고 있다는 게 얼마나 위안이 되었는지 몰라요. 아이들이 적어도 그 연속성만은 잃지 않았다는 게."

에이미는 조금 길게 침묵을 지킨다.

"두 녀석의 고모라는 건, 지금껏 나한테 일어난 일 중 최고의 일이에요."

우리의 등 뒤, 언덕 꼭대기의 공기에 작은 운동장에서 뛰어노는 아이들의 외침과 웃음소리가 짙게 깔려 있다. 이렇게 주위가 시끌시끌해서, 이곳이 중립적인 장소라서 다행이다. 이곳은 리엄이 내게 처음으로 하원 의원이 되고 싶다고 말했던 곳이기도 하다. 리엄은 인생을 새로운 방향으로 전개하고 다른 사람들의 인생에도 변화를 가져오고 싶다고 했다. 까마득한 오래전 어느 서리가 내린 겨울날, 일요일 오후에 나선 산책길이었다. 하늘은 지평선 끝에서 끝까지 완벽히 파랗고 공기는 뺨을 얼얼하게 할 만큼 날카롭고 차가웠다. 우리는 나란히 몸을 웅송그린 채 도시를 내다보며 핫초콜릿을 마시고 있었다. 그때 리엄이 불쑥, 그간 가슴에 품어온 생각을 털어놓았던 것이다. 인생의 방향이 바뀌는 일이니 내 허락이 필요하다면서, 기꺼이 응원해주면 좋겠다고 했다. 우리 두 사람 모두, 그날로부터 우리의 인생이 어두운 결말을 향해 달려가게 되리라고는 전혀 알지 못했다.

에이미가 무언가 다른 할 말이 있는 듯이 내 쪽으로 몸을 돌리다가 멈칫한다.

"뭔데요?" 내가 말한다.

"언니한테 말할 게 있어요. 털어놓을 게 있어요."

"해봐요."

"언니를 원망했어요. 아주 오랫동안."

"이해해요."

"아뇨." 에이미가 한층 단호하게 말한다. "언니를 정말, **진심으로** 원망했어요. 언니가 받은 걸로는 충분해 보이지 않았거든요. 교도소에 갔지만 결국 나오리라는 걸, 그렇게 언니의 인생을 계속 살아가리라는 걸 알았으니까요. 언니가 계단에서 굴렀다거나 감방에서 공격을 받았다는 소식이 들려오기를 매일같이 빌었죠. 아니면 흠씬 두들겨 맞거나 펄펄 끓는 물에 데이거나 칼에 찔리는 것도 나쁘지 않았죠."

내가 천천히 말한다. "뭐, 고모의 기도를 대부분 들어주셨네요."

나는 아직 처음 교도소에 입소한 날을 기억하고 있었다. 첫 일주일 동안 나는 재판 소식이 온갖 신문을 도배하는 유명 인사 수감자로서 잘못된 관심을 끌었다. 알고 보니 나는 B동에 들어온 악명 높은 신입이자 콧대를 꺾어놓아야 마땅한 대상이었다. 저 거만한 년은 제가 우리보다 낫다고 생각한다니까. 피도 눈물도 없이 남편을 죽여놓고 아이들이 제 아빠의 시신을 발견하게 놔뒀대. 그리하여 한쪽 눈에 멍이 들고 손목이 삐고 정수리에서 머리카락이 한 무더기 뽑혀 나간 데다, 갈비뼈에 금이 가서 기침할 때마다 가슴이 쿡쿡 쑤시는 채로 처음 의무실을 찾아갔다.

에이미는 자신의 발밑으로 단단히 다져진 흙만 내려다본다.

"그런 것들을 바라는 게 잘못된 일이었다는 거 알아요."

"고모가 날 때린 것도 아닌데요, 뭐." 내가 어깨를 으쓱하며 말한다. "다른 여자들이 때린 거예요. 다른 재소자들이. 대부분 나만큼 폭행을 당한 사람들이었죠."

"제 말은, 언니가 저지른 짓에 비하면 징역을 사는 걸로는 충분하지 않은 것처럼 느껴졌다는 거예요. 턱없이 부족했죠. 배신처럼 느껴졌어요. 처음에는 언니가, 그다음으로는 언니를 제대로 벌해야 할 제도가 배신한 것 같았죠. 두 번이나 배신당한 거예요. 그게 내 기분이었어요."

나는 에이미의 말이 잠시 우리 사이에 머무르게 두면서 신중히 답을 고른다.

"아직도 그런 기분이에요?"

"오빠가……." 에이미가 목을 가다듬는다. "그 일이 벌어졌을 때, 언니가 어떻게 들었는지 모르겠지만, 저는 오랫동안 정말 나쁜 상황에 있었어요."

소리가 점점 작아지며 힘겹게 코로 숨을 쉰다.

나는 에이미가 오빠의 죽음 이후 정신적으로 어려움을 겪어서 치료 시설에 한동안 수용됐다는 이야기를 전해 들은 적이 있었다.

"부끄러운 일이 아니에요." 내가 나직이 말한다. "도움을 구하는 거잖아요, 도움이 필요하다는 사실을 인정하는 건데 부끄러울 것은 없어요. 나도 똑같이 그럴 수 있을 만큼 용감했더라면 좋을 텐데."

"언니한테 한번 가려고 했어요." 에이미가 거친 나무 의자를 손끝으로 초조하게 두드리며 말한다. "교도소에요. 하지만 오로지…… 언니가 힘들어하는 모습을 보고 싶어서였죠. 언니가 오빠에게 한 짓의 대가를 치르는 걸 보고 싶었어요. 언니의 인생이 어떻게 되었는지 내 두 눈으로 확인하고 싶었다고요. 내 모든 분노와 고통과 슬픔을 언니에게 집중시키고 싶었어요. 마치 그렇게 하면 언니에게 다 떠넘길 수 있기라도 하듯이, 떨쳐낼 수 있기라도 하듯이 말이죠."

육칠 년 전인가, 내 접견 요청에 에이미가 응해줘서 놀랐던 기억이 났다. 접견실에서 다른 모든 수형자와 마찬가지로 빨간색 타바드(소매 없이 앞면과 뒷면, 머리를 넣는 구멍으로만 이루어진 단순한 옷-옮긴이)를 걸치고 탁자에 홀로 앉아서 한 시간을 꼬박 기다렸다. 에이미가 마음을 바꾼 게 분명했는데도.

에이미가 말한다. "난 그때 주차장에 있었어요. 그저 차 안에 앉아서 생각하고 또 생각하면서 내가 지금 뭘 하고 있는 건지 이해하려 애썼죠. 어떻게 나는 이게 상황이 나아질 방법이라고 생각할 수 있었을까, 울고 소리치고 언니를 저주했죠. 결국 차를 돌려서 다시 집으로 갔어요. 어딜 다녀왔는지 엄마나 아빠에겐 말하지 않았죠. 누구에게도 말하지 않았어요."

"고모가 지금 여기 있는 건 두 분이 아시나요?"

"세상에, 절대 모르죠! 내가 언니랑 대화하고 있다는 걸 알면 기겁하실걸요."

"어제, 아버님 제안 말이에요. 돈으로 나를 매수하려는 것, 스코틀랜드 북부에 거처를 마련해주겠다는 것, 진심이었나요? 아니면 그저 내가 두 분

집을 찾아가도록 유도해서 체포되게 하려는 함정이었나요? 나를 속여서 보호관찰 조건을 위반하도록 할 속셈이었나요?"

에이미가 나직이 대답한다. "둘 다일 거예요. 언니가 제안을 받아들인다면, 언니는 떠나고 아빠는 이기는 거죠. 언니가 거절할 경우라면, 직접 얼굴을 보고 아빠에게 말하려 할 가능성이 꽤 있죠. 매수되지 않는다는 점을 분명히 하려고요. 그런 경우라도 언니는 결국 경찰차 뒷좌석에 앉게 될 테니까, 아빠에겐 어느 쪽이든 득이 되는 거였어요."

"아버님은 내가 집에 올 가능성이 크다고 판단하셨네요."

에이미가 몸을 앞으로 숙이며 양 무릎에 팔꿈치를 댄다. "헤더, 왜 보자고 한 거예요? 할 말이 있다고 했죠?"

나는 여기 오기 전부터 시누이와 어느 정도까지 공유해야 할지, 내가 하려는 일에 대해, 이스트우드 파크 교도소에서 나온 이후로 이미 시작한 일에 대해 어느 정도까지 드러내야 할지 고민했다. 우리는 처음부터, 내 결혼식에서 에이미가 들러리를 서준 이후로 줄곧 잘 지냈다. 엄마가 돌아가신 뒤에는, 두 아들을 제외하면 에이미가 내게 남은 사람 중 가장 가족에 가깝다고 느껴지는 존재였다. 여동생에 가까운 사람이었다. 내 교도소 서류에도 그녀는 두 아이와 나란히 가장 가까운 친족으로 올라 있었다.

내가 나직이 말한다. "난 스코틀랜드에 안 가요. 아버님 돈을 받지 않을 거예요. 여기 남아서 그날 밤의 진상을 알아낼 거예요."

"그런데, 어떻게요? 헤더, 기분 나쁘게 듣지 말아요. 하지만 10년이 지났는데 어떻게 새로운 사실을 찾겠다는 건지 모르겠어요."

나는 오언, 니샨과 나눈 대화, 리엄의 다이어리 속 설명되지 않는 표기들, 나를 따라왔던 도서관의 낯선 사람에 대해 말한다. 엄마가 남긴 보관함은 내 예전 삶의 기억들로 가득 차 있었다는 것도.

에이미가 불쑥 말한다. "유감이에요. 언니의 어머니 일은."

"고마워요." 눈에 눈물이 글썽글썽하다. "고모가 엄마에게 친절했던 거, 알아요. 친절하지 않아도 됐을 때조차 말이죠. 엄마가 집을 정리하는 걸 도와주고, 엄마가 힘들어지기 시작할 때도 이것저것 다 도와줬죠."

"언니 어머니의 잘못은 하나도 없으니까요."

"그래도 고마워요. 엄마도 고마워했을 거예요."

우리는 또다시 긴 침묵에 빠졌고, 에이미가 다시 나를 향해 몸을 돌린다.

"그럼 이제 어떻게 되는 건가요?"

"누군가는 10년 전 일에 대해 알고 있어요. 그들은 바깥에, 어딘가에 있어요. 그들을 찾아야 해요."

"내 도움을 바라는 거예요?"

"아니요. 그저 고모한테 알려주고 싶었을 뿐이에요. 직접 말해주고 싶었어요. 고모가 문제에 휘말리길 원치 않기도 하고요."

"문제요? 왜 문제가 일어나요?"

"왜냐하면…… 나를 함정에 빠트린 사람이 누구이든, 내가 사건을 다시 파는 걸 좋아하지 않을 테니까요. 그들이 어디까지 갈 수 있을지 누가 알겠어요. 아마 온갖 선을 넘겠죠." 나는 팔꿈치 하나를 벤치 등에 기대어놓고 에이미를 제대로 본다. "그런 일이 벌어질 경우, 고모가 계속 시오와 핀 곁에 있어주겠다는 걸, 난 알아야 해요."

"물론이죠."

"나는 보호관찰을 받고 있는 사람이에요. 이미 경찰의 눈 밖에 났고, 모두의 눈 밖에 났죠. 내가 잘못될 경우, 고모가 조카들 곁에 계속 있어줄 거라는 확신이 필요해요. 내가 다시 교도소에 들어가게 되더라도 아이들을 지켜줄 거라는 확신이."

에이미는 고개를 끄덕이며 내게서 시선을 거둔다. 조금 전까지 이글거리던 분노가 모두 빠져나간 것처럼 보인다.

"있죠, 두 아이에게서 리엄이 정말 많이 보여요. 오빠의 재능이, 오빠의 에너지가 정말 많이 엿보이고요. 시오를 보고 있으면 오빠가 열네 살일 때의 모습이 정말 많이 생각나요."

"자랄 때는 고모와 리엄의 나이 차이가 훨씬 더 크게 느껴졌겠어요."

"저한텐 아니었어요." 에이미가 어깨를 으쓱하며 손바닥으로 눈물을 훔친다. "늘 오빠를 우상으로 여겼거든요. 우리가 어릴 때부터, 저는 늘 오빠가 특별하다고 생각했어요. 오빠가 위대한 일을 하리라는 걸 알았죠. 오빠는 늘 저랑 놀아주면서 제가 소외감을 느끼지 않도록 했어요. 아마 그 나이의 저는 **정말** 짜증 나는 존재였을 텐데."

"가족사진을 봐도 고모는 온통 귀여운 모습뿐인걸요."

에이미가 내게 슬픈 미소를 지어 보인다. "엄마가 일곱 살 터울이 지는 걸 원한 건 결코 아니었어요. 몇 번이나 유산을 하셨죠."

나도 리엄과 오래전에 대화를 나누면서 알게 된 사실이었다. 시어머니는 자신의 작은 가족을 완성하기 위해 무척이나 간절히 딸을 바랐다. 리엄의 가장 어릴 때 기억은 어머니가 울고 또 울고, 항상 슬퍼하고, 리엄은 위로가 되지 못하는 상황에서, 그저 **엄마는 아기가 떠나서 슬프신 거야**라는 말만 듣는 것이었다. 그게 무슨 뜻인지 이해하지도 못하는데, 어떻게 하면 어머니가 나아지는지 알지도 못하는데. 그러다 마침내 기적이 찾아왔다. 딸아이, 여동생이 태어난 것이다. 흰색에 가까운 금발과 아름답고 명랑한 미소, 거의 모든 것을 모면할 수 있는 막내 특유의 능력을 지닌 존재였다.

에이미의 어머니는 그녀를 애지중지했고, 에이미는 또 오빠를 애지중지했다.

"늘 오빠를 우러러봤어요. 저뿐만이 아니었죠. 모두가 오빠를 사랑했어요."

"그랬죠." 목이 멘다. "모두가."

우리 아래로 열차 한 대가 스멀스멀 시야에 들어오더니 천천히 역에 멈추어 선다. 아주 멀리 떨어져 있어서 엔진 소리가 들리지 않아, 마치 오래된 영화 속 장면처럼 동작 하나하나가 소리 없이 이뤄진다.

우리는 번호를 교환하고, 나는 시누이에게 무언가 알아내는 대로 계속 알려주겠다고 말한다. 그녀는 옷소매로 눈물을 더 훔쳐낸다.

"가야겠어요." 불쑥 말한 그녀는 시계를 확인하며 자리에서 일어난다. "오늘 회의가 셀 수 없이 많아요."

"오늘 와줘서 기뻐요, 에이미."

에이미는 고개만 끄덕이고 아무 말 없이 돌아서서 다시 언덕을 오른다.

26

토털 스토리지의 접수처에서 오언이 자판기 커피를 뽑아 오고, 우리 두 사람은 선반에서 다시 내려온 커다란 플라스틱 상자 속 물건들을 펼쳐놓으며 커피를 홀짝인다. 그가 말하길, 우리가 모든 물건을 한 장소에 펼쳐놓고 유용할지 여부에 따라 분류해서 볼 수 있다면 어떤 의미를 파악하는 데 도움이 될 터였다. 이 동굴 같은 방에 우리만 있고, 어느새 중앙의 커다란 탁자는 서류와 책, 앨범, 편지, 카드, 기념품을 비롯해 거대한 보관함에서 나온 각종 물건으로 거의 빈틈없이 뒤덮인다.

"서류가 이만큼이나 되다니 믿을 수 없네요. 대부분 디지털 방식으로 클라우드나 하드 드라이브 같은 곳에 저장될 거라고 생각했어요." 내가 말한다.

오언은 고개를 들지 않는다. "10년 전이에요, 기억해요? 그땐 종이를 훨씬 많이 썼죠. 의회 일에서는 특히 더 그래요. 그리고 죄를 입증할 만한 어떤 서류라도 디지털 사본은 아마 수년 전에 지워졌을 거예요. 그러니 출력물이 아마도 우리의 유일한 가능성일 테죠."

"그럼 우리가 실제로 찾고 있는 건 뭔가요?" 나는 우리 앞에 펼쳐진 물건 더미를 가리킨다. "여기서 말이에요."

"불일치요. 예외. 불협화음. 경찰의 터무니없는 사건 설명과 모순될 수도 있는 기록이라면 어떤 것이든 다요." 오언이 말한다.

오언은 '대의명분을 지키기 위한 부패'라는 개념을 소개한다. 그가 처음 우연히 접한 이 용어는 미국의 형사 전문 변호사인 데이비드 루돌프가 만든 것이다. 이러한 부패는 경찰이 수사관으로서 본분을 망각할 때 발생할 수 있다고, 오언은 설명한다. 경찰은 범죄를 해결하려는 노력을 멈추고, 대신에 단 한 명의 용의자의 책임을 입증하는 데 자신의 모든 에너지를 집중시킨다. 자신이 옳은 일을 하고 있다고 믿기 때문이다.

"경찰이 당신에게 죄를 뒤집어씌우려는 게 아니에요. 그보다는 '사건의 진상'을 알아내는 자신들의 능력을 전적으로 신뢰하는 것이죠. 여기에 확증 편향과 용의자가 처벌을 모면하는 것을 막고 싶은 바람까지 더해지면 경찰은 전체 그림을 보기보다 철저히 죄를 입증하는 데만 집중하게 되는 거예요. 이런 식으로 무고한 사람들이 교도소에 가는 일이 벌어질 수 있죠."

"증거는 어떻게 된 거죠? 휴대전화, 지문, 사진 들은요?"

"경찰은 자신들이 **생각하는** 사건의 진상에 부합하는 증거를 발견했어요. 누군가를 속이려고 작정하면, 이미 반은 이기고 들어가는 거잖아요? 상대방이 믿고 싶어 하는 이야기를 들려주면 되니까."

나는 상자에서 오래된 문고판 책을 하나 꺼내 든다. 타나 프렌치의 『살인의 숲』이다. "그럼 우린 어떤 걸 발견하길 바라고 있죠?"

"돈이 오가는 것이나 리엄이 사망 당시 의장직을 맡고 있던 특별 위원회의 조사에 대한 언급이요. 혹은 의회 내 정보와 영향력을 매수하고 있었을지 모를 미국 회사와 관련된 것이요. 제 생각엔 **그게** 바로 리엄이 내부 고발을 하려다 침묵당한 사안인 것 같아요. 이 일은 이미 너무 오래전에 봉합됐고, 그 상태 그대로 두길 바라는 사람이 많아요. 정말로 진실을 원하는 사람은 우리가 유일하죠."

"하지만 쓸모 있을 법한 것은 모두 경찰이 증거로 가져가지 않았나요? 경찰의 창고 같은 곳에 아직 보관되어 있겠죠? 우리가 거기에도 접근할 수 있을까요?"

"평결에 불복하는 정식 항소 절차를 거치지 않고서는 불가능하죠. 항소는 이미 기각되었고요. 게다가, 경찰의 증거 다수가 지난해 사라졌어요."

"**뭐라고요?**" 나는 오언을 뚫어져라 본다.

"증거 보관소가 민간에 위탁됐어요. 수많은 증거가 **이른바** 실수로 쓰레기 매립지행이 됐죠. 증거가 사라진 건 이 사건뿐만이 아니에요. 하지만 그건 또 다른 이야기니까, 다음에 다뤄볼 참입니다."

"말도 안 되게 충격적이에요."

"그리고 우리가 앞으로 새로운 단서를 찾아가면서 더더욱 조심해야 할 이유이기도 하고요." 그가 탁자에 펼쳐진 물건들을 가리킨다. "아무튼 경찰은 리엄의 사무실에서 나온 서류를 대부분 검토했어요. 하지만 리엄은 가장 민감한 자료를 다수 집에 보관했죠. 제가 신뢰하는 한 소식통에 따르면 그래요."

나는 커피를 홀짝인다. "소식통이 누군데요?"

"당신은 몰라도 돼요."

"그리고 리엄이 그렇게까지 할 이유가 있나요? 집에 파일을 보관하는 건 규정 위반이 될 텐데요, 안 그런가요?"

"엄밀히 말하면 그렇죠. 하지만 일어나는 일이에요. 문제는, 왜 우리는 리엄이 가장 큰 논란과 파장을 불러올 수 있는 서류를 집에 보관했다고 생각하는가 하는 점이에요." 오언이 말한다.

나는 인상을 쓰며 10년도 더 전에 이 주제로 리엄과 대화한 적이 있는지 기억을 더듬는다. 우리는 식탁에서 서로의 일에 대해 꽤 자주 이야기했지만 남편이 자신의 일에서 기밀인 측면에 대해 구체적으로 들어간 적은 결코 없었다. 그저 나는 늘 그가 직업의식이 투철하고 신중하다고 여겼을 뿐이다. 아무튼 당시 우리 두 사람은 어떤 대화도, 혹은 와인 한 병도, 식사 한 끼도, 영화 한 편도 제대로 끝마치지 못하는 듯했다. 육아, 회사 일과 집안일, 회의와 메시지와 전화, 새 강아지, 그 밖의 모든 것으로 뚝뚝 끊기기 일쑤였으니까. 그때 나는 늘 시간이 더 있기를, 하루가 더 길기를, 그래서 일을 제대로 해낼 수 있기를 간절히 바랐다. 이 일 저 일을 종종거릴 뿐, 어떤 것 하나 똑바로 하지 못한다는 느낌에 시달렸다. 그러다 2013년 7월, 돌아올 수 없는 암흑의 강을 건넜다. 내 예전 삶과 새로운 삶을 가르는 경계선을 넘어버렸다. 그날 이후 내겐 시간뿐이었다. 시간 **말고는** 아무것도 없었다. 그 시간을 채울 것은 아무것도 없었다.

나는 어깨를 으쓱하며 각종 서류를 훑어본다. "리엄은 정말 많은 일을 하고 있었어요. 허덕이며 겨우겨우 따라가고 있었죠. 리엄이 서류를 일부 집에 가져온 건…… 저녁이나 주말에 봐야 했기 때문이지 않을까요? 아니면 사무실이 안전하지 않아서였을까요?"

"사무실이 이유였을지 모르죠. 혹은 사무실 안에 있는 직원이거나."

"크리스틴?"

"제가 추측하기론 그래요." 오언이 고개를 끄덕이며 말한다. "그의 지역구 매니저의 손이 닿지 않는 곳에 두어야 했던 거죠."

"이 모든 일에서 크리스틴 레이가 정확히 어떤 역할을 하는 건가요?"

"그게 바로 우리가 알아내야 할 점입니다."

27

두 시간 후에도 우리는 여전히 살펴보고 있다.

나는 체포와 재판 즈음에 신문에서 오려낸 기사들을 두툼하게 모아놓은 것을 뒤졌다. 엄마는 내 사건의 법정 속기록도 일부 확보했는데, 귀퉁이가 접히고 너덜너덜한 기록을 묶은 끈이 닳아서 떨어지고 있고 많은 장에는 엄마가 끼적인 흔적도 보인다. 증인의 증언 속 구절에 동그라미가 그려졌거나 노란색 형광펜이 그어졌고, 물음표와 화살표를 그린 검은색 잉크가 바래고 있다. 엄마가 이리도 많은 시간을 들여 법정에서 오간 말을 되짚었을 줄은 전혀 몰랐다.

오언은 노트북으로 우리가 상자에서 발견한 USB 저장 장치 중 하나를 샅샅이 뒤지는 중이다.

마침내 노트북을 툭 닫는 그의 커다란 어깨가 축 처진다.

"젠장. 여기 있을 수도 있겠다고 생각했는데." 그가 말한다.

"뭐가요?"

"글쎄요." 그가 훅 하고 숨을 내쉰다. "뭔가 있을 것 같았어요. 하지만 이건 전부 꽤 일상적인 것처럼 보이네요. 좀 더 찾아봐야겠어요."

그가 검정 스웨트셔츠를 벗자 펑크 록 밴드 클래시의 티셔츠와 근육이 두드러진 양팔을 위아래로 휘감은 여러 켈트 문양의 문신이 드러난다. 그중 가장 큰 문신에, 그의 아래팔 안쪽에 시선이 간다. 손목에서 팔꿈치 안쪽까지 쭉 뻗은 그것은 수염을 기른 남자의 형상으로, 예복 차림에 지팡이를 짚고 목에는 커다란 메달을 걸고 있다.

오언이 내 시선을 알아차린다. "설마, 《가디언》 기자가 이렇게 문신이 많을 줄은 몰랐다고 하는 건 아니겠죠?"

"그저 당신을 신앙심이 깊은 유형으로 생각하지 못했을 뿐이에요."

"가톨릭 냉담자예요. 카디프에서 처음으로 문신을 했죠. 대학원에 다닐 때였어요." 그가 오른팔의 불룩한 이두박근 아래로 정형화된 용 문양을 톡톡 친다. "공과금을 내야 해서 주말에 문 수리 일을 좀 다녔어요. 그때 같이 일하던 사내 몇 명과 친해져서 문신을 접했죠. 이후로 계속 추가했고요."

나는 그의 아래팔에 새겨진 예복 입은 형상을 가리킨다. "이건 정말 눈에 익은데, 콕 집어 말할 수가 없네요."

"성 유다예요." 그가 말한다.

"기자들의 수호성인인가요?"

그가 고개를 젓는다. "절망에 빠진 이들의 수호성인이죠."

"저 말인가요?"

"진정한 절망이란 없어요, 헤더." 그가 내 시선을 잡아두며 나직이 말한다. "한 사람이라도 희망을 붙들고 있을 수 있다면."

나는 동의하지 않는다고 말하려는 참이다. 희망은 도박꾼과 몽상가의 것이라고, 교도소에서 희망을 모조리 잃은 것이 내게는 해방이나 다름없었다고, 자유였다고. 그제야 비로소 상황이 저절로 나아지리라는 기대를 멈췄으니까, 내게 아무것도 없고 나 자신 말고는 기댈 사람도 전혀 남지 않았다는 걸 깨달았으니까. 하지만 오언은 이미 눈길을 돌린 뒤다. 그가 앞에 쌓인 물건 더미에서 축하 카드를 하나 집어 든다. 안에는 익숙한 필체의 '헤더에게'라는 글자 외에 아무것도 없다. 마치 엄마가 이어서 쓰는 걸 깜빡하기라도 한 것처럼. 이게 왜 상자에 들어갔는지 모르겠지만 교도소에 있을 때 이런 식의 크리스마스카드와 생일 축하 카드를 받곤 했다. 내 이름만 쓰였거나 아예 텅 비어 있기도 했던 카드들은 엄마의 병이 더 진행되고 있음을 보여주었다. 어느 해에는 몇 주 간격으로 크리스마스카드만 총 세 장을 받았다.

모두 엄마가 보낸 것이었다.

그가 카드 앞면을 내 쪽으로 해서 들어 보인다. 잿빛의 새 한 마리가 나뭇가지 위에 앉은 그림이다.

"어머니가 뻐꾸기를 좋아하셨나 봐요?"

주제 전환이 반갑다. "전 그게 매인 줄 알았는데요. 엄마는 맹금류를 좋아하셨어요. 수채 물감으로 그린 걸 좋아하셨죠."

내가 교도소에 가기 전부터 엄마는 병의 초기 증상을 보이고 있었지만, 마지막에 엄마 곁에 아무도 없었다는 생각만 하면 여전히 참기 어려운 고통이 밀려온다. 마지막 몇 년, 몇 달 동안 엄마를 찾아와 말을 걸어주고, 일요일 오후에 마주 앉아 차 한 잔을 마셔주는 사람이 없었다는 사실이 뼈아프다. 엄마와 시시콜콜한 이야기를 주고받고, 엄마의 의식이 또렷할 때에는 이야기를 들어주고, 아무 말이 없을 때는 그저 옆에 앉아서 손을 잡아주지 못했다. 어린 내가 몸이 좋지 않을 때면 엄마가 그러했듯이 침대 옆에 앉아 손을 잡아주고 얼굴로 내려온 머리칼을 쓸어 넘겨주지 못했다.

나는 눈을 깜빡이며 기억을 삼켜버린다. "USB에서는 뭐 좀 나왔어요?"

"아직요. 대부분은 꽤 통상적으로 보이는 의회 서신이에요. 제가 한 이틀 정도 가져가서 봐도 될까요? 집에 있는 다른 서류들이랑 대조하며 봐야 할 것 같아서요."

상자 속 물건들은 여전히 뜻밖의 선물처럼 소중하게 느껴지는 데다, 다른 목적이 있을지도 모르는, 사실상 잘 알지도 못하는 이에게 어느 것 하나라도 넘겨주고 싶지 않다.

"그게, 안 될 것 같아요."

"아, 그래요. 알겠습니다." 오언은 내가 거부해서 놀란 듯한 목소리다.

우리는 다시 분류하고, 가려내고, 읽는 일로 돌아간다.

나는 가죽으로 장정한 오래된 몰스킨 공책을 살펴본다. 누렇고 구깃구깃한 종이 위로 잉크가 바랬지만 여전히 알아볼 수는 있어서 갈피갈피 내 예전 삶이 엿보인다. 뒤쪽에 마련된 **노트** 페이지의 절반은 내가 써온 여러 목록이 차지하고 있다. 쇼핑 목록과 할 일 목록, 크리스마스 선물을 받고 감사

카드를 보낸 목록, 어린이집 휴원일과 휴가 준비물 목록. 10년 전에 인연이 끊어진 사람들의 생일 목록도.

"헤더?" 오언이 A4 크기의 종이 한 장을 들어 보인다. 초록색 머리말 아래로 검은색 글자가 몇 줄 나열되어 있다. "이게 뭔가가 될 수도 있겠어요." 그의 시선이 종이 위로 휙휙 왔다 갔다 한다. 다 읽더니 뒷면을 확인하고는 탁자에 올려놓고 휴대전화로 사진을 세 장 빠르게 찍는다. 수염이 난 그의 얼굴이 새로 돋아난 흥미로 빛난다. "회의록 같아요. 어떤 기밀 합의가 구체적으로 언급되어 있어요. 여기 이렇게 글로 말이죠."

"당신이 기사를 썼던 그거예요?"

"어쩌면요." 그가 내게 종이를 건넨다. 맨 위의 머리말에 하원을 상징하는 익숙한 초록색 내리닫이 격자문 문장이 찍혀 있고, 네 장짜리 문서의 네번째 장임을 나타내는 쪽번호가 매겨져 있으며, 왼쪽 상단의 모퉁이에는 스테이플러 심을 떼어낸 자리에 두 개의 똑같은 구멍이 남아 있다. 상단을 가로지르는 흐릿한 붉은색 워터마크가 **극비** 문서임을 나타낸다.

회의에서 결정된 여러 조치 사항이 기록된 장으로 보인다. 사항마다 누가 무엇을 하도록 지정되었는지 보여주는 머리글자가 붙어 있다.

"여기 머리글자가 총 네 개 나오네요. 세 가지 사항에 크리스틴 레이를 뜻하는 CL이 붙어 있어요. 크리스틴이 재판에서 이걸 언급하는 게 적절하다고 생각하지 않은 것도 놀라운 일은 아니겠군요."

"앞의 세 장도 있어요?"

그가 고개를 젓는다. "이 마지막 장, 네 번째 장만, 수많은 관련 없는 것들 사이에 있었죠. 어린이집에서 보낸 당신 아들의 연간 발달 기록표와 애견협회에서 보낸 서류 사이에 끼여 있었어요."

여러 조치 중 하나는 '합의된 조건에 따라, 곧 있을 이슈에 앞서 승인과 관련해 CL이 NS 공동 대응 팀과 조율할 것'이라고 되어 있다. 그 옆에 리엄 특유의 필체로 '이게 뭐지??? CL에게 물어볼 것. **긴급**'이라고 쓰여 있고, '긴급'에 밑줄이 두 번 그어져 있다.

문서에서 NS는 네 번 등장하는데 꼭 어떤 회사나 단체를 의미하는 것처럼 보인다. 회의의 다른 참석자들은 'PB'와 'YJ'로 표기되어 있다.

시선을 더 내리니 크리스틴이 맡은 사항들 중 하나 옆에 리엄이 또 특유의 빠르게 흘려 쓰는 필체로 무언가를 써놓았다. 이번에는 붉은색 잉크로 썼다. '필립에게 전화할 것. **긴급**!'

주머니에서 작은 수첩을 꺼낸 오언은 벌써 알아볼 수 없을 정도로 휘갈겨 쓴 글자가 가득해진 장들을 넘기고 있다.

"리엄이 이 이름들을 언급한 적이 있나요? 'NS'나 다른 머리글자와 관련된 어떤 것이라도?"

"기억이 안 나요. 언급한 적은 없는 것 같아요." 내가 대답한다.

"이 문서의 표지가 있으면 정말 도움이 될 텐데요. 참석자 전원의 명단과 회의가 열린 장소, 날짜를 알 수 있을지도 모르니까."

나는 종이 맨 밑을 가리킨다. 이탤릭체로 단 각주가 세월에 바래 거의 지워지다시피 한 상태다.

"적어도 문서가 만들어진 날짜는 확보했네요. 봐요."

각주는 사선이 가득한 긴 파일 경로를 포함하고 있어 이 문서가 저장된 컴퓨터 폴더를 알려주고 있다. 맨 끝에는 여섯 자리 숫자가 나온다. /030713.

"2013년 7월 3일." 오언이 말한다.

그 날짜가 의미심장하다는 게 분명해지면서 우리는 서로를 본다. 하지만 내가 그를 앞선다. 나는 벌써 그 의미에 가 있다.

내가 조용히 말한다. "그 일이 있기 9일 전이었어요. 리엄이 살해되기 9일 전이에요."

잠시, 우리 두 사람 모두 아무 말도 하지 않는다.

내 눈이 한 구절에, 숨은 뜻을 품은 세 어절에 머문다. **합의된 조건에 따**라. 돈이 오간 사실을 암시하는 게 분명해 보인다.

"세상에." 오언이 결국 입을 연다.

"그럼 무슨 뜻일까요? 이 문서가 여기에서 나왔다는 건?" 내가 말한다.

"리엄이 이 문서를 의회 사무실이나 지역구 사무소에 두지 않고 집에 가져와서 자신의 개인적인 물건 사이에 보관하기로 했다는 것? 그리고 이 회의가 그가 죽기 9일 전에 이뤄졌다는 것? 저는 우연을 잘 믿지 않아요."

"저도 그래요."

"제 생각엔 만약 당신 남편이 이 사안을 내부 고발 하려 했다면 이 문서를 안전하게 보관하고 싶었을 거예요. 크리스틴 레이의 손이 닿지 않는 곳, 자신의 집에요."

나는 종이에서 고개를 든다. "이게 도움이 될까요?"

"어쩌면요. 회의가 있었고 적어도 누가 관련됐는지를 보여주는 기록이니까요. 퍼즐의 새 조각을 하나 찾은 거죠."

"그럼 이제 뭘 하면 되죠?"

"이 문서의 나머지를 찾아야 해요. 앞의 세 장이 이 상자에 없다면 어디에 있을까요? 리엄 사무실에 있다면 수년 전에 크리스틴이 없애버렸을 테죠. 시부모의 집은 어떨까요?" 오언이 말한다.

"에이미에게 물어볼 수 있어요."

"믿어도 되는 사람인가요?"

"왜 그런 말을 하죠?"

오언이 어깨를 으쓱한다. "그냥 물어보는 거예요. 그뿐입니다."

나는 오늘 아침에 알렉산드라 공원에서 우리가 나눈 대화에 대해 설명한다.

"제가 당신을 믿고 있잖아요?" 나는 앉은 자리에서 몸을 움직여 그를 본다. "그리고 우리는 갓 알게 된 사이고요. 나와 에이미는 15년도 더 된 사이예요."

"일리가 있네요. 물론 우리는 크리스틴 레이도 더 자세히 살펴봐야 해요." 그가 말한다.

"우리요?"

"내가 아니라 우리요. 접근 금지 명령에 따르면 저는 그 여자의 반경 150미터 이내에 접근할 수 없어요."

"원칙적으로 저도 접근하면 안 돼요. 보호관찰 조건에 따르면 말이죠. 크리스틴이 재판에서 나한테 불리한 증언을 했잖아요. 그래도 위험을 감수할 가치가 있겠죠?"

"우리가 크리스틴을 슬쩍 한번 찔러보면 어떨까 하는 생각이에요."오언이 열려 있는 자신의 노트북을 가리킨다. "그런 다음에 어떻게 나오는지 보자고요."

2013년 7월 14일 일요일

오후 2시 59분, 배스 경찰서

머스그로브는 집요했다.

그의 눈 밑에 검은 그늘이 져 있었지만 강도를 낮추거나 조사를 마칠 조짐은 보이지 않았다. 오히려 시간이 흐를수록 그의 의지는 더 강해지는 듯했다.

"다툼에 대해 다시 이야기해봅시다." 그가 가슴 앞으로 팔짱을 꼈다. "어떻게 시작됐습니까?"

"우린…… 리엄의 통화 상대가 누구였는지를 두고 이야기했어요." 내 남편을 나쁘게 말하는 것을 견딜 수 없었다. "남편이 뭘 좀 감추려 들었거든요. 어리석 었어요. 별일 아니었는데."

"남자와 여자가 언성을 높이며 다투는 걸 들은 이웃이 있어요." 그가 우리 사이에 놓인 탁자 위의 선정적인 인쇄물을 가리켰다. 선불 휴대전화에서 발견된 사진들이었다. "이 사진에 대해 남편에게 따져 물은 거죠? 그러다가 싸움이 커진 겁니다. 두 사람 모두 술을 몇 잔 마신 상태였으니까요. 당신은 레드와인에 약까지 섞어 먹었으니, 맑은 정신이 아니었죠. 그런데 당신은 남편에게 화가 단단히 났어요. 당신은 뼈 빠지게 일하고 아이들을 돌보는데, 잘생긴 남편은 당신을 배신하고 이런 어린 여자의 몸을 만끽하고 있으니까요."

너무 과도했고 너무 빨랐다. 마치 내가 고속도로에서 쌩쌩 달리는 차들을 피하고 있는데 나를 향해 돌진하는 다음 차를 미처 보지 못하는 것처럼 느껴졌다.

"아니에요." 내가 거듭 말했다.

"당신은 남편이 바람을 피우고 있다고 믿었죠. 그도 글로 인정한 것이나 다름없고요." 그가 탁자 위의 이메일 인쇄물을 툭툭 친다. "당신이 따졌고 그래서 그가 아래층에서 잔 겁니다. 최근에 꽤 자주 아래층에서 잠을 잤잖아요?"

"말도 안 돼요. 도대체 어떻게 나를……." 몹시도 끔찍해서 완성할 수 없는 문장이었다. 무시무시해서 생각할 수조차 없는. "도대체 어떻게?"

"다툼이 벌어졌어요. 당신이 남편을 몰아세웠고, 일이 감당할 수 없을 정도로 커졌습니다. 당신은 결국 폭발했어요. 분노를 걷잡을 수 없었고 그래서……."

문을 두드리는 날카로운 소리에 그가 말을 끊었다.

"선배?" 길버트 경사가 열린 문을 잡은 채 말했다. "잠깐 볼 수 있어요? 과학 수사에서 업데이트가 있어요."

머스그로브가 조사를 중단하고 방을 나가자 나와 내 변호인만 어색한 침묵 속에 남겨졌다. 나는 아이들을 생각한다. 오늘은 무얼 하고 있을까, 지금의 상황을 조금이라도 이해하고 있을까, 우리가 다시 만나면 나는 무슨 말을 해주어야 할까. 설명할 수 없는 일을 어떻게 설명하면 좋을까.

15분이 지나자 마침내 경위가 돌아왔고 길버트도 그의 옆에 자리를 잡았다. 두 사람에게서 새로운 에너지가 느껴졌는데, 어딘가 들뜬 그 모습은 지칠 대로 지친 나의 상태를 두드러지게 할 뿐이었다.

"방금 막 업데이트를 받았습니다. 당신 집에서 작업하고 있는 과학수사팀으로부터죠." 머스그로브가 말했다.

"뭐죠?"

"살해 도구를 찾은 모양입니다, 헤더."

"뭐라고요?" 갑자기 메스꺼움이 몰려와서 의자의 팔걸이를 움켜잡았다. "어디서요?"

"사바티에요. 당신 주방에 있는 칼 세트와 짝이 맞죠. 25센티미터짜리 날이 달린, 고기를 저밀 때 쓰는 칼입니다."

나는 늘 칼 보관함을 선반 높은 곳 와인 거치대 옆에 두어, 아이들의 손이 닿지 않도록 했다. 날카로운 것은 뭐든, 끝이 뾰족하거나 날이 달렸거나 가장자리가 톱니 모양이거나 한 것은 모두 바로 물기를 닦고 집어넣어, 작고 호기심 어린 손이 닿을 수 없도록 했다. 경찰이 발견한 칼은 세트 중에서 가장 길고 날카로운 것이었다.

"어떻게 아는 거죠? 그 칼이 바로……."

"제가 어떤 칼을 말하고 있는 건지 압니까?"

"선물이었어요."

"네?"

"그 칼 한 벌이요. 결혼 선물로 들어왔죠. 누가 준 건지는 기억이 안 나지만."

"그렇군요. 제게 더 하고 싶은 말은 없습니까, 헤더?" 그가 열 개의 굵은 손가락을 맞물려 깍지를 꼈다. "무슨 말씀이라도?"

"그 칼이요." 또다시 눈물이 뺨을 타고 흘렀다. "그걸 어디서 발견했나요?"

머스그로브가 팔짱을 꼈다. "칼 보관함에 다시 넣어놨더군요. 다른 짝들과 함께 있었어요. 잘 보이는 곳에 숨겨놓은 거라고 볼 수 있겠죠. 황급히 칼날을 씻으려 한 모양이지만 혈흔이 남아 있어요. 1차 감식에서 다른 것도 나왔습니다. 손잡이에서 말이죠. 오른손잡이죠?"

목구멍이 조여드는 기분이었다. 마치 금방이라도 완전히 막혀버릴 것처럼. "네."

"더 크게 말씀해주실 수 있습니까, 녹음이 제대로 돼야 하니까요."

"네." 되풀이했다.

"칼에서 나온 지문은 단 한 쌍입니다, 헤더. 오른손의 엄지와 검지죠." 그의 서늘하고 푸른 두 눈이 깜박이지 않고 마치 탐조등의 빛줄기처럼 나를 쏘고 있다. "**당신** 지문이죠."

완전한 침묵에 잠겼다. 마치 이 방 안의 공기가 모두 빨아들여진 것처럼.

아니야. 아니야. 말도 안 돼. 현실일 리가 없어.

그러나 현실이었다. 여기 우리 네 사람이 탁자에 둘러앉아 내 남편의 목숨을 앗아 간 칼에 대해 말하고 있었다. 우리를 영원히 갈라놓은 그 예리한 강철 조각에 대해.

칼자루를 마지막으로 쥔 손에 대해.

길버트 경사가 방에 들어온 이후 처음으로 입을 열었다. 윌트셔 특유의 빠른 모음 처리는 머스그로브의 느리고 고른 요크셔 억양과 대비됐다. "헤더, 남편이 먼저 칼로 위협했나요? 정당방위였나요?"

여경의 말은 벽을 통해 들려오는 듯했다. 마치 내가 옆방에 서 있고 그녀가 뭐라고 하는지 알아들으려면 열심히 귀를 기울여야 할 것처럼.

"뭐라고요?"

"남편이 신체적인 학대를 일삼았나요?" 길버트가 몸을 앞으로 기울여 한 손을 내 아래팔에 가볍게 올려두었다. 이 비좁고 갑갑한 조사실의 테두리 안에서 놀랍도록 친밀한 몸짓이었다. "생각보다 훨씬 더 흔한 일이에요. 남편이 술에 취해서 당신을 위협하고, 괴롭히고, 때렸나요? 그래서 당신이 반격한 거고요? 이런 상황이 얼마나 지속됐죠?"

눈물이 다시 그득 차오르는 게 느껴졌다. 리엄이라는 남자와 몹시도 거리가 먼 이야기라, 상황이 이렇게 완전한 비극만 아니라면 웃음이 터져 나올 지경이었다.

"아니요. 전혀 그렇지 않았어요. 리엄은 저나 아이들을 다치게 할 일은 절대 하지 않았던 사람이에요."

"하지만 당신은 화가 났어요, 분노가 치밀었죠. 남편이 당신을 배신한 게 처음이 아니에요, 그렇죠? 당신은 깊은 충격에 빠졌어요. 당연히 그렇겠죠. 알코올과 처방약의 영향으로 온전한 정신이 아니었어요. 그렇게 스스로를 보호하기 위해 칼을 잡은 겁니다."

"아니에요." 100번쯤 말한 기분이었다. 내가 이야기를 충실히 전하고 있는지, 일관되게 진실을 말할 수 있는지 시험하는 것 같았다. "제가 어떻게 그런 짓을. 아마 저녁 식사를 준비하면서 칼을 썼겠죠. 그러니 제 지문이 거기……."

길버트가 내 팔에 올렸던 손을 거두면서 말꼬리가 흐려졌다.

머스그로브의 휴대전화가 재킷 안에서 윙윙거렸다.

그는 휴대전화를 꺼내서 화면을 확인하더니 톡톡 치고, 스크롤 하고, 읽고, 또 스크롤 하며 여유를 부렸다. 잠시 길버트 경사 쪽으로 휴대전화를 기울이고는 탁자 위에 엎어놓았다.

이제 끝이구나, 생각했다. 암흑 속에서 희망의 불길이 확 타올랐다. 저들은 해야 할 질문을 다 했고, 거쳐야 할 절차를 다 거쳤으며, 기록해야 할 것을 다 기록했다. 나는 잠자코 앉아서 들었고, 협조하며 모든 질문에 답을 했고, 이 작은 방에서 짜깁기된 모든 가상의 시나리오를 참아냈다. 이제는 집에 갈 수 있다, 다시 아이들과 있을 수 있다.

머스그로브가 몸을 앞으로 숙이고 탁자 위로 깍지를 꼈다.

"헤더 버넌, 2013년 7월 12일 당일 또는 전후, 서머싯 카운티에서 보통법에 반하여 리엄 피츠패트릭 버넌을 살해한 혐의로 당신을 입건합니다. 당신은 진술을 거부할 수 있지만 추후 법정에서 주장할 사항을 지금 언급하지 않으면 방어에 불리할 수 있습니다. 당신이 말하는 모든 것이 증거로 제시될 수 있습니다. 이해하겠습니까?"

28

우드퍼드 애비뉴 44번지의 정원은 길고 깔끔하며, 허리까지 올라오는 장미 산울타리가 집을 도로와 분리해주고 있다. 잘 정돈된 자갈길이 현관으로 이어지는데, 이 멋진 조지 왕조 시대의 3층짜리 테라스 하우스는 이 지역의 돌로 만들어져 크림색이 돌고 산뜻한 느낌을 준다. 크리스틴이 10년 전에 살던 방 두 개짜리 테라스 하우스와는 꽤 대비되는 모습이다.

오언과 나는 그의 아주 오래된 폭스바겐 골프 안에서 기다리고 있다. 차는 패스트푸드와 기름이 새는 냄새를 풍기고 바닥 카펫이 닳아서 그 밑의 금속을 훤히 드러내고 있다. 그는 현관이 잘 보이도록, 길 건너 연석에 차를 대어놓았다. 나는 30분째 크리스틴을 지켜보고 있다. 그녀는 달리기를 하고 돌아와 위층에 올라갔다가 청바지와 헐렁한 셔츠 차림으로 거실로 복귀한다. 노트북과 물이 담긴 긴 유리잔과 함께 커다란 내닫이창에 자리를 잡는다. 지난 10년의 세월이 그녀에겐 친절했던 모양이다. 어쩐지 더 날씬하고 더 세련되고 자신감이 더 붙은 모습이다. 마치 이 부자 동네가, 길이 널찍하고 깨끗한 이곳이 그녀에게 제격임을 말해주는 듯하다. 리엄과 나도 결혼하고 둘러봤지만 우리의 예산을 훌쩍 넘어서는 동네였다.

나는 에이미에게 문자 메시지를 보내며 우리가 보관소에서 발견한 문서에 대해 설명하고 혹시 리엄의 사무실에서 나온 물건이 더 있는지 묻는다. 모두 그가 사망한 뒤에 부모의 배스윅 집의 다락행이 되었으니까.

나는 집을 지켜보는 일을 재개하고, 오언은 계속해서 노트북을 두드리고 있다.

나는 그에게 크리스틴의 번호를 어디서 확보했는지 묻지 않고, 오언도 자진해서 말하지 않는다. 번호를 손에 넣기가 어렵지 않았다고만 했다.

내가 나직이 말한다. "크리스틴은 일이 잘 풀렸나 보네요. 아이는 있나요? 파트너는?"

"아이는 없고, 얼마 전까지 남자가 있었는데 어떻게 됐는지는 몰라요." 오언이 계속 타자를 치며 말한다. "오늘 이전에 마지막으로 크리스틴을 본 게 언제죠?"

나는 2014년 4월의 그날을 회상한다. 재판이 열리고 3일째에 증인석에 앉은 그녀를 보았다. 차분하고, 진중하고, 검찰 측 증인으로 굉장히 효과적이었다.

"9년 전, 브리스틀 형사 법원에서요." 크리스틴은 리엄이 사망한 날 밤에 수화기 너머로 들은 리엄과 나 사이의 다툼에 대해 이야기했다. 그녀의 증언대로라면 나는 질투심을 느껴 공격적이고 화가 난 상태였다. 그날 밤 내가 그의 불륜 사실을 발견했고 그것이 폭력으로 번졌다는 주장에 힘을 실어주는 증언이었다. "배심원단은 그녀를 좋아했어요."

오언이 한 손가락을 입술에 댄다. 그의 노트북에서 전화를 거는 소리가 들려온다. 신호음이 작은 차 안을 가득 채운다. 두 번 울린 뒤에 딸깍하고 응답이 들려온다.

"여보세요?" 여자의 목소리. 남부 억양에 교양이 느껴지고, 익숙한 목소리.

오언이 손가락을 계속 입술에 붙이고 있다. 우리 두 사람 모두 아무 말도 하지 않는다.

"여보세요?" 여자가 한 번 더 말하고, 세 번까지 말하더니 짜증 섞인 한숨과 함께 끊는다. 아마 전체 통화 시간은 고작 10초였을 것이다.

오언이 노트북의 자판을 새로운 조합으로 친다. 타닥타닥하는 타자 소리가 자기만의 리듬을 만들어낸다.

"좋아요, 준비됐어요. 들어갔어요." 오언이 선언한다.

고개를 돌려 그를 본다. "크리스틴의 **휴대전화**에요? 이렇게 쉽게?"

"크리스틴이 당신을 교도소에 집어넣는 데 한몫했잖아요. 그러니 내 기준에서 그 여자는 공격해도 괜찮은 대상이죠. 그래도 당신이 너무 자세하게 알지 않는 편이 좋을 겁니다."

"오언, 방금 저지른 범죄가 무엇이든, 아마 나도 방조범이 되고 말 텐데요. 그러니 차라리 아는 게 낫겠어요. 내가 알아도 별 상관이 없다면요."

그의 얼굴이 살짝 붉어진다. "그럼 이렇게만 말해두죠. 이제 크리스틴이 누구와라도 연락을 하면, 곧 그녀에게 던져질 미끼를 물면, 우리가 바로 알게 돼요."

"어떻게요?"

그가 목을 가다듬으며 무릎 위의 맥북을 가리킨다.

"변조된 페가수스 트로이 목마. 제로 클릭 공격을 이용하는 거죠."

나는 얼굴을 찌푸린다. "'변조된'부터 하나도 못 알아들었어요."

그가 설명을 시작한다. "페가수스는, 원래 이스라엘 기업이 개발한 스파이웨어인데 이후 해커들이 불법으로 복제하고 변조해서 다크 웹에 판매해왔어요. '제로 클릭'은 표적이 문자 메시지나 이메일 속 악성 링크를 클릭할 필요조차 없다는 뜻이었어요. 수신 전화를 받는 것만으로도 기기를 감염시키기에 충분했죠."

"그럼 방금 **전화 통화**로 크리스틴을 해킹한 거예요?"

"잘 들어요. 크리스틴이 눈치를 채는 건 불가능해요. 그리고……."

"그 말, 틀림없어야 할 거예요."

"그리고 크리스틴이 알아챘다 해도." 그가 나머지 말을 마저 한다. "우리가, 내가 그런 거라고 추적해내는 건 불가능해요."

"전적으로 확신해요?"

"100퍼센트."

나는 잠시 그를 살핀다. 운전석에 커다란 몸을 구겨 넣고 무릎 위에는 노트북을 올려놓은 이 남자를 본다. 24시간 전만 해도 나와 전혀 모르는 사이였던 남자. 자신이 쓴 기사에 대해서도 분명 **전적으로 확신**했을 남자. 그 기사는 그와 그의 경력을 망가뜨렸다. 이제 나는 단지 그와 한패가 됨으로써 내 자유와 아이들을 되찾을 단 하나의 기회를 담보로 잡히고 있었다.

하지만 발을 뺄 수 없었다. 지금은 아니다. 유일한 돌파구는 계속 앞으로 가는 것뿐이었다.

내가 마침내 말한다. "좋아요, 이게 우리에게 좋은 기회가 되길 바라봅 시다."

"해야 할 말을 잊지 말아요."

나는 차에서 내려 길을 건너고 44번지를 따라 천천히 올라가서 초인종을 누른다. 안쪽 어딘가에서 클래식 음악의 부드러운 선율이 들려온다. 바이올 린 협주곡이다. 문이 열리면서 천장이 높은 복도가 모습을 드러내는데 온통 매끄럽고 하얀 선으로 이루어져 있고 어디에도 잡동사니는 보이지 않는다. 고리에 건 코트도 없고, 늘어선 신발도 없으며, 우산도, 가방도 없다. 미니 멀리즘의 극치다.

크리스틴이 문간에 선다. 손에 펜을 들고 있고, 잠깐 동안은 나를 알아보 는 기색이 보이지 않는다.

곧 얼굴에서 표정이 걷힌다. 그 노련한 미소가 녹아 없어지고 있다.

"헤더?"

"안녕하세요, 크리스틴." 내가 차분히 말한다.

"어떻……."

"이렇게 불쑥 찾아와서 미안해요."

"나오……셨네요."

"네, 나왔어요."

"여긴 어쩐 일이죠?"

"잠깐 얘기 좀 할 수 있을까 해서요."

"네? 지금요?" 크리스틴은 정신을 가다듬는 듯이 보인다. 내 어깨 너머로 길을 내다본다. "제가 지금 뭘 좀 하고 있어서요."

"몇 분이면 돼요. 리엄 말예요. 리엄이 왜 죽었는지, 누가 진짜 그를 죽였 는지와 관련된 거예요. 새로운 증거가 드러나서, 그래서 저는……."

"무슨 증거요?"

"부패. 뇌물. 가장 높은 가격을 부르는 자에게 팔린 민감한 정보 말이에요."

"애초에 여기 있으면 안 되는 거잖아요." 그녀가 고개를 저으며 말한다. "아시잖아요?"

"5분만요, 크리스틴. 딱 5분만 부탁할게요."

크리스틴이 문을 반쯤 밀어 닫는다. 그 틈을 그녀의 날씬한 몸이 채우고 있다.

"당신과 이야기하고 싶지 않아요."

"우린 당신이 의회 밖 기관과 말을 주고받고 있었단 걸 알아요. 아마 그들에게 돈도 받았겠죠. 리엄이 그 사실을 알게 된 거예요, 그렇죠?"

문이 단단한 철컥 소리와 함께 닫힌다. 쇠사슬이 덜커덩 채워지고 그녀의 발소리가 집 뒤편으로 멀어진다.

나는 화려하게 장식된 놋쇠 우편물 투입구를 통해 작별 인사를 쏘아붙인다.

"우린 진실을 찾을 때까지 멈추지 않을 거예요, 크리스틴."

오언은 차를 후진시켜서 시야에서 벗어난 뒤였다. 내가 다시 조수석에 오르자 그는 쓰고 있던 헤드폰을 벗는다.

"어땠어요?" 그가 묻는다.

"날 보고 그렇게 기뻐하진 않네요."

"새로운 증거가 있다는 대사, 잘했어요?"

"네, 했죠."

"어떻게 나오던가요?"

"면전에서 문을 닫아버리더군요."

"어때 보였어요? 그 말을 했을 때?" 그가 말한다.

"귀신이라도 본 것 같던데요. 숨기려 해도 깜짝 놀란 게 티가 났어요."

"좋아요. 좋네요."

우리는 웨스턴 파크의 이 부촌으로 짧은 드라이브를 나오기 전에 전략과 접근 방법을 의논해 합의를 보았다. 이제 우리는 크리스틴이 과연 미끼를 물지 지켜보기만 하면 되었다.

"승산 없는 도박 같아요. 과연 크리스틴이 이제 와서 겁을 먹을까요? 내 내 입 다물고 있던 사람이 무너질 수 있으리라 생각해요?" 내가 말한다.

"10년간의 죄책감은, 안에 담고만 있기에는 너무 크죠. 받아야 할 벌을 받지 않았다는 생각을 10년간 떨치지 못했다면요." 오언이 말한다.

"그럼 이제 우리는 뭘 하면 되죠?"

오언이 운전석에서 자세를 고치자 그에게서 애프터 셰이브의 잔향이 차가운 바닷물처럼 톡 쏘듯 풍겨온다. 그의 숨결에서 풍선껌 냄새가 난다.

그가 노트북 화면에서 눈을 떼지 않은 채 말한다. "이제 기다려야죠."

29

오언이 계속 노트북을 두드리는 사이에 나는 문서를 다시 살핀다. 두 눈이 단어 하나하나에 오래 머문다. 이제 열두 번쯤 읽으며 정보의 마지막 한 방울까지 짜내려 애쓴다. 여전히 나는 이 종이 한 장이 그렇게 오랫동안 보관소에 숨겨져 있었다는 사실을 이해하려고 노력 중이다. 10년 동안 세상에 드러나지 않은 이것이 이제 모든 것을 푸는 열쇠가 될 수도 있다.

> ……합의된 조건에 따라, 곧 있을 이슈에 앞서 승인과 관련해 CL이 NS
> 공동 대응 팀과 조율할 것.

리엄의 메모. 이게 뭐지??? CL에게 **물어볼 것. 긴급.**

나는 연결 고리를 찾기 위해 이미 가능한 이름과 축약어를 모두 구글에 검색한 상태다. '공동 대응'의 검색 결과는 수백만 건이지만 분명한 연관성을 보이는 것은 아무것도 없다. 1990년대 보스니아에서 전개한 나토 작전의 이름이었던 것으로 보인다. 거기에 무언가 있을 수 있을까? 그럴 것 같지는 않았다. 아니면 경찰이 리엄의 이메일에서 발견한, 발송되지 않은 메시지와 어떤 식으로든 관련이 있을 수 있을까? 나를 수신인으로 작성했지만 결코 보내지 못한 그 메시지와? 경찰은 그의 이메일이 간통을 인정한 고백이라는 가정을 토대로 자신들의 이론을 구축했다. 하지만 나는 결코 그게 사실이라고 믿고 싶지 않았다. 리엄이 죽은 그 밤에 전화를 걸어온 미스터리한 여자와 그 후 경찰이 발견한 증거에도 불구하고. 만약 그의 이메일이 다른 의미였다면?

내 옆의 운전석에서 오언이 끙 앓는 소리를 내더니 노트북 화면을 내 쪽으로 기울인다.

"헤더, 이거 봐야 할 것 같네요. 당신이…… 찍혔어요."

화면을 보자 속이 내려앉는다. 《브리스틀 라이브》 웹사이트에 올라온 기사로, 열차 승강장에서 나를 휴대전화로 찍은 사진이 함께 실려 있다. 카메라를 향해 고개를 돌리는 순간에 찍혀서 비스듬한 옆얼굴이다. 흉측하고 붉은 흉터가 목의 옆선을 따라 올라오고 있다. 사진 밑으로 헤드라인이 보인다.

하원 의원 살인자, 다시 거리로

살인으로 유죄 판결을 받은 헤더 버넌(44)이 출소해 브리스틀에서 새 인생을 시작할 계획인 것으로, 본지가 오늘 단독 보도한다.

버넌은 2014년 남편을 잔혹하게 살해한 혐의로 구속된 바 있다. 그녀의 남편인 리엄 버넌은 배스의 하원 의원으로 카리스마가 넘치는 인물이었다.

그녀는 어제 템플 미즈 기차역에서 목격됐는데, 18년 형의 절반을 복역하고 석방된 지 불과 며칠 만이었다.

한 목격자는 다음과 같이 말했다. "머리가 더 길긴 했지만, 누가 봐도 그 여자였다. 거기 앉아서 열차를 기다리고 있었다. 그녀가 사진을 찍는 내게 보낸 시선은 얼음처럼 차가웠다. 생각만 해도 온몸이 오싹하다."

버넌은 재판이 진행되는 동안 '얼음 여왕'이라는 별명을 얻었다. 남편이 단 한 곳에 자상을 입고 사망한 증거를 보고도 무심하고 냉정하게 증언한 모습 때문에…….

나는 기사를 더 읽어 내려가지만 달리 주목할 만한 것도, 새로운 것도 없다. 댓글도 전부 같은 맥락이다. 18년을 다 채워야 하는데. 가석방이 웬 말이냐. 이 나라에서 형의 선고는 장난질이다. 죄의 대가로 지옥에서 썩기를.

더 읽지 않고 돌려준다. 나를 알아보는 사람이 나오는 건 시간문제라는 걸 알았지만 이렇게 빠를 줄은 몰랐다. 이런 일이 계속 벌어지면 문제가 될 터였다. 가방에서 야구 모자를 꺼내서 쓰고 챙을 더 밑으로 내린다.

팅 하고 노트북에서 전자음이 울리자 오언은 다시 관심을 돌려 기본 화면에서 아이콘을 하나 클릭한다.

"작업 시작입니다." 1분 후에 그가 선언한다.

그가 다시 노트북을 내 쪽으로 돌린다. 화면에는 크리스틴이 모르는 번호로 보낸 짧은 메시지가 나열되어 있다.

할 말이 있어. 긴급해.

지금 얘기할 수 있어?

전화 말고. 직접.

옛정을 생각해서 한잔 어때? 오후 2시, 늘 만나던 곳에서.

"상대 번호. 수신자 말예요. 누군지 알아낼 수 있어요?" 내가 말한다.
"그들이 얼마나 조심하느냐에 달렸죠. 한번 알아볼게요."
나는 앞 유리를 가리킨다. "아니면 고전 방식을 써볼 수도 있겠어요. 크리스틴이 움직이네요."

크리스틴이 맵시 나는 청바지에 꼭 맞는 트위드 재킷 차림으로 등장해 정원 길을 성큼성큼 걸어온다. 어깨에 핸드백을 걸치고, 9월 하늘에 구름이 가득한데도 커다란 디자이너 선글라스를 쓴 모습이다. 티끌 하나 없는 흰색 렉서스에 올라타더니 빠르게 떠난다.

오언이 시동을 걸고 뒤따른다.

우리는 도심으로 향하는 그녀의 렉서스를 뒤쫓는다. 오언은 우리가 발각되지 않도록 그녀의 뒤로 차량 한두 대의 간격을 둔 채 따라붙고 있다. 이렇게 거리를 유지하면서도 렉서스의 방향 전환과 분기점에서의 선택을 놓치지 않고, 목표물이 시야에서 벗어나지 않도록 두어 번 노란불에 지나가기도 하는 등, 당황 한 번 하지 않는 듯한 모습이다.

"전에도 사람을 미행해봤어요?"

그가 한쪽 입꼬리만 올리며 씩 웃어 보인다. "노코멘트할게요."

10분간 운전한 끝에 배스 중심부에 들어선 크리스틴은 어느 다층 주차장에 차를 대고, 오언은 길을 조금 더 내려가서 일시 정차 가능 구역에 자리를 잡는다. 몇 분 뒤에 크리스틴이 걸어 나오더니 우리 뒤의 도로를 건너고 옆길로 들어가는데 일방통행 구간이다.

"당신은 여기 있어요." 내가 말하며 문을 연다. "어딜 가는지 보고 올게요."

그가 마지못해 고개를 끄덕인다. "알겠어요. 거리 잘 유지하고요."

크리스틴이 빠르게 걷는다. 세인트제임스 상점가를 찾은 오후의 쇼핑객들과 관광객들 틈에서 그녀를 놓치지 않으려면, 멀어지는 그녀의 등에서 눈을 떼지 않아야 한다. 나와의 간격이 벌써 27미터쯤 벌어졌을 때 그녀가 휙 왼쪽으로 틀어서 작은 식당에 들어간다. 정면에 커다란 창이 두 개 나 있고 '더 할리퀸'이라고 쓰인 주홍색 간판이 내걸린 곳이다. 나는 지나치며 무심한 듯이 흘낏 창문에 시선을 던진다. 크리스틴이 여자 종업원의 안내를 받아 뒤편 칸막이 자리로 가고 있다. 이 세련된 작은 식당의 은밀한 구석 자리다.

한 남자가 기다리고 있다가 그녀가 가까워지자 자리에서 일어난다. 키가 크고 기품이 느껴지며 잘생긴 외모의 그는 값비싸게 재단한 짙은 회색 정장을 입고 손목에는 무거운 시계를 차고 있다. 거무스름한 머리에 얼룩덜룩 은빛이 도는 것이, 50대 중반쯤 되었을까, 적어도 크리스틴보다 열 살은 많을 테다. 두 사람은 뺨에 입을 맞추는 시늉을 하며 인사를 나누고 테이블을 사이에 둔 채 앉는다.

나는 쿵쿵 뛰는 맥을 느끼며 계속 걸어 올라가서 작은 공원으로 이어지는 또 다른 옆길로 향한다. 여기에서 식당 문을 지켜볼 수 있다.

시계로 10분을 잰 뒤에 한 번 더 식당을 지나가며 잠시 창문 앞을 서성거려 눈물이 찔끔 날 정도로 비싼 메뉴를 확인하는 척한다. 야구 모자의 챙 아래로 뒤편의 칸막이 자리를 흘끗거린다. 두 사람은 이제 대화에 깊이 빠져, 머리를 가까이 맞대고 테이블 위의 커피는 손도 대지 않고 있다. 그녀는 움직임이 많고 불편해 보이는 자세인 반면 그는 엄숙한 얼굴을 하고 주의 깊게 듣고만 있다. 둘 사이의 역학이 쉽사리 파악되지 않는다. 친구 사이인가? 아니면 동료인가? 애인 사이인가?

나는 잠시 더 오래 지켜보며 저 벽에 붙은 파리가 되어 대화를 들을 수 있기를 간절히 바란다. 하지만 종업원 중 한 명이 내 시선을 알아채는 바람에 자리를 떠서 다시 거리를 유지할 수 있는 옆길로 돌아간다.

20분이 더 지나자 크리스틴이 나오는데 혼자이고, 잽싸게 내게서 몸을 돌려 다시 세인트제임스 상점가로 향한다. 어딘가에 온통 정신이 팔린 모습으로, 내가 있는 방향을 보지 않는다.

나는 휴대전화를 꺼내 오언의 번호로 전화를 걸어서 그에게 내가 본 것을 간략히 전한다.

"크리스틴을 계속 맡아줄 수 있어요? 지금 당신이 있는 쪽으로 돌아가고 있어요."

"당신은 어쩌고요?"

"난 식당의 남자를 따라가려고요."

"그럼 분할 정복을 해봅시다." 수화기 너머로 오래된 폭스바겐의 엔진이 우르릉거리며 살아나는 소리가 들린다. "계속 연락해요. 그리고 **조심해요, 헤더.**"

그대로 전화기를 손에 쥔 채 몇 분이 지나자 회색 정장의 남자가 식당 밖으로 나오고, 나는 그의 사진을 두어 장 찍는다. 앞 챙이 달린 모자를 쓴 수행 기사가 진작 나와 식당 밖 노란색 이중 실선에 주차된 길고 검은 벤츠 마이바흐 옆에서 기다리고 있다. 그러나 회색 정장의 남자는 기사에게 무어라 말하며 손을 휘이 내젓고, 인도를 성큼성큼 걸어 도심에서 멀어진다. 가을 하늘의 성긴 구름 뒤에서 해가 나온 터라, 그는 걷는 편을 선택한 듯하다.

나는 길 건너편에서 그를 뒤쫓는다. 그는 내내 통화를 하면서 뉴킹 스트리트에 있는 어느 특색 없는 사무실 건물에 다다른다. 이 6층짜리 건물은 회사 이름이나 로고 하나 없이 입구 위로 커다랗게 숫자 '125'가 보일 뿐이며, 색이 짙은 거울 유리로 되어 있어 내부가 전혀 들여다보이지 않는다. 곳곳에 카메라가 숨어 있어 건물에 접근하는 움직임을 하나도 놓치지 않는다.

회색 정장의 남자가 회전문에 발을 들이고 안으로 사라진다.

30

출소한 지 나흘째인데 내 아이들은 그 어느 때보다 더 멀리 있는 것 같다. 갇혀 있을 때는 아이들이 내 미래 속 어딘가에 있다고 가정할 수 있었지만, 막상 세상에 돌아와보니 언제 어디서 무얼 하든 아이들이 얼마나 멀어졌는지 새삼 깨달을 뿐이다. 우리는 이제 두 개의 서로 다른 세상에 살고 있고, 아이들을 다시 볼 수 있을 거라는 확신조차 흐려지기 시작한다.

나는 뉴킹 스트리트를 뒤로하고 배스윅으로 가는 우회로를 택한다. 헤매지 않고 걸어, 오후 3시 30분쯤 그곳에 도착한다. 노스 로드 건너편, 입구가 잘 보이는 버스 정류장에 야구 모자를 아래로 푹 눌러쓴 채 기대선다. 에이미가 도착한다. 버스 정류장에서부터 걸어 올라가는 그녀를 제트가 옆에서 총총걸음으로 따라간다. 그녀는 여유롭게 걸으며 킹에드워즈 스쿨의 중심 진입로에 들어서고, 이 도시 곳곳에서 흔히 볼 수 있는 벌꿀 색 돌로 된 빅토리아 시대의 위용이 넘치는 건물로 향한다.

나는 자세를 바꿔 연석에 대고 멈춰 서는 고급 차들을 눈에 담는다. BMW, 벤츠, 테슬라, 아우디. 내 나이쯤 되어 보이는 여자와 남자 들이 나른하게 통화를 하거나 운전대를 두드리고 있는데, 여기 있다는 게 얼마나 행운인지 아는 사람은 단 한 명도 없는 듯하다. 따뜻한 화요일 오후에 아이들을 데리러 학교에 오는 것만큼 따분하고 일상적이지만 굉장한 일이 또 어디 있을까. 또다시 속에서 불안이 꿈틀댄다. 나는 외부인으로서 안을 들여다보고 있을 뿐이라는 걸 새삼 깨닫는다. 이럴 땐 어떻게 하는 건지 잊어버렸다. 이런 사람이란 건 어떤 거지?

학생들이 정문을 통해 나오기 시작하고, 나는 한 명 한 명 학생들 얼굴을 살핀다. 너니? 아니면 너니? 너야?

에이미가 말쑥한 남색 교복 상의에 백팩을 멘 두 아이와 함께 나타난다. 세 사람은 진입로를 내려오면서 스스럼없이 대화를 나눈다. 며칠 전 지붕창 집에서 봤을 때보다 더 친밀해 보인다.

두 눈에 뜨거운 눈물이 그득 차오른다.

목이 메고, 마치 쇠로 된 죔틀에 두 폐를 한꺼번에 넣고 단단히 죄는 것처럼 가슴 속에서 압박이 느껴진다. 울지 않으려, 아무 소리도 내지 않으려, 내 정체를 드러내지 않으려 애를 쓴다. 주머니 속 주먹을 단단히 말아 쥐느라 손톱이 손바닥을 파고든다.

내 아이들.

시오와 핀.

너무도 많은 시간을 잃어버렸다. 아이들과 이만큼 가까운 거리에 있는 것도 거의 10년 만이다. 3522일. 우리는 함께한 시간보다 훨씬 더 긴 시간을 떨어져 있었다. 열네 살짜리 아들을 둔 엄마인데 학교에 바래다주고 데려와 본 적이 없다. 단 한 번도.

핀이 제트의 목줄을 손에 쥔 채 앞에 섰고 시오가 뒤에서 에이미와 스스럼없이 이야기하고 있다. 시오는 이제 어엿한 10대 소년으로, 눈을 덮을 만큼 길게 내려온 어두운색 앞머리를 털어내고 있다. 이목구비와 턱 선하며, 자신감이 넘치는 걸음걸이까지 제 아빠를 쏙 빼닮은 모습이다. 이미 에이미의 키를 넘어선 데다, 변성기가 왔다는 걸 길 건너편에서도 알 수 있다. 있을 수 없는 일만 같다. **조그마하던 내 아이에게 변성기가 오다니.** 아장아장 걸을 때만 해도 금발이던 핀의 머리는 모래 빛 연한 갈색으로 짙어졌으며, 양옆을 짧게 자르고 앞쪽은 풍성하게 곱슬곱슬한 모습이다. 핀은 내 눈을 지녔고 보조개도 나와 똑같다. 가족 중에서 늘 나와 비슷하던, 나를 더 닮았던 내 아기다. 8월 5일 목요일 아침 6시 41분, 열일곱 시간 동안 진통을 겪으며 진통제를 참 많이도 흡입하고 욕을 참 많이도 내뱉은 끝에 3.03킬로그램으로 낳은 아이. 정수리에서부터 쪼글쪼글하고 작은 발가락 끝까지 53센티미터였고, 감정이 풍부하게 담긴 푸른 눈은 태어난 날부터 지금까지 조금도 변하지 않았다.

밥은 처음부터 잘 먹었지만 잠은 처음에는 잘 자지 않았는데, 그래도 우리는 결국 해냈다. 당시에 나는 핀에 대해 알아야 할 것을 모두 알았다. 의사와 간호사, 산파, 할머니 할아버지보다 잘 알았다. 리엄보다도. 그 누구보다도.

핀에게 내가 이제 어떻게 보일지 궁금하다. 그저 하교 시간에 어슬렁거리는 낯선 사람일까. 혼자서, 멀리서 지켜보고 있는 여자일까.

교도소에서 가지고 있던 유일한 아이들 사진은 7년 전에 찍은 것이고, 아이들은 내가 기억하는 모습과 완전히 다르면서도 똑같다. 내 아이들의 몸을 차지한 낯선 사람들이면서도 내 얼굴보다 익숙하다.

핀이 형을 돌아보며 어릴 때와 똑같이 한쪽 입꼬리만 올린 미소를 지어 보인다. 엉덩이로 쿵쿵거리며 계단을 내려갈 때나 욕조 밖으로 물을 튀길 때, 뒤뜰에서 제트와 깔깔대고 원을 그리며 뛰어다닐 때 짓던 장난기 어린 미소와 똑같다.

정문을 나온 세 사람은 왼쪽으로 틀어서 언덕을 오르다가 한 번 더 왼쪽으로 틀어서 학교 위에 있는 운동장으로 향한다.

이제 됐어. 아이들을 가까이에서 보고 싶었고, 그렇게 했어. 아이들을 보았으니 이제 가야 해. 운이 계속 따라주리라고 기대해선 안 돼. 해야 할 일도 있잖아.

다 안다.

알지만, 나는 세 사람을 따라간다.

내가 모퉁이를 돌 즈음에 세 사람은 이미 나무로 된 문을 통해 운동장으로 사라지고 있다. 장막을 이루는 나무들로 경계가 그어진 거친 풀밭이 저면 끝에 골프장도 보인다. 나는 멀리서 쉬엄쉬엄 걷다가 언덕을 오르는 한 무리의 대학 입시반 학생들 뒤에서 천천히 따라간다.

문에 다다르자 잠시 머무르며 세 사람이 운동장을 절반쯤 가로지를 때까지 기다리다가 다시 따라간다. 왼쪽으로 비스듬히 가면서, 늘어선 나무들이 드리우는 그늘 밖으로 벗어나지 않도록 신경 쓴다. 오크나무 한 그루가 무성한 가지를 넓게 펼치며 그 아래 벤치를 두고 있기에 가서 앉는다. 날이 화창하고 잔디는 새로 깎아서, 그 따뜻하고 깨끗한 냄새가 늦여름 공기 속에 상쾌하게 어우러진다. 핀이 낡은 테니스공을 던져주자 제트가 신이 나서 공을 주우러 종종걸음을 놓는다. 넓고 긴 운동장에 사람은 그다지 많지 않다. 몇 사람이 개를 산책시키러 나왔고, 소수의 킹에드워즈 스쿨 학생이 웃고 떠들며 럭비공을 주고받을 뿐이다. 시오가 풀밭에 털썩 주저앉아 가방에서 휴대전화를 꺼내고는 눈을 가늘게 뜨고 화면을 본다. 에이미도 그 옆에 앉아 팔꿈치로 땅을 찍고 뒤로 기대며 해를 향해 얼굴을 든다. 청바지와 면 재킷으로 편하게 입고 얇은 가죽끈이 가슴을 가로지르도록 핸드백을 멘 그녀는 달라지긴 했어도 여전히 고모라기보다 큰누나로 오해를 살 만한 모습이다. 내가 처음 에이미를 만났을 때 그녀는 오빠 그늘에 가려진 유약하고 다소 불안정한 10대였다. 이제 30대인 그녀는 여전히 실제 나이보다 어려 보이고 눈에 띄게 예쁜 여자가 되어 있었다.

세 사람에게 익숙한 일과처럼 보인다. 꼭 두 아이가 어렸을 때 에이미가 종종 나를 대신해 어린이집 하원을 시켜주던 것처럼.

두 아이가 어렸을 때.

아이들은 더는 어리지 않았다. 그 시절은 모두 가버렸다. 시오는 성인 남자로 넘어가는 문턱에 선 10대였고, 핀도 머지않았다.

그래도 시누이를 향해 다시 한번 고마운 마음이 솟구쳤다. 이 약간의 지속성을 유지해준 데 대해, 어느 끔찍한 밤에 부모를 모두 잃는 재앙이 닥치기 전에 아이들이 알던 세상에서 많이 벗어나지 않게 해준 데 대해.

나는 여기에 그저 보기 위해 온 것이었다. 아이들을 보기 위해, 그뿐이었다. 보호청의 서한이 아직 주머니 속에 있다. 문구가 뇌리에 박혔다.

피해자의 가족과 어떠한 종류의 접촉도 금함.

보일은 이 점을 꽤 분명히 해두었다. 그렇게 다시금, 내가 이곳을 떠나서 다시는 돌아오지 않는 편이 아이들을 위해 최선일까 생각한다. 버스나 기차를 타고 어딘가 멀리 떨어진 곳으로 가서 이름을 바꾸고 사라져버린다면, 아이들이 계속 나 없이 자라게 놔둔다면 최선일까. 다시 아이들 인생에 비집고 들어가려 애쓰지 않는다면. 아이들이 아버지의 죽음에 대해 들어온 모든 말이, 믿게 된 모든 것이 거짓이었음을 입증하려 애쓰며 그들의 인생을 한 번 더 뒤집어버리지 않는다면. 그게 아이들에게 최선일까? 혹은 나에게? 나는 그저 나 자신을 위해 이러고 있는 거였나?

아니다. 진실은 밝혀져야 했다. 리엄은 진실을 누려야 마땅했다. 우리 모두 그러했다. 게다가 다른 건 차치하더라도, 진범이 아직 밖에 있었다. 발각되지 않고 처벌받지 않은 채.

생각에 잠긴 나는 금속이 맞부딪치며 부드럽게 쨍그랑하는 소리에 깜짝 놀란다. 잊어버릴 뻔한, 한때 익숙하던 소리다. 또 다른 생명체에게서 나는 소리. 개 목걸이에서 고리끼리 서로 부딪치며 짤랑거리는 소리다.

제트가 내 옆에 앉아 있다. 짙은 갈색의 눈동자가 잔뜩 기대를 품은 채 나를 올려다보고, 검은색 꼬리가 쉭쉭 소리를 내며 듬성듬성한 풀 위로 천천히 왔다 갔다 하고 있다.

수염 주위가 잿빛으로 얼룩덜룩하고 주둥이가 흰색 점으로 뒤덮여 있다. 그래도 예전 그대로의 제트다. 생후 8주의 강아지로 우리에게 왔던, 우리 가족의 동반자이던 콜리종(種) 제트. 숨을 고르는 입에서 분홍색 혀가 축 늘어져 나오고 낡은 테니스공이 발치에 놓였다.

"안녕." 나는 몸을 숙여 제트의 머리를, 검은 비단 같은 털을 만진다. "잘 있었어?"

어딘가 깊은 곳에서 어떤 기억이, 오랫동안 잊고 있던 시절의 기억이 떠오른다. 제트를 집에 데려와 먹이고, 산책시키고, 손질해주고, 우리 가족의 한 부분이 된 녀석을 돌봤다. 강아지 침대를 사주고 그 안에 낡은 소풍 바구니를 넣어줬다. 물론 소파 내 옆자리에서 몸을 말고 자는 걸 더 좋아하긴 했지만. 내가 제트를 훈련시켰는데, 아마 기억하지 못할 것이다. 나는 오른손을 들고 내 왼쪽 어깨뼈를 두 번 툭툭 치면서 신호를 보낸다.

제트가 발 하나를 추켜든다.

기억하고 있었다. 아직 새끼 강아지일 때 가르친 기술이었다. **악수하기.** 나는 오른손을 내밀어 제트의 발을 잡고 흔든다. 손바닥에 닿는 발바닥의 볼록한 살이 거칠다. 제트는 조용히 목으로 낑낑대더니 조금씩 더 가까이 다가와 내 허벅지에 턱을 올려둔다. 녀석이 늘 좋아하던 대로 정수리를 긁어주며 눈물을 훔친다.

나는 목소리를 계속 낮게 유지한다. "시오와 핀을 잘 돌봐주고 있니?"

제트는 여전히 나를 올려다본 채로 눈을 다시 깜빡인다.

핀의 높은 목소리가 나무 사이로 들려온다. 남서부 지방 억양이 아주 희미하게나마 배어들고 있다.

"제트? 어디 있어? 또 공을 잃어버린 거야?"

제트는 귀를 쫑긋 세우면서도 움직이지 않는다. 턱이 아직 내 무릎에 놓였다. "난 이제 가봐야 해." 자리에서 일어나며 마지막으로 한 번 더 제트를 쓰다듬는다. "제트, 기다려. 착하지."

제트는 시키는 대로 하면서 두 눈은 내게 고정한 채 풀 위로 천천히 꼬리를 흔든다.

나는 몸을 돌려 빠르게 숲속으로 사라진다.

31

"그래서, 누구예요?" 내가 전화기에 대고 조용히 오언에게 묻는다. "본적 있는 남자예요?"

나는 오언에게 멀리서 찍은 사진 두 장을 보내놓은 터였다. 그가 크리스틴이 식당에서 동행한 남자를 알아볼 수 있을지도 모른다는 기대에서였다. 처음에는 본능대로 회색 정장의 남자를 좇아서 그 거울 유리로 된 건물에 들어가려 했지만, 카메라가 너무 많았고 그중 하나에 포착될 위험이 너무 높았다. 그래서 대신에 건물 밖에서 한 시간을 보내며 세련된 차림의 직원들이 오가는 모습을 지켜보았다. 값비싼 차들이 지하 주차장에서 소음을 내며 나오고 있었다. 회색 정장 남자는 다시 나타나지 않았다.

오언이 말한다. "얼굴이 눈에 익진 않네요. 하지만 이미지 검색을 해볼 수 있겠어요. 주소도 확인해볼게요. 그곳에 근거를 둔 회사나 소유자를 찾을 수 있나 볼게요. 당신 느낌은 어땠어요? 남자와 크리스틴, 두 사람의 몸짓 언어에서 뭔가 보였나요?"

"서로 꽤 스스럼없었어요. 친한 동료 사이일 수도 있겠어요."

"혹은 그 이상일 수도?"

"잘 모르겠어요. 예전에 꽤 친했을 수는 있겠네요."

"그런데도 남자는 기꺼이 한달음에 달려와서 크리스틴을 만났죠. 무슨 일 때문인지도 모르는데 말예요. 내가 보기에 이 사람들은 단지 좋은 친구

이상의 관계예요."

잠시 우리 사이에 흐르는 침묵은 그쪽에서 들려오는 교통 소음으로 깨진다.

"당신 말이 맞을 수도 있고요. 그나저나, 지금 어디예요?" 내가 말한다.

"런던 로드에 차를 세웠어요."

오언에 따르면 크리스틴은 그곳까지 차를 몰고 가서 특색 없는 2층짜리 건물에서 15분을 보냈다. 내게 아주 익숙하던 곳이다. 리엄에게 두 번째 집과도 같던 곳. 의원 지역구 사무소.

"크리스틴이 거긴 도대체 왜 간 거예요? 한참 전에 떠난 곳인데." 내가 말한다.

"나도 그게 궁금했어요. 어쩌면 팀에 아직 친구가 있어서 당신이 출소해서 돌아다닌다고 주의를 주러 왔을 수도 있고요."

"어차피 곧 뉴스로 알게 될 텐데요. 크리스틴한테서는 통화나 메시지가 더 확인된 건 없고요?"

"평범한 것뿐이에요." 오언이 노트북 자판을 쪼듯이 두드리는 소리가 희미하게 들린다. "긴급하거나 특이해 보이는 건 전혀 없어요."

우리는 서로에게 계속 상황을 알려주기로 약속하면서 통화를 마친다. 나는 버스 정류장으로 향하며 옷에 달린 후드를 야구 모자 위로 뒤집어써서 얼굴을 최대한 많이 가리려 한다. 가는 길에 안경점이 있어서, 굵은 검은색 테를 두른 도수 없고 저렴한 안경을 하나 골라 현금으로 값을 치르고 서둘러 자리를 뜬다. 안경이 필요한 적이 없던 내게 이상하고 가짜처럼 느껴진다. 가짜 안경이긴 하다. 그러면서도 동시에 또 하나의 작은 갑옷처럼, 세상과 나 사이에 놓인 또 하나의 얇은 장벽처럼 느껴진다. 외모에 변화를 주려면 더 많은 것을 해야 하지만 오늘은 여기까지다.

호스텔 근처에서 내리니 조디가 벤치에서 나를 기다리고 있다.

기운을 차리고 더 나아진 모습이다. 감은 머리를 뒤로 묶었고, 며칠 전 그녀를 만난 이후 처음으로 두 눈에서 흥분 어린 번들번들한 알코올의 기운이 사라져 있다. 물론 지난밤의 공포와 눈물은 이제 깊은 곳에, 그녀가 지난 세월 겪어온 온갖 정신적 외상과 함께 묻혀 있을 테다. 그래도 우선 술에 취하지 않고 멀쩡한 그녀를 보니 뜻밖에도 내가 다 힘이 나서, 2층 버스가 디젤 매연을 뿜으며 떠나는 사이에 나도 모르게 미소가 지어진다. 조디는 충분히 저런 여자가 **될 수** 있었다. 다시 저런 여자가 되리라고, 나는 확신했다.

조디도 나를 향해 씩 웃어 보인다. "내가 찾던 귀부인이 오셨네."

"조디, 몸은 좀 어때?"

"아주 좋아." 조디가 말하며 내 팔에 자신의 팔을 끼고 나를 이끌며 길을 가로지른다. 여전히 내가 준 재킷 차림이다. "그나저나 안경 예쁘네. 얼른 가자."

"어디 가는 건데?"

조디가 자신의 한쪽 콧방울을 톡톡 친다. "가보면 알아."

우리는 이내 수월하게 발을 맞추며 성큼성큼 걷는다. 얼굴에 닿는 햇살이 따스하다. 잠시나마 내 예전 삶을 사는 것처럼 느껴질 지경이다. 어느 멋진 오후에 친구와 서로의 근황을 확인하고 쇼핑을 가는 삶. 어쩌면 리엄이 아이들을 공원에 데려간 사이에 잠깐 커피 한잔을 할 수도 있겠지. 마치 지난 10년은 아예 존재하지 않은 것처럼 느껴질 지경이다. 그러나 그 순간은 오자마자 사라져버린다.

흘끗 조디를 본다. "술 안 마셨지?"

조디가 걸 스카우트 경례를 하듯이 손가락 세 개를 맞붙여 들어 보인다.

"한 모금도 입에 안 댔어."

"말해볼래?" 나는 한 박자 쉬고 덧붙인다. "그러니까, 지난밤엔 어떻게 된 건지?"

"별로 말하고 싶지 않아." 조디가 코를 훌쩍인다. "날만 바뀔 뿐, 똑같이 거지 같은 일의 반복이지 뭐."

"있잖아, 널 돕고 싶다고 했던 말, 진심이었어. 네 딸 문제 말이야."

"네 앞가림을 하기에도 벅찬 상황이잖아."

"진심이야, 우리가 방법을……."

조디가 내 말을 끊는다. "아까 호스텔에 남자 몇 명이 왔다 갔어. 널 찾더라."

"뭐라고?"

"세 명이었어."

나는 걸음을 멈추고 조디에게서 팔을 뺀다. "도대체 무슨 말이야?"

"널 잡으려고 혈안이 된 듯했어. 뭔 말인지 알지?"

익숙한 그 느낌이 다시 찾아온다. 내장이 맥없이 흐트러지고, 아드레날린과 공포가 액체가 되어 요동치며 모든 신경 말단으로 흐르는 느낌이다. 나는 내 어깨 너머를, 등 뒤 버스 정류장을 확인한다. 평범한 주중의 교통량이다. 차들이 주차되어 있다. 10대 두 명이 자전거를 타고 있다. 한 젊은 엄마가 유아차를 끌고 있다.

"조디, 정확히 무슨 일이 있었는지 말해줘. 기억나는 대로 다."

"그래, 점심시간에 뭐 좀 사러 나왔거든. 상점에 갔어. 마권 판매소에서 린다와 수다도 떨었지. 그리고 돌아왔는데 이 검정 밴을 본 거야. 호스텔 맞은편에 주차되어 있는데 창문엔 짙게 색이 들어가 있더라. 무슨 일인지는 몰라도 누군가가 그 안에 있다는 생각이 들었어. 꼴이 수상쩍었으니까. 그래서 난 그냥 내 갈 길을 갔어. 조금도 엮이고 싶지 않다고 생각하면서 말이야. 그런데 그때 밴에서 남자 두 명이 나오더니 길을 건너와서 내 앞에 서는 거야. 인도를 막아서는 바람에 정문까지 갈 수 없었지. 그래서 '이봐요, 숙녀가 가는 길에서 빠져주시겠어요?'라고 말했어."

"그 사람들이 나를 찾고 있었다는 건 어떻게 알아?"

이제 활기가 도는 조디는 손짓을 마구 섞어가며 이야기를 이어나간다.

"큰 놈이 바로 내 얼굴 앞까지 와서 그야말로 완전히 길을 막아버리는 거야. 몸은 옆으로 1.2미터, 위로 2.4미터는 되어 보이는데, 얼굴은 또 야위고 뾰족한 녀석이었어. 그러더니 또 다른 한 명, 더 작은 녀석이 이러는 거야. '안녕하십니까, 헤더, 어떻게 지내십니까?'"

가슴 속 심장이 아프게 쿵쿵거리기 시작한다.

조디는 계속 말한다. "내 이름은 헤더가 아니라고 했지. 사람을 잘못 봤다고, 뭐 그런 말을 다 했는데, 그놈이 '네네, 버넌 부인, 우린 다만 대화를 원할 뿐입니다. 딱 5분이면 됩니다. 당신과 대화를 나누고 싶어 하는 사람이 있어요. 그저 시키는 대로 따르는 편이 좋을 겁니다.' 이러는 거지."

"그래서 내가 '첫째, 내 이름은 헤더가 아니에요. 둘째, 나는 당신들이 100만 파운드를 준다 해도 저 강간용 차의 뒷좌석에 타지 않을 거예요.'라고 했지. 그랬더니 작은 놈이, 그 미국 놈이 심기가 불편한 티를 내면서 뭐라고 하느냐면……."

"미국인이었어?"

"그렇게 들렸어. 그리고 밴에서 한 놈이 더 대기하고 있던 것 같아." 조디가 얼굴을 구기며 기억을 불러오려 애쓴다. "그러니까, 그들이 미국인인지 아닌지는 모르겠지만 그놈은 미국 말씨를 썼어. 거구 녀석은 백인이었는데 말하는 건 못 들었어. 완전 제대로 근친 교배한 결과물 같은 외모였지. 아무튼 작은 놈이 계속 뭐라고 해도 나는 사람을 잘못 봤다고만 하니까, 결국 그놈이 그럼 네가 어디에 있는지, 언제 돌아오는지 말하라는 거야. 같이 밴에서 네가 오기를 기다려야 할 것 같다면서."

"세상에, 너 괜찮은 거야?" 내가 조디 팔을 잡는다. "그놈들이 너를……."

"아니지. 나한텐 이게 있었거든." 조디가 주머니에서 작은 톱날 칼을 꺼낸다. "지난밤 이후에 주방에서 빌렸지. 그 작은 놈한테 이곳이 떠나가게 소리를 지르고 불알을 찔러버리기 전에 얼른 꺼지……."

젊은 엄마 한 명이 유아차를 끌며 지나가자 조디가 욕을 삼킨다.

"가라고 했지." 조디가 말하며 씩 웃어 보인다. "그제야 날 호스텔에 들여보내더라. 그 후에 내가 뒤편 창고 창문으로 빠져나와서 널 찾으러 온 거야. 그때부터 계속 기다렸어."

"그 일이 있은 지 얼마나 됐는데?"

"두어 시간." 조디가 서늘하고 푸른 눈을 내게 고정한다. 흰자위에 작은 혈관들이 보인다. "도대체 무슨 일이 벌어지고 있는 거야, 헤더? 그 남자들은 누구니?"

"나도 몰라."

"그렇겠지." 길게 늘인 말끝에 불신이 묻어난다.

"그런 일을 겪게 해서 미안해, 조디."

조디가 어깨를 으쓱한다. "그런데 왜 너와 할 얘기가 있다고 한 걸까?"

"아마 내가 너무 많은 것을 묻고 다녀서겠지. 부적절한 사람에게 부적절한 것을 말해서겠지."

"내 인생 이야기처럼 들리네." 조디가 길을 가리킨다. "가자. 다른 길을 알아."

32

우리는 뒷길로 공원을 가로지르고 울타리를 넘고 누군가의 풀이 무성한 정원을 통과했다. 그렇게 호스텔에 돌아와 1층에 있는 우리 공동 침실에서 창문을 내다보니 검은색 밴은 사라지고 없다. 그들이 누구건, 여기까지 나를 추적했고, 다시 돌아올 것이 확실하다는 느낌이 든다. 땅거미가 지려면 아직 두어 시간 남았지만 얇은 커튼을 친다.

조디와 나는 구내식당에서 미지근한 채식 라자냐를 이른 저녁으로 먹고 방에 돌아온다. 우리 두 사람 모두 오늘 다시는 나가고 싶지 않은 마음이다. 나는 조디에게 지난밤 일을 꺼내며 대화를 시도한다. 딸이 어떻게 되었다는 거냐고. 조디는 번번이 내가 입을 다물게 한다. 대신에 그녀는 자신의 좁은 침대에 누워 몸을 말아 식후 낮잠을 청하고, 나는 내 침대에 백팩을 부리고 아까 보관함에서 가져온 것을 전부 꺼낸다.

나의 2013년 다이어리를 찾아서 7월 3일로 넘긴다. 좌우 두 쪽이 한 쌍으로 일주일을 이루어 기본적인 사항 정도만 적을 수 있는 공간이 있다. 7월 3일은 수요일이었고 나는 파란색 볼펜으로 급하게 세 가지 사항을 표시해두었다. 시오와 핀의 이른 등원과 오후 6시 테스코 배달. 오후 8시 성가대.

시오와 핀을 어린이집에 일찍 등원시켜야 한다는 건 아마도 내게 오전 9시에 업무 회의가 잡혔다는 뜻일 테지만 당시의 업무 일정은 모두 전자로 기록해서 지금쯤이면 삭제된 지 오래일 테니 확인할 수 없다. 일을 마친 뒤에는 수요일 저녁의 흔한 뒤죽박죽이 펼쳐졌을 터였다. 아이들을 어린이집에서 데려와 먹이고, 강아지를 산책시키고, 장을 본 것을 배달 받아 정리하고, 아이들을 목욕시켜 파자마를 입히고, 머리맡에서 동화를 읽어준 다음 허겁지겁 내 배를 채우고 뛰듯이 걸어서 교회에 도착해 격주로 진행하는 자유의 성가대 연습에 참여했을 터였다. 그날 리엄이 몇 시쯤 퇴근했는지는 전혀 기억나지 않지만, 내가 성가대 연습에 갈 수 있도록 분명 7시 45분에는 집에 왔을 것이다.

내 예전 삶에서 대체로 특별할 것이 없는 날처럼 보였다. 특별할 것 없는, 아주 멋진, 눈이 부시도록 따분한 날이었다. 내가 잃어버린 모든 것들로 가득한 날이었다. 손끝으로 더듬어본다. 종이는 건조하고 귀퉁이가 누렇다. 정신없이 바쁜 저녁 일과가 가장 큰 걱정거리였던 그때가 너무도 그리워서 찌르는 듯한 아픔이 느껴진다.

다이어리를 한쪽에 치워놓고 법정 속기록을 집어 든다. 모서리가 잔뜩 접혔고 여백은 엄마의 메모로 덕지덕지하다. 엄마가 속기록 사본까지 가지고 있을 줄은 꿈에도 몰랐다. 어쩌면 엄마는 돌파구나 실마리가 나타나기를 기다렸을지도 모른다. 좋은 소식이 들려오기를 간절히 기다렸지만 그런 일은 일어나지 않았다. 엄마는 찾지 못했지만, 어쩌면 나는 찾을 수 있을지도 모른다.

검찰 측 주장을 포함하고 있는 수십 장을 뒤적이며 내 재판에서 제시된 양측의 증거를 제대로 살펴보려고 애를 쓴다. 검찰 측 법정 변호사이던 크리스토퍼 고스키의 설득력 있는 말투를 기억한다. 단정하고, 잘난 체하지 않던 이 스코틀랜드 사람의 접근법은 조용하지만 파괴적이었다.

고스키 씨: 메이 박사님, 오늘 아침 공판에서 부검 결과를 설명해주셨죠. 피해자의 시신에서 방어흔이 전혀 나오지 않았다고, 단 한 곳의 치명상 외에 타박상은 전혀 보이지 않았다고 말씀하셨습니다. 피해자가 자신을 공격하는 사람을 물리치려고 노력했을 수도 있음을 시사하는, 손과 손가락에 베인 상처도 없었다고요.

메이 박사: 그렇습니다.

고스키 씨: 그렇다면 그러한 사실에서 도출하신 결론은 무엇인지요?

메이 박사: 두 가지 주된 가능성이 있다고 말씀드릴 수 있겠습니다. 첫 번째 가능성은 버넌 씨가 완전히 기습 공격을 받았고 치명상이 가해지기 전까지 대응할 시간이나 기회가 전혀 없었다는 것입니다. 두 번째 가능성은 그가 깨어 있었을 수도 있지만 자신을 공격한 사람을 알았고 신뢰했다는 것입니다. 바로 그 이유로 그 사람에게 어떠한 위협도 감지하지 못한 것이죠.

고스키 씨: 혹은 둘 다일 수도 있지 않을까요?

목구멍에 단단한 쐐기가 박힌 듯이 아프다. 몇 장을 앞으로 넘기며 마음을 단단히 먹고 법정에서 내 남편의 죽음을 설명하는 그 암울하고 끔찍하게 무미건조한 말을 계속 읽어 내려간다. 이상하게도, 지금 읽고 있는 것에 대해서는 어렴풋하기 그지없는 기억만 가지고 있다. 마치 내가 그곳 피고석에 앉아 있는 동안 다 지워버리기라도 한 것처럼.

고스키 씨: 피해자의 서재에서 나온 물건들로 돌아가봅시다. 경찰의 수색 결과 특이한 것이 나왔다고요?

머스그로브 경위: 그렇습니다. 플러그를 꽂는 방식의 방향제로 위장한 도청기가 나왔습니다. 꽤 기본적인 감시 장치로, 다양한 소매상에서 구매할 수 있는 제품입니다.

고스키 씨: 누가 그걸 서재에 둔 거죠?

머스그로브 경위: 저희가 수사한 바에 따르면, 버넌 부인이 남편을 의심해 그가 바람을 피우고 있다고 믿게 된 시점에 설치한 것으로 보입니다.

또 한 번, 검찰 측이 툭 던진 말이 신문의 헤드라인을 장식하고 거기서부터 의심할 여지가 없는 진실이 되어버린 것이다. 내가 경찰 조사실에서 처음으로 도청기에 대해 들었다는 사실에도 불구하고 말이다.

속에서 메스꺼움이 소용돌이치지만 계속해서 장을 넘긴다. 너무도 오래전 일이지만 의회 얘기가 나왔던 것 같다. 하원 의원으로서의 리엄의 역할과 관련이 있을 가능성에 대한 언급이 일부 **존재했다**는 확신이 든다. 몇 년 뒤에 오언이 결국 다시 들추게 될 언급이. 당시에 언론은 여기에는 거의 주목하지 않았다. 그저 비열한 방어 전략이자 범행 동기를 둘러싼 쟁점을 흐리려는 시도로 여겼다. 훨씬 더 흥미진진하고 더 익숙한 이야기, 즉 **여자가 한을 품으면 오뉴월에도 서리가 내린다**는 말에 부합하는 이야기가 있는데 왜 다른 델 보겠는가.

경찰과 검찰도 마찬가지였다.

머스그로브 경위: 네, 물론 저희는 다른 단서들도 추적했습니다.

웰시 씨: 다만 피상적인 검토에 지나지 않았죠, 안 그렇습니까, 경위님? 하원 의원이라는 피해자 직업과의 연관 가능성을 상세히 제대로 수사했다고는 볼 수 없죠?

머스그로브 경위: 말씀드렸다시피, 저희는 철저하고 전문적인 방식으로 모든 것을 추적했습니다. 그 어떤 것도 간과하지 않았습니다. 저희는 그저 증거가 이끄는 곳으로 갔을 뿐입니다.

웰시 씨: 하지만 이 사건은……

싱글턴 판사: 웰시 씨, 똑같은 질문을 살짝만 바꿔서 거듭 묻는 데에 어떤 가치가 있는지 저는 잘 모르겠군요. 답은 계속 똑같은데 말이죠. 다뤄야 할 쟁점이 많습니다. 그러한 추측에는 확실한 근거가 부재한 상황이니, 이제 넘어가야 할 것 같군요.

내가 유죄 판결을 받고 항소가 실패로 돌아간 뒤에야 오언이 다른 가능한 살인 동기들을 제대로 파헤치기 시작했다. 오언이 경찰의 시야가 좁아지는 것에 대해 뭐라고 했더라? **대의명분을 지키기 위한 부패**. 수사관들이 다른 모든 가능성을 배제한 채 한 가지 이론에만 집중할 때 벌어지는 현상이었다. 머스그로브 경위가 지금도 똑같은 생각일지 궁금했다. 혹시 지난 10년 사이에 뒤늦은 깨달음을 얻지는 않았을까.

그 장의 하단부에 메모가 두 건 더 있다. 엄마가 작고 단정하게 대문자로 쓴 단어 하나, '아르테미스??'가 보이고, 그 옆의 화살표 하나가 가리키는 것은 전에도 본 적이 있는 머리글자 'AY'이다. 이번에도 물음표가 뒤따른다.

덜컥, 이 익숙한 두 글자를, 리엄의 탁상용 다이어리 속 표기와 똑같은 이것들을 알아볼 수 있을 것 같은 기분이 든다. AY. 만남인지 통화인지 뭔지는 모르겠지만, 오전 8시에 예정된 그것은, 리엄이 죽고 이틀 뒤인 월요일로 잡혀 있었다. 물론 여전히 그 머리글자의 주인이 사람인지 단체인지 모르고, 리엄이 살해된 것과 어떤 연관이 있는지도 모른다. 아르테미스를 구글에 검색하니 1억 7500만 개의 검색 결과가 뜬다. 결과 페이지를 넘기고 또 넘겨도 그리스 신화에 나오는 사냥의 여신, 수많은 회사, 나사의 로켓 프로그램 등등만 이어진다. 좌절하며 브라우저 창을 닫는다.

드디어 텔레그램으로 에이미가 답장을 보내온다. 앞서 우리가 보관함에서 발견한 이상한 문서와 관련해 메시지를 보낸 지 족히 네 시간은 지난 뒤다.

다락에서 상자들을 한번 살펴볼게요. 리엄의 머리글자가 쓰인 상자들이요.

나는 답장으로 고맙다는 말과 함께 전에도 그 상자들을 살펴본 적이 있는지 묻는다.

아니요. 오빠의 사무실에서 돌아온 것이라 개인적인 물건이겠거니 했어요. 사진이나 뭐 그런 것들.

오언도 내가 아까 보낸 메시지에 답을 해 왔다.

회색 정장의 사내에게서는 아직 재미를 못 봤네요. 뉴킹 스트리트 125번지도 조사 중입니다.

나는 두 사람에게 아르테미스에 무슨 의미라도 있는지 묻지만 모두 물음표로만 대답한다. 두 사람에게 낯선 사람들이 여기 호스텔에 나를 찾으러 왔다는 이야기는 하지 않는다. 오언이 잔뜩 흥분해서 나를 걱정할 테고, 너무 위험하니 나서지 말라고 할 것임을 알기 때문이다. 게다가 조디가 나를 지켜주겠다고 약속까지 했다.

조디의 목소리에 흠칫 놀란다.

"있잖아." 조디가 한 손바닥을 머리 밑에 집어넣은 채 졸린 눈으로 나를 살핀다. "넌 내 예상이랑 완전 다르다?"

"어떻게 예상했는데?"

"글쎄, 좀 쌀쌀맞고 딱 전형적인 상류층 사람 같을 거라고 생각했지. 자기 잘난 맛에 살고. 근데 넌 딱히 안 그러더라." 조디가 천천히 씩 웃어 보인다. "그러니까, 늘 그런 건 아니더라, 이 말이지."

나도 따라 작게 미소를 짓는다. "고맙다. 그 말을 내 이력서에 넣을까 봐."

"별말씀을."

조디는 하품을 크게 하고, 나는 다시 다이어리로 돌아간다. 리엄이 세상을 떠나기 전 며칠과 몇 주를 뒤적이며 그날그날에 해당하는 기억을 떠올리려 애쓴다. 하지만 너무도 오래전 일이라 마치 기억이 바다 밑바닥에 가라앉은 것처럼 느껴진다. 까마득히 깊은 바닷속 어두운 곳으로 사라져버렸다. 포기한 나는 대신에 휴대전화를 집어 들고 구글에 새로 이것저것 검색해본다.

또다시 조디의 목소리가 침묵을 깬다.

"헤더?"

"응?"

"내가 생각을 좀 해봤는데."

"응." 고개를 들고 조디를 본다.

"오늘 그놈들 말이야. 네가 여기 있다는 건 어떻게 알았을까? 네가 배치됐을 수 있는 사회 복귀 훈련 시설이 한두 곳이 아닌데. 게다가 출소한 지 며칠밖에 되지 않았고."

"솔직히, 나도 정말 모르겠다."

"왜냐하면 난 너랑 함께 있는 게 좋긴 하지만, 더는 여기 있는 게 그다지 좋은 생각이 아닐 수도 있거든. 그놈들은 분명 다시 올 거야."

"나도 알아."

"그래서 지금 휴대전화로 찾고 있는 거야? 다른 잠잘 곳을?"

나는 휴대전화를 무릎에 던져놓는다. "그 전에, 차가 필요할 것 같아."

"왜?"

"특별히 찾아야 할 경찰관이 있어."

"웩." 조디가 얼굴을 찌푸린다. "왜?"

"그 누구보다 내 사건에 대해 잘 알던 사람이거든. 날 교도소에 집어넣은 사람이야." 나는 리엄의 옛 다이어리와 법정 속기록, 보관소에서 찾은 낱장의 서류를 가리킨다. "이 조각들을 맞추는 데 도움이 될 뭔가를 알고 있을 수도 있어. 아마 본인은 깨닫지 못할지 모르지만."

"그냥 그 사람이 일하는 경찰서로 가면 안 돼?"

"은퇴한 뒤라, 그 사람을 찾아내는 데 발품이 좀 들 거야. 그래서 차가 필요해."

조디가 한쪽 눈썹을 치켜세운다. "다만 넌 주거가 일정하지 않고 신용도 떨어진 상태겠지?"

"바로 그거야. 운전면허도 교도소에 있을 때 만료됐어. 이러니 어디서부터 시작해야 할지 모르겠어. 묻고 따지는 것 없이 중고차를 사자니 구글도 별로 도움이 안 되네."

조디가 일어나 앉더니 두 손으로 얼굴을 문지른다.

"현금은 있고?"

엄마가 날 위해 남겨둔 20파운드짜리 지폐 뭉치가 담긴 봉투를 생각한다. 대부분 아직 손도 대지 않았다.

"1000파운드쯤."

"그렇다면, 버넌 부인. 운이 좋으시군요. 내가 딱 맞는 곳을 알거든." 조디가 공모라도 하는 듯이 윙크를 보낸다.

33

수요일

차는 긁힌 자국이 있는 검은색 복스홀 코르사로, 서스펜션이 삐걱거리고 주행 거리 기록계에 13만 6800킬로미터가 기록되어 있다. 좌석은 담뱃불 자국으로 우묵우묵하고 휠 캡이 두 개나 빠졌지만, 시동이 한 번에 걸리고 이 움푹 팬 주차장을 몇 바퀴 돌며 시험 주행을 해보니 괜찮게 달리는 듯하다.

이 중고차 매장은 도시 외곽 지역, 어느 산업 단지 뒤편 한적한 골목에 자리를 잡고 있다. 조디 사촌의 친구가 여기서 일하며 두 번째, 세 번째, 네 번째 주인을 만날 차들을 수리하고 있다. 나는 너무 많은 것을 묻지 않는다. 저들도 마찬가지다. 그게 우리가 여기 온 이유이니까.

이 작은 사무실에서 조디는 담당자와 한담을 나누고, 나는 계산대 위에서 현금 960파운드를 한 번에 20파운드씩 세고 있다. 위아래가 붙은 푸른색 작업복 차림의 담당자는 말랐지만 다부진 체격이고 두 손바닥에는 엔진 오일로 거무스름하게 줄이 그어져 있다.

담당자가 강한 브리스틀 억양으로 내게 말한다. "저기, 그쪽을 꼭 어디서 본 것 같아요."

나는 계속해서 20파운드 지폐를 내려놓으며 얼마까지 셌는지 잊어버리지 않으려 노력한다. "네, 그런 말 많이 들어요."

"텔레비전에 나왔어요?"

"아뇨."

"확실해요?"

"그냥 흔해빠진 얼굴일 뿐이에요."

남자는 마치 까다로운 퀴즈의 정답을 떠올리려고 애쓰는 사람처럼 얼굴을 찡그린다. "그런데 **정말** 꼭 어디서 본 것 같단 말이죠."

조디가 끼어들어서 남자의 주의를 딴 데로 돌리고, 돈을 두 번 세어 확인을 마치자마자 우리를 밖으로 떠밀어낸다. 남자가 열쇠를 건넨다.

우리가 낡은 코르사에 오르는 동안 조디가 말한다. "가짜 안경 말고도 뭐가 더 필요할 것 같다, 자기야."

다시 운전하는 일은 크나큰 충격으로 다가온다. 도로를 1.5킬로미터 정도 주행하기도 전에 시동을 세 번이나 꺼트리지만, 신호가 바뀌기를 기다릴 때조차 끊임없이 공회전을 해야 한다는 사실을 곧 알아차린다. 그러지 않으면 엔진이 드릉거리다가 시동이 꺼져버리기 때문이다. 이래서 2주 후에 자동차 안전 검사를 받으라고 한 거구나 하고 깨닫는다. 그래도 몇 킬로미터를 더 가자 감을 잡기 시작한다.

우리는 배스 변두리에 자리한 상점가에 잠깐 들른다. 나는 조디에게 필요한 물건을 말해주고, 우리는 각자 한 상점씩 공략한 다음 서둘러 빠져나온다. 조디가 라디오를 켜서 1990년대 음악을 틀어주는 주파수에 맞추자 옛 유행가들이 쾅쾅 울려 퍼진다. 그사이에 우리는 중앙 분리대가 있는 고속도로에 접어든다. 조디가 소리를 더 키우고 창문을 내리더니, 팔을 내밀어 마치 10대처럼 손이 바람을 타며 통통 튀게 둔다. 그사이에 나는 기어를 천천히 4단에 넣고 가속 페달을 세게 밟는다. 운전에는, 내 손을 운전대에 두는 것에는 무언가가 있다. 어디든 원하는 곳으로 갈 수 있다는 자유와 함께, 또 한 번의 작은 해방처럼 느껴진다. 평범한 삶에 한 발 더 다가선 기분이다.

"그래서 우린 지금 어디로 가는 거야?" 조디가 반쯤 소리치다시피 묻는다. 스피커에서 「파크라이프」(영국의 록 밴드 블러가 1994년에 발표한 곡―옮긴이)가 폭발할 듯이 울려 나온다.

"말했잖아. 경찰한테 간다고." 내가 대답한다.

조디가 잠깐 멈칫하다가 나를 두 번 돌아본다. "진심이었어?"

"어느 정도는."

나는 조디에게 내 의도를 설명하며 접힌 종이 한 장을 건넨다. 오언이 선거인 명부에서 가져온 것으로, 배스와 그 주변 지역의 주소 여섯 곳이 적혀 있다. 오언은 오늘 내내 크리스틴 레이를 그림자처럼 따라다니고 그녀의 휴대전화 활동을 감시할 작정이라고 했다.

조디가 음악 소리를 줄인다. "헤더, 괜찮겠어?"

"시도해볼 만하지. 시도해야 해."

"누가 또 널 알아보면 어떡해?"

"그 문제는 네가 도와줄 거잖아. 그리고 아무튼, 결국은 맥락이 다야." 내가 말한다.

"그래?"

"물론이지. 사람들이 나를 거리에서 보면, 나는 어디서 본 것 같은 낯선 사람이야. 하지만 내가 그들의 현관문을 두드린다면, 맥락은 완전히 달라지지."

"네가 그렇다면야." 조디가 청바지 주머니에서 낡은 스마트폰을 꺼내 첫 번째 우편 번호를 구글 지도에 입력한다. "여기서 좌회전이야."

케인섬까지는 차로 30분이 걸리고, 나도 창문을 내리자 바람이 휘갈기듯 차로 밀려든다. 푸 파이터스의 「날아오르는 법을 배워」가 라디오에서 흘러나와 조디가 다시 볼륨을 최대로 높이는 사이, 우리는 A36 간선 도로를 타고 서쪽으로 향한다. 문득 보험을 들지 않았고 자동차세에 대해 물어본다는 것도 까맣게 잊어버렸다는 생각이 든다. 하지만 어차피 유효한 운전면허도 없으니, 지금 당장은 그런 걸 걱정해봤자 별 소용이 없는 듯하다. 지금은 우리가 가야 할 곳이 있고 만나야 할 사람들이 있을 뿐이다.

* * *

오언이 나를 위해 찾아준 첫 번째 주소로부터 몇 집 내려간 곳에 차를 세우고 시동을 끈 다음 조수석 쪽으로 몸을 돌린다. 내 휴대전화에 트레버 보일이 부재중 전화 한 통과 전화를 달라는 음성 메시지를 남겨두었다. 이건 이따가 처리하기로 한다.

내가 말한다. "이제 네 도움이 필요할 때야. 진짜 오랜만에 해본다."

상점가에 들른 조디가 부츠에서 사 온 물건이 담긴 봉투를 열고 립스틱과 블러셔, 아이라이너, 마스카라를 꺼낸다. 나는 머리를 뒤로 모아 핀으로 고정하고, 이제 조디가 작업에 들어가면서 우리는 이 비좁은 앞좌석에서 서로를 마주 보고 있는 신세가 된다.

내가 조디에게 말한다. "도와줘서 정말 고마워. 솔직히 기억도 안 나는 것 같아. 어떻게 하……."

조디가 들어 올린 마스카라 솔로 쉿 하고 과장된 몸짓을 한다.

그리고 어떤 유럽 억양을 서투르게 따라 하며 말한다.

"제에발. 예술가가 작업하고 있는 동안은 안 되죠."

조디가 내 얼굴을 이리저리 돌리며 작업을 이어나가는 동안 새 화장품들이 풍기는 은은한 향기가 차 안에 진동한다. 내 마음은 순식간에 예전 집의 침실로 돌아갔다. 잘 정리된 화장품과 향수 들이 보이고, 그 옆 서랍장에 작은 거울이 놓여 있다. 뭐든 쥐려고 하는 아이들의 고사리 손을 피해 높이 치워두었다.

10분이 지나자, 조디가 뒷거울을 내 쪽으로 돌리는데 내가 나를 몰라볼 지경이다. 조디에게 부탁한 대로 연하게 화장이 되었는데도, 뺨에 입힌 색과 도톰해진 입술, 한층 짙고 뚜렷한 눈매 덕에 다른 사람처럼 보인다.

"어때?" 조디가 립스틱을 딱 하고 닫으며 묻는다.

"고마워." 목구멍에 치미는 뭔가를 삼켜내며 말한다. "딱 알맞아."

"별말씀을." 조디가 윙크를 한다. "아무튼. 내가 화장품을 돈 주고 산 건 몇 년 만에 처음이다."

나는 바람막이를 벗고 상점가에서 들고 온 다른 봉투를 연다. 맵시 좋은 리넨 재킷의 가격표를 떼고 천천히 양팔에 꿴다. 재킷에 어울리는 핸드백도 있고, 부츠 대신에 신을 갈색 로퍼도 새로 한 켤레 장만했다.

조디가 잠시 재킷의 구김을 펴주더니 양손 엄지를 들어 보인다. "정말 내가 같이 안 가도 되겠어?"

"내가 혼자여야만 계획대로 될 거야."

"그래." 조디가 고개를 끄덕인다. "그럼 우리 암호는 뭐로 할까?"

"암호?"

"혹시 너한테 성가신 일이 생길 경우에."

"에이, 그런 거 없어도……."

"이건 어때?" 조디가 자신의 휴대전화를 들어 보인다. "무슨 일이 생기거나 나오고 싶으면 나한테 문자로 999를 보내. 알겠어? 딱 그 숫자 세 개만 보내면 돼. 그럼 내가 올라가서 문을 두드릴 테니."

"알겠어. 숫자 9 세 개. 이해했어."

"그리고 이것도 받아." 조디가 어제 보여준 작은 톱날 칼을 꺼낸다. 그 남자들이 나를 찾으러 호스텔에 왔을 때 그녀가 휘둘렀던 바로 그 칼이다. "비상용으로."

"난 이런 거 필요 없어."

조디는 칼을 홱 뒤집더니 손잡이를 앞으로 해서 내게 내민다.

"가지고 있는데 쓸 일이 없는 게 써야 하는데 없는 것보다 낫지."

"포춘 쿠키에서 나온 말이니?"

"타란티노. 내 전남편이 팬이었거든." 조디가 나무 손잡이로 기어를 툭툭 친다. "꼭 가져가야 해."

나는 새 핸드백에 칼을 넣고 차에서 내린다.

34

첫 번째 집은 케인섬에 있는 깔끔한 테라스 하우스의 끝 집으로 현관문을 열면 바로 인도로 이어지는 구조다. 문을 열어준 사람은 앞치마 차림의 젊은 여자로, 골반에 아기를 업고 있다. 그녀 뒤편 주방에서 빵을 굽는 달콤한 냄새가 나한테까지 도달한다.

내가 미소를 띤 채 말한다. "안녕하세요. 좀 민망한 일이고 번거롭게 해서 정말 죄송하지만, 저는 헬렌이라고 하는데 누구를 좀 찾고 있어요. 혹시 도움을 주실 수 있을까 해서……."

내가 계속해서 술술 떠드는 동안 여자는 골반에 업은 아기를 튕기고 있다. 나는 누가 문을 열어주느냐에 따라 각기 다른 이야기를 두어 개 생각해 둔 참이다.

존 머스그로브를 추적하는 일이 간단치 않으리라는 걸 알았다. 우리가 처음 만났을 때, 리엄이 죽고 난 후 경찰서에서 조사를 시작하면서, 그는 내게 자신에 대한 이야기를 몇 가지 들려주었다. 물론, 나중에야 그건 내 경계심을 늦추고 마음을 열도록 하기 위한 전략에 지나지 않는다는 걸 깨달았지만. 하지만 그렇더라도 그가 30년간의 근무를 마치고 정년퇴직하기까지 몇 년밖에 남지 않았다고 밝힌 건 **사실**이었다. 그는 내게 여자 형제 한 명과 조카들이 있다고도 했다. 아마 그 여자 형제는 남편 성을 따를 테니, 내게 큰 도움은 되지 않았다. 나는 머스그로브가 이제 50대 중반쯤이고, 케인섬이나 그 인근에서 살았으며 경찰에서 은퇴했으리라는 걸 알았다. 수많은 불량한 사람들을 교도소에 보낸 전직 형사이니만큼, 주먹으로 그에게 되갚아주려는 전과자들을 경계하기 위해서라도 자신의 사생활 보호에 신경을 쓸 터였다. 아무튼 구글에 그를 몇 시간 동안 검색한 끝에 그가 수사를 지휘한 사건들을 찾을 수 있었다. 여러 다양한 사건과 관련해 그의 말을 인용한 기사나 경찰의 보도 자료가 수십 건 나왔다. 그중에는 물론 내 사건도 있었다.

하지만 사적인 정보는 아무것도 얻지 못했다. 그의 온라인 발자국은 직업적인 면에 국한되어 있었다. 개인 계정도, 스포츠 팀도, 취미도, 아무것도 찾아볼 수 없었다. 그가 사는 곳을 대강이라도 짐작하게 해주는 단서가 없었다. 전화번호부에서도 그를 찾기 어려웠다. 전화번호부에 실려 있지 않은 게 분명한데, 아마도 오랫동안 그러했을 터였다. 그러나 이렇게 그가 눈에 띄지 않으려 조심했다고 해서, 그의 대가족까지 그러했으리라는 법은 없었다. 그렇게 오언이 선거인 명부에서 이 여섯 개의 주소를 확보한 것이었다.

5분 뒤, 나는 다시 코르사의 운전대를 잡는다.

"다음 주소는 어디지?" 시동을 걸면서 조디에게 묻는다.

"윌스브리지. 유턴을 해서 다시 회전 교차로까지 가." 조디가 나를 건너다본다. "실패야?"

"첫 번째 주소는 지워도 될 것 같아."

두 번째 주소는 강 근처에 새로 들어선 고급 아파트 단지 2층이다. 공동 현관 인터폰 옆에 쓰인 이름은 109호 **머스그로브, D.**다. 호출 버튼을 누르자마자 공동 현관이 윙 하는 소리와 함께 열리고, 나는 위층으로 향한다.

109호의 문을 연 남자는 키가 크고 날씬하며 20대로 보인다. 회색 스웨트팬츠와 흰색 티셔츠 차림이고, 팔에는 작고 솜털 같은 개가 안겨 있다.

나는 전 남자 친구인 존 머스그로브를 찾고 있다는 이야기를 속사포처럼 내뱉기 시작한다. 말을 다 마치기도 전에 작은 개가 짖기 시작한다. 크고 날카로우며 메트로놈만큼이나 규칙적인 소리를 내면서, 녀석은 작은 이빨까지 드러낸다.

"퍼스, 그만해!" 개가 조용해지자 날씬한 남자가 내게 말한다. "정말 죄송해요. 나이가 들더니 좀 괴팍해지네요. 누굴 찾는다고 하셨죠?"

우리는 몇 분을 더 제자리걸음만 한다. 남자는 나를 도와주고 싶어서, 내게 **뭐라도** 알려주려고 안달하는 눈치다. 내가 뒤로 물러나며 계단으로 향하는 순간까지도 남자는 계속해서 미안하다고 사과한다.

다시 주차장까지 걸어가니 코르사 운전석에 조디가 앉았고 엔진이 돌아가며 라디오는 꺼진 상태다.

나는 조수석으로 바꿔 앉는다. "벌써 내 운전 실력에 신물이 났구나?"

"안전띠 매. 그리고 내 말 잘 들어." 가라앉은 목소리다.

"무슨 일이야?"

"계속 앞만 봐. 네 왼쪽 어깨 너머를 보지 마. 1분 전에 저 뒤로 밴 한 대가 들어섰어. 어제 호스텔에 너를 찾으러 온 놈들인 것 같아."

딸칵하고 안전띠를 채우면서 마음속 깊은 곳에서 두려움이 인다. "어쩔 셈인데?"

"얼른 하나만 물을게." 조디가 엄지를 들어 아파트 건물 방향으로 찌르며 말한다. "저 집이야?"

"아니. 이번에도 허탕이야."

조디는 대답 없이 마치 아무 일도 없다는 양 부드럽게 차를 출발시켜 방향 전환 신호를 보내고, 좌회전을 해서 다시 큰길에 들어선다. 교통량은 많지 않고 나는 사이드 미러에서 눈을 떼지 않는다. 몇 분이 지나자 우리 뒤로 차량 두 대의 간격을 두고 검은색 밴이 모습을 드러낸다.

조디를 흘끗 건너다보지만 그녀는 운전대 위에 손을 10시와 2시 방향으로 올려놓고 도로에서 눈을 떼지 않는다. 처음 보는 진지한 얼굴이다. 마치 살면서 내내 그래왔던 것처럼, 안정적으로 운전하며 차선을 바꾸고 신호를 보내 우회전을 한 다음 또 한 번 우회전을 하며 우리가 왔던 길로 되돌아간다. 제한 속도도 엄격히 지킨다.

저들은 배스로 돌아가는 길 내내 우리를 따라오고, 내 눈은 내내 사이드 미러를 떠날 줄 모른다.

"밴이 아직 저 뒤에 있어."

235

"알아." 조디가 짧게 말한다.

"계획이 뭐야?"

"1분만 줘봐."

조디가 옆길로 방향을 트는 동안 우리는 침묵에 빠진다. 밴도 뒤따라서 방향을 틀어 들어오고, 포장도로를 벗어난 크고 어둡고 높은 그 차는 이제 우리 바로 뒤에 있다. 밴 앞좌석에 세 남자가 있다. 우리는 또 다른 왕복 4차선 도로에 합류해, 중앙에 커다란 섬을 품은 가늘고 긴 회전 교차로에 접근한다. 조디가 기어를 내리며, 우리는 속도를 늦춰 차량들 사이의 틈을 찾는다.

밴이 바짝 다가와 내 쪽 사이드 미러를 가득 채운다.

그 마지막 순간에, 조디가 쾅 하고 기어를 1단으로 넣고 가속 페달을 힘껏 밟자 이 작은 코르사가 회전 교차로로 휙 날아가면서 다른 운전자들의 요란한 경적 소리와 타이어가 끼익 하는 소리가 뒤섞인다. 조디가 쾅 하고 기어를 2단으로 넣고 차 사이를 이리저리 누비는 동안 내가 할 수 있는 일이라고는 문 위에 달린 손잡이에 매달리는 게 전부다. 조디가 회전 교차로를 위태롭게 질주하자 나는 다른 손도 뻗어 계기판을 힘껏 붙든다.

밴 운전자는 당황하지만 잠시뿐이다.

"온다!" 내 외침과 함께 그가 방향을 틀어 우리 뒤로 들어온다.

조디는 우리가 회전 교차로의 저쪽 끝에 도달할 때까지 기다렸다가 왼쪽 차선으로 힘껏 틀어 브레이크를 세게 밟는다. 뒤의 차가 우리와 부딪칠 뻔하며 미끄러지듯 길을 벗어나는 가운데 분노 어린 경적 소리가 일제히 울려댄다. 조디는 거칠게 후진 기어를 넣고 좌석에 몸을 기대어 이리저리 뒤를 살피더니 다시 가속 페달을 힘껏 밟는다. 윙윙거리는 엔진 소리와 함께, 그녀는 다가오는 차를 향해 후진한다. 나는 그녀에게 경고하려고 한다. 이러다가 충돌하겠다고, 정신이 나간 거냐고. 하지만 나오는 것이라고는 욕뿐이다. 욕설이 끊임없이 길게 이어지는 동안 가슴 속 심장이 빠르게 쿵쿵거린다.

검은색 밴이 모퉁이를 돌아오다가 우리를 피하기 위해 어쩔 수 없이 방향을 튼다. 그들이 우리를 빠르게 지나칠 때, 조디가 운전자를 향해 가운뎃

손가락을 툭 올리며 인사를 보낸다. 그 역시 끼익 하는 소리와 함께 멈춘다. 다시 후진해서 우리를 따라올 생각이다. 하지만 우리는 작고 잽싼데 밴은 크고 둔하며 우리의 작은 코르사보다 두 배는 길기에, 밴이 후진하다가 파란색 시내버스와 부딪쳐 크게 흔들려 멈추며 **쾅** 하고 금속끼리 부딪치는 소리가 들려온다.

조디는 후진해서 가장 가까운 출구로 나간 뒤에도 계속 그대로 가면서 더 많은 차들이 우리를 피해 방향을 틀 수밖에 없도록 하고, 결국 옆길에 들어선 다음에야 유턴을 해서 침착하게 반대 방향으로 향한다.

"헤더, 괜찮아?" 내게 씩 웃어 보인다. "너 좀 창백해."

나는 떨리는 손을 계기판에서 뗀다. 여전히 아드레날린으로 신경이 곤두선 상태다.

"20분 동안 10년은 더 늙은 거 같아."

조디가 소리 내어 웃으며 다시 라디오를 켜더니 볼륨을 높인다.

35

두 시간 뒤, 우리는 멜크섬에 있는 맥도날드에서 드라이브 스루로 늦은 점심을 주문해 길을 더 내려가면 있는 교회 주차장에서 먹는다. 조디가 술에 취하지 않은 상태일 때 그녀와 시간을 보내니 참 좋다. 조디는 사려 깊고 다정하다. 나는 조디가 가볍게 던지는 농담이 가혹한 현실을 비껴가고 싶어서 입는 갑옷이라는 걸 깨닫기 시작한다. 자신의 인생을 직면하고 과거를 극복해야 한다는 현실 말이다. 조디는 마약과 절도죄로 들어간 교도소 생활에 대해서도 들려준다. 나는 우리가 그때 서로를 알았더라면 좋았을 거라고 말하며 오늘 도와준 것에 대해 한 번 더 고마움을 표한다.

"당연히 나도 같이 해야지, 헤더." 조디가 입안 가득 치즈버거를 문 채 말한다. "알잖아, 오후에 드라이브하면서 노래도 듣고 맥도날드도 먹고. 네 미제 사건인지 뭔지를 해결하겠다고 너랑 내가 셜록 행세도 하고 말이야. 그 망할 호스텔에 앉아서 지루해 죽으려고 하는 것보다야 훨씬 낫지."

"하지만?"

"하지만…… 네가 뭘 기대하는 건지 잘 모르겠어. 그 남자가 그저 자기 손을 내밀면서 '오, 맞아요. 딱 걸렸네요. 난 당신이 누명을 쓴 거란 걸 알았지만 입도 뻥끗 안 했어요. 어서 수갑을 채워서 날 데려가세요.'라고 말할 것 같아? 난 내가 몇 번이나 체포되었는지 기억도 안 나거든? 그래서 아는데, 경찰 대부분은 네가 몸에 불이 붙어 고통스러워해도 오줌을 싸서 불을 꺼주는 것조차 귀찮아할 거야. 하물며 무고한 사람을 교도소에 처넣었다고 자백을 하겠느냐고."

물론, 조디가 옳다. 희망은 희박하다. 그래도 전혀 없는 것은 아니다.

내가 말한다. "그 사람은 자기가 알고 있다는 걸 깨닫지조차 못하는 것일 수도 있어. 그가 당시에 알아낸 것에 우리가 발견한 것을 더하면, 어쩌면 리엄의 살인범을 찾을 완전히 새로운 단서를 던져줄지도 몰라. 못 보고 넘어간 뭔가가 있을지도 모른다고."

"그래, 그래." 조디가 어깨를 으쓱하고, 나는 그녀가 내게 장단을 맞춰주고 있을 뿐이라는 걸 알아차린다. "잃어버린 연결 고리나 뭐 그런 것처럼."

"바로 그거야. 그리고 어쨌든 나는 단 한 번이라도 그 사람의 눈을 보고 물어볼 기회를 갖고 싶은 거야. 단둘이서만 말이야. **뭐라도** 있는지, 의심하는 빛이 잠깐이라도 스치는지 보고 싶어. 보면, 난 알 거야."

"알아볼 수 있을 거라고 생각하는 거야?"

나에게 직업이 있었던 때가 100만 년 전 일처럼 느껴진다. 심리학 학위를 딴 것은 그보다 훨씬 더 오래전 일이다. 그러나 내겐 교도소 생활로 무뎌지거나 약해지지 않은 몇 가지 기술이 있었다. 오히려 날카롭게 다듬어진 몇 가지 능력이었다. 사람들을 읽고, 판단하는 능력 같은 것.

"사람들을 면담하는 걸로 먹고살았어, 예전 삶에서 말이야. 꽤 잘했어. 수백 명, 어쩌면 수천 명 이상을 면담했지. 그러고 나면 몸짓 언어를 알게 돼. 사람들이 진실을 살짝 왜곡할 때, 즉석에서 말을 지어낼 때, 처음부터 끝까지 거짓말로 일관할 때를 구분하게 돼. 누구를 신뢰할 수 있고 없는지 알게 된다고. 이게 바로 교도소에서 충분히 활용했던, 내가 가진 한 가지 기술이야."

"교도소에선 **모두**가 거짓말을 해. 진실은 너무나 암울하니까." 조디가 말한다.

"물론 그렇지. 하지만 시도해볼 수 있는 건 다 해봐야 해. 이 남자는 은퇴한 사람이야. 30년 근무를 마쳤고, 경찰 연금도 쏠쏠하게 받고, 안전한 상태지. 이제 그에게 남은 건 시간, 생각할 시간뿐이야. 자신이 맡았던 모든 사건을 되짚어볼 시간 말이야. 그에겐 사건의 전말을 돌아볼 시간이 10년이나 있었어."

조디가 잠시 생각에 잠기며 갈증이 나는 듯 다이어트 콜라를 후루룩 마신다. "아니면 다른 방법도 있어."

"뭔데?"

"그냥 그 자식의 불알을 잘라버리겠다고 협박하는 거야."

나는 코웃음을 치며 음료를 마신다. "먼저 대화부터 해볼게."

* * *

오언이 선거인 명부에서 수집한 머스그로브들의 목록에는 이제 단 한 개의 주소만 남았다. 조디가 읽어주는 지도를 따라가니 네스턴이라는 그림 같은 작은 마을이 나오고, 점차 가늘어지다가 어느 농부의 밭으로 이어지는 막다른 골목의 끝에 방갈로 한 채가 나온다. 잡초가 무성한 진입로에 20년 된 볼보 세단이 세워져 있는데, 바퀴 집에 녹이 슬고 있다.

초인종을 세 번 누르고 나서야 응답을 받는다. 반투명 유리 너머로 여자의 가냘픈 목소리가 떠도는데, 무슨 말인지 알아들을 수 없다. 잠시 후 문이 열리자, 자그마한 백발의 여자가 꽃무늬가 그려진 실내복 차림으로 손에는 가지치기용 가위를 들고 있다. 깡마르고 80대 초반으로 보이며, 볼 부위의 살갗이 얇은 주름 종이 같다.

"무슨 일이우?" 보랏빛 테를 두른 커다란 안경 너머로 여자의 탁하고 축축한 눈이 확대된다.

"안녕하세요." 나는 휴대전화를 집어넣고 다시 장광설을 늘어놓으려 한다. "머스그로브 부인 되실까요?"

"그렇소만?" 여자는 나를 위아래로 훑으며 재킷을, 가방을, 신발을 눈에 담는다.

"좀 민망한 일이고 번거롭게 해서 정말 죄송하지만, 저는 헬렌이라고 하는데 누구를 좀 찾고 있어요. 혹시 도움을 주실 수 있을까 해서……."

여자는 소리를 들으려는 새처럼 고개를 갸웃 기울이지만, 아무 말도 하지 않는다. 그래서 나는 헤어진 연인을 그리워하는 처지에 대한 하소연을 계속 이어나간다. 존과의 만남과 의도치 않은 이별, 그와 다시 연락이 닿고자 하는 절박함에 대해 이야기한다.

"우리가 만난 시간은 길지 않아요. 정말 잘 지냈죠. 함께 행복한 시간을 보냈어요. 그런데 제 쪽에서 약간의 오해가 생겼고 그리고…… 그에게 쏘아붙였던 말이 부끄럽네요." 나는 알맞게 슬픈 표정이길 바라며 입술을 오므린다. "그렇게 연락이 끊겼어요. 다시 그와 연락이 닿길 원하지만 그의 번호를 잃어버렸죠. 그러다 전화번호부에서 당신을 발견했고 한번 시도해봐야겠다고 생각한 거예요."

완벽하진 않지만, 빠른 시간 내에 생각해낼 수 있는 최선이었다. 머스그로브는 결혼반지를 끼고 있지 않았고, 자식이 없다고도 말했다. 10년 전 일이긴 하지만.

머스그로브 부인이 천천히 두 번 눈을 끔뻑인다. 커다란 안경에 확대된 두 눈이다.

"이름이 뭐라고 했우?"

"헬렌입니다. 이스트우드에서 왔고요."

"그래서…… 누구랑 사귀었다고?"

"존이요." 나는 조금 더 크게 말하며 여자의 귀가 잘 안 들리는 건지 궁금해한다. "우리가 헤어진 뒤에야 그가 좋은 사람이라는 걸 깨달았어요."

"가까운 사이였다고?"

"적어도 한동안은요."

"정말이우?"

"네. 그렇게 끝나서 정말 아쉬울 따름입니다."

여자가 진입로를 흘끗 건너다본다. 조디가 차 안에서 기다리고 있다. 이내 그녀는 작고 매서운 눈으로 다시 나를 본다.

"젊은 처자가 지금 날 놀리는 겐가?" 조금 전과 다르게 돌연 날이 선 목소리다.

"아니요." 어느 부분에서 잘못된 것인지 파악하려 애쓴다. 시작은 좋았지만 빠르게 내리막길에 접어드는 듯했다. "아니요, 그럴 리가요."

"만약 날 놀리는 게라면, 정말이지 무례하기 짝이 없는 거거든."

나는 여자를 달래기 위해 한 손을 들어 보인다. "머스그로브 부인, 저는…… 부인의 마음을 언짢게 할 의도는 아니었어요. 그랬다면 죄송합니다. 솔직히 말씀드리면, 존을 못 본 지 좀 됐어요. 별일 없는 거죠?"

여자의 얼굴이 어두워진다.

"여길 오다니 뻔뻔하기도 해라, 우라질." 여자가 뼈만 남은 손가락 하나로 나를 가리킨다. "실은 말이지…… 난 네가 누군지 알아. 진짜 네가 누군지 말이야."

나는 전혀 모르는 사람이 던지는 익숙한 말을, 알아보는 시선을 감당할 준비를 한다. 난 너를 알아. 텔레비전에서 봤어. 남편을 죽인 사람이지. 분명 안경과 새 재킷, 화장과 핸드백과 좋은 신발로도 나를 감추기엔 충분하지 않은 것이다.

"솔직히 말씀드릴게요, 머스그로브 부인." 마치 기도하듯 두 손을 앞으로 모아서 깍지를 낀다. "저는 그저……."

"너도 그중 한 명이지?"

"네?"

"그 빌어먹을 간호사들 중 한 명이잖아. 기회를 엿보다가 얻을 수 있는 걸 얻어내려고 온 거잖아." 어느새 보랏빛 테를 두른 안경 너머로 여자의 눈이 활활 타오르고 있다. "저번처럼 말이야."

"아니에요." 내가 부드럽게 말한다. "그냥 친구예요. 그게 전부랍니다."

"친구." 여자가 그 단어를 내뱉는다. "내 아들한테 너 같은 친구는 필요 없어."

"머스그로브 부인, 기분 상하셨다면 제가……."

"비위를 잘 맞추면 우리 아들 돈을, 연금을 손에 넣을 수 있을 거라 생각한 게지? 그날이 올 때 아들 유언장에 네 이름이 들어가 있도록 하려는 게지? 역겹구나. 참 역겨워."

나는 입을 열어 대응하려 하지만 한마디 꺼내기도 전에 여자가 잘라낸다.

"맞지?" 여자가 한 번 더 손가락으로 찌른다. "또 한 명의 빌어먹을 꽃뱀이지? 뭐, 그런 에이커스에 또 한 번 내 연락이 갈 거야. 기대해도 좋아."

여자가 문을 부서져라 쾅 닫는 바람에 반투명 판유리가 덜커덕한다. 다시 문이 열려서 우리의 짧은 대화를 이어갈 수 있기라도 할 것처럼, 나는 잠시 더 그 자리에 머문다. 여자가 쏟아낸 분노에 얼얼하면서도, **여기구나** 하는 생각에 마음이 들뜬다. 여자는 머스그로브의 어머니로 딱 맞는 연배다. 한 조각이라도 더 정보를 얻어낼 수 있다면 기꺼이 여자의 분노를 받아낼 각오로, 한 번 더 초인종을 누른다. 그러나 집 안 더 깊숙한 곳에서 텔레비전 소리만이 들려온다. 초인종 소리를 완전히 덮으려는 듯, 볼륨이 커지고 있다. 초인종을 세 번 누를 때까지 아무 응답이 없다.

차에 돌아온 나는 휴대전화를 꺼내서 빠르게 검색을 하고 첫 번째로 뜨는 결과를 클릭한다.

"참 친절하시더라. 뭐 때문에 그런 거야?" 조디가 진지한 얼굴로 놀려댄다.

"아직 확실하게는 잘 모르겠어." 나는 휴대전화를 들어서 조디에게 화면을 보여준다. "그런데 근처의 어딘가를 언급했거든? 한번 가볼 만할 것 같아."

조디가 고개를 끄덕이고 시동을 건다. "자, 그럼 어디 한번 가봅시다."

36

머스그로브에 대해 잘못 짚었다.

그에겐 시간이 없다.

그리고 그는 그린 에이커스 호스피스에도 없다.

우리는 코셤의 변두리에 특수 목적으로 세워진 그 시설을 방문해 런던에서 온 사촌인 체한다. 조디는 접수대의 젊은 여성에게 친근하게 다가간다. 가슴팍에 **캐스린**이라는 이름표를 단 그 여자에게 아주 매력적으로 굴어서 무장 해제시키더니, 몇 분 만에 마치 오랜 친구 사이인 양 수다를 떨고 있다. 그동안 나는 선반에 놓인 안내 책자를 뒤적이며 애도니 유산이니 하는 글귀를 읽는 척하면서 두 사람의 대화에 귀를 기울인다.

캐스린이 조디에게 미안해하며 말하길, 머스그로브 씨가 이곳에 입소한 적은 있지만 지금은 아니란다. 그녀는 목소리를 낮추더니, 그의 어머니가 그린 에이커스 직원들이 '지나치게 친밀하다'고 불만을 제기한 뒤에 존을 여기서 그리 멀지 않은 다른 시설로 옮겼다고 말한다. 특히 한 파견 간호사가 존과 '환자와 간호사의 수준을 넘어선' 관계를 발전시키려 했단다. 이후 그 간호사는 해고됐다고 캐스린이 속삭이듯이 말해준다. 결국 캐스린은 '허가 없이 새로 옮겨 간 주소를 알려주는 건 정말 있을 수 없는 일'이라고 말하면서도 우리가 가엾은 사촌 존을 만날 기회를 놓친다면 참으로 안타까운 일이 될 거라고 이해해준다. 특히나 우리가 런던에서 그 먼 길을 왔는데 말이다.

45분 뒤, 우리는 윌로 하우스의 외부 주차장에 들어서고 있다. 브래드퍼드온에이번의 변두리에 자리한 이 웅장하고 오래된 대저택은 현대적으로 크게 증축됐고 잔디와 나무로 둘러싸여 있다. 그린 에이커스와 마찬가지로 이곳도 호스피스인데, 다만 더 오래되고 더 값비싸게 장식되어 있어, 요양 시설이라기보다는 컨트리클럽 같은 모습이다. 면회 시간이 저녁 7시까지여서, 우리에겐 시간이 조금밖에 남지 않았다. 조디가 접수대 직원에게 조금 전과 똑같은 이야기를 들려주자, 복도를 따라 남쪽 부속 건물로 가서 17번 방을 찾으면 된다고 안내를 해준다.

"네가 이렇게 거짓말을 잘하는지 몰랐어." 소리가 울리는 복도를 따라 걸으며 조디에게 속삭인다. 우리 두 사람의 신발 밑창이 타일 바닥에 닿으며 끼익 하는 소리를 낸다.

"중독자였던 사람은 절대 믿는 게 아니야, 헤더." 조디가 내게 윙크를 보낸다. "우린 **모두**에게 거짓말을 하거든. 자기 자신을 포함해서 말이지."

우리가 17번 방에 다다를 즈음에 짙은 파란색 수술복을 입은 간병인이 그곳에서 나온다. 그녀는 집게로 고정한 서류철을 들고 지나가며 우리에게 동정 어린 미소를 지어 보인다.

문은 열려 있다. 조디가 뒤로 물러서며 내가 먼저 들어가도록 한다.

그렇게 9년 만에 처음으로, 그가 브리스틀 형사 법원의 증인석에 서서 내게 살인으로 유죄 판결이 내려지는 걸 도운 이후 처음으로, 나는 전직 경위 존 머스그로브와 대면한다. 그는 남색 가운과 잠옷 차림으로 퇴창 옆 안락의자에 앉아 꾸벅꾸벅 졸고 있다. 초저녁 햇살이 그를 휘감고 있고, 창밖으로 보이는 정원은 눈부시게 아름답다. 잘 관리된 잔디가 완만하게 흐르며 호수로 이어지고, 여기저기 배치된 길과 벤치 주변으로 환자를 태우고 휠체어를 미는 방문객들이 보인다. 그러나 머스그로브는 창에서 등을 돌려 빛을 등진 채로 우리가 들어와도 꿈쩍도 하지 않는다.

그를 알아보기 어려울 정도다.

굵은 아래팔과 떡 벌어진 어깨, 장대했던 몸집은 이제 10년 전에 비해 절반으로 쪼그라든 듯하다. 가운이 그의 마른 몸을 집어삼켰고, 완전히 대머리가 되었으며, 얼룩덜룩한 피부에 살짝 잿빛이 감돈다. 무릎에는 산소마스크가 놓였고, 의자 옆으로 바퀴 달린 수레 위에 놓인 탱크까지 관이 뱀처럼 이어진다. 방 안 공기는 따뜻하고, 방향제의 강렬하면서도 질리는 냄새에 소독약 냄새가 톡 쏘며 섞여 든다.

조디와 내가 시선을 주고받는다. 조디가 달칵 문을 닫자, 머스그로브가 움찔하더니 눈을 절반쯤 뜨고 서서히 고개를 들어 우리 두 사람을 눈에 담는다. 천천히 눈을 끔뻑이며 나를 향해 얼굴을 찌푸리다 얼마나 잤는지 모르겠다는 듯이 가는 손목에 찬 시계를 확인한다. 안경에 손을 뻗어 떨리는 손으로 끼더니 나를 다시 살핀다. 나를 살핀다.

마침내 그의 얼굴에 나를 알아보는 기색이 떠오른다. 몸이 굳으며 순간적으로 침대에 눈을 획 돌린다. 침대 옆 탁자에는 크고 붉은 호출 버튼이 놓여 있다.

머스그로브는 나 역시 버튼을 보고 있는 걸 알아차리고 다시 의자에 몸을 축 늘어뜨린다.

"걱정 마쇼." 쉰 목소리로 말한다. 익숙한 목소리다. 단어 하나하나에 감기는 요크셔 억양은 그대로지만, 마치 방금 막 산을 오른 사람처럼 맥이 빠져 있다. "어차피 저기까지 가는 데 5분은 걸릴 테니까. 게다가 일주일 동안 나를 찾아온 건 당신들이 처음이거든."

이 순간을 1000번쯤 상상했다. 혹시 기회가 오면 그에게 무슨 말을 할지 생각했다. 무엇을 따져 묻고, 뭐라고 소리쳐야 내 모든 분노와 좌절과 고통을 쏟아낼 수 있을까. 하지만 저 남자가 여기 눈앞에 있는 지금, 내 마음은 새로 흰 눈이 내린 것처럼 백지가 되어 고요하기만 하다.

"안녕하세요, 존."

"날 어떻게 찾았습니까, 헤더?"

나는 어깨를 으쓱한다. "문을 몇 곳 두드렸죠. 도움을 받았거든요."

"하긴 그게 중요한 건 아니겠군요." 머스그로브가 기침한다. 쌕쌕거리며 마른기침을 연거푸 토해내는 통에 한층 더 기운이 빠진 듯하다. "당신이 지금 여기 있으니까."

"아, 여긴 내 친구 조디예요."

"죽음을 기다리는 대합실에 오신 걸 환영합니다. 두 분 모두."

조디는 계속 문에 등을 보인 채 서서 두 손을 청바지 주머니에 찔러 넣고 있다. 머스그로브를 향해 고개를 끄덕할 뿐 아무 말도 하지 않는다.

머스그로브는 산소마스크를 입에 가져가 길게 호흡하고, 한 번 더 반복한 다음 다시 무릎에 내려놓는다.

"출소하면 날 찾아오지 않을까 궁금했습니다. 어떻게 지냈는지 물어봤자 별 소용이 없겠지요?"

나는 그의 질문을 무시한다. "여기엔…… 얼마나 오래 계셨나요?"

그가 코웃음을 치자 그 바람에 다시 기침이 시작된다. "사람들이 진짜 궁금한 건 따로 있을 때 묻는 질문이죠. 정말 여기에 얼마나 오래 있었는지 궁금한 게 아닙니다. 실제 묻는 건 시간이 얼마나 남았느냐죠."

"그래서요?"

"몇 주 남았다고 하더군요. 운이 좋다면 한 달이 될 수도 있고요. 딱 아슬아슬하게 날 찾아온 것 같군요."

이곳은 충분히 편안해 보인다. 병실이라기보다는 스위트룸 같다. 커다란 텔레비전이 벽에 걸렸고 고상한 간이 주방이 한쪽에 따로 마련되었는데, 개수대와 찬장, 냉장고가 구비되었고 벽에 붙은 작은 식탁 한쪽에 의자가 놓였으며 노트북 한 대가 식탁에서 충전 중이다. 크림색으로 페인트칠을 한 이 방을 다른 방과 구별할 만한 것은 한 줌의 개인 물건 말고는 거의 없다. 침대 옆 탁자에 양장본 전기 한 권이 놓였고, 책장에는 액자에 넣은 사진이 두 장 보인다. 하나는 그의 작고 백발인 어머니이자 오늘 오후에 내 면전에서 문을 쾅 닫아버린 그분의 사진이고, 다른 하나는 훨씬 젊은 나이의 존 머스그로브가 회색 정장 차림으로 옷깃에 하얀 카네이션을 단 채 똑같은 차림에다 머리는 옅은 금발인 남자와 손을 맞잡은 사진이다. 두 남자 모두 갓 결혼한 사람 특유의 함박웃음을 짓고 있다.

결혼사진을 찬찬히 살피면서 왜 머스그로브 부인이 떠나간 연인을 찾는다는 내 이야기에 넘어가지 않았는지 깨닫는다.

"나와 개빈은 별거 중입니다. 혹시 궁금할까 봐." 머스그로브가 말한다.

"유감이네요."

"그래, 이제 날 찾았으니 어쩔 셈입니까, 헤더?" 그가 매섭고 푸른 눈으로 나를 뚫어져라 본다. "고문 도구를 꺼낼 참입니까? 내게 전기를 통하게 할 거요? 당신을 교도소에 집어넣은 경찰에게 앙갚음을 할 거요? 유감입니다만, 폐암이 선수를 쳤어요. 그리고 여기 오는 게 당신의 가석방 조건에도 큰 감점으로 작용한다는 걸 알고 있을 텐데요."

나는 침대에 앉는다. 높고 단단한 침대는 이불 위에 무늬가 들어간 두툼한 담요가 겹친 상태로 깔끔하게 정리되어 있다.

"이야기하고 싶을 뿐이에요. 내 사건에 대해."

그가 앙상한 어깨를 으쓱해 보인다. "그럼, 말해보쇼."

나는 머스그로브에게 현재까지 우리가 조사한 내용을 요약해서 들려준다. 음모를 알아내려는 오언의 노력, 크리스틴 레이와 관련해 해소되지 않은 의문들, 그리고 석방된 나를 찾고 있는 세 남자에 대해서.

"내가 남편을 죽이지 않았다는 사실도 있고요." 내가 덧붙인다.

머스그로브가 한 번 더 마스크로 산소를 흡입한다.

"나한테 뭘 원하는 거요?"

"존, 나는 알아야겠어요. 당신에게 들어야겠어요."

"뭘 말입니까?"

"진실이요."

"진실은 내가 이제 쉰여섯이고 죽어가고 있다는 거요, 헤더."

"그건 유감이에요, 진심입니다. 저는 당신이 10년 전에 온갖 곳에서 압박을 받으면서도 어려운 일을 해내려고 노력했던, 꽤 괜찮은 사람이었다는 걸 알아요." 나는 침대에 앉은 채로 몸을 앞으로 숙인다. "하지만 **분명**, 당신은 그때 의심을 품었어요. 아닌가요? 리엄의 의회 일과 연관된 다른 용의자들이 있지 않았나요? 뒤늦게 깨달음이 찾아오면서, 당신이 틀렸을 수도 있다는 생각이 들지 않던가요? 10년이 지나서 내가 이곳에 찾아와, 내가 한 짓이 아니라고 말하고 있다는 사실만으로도 충분히 다시 생각해볼 만⋯⋯."

"이곳에서 최악이 뭔지 압니까?" 그가 내 말을 자른다. "망할 직원들이 내내 지칠 줄을 모르고 밝고 유쾌한 척하려고 애쓰는 것 말고?"

"뭔데요?"

"술을 못 마신다는 겁니다. 단 한 방울도 허락되지 않아요. 뭐라더라, 내 완화 치료 체계의 섬세한 균형을 깨뜨릴 수 있다나. 아니, 다른 곳도 아니고 이런 데서 한 모금도 즐기지 못한다면 도대체 무슨 소용이냐 이 말입니다."

"교도소에서도 술을 못 마셔요."

"내가 졌군요."

"그래서, 하고 싶은 말이 뭔가요?"

"잘 들어요. 우리 둘 다 원하는 게 있잖습니까?" 그가 길고 애달픈 한숨을 내쉰다. "당신은 당신의 유죄 판결에서 잘못된 점을 알길 원하고, 나는 순도 높은 싱글 몰트위스키를 마지막으로 한 병 마시길 원해요. 긴장을 풀기 위해서 말입니다."

말이 나오려다 목구멍에 걸린다. 그의 말이 귀에 날아와 박히면서 심장이 쿵, 쿵, 쿵 뛰기 시작한다.

당신의 유죄 판결에서 잘못된 점.

37

마침내, 지금 이 순간 여기, 이곳에서, 지난 10년간 찾고 있던 것을 찾았다. 열쇠를, 모든 것을 풀어낼 비밀을, 내 과거를 만회하고 새 미래를 찾을 비밀을 만났다. 두 아들이 다시 내 삶의 일부가 될 수 있을 미래. 이제 여기까지 온 만큼 더는 1분도, 1초도 기다리고 싶지 않다. 머스그로브는 **알았던** 것이다. 유죄의 증거가 불충분하다는 것을 알았지만, 우리가 그를 추적하지 않았더라면 아무에게도 알리지 않고 무덤까지 가져갔을 터였다. 그는 내게 말해줘야 할 **의무가 있었다.**

"그럼 말해줄 건가요?"

그가 자신의 주변을 가리킨다. "난 잃을 것도 그다지 많지 않잖소?"

심장이 쿵쿵대는 소리가 점점 더 커지며 귀를 울린다. "말할 게 있다면, 그냥 지금 말해요. 부패와 관련된 거죠, 그렇죠? 리엄에게 일어난 일이 그의 직업 때문이라는 걸 알아요. 크리스틴 레이가 연루되어 있다는 것도요. 변죽만 울리지 말고, 그냥 **말해요.** 전 이럴 시간이 없어요."

"나보단 시간이 많잖소."

멈칫할 수밖에 없게 만드는 말이다. "맞아요. 그렇겠죠."

"내게 보상을 줘요, 헤더." 그가 유령처럼 보일 듯 말 듯 한 미소를 지어 보인다. "사형 선고를 받은 남자의 마지막 부탁이라고 생각해줘요. 내 손에 탈리스커 위스키를 한 잔 쥐여주면, 다 말해드리리다."

나는 자리에서 일어나 좌절이 실린 한숨을 내뱉는다. "정말 이러기예요?"

"나는 한 잔을 원하고, 당신은 알기를 원하고."

그의 두 눈이 조용하고도 맹렬하게 내 두 눈을 잡아두며 어서 알겠다고 말하라고 재촉한다. 내가 거절할 수 없다는 걸 알고 있는 것이다.

"좋아요." 내가 말한다.

"내가 갈게." 조디가 말한다. 우리가 이 방에 걸어 들어온 이후 처음으로 입을 뗀 것인데, 나는 그녀가 자리를 뜨고 싶은 마음이 간절하다는 느낌을 받는다. 적어도 이 남자에게서는 벗어나고 싶겠지. "근처에 구할 곳을 알아."

내 직불 카드를 건네받은 조디는 별다른 말을 덧붙이지 않고 나가며 등 뒤로 문을 당겨 닫는다. 나는 존 머스그로브와 단둘이 남겨진다.

그가 문 옆에 접어놓은 휠체어를 가리킨다.

"그동안, 헤더. 우린 바람을 좀 쐬는 게 어떨까요?"

$$* * *$$

나는 머스그로브를 휠체어에 태워 정원으로 나가 분홍색과 보라색 수국으로 테를 두른 길을 따라 걷는다. 달콤하고 부드러운 꽃향기가 공기 중에 짙게 깔려 있다. 우리는 호수 옆에 자리한 빈 벤치를 발견하고, 그는 힘겹게 휠체어에서 몸을 일으켜 나무 벤치로 옮겨 앉는다.

우리는 잠시 아무 말 없이 앉아 있다. 우리 사이에 들리는 소리라고는 그의 망가진 폐를 힘겹게 들고 나며 쌕쌕거리는 숨소리뿐이다. 해는 아직 따뜻한데, 그는 외투와 스카프, 두툼한 실내화, 납작모자로 잔뜩 무장한 모습이다. 그런데도 마치 추위가 뼛속 깊이 사무친 것처럼 오들오들 떤다.

내가 마침내 입을 연다. "나한테 말을 했을까요? 누구한테라도 말을 했을까요? 당신이 여기에 있지 않았다면? 내가 당신을 찾지 않았다면?"

그가 가슴 앞으로 팔짱을 끼고 어깨를 옹송그린다.

"헤더, 내가 지난 10년간 당신에 대해 생각하지 않았다고 한다면 거짓말일 겁니다. 이따금 당신 생각을 많이 했어요. 은퇴하면 모든 걸 뒤로하고 나오리라고 생각하죠. 하지만 어떤 사건들은…… 그래요, 잊히지 않습니다."

"제게 유죄 판결이 내려지고 승진하셨더군요."

"그것 때문만은 아니었어요."

"안 지 얼마나 됐나요? 은퇴하고 나서야 알았나요, 아니면 더 오래전인가요? 재판 때도 알았던 거죠? 수사가 잘못되었고 내가 범인이 아니라는 걸. 하지만 그땐 이미 모든 것이 끝난 다음이었던 거죠?"

"헤더, 경찰 일에서 외부인은 전혀 이해하지 못할 문제가 있는데, 바로 빈틈없는 사건은 없다는 겁니다. 어떤 기소 사건이라도 100퍼센트 완벽하진 않아요. 운이 좋다면 90퍼센트까지 가능할 테고, 아니면 80, 어쩌면 75, 그리고 나는 사람들이 그보다 적은 확신으로도 유죄 판결을 받는 걸 봐왔어요. 높은 확신에도 무죄 판결을 받는 경우도 있죠. 늘 약간의 의심은 존재합니다. 인생이 그런 것일 뿐입니다."

우리는 오리 세 마리가 호수 위로 물을 튀기며 착지하는 모습을 바라본다.

"그런데 왜 그렇게 오래 기다린 건가요?" 내가 말한다.

그가 어깨를 으쓱한다. "늘 더 나은 때가 있으리라고 생각했어요. 내게 시간이 더 있을 줄 알았죠." 몸을 웅크리며 또다시 발작적으로 밭은기침을 내뱉는다. 몸이 반으로 접힐 지경이다. "이제 간이랑 여기까지 암이 전이가 돼서." 그가 검지로 자신의 대머리를 가리킨다. "단기 기억이 사라지고 있어요. 빌어먹을, 내 전화번호도 기억을 못 한다니까. 그런데 말입니다, 10년, 20년 전 사건들은 여전히 세세하게 기억할 수 있어요."

내 속에서 분노가 거의 완전히 사그라진 것을 깨닫고 놀란다. 분노가 걷힌 자리에 무겁고 우울한 서글픔이 들어서서, 마치 숄처럼 나를 휘감는다. 여기, 우리 두 사람은 모두 패배자다. 인생에 지고 만 패배자들.

내가 나직이 묻는다. "얼마나 됐나요, 존? 진단은 언제 받은 건가요?"

"크리스마스." 속삭임에 가까울 정도로 낮아진 목소리다.

"유감이에요. 교도소에 있을 때는 분노가 컸어요. 당신에게, 제도에 분노했죠. 모든 게 원망스러웠고요. 하지만 당신한테 이런 일이 벌어진 건 유감이에요." 내가 말한다.

머스그로브가 곧바로 어떤 반응을 보이지 않아서, 마침내 감정에 압도당한 것일 수도 있겠구나 생각한다. 그러다 잠시 후에야 잔뜩 지친 그의 눈이 감긴 채 턱이 가슴까지 떨어지고 있다는 걸 깨닫는다.

우리는 계속 그렇게, 나무 벤치 양 끝에 앉아서 그는 꾸벅꾸벅 졸고 나는 호수를 바라보는 채로 머문다. 30분이 지나자 조디가 우리에게 온다. 손에 들린 비닐봉지 두 개가 쩽그랑거린다. 우리는 힘을 합쳐 머스그로브를 다시 휠체어에 조심스레 태우고 호스피스 본관 건물로 돌아간다. 긴 복도를 지나 그의 방에 들어가고, 그가 다시 창가 커다란 안락의자에 옮겨 앉도록 돕는다.

조디는 기대 이상이었다. 머스그로브가 요청한 바로 그 싱글 몰트위스키는 물론이고, 무늬를 새겨 넣은 유리잔까지 사 왔다.

"좋은 걸 사봤자, 그쪽 찬장에 있는 작고 구린 주스 잔에 마신다면 아무 소용 없죠." 조디가 말한다.

머스그로브는 따지 않은 탈리스커 병을 본 후로 부쩍 생기가 도는 모습이다.

"그렇고말고요." 그가 대꾸하고는 내게 한마디를 덧붙인다. "저 사람, 맘에 드네요."

조디가 작은 주방에서 짐을 풀고 위스키의 뚜껑을 부드럽게 **펑** 하고 돌려 딴 다음, 작은 주전자의 절반까지 수돗물을 받는다.

"물은 조금만요." 머스그로브가 입술을 할짝대며 목소리를 높인다. "너무 많이 넣진 말아줘요. 물은 한두 방울, 표면장력을 깨뜨릴 정도로만 떨어뜨려 풍미를 살리는 것으로 충분합니다."

조디가 술을 따르고 머스그로브의 주의가 산만해진 틈을 타서, 나는 슬쩍 주머니에서 휴대전화를 꺼내 녹음 앱의 **시작** 버튼을 누른 다음 안락의자 옆 탁자에 올려놓는다. 조디가 쟁반 가득 준비한 것을 들고 주방에서 나와 머스그로브에게 잔을 건네고 내게도 하나 건넨다. 그러더니 자기 몫의 마지막 잔을 집어 든다.

"그럼, 뭘 위해 건배할까요?" 조디가 말한다.

머스그로브가 갈망 어린 눈으로 잔에 담긴 엷은 호박색 액체를 응시한다. "정의는 어떻습니까?"

우리 세 사람은 묵직한 잔을 쨍그랑하며 서로 맞부딪치고 건배사를 중얼거린다. 찔끔 한 모금을 마시자 그 훈연한 향이 나는 탄 맛의 액체가 내려가며 목구멍을 태운다. 너무 초조한 나머지 맛을 제대로 즐길 수가 없다. 조디는 마치 한 샷을 털어 넣듯 단번에 잔을 비워낸다. 머스그로브는 코 밑에 잔을 갖다 대고 깊이 들이마신 다음에야 천천히, 신중하게 한입 가득 넣고는 꿀꺽 삼키면서 황홀감에 두 눈을 감는다. 기쁨의 한숨을 내쉰다.

"현생에서 정말 필요한 건 순도 높은 싱글 몰트뿐입니다." 그가 말하며 또 한 번 입안 가득 위스키를 머금는다. "그게 바로 신의 절대 진리죠."

그가 빈 잔을 조디에게 밀어 보내자 그녀는 기꺼이 한 번 더 위스키를 넉넉히 따르고 그 위에 한 방울의 물을 떨어뜨려준다. 자신의 잔에도 1센티미터 조금 넘게 따른다. 잔을 드는 내 손이 떨린다. **한 모금만 마시자. 집중해야 해. 온전한 정신으로 이야기를 들어야 해. 이제 곧 저 입에서 나올 말을 정확히 기억해야 해.** 나는 내 휴대전화 화면을 흘끗 보며 녹음기가 제대로 작동하고 있는지 한 번 더 확인한다. 초침이 앞으로 나아가고 있다.

"자, 그러면, 존." 내가 몸을 앞으로 기울이며 말한다. "우리가 거래한 게 있잖아요."

"거래를 했죠."

"이제 내게 말해줄 차례예요."

그가 스카치위스키를 크게 한 모금 더 들이켠다.

"정말 알고 싶은 거요?" 그가 말한다.

"알고 싶어요."

"틀림없습니까? 왜냐하면 어떤 건 아주 듣기 거북할 수 있거든."

"틀림없어요. 그게 뭐든, 그냥 말해줘요." 가슴 속 심장이 아프게 쿵쿵거린다.

"좋아요, 헤더. 당신 유죄 판결에서 잘못된 점을 말해드리리다." 그가 내 눈을 똑바로 본다. "없어요. 전혀, **조금도 없어.**"

그가 나를 향해 위스키 잔을 들어 보인다.

"건배." 또 한 번 길게 들이켜곤 허하고 만족스러운 숨을 토해낸다. 그의 머리가 다시 안락의자에 떨어진다. "**좋아.** 바로 이거야."

잠시 아뜩해서 아무 말도 나오지 않는다.

속았거나 농락당한 기분이다. 간절히 바라던 선물을 뜯었는데 안에 아무 것도 없고 빈 상자뿐인 것처럼 속이 메스껍고 공허한 느낌이다.

내가 말한다. "이해가 안 돼요. 무슨 말을 하는 거예요? **없**다니, 그게 무 슨 뜻이에요?"

"정확히 바로 그 뜻입니다."

"거래를 했잖아요, 진실을 말해주기로. 다 말해주겠다고 했잖아요!"

"내가 **약속한** 건 당신의 유죄 판결에서 잘못된 점을 말해주겠다는 거였 소. 정확히 그렇게 했고. 당신이 유죄 판결을 받은 건 철저히 증거에 입각한 것으로, 정당하고 옳은 것이었소. 그러니 교도소에서 9년을 산 거고. 그러니 항소가 기각된 거고. 솔직히, 지금쯤이면 본인이 저지른 짓의 결과를 받아 들이고 책임을 지길 기대했는데 말이지. 그래야만 당신은 앞으로 나아갈 수 있을 거요."

38

　잔을 몹시도 세게 거머쥔 나머지 손가락 관절이 산마루처럼 솟아 허옇게 드러난다. 불쑥 그의 머리에 잔을 던져버리고 싶은 충동이 인다. 그의 머리가 아닌 탁자에 턱 하고 잔을 내려놓자 위스키가 출렁거리다가 넘치며 광을 낸 티크나무 상판에 쏟아진다.

　"개자식. 날 속였어."

　머스그로브가 어깨를 으쓱한다. "뭘 기대한 거요?"

　"마음을 바꾼 것처럼, 후회가 남은 것처럼 말했잖아요. 난 내가 리엄을 죽이지 않았다는 걸 아니까, 당신이 잘못 알려진 사실을 바로잡고 싶어 하길 바랐어요." 나는 주변을 가리킨다. "특히 당신이 이런 곳에 있는 상황이니까."

　조디와 내가 이곳에 온 이후 처음으로, 그의 이마에 분노의 주름이 몇 줄 단단히 잡힌다.

　머스그로브가 발끈한다. "뭐요? 내가 죽어가는 처지니까, 무릎을 꿇고 이게 다 모함이었다고 고백이라도 할 거라고 생각한 겁니까? 나와 내 팀이 당신을 검찰에 넘긴 과정에 대해 엄청난 폭로를 해서 마음의 짐을 덜 거라고 생각했어요?" 다시 숨이 가빠오며 힘겹게 호흡할 때마다 가슴이 오르내리더니, 머스그로브는 의자 옆에 있는 산소마스크에 손을 뻗는다. "내가 다 알면서, 무고한 사람이 18년 형을 받게 했다고 생각했습니까? 나는 내 이 경력이 인생의 전부인 사람인데, 그런 내가 내 인생 전부를, 내 경력 전부를 당신이 내 눈앞에 나타났다는 이유만으로 다 날려버릴 거라고 생각한 거냐고요?"

"다른 용의자들은 전혀 고려하지 않았잖아요. 그 첫날 이후 전혀요. 당신의 시야는 좁았어요. 오로지 내게만 집착해서 더 큰 그림을 보지 못한 거예요. 들어맞지 않는 그 모든 것을 놓친 거라고요."

그가 고개를 젓는다. "아까도 말하려 했는데, 모든 사건에는 매끈하지 않은 구석이 있어요. 완벽히 들어맞지 않는 작은 부분들이 있죠. 나머지와 완전한 조화를 이루지 못하거나 어떤 식으로든 튕겨 나가는 이상한 것들이. 요즘 사람들은 텔레비전에서「CSI」니「셜록」이니「무언의 목격자」같은 걸 너무 많이 보니까 모든 게 깔끔하게 매듭지어진다고 생각해요. 하지만 현실은 그렇지 않죠. 실제 **사건들**도 그렇지 않습니다. 빈틈없이 100퍼센트 완벽한 사건은 단 한 건도 없어요. 그러니 배심원단이 어떤 식으로든 결정하게 두는 거죠."

"그럼 제 사건에서 **매끄럽지 않은 구석**은 뭐였죠?"

"이제 와서 무슨 의미가 있습니까. 당신이 법적으로 취할 수 있는 선택지가 다 바닥난 상황인 데다⋯⋯."

"나한텐 의미가 있어요! 사건에서 약한 지점들이 있었다면, 난 알 자격이 있어요."

"지금껏 내 말을 뭐로 들은 겁니까? 당신은 유죄가 확정된 살인자야. 정당한 법 절차를 거쳤고, 그 결과를 기꺼이 감수해야⋯⋯."

"**부당하게** 유죄 판결을 받은 거죠."

그가 끙 하고 앓는 소리를 내며 고개를 젓는다.

나는 자리에서 일어나 그의 의자에 더 가까이 다가간다. "제1 원내 총무 사무실에서 빠른 결과를 내도록 압력을 가했나요?"

"아니요."

"의회 내 부패, 요직 인사와의 접촉을 위한 뇌물 수수, 민감한 정보가 거대 회사에 팔리고 있다는 사실과 연관성이 발견되었는데도 무시해야 한다는 압박이 있었나요?"

"결과를 내야 한다는 압박이 있었죠. **옳은 결과를.** 그게 전부입니다."

"아르테미스라는 이름이 당신에게 어떤 의미가 있나요? 회사인가요? 프로젝트 이름인가요?"

그가 잔을 입으로 가져가는 도중에 아주 잠깐 멈칫하더니 위스키를 한 모금 더 마신다.

"그런 이름은 처음 들어봅니다."

"안 믿어요."

"그럼 좋을 대로 믿어요. 난 죽어가는 몸이니."

"사건의 증거 대부분이 경찰에서 소실된 이유는 뭐죠?"

"나와는 아무 관련이 없어요." 그가 어깨를 으쓱한다. "그즈음에 난 이미 은퇴한 상태였으니까."

"리엄의 휴대전화에서 나온 사진 속 금발 여자, 어째서 그 여자는 찾지 못한 거죠?"

"말했듯이, 매끄럽지 않은 구석이 있죠. 하지만 여전히 우린 결승선을 통과하기에 충분했어요."

어떤 이유에서인지 스포츠에 비유한 그 표현이 분노의 불길을 훨씬 더 세차게 타오르게 한다.

"내 인생을 망친 걸 그렇게 표현하나요? **결승선을 통과한다?**"

"헤더, 당신은 남편을 죽였어요."

"아니에요!" 나는 그를 향해 몸을 숙인다. 그의 숨에서 시큼한 위스키 냄새를 맡을 수 있을 만큼 가까이 다가간다. "아니, 난 죽이지 않았어. 그리고 난 믿어 의심치 않았어, 당신에게 당시 의심이 가는 점들이 있었다고 인정할 용기가 있을 거라고. 특히나 당신이 이런 곳에 있다는 걸 알게 됐으니 말이야."

그는 이번에는 움직이지 않는다. 움찔하지도 않는다.

"그런 얘기라면, 당신을 실망시킬 수 있어서 기쁘군."

나는 좌절감에 한숨을 내쉬고 조디를 돌아본다. 조디는 손에 잔을 들고 벽에 기댄 채 우리의 설전을 내내 지켜보고 있었다. 그녀의 치켜세운 눈썹이 말한다. 내가 뭐랬니.

아무 말 없이, 조디가 몸을 돌려 다시 주방으로 향한다. 머스그로브가 들을 수 있을 정도로 크게 소리를 내며 서랍에서 날붙이를 달가닥거린다.

"헤더, 여기 쓸 만한 칼이 좀 있네, 네가 이제 내 방식대로 가볼 생각이 있다면 말이야." 내 어리둥절한 얼굴을 향해 그녀가 덧붙인다. "기억해? 놈이 우리에게 정보를 주지 않으면 불알을 떼어버리겠다고 협박하기로 한 거?"

머스그로브가 얼어붙어, 또다시 입으로 가져가던 잔이 도중에 멈춰 선다. 진담인지 확신하지 못하겠다는 양, 두 눈이 우리 두 사람 사이를 획획 오간다.

조디가 위험해 보이는 칼을 하나 꺼낸다. 은색 손잡이가 달린 고기 저미는 칼이다. 조디는 자신의 손끝에 대보며 날을 시험한다. 마치 손에 익히기라도 하려는 듯이, 칼을 가볍게 잡고 무게와 균형감, 뾰족한 끝을 확인한다. 손에 칼을 쥔 모습이 꽤 편안해 보인다.

"이게 제일 날카로운 것 같다." 조디가 무심하게 칼끝을 머스그로브에게 겨눈다. "당신 생각은 어때요, 존? '예, 아니요' 게임을 해볼까요?"

잠시, 유혹에 흔들린다. 나는 조디가 실제로 그를 다치게 하지 않으리라는 걸 알지만, 그는 그 사실을 모른다. 어쩌면 시도해볼 만할지도 모른다. 그가 우리에게 뭔가를 더 내놓을지 확인만 하는 거다.

그러나 옳지 않다. 그는 방어할 수 없는 처지이다. 그가 무얼 했든, 하지 않았든, 이런 일까지 겪어 마땅한 건 아니다.

나는 고개를 젓는다. "우린 여기서 시간만 낭비하고 있어."

"아쉽네." 조디는 대신 칼을 펙 하고 도마에 내리꽂는다. 나무 판에 칼이 수직으로 박힌다. 그녀는 그 작은 주방에서 나와 4분의 3 정도 남은 위스키 병을 가리킨다. "가져갈래?"

나는 머스그로브를 바라본다. 또다시 잔에 넉넉히 위스키를 붓는 그의 손이 떨리고 있다.

"내버려둬." 나는 탁자에서 내 휴대전화를 집어 들며 말한다. "가자."

마지막으로 한 번 더, 전직 경위 존 머스그로브를 흘끗 돌아보지만 그는 나와 시선을 맞추려 들지 않는다. 문이 닫힌다.

내가 다시 복도를 따라 접수대 쪽으로 향하는 동안, 조디는 분노로 성큼성큼 걷는 나와 보조를 맞추려 허둥대며 따라온다.

"해볼 만한 일이었어, 헤더. 그 자식이 개새끼인 건 네 잘못이 아니야."

"네가 옳았어." 이를 악물고 말한다. "네 말을 들었어야 했어."

주차장에 다다르자 조디는 작은 검은색 코르사의 조수석으로 나를 안내한다. 나는 문 두 짝이 다 닫힐 때까지 기다렸다가 분노와 좌절의 눈물을 쏟아낸다. 어찌나 크게 흐느껴 울었는지 내 귀가 다 먹먹할 지경이다.

조디가 내 손을 잡고 힘을 주더니 말한다.

"경찰이 그렇지 뭐. 전부 개자식이야. 빌어먹을, 안 그런 경찰을 본 적이 없다니까."

"난 정말…… 우리가 그 사람을 찾아내고 그 사람이 우리에게 입을 열었을 때." 나는 고개를 젓는다. "그 사람은 도움을 요청할 수도 있었는데 그러지 않았잖아. 어떻게든 경보를 울릴 수도 있었고. 내게 뭔가 할 말이 있다고 생각했어. 그 모든 세월이 흐른 뒤에 마음의 짐을 덜고 싶은 줄 알았는데."

"다시 가서 칼로 해결하는 방법도 아직 늦지 않았어."

"그런다고 생각을 바꿀 것 같지 않아. 그 사람은 내게 아주 단호해 보였어. 이 일에 하루를 통째로 날려버렸다니, 믿을 수가 없다."

조디가 작게 속삭이듯 말한다. "완전히 날린 건 아닐 수도 있어."

"무슨 뜻이야?"

"넌 거짓말하는 사람을 알아볼 수 있다고 했지? 좋아. 하지만 난 경찰을 알아. 살면서 100만 명은 상대해봐서, 그 차이를 알아."

"무슨 차이?"

"그 사람이 **너한테** 뭔가를 납득시키려 할 때와 다르게, **자기 자신**을 납득시키려 할 땐 똑같은 말을 계속 반복하더라고. 똑같은 개소리를 계속 반복해서 그것만이 사건에 대해 유일하게 가능한 설명인 것처럼 보일 때까지 말이야. 개소리가 금으로 변할 때까지 계속 광을 내고 다듬더라고." 조디가 내 손을 다시 꼭 쥔다. "분명 그 자식이 너한테 말하지 않은 게 있어. 또 뭐가 있는지 알아? 내가 지켜봤는데 말이야, 우리가 방에 들어간 순간부터 그 자식 몸짓 언어를 지켜봤는데, 단 한 번, 마치 너한테 정곡을 찔리기라도 한 것처럼 제대로 움찔한 순간이 있었다고. 바로 네가 아도니슨가 뭔가 하는 것에 대해 물었을 때였어."

"아르테미스 말하는 거지?"

"아르테미스. 맞아. 단 한 번 네가 그 자식 허를 찌른 순간이었어. 전혀 예상하지 못한 것 같더라고. 제대로 당한 거지."

"유일한 문제는, 도대체 아르테미스가 뭔지 우리도 모른다는 거야."

"그래도 분명 거기에 뭔가가 있었어. 다시 가서 놈한테 칼을 들이대볼까?"

"조디, 난 죽어가는 사람을 위협하진 않을 거야."

"네가 그렇게 나올 줄 알았어." 조디는 재킷 주머니에서 자신의 휴대전화를 꺼내더니 내게 화면을 보여준다. "아까 주방에서 물 주전자를 찾다가 찍었지. 도움이 될 수도 있지 않을까?"

포스트잇 메모를 클로즈업해서 찍은 사진으로, 파란색 볼펜으로 쓴 크고 둥근 필체는 10대 소녀나 젊은 여성의 것으로 보인다. 어쩌면 직원이 쓴 것일 수도 있겠다. 첫 번째는 이메일 주소로, jmus4519@flashmail이라고 쓰여 있다. 두 번째는 비밀번호처럼 보인다. Tyke$1967.

"이걸 어디서 봤어?"

"작은 식탁에 알림판이 있었는데, 거기 핀으로 고정돼 있더라."

머스그로브가 호수 옆 벤치에 앉아 꾸벅꾸벅 졸면서 했던 말이 기억난다. 단기 기억이 사라지고 있어요. 빌어먹을, 내 전화번호도 기억을 못 한다니까.

"그 사람 이메일 주소야." 내가 말하며 내 휴대전화도 꺼낸다. "지금 로그인을 해봐야겠어."

조디가 다른 쪽 주머니에도 손을 넣어 새끼손가락만 한 작은 은색 장치를 꺼낸다. "이것도 슬쩍했지. 그 사람 노트북에 쑥 튀어나와 있었어. 이거 그런 스틱 맞지? 뭐라고 하더라?"

"USB 메모리 스틱. 네가 훔친 거야?"

"혜더, 중독자는 절대 믿는 게 아니랬지." 조디가 내 손바닥에 USB를 떨어뜨린다. "우린 뭐든 슬쩍해. 볼 만해야 할 텐데. 어때?"

나는 손바닥 위의 그 작은 은색 스틱을 뒤집어본다. 반짝이는 금속이 매끄럽고, 조디의 주머니 속 온기가 아직 약간이나마 남아 있다. 32GB. 저장 용량을 알려주는 제조사의 음각을 제외하고는 아무것도 없다.

"노트북도 한 대 필요할 것 같네."

조디가 시동을 걸자 코르사의 엔진이 쿨럭대며 살아난다.

"그 전에, 더 중요한 게 있어. 한 잔 더 하러 가자."

39

우리는 윈슬리의 한 술집을 찾는다. 목재로 뼈대를 세운 공간에 자리가 마련된 곳으로, 조디가 커다란 잔으로 레드와인을 마시는 동안 나는 다이어트 콜라를 홀짝이며 휴대전화로 브라우저를 열어 머스그로브의 이메일 계정에 접속하려 한다. 혹시 그가 뭐라도 의심이 들지는 않았을지, 우리를 막으려고 벌써 비밀번호를 바꿨거나, 어쩌면 한술 더 떠서 경찰에 있는 옛 동료에게 연락을 해두지는 않았을지 걱정했다. 그러다가 우리가 딴 채로 두고 온 위스키 병을, 우리가 나올 때 세 잔째 따르던 그 광기를 생각하자, 그가 한동안은 어떤 조치를 취하지 않으리라는 희망이 싹튼다. 트레버 보일에게 또 한 통의 부재중 전화가 와 있는데, 이번에는 메시지가 없다. 나중에 연락을 해야겠다.

조디가 먼저 그것을 본다.

"젠장." 조디가 입안 가득 머금은 와인을 삼키며 조용히 말한다.

"뭔데?"

조디가 반대편을 가리킨다. 철제 선반이 각종 신문으로 채워져 있다. 손님들이 자유롭게 가져가서 읽고 다시 돌려놓도록 마련된 것이다. 그중에 오늘 자《배스 에코》가 있다. 1면의 절반을 내 얼굴이 차지하고 있고, 헤드라인을 읽자 목이 조여온다. '남편을 죽인 살인자, 거리를 활보하다.' 우리가 앉은 자리와 불과 6여 미터 떨어진 곳에, 어제 열차 플랫폼에서 전혀 모르

263

는 사람에게 찍힌 내 모습이 잔뜩 확대되어 있는 것이다. 아마도 저 지역 신문이 브리스틀 지역 언론사에서 사진을 확보한 모양이다. 내 사진이 연못을 뒤덮는 물풀처럼 번지고 있었다.

"젠장." 나직이 내뱉는다. 영화나 드라마가 아닌 현실에서 내 고향으로부터 버림받은 사람. 그렇게 느껴진다.

조디가 말한다. "이런 말 하고 싶지 않지만, 이제 온갖 머저리들이 나서서 널 찍으려고 할 거야. 소셜 미디어에 올리려고 말이야."

나는 가방에서 다시 야구 모자를 꺼내 챙을 얼굴까지 푹 내려쓴다.

"그럼 서두르는 게 좋겠지?"

이메일 로그인 화면에서, 나는 포스트잇 메모에 적힌 머스그로브의 정보를 입력한다.

객관적으로, 이렇게까지 한다는 건 마음이 불편한 일이다. 그의 계정을 가로채는 셈이니까. 죽어가는 남자의 개인적인 서신을 염탐하는 셈이니까. 하지만 더는 그러한 종류의 양심의 가책을 느낄 여유가 없다. 그건 내 몫이 아닌 지 오래인, 일종의 사치다.

머스그로브는 비밀번호를 바꾸지 않았다.

수신함 속 이메일은 5000통이 넘고, 화면 아래쪽에 집계된 바에 따르면 4000통 가까이 읽지 않은 상태다. 다시 스크롤 한다. 한동안 들어오지 않았는지 읽지 않은 이메일은 지난해 말, 그러니까 약 9개월 전까지 거슬러 올라가는 듯하다. 크리스마스 무렵으로 그가 암 진단을 받았다는 시기다. 그런 소식을 접하면 새로 이메일이 도착하는 족족 확인하는 일이 돌연 자신의 시간을 가장 형편없이 쓰는 방법이 되어버릴 터였다. 의사들로부터 완화 치료 말고는 더는 해줄 수 있는 게 없다는 말을 들은 건 암 진단을 받고 얼마나 지나서였을까.

하위 폴더도 100개가 넘는다. 'AA/자동차'부터 '웨일스'까지, 알파벳 순서로 목록이 작성되어 있다. 이 폴더들에도 이메일 수천 개가 더 보관되어 있을지 모른다.

전부 다 살펴보려면 한참이 걸릴 터였다. 하지만 무엇보다도 먼저, 문단

속을 해야 했다. 나는 계정 관리를 찾아서 클릭해 들어가, 한 칸에 기존 비밀번호를 입력한 다음 잠시 멈춰서 고개를 들고 맞은편에 앉은 조디를 본다.

"네가 처음 기른 반려동물 이름이 뭐였어?"

조디가 잔 위로 미소를 지어 보인다. "내 음란 채팅용 가명을 알아내려는 거야?"

"그냥 좀 알려줘봐."

"부치. 꼬리가 반쯤 잘린 채로 구조된 암컷 고양이였어."

"암컷?"

"이름을 지어줄 땐 암컷인지 몰랐거든."

"네 첫 집은 몇 번지였니?"

조디가 어깨를 으쓱한다. "몰라. 이사를 참 많이 다녔거든. 다양한 공영주택에 살았어. 어디서든 그리 오래 머무르진 않았지."

"알겠어. 상관없어."

나는 'Butch2023'을 두 번, 두 개의 빈칸에 입력한다. 이제 다 되었다. 비밀번호가 변경되었으니 머스그로브는 자신의 계정에 들어가지 못한다.

조디가 잔을 비우고 한 잔을 더 주문하고 나서야 우리 음식이 나온다. 스테이크와 감자튀김은 조디 것이고, 시저 샐러드는 내 것이다. 조디는 스테이크를 게걸스레 입에 쑤셔 넣고, 나는 포크로 샐러드를 깨지락거리며 계속해서 머스그로브의 이메일을 스크롤 한다.

15분 뒤, 조디가 자신의 빈 접시에 포크와 나이프를 내려놓고 종업원에게 술을 더 달라는 신호를 보낸다.

"제발 좀, 헤더." 장난기가 실린 편안한 말투, 런던 인근의 여러 카운티에서 볼 수 있는 상류층 특유의 억양을 꽤 그럴듯하게 따라 한다. "자기야, 규칙 몰라?"

나는 휴대전화에서 고개를 들지 않는다. "무슨 규칙?"

"저녁 식사 자리에서 전자 기기 사용하지 않기." 조디가 내게서 휴대전화를 빼앗아 자신의 접시 옆에 둔다. "어서 네 토끼 밥부터 다 먹어. 착하지."

나는 조디에게 엷게 미소를 지어 보인다. "알겠어요, 엄마."

"네가 먹는 동안 내가 볼게." 조디가 내 휴대전화 화면을 두드린다. "뭘 찾는다고 했지?"

사실 나도 정확히는 모른다고 인정할 수밖에 없다. 머스그로브가 은퇴한 지도 2년 정도 되어서 그의 이메일은 상당수가 아무 의미도 없는 것일지 모른다. 하지만 조디의 직감이 맞는다면, 그가 **정말** 무언가를 숨기고 있다면, 이메일이 시작 지점으로 나쁘지는 않았다.

"내 사건이나 다른 사건에서 *그가* 경찰로 한 일과 관련이 있어 보이는 거면 뭐든 좋아. 에이번 서머싯 경찰에서 보낸 거라면 뭐든, 공식적이거나 기밀 사항으로 보이는 거라면 뭐든, 예전 경찰 동료들에게 보냈거나 그들로부터 받은 거라면 뭐든. 사람들이 개인 이메일에 온갖 걸 다 보관한다는 걸 알면 놀랄걸?"

"이제 더는 아무것도 놀랍지 않은걸." 조디가 중얼거리며 메일 수신함을 스크롤 하기 시작한다.

샐러드는 훌륭하다. 닭고기가 큼직큼직하게 들어가고 맛있는 크림 드레싱이 뿌려져, 풍미가 좋고 포만감도 준다. 내가 얼마나 배고팠는지, 아늑한 술집에 앉아 내 속도에 맞춰 식사를 할 수 있다는 게 얼마나 기분 좋은 일인지 이제야 깨닫는다. 기다란 벤치 테이블에서 다른 재소자들 사이에 끼여서 먹는 게 아니라 말이다.

내가 먹는 동안 조디는 이메일을 클릭하고, 훑어보고, 다음으로 넘어가며 상황을 중계해준다. 몇 분 후, 조디가 목으로 살짝 소리를 낸다.

"뭔데?" 내가 묻는다.

"그의 주소를 찾았어." 조디가 내게 화면을 들어 보인다. 존 루이스(영국의 백화점 체인—옮긴이)에서 보낸 스피커 세트 주문 확정 메일이다. J. T. 머스그로브 씨의 배스 주소가 빌라 필즈의 록클리프 로드에 있는 것으로 나와 있다. "한번 가볼까?"

"하지만 머스그로브는 거기 없잖아."

"**바로 그거야.**"

"가더라도 어떻게 들어갈 수 있겠니?"

조디는 너도 참 머리가 안 돌아간다는 듯이 얼굴을 찌푸린다. "널 어쩌면 좋으니?"

* * *

배스에 돌아와, 나는 호스텔에서 조금 떨어진 곳에 차를 세우고 우리는 조디가 어제 안내한 뒷길을 이용한다. 우리가 공원 울타리를 오를 즈음 날은 어두워졌고, 혹시 세 남자가 돌아왔을까 봐 천천히 움직인다. 조디가 먼저 혼자 들어가고, 1분 뒤에 내게 경보 해제 메시지를 보내온다. 입구 쪽 길에 검은색 밴이 세워져 있지 않다.

나중에 우리가 비좁은 공동 침실에서 잘 준비를 할 때, 나는 말한다. "고마워. 오늘 일 말이야."

조디가 어깨를 으쓱한다. "재미있었어."

"그래도 네가 있어서 좋았어. 우리가 함께여서 좋았어."

"난 바쁜 게 좋아." 조디가 바닥을 내려다보며 말한다. "다른 모든 것에서 정신을 돌릴 수 있거든. 게다가 우리, 엉망진창인 사람들은 꼭 붙어 다녀야 하지 않겠어?"

* * *

우리 두 사람은 목요일 아침 일찍 노트북을 사러 나선다. 커리스(영국과 아일랜드에 매장을 둔 전자 제품 판매 업체-옮긴이)에 잽싸게 들른 다음 서둘러 근처 스타벅스로 옮겨 와서 내가 노트북을 개봉하고 플러그에 꽂는 동안 조디가 아침 식사로 페이스트리와 커피를 가지러 간다. 나는 조디가 오늘 아침에 늦잠을 자고 싶어 할 줄 알았는데 나와 똑같은 시간에 일어났다. 그녀는 어제 우리가 함께 시간을 보낸 후로 새삼스레 나를 보호하려 드는 듯하고, 나도 혼자 가고 싶지 않다.

조디가 커피를 들고 돌아올 무렵 나는 노트북 설정을 마치고 무료 와이파이에 접속도 해둔 상태다. 트레버 보일에게서 어제 두 통에 이어 또 한 통의 부재중 전화가 와 있다. 그는 짜증 섞인 목소리로 가능한 한 빨리 전화를 줘서 자신의 사무실에서 만날 날을 잡아야 한다는 내용의 음성 메시지를 또다시 남긴다. 우리는 이미 다음 주에 2주간의 진행 사항을 확인하기로 한 면담 일정을 잡아두었으므로, 나는 메시지를 삭제하고 휴대전화를 무음으로 바꾼다.

조디가 머스그로브의 호스피스 병실에서 슬쩍해 온 USB 저장 장치를 꽂으면서, 나는 또 한 번 궁금해진다. 그가 신고를 할까? 경찰을 찾아가거나 다른 방법을 동원해서 우리를 추적해 와 USB를 찾으려 할까? 어쩌면 보일이 전화를 한 게 이 일 때문일까? 그렇다면 더더욱, 가능한 한 빨리 안에 담긴 자료에 접근해서 복사하고, 이 저장 장치를 없애버려야 하겠다.

저장 장치를 들여다보기 위해 내 화면에 E-드라이브로 나타난 아이콘을 클릭하면서, 비밀번호가 걸려 있지 않기를 조용히 기도한다.

제발 좀 봐주세요. 이번 한 번만.

비밀번호가 걸려 있지 않다.

들어가자, 화면이 작고 노란 디렉터리 아이콘으로 채워진다. 수십 개다.

빠르게 훑어보자 몇 년 치 폴더가 여기에 다 모인 듯하다. 어쩌면 머스그로브의 현재 노트북과 이전에 쓰던 노트북의 모든 문서를 담은 듯하다. 문서는 5년, 6년, 10년, 어쩌면 그 이상을 거슬러 올라갈 수도 있겠다.

조디가 노트북 너머로 몸을 숙이며 화면을 본다. "뭐 좀 나왔어?"

"여기 파일이 대량으로 있어. 이걸 다 헤집으려면 한참 걸리겠는데."

"이번엔 뭘 찾는 건데?"

"이메일을 뒤질 때랑 똑같아." 나는 아메리카노를 한 모금 홀짝인다. "찾으면 알려줄게."

탁자 위 내 휴대전화가 울리자 나는 화면을 확인하지 않고 받는다.

"이제야 받네요!" 내 인사가 끝나기도 전에 트레버 보일이 말을 잇는다. "그러니까, 죽지 않은 거네요? 왜 내 전화에 답을 하지 않는 겁니까?"

"죄송해요. 새 전화가 아직 익숙지 않아서, 음성 사서함 설정도 제대로 못 하는 것 같……."

"아무튼 **시급히** 와줘야겠어요. 이번 주 안 됩니다, 내일 안 됩니다, **오늘** 오세요." 그의 목소리에 짜증이 뚝뚝 묻어난다.

시계를 본다. "12시에 사람들을 좀 만나야 해서, 그 후에 갈 수 있을 거 같거든요?"

"사람들? 무슨 사람들이요?"

"그냥…… 옛 친구들이요." 내가 조디를 흘끗 건너다본다. "새 친구도 있고요."

"오후 2시, 늦지 말아요. 이스트우드 파크로 돌아가고 싶지 않다면, 이번 약속을 어기지 **않는** 게 좋을 겁니다. 내 말 알아듣습니까?"

40

칼리지 암스는 옛 느낌을 풍기는 술집으로, 공설 운동장 인근의 현대적인 바나 고급 요리가 나오는 술집보다 덜 붐빌 거라고 오언이 우리에게 장담한 곳이다. 오언은 뒤쪽의 특실에 자리를 잡았는데, 천장이 낮고 벽을 장식한 리얼 에일(전통적인 재료와 방식으로 생산된 맥주-옮긴이) 포스터가 누렇게 바래가며 구석의 작은 텔레비전에서는 경마가 무음으로 중계되고 있다. 그 방에는 우리뿐이다. 서로 소개를 마친 다음, 나는 첫 잔을 주문하러 카운터에 간다. 오언과 조디는 술, 에이미와 나는 탄산음료다.

바텐더가 우리 잔을 채우는 동안, 나는 광이 나는 나무 카운터에 기대어 저 구석에 모인 나의 이상한 무리를 건너다본다. 잔 자국으로 가득한 나무 탁자에 둘러앉은 저들을 보니 고맙고 겸허한 마음이 들고, 무엇보다도 기꺼이 나와 함께 앉아서 술 한잔을 기울일 사람이 세상에 한 사람이라도 남아 있다는 사실이 놀랍기만 하다. 그런데 자그마치 세 사람이라니. 왼쪽에 조디가 보인다. 오늘도 어김없이 내가 며칠 전에 준 재킷 차림으로, 오언에게 나와 어떻게 만났는지 활발하게 이야기하고 있다. 오언은 귀를 기울이며 고개를 끄덕이면서도 등을 벽에 바싹 붙인 채 경계의 눈초리로 문 쪽을 본다. 오른쪽에는 재킷과 블라우스 차림의 에이미가 앉았는데, 살짝 몸이 굳고 두 사람과 데면데면한 모습으로 내가 돌아오기를 기다리고 있다.

나의 무리. 나의 작은 팀. 우리 모두 제 나름대로 무너진 사람들이다. 재활을 꿈꾸는 중독자와 불명예를 얻은 기자, 오빠를 잃은 동생. 그리고 나, 우리 중에서 가장 최악인 사람. 그럼에도 저 세 사람은 여기 모였다. 나 때문에. 리엄 때문에.

어쩌면 우리 모두 돌아갈 길을 찾고 있는지도 모른다.

음료값을 치른 내가 쟁반을 들고 자리로 돌아간다. 조디가 에이미를 구슬려 대화를 유도하고 있다.

조디가 자신보다 어린 그녀에게 말한다. "있죠, 생각했던 모습이랑 다르네요."

에이미가 눈썹을 치켜세운다. "어떻게 생각하셨는데요?"

"글쎄요." 조디가 어깨를 으쓱인다. "나이가 좀 더 많을 줄 알았다고 할까. 동년배일 줄."

"저와 리엄은 나이 차가 좀 났어요." 에이미는 조디의 직설적인 화법에 당황하지 않는 듯하다. "우리 어머니가 딸을 낳으려는 시도를 포기하지 않으셨거든요."

오언이 목을 가다듬는다. "자, 진행 상황을 공유합시다. 헤더, 당신부터 시작하죠."

나는 지난 서른여섯 시간 동안의 진행 상황을 요약해서 들려준다. 어제 우리가 존 머스그로브를 추적해낸 과정부터 시작해, 끝내 호스피스에서 그를 찾아내 대화를 나눈 일을 이야기한다. 우리가 그의 행동에서 수상쩍은 구석을 발견했고, 그래서 먼저 그의 이메일을, 뒤이어 조디가 그의 노트북에서 빼 온 USB 저장 장치를 훑어봤다는 사실도 털어놓는다. 조디가 부추기는 바람에 지난 이틀 사이에 미스터리한 검은색 밴이 등장했으며, 안에 타고 있던 사람들이 나를 쫓는 듯했다는 점도 언급한다.

스프링으로 제본된 공책에 속기로 휘갈기던 오언이 고개를 들어 내게 괜찮은 거냐고 묻는다.

"크리스틴 레이가 참석한 그 2013년의 회의록은 어때요?" 내가 화제를 돌리며 말한다. "다른 두 명의 참석자를 추적하는 데 진전이 있었나요?"

"어쩌면." 오언이 그의 휴대전화를 들어 사진을 보여준다. 크리스틴이 화요일에 만난 회색 정장의 남자다. "이 남자에 대해 이미지 검색을 여러 번했어요. 온라인에서의 의도적인 난독화와 정제된 데이터, 삭제된 페이지가 많았지만, 결국 일치하는 결과를 얻었죠."

조디가 몸을 더 가까이 기울여 사진을 살핀다. 이틀 전에 남자가 할리퀸이라는 이름의 작은 식당에서 나올 때 내가 찍은 사진이다.

조디가 묻는다. "이 남자가 누군데요? 부티가 좔좔 흐르네."

오언이 대답한다. "제가 파악한 바로는 필립 부아뱅이 남자 이름이에요. 프랑스계 캐나다인으로, 해외에 등록된 여러 회사의 CEO이고 자신의 사생활을 철저히 보호하려 드는 사람이죠. 그의 온라인 발자국은 사실상 존재하지 않아요. 그래도 뭐가 더 나올까 해서 계속 더 파고 있는 중입니다."

나는 저 키 크고 기품 있어 보이는 남자의 사진을 한 번 더 본다. 어두운 색 머리는 군데군데 허옇게 세어 있다.

"PB. 회의록에서 본 머리글자예요."

오언이 고개를 끄덕인다. "그가 회의 속 남자가 아니라면 굉장한 우연의 일치일 테죠."

"크리스틴은 문 앞에 나타난 날 보고 식겁했고, 제일 처음 달려간 대상이 이 남자였어요."

조디가 콜라를 섞은 보드카를 석 잔째 쭉 들이켠다.

"어쩌면 둘이 자는 사이일 수도 있고?" 조디가 유리잔을 탁자에 세게 내려놓는다. "남자가 잘생겼잖아."

"그 이상이 있을 거야. 분명 있어. 우린 당시 두 사람의 관계를 알아내야 해. 두 사람이 어떻게, 왜 그 회의에 참석하게 됐는지 말이야." 내가 말한다.

오언은 지난 이틀간 크리스틴의 휴대전화를 지켜봤지만, 모르는 번호로 온 문자 메시지 한 건을 제외하고 의심스러운 활동은 거의 없었다고 말한다. 그는 우리에게 문자 메시지를 읽어준다.

의논했듯이, 비상시엔 이 번호로 나한테 연락하면 돼.

크리스틴은 답장으로 한 손의 엄지를 치켜세운 이모티콘을 보냈을 뿐, 그 외에 이 번호와 주고받은 것은 없다. 화요일에 직접 만나서 긴급히 할 말이 있다고 메시지를 보낸 번호. 이제 우리가 필립 부아뱅의 것으로 보는 번호와도 더는 주고받은 것이 없다. 오언은 자신이 설치해둔 스파이웨어의 도움으로 어제 다시 크리스틴을 뒤쫓았는데, 그녀가 다니는 헬스장과 그녀가 이용한 음식 배달 업체 외에 흥미로운 점은 전혀 발견하지 못했다고 말한다.

"고마워요, 오언." 나는 내내 조용히 기다리던 시누이에게 몸을 돌린다. 그녀는 마치 자신이 어쩌다 가담하게 됐는지 잘 모르겠다는 듯이 여전히 조금은 불안해 보인다. "에이미도요. 오늘 함께해줘서 고맙다고 다시 한번 말하고 싶어요."

"제가 얼마나 도움이 될지 잘 모르겠어요." 에이미는 발치에 내려놓은 비닐봉지를 가리킨다. 그 안에 A4 크기의 문서 보관함 여러 개가 먼지를 폴폴 풍기고 있다. "그래도 부탁한 대로 다락에 올라가봤어요. 지난밤에 부모님이 만찬 행사에 가실 때까지 기다려야 했죠. 다락엔 리엄의 물건이 정말 많아요. 상자로 가득하죠. 그렇게 많이 보관하고 있는 줄은 몰랐어요. 어디서부터 시작해야 할지 판단하기가 꽤 어려웠죠."

에이미는 지금껏 발견한 내용물을 설명한다. 여러 사진과 증서, 학창 시절에 쓰던 오래된 연습장, 대학 시절 기록을 담은 서류철, 어릴 때 쓰던 침실에서 나온 오래된 옷과 장난감과 모형 비행기, 거기에다 하원 의원을 지낼 때 쓰던 공책과 서류철 등 업무 관련 자료까지. 이 자료 중에서 관련이 있을 만한 것을 1차로 가려내니 서류가 세 상자 나왔다고, 에이미는 말한다.

"일부 보긴 했지만 제대로 검토할 시간까진 없었어요." 에이미가 머리카락 한 가닥을 귀 뒤로 넘기며 말한다. "부모님이 차마 버리지 못한 물건이 많았겠죠. 그때부터 줄곧 그대로 있었고요."

오언이 몸을 앞으로 기울인다. "저나 헤더가 직접 가서 필요한 걸 찾을 방법은 없을까요?"

"헤더에겐 너무 위험한 일이에요." 에이미가 내게 미안해하는 시선을 흘끗 던진다. "부모님이 동시에 외출하는 경우가 드물어요. 그러니 당신에게도 너무 위험한 일일 테죠. 이 문서 보관함을 시작으로, 다음에 기회가 되는 대로 또 다락에 올라가서 찾아볼게요."

에이미는 문서 보관함으로 가득 찬 비닐봉지를 오언에게 발로 밀어 보낸다. 오언은 묵직한 문서 보관함 중 하나를 들어 후후 불어 먼지를 털어낸 다음 상자를 단단히 묶은 고무줄을 풀어낸다.

"아, 이것도 찾았어요. 언니가 갖고 싶어 할지도 모른다고 생각했죠."

에이미가 이렇게 말하며 자신의 숄더백에서 정사각형의 무언가를 꺼내 내 앞 탁자에 내려놓는다. 플라스틱 CD 케이스다. 나는 곧장 알아보고 얼굴에 후끈 열이 몰린다. CD 표지는 집에서 만든 것으로, 어느 밤에 킹스 칼리지의 학생 회관에 있는 즉석 사진 촬영 부스에서 리엄과 내가 찍은 네 컷의 사진으로 구성됐다. 내가 리엄의 무릎에 앉은 채로 우리 두 사람은 크게 미소를 짓고, 웃음을 터뜨리고, 반쯤 취해 있다. 사랑이 한창 불타오른 연애 초반이었다. 리엄은 이 사진을 인쇄해서 표지로 삼고, 우리의 첫 데이트 때 서로 가장 좋아하는 가수에 대해 긴 대화를 나눈 데 착안해 선곡한 노래들로 CD를 만들어주었다. 뒤집어보니 대문자로 쓴 빛바랜 손 글씨가 재생 목록을 안내한다. 라디오헤드와 매닉 스트리트 프리처스, 로린 힐, 페이스리스, 오아시스, 매시브 어택에 더해 10여 팀의 가수가 나열되었고, 그가 우리가 함께 나누길 바란 사랑 노래와 발라드와 한 시대를 풍미한 유행가로 가득하다. 내게 처음으로 준 선물이었다.

"고마워요, 에이미." 나는 여기저기 긁힌 플라스틱 덮개를 손끝으로 훑는다. "고마워요. 이걸 다시 보리라곤 생각 못 했어요."

케이스를 연다. 안에 담긴 은빛 CD도 검은색 마커 펜으로 쓴 리엄의 손 글씨를 품고 있다.

헤더를 위해
좋은 감상이 되길!
L

마치 메시지가 담긴 병이 내 예전 삶으로부터 흘러 흘러 내게로 온 것만 같다. 리엄과 내가 서로에게 정말 운명이었다는 사실을 아프고도 달콤 쌉쌀하게 상기시켜준다. 지난 10년간 타인이 만들어낸, 사람들에게 알려진 이야기가 아니다. **진실이다.**

"CD 재생이 가능한 뭔가가 있으면 좋으련만."

"재생 목록 그대로 디지털 파일을 만들어줄까요? 원한다면?" 오언이 끼어든다.

내가 고마워하며 고개를 끄덕이자 그는 뒷면 목록의 사진을 찍는다.

내가 심호흡을 하고 목을 가다듬으며 말한다. "자, 크리스틴 레이는 어떻게 할까요?"

내내 조용히 앉아 있던 조디가 손을 든다.

"내가 따라가볼게요." 잔을 비우고는 마저 말한다. "나도 **뭔가** 하고 싶어요. 그러니까, 헤더가 내일 코르사를 쓸 일만 없다면 말이에요. 다른 사람, 다른 차, 크리스틴이 전에 본 적이 없는 데다 낡아빠진 고물이기까지 하다면 어디서도 눈에 띄지 않을 거예요. 주변에 섞여 들기 좋죠. 딱 나처럼."

오언이 고개를 끄덕이고 있다. "나쁘지 않은 생각인데요, 헤더?"

세 사람의 시선이 내게 향한다.

내가 말한다. "괜찮은 계획 같네요. 난 호스텔에 있을게요. 머스그로브에 대해 샅샅이 훑어야 할 게 엄청나게 많기도 하니까."

나는 내 라임 맛 탄산음료를 한 모금 홀짝이고 행동 계획을 요약한다. 오언은 버넌 일가의 다락에서 가져온 문서 보관함을 살펴볼 것이다. 조디는 크리스틴 레이에게 따라붙어 그녀가 어디에 가고 누구를 만나는지 파악할 것이다. 그리고 나는 우리가 존 머스그로브로부터 얻은 자료를 뒤지며 그가 지난 세월 동안 무엇을 숨겨왔는지 알아볼 것이다. 에이미는 기회가 된다면 유용할 수도 있을 다른 무언가가 그녀 부모의 집에 보관되어 있는지 확인하기로 한다.

우리는 한 팀이었다. 좋은 팀. 처음으로, 우리가 실제로 진전을 이루고 있다는 희망이 희미하게나마 빛나는 듯하다. 이 모든 것이 실제로 어떤 **의미**를 지닐 수도 있으리라는 희망이 보인다.

여전히 이런 생각을 하면서, 세 사람을 따라 특실을 나와 앞쪽 메인 바에 들어선다. 이 구역은 점심시간이면 손님들로 더욱 붐빈다. 직장인으로 보이는 사람들과 관광객들이 섞여서 먹고 마시고 있다. 문 근처 커다란 테이블에서 나온 머리 색이 어두운 한 여자가 카운터에서 음료를 받아 나르고 있다. 한 번에 두 잔씩, 하나같이 목에 사원증을 자랑스럽게 내건 한 무리의 동료에게 전달한다.

그녀가 카운터에서 마지막 음료를 받으려고 몸을 돌리다가 나와 부딪힐 뻔한다.

그녀가 무심코 내뱉는다. "어머, 죄송해요."

"죄송해요." 나도 자동적으로 대답한다.

그녀가 남은 두 잔, 레모네이드와 얼음으로 가득한 570밀리리터 남짓의 잔 한 쌍을 집으려고 손을 뻗다가 멈추더니, 나와 눈을 한 번 맞춘 뒤에 한 번 더 빠르게 나를 본다. 지난 며칠 사이에 이미 너무도 많이 본 그런 눈빛이다.

나를 알아본 그녀의 얼굴이 얼어붙는다. 이내 입의 근육이 풀리지만 아무 말도 나오지 못한다. 그녀는 마치 내가 전염병에 걸리기라도 한 듯이 작게 한 걸음 뒤로 물러난다.

"샨, 안녕." 대답이 돌아오지 않자, 내가 덧붙인다. "어떻게 지냈니?"

우리가 사무실을 함께 쓸 때와 별반 달라지지 않은 모습이다. 머리가 더 짧고 눈꼬리에 주름이 몇 줄 더 잡히긴 했지만, 그뿐이다. 아주 오래전에, 우리는 친한 동료이자 좋은 친구였다. 함께 일했고, 성가대에서 함께 노래를 불렀고, 같은 동네에 살았으며, 아이들을 같은 어린이집에 보냈다. 시오가 아기였을 때 함께 데번으로 휴가를 떠나기까지 했다. 샨의 두 아이는 내 아이들과 같은 또래였다.

"헤더." 마침내 기억의 심연에서 그 이름을 퍼 올렸다는 듯이 입을 연다. "세상에. 나는 전혀 몰랐어, 네가…… 언제……."

"응. 지난주에 나왔어."

에이미와 조디, 오언은 나보다 먼저 일어나 이미 바깥 거리로 나간 터라, 술집 안에서 어색하게 서 있는 건 우리 두 사람뿐이다. 샨이 황급히 동료들 앞에 마지막 두 잔을 내려놓고, 그들은 샨이 나를 소개해주기라도 할 것처럼 기대에 찬 얼굴로 올려다본다. 샨은 그 기대에 완전히 하얗게 질린 듯하다.

"잘…… 지내니?"

"좋아지고 있어." 나는 억지로 미소를 짓는다. "집에 오니 좋지, 뭐."

샨의 예쁜 얼굴이 혼란으로 어두워진다. "집?"

"알잖아…… 여기. 배스."

"아 그래. 물론 그렇지."

또다시 잠시 어색한 침묵에 휩싸인다.

"우리 언제……." 나는 말꼬리를 흐리고 만다. 이 여자에게 무슨 말을 해야 할지 전혀 모르겠다. 우리가 정확히 뭘 해야 하지? 커피를 마시러 가? 저녁을 먹고 술을 마시며 옛 시절 이야기를 해? 네가 지난 10년 동안 나를 존재하지 않는 사람으로 취급한 사실을 이야기할까? "캘럼이랑 페이지는 잘 지내니?"

"잘 지내." 샨이 한 발자국 더 뒤로 물러난다. 동작만 봐서는 마치 땅이 갈라져 자신을 삼켜주기를 간절히 바라는 것 같다. "정말 잘 지내, 고마워."

조디가 입구에 다시 나타나 말한다. "오고 있지?"

나는 샨에게 눈인사를 보낸다. "만나서 반가웠어."

그녀의 얼굴에 안도감이 번진다.

"나도 반가웠어."

내 뒤로 문이 닫히기도 전에, 그녀의 테이블에서 속닥거림이 시작된다.

41

"어디 말을 좀 해봐요. 지난주 우리가 나눈 대화에서 어느 부분을 이해하지 못한 겁니까?" 트레버 보일이 다그친다.

나는 다시 그의 사무실에 돌아와 커다란 책상과 작은 회의용 탁자가 들어찬 답답한 방에 앉아 있다. 그는 이미 자리에서 일어나 더덕더덕 기운 카펫 위를 서성거리고 있다. 그는 앞서 10분 동안 내 보호관찰의 세부 사항과 가석방으로 풀려난 조건, 교도소로 복귀 명령이 떨어지게 되는 과정을 마치 과학수사를 하듯이 아주 촘촘하게 되짚은 참이었다.

"보통 이런 문제로 어려움을 겪는 건 남자들입니다. 이런 남자들은 몇 가지 기본적인 규칙을 지키질 못해서 결국 감방으로 돌아가게 되죠. 그런데 당신은 예외가 되고 싶은 모양이군요?"

"아닙니다."

"그렇다면 다시 묻겠습니다. 지난주 우리가 나눈 대화에서 어느 부분을 이해하지 못한 겁니까?"

그의 질문에 정답은 없기에 대답하지 않는다.

"구체적으로……." 보일은 잔뜩 화가 나서 한숨을 내쉰다. "'원재판과 관련된 증인이나 배심원, 경찰, 법원 직원 등과 접촉 금지'에서 어느 부분을 이해하지 못한 겁니까? 일주일도 채 지나지 않았으니까, 여기 왔던 건 기억이 나겠죠? 그 의자에 앉아서 당신의 가석방 허가 조건을 읽고, 맨 밑에 서명도 했잖아요?"

보일은 자신이 옳다는 것을 증명하려는 듯 서류 사본을 들어 보인다.

내가 말한다. "네, 기억합니다."

"그것참 **다행**이로군요." 그가 서류를 다시 책상 위에 떨군다. "전부 내 상상 속에서 벌어진 일이었나 하는 생각이 들던 참이었습니다."

그는 내게 보호청에 정식 민원이 제기됐다고 말한다. 그 민원은 그의 상사, 그러니까 지역 보호관찰소장의 눈에 띄었는데, 그는 내 예전 사건이 세간의 이목을 끈다는 사실을 너무도 잘 알아서, 현 상황이 잘못되어 자신에게 피해가 닥칠까 봐 **극도로** 신경을 쓴다는 것이다.

"제가 뭘 했다는 건데요?" 내가 말한다.

"사람들을 찾아다녔잖습니까, 헤더. 이런저런 이야기를 하고 다니면서요."

"누가 그러던가요?"

그가 서류가 흩뿌려진 책상 위로 몸을 숙인다.

"그건 알려주지 않으리라는 거 알지 않습니까."

어차피 들을 필요도 없다. 전직 경위 존 머스그로브가 어제 내가 다녀간 후에 전화를 넣었을 터였다. 다만 이리도 빨리 내 발목을 잡으리라고는 예상하지 못했다. 보호청의 관료주의적 행정의 바퀴가 이보다는 천천히 굴러가리라 생각했던 것이다.

"구체적인 내용을 알지 못한다면, 저로선 의혹에 답하기가 어렵죠."

"하지만 어쨌든 부인한다?"

내가 대답하지 않자, 보일은 또다시 긴 독백을 늘어놓는다. 이제는 '교도소 복귀 요청 조서' 작성을 시작할 수밖에 없으며, 이 조서는 언제든 제출될 수 있다는 사실을 강조한다. 나는 보일이 곧 내게 **결정적인 한 방**을 날리겠구나 각오한다. 내가 이미 규칙을 **한 번** 어긴 데 그치지 않고, 에이미에게도 접근해 **두 번**이나 어겼다는 사실을 언급할 터였다. 보일이 머스그로브에 대해 안다면, 아마 에이미에 대해서도 알 것이다. 나는 마음의 준비를 하며 내 행동을 설명하거나 방어하거나 부인할 방법을 고민한다.

보일은 설교를 이어간다. 자신의 목소리를 듣는 걸 좋아하는 모양이다.

그런데 몇 분이 지나자, 어쩌면 내가 에이미를 만나는 것까지는 알지 **못**
할 수도 있겠다는 의심이 들기 시작한다. 에이미는 나를 보호하기 위해 우리
의 만남을 비밀에 부친 것이다. 침묵을 지켜서 나를 보호해준 것이다. 나는
시누이에게 다시 한번 고마운 마음이 솟구치는 걸 느낀다. 나와 말을 섞고,
내 말을 들어주고, 내가 진실을 찾는 데 도움이 될 정보를 찾아서 먼지투성
이 다락을 뒤진 그녀에게.

나의 보호관찰관은 쉬지 않고 떠들어댄다. 초반의 분노는 사그라진 듯
하다.

그가 다시 가죽으로 된 회전의자에 등을 기대며, 마치 자신만의 작은 왕
좌에 앉은 왕처럼 팔걸이에 오동통한 손을 올린다.

"잘 들어요. 심각한 문제예요, 헤더." 그가 말한다.

"알아요. 죄송합니다."

"내가 전화 한 통만 걸면 끝나는 겁니다. 그렇게 되면, 당신은 어느새 그
호송차에 올라 이스트우드 파크로 돌아가게 돼요. 대기도 없고, 해명할 기
회도 없고, 오래 질질 끄는 절차도 없어요. 당신은 그냥 곧바로 보내지는 거
고 그동안 우리가 당신을 어떻게 처리할지 결정하는 거죠. 뭐, 누가 알겠어
요. 전에 살던 감방이 아직 비어 있을 수도 있겠죠."

마치 그의 말이 내 피부에 각인된 그곳에 대한 기억을 불러일으킨 것처
럼, 내 목의 흉터가 가렵기 시작한다. 내가 있던 감방에 렐듯이 뜨거운 물
이 뿌려지면서 살이 벌겋게 곪은 것이다. 물에 설탕이 섞여 반죽이 되어, 피
부에 들러붙으며 고질적인 화상이 남았다. 처음 교도소에 들어가고 1년 사
이에 벌어진 일이라, 정확히 어떻게 다툼이 시작됐는지 기억조차 나지 않았
다. 다만 나를 공격한 사람이 결코 처벌받지 않았다는 점만은 기억**했다.** 그
즈음의 나는 누가 이렇게 했느냐고 교도관이 물어볼 때 침묵을 지켜야 한다
는 것을 알 만큼은 그곳 생활에 적응했다. 이를 악물고 고통을 견디고 밖으
로는 티를 내지 말아야 했다. 밀고자로 찍히는 것은 교도소 생활의 암울한
위계에서 훨씬 더 밑으로 추락하는 걸 의미할 테니까.

출소한 지 이제 겨우 일주일밖에 되지 않았지만, 자유를 누리며 하루하

루, 아니, 1분 1초가 지날수록 철창신세로 돌아간다는 건 생각만으로도 끔찍한 일이 되었다. 아무리 보잘것없다 할지라도, 다시 세상에 마련한 내 보금자리를 잃는다는 건 생각만 해도 견딜 수 없었다. 멀리서나마, 잠깐이나마 정의가 실현될 희망을 보았는데, 그 희망을 다시 빼앗긴다는 건 감당하기 어려운 일일 터였다.

"알아들었습니다." 이를 악물고 말한다.

"왜냐하면 헤더, 여기에 융통성 따위는 없다는 걸 아주 단단히 명심해야 하니까요. 당신에게 주어지는 경고는 단 **한 번**뿐입니다." 그의 두 눈은 내가 감히 시선을 피하지 못하도록 한다. "이번이 바로 그 한 번의 경고고요."

42

조디에게 필요한 것을 말하자 그녀는 딱 맞는 곳을 안다며 나를 그곳으로 데려간다. 가면서 자신도 과거에 보일과 몇 차례 마찰을 빚었다는 이야기를 들려준다. 조디는 서남쪽으로 차를 몰며 도심을 우회해 트워턴에 들어선다. 나는 잘 모르는 지역이지만 조디는 아주 익숙해 보인다. 전후에 지어진 옅은 빛깔의 테라스 하우스가 길고 빽빽하게 늘어서고 관리되지 않은 4층짜리 다세대 주택들이 들어선 사이사이를 수월하게 누빈다.

교통 신호를 기다리는 동안 조디가 말한다. "헤더, 뭐 좀 물어봐도 돼?"

"물론이지."

"기분 나쁘라고 하는 말은 아닌데…… 그 기자는 어떻게 만난 거야?"

"오언?"

"응."

나는 온라인에서 그의 기사를 보았고, 이어서 보관소에서 그의 명함을 우연히 발견해 그와 연락이 닿을 수 있었다고 설명한다.

"아까 술집에서 그 남자를 처음 봤을 때, 난 네가 날 닮아가나 싶더라니까." 조디가 말한다.

"무슨 뜻이니?"

신호가 초록 불로 바뀌자 조디는 부드럽게 출발해 서서히 속도를 높인다.

"거 왜 있잖아. 나도 늘 심히 부적절한 남자한테 끌렸거든."

나는 고개를 젓는다. "그런 게 아니야."

"그런데 네가 먼저 그 사람 사무실에 찾아가거나 한 건 아니지?"

"오언은 프리랜서야."

조디가 의심스럽다는 듯이 얼굴을 찌푸린다.

"넌 그냥 이 확실하지 않은 이메일 주소로 메시지를 보냈을 뿐인데 다음 날 이 커다랗고 문신을 새긴 남자가 나타나서는 자기 이름이 오언 태너래?"

"뭐, 그게 다는 아니긴 한데……."

"그 남자를 믿을 수 있다고 확신하니?"

"넌 아니야?"

조디의 눈썹이 구겨지며 찡그린 얼굴이 된다. "몰라. 그 남자에 대해 뭔가…… 이상한 게 있는데 그게 뭔지는 모르겠어."

"어떤 건데?"

"이상해. 콕 집어 말할 수가 없네." 조디는 깜빡이를 켜고 우회전을 하더니 분기점을 가로질러 주택 단지로 더 깊숙이 들어간다. "어쩌면 내가 생각했던 모습이랑은 좀 달라서 그런 걸 수도 있어."

처음 그를 만났을 때를 기억한다. 나도 그의 외모에 놀랐다. 그의 몸집에, 차림새에.

"무슨 말인지 알아. 하지만 그가 오언 태너가 아니면 누군데?"

조디가 조용히 말한다. "그것도 모르겠어. 그냥…… 그 남자가 너한테 허풍을 떠는 거에 넘어가진 마, 알겠지? 내 눈엔 집착이 좀 있어 보여. 이상한 사람을 탐지하는 내 레이더가 제대로 발동했거든."

마침내, 조디는 짧은 상점가 밖 어느 정류장에 차를 세우고 끝에 보이는 더 큰 구역을 가리킨다. 지역 도서관이 들어선 곳이다.

"무료 와이파이." 내가 내리는 동안 조디가 말한다. "네 사진을 찍겠다고 목을 길게 빼는 사람도 도심만큼 많지는 않을 거야. 딱 여기에만 있으면 안전할 거야. 아무 데나 싸돌아다니지 마."

"넌 어디 가니?"

"친구 만나러 간다." 조디가 내게 윙크를 보낸다. "여긴 내가 왕년에 자주 드나들던 곳이거든. 오래 걸리진 않을 거야."

"조디?"

"응?"

"호스텔에 술을 반입해서 발각되면 바로 쫓겨나는 거, 알지?"

조디가 얼굴을 일그러뜨려 충격에 휩싸인 표정을 만들고 가슴에 손바닥을 댄다. "술? 어머, 무아?(프랑스어로 '제가요?'라는 뜻-옮긴이) 어떻게 그런 말을 입에 올릴 수 있죠?"

내가 뭐라 대꾸하기도 전에, 조디는 씩 웃더니 코르사를 후진시켜 다시 거리로 나간다.

나는 도서관에 들어가 서가를 줄줄이 지나 뒤편 빈 책상으로 간다. 늦은 오후이고 사람이 많지 않다. 부모와 함께 온 초등학생 두어 명과 연금 수급자 몇 명이 보이고, 10대 한 명은 동행 없이 자신의 노트북 앞에 등을 둥글게 구부리고 귀에는 헤드폰을 꼭 맞게 쓰고 있다. 나는 배낭에서 새 노트북을 꺼내, 접수처의 친절한 중년 남성이 알려준 비밀번호로 와이파이에 접속한다. 휴대전화로도 머스그로브의 이메일 계정을 뒤질 수야 있지만, 데이터를 다 써버리고 싶지 않고 노트북 화면으로 크게 봐야 한 번에 더 많은 메시지를 확인할 수 있으므로 더 편하다.

이메일 첫 화면에 그의 사용자 이름과 새 비밀번호인 Butch2023을 입력하자 수신함이 등장한다. 읽지 않은 메일로 넘쳐난다. 하루 사이에 새로 들어온 메일도 열 건이 넘고, 대개 스팸으로 휴가지와 연금, 신용카드 따위를 광고하는 내용이다. 대체로 내 눈엔 쓰레기투성이로 보이는데, 여기저기 구글 알리미도 심심찮게 섞여 있다.

지난 10년 사이에 이메일에 대해 알던 것을 대부분 잊어버린 느낌이라, 가장 최근의 알리미, 그러니까 오늘 수신된 것을 한번 클릭해본다. 앤드루 카나라는 이름을 언급하는 새 웹페이지는 모두 표시하도록 설정되어 있다. 들어본 적 없는 이름이다. 스크롤을 더 내리자, 읽지 않은 메일의 숲 속에서 또 여기저기 알리미가 드문드문 보인다. 내 것을 포함해 더 많은 이름이 표시되어 있다. 그제야 알리미의 목적을 깨닫는다. 이들은 존 머스그로브 경위와 마주친 많은 사람 중 일부였다. 그는 분명 자신이 교도소로 보낸 사람들을 예의 주시하고 싶었을 터였다. 이해할 만했다. 머스그로브는 은퇴한 몸이라 경찰 자원에 접근할 수 없지만, 그럼에도 여전히 저들이 어떤 이유로든 다시 뉴스를 장식하지 않는지 알고 싶었던 거다. 저들이 다시 활개를 치거나 가까이 이사를 오지는 않았는지 파악할 필요가 있었다.

머스그로브가 어제 나를 보고도 그다지 놀라지 않은 이유 역시 어느 정도 설명이 됐다.

'기결수'라는 제목의 폴더를 클릭하자 수십 개의 하위 폴더가 밑으로 주르륵 떨어진다. 성과 이름의 첫 글자가 알파벳 순서로 배열되어 있다. 스크롤을 내리며 거의 맨 밑에 다다라서야 '버넌, H'를 발견하고, 기대감에 조바심치며 클릭한다. 어쩌면 여기에 사건 기록이 있을지도 모른다. 2013년 당시에 수사를 하며 오간 이메일이나 메모, 문서가 있을지도 모른다. 그러나 메일이 단 네 건밖에 없다는 걸 확인하자 심장이 쿵 내려앉는다. 네 건 모두 구글 알리미로, 가장 오래된 것이 3년 전 메일이며 강력 범죄의 희생양이 된 하원 의원들을 회고하는 내용이다. 그래, 머스그로브가 은퇴한 게 3년 전이지. 다른 두 건도 클릭해본다. 역시 내 사건을 대강 언급하고 지나가는 것으로, 새로운 내용은 전혀 없다. 찾아서 유용한 것이라면 이렇게 자동으로 오는 알리미에 있진 않을 터였다.

뭐라도 내 이름이 붙은 게 있을까 싶어서 메인 폴더 목록을 살펴본다. 그러나 대번에 알 만한 것은 전혀 없다. 내게 필요한 건 내 재판이나 항소에 대한 언급이었다. 머스그로브가 그들 사이의 비밀로 남으리라 믿고 친구나 동료와 나눈 사적인 대화, 사건을 푸는 열쇠가 될 여담이나 지나가는 말이 필요했다. 좁은 틈을 비집고 새어 들어온 햇살이 이내 방 안을 그득 채우지 않던가.

안타깝게도, 머스그로브는 이메일을 한 줄로 보내기의 달인인 모양이다.

그의 메시지는 잔인할 정도로 짧고 간단명료하다. 인사말 따위 없고, 맺음말도 없을 때가 많다. '어떻게 지내십니까'나 '잘 지내고 계시길 바랍니다' 따위는 없고, 가벼운 대화도 찾아볼 수 없으며, 개인적인 이야기를 하지 않고, 심지어 구두점도 거의 찍지 않다시피 한다. 메시지를 전달하는 데 필요한 말만 할 뿐, 그 외에 자음 하나도 더 보태지 않는다.

그래도 개인적인 메시지나 답장을 찾아서 한 시간 동안 그의 수신함을 뒤진다. 머스그로브는 친구나 예전 직장 동료와 저녁 약속을 잡고 럭비 경기를 보러 갈 계획을 세웠고, 지역 크리켓 팀에서 포수 역할을 맡았으며, 전직 경찰 여섯 명과 이따금 술을 마시기도 했다. 이 작은 모임에 대해 더 자세히 알아볼 방법을 찾을 수 있을까 싶어서, 휴대전화에 이들의 이메일 주소를 사진으로 남겨둔다. 이들은 분명 들려줄 이야기가 있을 것이다. 동생 앤서니와는 아주 간간이 연락을 주고받는데, 이메일 주소로 볼 때 그는 현재 스페인에 산다. 머스그로브가 전남편 개빈과 주고받은 메일은 찾아볼 수 없다.

이 전직 경위는 은퇴 후에 자문 일도 어느 정도 해온 것 같다. 대학과 컨퍼런스 센터, 건설 회사에 보안 문제를 조언하면서 전문적인 내용의 메일을 주고받은 것으로 보인다. 마찬가지로, 다른 법인들과 주고받은 메일 몇 건 역시 퉁명스럽다 싶을 정도로 간결한데, 너무 짧아서 어떤 내용인지 파악하기 어려울 정도다. 아마 자문이나 분쟁 조정 관련일 테다. 서류와 기밀 유지와 서명한 계약서에 대한 이야기이겠지. '방송'이라고 표시된 하위 폴더에는 한 텔레비전 프로그램 제작사와 주고받은 메일이 담겨 있다. 내 사건을 다룬 다큐멘터리를 제작한 곳으로, 리엄의 사망 5주기에 방송됐고 머스그로브가 중요한 역할로 등장했다.

화면에서 눈을 떼고 위를 본다. 모래가 낀 것처럼 건조한 두 눈을 손바닥 두덩으로 문지르고, 일어나 잠깐 걸으며 지친 팔다리에 혈액 순환이 되도록 한다. 어떻게 이 모든 것에 접근하고도, 나를 교도소에 집어넣은 남자가 사적으로 주고받은 메일을 뒤지면서도 **뭔가를** 발견하지 못할 수 있을까? 그의 경찰 경력에서 가장 세간의 이목을 끈 사건 중 하나였을 게 분명한데, 사건에 대해 다시 언급하는 글귀 하나 찾아내지 못한단 말인가? 나는 디스펜서에서 플라스틱 컵을 하나 뽑아 들고 몇 분 더 서가 사이를 걸으며 책의 제목을 무심히 훑는다. 여기엔 채용 분야도 있어서, 내가 아주 오래전에 공인인

력개발연구소와 진행한 직업 훈련에서 썼던 교재 몇 권이 눈에 띈다.

열린 노트북이 나를 다시 책상으로 잡아 끈다.

직장 생활을 할 때 인사과에서 일하면서, 이메일이 증거로 쓰인 징계 절차를 여러 차례 경험했다. 그때 알았다. 사람들이 이메일에 남은 흔적을 감추려고 할 때 보낸 메일함을 간과하는 경향이 있다는 것을. 내가 다룬 어느 부정 사례에서, 직원은 받은 메일 수천 통을 없앴다. 주고받은 내역을 하나도 남기지 않고 부지런히 삭제한 다음 휴지통까지 비워서 영원히 흔적을 지우려 했지만, **보낸** 메일함에도 똑같은 정성을 쏟는 걸 잊었다.

다시 자리에 앉아서 보낸 메일함을 선택한다. 메일은 8000건이 넘는다.

며칠이 걸릴 수도 있다. 몇 주가 될 수도 있다. 그래도 한숨 한 번 내쉬고 시작한다. 메시지를 하나하나 클릭한다. 페이지가 바뀌고, 달이 바뀐다. 전자 우편의 모래밭에서 좀처럼 집히지 않는 바늘을 찾는다.

43

한 시간 후, 화면을 뚫어져라 보느라 눈동자가 가운데로 몰린 와중에 누군가 맞은편 의자를 끌어 오자 흠칫 놀라고 만다. 하지만 그건 그냥 조디였고, 짓궂은 표정을 짓는 걸 보니 본인은 꽤 만족스러운가 보다. 나는 노트북을 챙겨서 사우스미드 하우스로 다시 짧은 여정을 떠날 채비를 한다. 코르사의 조수석 발밑 공간에 비닐봉지가 하나 보이고, 조디는 내게 열어보라고 한다. 그사이에 우리는 트위턴을 지나 다시 간선 도로에 오른다. 봉지에는 어깨까지 내려오는 짙은 금빛의 가발이 있다.

내가 가발을 들어 보인다. "진심이니?"

"넌 금발이 잘 어울릴 거야." 조디는 용기를 불어넣어주려는 듯 내게 고개를 까딱한다. "게다가 금발이 더 재미있게 산다잖아."

"정말 진심이야?"

"한번 써봐. 변장에 더 신경을 써야겠다며."

"그렇긴 한데, 이런…… 식은 아닌데."

"제대로 만든 거야. 가장무도회 때나 쓰는 낡고 쓰레기 같은 게 아니야. 친구가 암 환자들이 쓸 가발을 만드는데 걔한테 구한 거라고."

나는 마지못해 머리를 뒤로 모아 가발을 쓰고 자동차 거울을 보며 이리저리 만져서 위치를 바로잡는다. 원래의 흑갈색 머리 대신 짙은 금발이 최대한 자연스럽게 자리를 잡도록 한다.

"나 우스꽝스러운 것 같아."

조디가 활짝 웃는다. "너 꼭 어린 남자라면 사족을 못 쓰는 중년 여인 같다."

"그렇게 보이고 **싶지 않아**."

"그러니까 내 말은…… 더는 너처럼 안 보인다는 거야. 다른 사람 같아."

확실히 그런 것 같긴 하다. 예리한 관찰자라면 지극히 가까운 거리에서 알아볼 수 있을 테지만, 거리가 조금만 멀어져도 눈에 띄는 일 없이 일상에 섞여 드는 데 가발이 도움이 될 것이다. 조디가 이런 수고를 마다하지 않다니 감동스럽기도 하다.

"고마워, 조디. 얼마를 주면 될까?"

조디는 손사래를 치며 내 돈을 받을 생각이 없다는 점을 분명히 한다.

호스텔에 가까워지자 우리만의 순서대로 움직인다. 몇 골목 떨어진 곳에 주차를 하고 뒷길을 이용한다. 조디가 먼저 가서 안전하다는 걸 확인하면 내게 경보 해제 문자를 보낸다. 직원이 한창 방을 점검하고 있다. 약이 있지는 않은지 확인하기 위해 모든 방을 주기적으로 훑는 것이다. 조디는 오늘 저녁 식사 당번이라, 나는 공용 공간의 구석 자리를 찾아 노트북을 켜고 작업을 이어간다. 저녁 7시, 식사를 해야 할 즈음에는 이제 내 새 노트북에 통째로 옮겨놓은 훔친 USB 저장 장치 속 폴더를 마흔일곱 개까지 확인한 상태다. 현재까지 얻은 결과의 총계를 내보면, 0이다. 그러니까 내게 유용한 것은 하나도 나오지 않았다는 이야기다.

저녁은 걸쭉한 채소 수프로, 호스텔이 매일 제공하는 단 하나의 따끈한 음식이다. 식사를 마친 나는 방으로 올라가고, 조디는 주방 일을 마저 마무리한다.

총 129개의 각기 다른 폴더가 있는데 대부분은 금융, 연금, 휴가, 뭐 이런 개인적인 것이다. 연도별로 분류된 사진은 주로 휴가와 파티, 럭비 경기, 스키 여행 때 찍은 것이다. 일 관련 사진도 몇 장 보이는데, 머스그로브를 비롯한 많은 경찰이 모두 정복을 차려입고 어떤 공식 행사에 참여한 모습이다. 몇 시간 만에 처음으로, 피가 살짝 꿈틀하는 게 느껴진다. 아주 긴 시간 동안 클릭하고 읽고, 클릭하고 읽고를 지루하게 반복하다가 아는 얼굴을 발견하자 정신이 번쩍 드는 것이다. 사진 속에서 머스그로브는 단추가 두 줄인 정장 차림의 키 작은 남자 옆에서 미소를 짓는데 두 사람 모두 손에 길쭉한 샴페인 잔을 들고 있다. 나는 남자를 바로 알아본다. 닐 월스. 윌트셔에 지역구를 둔 하원 의원이었다. 하원에서 리엄과 비슷한 또래로, 내무부에서 서열이 급부상해 정무 담당 부장관까지 오른 인물이었다. 월스와 리엄은 친구였다. 아니, 적어도 아는 사이였다. 나는 이미지에 대고 마우스의 오른쪽 단추를 눌러서 파일 속성을 확인한다. 날짜는 2012년 12월이었다.

드디어 뭔가 나왔다. 그런데 무얼 의미한단 말인가? 리엄이 살해되기 전부터 머스그로브가 당 지도부와 연줄이 있었을까? 월스가 당이 난처한 상황에 놓이는 걸 피하려고 수사 중에 압력을 행사했던 건 아닐까? 나는 사진을 바탕 화면에 저장하고 다시 와이파이에 접속하면 그에 대해 더 자세히 알아봐야겠다고 적어둔다. 휴대전화를 집어 들어 오언에게 빠르게 메시지를 보낸다.

당신 조사에 닐 월스 의원이 등장한 적 있어요?

바로 답장이 온다.

잘 모르겠네요. 파일을 확인해봐야 할 것 같아요. 그런데 왜요?

그냥 궁금해서요. 그가 당시에 머스그로브 경위와 사이좋게 찍은 사진을 발견했거든요.

조디가 방에 들어와 잔뜩 지친 한숨을 내쉬고 침대에 털썩 드러눕더니 말한다.

"이놈의 설거지. 식기세척기에 돈 좀 쓰지. 두 대는 들여야 할 것 같은데 말이야. 넌 뭐 좀 찾았어?"

"아직 모르겠어. 한 달만 더 주면 알려줄게."

"맙소사. 하루 종일 그것만 보는 거, 지겹지도 않아?"

"딱히 다른 할 일이 있는 것도 아닌데 뭐."

"글쎄, 밤에 같이 나가서 내가 아는 사람들을 좀 만날 수도 있잖아. 제대로 준비해서 나가는 거야. 엄청 재미있을지 누가 알아."

"너 이제 술 안 마시는 줄 알았는데?"

"안 마셔." 조디가 두 손을 엉덩이에 갖다 댄다. "그냥 좀 놀려봤다, 이 도덕 선생님아."

잠시 후 조디는 비닐봉지 속 금빛 가발을 찾아 쓰고 거울 앞에서 입술을 삐죽 내밀며 이런저런 포즈를 연습한다. 나보다 더 잘 어울리기에, 그렇게 말해준다.

10시 30분쯤 조디는 옷을 그대로 입은 채 잠이 들어, 비뚤어진 가발이 그녀의 감긴 눈을 반쯤 덮고 있다. 우리 방의 유일한 다른 투숙객인 내털리도 자고 있다. 그녀는 종일 잠만 자는 듯하다. 저 두 사람을 보니 훨씬 더 피곤해진다. 보이지 않는 무게가 실린 것처럼, 피로가 눈꺼풀을 끌어 내린다.

하지만 소등 시간은 11시이니까 30분만 더 하고 자려고 한다.

존 머스그로브의 USB 저장 장치에 백업된 개인 폴더를 4분의 3까지 확인한 지금, 피로로 시야가 흐릿하다. 다음 폴더는 'T&S'라는 이름을 달고 있다. 이 전직 형사에 대해 또 알게 된 것 중 하나는 그가 단어를 제대로 표기하기보다는 약어와 머리글자만 남긴 축약어를 쓰는 걸 몹시 즐긴다는 사실이다. 가뜩이나 짧은 메시지를 훨씬 더 짧게 줄일 수 있다면 어떤 방법이든 쓰는 모양이다. 약어와 축약어가 도처에서 튀어나온다.

나는 'T&S' 폴더를 더블클릭 해서 연다. 지금껏 100번쯤 그러했듯이.

폴더에는 'MS'라는 이름의 워드 문서가 버전 1부터 버전 5까지 다섯 개가 나열되어 있다.

모두 빠짐없이 비밀번호가 걸려 있다.

마우스의 오른쪽 단추를 클릭해 날짜나 파일 크기, 작성자를 확인하려 하지만 또다시 비밀번호를 입력하라는 요구에 부딪힌다. 어떠한 관련 정보라도 보려면 비밀번호가 필요한 것이다. 한 폴더에 모인 다섯 개의 문서. 현재까지 확인한 것 중 유일하게 비밀번호가 걸려 있는 다섯 개의 문서.

'T&S'로 파일 검색을 해본다. 추가로 나오는 것은 없다. 검색어와 일치하는 결과도, 다른 비슷한 문서도 없다. 휴대전화로 구글 검색을 해보니 검색 결과가 마구잡이로 걸려 나온다. 혈액 검사와 관련된 의학 용어인 '혈액형 검사 및 비예기항체 선별 검사', '출장 경비', '타이밍 및 동기화', 지역 배관 및 난방 보수 업체, 자동차 판매 대리점을 시작으로, 수많은 검색 결과가 중 구난방으로 뜬다. '교육 및 모의훈련'을 제외하고 명백하게 경찰과 관련된 축약어는 보이지 않는다. 저 용어도 여기에 어떻게 들어맞을지 알 수 없다.

그런데 어렴풋하게나마 어디서 본 듯한 느낌이 든다. 오늘이었다. 장소는 이곳이 아니고 시간은 오늘 저녁이 아니다. 'T&S.' 도서관에서 무료 와이파이로 그의 이메일 계정을 뒤질 때였나?

이 전화에 데이터를 많이 충전해두진 않았지만 확인할 게 있다. 조디가 알려준 방법을 떠올리며 와이파이 핫스팟을 활성화해서 노트북을 연결하고 얼른 머스그로브의 이메일에 다시 접속한다.

오래된 메시지가 안전하게 보관된 이메일 폴더들을 다시 파고들자 비로소 지난여름에 주고받은 이메일이 나온다. '트루먼 앤드 쇼'라는 이름의 폴더에서다. 그의 보안 자문 업무와 관련되었다고 생각한 메일인데 계약과 소요 기간, 기밀 유지에 대해 간략히 논의한 내용이 있었다. 나는 다시 페이지를 더 넘겨서 '트루먼 앤드 쇼'라는 회사의 디렉터 겸 CEO인 필릭스 쇼라는 사람과 머스그로브 사이에 오간 길고 난해하고 이따금 다소 언짢음이 표출된 이메일에서 서로의 대답을 하나하나 살핀다.

그러자 서서히, 다른 무언가가 명확해지기 시작한다. 수요일 오후에 머스그로브가 언급할 생각을 하지 못한 다른 무언가가. 그는 내게 그저 스쳐 지나갈 뿐인 관심 이상을 갖고 있었다. 내 사건에 대해 그저 10년이 된 기억 이상을 갖고 있었다. 그는 꽤 중요한 무언가를 언급해야 했지만 그러지 않았다.

머스그로브는 내 사건에 대한 책을 쓰고 있었다.

44

호스피스에서 나와 함께 호수를 내다볼 때 그가 한 말이 떠오른다.

이따금 당신 생각을 많이 했어요.

그 말은 이제 어떤 절제된 표현처럼 느껴진다.

머스그로브는 범죄 실화를 다룬 책의 인기에 편승해 한몫 챙기려 했던 모양이다. 악명 높은 살인자들의 비화를 찾는 수요는 끊이지 않는데, 내가 교도소에 있는 동안 그런 유가 크게 인기를 끌게 된 듯했다. 아니, 늘 인기가 있었나? 기억도 나지 않는다. 하지만 내 남편의 죽음을 다룬 책이 쓰이고, 그걸로 수익이 발생하고, 독자들이 열광하며 책장을 넘긴다고 생각하니 속이 울렁거린다. 수천 개의 단어가 그 끔찍한 비극을 첫 장면으로 해서 수사와 재판에 대해 떠들어댈 것이다.

그럼에도 나는 그걸 볼 **필요**가 있다.

여러 폴더에 보관된 이메일을 다시 좀 더 주의 깊게 살펴보니 머스그로브가 여러 출판사에 직접 접근해 메일을 주고받은 내역을 추적할 수 있다. 그는 1년여 전에 회사 서너 곳에 연락하는 것으로 시작한 듯했다. 런던의 잘 알려진 출판사들에 직접 접근해 '전국을 충격에 빠뜨린 범죄의 **진짜** 내막'에 대해 만나서 이야기하자고 제안했지만, 모두 수포로 돌아갔다. 그는 각 출판사에 직접적이고 간단명료한 어투로 먼저 기밀 유지 협약부터 맺은 다음 자신의 '폭발적인' 원고의 판권을 놓고 입찰에 참여할 의향이 있는지 알려달라고 요청했다. 어제 우리에게도 그랬지만, 그는 밥맛없게 구는 놈이라는 인상을 주었을 뿐이다.

이후 몇 주에 걸쳐 대형 출판사 모두가 정중하게 거절했다.

이들은 다양한 이유를 댄다. 대부분 에둘러서 말한다. 한 곳은 사건 이후 시간이 너무 많이 흘렀다고 하고, 다른 한 곳은 회사가 출간하는 책들과 결이 '잘 맞을지' 모르겠다고 하며, 또 다른 곳은 원고의 '어조와 형식 문제'를 댄다. 아무도 손을 대고 싶어 하지 않은 것에 어떤 의미가 있을까? 아마 아니겠지. 그저 내 희망 사항일 뿐이다. 이들 출판사는 아마 오언 태너가 내 사건과 관련한 기사를 내고 휘말린 막대한 규모의 명예 훼손 소송 때문에 불안했을 터였다. 이 소송은 마치 연회에 등장한 불청객처럼 계속 배경을 맴도는 듯하다.

나는 다시 그의 이메일을 살핀다. 지난해 10월, 머스그로브는 대상을 특정해 단 한 곳에 노력을 집중한 듯하다. 엔필드에 있는 작은 규모의 독립 출판사, '트루먼 앤드 쇼'다. 휴대전화로 빠르게 구글 검색을 해보니 트루먼 앤드 쇼는 적은 수의 직원과 더 적은 규모의 예산으로 운영되며 비문학과 범죄 실화에 중점을 두는 곳이다. 출간 도서 목록에 존 머스그로브의 이름이 달린 책은 보이지 않고, 그의 책이 출간을 앞두고 있다는 기미도 보이지 않는다.

머스그로브와 필릭스 쇼가 주고받은 이메일은 이후 몇 달에 걸쳐 더욱 띄엄띄엄해진다. 하지만 두 사람은 계속 사람을 미치게 할 정도로 애매모호한 태도를 취하며 이미 이뤄진 전화 통화와 내가 접근할 수 없는 문서를 언급한다. 첨부물도 전혀 없는 걸 보니 머스그로브는 문서를 보안 전송 하는 서비스를 이용한 모양이다. 아니면 실물 문서로 보냈거나. 그런데 요즘도 그렇게 수백 장을 인쇄해서 안에 완충재를 덧댄 봉투에 담아 보내는 사람이 있단 말인가? 단 한 건의 전자 문서면 되는데? 실물 문서로 보냈을 것 같진 않다.

나는 노트북에서 멀어지며 뒤로 등을 기대고 눈을 비빈다. 담요를 몸에 두른 채 얇은 베개를 받치고 앉아 있다. 시간은 자정이 지났고, 소등까지 끝나 다들 잠든 호스텔은 고요하다. 우리의 작은 공동 침실에서 유일하게 나오는 빛이라고는 내 노트북 화면이 드리우는 차가운 잿빛 웅덩이가 전부다. 마치 이 세상에 남은 유일한 빛인 듯이 방의 암흑 속에서 빛을 내고 있다.

그러나 잠은 나중에 자도 된다.

'T&S' 파일 속 다섯 개의 워드 문서로 돌아가 첫 번째 문서를 더블클릭해서 화면 중앙에 다시 작은 상자를 불러온다. **비밀번호를 입력하세요.** 내가 여기까지 온 건 순전히 운이었고, 조디의 물건을 훔치는 본능 덕분이었다. 아마 친절한 직원이 머스그로브가 잊지 않도록 포스트잇 메모에 그의 이메일과 비밀번호를 적어두었을 테고, 그는 USB 저장 장치를 보호할 생각을 하지 못했을 것이다. 그 안의 99퍼센트는 본인 외에 누구도 관심을 가질 만한 것이 아니니까. 그런데 이 문서들만은 암호화하기 위한 조치를 취해두었다. 지금껏 우리가 발견한 것 중 단 한 건의 가장 중요한 자료가 될지 모른다. 어떤 식으로든 문서에 접근해야 한다.

비어 있는 비밀번호 입력 칸에서 커서가 깜빡이며 나를 놀린다.

이메일 비밀번호인 Tyke$1967부터 시도해본다. 신중히 입력한 다음 리턴 키를 누른다.

작은 상자가 양옆으로 흔들리며 밑에 붉은 글씨가 뜬다. **입력하신 비밀번호가 틀립니다.**

역시 아니었다. 너무 빤했다.

20분 정도 이메일을 더 뒤진 끝에 스쿼시 클럽에 보낸 회원권 갱신 신청서에서 그의 생일을 발견한다.

여섯 자리 숫자로 일-월-연도를 입력하고 다시 리턴 키를 누른다.

이번에도 비밀번호가 틀렸다는 안내와 함께 밑에 붉은색 글씨가 추가로 뜬다. **비밀번호를 한 번 더 잘못 입력할 경우, 이 문서는 72시간 동안 잠기며 그동안 어떤 방식으로도 절대 접근할 수 없게 된다는 점을 유념하십시오.**

자판에서 손을 뗀다. 또 한 번 잘못 추측해서 문서가 잠기는 위험을 감수하고 싶지 않다. 다만…… 문서는 다섯 개다. 어쩌면 똑같은 원고의 서로 다른 버전이 다섯 개인 것일 수도 있지 않을까? 그렇다면 내가 시도해볼 수 있는 기회는 세 번에 그치는 것이 아니라 **열다섯** 번이다. V5가 가장 완전한, 가장 최신의 문서라고 보는 게 합당하므로, V1, 그러니까 **버전 1**부터 시작해서 올라가면 되겠다.

30분 뒤, 나는 주어진 기회 중 열세 번을 다 써버렸고 문서 다섯 개 중 이제 네 개가 잠긴 상태다.

젠장.

노트북을 닫고 어둠을 응시한다. 그의 비밀번호를 추측하려 하다니, 참 어리석었다. 나는 힌트도 없고, 어디서부터 시작해야 할지, 글자 수나 가능한 선택지를 좁힐 방법도 알지 못한다. 실제로 이 비밀번호를 아는 사람은 세상에 오직 두 사람뿐일 테고, 그중 한 명에게서 내가 문서를 훔친 것이다.

어떤 생각이 어렴풋하게 떠오른다.

나는 휴대전화를 집어 들고 내 이메일 계정에서 필릭스 쇼에게 바로 보낼 메시지를 새로 작성한다. 참조에 머스그로브의 주소를 추가해서 그도 동일한 메시지를 받도록 한다.

쇼 씨께,

당신은 저를 모르시겠지만, 저는 당신이 제 재판 및 유죄 판결에 관한 책을 두고 존 머스그로브와 논의 중이시라는 것을 알고 있습니다.

저는 출소 이후 존과 연락을 하고 지내며, 저희는 그의 원고를 새로 고치고 확장하는 작업을 공동으로 진행하기로 합의했습니다. 제가 공동 저자가 되어, 2013년 7월 12일의 비극적 사건에 대한 제 나름의 생각과 영국 교도소 체계를 직접 경험한 이야기를 들려주려 합니다. 아시겠지만 현재 존은 건강 문제로 매우 힘든 시간을 보내고 있으며 당신에게 직접 연락을 취할 것을 제게 부탁했습니다. 당신이 제가 원고의 가장 최근 버전에 접근하게 해줄 수 있을 거라고도 했습니다.

당신이 존에게 연락해 저희의 합의가 사실인지 확인하고자 한다 해도 전적으로 이해하며, 신속한 처리를 위해 이 메시지에 존을 참조로 넣었습니다. 혹은 제기되는 문제를 논의하거나 명확히 하고자 하신다면 위의 이메일로 저에게 연락을 주셔도 됩니다.

이 사안에서 당신의 도움에 깊은 감사를 표합니다.

헤더 버넌

보내기를 누르자, 내 거짓말이 날아가며 휴대전화에서 작게 슉 소리가
난다.

쇼는 이메일 계정이 도용되었다는 사실을 알지 못할 테다. 내가 머스그
로브가 되어 이 새로운 합의에 아무 문제가 없다고 확인해주는 답장을 보낼
거라곤 생각 못 할 거다. 쇼가 메일을 보내는 대신에 이 전직 형사에게 전화
를 건다면, 뭐 그땐…… 다른 방법을 강구해야 하겠지. 하지만 서로 폭언까
지 오간 두 사람의 관계를 생각하면, 쇼는 이 모든 것을 어느 정도 거리를
유지한 채 진행하고 싶을 수도 있다.

나는 좁은 침대에 누워 천장에 진 물 얼룩의 어두운 윤곽을 응시한다. 잠
을 이룰 수가 없다. 몸은 잔뜩 지쳤는데 머리는 아직 쌩쌩해, 존 머스그로브
와 크리스틴 레이와 필립 부아뱅과 닐 윌스에 대한 생각으로 바쁘게 돌아간
다. 오언과 조디와 에이미에 대해서도 생각한다. 이제 우리 네 사람은 모두
숲속 깊이 들어왔다. 거짓이라는 이름의 숲에.

숲의 저쪽 끝에 있는 시오와 핀을 생각한다.

머리맡 탁자 위의 노트북은 닫혀 있고 나는 마침내 잠에 빠져드는데, 그
때 베개 밑에서 휴대전화가 윙윙댄다. 새 메일의 도착을 알린다.

필릭스 쇼 역시 올빼미인 모양이다.

버넌 부인께,

메일을 보내주셔서 감사하지만 제가 도움이 될 수는 없을 것 같습니다.
기밀 유지 협약에 따라, 제 쪽의 모든 MS 전자 문서는 영구 삭제 되었으며
실물 문서도 전부 머스그로브 씨에게 돌려주었습니다. 역시 기밀 유지 협약
에 따라, 이 사안과 관련하여 당신과 어떤 것도 더는 논의할 수 없을 것 같
군요.

297

두 분 모두의 건승과 프로젝트의 성공을 기원합니다.

진심을 담아,

필릭스 쇼

디렉터 겸 CEO

트루먼 앤드 쇼 출판

메일을 재차 읽으며 실망감에 속이 축 늘어진다. 그런데 그때, 내 눈이 특히 네 어절에 탁 하고 걸린다.

……**실물 문서도 전부 돌려주었습니다**…….

협상이 결국 중단되자 머스그로브에게 돌아간 실물 원고. 그건 내가 USB 저장 장치 속 문서에 들어가지 못해도 상관없다는 의미였다. 비밀번호를 추측해내지 못해도 상관없다는 뜻이었다.

아마 그의 집에 실물 문서가 있을 테니까.

45

금요일

금요일 아침, 조디가 나를 부드럽게 흔들어 깨울 때 아직 잠에 취해 머리가 멍하다. 조디는 벌써 옷을 다 입고, 차를 담아 김이 폴폴 나는 머그잔을 감싸 쥔 채 내 침대 끝에 걸터앉아 있다. 그녀는 머리맡 탁자에 놓인 내 잔도 가리킨다. 잼을 바른 토스트 한 장이 담긴 작은 접시와 함께 놓여 있다.

"어제 늦게 잤지?"

"조금." 나는 한쪽 팔꿈치에 힘을 실어 몸을 일으키고 한쪽 눈을 게슴츠레 떠서 휴대전화로 시간을 확인한다. 벌써 9시가 다 되어간다. 내 기억에 이렇게까지 늦잠을 잔 적이 없었다. 교도소에 있을 때 아침 점호 시간은 늘 오전 7시 45분이었으니까. 그 시간을 넘어서까지 잘 수 있는 능력을 잃었다고 생각했는데, 어쩌면 내 안에서 이미 변화가 일어나고 있는지도 몰랐다. 내가 알아차리지 못한 미묘한 변화들이.

"네가 저 자판을 두드리는 소리를 도대체 몇 시까지 들은 줄 아니. 내 미모를 지키려면 푹 자야 하는데 방해하고 말이야." 조디가 차를 홀짝인다. "네 상태가 나보다 더 안 좋아 보이긴 하네."

나는 발끝으로 조디를 쿡 찌른다. "고맙다. 넌 어디 가려고?"

"크리스틴 레이의 집에. 범행 현장에서 딱 잡을 수 있을지 봐야지."

나는 조디에게 머스그로브의 출간되지 않은 책에 대해 말해주며, 그의 집에 실물 원고 전문이 있지 않겠냐고 덧붙인다.

조디는 눈을 가늘게 뜨고 나를 본다. "너 혼자 그 집에 가려는 건 아니지? 안에 들어가려는 건 아니지?"

"아니야."

"확실해?"

"다만 빈집이긴 하지. 머스그로브가 윌로 하우스에 있으니."

"과연 그럴까? 그의 어머니가 나타나면 어쩌려고? 청소부나 세입자나 옆집 사는 이웃이라도 마주치면 어쩌려고?"

"그냥 택시에서 내리지 않고 한번 보기만 할 거야. 그게 다야. 누가 있는지 확인만 하는 거지."

"나중에 나랑 같이 가서 보자. 그 험악한 개자식 세 명이 아직 널 찾아다니는데, 너 혼자 돌아다니면 안 되잖아. 알다시피, 놈들은 여기 다시 나타날 수 있어. 네가 다시 체포될 위험은 또 어떻고."

"알아."

"**같이 가.**" 조디가 거듭 강조하며 가느다란 집게손가락으로 나를 가리킨다.

조디가 나가자 나는 얼른 옷을 입고 필릭스 쇼가 메시지를 더 보내지는 않았는지, 지난밤 이후로 머스그로브의 수신함에 새로 도착한 메일 중 뭐라도 중요한 내용은 없는지 확인한다. 그러나 아무것도 없다. 두 시간이나 들여 그의 수신함을 다 뒤졌지만, 관련 있어 보이는 다른 것은 찾아내지 못했다.

다시 내 문의에 대한 쇼의 이메일 답변으로 돌아가서 재차 읽으니 두 손바닥이 근질거린다.

⋯⋯**실물 문서도 전부 머스그로브 씨에게 돌려주었습니다**⋯⋯.

우리는 이미 이 전직 형사의 집 주소를 알고 있었다. 일요일 저녁, 우리가 그의 이메일을 뒤지기 시작했을 때 조디가 처음으로 발견한 사실 중 하나이니까. 빌라 필즈는 이 나라에서 가장 안전한 도시에 있는 안전한 동네다. 그곳에 갔다가 30분 안에 돌아올 수 있다. 택시를 타고 거기까지 가서, 뒷좌석에서 내리지 않고 그대로 앉아서 내다보며 빠짐없이 눈에 담고 다시 여기로 돌아오면 된다. 바로 문 앞에서 출발해서 바로 문 앞으로 돌아오는 것이다. 전혀 위험하지 않다. 택시 밖으로 나오지 않을 테니. 거리에서 혼자 시간을 보내지 않을 테니. 게다가 조디는 몇 시간은 더 지나야 돌아올 테다.

휴대전화를 집어 든다.

* * *

택시 기사는 미터기를 켠 채로 기꺼이 기다려주기로 하고, 나는 그에게 록클리프 로드 117번지의 반대편 연석에 세워달라고 요청한다. 이곳은 호스텔과 다른 세상 같다. 에드워드 7세 시대의 주택들이 앞에 작은 정원을 두고 잘 관리되어 있다. 빠르게 온라인 검색을 해보니 이런 집은 한 채에 75만 파운드 가까이 나가는 듯하다. 어쩌면 머스그로브는 이곳에서 오래 살았을 수도 있고, 별거 전에 남편과 함께 이 집을 샀을지도 모른다.

간선 도로는 아니고, 한층 조용한 교외의 거리이다. 이따금 자전거를 타는 사람이나 학생, 바퀴 달린 수레에 장을 본 물건을 싣고 나르는 연금 수급자가 보일 뿐이다. 금빛 가발은 30분 정도 써보니 이제 놀라울 정도로 편안하다. 수요일에 산 신발과 가방, 좋은 재킷도 똑같이 입었다. 가까이에서 마주치는 사람이 있을지도 모른다.

117번지는 네 채가 가로로 붙어 있는 테라스 하우스의 끝 집으로, 각 집의 위층 침실을 박공지붕이 덮고 있다. 진입로가 따로 없이 그저 작은 철문과 풀이 다소 제멋대로 자란 앞뜰만 보인다. 낮은 담을 타고 덤불이 늘어졌고, 현관 근처에는 짧고 억센 잡초가 더부룩하다. 옆으로 난 길은 집 뒤편으로 이어진다.

집 밖에 주차된 차가 많지 않다. 아마 대부분 출근했을 테다. 팬데믹 이후로 사람들이 재택근무를 훨씬 더 많이 한다는 기사를 읽긴 했는데, 그 후 상황이 어떤 식으로든 정상으로 돌아갔기를 바란다. 봉쇄 조치가 취해지는 내내 나는 교도소에 갇혀 있었고, 지금은 따로 물어볼 사람도 없다. 여기에서는 앞쪽 거실 창문을 통해 안이 들여다보이고, 위층 안방도 살짝 보인다. 각도가 올라간 만큼 방 전체를 다 볼 수는 없긴 하지만 말이다.

가방 속 휴대전화가 윙윙거린다. 오언이 보낸 텔레그램 메시지다.

닐 월스 의원에 대한 당신의 질문 관련.

뭐 좀 찾았어요?

그의 메시지가 한 건 위에 한 건, 차곡차곡 쌓인다.

2017년 그의 지역구에 한 미국계 다국적 기업으로부터 일자리가 대거 유입됐어요 기업 이름은…… 노스 스타.

노스 스타는 M4 고속도로의 J15 분기점 인근 다코타 파크라는 장소에 영국 유통 허브를 구축했죠.

노스 스타가 2014년 파산 직전까지 갔다가 대역전해 불사조처럼 살아난 이야기랄까요.

나는 얼굴을 찌푸리며 이게 지난밤의 내 질문과 어떤 연관이 있는지 파악하려 애쓴다. 2014년이면 내 세계는 단 세 가지로 구성될 때다. 구금, 형사법원, 교도소. 나는 빠르게 답장을 보낸다.

???

노스 스타 이사회의 전무가 누구였을까요?

??? 몰라요. 들어본 적 없어요.

힌트 줄게요. 당신이 며칠 전 그 사람의 사진을 찍었어요.

필립 부아뱅???

맞아요. 온라인에서 오래전에 언급된 걸 찾았어요.

나는 잠시 문자열을 응시하며 패턴을 파악하려 애쓴다. 필립 부아뱅. 의심할 여지 없이 크리스틴 레이와 아는 사이인 그는 영국 정계에도 연줄이 있었다. 우리가 보관소에서 발견한 기밀 메모. NS. 노스 스타. 그게 아닐 수가 없었다.

그런데 어떤 의미가 있죠?

부아뱅이 널 월스와 연관됐다는 것. 월스는 머스그로브를 적어도 한 번은 만났죠. 월스는 리엄과 함께 일하기도 했고요.

월스는 아직 하원 의원인가요? 추적해볼 만할까요?

작년에 플로리다에서 헬리콥터 추락 사고로 죽었어요.

오언의 직설적인 화법에 멈칫하고 만다. 그는 내게 다시 메시지를 보내와 지금 통화할 수 있느냐고 묻고, 나는 어렵다고 답한다.

지금 머스그로브의 집 밖이에요. 아무튼 잘하셨네요. 나중에 다시 얘기하죠.

나는 다시 휴대전화를 집어넣고 10분 더 집을 관찰하며 무언가 움직이는 기색을 찾는다. 창문이나 현관의 반투명 유리 뒤에서 그림자가 어른거리는지 본다.

그러나 집에 아무도 없어 보인다. 머스그로브는 몇 주째, 어쩌면 몇 달째 여기서 살지 않고, 이혼한 데다, 동생은 해외에 살고, 어머니는 체격이 작고 노쇠하며 15킬로미터 이상 떨어진 곳에 있다.

그리고 나는 지금 여기 있다.

기사는 동유럽계의 젊은 남자로 머리를 뒤로 묶었고 공손하다. 그는 엔진을 계속 켜두고 있다.

내가 시계를 확인하며 그에게 말한다. "저기, 얼른 친구 좀 보고 와야 할 것 같아요. 가져올 게 있어서. 30분 후에 여기로 와줄 수 있을까요? 그쯤이면 다 될 것 같네요."

지폐 두 장을 건네자 기사는 고개를 끄덕이며 11시 40분까지 다시 오겠다고 말하고 거스름돈을 준다. 내가 하려는 일을 하는 동안 기사를 근처에 둘 수는 없다.

기사가 떠나고, 나는 마지막으로 한 번 더 살핀 다음 길을 내려가서 작은 철문을 열고 천천히 길을 따라 걷는다.

초인종을 누르고 안에서 벨이 흐릿하게 땡그랑하는 소리를 듣는다. 당장 보이는 카메라는 없다. 앞쪽 돌출된 창으로 특별할 것 없는 거실이 보인다. 소파와 안락의자, 대형 텔레비전, 책장, 벽난로 위에 걸린 커다란 인상주의 회화까지. 생명의 흔적은 보이지 않는다.

한 번 더 초인종을 누르자 처음과 똑같은 반응이 온다. 나는 1분을 더 기다렸다가 옆으로 가서 뒤뜰로 난 길을 따라 걷는다. 작고, 앞뜰보다 덤불과 잡초가 더 무성한 뒤뜰은 한쪽에는 산울타리가, 다른 한쪽에는 펜스가 둘러 있다. 바비큐용 그릴이 비를 맞지 않도록 검은색 캔버스 천으로 덮여 있다. 플라스틱으로 된 초록색 정원용 의자가 벽에 기대어 쌓여 있다. 절반이 반투명 유리로 된 뒷문 옆으로 주방 창이 나 있다. 접시나 컵이 나와 있지 않고, 선반에서 말리고 있는 그릇도 없고, 조리대에 우편물도 놓여 있지 않다.

가장 중요한 것은, 뒤뜰은 어디에서도 내려다보이지 않는 위치라는 사실이다. 나는 돌로 된 빈 화분을 발견한다. 화분은 꽤 큰데, 옆면이 정사각형 모양으로 두껍고 바닥에는 초록빛이 도는 빗물이 15센티미터 이상 고여 있다.

코트니는 1년 가까이 나와 붙어 다닌 친구였다. 수다스러운 그녀는 절도죄로 들어왔는데, 남자 친구와 함께 빈집 수백 곳을 털었고 남자 친구가 그녀를 좋아한 주된 이유는 그녀가 자신을 대신해 창문으로 들어갈 만큼 몸집이 작기 때문이라고, 내게 서글프게 말했다. 몇 가지 기본 사항이 있었다. 어떤 도구도 가져가지 말고, 그냥 정원이나 창고에서 발견한 것을 쓴 다음 그대로 두고 올 것. 쉬운 선택지가 최고이므로, 늘 창문이 열려 있지는 않은지, 뒷문이 잠기지 않은 것은 아닌지 확인할 것. 안에서 5분 넘게 머물지 말 것. 장갑을 낄 것. 욕심을 크게 부리지 말 것.

코트니가 내게 알려준 것 중 특히 인상 깊은 한 가지가 있다. **경보기는 문제 될 게 없었어.** 그녀가 말하길, 집 경보기가 울릴 때 사람들의 반응은 세 가지로 나뉜다. 낮이라면 짜증, 밤이라면 분노, 간혹 자기 집에서 경보기가 울려, 이웃들이 고양이가 **또** 동작 감지기를 작동시키게 놔뒀냐며 욕을 퍼부을 때나 당황일 것이다. 집 경보기가 울릴 때 실제로 **경계하는** 사람은 이제 아무도 없다. 경보가 경비 업체나 경찰과 연결된다 하더라도, 늘 우선순위에서 밀린다. 95퍼센트는 거짓 경보이니까. 그들도 알고, 당신도 알고, 모두가 안다.

나는 호스텔 주방에서 가져온 노란색 싸구려 고무장갑을 착착 끼고 두 손으로 돌 화분을 들어 올려 파티오에 빗물을 쏟아버린다.

뒷문 앞까지 이동해, 다음 차가 현관 밖 거리를 지나가길 기다렸다가 엔진 소음이 가장 가까이 들려올 때 이 무거운 화분을 반투명 유리에 정통으로 던진다.

46

유리가 산산조각 나는 소리는 마치 폭탄이 터지는 소리와 같아서 잠깐은 거리의 모든 사람이 들었으리라고 생각한다. 하지만 이내 차가 지나가고 교외의 고요가 다시 찾아온다. 근처 나무에서 새들이 무심히 짹짹거리는 소리만이 고요를 깬다. 나는 깨진 유리판 사이로 손을 넣어 뒷문의 걸쇠를 잡고 **딸깍** 돌린다. 집 안에 들어서서 조심스럽게 주방을 향해 발걸음을 뗄 때 로퍼와 깨진 유리가 만나며 으드득거리고, 아드레날린이 시속 150킬로미터가 넘는 속도로 고동치며 정맥을 흐른다.

좋아. 시계를 확인한다. 오전 11시 13분. 얼른 찾아서 나가야 한다.

복도의 공기는 고여 있고 퀴퀴하다. 곁탁자에 놓인 행잉 플랜트가 완전히 갈색으로 바싹 마르고, 길게 갈라진 잎이 죽은 듯이 늘어져, 아래 타일이 깔린 바닥에 흩어져 있다. 현관 옆에 경보기가 달려 있지만 삐 하는 소리나 깜빡이는 불빛이나 메시지는 없다. 맨 위에 세 개의 초록색 LED가 보일 뿐이다. 추측하기로 이 집은 머스그로브의 연로한 어머니가 관리하고 있는데, 아마 그녀는 올 때마다 경보 시스템을 설정하고 해제하는 수고를 들이고 싶지 않을 터였다. 나는 경보기를 무시한다. 오른편으로는 앞창을 통해 들여다보이던 거실이 펼쳐진다. 길에서 보이지 않을 위치에 머무르며 안을 살펴보지만 낮은 커피 탁자 위나 책꽂이에 A4 크기의 원고로 보이는 것은 없다. 이곳은 작업실이 아니다.

나는 계단으로 옮겨 가서 한 번에 두 계단씩 올라 층계참에서 문을 하나하나 연다. 앞쪽의 안방, 옆쪽의 손님방, 그리고 세 번째로 뒤쪽 골방의 문을 연다. 책상과 의자, 컴퓨터, 서류 캐비닛, 파쇄기, 이 작은 공간까지 비집고 들어온 책장들. 책상 위는 자판과 마우스, 모니터, 문구류, 뜯지 않은 우편 한 무더기를 제외하고는 깨끗하다. 모든 표면에 먼지가 얇은 층을 이루고 있다.

머스그로브의 서재다.

내가 찾는 것을 거의 바로 발견한다.

서류 캐비닛의 맨 위 칸 서랍에 두툼한 A4 인쇄물 뭉치가 있다. 구멍을 뚫어 끈으로 묶은 원고의 앞장에는 「어느 하원 의원의 죽음, 영국을 충격에 빠뜨린 살인 사건의 내막」이라는 제목과 그 밑으로 머스그로브의 이름, 경찰에 몸담을 당시의 최종 직위가 적혀 있다. 아래에는 이것이 '버전 5, 미완성 원고로 배포 또는 인용 불가'라고 안내되어 있고 **기밀**이라는 문구가 굵고 붉은 대문자로 하단을 가로지른다.

이거다. 사건에 대해 머스그로브가 썼고 아직 출간되지 않은 논픽션 책. 나를 교도소로 보낸 남자의 머릿속을 들여다볼 방법으로는 이 원고 이상이 없을 것이다.

기대로 잔뜩 부풀어 서랍에서 원고를 꺼내 책상에 내려놓고 휙휙 넘겨본다. 수백 장 두께의 원고는 변경 내용을 추적한 붉은 표시와 손으로 단 주석, 여기저기 마구잡이로 튀어나오는 포스트잇 메모로 가득하다. 여기에 **정말 많은** 사실이 담겨 있다. 가능성으로 넘쳐나는 원고의 무게가 그 자체로 작은 승리처럼 느껴진다. 머스그로브가 들려주고자 하는 이야기가 이리도 많을 줄은 몰랐다. 오언은 분명 고되긴 해도 원고를 세세히 검토할 기회를 **무척이나 반길** 것이다.

그대로 원고를 들고 이곳을 떠야 하지만, 얼른 한번 보고픈 유혹이 너무 강하게 일 뿐이다. 나는 앞쪽에서 모든 장이 나열된 목차를 찾는다. '리엄 버넌 의원', '그날 밤', '첫 전화', '과학수사', '첫째 날', '겨냥하다' 등이 쭉 이어지며 유죄 판결과 맺음말에 다다른다. 살펴봐야 할 것이 정말 많다.

어떤 생각이 들어 뒷장으로 넘긴다. 경찰 용어 사전에 이어, 열 장에 달하는 색인이 나온다. 두 눈이 색인 항목을 휙휙 훑으며 사람들이 차마 대놓고 말하지 못하는 속뜻을 품은 말을 찾는다. '도전'이나 '쟁점', '문제', '모순', '약점', '결정적이지 않은', '의견이 분분한 영역' 같은 말들, 정 아니면 '논란의 여지가 있는 증거' 같은 말이라도.

어디에도 그런 표현은 보이지 않는다.

색인의 맨 위로 돌아가서 다시 시작한다. 주제별로 보면서 피고인 측 변론을 찾아 나선다. 부패, 필립 부아뱅, 리엄이 의회에 대한 내부 고발을 하려 했다는 언급이 있는지 찾는다. 가장 먼저 내 흥미를 끄는 것은 네 번째 장에 나오는 '대안적 수사 방향'이라는 항목이다.

이 항목은 다시 세 갈래로 나뉘는데, '부패'라는 단어가 두 번째에 나온다.

대안적 수사 방향　　　　-의회 측면, 58, 61
　　　　　　　　　　　　-부패 행위 관련 의혹, 99
　　　　　　　　　　　　-제외, 167

관자놀이에서 핏줄이 세차게 쿵쿵 뛰는 바람에 두통이 몰려온다. 시계를 보니 오전 11시 19분이다. 떨리는 손으로 58쪽으로 넘겨서 내 사건에 다른 용의자가 있을 가능성에 대한 첫 번째 언급을 찾아 나선다. 이들 용의자는 너무 일찍 수사선상에서 제외됐다. 내 눈이 내려가다 세 번째 단락의 특정 문장에서 멈춘다.

　　　몇 가지 대안적인 수사 방향이 전개된 건 포렌식 자료에 대한 분석이 완료되어 수사팀에 돌아오기 시작할 때였다. 여기에는 피해자가 하원 의원으로서 맡은 역할과의 관련성 또는 그 밖의 사항도 포함됐다. 그러나 이후 이러한 대안 중 어느 것도 수사의 전반적인 취지와 관련하여 더 광범위한 증거적인 측면에서 유의미하지 않다고 결론이 났다…….

더 넘겨서 61쪽으로 간다.

버넌 씨가 배스를 대표하는 하원 의원 신분임을 고려할 때 언론이 앞다투어 보도에 뛰어드는 건 놀라운 일이 아니었다. 그리고 우리 강력범죄 수사팀모두는 이 사건에 크게 집중된 대중의 관심과, 우리가 최선을 다해 가해자를쫓으리라는 그들의 정당한 기대를 매우 잘 인식하고 있었다. 우리는 버넌 씨의 개인으로서의 삶과 의원으로서의 삶의 모든 측면을 수사하는 데 상당한자원을 투입했는데, 그의 공적인 역할이 그를 높은 수준의 위험에 노출시켰을 수도……

나는 좌절감에 고개를 저으며 다시 색인에 들렀다가 부패가 언급된 99쪽으로 간다.

우리가 이미 밝힌 바와 같이, 수사 초기 단계에서 다수의 잠재적 수사 방향이 부각됐다. 그중 한 가지는 우리 팀이 배경 조사를 진행할 때 등장한 것으로, 버넌 씨가 영국 통신 시장으로의 진입을 꾀하던 미국 기업 노스 스타측의 비윤리적이고 부패에 해당할 수 있는 기업 행위를 적어도 인식하고는있었음이 간접적으로 드러났다. 그러나 최종적으로, 이러한 의혹들에 대한수사는 결실을 맺지 못했으며 관련 정보가 추가로 드러나지도 않았다. 따라서 이러한 수사 방향은 유의미한 것으로 여겨지지 않았고 이후 몇 달에 걸쳐구축된 검찰 측 주장의 일부를 구성하지 못했다……

노스 스타. 또 그 이름이다. 하지만 그 외에는 온통 애매한 말뿐인 듯하다. 이 원고가 왜 다섯 번째 버전까지 갔는지 알 것도 같다. 어쩌면 출판사들은고소를 당할 것을 염려했을 수도 있다. 더 중요한 건, 내 재판에서 이런 이야기가 언급된 기억이 없다는 점이다. 검찰 측은 왜 '유의미하지 않다'고 여겼을까? 고개를 저으며 다시 색인으로 가서 다음 쪽 번호를 확인하려는데그때 내 눈이 맨 위 부근의 세 단어에서 멈춘다.

나를 얼어붙게 한 또 하나의 항목.

아르테미스 테크, 99

엄마가 법정 속기록의 어느 한쪽에 적어둔 미스터리한 단어. **아르테미스.** 엄마가 어디에서 그 단어를 들었는지, 나는 결코 모를 일이다. 하지만 아르테미스는 내가 호스피스에서 머스그로브에게 다시 꺼냈을 때 그를 식겁하게 만들기에 충분한 말이었다. 그리고 이제 여기, 그의 출간되지 않은 책 속 색인에서 아르테미스라는 단어를 만났다. 떨리는 손으로, 99쪽을 확인하려는데 집 앞 거리에서 들려오는 소음에 움찔한다. 차 문을 쾅 닫는 소리다.

이 집에 침입하고 거의 10분이 지났다. 가야 할 시간이다.

원고를 가방에 밀어 넣고 살금살금 앞에 있는 침실에 들어선 다음 몸을 쭈그리고 창문으로 향한다. 바깥으로 돌출된 창은 큼지막하게 네 칸으로 이뤄져 있고, 록클리프 로드가 내다보인다.

차 한 대가 길 건너편에 주차되어 있다. 은색 토요타 랜드크루저다. 인도 쪽으로 조수석 문이 열려 있고 그 옆에 키 큰 흑인 남자가 서 있는데 한 손에 쇼핑백이 한 뭉치 들렸다. 내가 지켜보는 동안 한 할머니가 천천히 발을 끌며 나와서 그의 팔을 잡는다. 다른 손에는 지팡이가 들렸다. 남자는 저 커다란 차에서 할머니가 내리는 걸 도와주고 그녀 뒤로 문을 닫은 다음 천천히 그녀를 이끌어 진입로를 올라가 맞은편 집으로 들어간다. 쇼핑을 마치고 돌아온 어머니와 아들, 그게 다였다.

몸에 잔뜩 들어간 긴장이 살짝 풀리는 게 느껴진다. **허위 경보**였다. 1분 더 지켜보며 거리가 텅 빈 것을 확인하는데, 그때 도로 저 끝에서 경찰차 한 대가 시야에 들어와 숨이 턱 막힌다. **그대로 가라. 그대로 가.** 몸을 더 수그리느라 창턱 너머로 겨우 내다본다. 경찰차는 천천히 순항 중이다. 시속 15킬로미터쯤으로 도로에서 꾸물거리는데, 앞좌석에서 제복 차림의 경찰관 두 명이 마치 무언가를 찾고 있기라도 하듯이 좌우를 살핀다. 아니면 **누군가**를 찾고 있거나. 차가 더 가까이 오며 이 집과 수평을 이룰 즈음에 속도가 한층 더 느려진다. 창문이 내려간 차 안에서 운전자는 창틀에 팔꿈치를 올려두고 있고 그의 동료는 무전을 보내고 있다.

경찰차는 기어가다시피 하며 지나가서 두 집을 더 내려가더니 멈춰 선다. 심장이 목구멍까지 튀어 오른다. 도망쳐야 할까, 아니면 그냥 있어야 할까? 모험을 해야 할까, 아니면 집 안에 숨어야 할까?

두 경찰관 모두 차 밖으로 나오지 않는다.

그대로 앉아 있을 뿐이다.

내가 들어온 길로, 그러니까 집 옆으로 돌아 나가면 저들의 거울에 비칠 게 거의 확실할 테다. 아니면 뻔뻔스럽게 현관으로 나갈 수도 있다. 나는 도둑처럼 보이지 않으니까. 저들이 이미 내 인상착의를 확보하고 나를 찾고 있는 것만 아니라면. 젠장. 저들은 나나 이 원고 때문에 여기 있는 걸까, 아니면 그저 우연의 일치일까? 저들이 여기서 날 체포하면 끝이다. 붙잡혀선 안 된다.

머무를 것인가, 갈 것인가. 버틸 것인가, 뚫고 나갈 것인가.

1분이 째깍거리며 지나간다. 그리고 또 1분이 지나간다. 여전히, 저들은 그대로 앉아 있을 뿐이다.

나는 뒷문으로 나가기로 한다. 펜스 너머 또 다른 뜰로 통할 길을 찾기로 한다. 집들 사이의 가장 가까운 간격을 노리는 거다. 완벽한 계획은 아니지만 그래도 포레스터 애비뉴로는 나갈 수 있으니 적어도 한발 앞설 수 있을 것이다. 집이 길 이쪽에 있어서 참 다행이다. 반대편 뜰은 모두 곧장 에이번 강으로 이어지니까.

다시 기어서 계단참으로 나가려는 참에 경찰차가 푸른 빛을 번쩍이기 시작하더니 돌연 연석에서 움직여 크게 속도를 내며 길을 따라 올라간다. 몇 초 만에 시야에서 사라져 저 멀리서 날카롭게 울부짖는 사이렌 소리만 들려온다.

나는 괴로운 숨을 내쉰다. 또 한 번 위험을 모면한 것이다.

얼른 계단을 내려가서 또다시 깨진 유리를 으드득 밟으며 뒷문으로 나가 등 뒤로 문을 닫는다. 이제 경찰차가 없으니 길은 조용한데 택시가 나를 데리러 오기로 한 시간까지 아직 15분이 더 남았다. 기사에게 문자 메시지를 보내 길모퉁이를 돌면 나오는 교차로로 와달라고 한 다음 그 방향으로 걷기 시작한다. 어깨에 멘 가방끈을 꼭 부여잡은 채 여기 사는 사람인 것처럼, 그저 먹을 것이나 커피를 사러 아침 산책을 나온 것처럼 보이려 애쓴다.

가방 속 원고가 무겁게 느껴진다. 가능성으로 가득한 원고. 컴퓨터 파일 상의 날짜는 머스그로브가 몇 년째 책 작업을 해왔지만 아직 출판사를 찾지 못했음을 시사했다. 세간의 이목을 끈 사건인데 왜 아무도 출간하겠다고 나서지 않았을까? 명예 훼손 재판을 둘러싼 소동으로 오언의 경력이 망가진 일 때문이었을까? 아니면 다른 이유가 있었을까?

휴대전화를 꺼내 오언이 우리 네 사람을 위해 만든 텔레그램 단체 대화방에 메시지를 보낸다.

노스 스타와 관련된 비윤리적/부패 행위 의혹에 대해 구체적으로 아는 사람 있어요? 머스그로브의 출간되지 않은 책에 언급이 있어서요.

록클리프 로드 117번지와 어느 정도 멀어지니 마음이 놓인다. 어서 호스텔로 돌아가 원고를 낱낱이 읽을 수 있으면 좋겠다. 책장을 뒤적이며 그 안에 숨겨진 비밀을 캐낼 수 있기를 바란다. 진전을 이룬 것처럼, 앞으로 나아가는 것처럼 느껴진다. 빈집에 들어가 물건을 훔쳐 나왔으니 가석방 허가 조건을 확실하고 명백하게 위반한 셈이라는 사실은 신경 쓰지 않는다. 위험을 감수할 가치가 있었다.

휴대전화가 탱 하는 소리를 내며 텔레그램에 새로운 메시지가 도착했음을 알린다. 가방에서 다시 꺼내 잠금을 해제하려는데, 그를 본다.

길 건너편에서 담배를 피우고 있는 남자.

내가 알아볼 수 있는 남자.

47

남자를 어디서 봤는지 떠올리느라 찰나의 시간이 지나고, 불현듯 얼굴에 찬물을 끼얹은 것처럼 뇌리를 스친다. 출소하고 이틀 뒤, 배스 중앙 도서관에서였다. 컴퓨터로 작업 중인 나를 지켜보던, 호리호리하고 머리가 벗어지기 시작한 남자다. 내가 대면하려 하자 사라져버린 남자다.

남자는 오늘만큼은 사라질 것처럼 보이지 않는다. 그는 30미터쯤 떨어져 있는데, 파울릿 로드와 포레스터 애비뉴가 교차하는 지점의 건너편 모퉁이에서 나무에 기대고 있다. 짙은 녹색 캔버스 재킷과 블랙 진 차림이다.

내가 지켜보는 동안 남자는 마지막으로 한 번 담배를 빨아들인 다음 배수로에 휙 던지고 나를 향해 발걸음을 뗀다. 두 팔을 양옆에 늘어뜨리고 내내 내게서 시선을 거두지 않은 채 교차로를 건넌다. 내 택시는 아직 오지 않았고, 교통량도 극히 적어 잡아탈 차도 없으며, 나를 목격할 운전자도 없다. 남자가 왼쪽에서 내게 다가오는 것을 알기에, 교차로에 다다른 나는 오른쪽으로 돌아서 속도를 낸다. 아주 가까운 곳에 소방서가 있고 구급차 기지도 있다는 사실이 기억나는 것 같다. 둘 중 하나까지 갈 수 있다면 안전할 것이다.

휴대전화가 손에 있다. 경찰에 신고해야 하나? 그러면 무어라 말하지? 여보세요, 제가 방금 전직 경찰 집을 털고 나왔는데, 이제 미행을 당하고 있네요? 그런데 만약 이 남자가 경찰이라면? 출소 이후 줄곧 경찰이 나를 지켜보고 있던 거라면?

경찰에 신고하는 대신 단체 대화방에 또 한 번 빠르게 메시지를 입력한다.

미행당하는 중. 포레스터 애비뉴.

휴대전화를 숄더백에 넣고 조디가 줬던 작은 칼의 손잡이를 찾아 더듬거린다. 원고 밑으로 손을 넣고 허우적댄다. 펜과 열쇠와 지갑과 화장품을 비롯해 지난 며칠 동안 늘어난 온갖 잡동사니에 걸리지만 칼은 잡히지 않는다. 남자의 발소리가 여전히 내 뒤에서 들린다. 빠르고 자신감이 넘치는 걸음걸이. 내 왼편으로 풀이 우거진 비탈이 솟아오르고, 오른편에는 집들이, 정면에는 **막다른 길**을 알리는 표지판이 있다. 젠장.

칼은 가방에 없다.

뒤를 돌아본다. 머리가 벗어진 남자는 이제 20미터쯤으로 거리를 좁히며 내게 다가오고, 돌아보는 나와 눈도 마주친다. 가방 속 휴대전화가 빠르게 연속으로 두 번 탱 하는 소리를 내지만 내려다볼 겨를이 없다. 대신에, 나는 오른쪽으로 돌아서 포레스터 아파트 단지로 냅다 뛰기 시작한다. 왼편으로 높은 벽이, 오른편으로 나무가 이어지며, 길은 양옆이 아파트로 경계가 지어진 작은 주차 공간으로 이어진다. 아파트는 모래색의 3층짜리 건물로 앞에는 덤불이 무성한 잔디밭이 있다. 공동 현관은 거주자 모두가 공유하는데, 분명 나는 누가 문을 열어주기 전에 잡히고 말 터였다. 그대로 두 팔을 마구 휘저으며 두 건물 사이를 달려 저 끝으로 나가지만 통하는 길이 없다. 임대용 차고가 한 줄로 늘어섰고 높은 산울타리가 부지의 경계를 짓고 있을 뿐이다. 내 뒤에서 달려오는 발소리가 빠르게 가까워지고 있다. 콘크리트와 맞부딪치며 탁, 탁, 탁 하는 소리가 더 가까워진다.

나는 왼쪽으로 급회전해 건물의 측면을 따라 달리며 풀밭을 가로질러 어느새 코앞에 강을 맞닥뜨린다. 잠시 저 낮은 벽을 뛰어넘어 수영을 하는 도박을 해야 하나 고민한다. 내가 물에 뛰어들면 스토커도 나를 따라 뛰어들지 않을까. 그러다 가방 속 종이 원고를 떠올린다. 그뿐만 아니라 마지막으로 수영장에 들어가본 게 10년 전이니 물에 빠지면 살아 나오지 못할 확률이 높다.

나는 다시 모퉁이에서 재빨리 왼쪽으로 튼다. 아파트 건물의 뒷면을 따라 왔던 길을 되돌려 전력 질주 하니 폐가 불타오르기 시작한다. 들어온 방법 그대로 거리로 나가 교차로로 돌아갈 것이다. 지나가는 차를 한 대 세우거나, 지금 조용히 기도하는 대로 기사가 이미 와서 나를 기다리고 있다면, 그 택시에 올라탈 것이다.

아파트 뒤편에 가늘고 길게 난 풀밭과 벤치 두 개, 캄캄하고 요동치는 에이번강으로 내려가는 낮은 담이 보인다. 두 다리가 무거워지고 있지만 멈추지 않는다. 전력 질주 하며 긴 아파트 건물을 따라 마지막 모퉁이에서 돌아 다시 탁 트인 공간으로 나오고, 바퀴 달린 쓰레기통 사이를 휙휙 피하며 포장도로로 나와서야 더는 누가 나를 쫓아오는 소리가 들리지 않는다는 걸 깨닫는다. 어깨 너머를 흘끗 돌아보지만 아무도 없다. 남자는 분명 물러났거나 멈췄거나 마음을 바꿨을 테지만, 나는 속도를 늦추지 않는다. 이 에워싸인 단지 밖으로 나갈 때까지는 멈출 수 없다. 다시 큰길로 나가는 출구는 단 한 곳뿐이고, 마냥 이곳에 있을 수는 없으며, 잡히는 건 선택지에 없으니…….

검은색 밴이 나타나 길을 가로로 꽉 채우며 멈춰 선다.

출구가 차단됐다.

나는 끼익 미끄러지듯이 멈춘다. 힘이 잔뜩 실리며 멈춰 선 탓에 앞으로 고꾸라질 뻔한다. 이제 강에 도박을 걸어봐야 할 것이다. 가방을 숨겨야겠다. 저 바퀴 달린 쓰레기통 중 하나에 쑤셔 넣어 숨기고 나중에 찾으러 오면 된다. 나중에 올 때는 동행과 함께, 차를 타고 와야지.

몸을 돌려서 왔던 길을 되짚어가려는데 무언가 단단한 것과 충돌한다.

이번에는 진짜 넘어진다. 뒤로 튕겨져 딱딱한 바닥에 엉덩이를 부딪친다. 그런데 머리가 벗어진 남자가 아니다. 커다란 몸집의 백인 남자로 검정 스웨트셔츠와 청바지 차림인데 목이 머리통만큼 굵고 양쪽 어깨에는 볼링 볼이 하나씩 들어간 듯하며 손은 프라이팬만 하다. 바닥에서 올려다본 그는 압도적으로 거대하다. 두 뺨이 우묵우묵 얽었고 두 눈은 1페니짜리 옛 동전 두 개가 박힌 것처럼 감정과 생기가 느껴지지 않는다.

심장이 금방이라도 가슴팍에 구멍을 뚫어버릴 것처럼 마구 뛰면서, 조디가 토요일에 한 말이 떠오른다. **몸은 옆으로 1.2미터, 위로 2.4미터는 되어 보이는데, 얼굴은 또 야위고 뾰족한 녀석이었어.**

녀석은 결국 나를 찾아냈다.

몸부림쳐서 빠져나오기도 전에, 그가 두툼한 손으로 내 목덜미를 움켜잡고 나를 끌어당겨서 일으킨다. 다른 한 손으로는 내 두 손목을 한꺼번에 움켜잡아 움직이지 못하게 한다. 남자의 가랑이를, 무릎을 걷어차려고 하지만 두 번의 시도 모두 별 소득 없이 튕겨져 나오는 듯하다.

"이거 놔!" 목소리가 내 뒤의 평평한 빈 벽에 부딪쳐 메아리친다. "살려주세요! 누가 좀 도와줘요!"

그가 내 재킷을 잡은 손을 놓고 내 입을 틀어막는다. 그 즉시 땀과 양파와 담배 냄새가 코로 한가득 들어온다. 뒤에서 불길하게 다가오는 검은색 밴으로 나를 끌고 가기 시작한다. 어느새 남자의 옆에 머리가 벗어진 남자도 나타나지만 두 사람 모두 아무 말도 하지 않는다.

세 번째 남자가 밴에서 나와 포장도로 위로 가볍게 내려선다. 아주 짧게 친 새까만 머리에 광대뼈가 높이 솟았고, 무용수나 권투 선수를 연상시키는 근육질의 몸을 지녔다. 그는 어두운색 정장 바지에 두 손을 찔러 넣고, 다가오는 나를 지켜본다.

"안녕하세요, 헤더. 우리 드디어 만나네요." 그가 말한다.

48

수갑이 손목을 파고든다.

수갑은 밴의 옆면에 머리 높이로 용접된 쇠막대에 달려 있어 왼팔을 계속 들고 있을 수밖에 없다. 뒷자리는 따로 창문이 없고 기다란 형광등이 어슴푸레 빛을 낼 뿐이며, 양옆에 놓인 긴 좌석에는 여러 연장과 둘둘 말린 비닐, 회색 강력 접착테이프, 밧줄이 보이고 구석에 무언가가 방수포로 덮여 불룩 솟아 있다. 이곳은 냄새를 강하게 풍긴다. 땀과 기름과 디젤 냄새 외에도 무언가 동물적인 것에 가까운, 고약하고 시큼한 냄새가 난다. 저들은 내 가방과 휴대전화를 빼앗고, 빠르고 효율적으로 몸수색을 벌여 원고를 포함한 소지품 전부를 꺼내더니 금빛 가발을 벗기고 바닥에 내동댕이친다.

검은 머리카락의 남자는 거대한 몸집의 남자를 레닉이라 불렀는데, 진짜 이름인지 별명인지 확신할 수 없다. 이 거구의 남자는 내 맞은편 자리에 앉아 무릎에 주먹을 올려두고 있다. 아무 말도 하지 않고, 움직이지 않으며, 눈도 거의 깜빡이지 않는다. 감정 없는 악어의 눈으로 나를 뚫어져라 볼 뿐이다.

이제 맥박이 말의 느린 걸음 수준으로 진정됐다. 처음에 폭발하던 아드레날린이 서서히 사라지며 서늘한 공포 그 자체만이 남았다. 썰물이 빠지며 뻘이 드러나듯이.

약 10분간 이동하던 밴이 서서히 멈추자 검은 머리의 남자가 차량 내부의 운전석 문을 열고 나와 다시 등 뒤로 문을 닫는다. 레닉 옆에 앉더니 다리를 꼬고 꼬박 1분 동안 나를 살핀다. 말끔히 면도한 얼굴이고 이목구비가 아시아인인데 아마 중국인일 것 같다. 저렇게 거구 옆에 있으니 더 날씬해 보여, 깡마른 느낌까지 풍길 지경이다.

"자, 헤더. 그간 참 바쁘셨죠? 그나저나 가발은 괜찮네요." 그가 말한다.

"원하는 게 뭐든, 난 줄 수 없어요."

"글쎄, 줄 수 있을 텐데요." 그가 고개를 주억인다. 느슨하면서도 자신감이 실린 미국식 말투다. "그건 그렇고, 나를 미스터 존스라고 불러도 좋아요. 진짜 이름은 아니지만, 이만한 이름도 없죠."

"지금 날 놔주면, 그냥 조용히 갈게요. 경찰에도, 누구한테도 알리지 않을 겁니다. 다른 누구도 관여할 필요가 없잖아요."

미스터 존스가 웃음을 터뜨린다. 짧게 한 번 크게 웃는 소리가 비좁은 밴의 내부에서 요란하게 메아리친다.

"좋아요, 먼저 한 가지부터 확실히 하고 시작합시다." 그가 집게손가락으로 레닉을 가리킨다. 이 거구의 남자는 일어서서 나를 굽어보더니 손등으로 내 옆얼굴을 세게 친다. 정말 순식간에 일어난 일이라 마음의 준비를 할 새도 없이, 그의 커다란 손가락 관절이 내 뺨을 강타해 머리가 뒤로 튕기며 쇠로 된 측벽에 부딪친다. 두개골 안에서 강렬하고 뜨거운 고통이 폭발한다.

하얀 별들이 시야를 흐려서 눈을 깜빡이며 오른손을 들고 또다시 날아들 타격을 막아내려는데, 레닉은 그저 반대편 자리로 돌아가 앉더니 아까처럼 주먹을 무릎에 올려둘 뿐이다.

미스터 존스가 잠시 나를 살핀다. "자, 헤더, 분명히 해둘까요? 이건 협상이 아닙니다. 대화가 아니에요. 내가 말하고, 당신은 듣는 겁니다. 그리고 당신이 결국 옳은 답을 내놓으면, **그러면** 갈 수도 있는 겁니다. 가지 못할 수도 있고요. 알아들어요?"

"네." 입속에 피가 흘러 쇠 맛이 난다.

"좋아요. 이제 우리가 기본 원칙을 확실히 했네요." 그의 목소리에서 웃음기가 싹 가신다. "자, 나는 메시지를 전달하러 여기에 왔어요. 듣고 있습니까?"

"네."

그가 몸을 앞으로 숙여서 얼굴을 내게 더 가까이 들이댄다. 애프터 셰이브 냄새를 맡을 만큼 가깝다. 사향 냄새이고 값비싼 냄새다.

"멈춰요. 지금 하고 있는 일을 멈추라고요. 질문을 하고 다니는 걸 멈추고, 그대로 내버려둬야 할 상황을 휘젓고 다니는 걸 멈춰요. 역사를 다시 쓰려는 걸 멈춰요. **당장**, 멈춰요."

내 목소리는 속삭임에 가깝다. "못 해요."

"못 합니까, 아니면 안 합니까?"

"두 아이가 다른 사람 손에 자라게 둘 순 없어요. 내 아들이에요. **내 자식**이에요."

"헤더, 당신이 진심으로 아이들을 위한다면, 과거는 떠나보내야죠. 아이들이 새 출발을 하도록 둬야죠. 시오와 핀이 어머니가 아버지를 죽인 사실을 감당하는 게 얼마나 어려울지 상상해봐요. 하룻밤 사이에 부모를 모두 잃은 셈이잖아요. 온전히 겪어내고, 이해해서, 받아들이는 법을 체득하기까지 얼마나 많은 시간이 필요하겠습니까? 이제 당신이 어린 핀이고, 당신 어머니가 그렇게 놔두지 않는다고 생각해봐요. 아이들이 받아들이는 법을 배우지 못하게 당신이 가로막고 있는 겁니다. 참 이기적이고, 자기밖에 모르고, 자신한테만 사로잡혀서 아이들을 위해 옳은 일을 하지 못하는 겁니다. 아이들을 위해 최선의 선택을 내려야 하는데 말이에요."

레닉이 타격을 가한 턱의 고통이 뜨겁고 타는 듯한 통증으로 자리 잡았다.

"제가 범인이 아니라면 이기적인 게 아니죠."

"모두가 당신이 범인이라는 걸 알아요."

나는 대꾸 없이 그 말을 흘려보낸다.

"내 아이들에겐 내가 필요해요."

"그렇지 **않**다는 걸 지난 10년 세월이 분명하고 확실하게 증명해주는 것 같습니다만?"

"당신, 누구 밑에서 일해요?"

그는 대답하지 않는다. 대신, 주머니에서 휴대전화를 꺼내 내게 들어 보이고 스크롤 하며 여러 사진을 보여준다. 첫 번째는 내가 트레버 보일과 면담을 마친 뒤 보호관찰소에서 나오는 사진이고 그다음은 중고차 매장에 있는 나와 조디의 모습, 내가 검은색 코르사를 운전하는 모습, 뒤이어 내가 시부모의 저택 밖 거리에 선 모습, 그리고 머스그로브가 환자로 있는 호스피스에 우리가 걸어 들어가는 사진이다.

"나를 고용한 사람에 대해 당신이 알아야 할 건, 그들은 당신에게 삼진 아웃을 적용하지 않는다는 사실뿐이에요. 원 스트라이크 아웃입니다. 그러니 당신은 이번을 처음이자 유일한 경고로 생각해야 할 거예요. 다음은 없어요." 그가 휴대전화를 다시 주머니에 집어넣는다. "당신을 교도소로 돌려보내서 남은 절반의 형을 마저 살게 하는 건 정말 쉬울 겁니다. 그리고 나오면 아이들은 남자가 되어 있을 테죠. 시오는 스물셋이려나요? 아이들은 세상에 나와서, 어쩌면 여기서 가능한 한 멀리 벗어날 길을 찾으려 할지도 모르죠. 아이들에게 당신은 기억으로도 존재하지 않을 겁니다. 뒷거울에 비치는 당신은 까마득한 점으로 보일 테고, 그래서 거의 보이지 않을 겁니다. 당신은 신화로, 소문으로, 잊느니 못한 교훈적 이야기로 남을 테죠."

"아니에요. 그렇지 않아요." 목이 잠긴다.

"그게 안 되면……." 그가 몸을 더 가까이 기울인다. "다른 선택지가 하나 더 있긴 하네요."

나는 고개를 든다. "무슨 뜻이죠?"

"이렇게 말해보죠. 당신이 사라진다면, 당신을 찾을 사람이 몇 명이나 될 것 같아요? 당신을 위해 울어줄 사람은 몇 명일까요?" 그가 으쓱하자 값비싼 재킷의 어깨 부분도 따라 올라간다. "누가 당신을 진심으로 그리워할까요? 하루, 일주일 정도 파문이 일지 모르지만, 이내 잠잠해질 테죠. 당신은 사라지고 말 테죠."

"이제 나 혼자가 아니에요. 진실은 어떤 식으로든 드러날 테고요."

"그야말로 까맣게 모르는군요? 당신이 지금 어떤 상황에 있는지."

나는 찰나 동안, 맞불을 놓을 경우 발생할 여러 가지 위험을 가늠해본다. 나도 그의 얼굴에 대고 도발적인 말을 던진다면 어떻게 될까. 절반은 추측이고 절반은 허세일지라도.

내가 말한다. "내 남편에게 일어난 일에 노스 스타가 연관되었다는 걸 알아요. 그들은 남편의 지역구 매니저 등 의회 직원을 매수해서 정보를 얻고 있었고, 리엄이 그 사실을 알게 된 거죠. 남편은 내부 고발을 하려 했어요. 전부 다 폭로하려 했죠. 그래서 노스 스타가 그를 죽이고 내게 죄를 뒤집어씌워 자신들의 흔적을 덮으려 한 거예요."

존스가 팔짱을 낀다. 잔뜩 구긴 얼굴이 어두워지고 있다. "내 말, 제대로 안 들었죠?"

"우린 당신들에 대해 잘 알아요."

"우리? 사고뭉치와 부적응자가 모인 당신의 작은 팀을 말하는 겁니까?"

"당신인가요? 당신이 내 남편을 죽였나요?"

여기에 어떤 씁쓸한 아이러니가 존재한다. 내가 이 남자들을 찾고 있었는데, 그들이 먼저 나를 찾은 것이다. 이게 바로 그들이 **하던** 짓이니까. 흔적 없이 우리 집에 들어왔다 나갔고, 내가 먹는 수면제와 가족 시간표, 리엄의 동선을 알았으며, 그리도 완벽하게 나를 범인으로 몰아서 진범들로부터 관심을 돌리도록 했다. 용의주도하고 전문적인 범죄였다. 그리고 이제, 그들이 돌아온 것이다.

존스가 레닉에게 다시 신호를 보내자 이 거구의 남자가 일어나더니 내 오른손도 수갑을 채워 또 다른 막대에 연결한다. 이제 두 팔이 올라간 채 양옆으로 팔을 벌린 자세가 된다. 나는 완전히 무방비 상태로. 레닉이 구석의 방수포로 가서 두꺼운 검정 고무장갑 한 쌍을 꺼내 가져오는 사이에 심장이 흉곽에 아프게 부딪치기 시작한다. 레닉은 커다란 손에 장갑을 착착 끼더니 연장 통에서 다른 무언가를 꺼내 작업을 시작한다. 그가 내게 등을 돌리고 있어 무얼 하는지 볼 수가 없다.

존스는 마치 앞으로 벌어질 일을 잘 보이는 위치에서 제대로 감상하려는 듯이 자리에서 일어나 옆으로 이동한다.

그가 말한다. "당신이 물었죠, 이 모든 것에서 당신의 다른 선택지가 무엇인지. 아직도 알고 싶어요?"

내 눈이 그와 레닉 사이를 획획 오간다. 레닉은 여전히 구석에서 너른 등을 내게 보인 채 무언가에 공을 들이고 있다. 비닐이 바스락거리는 소리와 금속끼리 부딪치며 세게 **땡그랑하는** 소리가 난다. 저 거구의 남자가 돌아서서 나를 향해 다가오고, 나는 또다시 맞을 것을 예상해 뒤로 움찔한다. 그러나 주먹 대신, 비닐이 내 머리카락을, 두피를, 귀를, 얼굴을 거칠게 스친다. 세상이 흐릿해진다.

투명 비닐로 된 두꺼운 복면이 내 얼굴에 씌워지고, 단단히 고정하기 위해 목 주위가 조여진다.

순전한 공포가 밀물처럼 몰려든다.

숨을 쉬면 두꺼운 비닐이 입에 들러붙기만 할 뿐이다.

숨을 내쉬면서 눈앞이 습기로 흐려진다. 레닉의 커다란 손이 내 목을 누르고, 끈을 더 단단히 당기는 게 느껴진다. 끈이 살을 파고드는 게 느껴진다. 두 손에 수갑이 채워진 이상 손을 쓸 방법이 없다. 압력을 해소할 방도가 없다. 비닐을 물어보려고도 하지만 너무 두꺼워 꽉 잡히지가 않는다. 이로 물어뜯을 수가 없다.

"법의학적으로⋯⋯." 존스가 말한다. 이제 그의 목소리는 내 귀에 둔하게 들린다. "비닐을 능가하는 걸 찾기란 꽤 어려워요. 내 경험으론 그렇죠. 딱히 화려하진 않아도, 비닐을 쓰면 피가 지저분하게 튀지 않죠. 청소로 마무리할 필요가 없는 겁니다. 흉기와 일치하는 관통상도 안 나오고, 탄도학을 동원할 필요도 없죠. 처리하기 쉬운 데다 저렴하기까지 해요. 몇 분의 시간만 필요할 뿐입니다."

레닉은 이제 물러서서 가슴 앞으로 팔짱을 끼고 있다. 그의 눈에 처음으로 흥미롭다는 기색이 번뜩인다. 내 가슴에서, 머리에서 압력이 커지고, 산소를 더 들이마시려고 애쓰지만 실패하길 반복하면서 어지럽고 메스껍다. 근처에 있을지도 모를 누군가의 주의를 끌기 위해 두 주먹을 밴 옆면에 쾅쾅 부딪치자 손가락 관절이 고통으로 타오른다.

존스가 고개를 젓는다. 계속 그 자리에 서서, 계속 지켜보며, 계속 내게 말하고 있다.

"저산소증이에요, 헤더. 몸에 산소가 들어오지 않고, 당신이 내뿜고 있는 이산화탄소뿐인 거죠. 그러니 혈액이 각 조직에 충분한 산소를 전달하지 못하는 거예요. 뇌를 포함해서 말이죠."

호흡을 늦추려 하지만 거의 불가능하다. 가슴을 부풀릴 때마다 입안 가득 비닐이 들어올 뿐, 고통에서 해방되거나 강도가 약해지지 않는다. **공기가 없다.** 내 몸이 산소를 달라고 부르짖는다.

"호흡과 심장 박동이 빨라지고 있네요." 존스는 학문적 흥미를 느끼고 있다는 인상을 풍기며 말을 잇는다. 그의 목소리는 마치 아주 멀리 떨어진 곳에서 들려오는 것만 같다. "폐의 혈관이 수축하는 반면 팔다리, 손발의 말초 혈관은 팽창하고 있어요. 그래서 저릿한 느낌을 받는 거죠." 그가 몸으로 보여주기라도 하려는 듯이 한 손을 들어 손가락을 마구 흔든다. "곧 의사소통 불능, 정신 착란, 의식 불명, 혼수상태로 이어집니다."

시야 끝이 잿빛으로 흐려지기 시작한다. 두개골 속 압력이 커지며 금방이라도 머리가 쪼개져 활짝 열릴 것만 같다. 내가 만든 뜨겁고 유독한 공기에 빠져 죽어가는 느낌이다. 가슴 속 통증은 견딜 수 없을 정도다.

정신을 잃지 마. 포기하지 마.

존스가 덧붙인다. "뇌세포는 산소 결핍에 **매우** 민감하죠. 뇌세포가 죽어나가기 시작하기까지 오래 걸리지 않아요."

여기까지다. 이렇게 끝이다. 시오와 핀을 생각한다. 출소 후에 먼발치에서라도 보고 와서 다행이다. 그리고 리엄을 생각한다. 그의 복수를 하지 못했다. 그를 죽인 사람은 결코 잡히지 않았고, 결코 정의를 바로 세우지 못했다. 잿빛이 시야의 중앙까지 밀려오고, 마치 가라앉는 것처럼, 뒤로 떨어지는 것처럼, 가장 깊은 블랙홀에 빠지는 것처럼 느껴진다. 결코 기어 나올 수 없으리라는 걸 알면서…….

목을 감은 끈이 느슨해진다. 비닐 복면이 걷히면서 맑고 달콤한 공기가 코와 입으로 마구 밀려든다. 아주 크게 숨을 빨아들이니 너무 고통스러워

폐가 터져버릴 것만 같다.

"경고 한 번입니다, 헤더. 비닐 속 90초, 그걸로 끝이었어요. 다음번엔 10분 동안 두게 할 겁니다. 그런 다음 아무도 당신을 찾지 못할 곳으로 가 땅에 구멍을 파고 묻어버릴 거고요."

레닉이 수갑을 차례로 풀어주자 나는 털썩 바닥에 쓰러져 두 손과 무릎을 바닥에 댄 채 헛구역질을 하며 헐떡이고, 기침을 하며 공기를 빨아들인다.

존스가 내 눈높이로 몸을 숙인다.

"그러면, 이제 서로 뜻이 통한 건가요?" 그가 말한다.

49

내가 술집에 들어서자 오언의 얼굴빛이 싹 바뀐다. 나는 광대뼈에 멍이 들어 누레지고, 얼굴을 강타당할 때 밴 옆구리에 머리를 박으면서 이마 언저리에도 멍이 생긴 모습이다. 끈으로 단단히 조인 목에도 벌겋게 덧난 자국이 남았다. 우리 네 사람이 오늘 각자 맡은 일의 진행 상황을 공유하기 위해 다시 칼리지 암스에서 오후 4시에 만나기로 해서, 오언은 조디와 함께 어제 우리가 모였던 뒤쪽 특실의 똑같은 테이블에 앉아 있었다.

"세상에." 그가 급히 일어나는 바람에 자신의 맥주를 엎을 뻔한다. "괜찮아요?"

조디도 일어나더니 아무 말 없이 나를 끌어당겨서 안는다. 앙상한 두 팔로 나를 감싸고, 방황하는 딸을 달래는 엄마처럼 등을 부드럽게 쓸어준다. 밴 밖으로 밀쳐진 이후 처음으로 눈에 눈물이 고이는 게 느껴지더니, 나는 어느새 제대로 울고 있다. 뜨거운 눈물과 함께 그 모든 충격과 고통과 공포가 내게서 쏟아져 나온다.

조디는 바에서 냅킨을 몇 장 가져다주고 오언더러 내게 브랜디를 큰 잔으로 사주라고 지시한다. 오언이 때맞춰 브랜디 한 잔을 내게 건네고, 우리 세 사람은 자리에 앉는다.

나는 눈물을 닦고 무슨 일이 있었는지, 내가 어디에 갔고, 존스와 그의 부하들이 나를 궁지에 몰아넣을 때 무얼 발견했는지 설명한다.

오언이 말한다. "단체 대화방 속 당신 메시지를 봤어요. 당신에게 메시지를 보내고 전화를 했지만 답이 없기에 얼른 차를 몰고 포레스터 애비뉴로 갔죠. 내가 도착했을 즈음에 밴은 이미 가버린 후였겠네요."

"그들은 내 전화도 빼앗았어요. 나를 어딘지 모를 곳에 데려갔죠. 머스그로브의 원고도 가져갔고요." 내가 설명한다.

"제길." 오언은 매우 실망한 얼굴이다.

"그러니까요."

나는 그에게 빈약하나마 머스그로브의 원고를 빠르게 읽은 데서 얻은 정보를 들려준다. 부패와 노스 스타에 대한 언급이 있었다고 말이다. 그는 고개를 끄덕이며 내가 말하는 내용을 받아 적는다.

조디가 나를 보며 고개를 젓고 있다.

"젠장, 내가 너 혼자 가지 말라고 했지. 내가 거기 있었으면 넌 다치지 않았을 거야."

"너도 거기 있었으면, 그 사람들이 우리 둘 다 잡아갔겠지."

"혹은……." 조디가 내 한쪽 어깨를 꽉 쥐며 말한다. "네가 당한 그대로, 내가 놈들한테 똑같이 갚아줬거나."

브랜디를 한 모금 마시자 아픈 목이 타는 듯하면서 동시에 감각도 사라진다.

내가 말한다. "미안해. 다음번엔 네 말을 들을게. 다만 그들이 날 어떻게 찾았는지, 내가 가는 곳을 어떻게 알아냈는지 도통 모르겠어."

존스와 그의 두 부하는 나를 사우스다운의 어느 골목에 버렸는데 길바닥 아스팔트가 군데군데 파이고 임대용 차고들로 앞이 막힌 곳이었다. 휴대전화도 가방도 돈도 없어, 나는 걸어서 시내로 돌아와야 했다.

"경찰은요?" 오언이 머뭇거리며 말한다.

"절대 안 되죠." 내가 말한다.

"하지만 놈들은 살인까지 저지를 수 있었……."

내가 한 손을 든다. "그래서 경찰에 뭐라고 말할까요, 오언? 그 남자들이 내게 물러나라고, 어찌 됐든 내가 해서는 안 될 일을 하는 걸 그만두라고 했다고요? 내가 이미 가석방 조건을 여러 번 위반한 걸 인정하라는 건가요?"

"그것까지 얘기할 필요는 없잖아요. 그냥…… 당신이 그 남자들에게 공격을 당했다고만 말해도 되잖아요. 적어도 기록에는 남겨야죠."

"그러면 내가 어디에 있었는지는 어떻게 설명할까요? 전직 경찰의 집에서 바로 모퉁이만 돌면 되는 위치에 있었다고요? 우연히도 그 전직 경찰 집은 직전에 누군가의 침입을 받았고 말이지요."

"경찰이 반드시 그 일을 당신과 관련지으리란 법은 없잖아요."

"안 돼요. 경찰은." 내가 딱 잘라 말한다.

"동의합니다." 조디가 거든다.

조디는 오늘 크리스틴 레이를 뒤쫓은 이야기를 들려준다. 크리스틴은 먼저 체육관에 들렀고 그다음에 사무실로, 그다음으로는 쿰 다운에 있는 어느 집으로 가서 한 시간 반을 보낸 뒤 사무실로 복귀해 오후 내내 머물렀다. 오언은 쿰 다운 주소에 해당하는 집주인을 추적해보겠다고 하며 필립 부아뱅이 크리스틴에게 보낸 흥미로운 문자가 하나 더 있었다고 말한다. 단 여섯 어절이었다.

모두 논의한 대로 처리되고 있는 중.

크리스틴은 간단히 답장을 보냈다.

알겠어.

크리스틴은 자신의 변호사에게 연락을 취해 새로 접근 금지 명령을 받는 것에 대해 문의했다고도 한다. 이번에는 상대가 나였다. 눈에 흥분이 언뜻 비치는 것으로 보아 들려줄 이야기가 더 있는 듯하지만, 오언은 에이미가 올 때까지 기다려서 모두 함께 듣는 게 좋겠다고 말한다. 내가 브랜디 잔을 다 비우자 그는 기다리는 동안 한 잔 더 하겠느냐 묻고, 나는 거절한다.

"그나저나 에이미는 어디에 있는 거예요?" 내가 시계를 확인하며 묻는다. "오늘 에이미한테 연락 받은 사람 있어요?"

조디가 말한다. "내가 두어 번 전화를 걸어봤는데. 메시지도 남겼고. 근데 답이 없더라고." 그러고는 얼음을 넣은 보드카를 홀짝인다. "사무실에서 못 나오고 있는 걸 수도?"

불안이라는 차가운 손가락이 척추를 훑으며 내려온다. 연락이 안 되는 건 에이미답지 않다.

오언이 내게 다시 머스그로브의 미출간 원고에 대해 묻지만, 거의 곧바로 그에게 알 수 없는 번호로 전화가 걸려 오며 대화가 끊긴다. 그는 인상을 쓰더니 전화를 받고 짧게 대화를 나눈 다음 끊는다.

"에이미예요." 그가 말한다. 암울한 얼굴이다. "우리더러 자기를 데리러 와줄 수 있느냐고."

"어딘데요?"

"병원이요. 응급실."

50

로열 유나이티드 병원의 응급실은 붐빈다. 내 경험으로는 늘 그랬다. 늘 환자는 너무 많고 일손은 부족하며 시간에 쫓기고 공간도 비좁다. 금요일 초저녁, 우리 세 사람이 병원의 주(主) 접수처를 헐레벌떡 지나는 지금도 예외는 아니다. 오언은 병원에 도착한 후로 내 옆을 떠나지 않는다. 우리가 방향을 틀어 복도에 들어설 때는 나와 뜻하지 않게 부딪친 한 남자에게 싸울 기세로 덤벼들 뻔한 순간도 있었다.

에이미는 나보다 더 처참한 상태다.

그녀는 응급실 밖 플라스틱 의자에 앉아 자판기에서 뽑은 차를 쥐고 있다. 아랫입술이 찢어져 부어오르고 턱 선을 따라 짙게 멍이 들었다. 에이미 역시 목에 숨길 수 없는 붉은 끈 자국이 있고 양 손목에는 수갑에 옥죄였던 자리에 끔찍한 멍이 생겨나고 있으며, 아래팔에도 폭력의 흔적이 피부를 거뭇하게 물들이고 있다. 연노란색 브이넥 상의는 군데군데 말라붙은 피로 줄무늬가 생겼다. 정신적 외상도 심한지, 아직 충격에서 빠져나오지 못한 모습이다. 마치 오늘 죽을 뻔한 경험을 통해 우리 모두가 참여한 게임의 위험성을 비로소 완전히 이해한 것만 같다.

에이미는 우리가 다가가자 힘겹게 자리에서 일어나고, 나는 그녀를 감싸 안는다. 에이미가 **살아** 있어서, 여기 있어서, 우리가 다시 만나서 다행이라는 안도감이 밀려든다. 에이미는 내 어깨에 대고 울음을 터뜨리고, 나는 그녀에게 티슈를 건넨다. 조디와 오언은 근심 걱정으로 주름이 잡힌 얼굴로 우리를 지켜본다.

에이미가 속삭인다. "정말 죽는 줄 알았어요. 끝이라고 생각했어요."

"나도요. 개자식들. 고모한테까지 그랬다니 믿을 수가 없어요. 정말 미안해요." 내가 말한다.

"언니 잘못이 아녜요."

동의하지 않는다. 하지만 나는 에이미가 계속 말하게 두며 다 같이 주차장으로 향한다. 오언과 조디가 앞에 서고 우리 두 사람이 뒤따르는데, 싸움에서 일방적으로 패배하고 온 듯한 몰골이다.

에이미는 시내에서 고객을 면담하고 나오는 길에 주차장에서 붙잡혀 검은색 밴의 뒷좌석에 실렸다고 한다. 인상착의는 존스와 레닉, 길에서 나를 쫓았던 머리가 벗어진 남자와 일치한다. 범행 방식도 똑같았다. 수갑이며, 비닐봉지를 얼굴에 씌워 단단히 봉해 90초 동안 몹시 고통스러운 질식을 겪게 하고 풀어준 방식, 그리고 오빠의 죽음을 둘러싼 진실을 파헤치는 일을 멈추라는 마지막 경고까지. 간호사가 에이미의 상태를 살피고 상처를 꿰맸다. 밴 밖으로 밀쳐질 때 보도블록에 부딪친 손목도 예방적으로 엑스레이를 찍었는데 심하게 삐긴 했지만 부러지진 않았다고 한다.

우리 네 사람이 작은 코르사에 오른다. 오언과 조디가 앞좌석에, 나와 에이미가 뒷좌석에 앉는다.

"데리러 와줘서 고마워요. 조금이라도 마음을 추스르기 전에는 엄마 아빠에게 이런 모습을 보이고 싶지 않았어요. 그런데 그 남자들이 어떻게 내가 있는 곳을 알았는지 도통 모르겠어요." 에이미가 말한다.

"영리해요. 자원도 풍부하고요. 분명 고모를 처리하고 곧바로 나한테 왔을 거예요. 고모의 휴대전화를 가져가서 나한테 경고하지 못하도록 했고요." 내가 말한다.

에이미가 고개를 끄덕이며 다시 울음을 터뜨린다. "정말 무서웠어요. 어떻게 이런 일이…… 정말 끝인 줄 알았어요. 숨을 쉴 수 없는데 그 남자들은 내가 헐떡이고 또 헐떡이는 걸 그저 바라만 보고, 비닐이 입에 들러붙고……."

조디가 돌아보며 에이미의 팔을 꼭 잡는다. "이겨낼 거예요. 괜찮아질 거예요."

에이미가 다시 내게 고개를 돌린다.

"헤더, 정말, 정말 미안해요." 흐느끼느라 목소리가 잘 나오지 않는다. "지금껏 내내…… 내가 언니를 얼마나 잘못 생각했는지. 우리 모두가 얼마나 잘못 생각한 건지. 그 남자들을 보고, 듣고, 우리가 리엄 사건에서 손을 떼지 않으면 나를 어떻게 할 거라는 말을 들으니까. 지금껏 경찰과 법원과 배심원단과 언론, 이 모두가 이렇게 오랫동안 오해해왔다는 게 믿기지 않아요. 나도 마찬가지였고요."

"사과해야 할 사람은 나예요." 내가 다시 에이미에게 말한다. "그들이 고모도 쫓을 위험이 있다고는 전혀 생각지 못했어요. 고모는 그만둬요. 고모한텐 너무 위험해요. 아이들은 또 어쩌고요. 나한테 남은 건 고모뿐인데요. 고모는 나한테 친동생이나 다름없고요."

에이미가 소매로 눈물을 훔친다.

"언니는 그만둘 거예요?"

몇 시간 전, 곧 죽으리라 생각했던 순간부터 지금껏 머릿속에서 이리 뛰고 저리 뛴 질문이다. 하지만 줄곧 답은 하나였고, 지금도 단 하나뿐이다.

"난 그만둘 수 없어요."

"난 오빠를 잃었어요." 에이미가 조용히 말한다. "언니까지 잃을 순 없어요. 그리고 난 오빠를 죽인 사람들을 찾아야 해요. 찾아서 **대가**를 치르게 해야죠. 리엄을 위해 정의를 실현해야 해요."

"적어도 며칠은 한발 뒤로 물러나서 부모님과 함께 있어요. 혼자 나가지 않겠다고 약속하고요."

"언니는요?"

"평소보다 더 조심할게요. 약속해요."

오언과 조디에게도 이제 조심할 필요가 있다고 말한다. 아마 두 사람이 다음 차례일 테니. 오언은 고개를 젓고, 조디는 분통을 터뜨리며 자기 몸은 자기가 지킬 수 있다고 주장한다. 두 사람 모두 위협을 그다지 심각하게 받아들이지 않는 듯하다.

조디가 시동을 걸려고 하는데 오언이 한 손을 든다. 그가 말하길, 우리 중 누구도 오늘 그가 뭘 했는지 묻지 않았다는 것이다. 그는 자신의 메신저 백을 뒤지더니 끄트머리가 말린 판지 서류철을 꺼낸다. 에이미가 부모님 집에서 찾은 서류철 가운데 하나로, 지난 10년간 다락방 속 상자에 갇혀 빛을 보지 못한 서류다.

"출발하기 전에. 모두 이걸 봐야 해요." 그의 눈이 흥분으로 빛난다.

51

입출금 내역서다.

오언이 먼저 내게 건넨다. 빛깔이 바랜 복사물처럼 보이는 한 장의 종이로, 맨 위에 은행 로고와 주소가 표시되어 있다. 기간은 2013년 5월 20일부터 6월 19일까지이고, 쪽 번호를 보면 총 네 쪽 중 두 번째 쪽에 해당한다는 걸 알 수 있다. 계좌 번호나 은행 지점별 식별 번호는 알아볼 수 없지만 예금주 이름만은 아주 익숙하다. 아래로 소소한 입금과 쇼핑, 식음료, 주유, 기차표에 쓴 출금 내역이 나열되어 있다. 그 사이에, 볼펜으로 두 번 원을 그리고 밑줄까지 친 항목이 보인다. 'BD 홀딩스'라는 이름의 회사에서 단 한 차례 7만 5000파운드를 입금한 내역이다.

7만 5000파운드. 당 지도부나 의회 감시 단체에서 수차례 위험 신호를 감지하고도 남았을 상당한 액수다. 아니면 경찰이 냄새를 맡았든가. 하지만 당시는 물론, 이후로도 전혀 레이더에 걸리거나 보고되지 않았다. 재판에서도 언급이 없었는데, 그건 분명 경찰이 몰랐다는 것을 의미했다. 나는 또다시 머스그로브의 원고를 놓친 것을 자책한다.

예금주 이름을 거듭 확인한다.

크리스틴 레이.

입금 날짜는 5월 28일이다. 리엄은 그로부터 약 6주 뒤, 7월 13일에 살해됐다.

이게 모든 것의 시작이었나? 리엄의 죽음으로 가는 카운트다운의 시작이었나? 리엄은 언제부터 의심을 품었을까? 크리스틴의 입출금 내역서는 어떻게 손에 넣은 걸까? 그녀에게 직접 추궁했을까? 아니면 자신이 의심하는 바를 다른 누군가에게 알렸을까? 질문은 자꾸 늘어만 가는데, 답은 여전히 손에 잡히지 않는다.

"에이미, 당신이 부모님 다락에서 가져다준 문서 보관함 속 서류를 살펴보는 데 오늘 대부분의 시간을 썼어요." 오언이 내 손에 들린 종이 한 장을 가리킨다. "일부 관련 없는 것들, 그러니까 당시의 위원회 회의록과 회의 안건 사이에 끼워져 있더군요."

나는 종이를 시누이에게 건넨다. "꼭 리엄이 거기 숨겨둔 것만 같네요. 발견되지 않을 곳이라서 그랬을까요?"

"안전한 곳에 보관한 거죠. BD는 블랙 드래건 홀딩스로, 케이맨 제도에 등록된 서류상 회사예요." 오언이 문득 질문을 던진다. "그거 알아요? BD는 노스 스타의 자회사랍니다."

우리는 잠시 그대로 앉아, 그가 발견한 사실이 내포하는 바를 말없이 곰곰이 생각한다.

나는 나도 모르게 고개를 젓고 있다. 어쩐지 7만 5000파운드로는 충분한 것 같지 않다. 한 가정을 파괴하기에 충분치 않다. 사람을 죽일 이유로 충분치 않다. 얼마나 큰 파괴를 초래했는지에 비하면 너무 작고, 너무 하찮다.

마침내 내가 입을 연다. "그게 다예요? 그 정도 돈에 리엄이 목숨을 잃은 건가요?"

오언이 대답한다. "이런 말이 있잖아요. 늘 범죄 그 자체보다 은폐가 더 나쁘다고."

"그래서 이거예요? 확실히 이게 스모킹 건인가요?"

오언이 눈썹을 치켜세운 채 천천히 고개를 끄덕인다. "명예 훼손 소송 때 법정에 선 크리스틴의 모습을 기억해요. 판사와 배심원단, 그 모든 사람 앞에 서서 전혀 돈이 오간 사실이 없다고 강력하게 주장했죠. 정말 그럴듯했어요. 모든 사람을 믿게 만들었죠. 그러니까 내 말은, 그녀는 정말, **정말** 자신의 말을 믿게 하는 데 능했다는 겁니다."

자신의 차례가 된 조디가 복사물을 받아 읽는다. "하지만 망할 놈의 거짓
말쟁이라는 거잖아요?"

"그 사람들은 우리가 가까워지고 있다는 걸 알아요. 제 생각엔 그래서 오
늘 두 사람이 공격을 당한 것 같습니다. 그들은 위험도를 높이고 있는 거예
요." 오언이 말한다.

에이미가 앉은 자리에서 몸을 앞으로 기울여 조디의 어깨 너머로 서류를
재차 읽는다. "우리, 이걸 가지고 경찰에 가야 해요. 범죄 행위를 보여주는
분명한 증거잖아요."

"안 돼요. 아직은 아니에요."

오언의 반박에 에이미가 발끈한다. "무슨 소리예요? 이게 바로 우리가 찾
던 거 아니에요? 그쪽이 처음부터 찾던 연결 고리 아니냐고요."

"이걸로는 충분치 않아요. 분명 퍼즐 조각을 하나 더 찾은 건 맞아요. 하
지만 이것 하나만으로는 충분치 않습니다. 이걸 들고 경찰에 갈 수야 있겠
지만 경찰이 뭘 하겠어요? 10년이 지난 지금, 가석방된 살인자의 요청인
데." 오언은 내게 사과의 뜻으로 한 손을 들어 보이고는 계속 말한다. "이걸
우선적으로 처리할 거라고 생각합니까? 복사된 입출금 내역서 한 장을 가지
고요? 출처도 모르는데?"

"출처를 모르는 건 **아니죠**. 오빠의 유품 가운데에서 찾은 거잖아요." 에
이미가 말한다.

"그렇죠, 하지만 경찰은 실제 은행 계좌부터 수령인에 이르기까지 일련
의 출처를 명확히 밝히고자 할 겁니다. 해당 은행들에 접근할 수 있도록 갖
가지 영장을 신청해야 할 테고, 자금 전달 과정에서 법을 어긴 사실이 있는
지 규명해야 할 테고, 기타 등등을 해야 하겠죠. 이 모든 과정엔 시간이 걸
릴 테고, 나쁜 녀석들은 자기 변호사들을 시켜 모든 것을 형식과 절차에 꽁
꽁 묶어둘 시간을 충분히 벌게 됩니다. 그사이에 미스터 존스와 그의 버러
지 같은 친구들은 남아 있는 증거를 모두 인멸할 테고요. 디지털 증거를 없
애고, 남은 증인들을 협박하거나 살해할 겁니다." 오언은 말을 맺으며 나를

본다.

에이미가 고개를 젓는다. "그러면 우리가 그냥 **뭉개고** 있어야 한다는 건가요?"

"제 말은 다른 조각도 찾아야 한다는 겁니다. 7만 5000파운드를 지급한 것과 리엄의 사망을 연결해주는 조각 말이에요. 그런 다음에 그 전부를 경찰에 제시해서 완전한 그림을 보여줄 수 있도록 해야죠. 우린 돈을 따라가야 합니다. 그리고 그동안, 새 휴대전화를 두 대 사고 두 사람을 안전한 곳에 대피시켜야 해요."

결국 에이미가 의견을 굽혀, 어깨를 으쓱하며 뒤로 등을 기댄다. 그녀는 부모님 집에서 며칠 머무르겠다고, 얼굴의 멍은 컨실러로 가리고 다른 부상은 긴팔 옷과 스카프로 감추겠다고 말한다.

오언은 여하튼 다음 주까지는 은신하는 편이 좋겠다고 말한다. 우리가 호스텔에 산다는 걸 존스가 확실히 아는 만큼 호스텔은 좋은 선택지가 아니다. 호텔이 차선책으로 보이긴 하지만, 나는 내 사진이 뉴스거리가 되어 돌아다니는 마당에 100명쯤 되는 사람들이 드나드는 곳에서 지내야 한다는 사실이 별로 내키지 않는다.

오언이 말한다. "당신은 오늘 밤 내 집에서 머물러도 돼요. 정확히는 라크홀에 있는 아버지의 고택이죠. 내일은 아침 식사를 제공하는 작은 숙소를 알아봐줄게요."

조디가 차의 시동을 건다. "나도 가요."

오언은 마치 그건 염두에 두지 않았다는 듯이 머뭇거리는 모양새다.

"아, 그게…… 남는 방이 하나뿐이라. 그러니까 하나가 더 있긴 한데 물건으로 가득 찼거든요."

"소파는 있을 거잖아요?"

"뭐, 그렇긴 한데……."

"그럼 됐네요. 아니면 우리가 한 침대에서 서로 머리를 반대로 놓고 자도 되잖아? 괜찮지, 헤더?"

나는 고개를 젓는다. "호스텔 규정은 어쩌고?"

"네 목숨이 위험한 상황이야." 조디가 나를 똑바로 쳐다본다. "보호청도 이건 예외로 해줘야 해, 안 그래? 보일이 알게 되었을 때 얘기지만 말이야."

우리는 먼저 호스텔로 차를 몰아 가고, 조디가 얼마 안 되나마 우리 물건을 챙겨 오러 나간다. 몇 분 만에 비닐봉지 두 개에 우리 소지품을 모두 쑤셔 넣고 내 백팩을 어깨에 멘 채 나온다. 조디가 다시 차를 몰아 우리는 그린 파크 로드에 있는 세인스버리(영국의 대형 슈퍼마켓 체인—옮긴이) 매장에 간다. 에이미가 차 안에서 기다리는 동안 우리는 현금으로 저렴한 선불 전화 두 대를 구입한다. 그다음으로 에이미를 배스윅의 저택에 내려주고 오언의 안내에 따라 라크홀로 향한다.

오언 아버지의 집은 작은 단독 주택으로, 벽에 초벌로 칠한 회반죽이 잿빛으로 변해가며 덩어리져 떨어지고 포장된 진입로의 갈라진 틈 사이로 잡초가 고개를 내밀고 있다.

오언이 우리를 나무판자로 장식한 복도로 들이며 말한다. "작년에 물려받았어요. 도통 짬이 안 나서…… 아직 DIY 작업도 전혀 못 했네요. 와이파이 비밀번호는 주방 알림판에 있어요. 위층에 짐부터 풀고 싶으시면, 저는 찻물을 올리고 있을게요. 손님방은 계단 끝에서 왼쪽에 있습니다. 왼쪽 방이에요, 알겠죠? 군이 오른쪽 골방은 들어가지 마시고요. 완전히 물건으로 빼곡하거든요."

그의 집에서는 살짝 퀴퀴한 냄새가 난다. 관리가 되지 않아 어느 정도 손을 봐야 할 집의 냄새이고, 혼자 사는 독신 남자의 냄새다. 계단참에 오르는데 조디가 내게 한쪽 눈썹을 치켜세워 보인다. 우리는 손님방에 다다라 우리의 변변찮은 짐을 부린다. 방에 걸린 옛 비행기 그림들에는 먼지가 쌓였고, 퀸 사이즈 침대가 놓였는데 뜨개질해 만든 오래된 이불이 깔려 있다. 이불은 집안의 가보처럼 보인다. 10년 동안 2인용 침대에서 자본 적이 없다 보니 침대가 참 거대하게 느껴진다. 조디는 화장실을 찾으러 나선다.

나는 노트북의 플러그를 꽂아 충전도 할 겸 새로 들어온 이메일이 있나 확인하려 한다. 하지만 로그인을 하기도 전에 누가 내 이름을 부른다. 속삭인다고는 하지만 집 안 전체에 들릴 목소리다. 내다보니 계단참에서 조디가 내게 손짓하고 있다. **이리 와봐**라는 동작이다.

조디는 골방의 열린 문 근처에 서 있다. 오언이 우리에게 굳이 들어가지 말라고 했던 방인데, 그녀의 표정이 영 이상하다. 내가 가까이 다가가자 조디는 문을 밀어서 더 연다. 방은 아주 작고, 책상과 컴퓨터, 책 수백 권의 무게를 견디고 있는 책장으로 말도 안 되게 비좁다. 책장 옆으로 야구 방망이가 벽에 기대어 있는데 그 길이를 따라 '보스턴 레드삭스'라고 스텐실로 찍혀 있다. 구석의 1인용 침대는 그 위에 무턱대고 던져놓은 30센티미터 높이의 서류와 책, 잡지, 옷가지로 완전히 뒤덮였다.

그러나 책상이 확실히 이 방의 중심으로, 여기에도 서류와 서류철, 제본한 문서가 높이 쌓였다. 책상 앞으로 벽 전체가 신문 기사를 오려낸 것으로 도배되었는데, 끝이 동그랗게 말려 올라가고 누렇게 바래가는 신문 기사들이 바닥부터 천장까지 덮고 있다. 일반 기사와 특집 기사, 칼럼과 사설, 심지어 1면도 두어 장 보인다. 사진은 걷는 사람들과 경찰의 범인 식별용 얼굴 사진, 가족사진, 법정 스케치가 섞여 있다. 그런데 이 모든 것이 한 가지 공통점을 지닌다.

모두 내 사건에 대한 기사다. 나에 대한.

52

우리 두 사람 모두 골방을 들여다본 사실을 없던 일처럼 여긴다.

대신에 우리 세 사람은 가구가 거의 없어 삭막한 거실에서 차를 마시며 대화를 나눈다. 카펫이 납작해졌고 솜털 무늬 벽지는 빛깔이 바랬다. 오언이 중국 음식을 주문해 주방 식탁에서 함께 먹으니 다시 평범한 사람이 된 것처럼 느껴질 지경이다. 평범한 집에서 평범한 식사를 하는 평범한 사람. 빗장도, 자물쇠도, 구내식당의 규칙도, 제한 시간도 없다. 그저 자극적인 음식과 대화뿐으로, 그 창문 없는 검은색 밴에 내 기억이 턱 걸릴 때마다 덮쳐오는 공포의 여진에서 마음을 분산시켜주어 반가울 따름이다. 오언이 레드 와인을 한 병 따니 조금 도움이 된다.

조디가 그 이야기를 다시 꺼낸 것은 오언이 우리에게 잘 자라는 인사를 하고 자신의 서재에서 일하겠다며 들어간 지 두어 시간이 흐른 뒤다.

조디와 나는 퀸 사이즈 침대에 누워 어둠 속에서 대화를 나눈다. 마치 10대 소녀로 돌아가 친구 집에서 하룻밤을 보내는 것만 같다. 우리는 아이들에 대해 이야기하고, 조디는 자신의 딸 홀리에 대해 말한다. 파트너의 손아귀에서 학대를 당하다가 모녀 관계까지 금이 갔다고 했다. 파트너는 딸을 조종했고, 두 사람이 갈라선 뒤 이어진 양육권 다툼에서 조디의 약물 중독과 여러 차례 유죄 판결을 받은 전력을 자신에게 유리하게 이용했다. 나는 조디에게 두 아들에 대해 말한다. 며칠 전 하교한 아이들을 공원에서 보고 온 것도 이야기한다. 우리가 대화하는 동안 컴퓨터 자판을 **톡 톡 톡** 두드리는 소리가 벽을 통해 간간이 들려온다. 결국, 우리 두 사람은 침묵에 빠지고 조디가 몸을 살짝 일으켜 한쪽 팔꿈치로 지탱한다. 가로등 불빛이 커튼을 통해 새어 들어와 그녀의 얼굴을 은은히 감싼다.

"네가 보기에도 오언이 좀…… 뭐랄까."

"좀 뭐?"

"넌 못 느낀 것처럼 말하지 마."

"조디, 너 지금 좀 난해하게 굴고 있어."

"그게 뭔데, 십자말풀이 같은 거야?" 문득 조디는 목소리를 살짝 낮추더니 다른 이야기를 꺼낸다. 좀 더 작게 말해도 좋을 텐데. "그러니까, 오언은 좀 이상한 사람 같지 않아?"

"약간 집착이 있는 것 같긴 한데."

"**같긴 한데?**" 조디가 코웃음을 친다. "저 골방을 보고도 그래? 바닥부터 천장까지, 벽을 온통 네 사진으로 도배해놓았잖아. 내가 볼 땐 꽤나 소름 끼치는 사람이야."

우리 방은 그의 서재 바로 옆이다. 우리는 지금 오언이 컴퓨터 앞에 앉아 있는 지점과 불과 1미터 정도밖에 떨어져 있지 않다. 벽이 얼마나 두꺼운지도 모르겠다.

"목소리 낮춰. 들겠어." 내가 속삭인다.

"내 말은 그냥, 오언이 너한테 집착하고 있다는 거야."

"내 사건에 집착하는 거야."

조디가 한쪽 눈썹을 치켜세운다. "요즘은 그걸 **그렇게** 부르나 봐?"

나는 한 손가락을 입술에 댄다. 무언가 달라졌다. 우리 둘 사이에 침묵이 감돈다. 아니, 집 안 전체가 완전히 정적에 잠긴 것 같다. 저 작은 골방에서 자판을 두드리는 소리가 더는 들리지 않는다.

"처음 오언을 만났을 때, 그가 한 말이 있어."

"널 자기 신부로 삼아서 평생 지하 감옥에 가둬놓고는 변태 성욕을 채우고 싶다던?"

나는 그녀를 향해 눈을 흘긴다.

"미안." 조디가 겸연쩍게 말하며 내 손목의 붉은 자국을 흘끗 본다. "천박한 말이었어."

"오언이 말하길, 모든 기자는 결국 자신의 경력에서 다른 모든 것을 뛰어넘는 하나의 큰 기사를 갖게 된대. 자신을 정의해주는 그런 기사 말이야. 무슨 일을 하느냐고 누가 물어보면 가장 먼저 언급하는 그런 기사지. 그런 기사를 써야 한다는 생각을 멈출 수 없는데, 그래야 기자로서 성공할 수 있기 때문이래."

"그래서?" 조디가 천천히 말한다.

"오언은 내 사건을 바로 그런 기사라고 생각하는 거야. 내 사건을 다룬 기사는 끔찍한 오심을 뒤집은 용감한 탐사 기사여야 했는데, 그 기사를 통해 기자로서 성공해야 했는데, 언론인상을 받아야 했는데, 정반대로 그의 경력이 망가졌지. 거의 파산했고, 기자로서 **기피 대상**이 됐어. 오언은 자신이 일을 망친 것 같아서 그 생각을 떨칠 수가 없는 거야. 놓아버리질 못하는 거지."

"**그리고** 오언은 이상하지."

"어쩌면 외골수일 수도."

조디는 납득하지 못하겠다는 듯이 끙 하는 소리를 낸다. "하지만 오언은 내가 자기 집에 오는 걸 안 좋아했잖아? 그건 우리가 병원을 나설 때 꽤 분명했어. 나를 다시 호스텔에 떨구고 싶어 했다고. 너를 독차지할 수 있도록 말이야."

"그것보단 방이 부족하기 때문인 것 같던데." 나는 하품을 삼킨다. "아무튼, 오언한텐 아마 여자 친구도 있을 거야."

"오언이 여자 친구 **얘기**를 한 적 있어?" 조디가 얼굴을 찌푸린다. "그런 유형처럼 보이진 않는데. 모르긴 몰라도, 그는 지금 우리를 지켜보고 있을 수도 있어."

"그만해." 나는 구석에서 깜빡이는 붉은 LED 불빛을 발견할까 싶어 천장의 어둠을 응시한다. "잠깐, 그래서 문손잡이 밑에 의자를 밀어붙여놓은 거야?"

"잠금장치가 없잖아. 아무것도 안 하는 것보다야 낫지." 조디는 다시 베개에 머리를 댄다. 여전히 내 쪽을 향한 채다. "그런데 진짜로, 오언이 자기가 발견한 입출금 내역서에 대해 말할 때 좀 이상하지 않았어?"

"어떤 식으로 이상하다는 거야?"

"아니, 누가 엄청난 뇌물을 받았고 오언은 바로 자기 손에 그 증거를 쥐고 있어. 너도 그랬잖아, 오언은 이 이야기의 진상을 전부 규명하는 데 집착하는 걸 거라고. 이 증거든 뭐든 찾느라 몇 년을 보내놓고, 막상 찾으니까 갑자기 경찰에 알리고 싶**지 않다고**?"

"오언은 본인이 말했듯이 다음 단계로 나아가기 전에 확실히 해두고 싶은 거야. 무작정 덤비고 싶지 않은 거라고. 그게 다야."

조디가 말한다. "흠, 나한텐 좀 **난해해** 보이네."

결국 우리는 차츰 편안한 침묵에 빠져들고, 나는 옆으로 돌아눕는다. 눈꺼풀이 무겁다. 내일을 생각하고, 다음에 해야 할 일을 고민하려 할 때마다 더 많은 장벽이 등장한다. 감은 눈앞으로 이미지들이 번쩍인다. 시부모. 한때 나를 기꺼이 가족으로 맞아들였지만 이제 적의와 위협만 남은 버넌 가문. 트레버 보일. 언제든 내 자유를 낚아챌 수 있는 권력을 즐기는 사람. 머스그로브. 언제 자신의 비밀을 무덤까지 가져갈지 모를, 죽어가는 남자. 오늘 그의 집 밖에 있던 경찰차. 그때 나는 곧 잡혀가는 줄 알았다. 부패를 저지르고도 처벌을 피한 크리스틴 레이. 존스의 소름 끼치게 직설적인 잔인함. **경고는 단 한 번뿐입니다.**

지금 하는 일을 멈춰야 할 이유가 정말 많다. 계속 가야 할 이유는 단 하나뿐이다.

마침내 뒤로 미끄러지듯이 잠에 빠져드는 게 느껴지는데 어둠 속 내 옆자리에서 조디의 부드러운 목소리가 들린다.

"헤더?"

"응?"

"우린 네 두 아들을 되찾을 거야. 내가 약속해."

나는 눈을 뜨지 않고 답한다.

"그러고 나서 우린 네가 다시 홀리 인생의 일부가 되게 할 거야. 이것도 약속이야."

53

자는 내내 암울한 꿈에 시달린다. 꿈속에서 나는 플라스틱에 빠져 허우적
대는데, 입과 코에 플라스틱이 가득 들어찼고 몸 전체가 플라스틱에 둘러싸
여 있다. 걸쭉한 액체 플라스틱이 이룬 불투명한 바다에 파묻혀 있다. 바다
는 나를 바닥으로 끌어 내리려 하고, 산소가, 공기가 없어, 숨을 쉴 수…….

누가 내 이름을 부르고 있다.

"헤더?"

침대 옆으로 조디가 보인다. 청바지와 티셔츠 차림에 맨발이다. 그녀의
굳은살이 박인 작은 손이 내 팔 위에 가볍게 놓였다.

"괜찮아. 아무 일 없어." 조디가 말한다.

나는 눈을 끔벅이며 여기가 어디인지 떠올리려 애쓴다. 이 낯선 침대는
무엇이며 이 방은, 이곳은 어디란 말이냐. 이내 기억이 한꺼번에 몰려온다.
목구멍이 쓰라리고 목소리는 어디로 가버렸는지 돌아올 줄을 모른다.

조디가 걱정 어린 얼굴로 나를 본다. 머리가 젖어 있다. "나쁜 꿈 꿨어?"

내가 고개를 끄덕이자 조디는 머리맡 탁자에서 김을 폴폴 뿜고 있는 차
한 잔을 가리킨다. 그러더니 말없이 살금살금 침대 반대편으로 돌아가서 자
기 몫의 차를 홀짝이며 휴대전화를 본다.

9시가 다 된 시간이다. 방은 아침 햇살로 밝고 침대보는, 적어도 내 쪽은

땀으로 흠뻑 젖었다. 뽀송한 옷을 챙겨서 빠르게 샤워를 하고 옷을 입고 머리를 수건으로 최선을 다해 말린다. 아래층에 내려가니 오언은 이미 나간 뒤였지만, 아침으로 빵과 시리얼과 우유와 달걀을 꺼내놓고 갔다. USB 저장 장치에 포스트잇도 붙여놓았는데 '헤더 플레이리스트'라고 간단히 쓰고 끝에 대문자 O 자 하나만 덧붙였다.

새 휴대전화의 환경을 설정하는 데 30분이 걸린다. 이메일과 메시지를 설정하고, 다른 세 사람에게 안전하게 말을 걸 수 있도록 텔레그램 계정에도 다시 로그인한다. 에이미에게 따로 메시지를 보내 어제 이후 컨디션이나 기분은 어떤지 묻는다. 에이미는 괜찮아 보이지만, 나는 그녀가 애써 태연한 척을 하고 있다는 인상을 받는다.

오언이 슈퍼마켓에서 장을 잔뜩 봐서 돌아오더니 한쪽에 짐을 부리며 점심과 저녁 준비에 들어간다. 그는 집에 먹을 게 많지 않고 손님이 자주 오는 것도 아니었다고 겸연쩍게 설명한다.

"헤더, 당신은 너무 무리하고 있어요. 좀 쉬어야 해요." 그는 파라세타몰과 이부프로펜, 소독용 크림을 비롯한 다양한 치료제를 주방 한쪽에 풀어놓으며 내가 스스로를 챙겨야 한다고 강조한다. "적어도 오늘은 어디 나가지 말고요. 잠은 잘 잤어요? 아파서 못 잔 거 아니에요?"

그는 기어코 내게 차 한 잔을 끓여주고 점심으로 먹을 음식도 꺼내놓고는 자기가 나간 김에 사 올 테니 필요한 게 없느냐고 두 번 묻는다. 그러고는 크리스틴 레이가 어제 방문한 쿰 다운의 집을 포함해 더 알아보고 싶은 단서가 몇 가지 있다고 말한다.

오언은 오전 10시가 갓 지난 시각에 다시 밖으로 나가서 집에는 조디와 나만 남는다. 나는 침대에 내 소지품을 전부 늘어놓는다. 갈아입을 옷 두 벌, 기본 세면도구, 엄마의 오래된 시계, 휴대전화, 은행 카드, 노트북, 보호청이 보낸 각종 서류가 담긴 배낭까지.

배낭 옆 주머니의 지퍼를 열자 토털 스토리지의 열쇠와 영수증이 나온다. 미완의 일처럼 느껴지는 또 한 가지이다. 언젠가는 그 대형 보관함에서 나온 물건들을 가져다 둘 장소를 찾아야 한다. 열린 노트북이 내게 확인해야 할 USB 저장 장치도 몇 개 있다는 사실을 일깨워준다. 화요일에 보관함에 그대로 두고 왔는데, 당시에는 볼 방법이 없었기 때문이다. 하지만 이제는 볼 수 있다. 또한 그때는 차를 구할 방법도 없어서 물건들을 어딘가에 제대로 옮겨두지도 못했다.

하지만 이제 우리에겐 코르사가 있다. 바깥 진입로에 주차되어 있는 우리의 차.

아래층에 내려가자 조디가 복도에서 운동화를 신고 있다. 그녀 옆 탁자에 차 열쇠가 놓였다.

"종일 여기서 빈둥거리고 있을 순 없어. 그래서 아직 그 보관소에 있는 물건을 생각했지." 조디가 말한다.

나는 조디를 향해 미소를 지으며 5581번 보관함의 열쇠를 들어 보인다. "너, 사람 마음을 읽을 줄 아는구나? 나도 같이 갈까?"

조디가 열쇠를 호주머니에 넣고 몸을 돌려 현관으로 향한다.

"버넌 부인께서는 푹 쉬셔야 하고 안전한 곳에 계셔야 합니다." 조디는 문을 당겨 닫으며 내게 휙 미소를 보낸다. "아무튼 혼자 가야 더 빠르기도 하고. 금방 올게."

나는 노트북을 열고 오언이 USB 저장 장치에 담아준 곡을 모두 복사한다. 그 옛날에 리엄이 나를 위해 손수 만든 CD 속 스물두 곡이 빠짐없이 담겼다. 첫 번째 노래는 라디오헤드의 「스트리트 스피릿」으로, 노래를 들으며 서글픈 감정이 양어깨에 내려앉는다. 무겁고 아프지만, 멈추고 싶지 않다.

30분 동안 구글에 크리스틴 레이를 검색해 그녀의 이름이 불러오는 결과를 일일이 샅샅이 뒤지며 무언가 유용한 것을 찾기를 바라지만 소득 없이 끝이 난다. 그녀는 리엄 생애의 마지막 몇 년간 그와 가까이 지내며 나보다 더 많이는 아니더라도 나만큼 그와 시간을 보냈다. 리엄이 바람을 피우고 있었다면, 크리스틴은 분명 알았을 것이라고 확신한다. 그녀가 포괄적이면서도 효율적으로 그의 일정과 사무소를 관리하는 모습은 늘 나에게 감명을 주었으니까. 크리스틴이 내 재판에서 검찰 측 증인으로 섰을 때 배심원단도 그런 그녀의 모습에 감명을 받았다. 그녀는 매우 설득력 있는 증인이었다.

나는 재판이 종결되고 몇 달 뒤에 크리스틴이 지역구 사무소를 떠났다는 사실을 이미 알고 있었다. 공식 발표를 하거나 팡파르를 울리지 않고 조심스럽게 떠났다. 그녀의 링크드인 프로필에 따르면, 이후 브리스틀에 사무소를 둔 한 국제 소프트웨어 회사에서 일했고, 이직을 두 번 더 거친 뒤에 지난해 국방부로 옮겼다. 코섬에서 A4 간선 도로를 따라 몇 킬로미터 올라가면 있는 곳이다. 지난 10년간 다섯 가지 각기 다른 직업에 종사한 것이다. 특이하다고 볼 수 있나? 많이 옮겨 다니긴 한 것 같다. 그녀의 소셜미디어 프로필은 빈약하기 그지없다고 해도 과장이 아니었다. 개인적인 내용은 거의 없었다. 에이미에게 듣기로 크리스틴은 결혼하지 않고 혼자 살았는데 그사이에 남자 친구가 있었는지는 모르겠다.

　머스그로브의 책 원고를 끝내 놓치고 말았다는 사실이 아직도 속상하다. 원고를 찾아내려고 우리가 정말 애를 쓰고 많은 위험을 감수했는데 그렇게 금세 강탈당하다니. 그의 집에 좀 더 머무르면서 아르테미스 테크를 언급한 부분을 읽어둘걸. 아르테미스 테크가 수사 과정에서 관심을 끈 이유를 확인해야 하는데. 어쩌면 수사에서 배제된 이유도 확인할 수 있었을 텐데. 지난 10년 동안 간과됐던 수사 방향에 새로 정당성을 부여할 뭔가를 찾았을지도 모르는데.

　그 대신, 나는 원점으로 돌아오고 말았다.

54

에이미에게 영상 통화가 걸려 오며 휴대전화가 윙윙댄다.

통화를 수락하자 에이미는 직접 보러 오지 못해서 미안하다고 말한다. 그녀가 어제 다친 걸 보고 부모님이 아주 속상해했고 며칠 집에서 쉬면서 회복할 것을 고집했다고 한다. 에이미는 여전히 창백하고 핼쑥하며, 충격에서 헤어나지 못하는 피해자가 애써 태연한 척하는 듯한 모습이다.

"엄마가 완전히 과잉 보호를 하려 들어요. 다시 열여섯으로 돌아가서 통금 시간을 어겼다고 외출을 금지당한 기분이라니까요." 에이미가 말한다.

나는 보다 중립적인 분야로 화제를 슬슬 돌리며 아이들의 안부를 묻는다. 에이미는 몇 분 동안 시오와 핀이 학교와 집에서 어떻게 지내고 있는지, 배스윅의 저택에서 할머니, 할아버지, 고모와 어떻게 살고 있는지 들려준다. 시오는 열정적인 축구 선수이자 크리켓 팀의 주장이며, 수학에 재능을 타고났고 과학에서도 세 과목 모두 최상위 집단에 든다고 한다. 그에 비해 핀은 예술가를 자처하며 책을 좋아하고 영화와 비디오 게임에도 빠졌다고 한다. 에이미가 「엘든 링」이니 「드래건 에이지」니 하는 이름을 술술 말하는데 나는 전혀 들어보지 못한 것이다. 핀은 피아노 4급 시험을 준비하고 있다고도 한다.

에이미는 자신의 어깨 너머를 흘끗 돌아보더니 화면에 더 가까이 다가온다. 그녀는 저택의 별채에 있는 것처럼 보인다. 그녀가 지낼 곳을 마련하기 위해 증축한 곳이다. 에이미는 목소리를 한층 낮추며, 핀이 몇 년 만에 처음으로 나에 대해 묻고 있다고 말한다. 시누이가 내 아들과 나눈 대화를 들려주자 목구멍 깊숙한 곳에서부터 따뜻한 빛이 퍼진다. 핀이 나를 알아볼 수 있을지조차 확신할 수 없는데. 이제 어떻게 되는 거예요? 핀은 물었다고 한다. 영원히 교도소에서 나온 거예요? 여전히 우리 엄마인 거예요? 할머니랑 할아버지가 그분과 다시 말을 할까요? 그분이 집에 오면 어떻게 되는 거예요?

나는 잠자코 듣는다. 귀를 기울여 사소한 것 하나도 놓치지 않고 흡수하며, 에이미가 멈추지 않기를 바란다. 그간 아이들의 인생에서 너무 많은 것을 놓쳤다. 아이들의 할머니는 물론 최선을 다할 테지만, 늘 어딘가 관심이 딴 데 가 있곤 했는데, 대체로 그녀 자신의 세계에 빠져 있었고 아이들을 기르는 그날그날의 실제 일상보다는 손자가 있다는 **관념**을 더 마음에 들어 했다. 아이들에겐 에이미가 엄마에 가깝다는 생각이 강하게 든다. 이야기를 들어주고, 이끌어주고, 인내심을 갖고 도와주고, 늘 조카들을 위해 시간을 내주는 사람. 늘 조카들 옆에 있어주는 사람. 그녀는 시오의 요청을 받아들여, 지붕창집의 사설 차도에서 두어 차례 조카를 위한 운전 연수까지 해주었다.

10분이 지나고, 대화의 주제는 존스와 그의 부하들로 돌아온다.

"더 조심해야 해요. 스스로를 지켜야 해요. 안전에 필요한 일이라면 뭐든 해야 해요." 에이미가 말한다.

"고모도요."

통화를 마치고 거실의 앞창을 내다본다. 가랑비가 콘크리트를 짙게 물들이기 시작한다. 길은 텅 비었지만 그래도 커튼을 친다. 에이미의 말을 떠올린다. **스스로를 지켜야 해요.** 조디도 그런 비슷한 말을 했다. 며칠 전에 가방에 넣고 다니라며 칼을 줄 때였다. 존스의 부하들이 나를 궁지에 몰아넣을 때 칼은 사라지고 없었다. 나는 위층 손님방으로 가서 얼마 안 되나마 내가 가진 것을 빠르게 뒤진다. 무심코 칼을 주머니나 코트에 넣어두었을 수도 있으니까. 배낭과 그간 비닐봉지에 모아둔 꾸러미 두 개도 확인한다. 없다.

조디의 싸구려 비닐 배낭도 이 방 침대의 그녀 자리에 기대어 있기에 확인해본다. 어쩌면 조디가 나도 모르는 사이에 그 작은 칼을 다시 빌려 갔을

348

지도 모른다. 배낭에는 윗옷 몇 벌과 모자, 휴대전화 충전기, 그녀의 딸 홀리로 보이는 교복 차림의 10대 소녀의 사진을 넣은 작은 액자, 세면도구가 들었다. 배낭 바닥 부근에서 내 손이 양말에 스치고, 양말을 옆으로 밀어내려는데 이상하게 조금 더 저항이 느껴진다. 울 양말 밑으로 단단한 게 만져진다. 안에 무언가 들어 있는 것이다. 나는 그녀의 배낭에서 양말을 꺼내 손을 집어넣는다.

매끄러운 비닐.

투명한 지퍼락에 돈이 가득 들어 있다.

입구를 봉한 비닐 속 두툼한 지폐 다발이 한 번 접혀 쐐기 모양을 이룬다. 꺼내서 손에 쥐어본다. 손바닥에 닿는 붉은색과 보라색이 어우러진 50파운드 지폐가 반드르르하고 매끄럽다. 빠르게 세어봐도 1500파운드는 족히 넘는다.

많은 돈이다. 특히 교도소에서 갓 출소한 전과자에게는.

라디에이터에 기대앉아 무늬가 들어간 카펫에 펼쳐진 돈을 보며 내가 놓치고 있는 것이 무엇인지 파악하려 애쓴다.

우리가 만났을 때 조디에게는 돈이 없었다. 호스텔에 처음 들어온 날 조디가 그렇게 말했다. 조디는 직업도 없고, 가족도 거의 없었다. 보조금 말고는 이렇다 할 생계 수단이 없었다. 은행 계좌에서 예금을 인출한 것일까? 그녀가 이런 거액을 모아두고도 내게 말하지 않았을 가능성은 희박해 보인다. 생각이 머릿속에서 뱅글뱅글 원을 그리며 돌다가 똑같은 지점으로 돌아오길 반복한다. 내가 어느 방향으로 돌든 늘 진북으로 돌아오는 나침반처럼.

존스의 깡패들이 길거리에서 나를 붙잡은 순간부터, 그들이 날 어떻게 찾았는지 파악하려 애썼다. 그들이 내가 머무는 보호관찰 호스텔을 찾은 것까지는 어느 정도 이해가 됐다. 가석방 허가 조건에 따라 내가 있어야 할 곳이었으니까. 그들은 그런 일에 꽤 빠삭해 보였고, 그들이 내가 석방되는 날을 알았다면, 호스텔 주소로 나를 찾으러 오는 건 논리적인 일이었다. 하지만 록클리프 로드의 그 집은…… 안전했어야 했다. 뒤에 따라붙은 자가 없던 것은 거의 확실했는데, 그런데도 그들은 나와 같은 시간, 같은 동네에 있으면서 나를 막다른 길로 몰 준비가 되어 있었다. 덮칠 준비가 되어 있었다.

그리고 내가 있을 곳을 정확히 아는 단 한 사람이 있었다.

조디.

우리가 처음 머스그로브의 이메일을 뒤지기 시작했을 때 그의 주소를 발견한 사람도 조디였다. 조디는 내게 그곳에 혼자 가지 말라고, 나중에 같이 가자고 말하기도 했다.

어찌 됐든 내가 혼자 갈 확률이 높다는 걸 알면서도.

메아리치는 그녀의 목소리도 있었다. 어떤 식으로든 내게 반복해서 했던 그 말.

중독자는 믿는 게 아니야. 우린 모두에게 거짓말을 하거든. 정확히 그렇게 말했다. 어쩌면 자기 자신을 믿지 못하는 사람을 믿는다는 건 언제나 위험한 일인지 몰랐다.

검은색 밴은 사흘 전 우리가 존 머스그로브를 찾아 나섰을 때 나타났다. 나는 조디를 차에 그대로 둔 채 집마다 문을 두드리고 다녔고, **어찌 된 일인지** 밴이 우리를 찾아냈다. 밴이 전날에도 호스텔에 왔다는 건, 나로서는 그녀가 들려준 이야기로만 아는 사실이었다.

어느 정도 말이 된다. 하지만 그렇다 하더라도 조디가 나를 팔아넘겼다는 것을 믿기란 여전히 어렵다. 조디와 나는 지난밤 긴 대화를 나누며 각자에게 세상에서 가장 중요한 사람들에 대해 이야기했다. 우리가 만난 지 겨우 일주일밖에 되지 않았지만, 그녀를 더 깊이 **알게 된** 기분이었다.

나는 돈을 다시 포장해서 그녀의 배낭에 돌려놓는다.

어쩌면 조디가 벌써 그들에게 이 주소를 알려주었을 수도 있으니, 나는 당장 이곳을 떠나야 한다. 그저 모든 것을 뒤로한 채 여기서 나가야 한다. 멀리 가야 한다. 숨어야 한다. 사라져야 한다.

하지만 이제 와서 다 두고 떠나기에는 너무 멀리 와버렸다. 집으로 돌아갈 수 있으려면, 계속 가야 한다.

떠나는 대신, 나는 아래층으로 내려가 오언의 주방 서랍 속 작고 날카로운 칼을 찾아 바지 뒷주머니에 넣는다.

55

조디는 오후 중반이 되어서야 보관소에서 돌아온다. 코르사를 거의 현관에 닿을 지경까지 후진시키더니 빵, 빵 하고 경적을 두 번 울리며 자신이 도착했음을 알린다.

"내가 다 가져왔지. 그 친절한 청년한테 물건을 수레에 싣고 차까지 옮기는 걸 도와달라고 부탁했어. 트렁크가 꽉 찰 지경이긴 한데, 그래도 결국 우린 해냈지." 조디가 주위를 둘러보더니 앞창을 가리킨다. "커튼은 왜 쳐놓은 거야?"

조디는 내 생각보다 훨씬 더 오래, 그러니까 거의 세 시간 만에 돌아왔지만, 나는 그 사실을 언급하지 않기로 한다. 나는 조디와 함께 물건을 집 안으로 들이면서 주의 깊게 그녀를 살핀다. 어떤 기만의 흔적이 비치는지 찾는다. 누군가가 1500파운드에 그녀의 의리를 산 단서가 있을지도 모른다. 그러나 그녀는 연기를 아주 잘 하는 배우처럼 보인다.

마침내 우리는 물건을 모두 거실 탁자로 옮겼고, 얼룩진 티크나무 탁자는 우리가 아무렇게나 쌓아둔 물건으로 빼곡히 뒤덮였다. 나는 다시 한번 엄마에게 조용히 기도한다. 이 물건들을, 내 예전 삶의 단편들을 따로 보관하기로 한 그녀의 결정에 감사를 표한다. 이건 아마 집이 팔린 뒤에 엄마가 버넌 일가로부터 받은 전부일 터였다. 집 전체가, 어느 인생이, 내 인생 전부가 이 작은 식탁을 겨우 덮을 정도로만 남았다.

나는 우리 두 사람이 마실 차를 타서 거실로 나가 조디에게 머그잔을 건넨다. 조디는 액자에 넣은 사진 몇 장을 들여다보고 있다. 짐작건대 내가 그 안에 있어서 시부모가 원치 않았을 터였다. 한 장은 우리 결혼식 때 찍은 것이고, 또 한 장은 새해 전야 파티에서 찍은 것이며, 세 번째 사진은 리엄이 어느 아름다운 여름날 레이콕의 한 오래된 술집 정원에서 찍은 것이다. 휴대전화로 직접 찍은 사진으로, 우리 두 사람 모두 선글라스를 끼고 기분 좋게 들떠서 미소를 짓고 있다. 리엄은 구릿빛 피부와 깎아놓은 듯한 턱 선 덕분에 할리우드 영화배우처럼 보인다. 꼭 한창때의 벤 애플렉 같은데, 리엄은 단 한 번도 스스로 그렇게 믿는 것처럼 행동하지 않았다. 나는 이 사진을 놓고 리엄을 두고두고 놀렸다. 리엄은 결코 자신의 외모를 인정하지 않았고, 자신의 외모를 좋은 쪽으로든 나쁜 쪽으로든 이용하지 않았다. 그 점은 내가 그를 사랑한 여러 이유 가운데 하나였다.

조디가 인정한다는 듯 고개를 끄덕인다. "완전 잘생겼네, 너의 리엄."

조디로부터 사진을 건네받아서 보니 가슴 깊은 곳이 고통스럽게 아파온다. 우리는 그날 디럼 파크에 가서 그 오래된 시골 저택의 정원을 그저 걸었다. 손을 맞잡고 경관을 눈에 담으며, 페리 과수원과 허브 정원과 공원을 거닐며 행복해했다. 우리가 함께일 수만 있다면 어디를 가든 행복했다. 이 사진을 찍을 때는 몰랐지만, 한두 주 후에 시오를 임신한 사실을 알게 됐다.

"응, 잘생겼지." 내가 나직이 말한다.

우리는 30분 동안 물건 더미를 거실 바닥에 체계적으로 펼쳐놓으며 다시 살펴본다. 서류를 확인하고, 모든 것을 새로운 눈으로 검토하며 우리가 놓쳤을지 모를 단서를 포착하려 애쓴다.

4시가 되자 내가 다시 주전자 물을 올리는데 조디가 한 손을 들어 보인다.

"차는 충분히 마셨어. 좀 더 가치 있는 건 어때?"

나는 고개를 젓는다. "조디, 나한텐 좀 일러."

"애석하게도, 오언의 술 보관함은 뭔가 부족하더라. 존재하지 않는 것이나 다름없지. 그래서 내가 좀 사 올까 하는데. 주말이기도 하고."

"난 괜찮아. 정신을 맑게 유지해야 할 것 같거든."

그러나 나는 조디가 진짜로 하고 싶은 말이 뭔지 안다. 그녀는 금단 증상을 보이고 있다. 내가 이스트우드 파크 교도소에 새로 들어온 사람들에게서 정말 많이도 본 그 증상이다. 안절부절못하고 손가락을 씰룩거리며 눈을 휘둥그레 뜨고 있다.

"제발." 조디는 내게 싱긋 웃어 보인다. "주말이잖아."

나는 한 손을 조디의 팔에 댄다. "대신 술만이야. 알았지? 다른 건 안 돼. 약은 안 된다?"

"딱 술만." 조디가 내게 살짝 거수경례를 한다.

조디는 현관으로 가서 어깨를 움츠려 재킷 소매에 팔을 꿰고 탁자에서 차 열쇠를 주워 올린다. 서두르다가 바닥에 떨어뜨린 열쇠가 챙챙 소리를 내며 타일 바닥을 튀어 다닌다. 그녀는 허리를 굽혀 열쇠를 낚아채고 손에 꼭 쥔다.

그녀는 서두르고 있다.

아까 발견한 것이 불현듯 떠오른다. 내가 조디에 대해 제대로 알고 있는 것은 얼마나 될까? 그러자 조디가 도망치려 한다는 무시무시하고 소름 끼치는 감각이 나를 장악한다. 조디는 이곳을 떠나려는 것이다. 내게서 도망칠 작정이다.

"조디?"

"응?"

"우리, 친구 맞지?"

"물론이지." 조디가 윙크를 보낸다. "이제 침대도 같이 쓴 사이인데, 친구이고말고."

"그냥 고맙다는 말을 하고 싶었어. 내 옆에 있어줘서. 날 도와줘서. 그리고 지난밤에 한 말도 진심이었어."

"나도." 조디가 무거운 문을 당겨 열면서 말한다. "좀 이따가 봐."

그렇게 조디는 가버린다. 거침없이 주위를 살피고 신호를 보내며 진입로를 빠져나가 곧바로 도로에 오른다.

나는 다른 물건 더미에서 USB 저장 장치를 네 개 더 발견하고, 하나씩 살핀다.

첫 번째 저장 장치는 어쩐지 익숙한데, 알고 보니 내가 쓰던 것이다. 예전 삶의 이런저런 문서들이 담겨 있다. 일과 관련된 발표 자료와 보고서와 메모 들이다. 예전에는 의미 없다고 생각했지만 사실은 어느 것 하나 소중하지 않은 것이 없었다. 사진 폴더는 보기가 더 힘들다. 두 아이가 아기였을 때와 걸음마를 배울 때의 사진 수백 장이 담겨 있다. 바깥나들이 때, 휴일에, 메이트랜드 스트리트에 있던 우리 옛집의 정원에서 찍은 사진들로 가득하다. 시오가 갓 태어났을 때 사진이 특히 많은데, 작고, 분홍빛에다, 제왕절개로 꺼내서 살짝 찌그러진 모습을 담은 사진 대부분은 거의 똑같아 보인다. 처음 부모가 되어 광적으로 사진을 찍어댔을 터였다.

다른 세 개의 저장 장치는 리엄이 쓰던 유품이다. 두 개는 일과 관련된 것이고, 하나는 개인적인 것이다.

나는 이 세 개의 저장 장치에 담긴 문서를 하나하나 살피느라 한 시간을 더 쓴다. 클릭하고 읽고, 또 클릭하고 읽고, 처음 10여 개의 문서를 읽고 치우고, 그다음 10여 개, 또 그다음 10여 개 하는 식으로 계속하다 보니 희망이 서서히 빠져나간다.

여기에는 아무것도 없다.

10년 동안 따로 떼어 보관하고 지킬 가치가 없는 것이었다. 어떠한 변화를 가져올 만한 실마리가 없다.

좌절하며 노트북을 쾅 하고 닫는다.

바람을 좀 쐬어야겠다. 나가서 걸어야 한다. 자갈 섞은 시멘트를 바른 이 작은 집에 온종일 갇혀 있자니, 조금만 과장하면, 교도소에서 사방의 똑같은 벽만 바라보던 시절로 돌아간 것 같다. 풀이 무성하게 우거진 작은 뒤뜰로 나가서 걸을 수도 있지만, 뒤뜰도 내가 이곳에 내 의지에 반해 갇혀 있다는 폐소 공포증을 안겨주기는 마찬가지다. 열쇠가 없으니 앞쪽으로 나갈 수조차 없다. 조디가 유일한 여분의 열쇠를 가지고 있는 데다, 나가면서 이중으로 자물쇠를 채운 듯하다. 그러니 나는 이 집에 갇힌 죄수인 셈이다.

어느새 초저녁으로 서서히 접어들 무렵, 나는 다른 무언가를 깨닫는다.

우리가 옮길 숙소를 알아봐야 하는데, 그 문제를 의논하지 못했다. 오언은 어제 우리가 에이미를 병원에서 데리고 나온 후로 그에 대한 언급이 없었고, 아무튼 오늘 대부분 밖에 있긴 했다. 우리는 적어도 하룻밤은 더 그의 지붕 아래 머무르게 될 것 같다. 어쩌면 그게 내내 그의 계획이었을지도 모른다.

결국, 나는 다시 거실로 돌아와 바닥과 식탁에 널려 있는 물건 더미를 노려본다. 이제 모든 것이 정말 무의미해 보이고, 잔인하게까지 느껴질 지경이다. 내 예전 삶에서 지켜낸 이 모든 것은 내가 무엇을 잃어버렸는지를 일깨워줄 뿐이다. 내가 앞으로 나아가는 데 도움이 되지도 않고, 이 세상에서 다른 무엇보다 더 내게 필요한 것을 가져다줄 수도 없다.

이제 손을 대지 않고 남은 것은 문고판 책 한 무더기뿐이다. 어쩌면 스무 권도 넘을 이 책들은 리엄과 내가 모두 즐겨 읽고 서로 권해주던 소설들이었다. 『나를 찾아줘』, 『법의관』, 『양들의 침묵』. 퍼트리샤 하이스미스와 마거릿 애트우드, 스티븐 킹의 소설들도 보인다. 나의 『해리 포터와 마법사의 돌』 초판본은 여러 번 읽고 또 읽어서 닳고 구깃구깃한 상태다.

우리가 이사를 온 날부터 메이트랜드 스트리트의 우리 집 책장을 차지했던 책들이다. 버넌 부부가 보기에는 너무 저속해서 가지고 있을 가치도 없고, 아들에 대한 기억으로 남기고 싶지 않았던 책들이지만, 그래도 우리 엄마는 내가 이 책들에 애착을 느낀다는 사실을 기억해주었다.

나는 타나 프렌치의 『살인의 숲』을 집어 들고 책장을 넘긴다. 책장이 마르고 살짝 바랬다. 제목이 쓰인 장을 펼쳐, 남편이 자신감 넘치는 필체로 흘려 써놓은 글을 손가락으로 훑는다.

우리의 첫 기념일을 위한 책!
마음에 들기를 바라.

L

좋은 선택이었다. 교도소에 있을 때도 도서관에서 찾아내 두 번이나 읽은 대단한 책이었다. 이 책의 책장 사이에 책갈피가 끼워져 있다. 마치 누군가가 중반까지 읽다가 포기했거나 시간이 부족하기라도 했던 것처럼. 아무 생각 없이 그 장으로 가서 책갈피를 꺼내는데, 책갈피가 아니다. 책장 사이에 봉투가 끼워진 것으로, 우리의 옛집 주소에 수신인은 대문자로 '리엄'이라고 손으로 써서 보낸 것이다. 편지가 길을 잃은 모양이다.

봉투 안에는 A4 크기의 종이 한 장이 두 번 접혀 직사각형을 이루고 있다. 펼쳐보니 종이는 세월이 무색하게 빳빳하면서도 세월이 흐른 만큼 깊게 주름이 잡혀 있다.

내 눈이 글을, 사진을, 그 아래 휘갈겨 쓴 메모를 획획 오간다.

내가 지금 읽고 있는 게 무엇인지 이해하려 애쓰면서.

56

종이는 어느 기사를 인쇄한 것처럼 보이는데 웹사이트의 스크린 숏 형태다. 사진 속 중년 남성은 흰색 재킷 차림에 몹시 시달린 모습으로, 땀을 뻘뻘 흘리고 얼굴이 벌게서는 수십 명의 사람들이 자아내는 아수라장의 중심에 놓였다. 촬영 기사와 카메라, 제복을 입은 경찰 무리도 섞여 있다.

헤드라인은 다음과 같다.

'미스터 청렴'의 종말.

종이의 맨 아래에는 굵은 검은색 볼펜으로 정성 들여 쓴 여섯 어절이 보인다.

조심해. 그렇지 않으면 당신이 다음 차례야.

사진 속 중년 남성이나 장소, 그 어느 것도 알아보지 못하겠다. 이야기, 헤드라인, 제복, 그 어느 것도 익숙해 보이지 않는다. 웹 주소를 더 자세히 보고 구글에 빠르게 검색해보니 브라질의 한 뉴스 웹사이트인 것으로 드러나고, 글은 포르투갈어에서 영어로 다소 거칠게 웹 번역이 된 것이다. 나는 첫 몇 단락을 훑어본다. 우리의 하원에 해당하는 브라질의 대의원 소속 어느 의원과 관련된 스캔들을 다루고 있다. 헥터 마세두라는 이름의 대의원은 부패와 대기업에 반대하는 운동을 펼치고 사회 정의를 위해 싸우면서도 자신의 가정에 헌신적인 모습을 보여, '미스터 청렴'이라는 평판을 쌓은 사람이었다. 두려움을 모르는 활동가로, 뇌물과 국가 안보에 대한 우려를 들어 대규모 사회 기반 시설 사업을 지연시켜 여러 힘 있는 자들을 적으로 돌린 사람이었다.

그러나 그의 경력은 수년 전에 치욕스럽고 불명예스럽게 끝이 났다.

탈세 의혹으로 경찰이 그의 재산을 수색했고 그 결과 훨씬 더 치명적인 치부가 드러났다. 그의 서재에 숨겨진 휴대전화에서 낯 뜨거운 사진들이 나온 것인데, 어린 소년들의 발가벗은 사진이 수십 장에 달했다. 그중 두어 장이 이 기사 옆에도 나란히 실렸는데 아이들의 얼굴이 가려졌고 다른 세부 사항들도 다행히 흐릿하게 처리됐다.

마세두는 의혹을 부인했다. 휴대전화는 누군가가 심어둔 것이며, 사진에 대해 전혀 아는 바가 없다고 주장했다. 자신은 가정이 있는 남자로, 아내와 가족을 사랑하며 아동을 다치게 할 행동은 전혀 하지 않는다는 것이다. 자신은 아동 성도착증 환자가 아니며, 모든 것이 자신을 침묵시키려고 작정한 적들이 파놓은 함정이라고 했다.

하지만 그의 말은 중요하지 않았다.

이야기가 알려지고 사진이 언론에 유출되자마자, 그가 아무리 부인해도 소용없었다. 그의 경력은 끝이 났다. 그렇게 이 기사에 실린 사진이 찍혔다. 언론의 관심이 집중된 가운데 그가 집 앞에서 체포되어 연방 경찰에 이끌려 호송되는 장면이 나온 것이다.

하지만 이건 **오래전** 이야기다. 10년도 더 지난 일이다. 기사가 나온 날짜는 2012년 2월 25일로, 리엄이 죽기 1년도 더 전의 일이다. 어떻게 이게 관련이 있을 수 있겠는가?

나는 기사를 끝까지 다 읽고 나서야 그 의문의 답을 발견한다.

마지막 단락에 몇몇 대기업이 언급되었다. 이들 대기업의 입장에서 마세두는 눈엣가시였다. 어려운 질문을 퍼부어대고 사업을 진행하는 방식과 정부 계약을 따낸 과정, 그 과정에서 매수되었을 수도 있는 사람에 대해 철저한 투명성을 요구했으니 말이다.

이들 대기업 가운데 하나가 미국의 다국적 기업인 노스 스타다.

나는 종이 하단의 메모를 다시 본다. 봉투와 똑같이 뭉툭하고 검은 대문자로 쓴 손 글씨를 읽어본다.

조심해. 그렇지 않으면 당신이 다음 차례야.

봉투는 리엄에게 우리의 옛집 주소로 보내진 것이지만 우표도, 소인도 없다. 인편으로 전달한 게 틀림없다. 오른쪽 하단 구석에 손으로 쓴 날짜가 보인다. 붉은색 잉크가 바랬고 숫자가 이상한 순서로, 그러니까 월, 일, 년의 순서로 쓰여 있다. 7월 8일 2013년. 그로부터 일주일도 채 되지 않아 리엄이 죽었다.

여러 사실과 날짜가 합쳐지고, 사진에 초점이 맞춰지면서 머릿속에서 퍼즐이 맞아떨어지기 시작한다. 리엄은 크리스틴 레이가 매수되고 있다고 의심했다. 그녀의 입출금 내역을 보았고 내부 고발을 하겠다고 위협했다. 이에 맞서 노스 스타가 경고이자 협박의 의미로 이 사진을 보내, 그의 가정과 결혼 생활은 말할 것도 없고 그의 평판까지 무너뜨려놓겠다고 위협한 것이다. 그리고 어찌 된 일인지 이러한 위협은 태풍이 바다를 건너오듯 힘을 키워오다가, 협박에서 끝나지 않고 살인으로까지 이어졌다.

그리고 편리한 이야기를 만들어내 다른 사람에게 죄를 뒤집어씌우고 사라졌다.

바로 나에게.

고전적인 수법이었다. 낯 뜨거운 사진으로 고분고분히 말을 듣게끔 만들거나, 그게 아니라면 경력을 망가뜨린다. 다만 이 사건에서 사진은 검찰 측에 힘을 실어준다는 부차적인 목적을 위해, 나를 바람난 남편에게 버림받고 질투심에 눈이 멀어 그를 죽인 아내로 만들었다.

리엄은 이 협박 편지를 집에 보관했다. 사무실과 떨어진 곳에, 크리스틴과 떨어진 곳에. 그리고 편지가 여기 책갈피에 숨겨져 있었기에, 경찰이 결코 발견하지 못했고 내 변호사가 보다 광범위한 음모의 증거로 이용하지도 못했다. 구식 종이와 프린터 잉크로만 이뤄진 하드 카피인 만큼 발신인을 되짚을 전자 흔적도 남지 않았다.

이제 나는 모든 일이 어떻게 일어난 것인지에 대해 그 어느 때보다 더 확신할 수 있었다. 증거의 모든 조각이 발견되면서 일련의 사건들이 서서히 분명해지고 있었다. 남편은 노스 스타에게 위협이 되었고, 그래서 그들은 남편을 살해했다. 그들은 우리의 침묵을 유지하기 위해서라면 또다시 기꺼이 살인을 감행하리라는 점을 매우 분명히 보여주었다. 에이미와 내게 남은 상처가 그 증거다.

이에 대해 누군가와 이야기하고 싶어서 견딜 수가 없다. 우리 팀원들에게 이 새로운 발견을 알리고 논의하고 분석하고 싶다. 하지만 나는 이 집에 혼자 있다. 그래서 대신에 휴대전화로 인쇄물을 사진 찍어서 오언과 에이미, 조디, 내가 공유하는 텔레그램 단체 대화방에 보낸다.

우린 이 사진에 대해 긴급히 이야기를 나눠야 해요. 보관함에서 나온 물건 사이에서 찾았어요. 리엄과 유사한 구석이 있고, 노스 스타도 언급 됐어요.

숨이 가쁘고 살짝 어지러워서 거실을 왔다 갔다 하며 뛰는 가슴을 진정시키려 한다. 욕실로 올라가서 얼굴에 찬물을 끼얹고 그대로 줄줄 흐르게 놔둔 채로 생각하려 애쓴다. 우리는 협박의 증거를 찾았다. 부패의 증거가, 음모의 증거가 여기 있다. 확실히 이걸로 충분한가? 우리는 팀으로 모여 앉아서 증거를 모두 합치고 다음 단계를 논의해야 했다. 어떻게 하면 우리를 추가적인 법적 위험에 노출하지 않는 방식으로 경찰에 증거를 제시할 수 있을지 고민하고, 우리 중에서 누가 처음으로 나설지 결정해야 했다. 나는 수도 꼭지를 잠그고 수건에 손을 뻗는다. 에이미. 그녀라면 최고의 선택일 터였다. 가장 큰 영향력을 지녔고, 그녀의 말에 가장 큰 무게가 실리니까, 내가 에이미를 설득할 수 있다면…….

현관문을 노크하는 소리가 들린다.

정중하게 세 번 나무를 두드리는 소리가 정적을 뚫는다. 무시한다. 문을 두드리는 사람이 누구이든 오언 때문에 온 것이고, 어쨌든 이중으로 자물쇠가 채워진 데다 내겐 열쇠도 없으니까, 문을 열고 싶어도 열 수가 없다. 어쩌면 조디가 열쇠를 가져가는 걸 잊었을 수도 있다. 나는 얼굴을 닦는 일을 멈추고 누가 온 것인지 확인하러 손님방에 간다.

노크가 다시 시작된다. 이번에는 살짝 더 큰 소리다. 더는 정중하지 않고, 주먹을 부르쥐고 쿵쿵 치는 소리에 가깝다.

조디가 아니다. 나는 본능적으로 벽에 몸을 바짝 붙이고 조금씩 움직여 진입로가 더 잘 보이는 자리로 간다. 검은색 코르사가 없다. 그런데 거리가 번잡하다. 경찰 밴과 푸른 빛을 비추는 순찰차, 아무 표시가 없는 세단이 오언의 집 밖 포장도로에 세워져 있다.

나는 숨 죽여 욕을 내뱉는다. 지금은 안 돼. 이제 거의 다 왔는데, 안 된단 말이야.

내 밑으로 현관 앞에 정장을 입은 두 사람이 서 있다. 어두운색 머리의 여자가 뒤에 서 있고, 턱수염을 기른 남자가 노크를 하고 있다. 그가 주먹을 들자 다시 쿵쿵 소리가 시작되는데 문이 덜컹거릴 만큼 힘이 실린다. 정장 차림의 두 사람 뒤로는 경찰관 네 명도 보인다. 경찰은 보호대와 헬멧, 늘일 수 있는 경찰봉 같은 보호 장비를 착용한 상태다. 이들 중 몸집이 가장 큰 사람이 맨 앞에 서서 소화기만 한 금속 망치의 붉은 손잡이를 움켜쥐고 있다.

"헤더 버넌." 턱수염을 기른 남자가 말한다. 이중 유리에 막혀서인지 그의 목소리가 둔하게 들린다. "문을 여십시오."

그대로 있어야 하나? 시키는 대로 해야 하나? 경찰을 믿어야 하나?

아니. 또다시 그러지는 않을 것이다. 이번만큼은 아니다.

나는 침대 옆 탁자에서 내 직불 카드와 현금을 집어 들고 계단참으로 나가서 등 뒤로 문을 당겨 닫는다. 안방의 문도, 작은 화장실의 문도 닫는다.

욕실에서 열쇠를 꺼내고 욕실 문을 닫은 다음 밖에서 잠그고 열쇠를 주머니에 넣는다. 문이 겹겹이 닫혀 있으면 시간이 더 걸리는 법. 계단을 뛰어 내려가다가 내 무게에 나무가 삐걱거리자 움찔하며 저들이 반투명 유리를 통해 내 움직임을 보지 못하기를 바란다. 남자 형사가 서 있는 곳과 불과 3미터 떨어졌고 나무로 된 현관문 하나만이 우리 사이를 가르고 있는 지점에서, 나는 서둘러 부츠를 신고 난간에 걸린 재킷을 집으며 마룻장 때문에 내가 탄로 나지 않도록 발끝을 들고 살금살금 걸으려 애쓴다.

경찰이 다시 문을 두드린다. "우린 어떤 식으로든 들어갈 것이니, 지금 이 문을 여는 게 최선일 겁니다, 헤더." 우편함이 펄럭이며 열리고 장갑을 낀 손이 보인다. "당신의 보호관찰관인 보일 씨와 관련된 일이에요."

젠장. 보일이 협박을 실현한 거로군.

턱수염을 기른 남자의 목소리가 이제 더 크게 들린다.

"보일 씨는 현재 위중한 상태로 로열 유나이티드 병원에 있습니다." 그가 한 박자 쉬고는 덧붙인다. "헤더, 우린 당신이 그의 사무실에 있던 것을 압니다. 현장에서 당신의 휴대전화가 나왔어요. 하지만 우린 그저 대화를 원할 뿐이에요, 알겠습니까? 다른 모든 사람뿐만 아니라 당신 자신의 안전을 위해서 하는 말이에요."

보일이 병원에 있다고? 뭐지?

형사가 방금 한 말을 생각할 시간이 없다. 협박 편지와 봉투가 아직 식탁에 있고, 어제 원고를 찾았다가 거의 곧바로 잃어버린 일도 떠오른다. 그런 일은 다시는 일어나지 않을 것이다. 숨길 것인가, 가져갈 것인가? 거실 커튼은 아까 쳐놓은 상태 그대로이니, 경찰이 안을 들여다볼 수는 없다. 나는 거실로 뛰어 들어가 인쇄물을 집어 들어 노트북과 함께 배낭에 쑤셔 넣는다. 다른 것까지 챙길 시간은 없다.

또다시 현관문을 두드리는 소리가 들린다. 소리는 짜증이 커지고 있음을 드러내고 있다.

"헤더, 쉬운 길로 가겠습니까, 어려운 길로 가겠습니까. 마지막 기회입니다." 경찰이 소리친다.

나는 주방으로 뛰어 들어가 어깨에 멘 배낭을 끌어 올리고 작은 칼이 아직 주머니에 있는지 확인하며 서둘러 뒷문으로 향한다. 내 뒤로 금속 망치에 크게 힘이 실려 한 번, 두 번 현관문과 부딪치면서 엄청난 **굉음**이 들려온다. 아까 뒤뜰을 산책하고 온 터라 뒷문 열쇠가 아직 자물쇠에 꽂혀 있고, 손을 떨며 열쇠를 돌리는 사이에 땀이 손가락 사이로 미끄러진다. **딸깍**. 문을 열고 시원한 저녁 공기 속으로 발을 내딛고 문을 닫는다. **빨리, 서두르자.** **금속 망치의 굉음이 또 들려온다.** 몇 초라도 더 벌기 위해 또다시 문을 잠근다. 덤불에 열쇠를 던지는 순간, 현관문이 결국 경첩에서 분리되어 바닥에 쓰러지며 부서지는 소리가 크고 **날카롭게** 들리고, 곧바로 남자들의 외침이 크레셴도로 이어진다. 내 뒤로 집 안에 우르르 밀려든 이들은 환희에 가까운 함성으로 모두 똑같은 말을 목청껏 외쳐댄다.

"경찰이다! 움직이지 마! 그대로 있어!"

나는 그렇게 하지 않을 것이다.

그러므로 내가 **할 수** 있는 다른 유일한 것을 한다.

달린다.

　나는 풀이 무성한 뒤뜰 끝의 산울타리를 향해 전력 질주 한다. 낮은 덤불을 뛰어넘고 잡초로 빽빽한 화단을 헤치고 나아가며 혹시 산울타리 뒤에 펜스가 있다면 이곳의 다른 모든 것만큼이나 부실하길 기도한다. 그러나 과거에 여기 펜스가 있었다 하더라도 이제는 흔적조차 찾아볼 수 없고, 오래된 나무의 썩은 그루터기만 남아서 마치 썩은 이빨처럼 땅 위로 들쑥날쑥 튀어나와 있을 뿐이다. 나는 두 손과 무릎을 바닥에 대고 엎드린 자세로 기어간다. 잔가지와 나뭇가지가 살갗을 긁고 재킷을 잡아채며 나를 잡아두려 한다. 여러 파편이 손바닥을 파고들지만 아랑곳하지 않고 마침내 반대편으로 나와 야트막한 비탈 아래에 선다.

　오언의 집은 바로 뒤에 주변보다 높은 오솔길을 두고 있다. 예전에 철롯둑이었던 곳으로, 과거 어느 시점에 나무와 덤불이 양옆에 늘어선 자연 산책로로 개조됐다. 나는 여전히 두 손과 무릎을 바닥에 댄 채로 둑에 기어오른다. 길을 내는데 쐐기풀이 두 손목의 살갗을 벗기고, 꼭대기에 도달하기 전에 발 한쪽이 나무뿌리에 걸려서 흙바닥 위로 얼굴부터 엎어진다. 잠시 숨이 턱 막혀온다. 움찔하며 숨을 가다듬고 주위를 둘러본다. 오솔길은 철도선이었던 만큼 자로 잰 듯이 곧게, 양방향으로 몇백 미터씩 뻗어 있다.

　제복 차림의 경찰관 한 명이 그 길에 서 있다.

　그는 껑충하고 젊으며 밝은 노란색 재킷을 입어서 눈에 아주 잘 띈다. 내가 달아날 경우를 대비해 후방 방어벽으로 집 뒤편에 배치된 것으로 보인다. 내가 있는 곳과 15미터쯤 떨어진 지점에서 덤불과 나무 사이를 들여다보는 모습이 꼭 자신이 살펴야 하는 집을 알아보지 못하는 것 같다. 오솔길이 긴 데다 정원이 많아 비슷비슷하게 보일 테다. 그는 혼자인 것 같고 내게 등을 보인 채 무전기에 대고 열심히 말하고 있다. 사이사이 집 안에 있는 그의 동료들로부터 불안한 잡음이 꽥꽥 들려온다.

나는 다시 둑을 기어 내려와 그와 간격을 더 벌린다. 집집이 늘어선 정원의 산울타리를 따라가면서 나뭇가지와 가시덤불이 청바지와 배낭을 할퀴어도 가급적 소리를 내지 않으려 애쓴다. 경찰이 눈에 잘 띄는 재킷을 입은 것에 적어도 한 가지 장점은 있다. 덤불 속에서도 경찰을 알아볼 수 있으니까. 그는 계속 무전기에 대고 말하며 내가 몇 분 전까지 숨어 있던 곳 근처 덤불들을 들여다본다. 저 멀리 뒤쪽 오언의 집 정원에서 다른 경찰관들이 외치고 부르는 소리가 이어진다. 저들이 벌써 집 안 수색을 마치고 뒷문으로 나왔다는 뜻이다. 유일하게 긍정적인 면은 아직 개가 보이거나 개 소리가 들리지 않는다는 것이다. 하지만 경찰이 내가 인근에 숨었다고 생각할 경우 수색견들이 곧 여기에 나타날 것이다.

목구멍에 걸린 숨이 뜨겁다. 도망가야 한다. 둑 저편으로 가야 한다. 그러나 거기까지 가려면 길을 건너야 하고, 탁 트인 공간에 몸을 가릴 것 하나 없는 상황에서 저 제복 차림의 어린 경찰관의 눈에 띄지 않아야 한다. 길은 3~4미터 너비로, 그가 돌아본다면 나는 1~2초 안에 완전히 노출되고 말 것이다.

나는 덤불 속에서 한쪽 뺨을 흙바닥에 밀착한 채 완전히 납작하게 엎드려서 저 경찰의 움직임을 지켜본다. 그는 오솔길을 따라 내가 있는 쪽으로 다가오면서 나뭇가지들을 비집고 눈을 가늘게 떠서 둑을 내려다본다. 점점 더 가까워지고 있다. 그의 턱에 난 여드름 자국을 알아볼 만큼 가깝다. 정원에서 들려오던 목소리들도 점점 더 가까워지고 있다.

경찰은 다시 길로 나가서 멈추더니 내가 있는 방향으로 눈을 가늘게 뜬다. 잠시 나는 그가 나를 보았다고 확신한다. 그가 곧 이 사실을 소리쳐 알리리라고 확신한다. 그러나 대신에 그의 두 눈이 내가 숨어 있는 곳을 슬쩍 미끄러지듯이 지나치더니, 그가 몸을 돌리고 개 한 마리가 그의 옆에 나타나 꼬리를 격렬하게 흔든다.

경찰견이 아니다. 크고 열정이 넘치는 골든 리트리버로, 목줄을 차지 않은 채 그의 주위를 맴돌며 코를 킁킁거리고 혀를 축 늘어뜨린 채 헐떡인다. 경찰관이 허리를 굽혀 리트리버의 머리를 쓰다듬고 중년의 개 주인과 이야기를 나눈다. 잠시 등을 보인 채, 내게서 등을 돌린 채.

나는 그 틈을 타 길을 가로지르며 전력 질주 해 둑 저편으로 넘어가지만 이쪽은 더 가파르고 경사면이 더 길며 낮은 나무와 어두운 흙이 초저녁의 비를 머금고 있다. 미끄러워서 금세 중심을 잃고 앞으로 넘어지고 만다. 부딪치고 구르며 두 손목이 전류가 흐르듯 탁탁 소리를 내며 아파오고, 점점 더 속도가 붙으며 굴러떨어지면서 시야가 빙빙 돈다. **흙이 보였다가 나무가 보이고 또 흙이 나타났다가 또 나무가 나타나고**…….

오래된 오크나무의 어둡고 뒤틀린 밑동이 나를 기다리고, 나는 두 손을 들어 최대한…….

* * *

정신을 차리니 내 시야는 나뭇가지와 하늘로 가득 차 있다. 머릿속에서, 왼쪽 귀 위에서 뜨거운 고통이 꿈틀거리고, 두 손바닥과 팔꿈치, 청바지의 무릎 부분이 흙으로 짙고 두껍게 얼룩졌다. 입안에서 피가 나고, 두 손의 살갗이 긁혀서 여기저기 십자 무늬가 생겼다.

얼마나 오랫동안 의식을 잃은 것인지 모르겠다. 5분? 10분? 어쩌면 아주 찰나였을 수도 있다. 모든 기억이 빠르게 되살아난다. 나의 하강을 멈추게 한 울퉁불퉁하고 비틀린 오크나무 고목이 위에서 나를 굽어보고, 밑동 주변으로 작게 불을 피우고 남은 까만 장작들과 맥주 캔들이 널브러져 있다. 나는 둑의 맨 아래, 오언의 집에서 이어지는 길의 반대편에 있다. 둑의 이쪽에도 뒤뜰과 산울타리와 펜스 들이 서로 연결되어 줄을 이루고 있다. **잠깐. 들**

어보자. 둑의 맨 위에서 목소리들이 들려온다. 무전기에서 나오는 꽥꽥대는 잡음인데, 너무 멀리 떨어져 있어서 알아들을 수가 없다.

최대한 조용히, 길에서 떨어진 채 경사면의 바닥을 따라 몇백 미터를 이동하자 길이 오르막을 이루며 끝나는 지점에 이른다. 도로와 만나는 지점이다. 나는 나무 사이로 조심히 발걸음을 옮기고 도로를 지켜볼 곳을 찾는다. 경찰이 내가 나오면 잡을 수 있도록 순찰차를 배치해놓았을 수도 있으니까. 도로는 텅 비어 보이지만 내 기준에서는 너무 크고 넓으며 사람들 눈에 띄기가 쉬워 보인다. 옆길이 나을 것이다. 나 자신과 이 장소 사이에 어느 정도 거리를 둘 필요가 있다. 생각을 하고, 팀원들과 대화를 해야 한다.

나는 스웨트셔츠에 달린 후드를 뒤집어쓰고 휴대전화를 확인하며 발걸음을 뗀다. 아까 둑을 따라 굴러떨어지면서 화면에 금이 갔지만 그 외에는 아무런 문제가 없어 보인다. 우리의 텔레그램 대화방은 여전히 조용하다. 내가 아까 협박 편지와 관련해서 보낸 메시지에 아무런 반응이 없다. 오언이 보안을 위해 텔레그램만 써야 한다고 했던 걸 알지만, 어쩌면 이번만은 예외가 될 수도 있지 않을까.

먼저 에이미에게 전화하지만 음성 사서함으로 넘어간다. 조디도 마찬가지다. 오언의 휴대전화는 울리지조차 않는다. 꼭 꺼놓기라도 한 것처럼.

뭐야, 도대체?

대신에 나는 대화방에 메시지를 입력한다.

> 긴급히 이야기를 나눠야 해요. 경찰이 오언의 집을 급습했고, 난 겨우 빠져나왔어요. 담당 보호관찰관이 공격을 받았고, 경찰은 내가 한 짓이라고 생각해요. 우리 만나야 해요. 전화 줘요.

금이 간 휴대전화 화면으로 내가 입력한 메시지를 다시 읽으면서 암울한 의심이 자꾸만 고개를 든다. 지난 몇 시간 동안, 지난 며칠 동안 일어난 사건들 사이에서, 무언가가 스멀스멀 존재감을 드러내고 있다. 트레버 보일에게 무슨 일이 일어났는지는 모르지만, 누군가가 나를 함정에 빠뜨리려 하고 있다. 과거에 한 짓을 또다시 반복하려는 것이다.

나는 **전송**을 누른다.

우리가 함께 알아낼 것이다. 그때까지, 나는 몇 시간 동안 은신해 있을 곳이 필요하다. 안전한 곳, 아무도 나를 찾을 수 있으리라 생각하지 못할 곳. 호스텔은 안 된다. 경찰은 으레 거기도 둘러봐야 할 것을 알 테다. 공개적인 장소도 안 된다. 순찰 중인 경찰이 나를 발견할 수도 있다. 팀원들과 다시 연락이 될 때까지 기다리는 동안 섞여 들기 수월할 곳이 필요하다. 배고픔에 꼬르륵 소리가 울리자 어떤 생각이 떠오른다.

많은 사람이 이런저런 이유로 나를 찾고 있는 건 사실이다.

어디 내가 붙잡히나 보라지.

58

한 시간 뒤, 나는 넬슨 플레이스에 있는 감리교회의 어느 긴 좌석 끝에 앉아 있다. 스웨트셔츠에 달린 후드 밑으로 야구 모자의 챙을 푹 눌러쓴 차림이다. 내 앞의 머그잔에서는 블랙커피가 김을 폴폴 내뿜고 있다. 이곳은 오늘도 무료 저녁 식사를 위해 모인 사람들로 붐비고, 나는 곁눈질로 다른 테이블을 흘끗거리며 저 절박한 사람들과 극빈자들 사이에 조디가 있을지도 모른다고 기대한다. 하지만 그녀는 흔적조차 보이지 않는다.

테이블 위의 휴대전화도 내 옆에서 여전히 침묵을 지키고 있다. 연락을 달라고 한 번 더 메시지를 보냈지만 아무 반응도 없다. 다들 어딘가에 붙들려 있거나, 다쳤거나, 어떤 이유로든 함께 모여 있나? 에이미는 어제 일로 정신적 외상을 입었고 조디는 자기 자신의 문제로 힘들어하고 있다지만, 오언은 어디에 있나? 침묵이 이상하다는 수준을 넘어서고 있고, 나는 우리가 가진 증거를, 그러니까 입출금 내역서와 회의록, 오언이 찾아낸 자료 등 모든 증거를 한데 모을 필요가 있다. 우리가 어떻게든 경찰을 움직이게 하려면 말이다. 증거를 경찰에 제출하려면 에이미의 도움이 필요한 것은 말할 것도 없다. 우리가 응급실에 그녀를 데리러 갔을 때 그녀의 모습이 자꾸만 생각나고, 존스가 그녀에게 화풀이를 한 것이라면 스스로를 결코 용서할 수 없을 것 같다. 에이미가 또 병원에 있으면 어쩌지? 혹시…… 아니다. 그런 생각은 하지 말자.

바깥에는 저녁이 도시에 내려앉으면서 직장인들은 집으로 향하고 다른 사람들은 술집과 식당을 채우기 시작한다. 나는 완전히 캄캄해질 때까지 기다렸다가 시부모의 집을 빠르게 지나치며 에이미가 괜찮은지 확인하려 한다. 그 후에는 나 혼자서 밀어붙여야 할 수도 있겠다. 내가 가진 것을, 내가 아는 것을 가지고 경찰에 가서 나머지 증거를 찾을 곳을 알려줘야 할 것이다.

오크나무에 부딪치며 얻은 두통이 은은한 욱신거림으로 자리를 잡았다. 커피를 다 마시고 화장실에 가서 작은 거울을 보며 세면대에서 최대한 몸을 씻고 다시 넬슨 플레이스로 나선다. 어깨에 배낭을 메고 야구 모자를 쓰고 손에는 휴대전화를 쥐고, 청바지 뒷주머니에는 오언의 주방에서 가져온 작은 칼이 들어 있다. 월콧 스트리트에 택시 승차장이 있는데 여기서 몇 분만 걸어가면…….

거의 곧바로 그를 본다.

검은색 밴을 운전했던, 머리가 벗어진 남자.

지난번과 마찬가지로, 그는 길 건너편에서 담배를 피우고 있다. 또 지난번과 마찬가지로, 그는 마지막으로 한 번 담배를 빨아들인 다음 배수로에 휙 던지고 나를 향해 길을 건너오기 시작한다.

존스의 말이 빠르게 되살아난다. **경고는 단 한 번뿐입니다, 헤더. 다음번엔 당신을 땅에 묻어버릴 거예요.**

아드레날린이 솟구치며 속이 뒤집힌다. 모든 신경과 근육이 내게 **가라고**, 그에게서 도망쳐 군중 속에 휩쓸리라고 재촉한다. 이번에는 경찰이 도움이 되지 않을 테니까. 경찰도 나를 쫓고 있으니까. 그들은 내 편이 아니다. 어쩌면 단 한 번도 내 편인 적이 없었는지도 모르겠다. 나는 철저히 혼자다. 모든 본능이 내게 떠나라고, 반대 방향으로 도망치라고 소리치고 있다. 힘이 닿는 한 멀리 가라고, 쉼 없이 달리라고 한다. 도심 거리를 달리다 보면 그를 따돌릴 수도 있지 않겠느냐고 한다.

대신에, 나는 정반대로 한다.

이번만큼은 아니다.

이번만큼은 곧장 그가 있는 곳으로 간다. 고개를 살짝 숙이고 두 눈을 포장도로에 향한 채 천천히 인도를 건넌다. 우리가 거리 한가운데에서 만나자 그가 한 손으로 내 왼팔을 잡고 나를 제압해 끌고 가려 한다. 그의 얼굴에 오만한 승리의 미소가 옅게 퍼진다. 마침내 내가 그에게 항복했다고 생각하는 모양이다. 이제는 도망가지도 않고, 자꾸 캐고 다니지도 않고, 피할 수 없는 결말을 모면하려 들지도 않으려니 지레짐작한 것이다. 이제는 무슨 일이든 고분고분 시키는 대로 따르겠거니 안심한 것이다.

마지막 순간, 나는 뒷주머니에서 칼을 꺼내 그의 허벅지 맨 윗부분에 힘껏 밀어 넣는다.

칼끝이 매우 날카로워서, 마치 수박 껍질을 뚫고 들어가듯이 놀랍도록 쉽게 쑥 들어가고, 살짝 **퍽** 하고 저항이 느껴지더니 엄지와 검지에 따뜻한 액체가 느껴진다. 나는 칼을 뽑았다가 다시 힘껏 찌른다.

남자의 두 눈이 충격으로 둥그렇게 툭 튀어나오고, 비명이 터져 나오다가 목구멍에 걸린다.

"이게 뭐……."

나는 가까이 몸을 기울여 그의 귀에 대고 나직이 말한다. "이제 어디 한번 날 쫓아와보시지, 이 개자식아."

칼날을 휙 비틀며 뽑아내자 피가 흩뿌려지고, 그는 길 위에 자빠진다. 빵빵대는 경적을 뒤로한 채 전력 질주 해서 옆길로 들어가고 또 다른 옆길로 빠진다. 그렇게 꼬박 1분을 미친 듯이 달려서 고급 의류 매장이 줄지어 늘어선 거리 뒤쪽 골목길로 몸을 피한다. 숨을 헐떡이고 심장이 마구 쿵쿵거리는 채, 나무로 된 화물 받침대가 높이 쌓인 곳 옆에 쭈그리고 앉는다. 오래된 신문을 발견해 한 장으로 칼날과 손잡이를 닦은 다음, 칼을 신문에 싸서 골목 안 산업용 쓰레기통에 버린다.

존스가 어디에서 나를 찾을 수 있는지 알았다는 사실은 더는 놀라운 일이 아니었다. 이제부터는 그들이 어디든 나를 추적해 오리라고 가정해야 한다. 잠시 나는 칼과 함께 휴대전화도 버려버릴까 생각한다. 하지만 그러면 다른 세 사람이 어떻게 연락을 해 올 수 있겠는가? 나는 대신에 휴대전화의 전원을 끄고 다시 주머니에 넣는다.

20분을 더 기다리며 인근에서 어떤 사이렌 소리가 들리는지 귀를 기울인다. 아무 소리도 들려오지 않자, 월콧 스트리트로 가서 승차장의 첫 줄에 있는 택시의 뒷좌석에 오른다. 주소를 말하자 기사는 끙 하는 소리와 함께 고개를 끄덕이더니 미터기의 버튼을 누른다. 그는 구부정하게 앉아서 3시 방향으로 운전대를 아주 가볍게 쥐고 배스윅으로 향한다.

가는 길에 우리는 서드베리 스트리트에 있는 보호관찰소를 지난다. 보일의 비좁은 사무실이 1층에 있다. 주차장에 에이번 서머싯 경찰서의 과학수사 지원 밴이 보이고, 현관에 범죄 현장 테이프가 둘러쳐 있으며 그 앞에 제복을 입은 경찰관이 지루한 얼굴로 서 있다.

나는 프리우스의 뒷좌석에서 몸을 살짝 아래로 미끄러뜨린다. 버넌 일가의 집으로 향하는 길, 저녁의 교통 체증 속에 차가 가다 서다를 반복하며 천천히 움직이는 동안, 불안감으로 속 깊은 곳이 뒤틀리기 시작한다. 너무 위험하다는, 한 번 더 잡히면 모든 것이 끝난다는 두려움이 나를 갉아먹는다. 존스의 심복은 오늘 저녁에 나를 과소평가했지만 똑같은 실수를 두 번 반복하지는 않을 터였다.

거의 다 도착했을 때 나는 앞좌석 사이로 몸을 숙여서 기사에게 말한다.

"저기, 말씀드린 주소를 지나서 길 끝에 세워주실 수 있나요? 먼저 확인할 게 있어서요."

기사가 긍정의 뜻으로 끙 하는 소리를 내고 계속 엄지와 다른 손가락 하나로만 운전대를 잡은 채 모퉁이를 돌아서 클리블랜드 워크에 오른다.

이곳은 넓고 잘 정비된 길로, 큰 집들과 훨씬 더 큰 정원들이 바로 뒤에 들판을 두고 있다. 나무가 많고 잔디가 잘 관리되어 있으며 진입로가 길다는 말은 길에는 차를 거의 주차하지 않는다는 뜻이다. 따라서 길에 주차된 차량은 더 두드러지고, 더 쉽게 알아챌 수 있다.

버넌 일가의 저택 맞은편에 주차된 저 검은색 밴처럼.

59

서둘러 택시 기사에게 말한다. "계속 가주세요, 길 끝까지 쭉 가주세요."

우리가 메르세데스 밴을 지날 때 나는 뒷좌석에 납작 엎드린다. 날이 어둡고 이 배타적인 동네의 가로등 불빛이 은은해서 다행이다. 두 번 볼 필요도 없이, 저 차가 어제 나와 에이미를 찾아온 바로 그 밴이라는 사실을 알수 있다. 택시가 저 조지 왕조 시대의 저택을 지나치기 전에 나는 위험을 무릅쓰고 한 번 흘긋 올려다보며 창문 대부분에서 불이 환하게 밝혀진 것을 확인한다. 닫힌 대문 뒤로 진입로에 차 세 대가 모두 세워져 있다. 시집 식구들은 집에 있다. 다행이다. 에이미는 집에 머무는 한 안전할 것이다.

내가 덧붙인다. "저, 다른 주소를 알려드려도 될까요?"

그러나 예상한 대로 호스텔 역시 막다른 지경에 이르렀다. 호스텔 밖에 순찰차 한 대가 주차되어 있고 길 양쪽에 제복을 입은 경찰관이 한 명씩 배치되어, 그중 한 명은 행인에게 사진을 보여주고 있다. 또다시 나는 택시 기사에게 멈추지 말고 계속 가라고, 길 끝까지 가서 다시 돌아 도심으로 가달라고 말한다.

어디도 안전하지 않다. 에이미는 자신의 집에 갇혔고, 오언과 조디는 행방불명되었다. 나는 다시 갈 곳 없는 혼자가 되었다.

기사에게 기차역에서 내려달라고 말하고 다시 휴대전화의 전원을 켜서 에이미에게 전화하지만 이번에도 음성 사서함으로 연결된다. 대신 그녀에게 문자를 보내 그녀의 집 근처에 메르세데스 밴이 주차되어 있다고 알려준다. 잠시 후 휴대전화가 삐 소리를 내며 조디가 보낸 새 메시지가 있음을 알린다. 네 명으로 구성된 우리의 작은 무리가 아니라 나에게만 보낸 메시지였다. 전송 시간은 40분 전이었다. 정말 다행이다. 적어도 한 사람과는 다시 연락이 닿은 것이니까. 클릭해서 메시지를 연다.

> 너한테 정말 긴급히 할 말이 있어. 월요일 밤에 네가 날 도와줬던 곳에서 만날 수 있을까?

첫 번째 메시지 밑으로 또 하나의 메시지가 눈에 들어오자 공포감이 속을 뒤흔든다. 첫 번째 메시지가 도착하고 20분 뒤에 온 메시지로, 아무 말 없이 숫자 세 개만 찍혀 있다.

> 999.

우리의 조난 신호, 구조 요청이다. 나는 내가 가야 할 스트리트를 모르고 그곳 별칭만 알 뿐이지만, 기사에게 5분 내로 도착할 수 있다면 20파운드를 더 주겠다고 제안한다. 기사는 고개를 끄덕이더니 길을 가로지르며 프리우스를 돌리고 한껏 속도를 높인다. 조디의 전화는 계속 음성 사서함으로 넘어간다.

제발, 제발, 전화 받아.

택시가 휙휙 방향을 바꿔대며 어두운 길을 내달리는 동안 조디의 메시지에 대해 생각한다. 나는 아직 경계의 끈을 놓지 않고 있다. 이건 어떤 덫일지도 모른다. 내가 혼자 나오도록 하려는 미끼일 수도 있다. 아까 들었던 생각이 다시 고개를 든다. **내가 조디에 대해 제대로 알고 있는 것은 얼마나 될까?** 답은 이렇다. **그다지 많지 않다.** 그녀가 지난 한 주 동안 의리 있는 친구였고, 내가 필요할 때 나를 도와주고 돌봐주었다는 것뿐이다. 우리는 서로를 돌봐주었다.

하지만 그건 그녀가 매끈한 50파운드짜리 새 지폐로 1500파운드를 가지고 있는 이유를 설명해주지 못했다.

기사가 스테이션 스트리트의 분기점에서 차를 세우자 나는 20파운드짜리 지폐 세 장을 건네고 택시에서 뛰어내려 굴다리로 향한다. 굴다리 안 검게 그을린 벽돌 벽은 어둠에 잠겨 희미한 그림자로만 보인다. 런던행 철길 밑으로 반원 20여 개가 뒤편 산비탈로 사라지는 듯하다. 근처의 가로등 대부분은 고장 났고 플라스틱이 타면서 나는 매캐한 냄새가 공기 중에 걸려 있다.

돌무더기가 흩어져 있고 오래된 차 한 대가 뼈대만 남은 채 자리를 차지해 지나갈 수 없게 된 막다른 길에, 코르사가 깨진 연석에 걸친 채로 아무렇게나 주차되어 있다. 마치 버려진 듯한 모양새다. 눈을 가늘게 뜨고 운전석 창문을 들여다본다. 비었다.

내 뒤로 어둠 속에서 어떤 소음이 들려온다. 흙을 긁는 발소리일 수도 있다. 쥐일지도 모른다. 바람일 수도 있다. 나는 작은 칼을 찾아 뒷주머니를 톡톡 두드리다가 아까 피신처 밖에서 머리가 벗어진 남자를 맞닥뜨린 뒤에 시내에 버리고 온 사실을 떠올린다. **젠장.** 칼을 대신할 만한 것을 찾아 땅을 훑지만 돌과 갈라진 도로 포장재 조각뿐이다. 나는 삐죽삐죽한 벽돌 조각을 하나 집어 들고 오른손으로 무게를 재본다. 아무것도 없는 것보다야 낫다.

"조디?" 나는 목소리를 부드럽게 유지하며, 어둠으로 가득 찬 반원들 가운데 처음 두 곳에 대고 그녀를 부른다. "거기 있니?"

답이 없다. 발 하나가 바퀴 없는 낡은 자전거 몸체에 걸린다. 자전거는 검정 쓰레기봉투 더미와 찢긴 침낭에 반쯤 덮여 있다. 병이 쨍그랑하는 소리에 이끌려 다음 구멍으로 가지만 조디의 이름을 불러도 대답이 없다. 세 번째, 네 번째, 다섯 번째 구멍으로 옮긴다. 여기서는 부패의 악취가 더 강렬해, 썩어가는 쓰레기와 젖은 나무와 인간의 분뇨 냄새가 뒤섞여 두 눈을 찌르고 목구멍 뒤쪽에 들러붙는다.

다음 굴다리에서 축축하고 가래가 섞인 기침 소리가 들려온다. 소리를 따라서 가보니 구석에 처박힌 초록색 작은 텐트의 형체가 간신히 눈에 들어온다. 안에서 희미하기 그지없는 불빛이 비친다. 한 번 더 조디의 이름을 부르자 답으로 욕이 쏟아져 나온다. 남자의 혀 꼬부라진 목소리가 흐려지며 또다시 축축한 밭은기침이 이어진다.

가슴 속 심장이 심하게 퍼덕이는 채로 계속 간다. 두 눈이 슬슬 적응하고 있긴 해도 여전히 지극히 어둡다. 너무 어두워서 희미한 형태와 윤곽 이상으로는 알아보기 어렵다. 다음 굴다리는 내가 5일 전에 조디를 발견했던 곳으로, 녹이 슨 쇼핑카트가 여전히 그대로 옆벽에 밀쳐져 있다.

"조디, 여기에 있어?" 휴대전화를 꺼내 손전등을 켜서 어둠 속을 비춘다. "네 메시지를 받았어. 나야, 헤더."

저기.

저 끝에, 가장 깊은 어둠 속에, 더러운 담요 위로 머리 색이 어두운 형체가 미동도 없이 있다. 조디의 이름을 다시 부르지만 움직이지 않는다. 응답하지 않는다. 그녀의 옆으로 뛰어가서 무릎을 꿇고 앉아 세 번째로 이름을 부른다. 계속해서 부른다. 달리 할 말이 생각나지 않으니까. 휴대전화를 받쳐놓자 밝은 손전등 불빛이 벽에 기이한 형체를 드리운다.

조디는 입이 살짝 벌어졌고 두 눈은 감겼으며 머리는 옆으로 살짝 기울어져 있다. 그녀의 옆으로 진통제 상자들이 흩어져 있다.

약이 알알이 들었던 플라스틱 판들이 모두 비어 있다.

세상에. 안 돼.

진 한 병이 뚜껑을 딴 채로 옆으로 누워 있는데 겨우 1센티미터 조금 넘게 남은 상태다. 구급차를 기다릴 여유가 없다. 나는 그녀의 목을 더듬어 맥을 찾는다. 손에 닿은 그녀의 피부가 차갑고 축축하다. 떠올릴 수 있는 응급처치 훈련의 조각들을 모으려 애쓴다. 다시 손전등을 손에 쥐고 조심조심 그녀의 입을 벌려 기도를 확인한 다음 몸을 숙여서 어떤 종류의 숨소리라도 들리는지 귀를 기울이지만 전혀 들리지 않는다. 그녀의 흉골 위로 두 손을 교차하고 미친 듯이 펌프질하면서 그녀에게 말을 건다.

"정신 차려, 조디, 제발, 넌 괜찮을 거야, 제발 일어나, 이제 좀 일어나."

얼마나 오랫동안 가슴을 압박했는지, 얼마나 많이 그녀의 폐에 내 숨을 불어넣으려고 시도했는지 모르겠다. 몇 번이나 그녀에게 일어나라고, 숨을 쉬라고, 내게 돌아오라고 말했는지 모르겠다. 내 뺨은 눈물로 젖어 있다.

그러나 맥이, 숨이 없다. 생명이 없다.

조디는 떠났다.

60

　나는 어둠 속에서 조디의 손을 잡고 흐느낀다. 흙바닥에 무릎을 꿇은 채, 내 친구의 혼란한 삶과 외로운 죽음이 남긴 잔해 속에 버려졌다.

　결국, 마지못해, 마지막으로 한 번 더 그녀의 목에 손을 올려 식어가는 살갗 밑으로 헛되이 맥을 확인한다. 그러나 나는 맨 처음부터 너무 늦었다는 것을 알았다. 조디가 나를 가장 필요로 할 때 여기로 오지 못했다. 그녀를 의심했고, 실망시켰고, 지키지도 못할 약속을 했다.

　조디가 가버렸다는 사실을 도저히 믿을 수 없다. 다시는 그녀의 미소를 보지 못하고 그녀가 말하거나 웃거나 저속한 농담을 던지는 것을 듣지 못하리라. 그녀는 내가 교도소에서 나오고 처음으로 발견한 친절한 얼굴이었다. 자신도 교도소에 있어보았기에 그곳 삶이 어떤지 알았던 사람. 소중했던 모든 것을 이미 잃어버리고서 세상 밖으로 복귀한다는 게 얼마나 어려운지 이해해줬던 사람.

　그녀가 다섯 밤 전에 바로 이 장소에서 예견했던 것을 떠올린다. 아무도 자신을 찾지 않을 곳에서 홀로 죽어가는 것에 대한 공포를 드러냈더랬는데, 그 공포는 현실이 되어버렸고, 이제는 마치 나 자신의 미래를 얼핏 본 것처럼 느껴진다. 10년 전만 해도 아주 동떨어져 있던 내 길은 조디의 길과 점점 더 가까워졌고 이제 우리 두 사람의 인생은 서로 바꿔도 티가 나지 않을 지경이 되었다. 전과자들. 제도에 의해 망가지고 자식에 대한 접근마저 거부당한 사람들. 희망이 없는 존재. 파괴된 존재. 나의 마지막도 이러하리라고 상상하기란 정말이지 쉽다. 존스와 경찰에 쫓기다가 깊디깊은 구멍에 빠져 밖으로 기어 나오지 못하게 되면, 망각을 갈구하다가 우연히, 혹은 어떤 식으로든 약물 과다 복용에서 그 길을 찾게 되면.

어쩌면 조디가 그들의 돈을 받았을 수도 있다.

어쩌면 조디는 스스로 목숨을 끊었을지도 모른다.

혹은 어쩌면 누군가가 나를 향한 경고의 의미로 그녀를 죽였을 수도 있다.

존스의 말도 떠오른다. 그 창문 없는 검은색 밴에서 울려 퍼지던 역겨운 말이.

당신이 사라진다면, 당신을 찾을 사람이 몇 명이나 될 것 같아요? 당신을 위해 울어줄 사람은 몇 명일까요? 누가 당신을 진심으로 그리워할까요? 하루, 일주일 정도 파문이 일지 모르지만, 이내 잠잠해질 테죠.

당신은 사라지고 말 테죠.

그의 협박과 경고를 받은 사람은 에이미와 나인데, 어쩐 일인지 결국 그의 말이 구현된 대상이 조디였다는 사실은 역겨운 아이러니였다. 왜냐하면 우리의 작은 무리 외에 누가 그녀를 위해 울어주겠는가? 누가 조디를 찾을 것인가? 전남편은 아닐 테다. 전남편이 다른 나라로 데려간 조디의 딸도 아닐 테다. 조디는 자신의 어머니와도 연락이 끊겼고, 형제자매에 대해 언급한 적도 없다.

조디가 세상에 일으킨 파문은 정말이지 빠르게 잔잔해져 마치 그녀가 존재한 적도 없는 것처럼 사라질 것이다. 그리고 존스가 옳았다. 나 역시 마찬가지였다. 내가 지금 죽는다면, 누가 알 텐가? 누가 신경이나 쓰겠는가?

하루, 일주일 정도, 그리고 이내 잠잠해질 테죠.

당신은 사라지고 말 테죠.

내 인생을 다룬 악귀 같은 위키피디아 페이지에 비극적인 사건이 하나 더 추가될 것이다. 두 아들은 나 없이 자라게 될 것이다. 리엄을 죽인 살인자는 계속 자유로이 밖을 활보하고 다닐 것이다.

존스가 말했다, 나는 사라지고 말 것이라고.

그 말이 머릿속에서 반복된다. 마치 기관차가 덜컹거리며 철도를 달리는 것처럼.

존스가 옳았다.

존스는 옳았다.

나는 사라지고 말 테다.

사라진다.

그 생각이 너무도 강렬히 다가와서 속이 요동치며 메스꺼움이 밀려온다. 바닥에 엉덩이를 대고 앉아 눈을 깜빡이며 어둠을 응시할 뿐이다.

사라진다.

하지만 미친 짓이다. 결코 뜻대로 될 수 없을 것이다. 확실히 미친 생각이다.

미친 짓인가?

혹은 내게 남은 유일한 기회인가?

이스트우드 파크 교도소에서 걸어 나온 이후로 이미 정말 많은 선을 넘었다. 절도. 기물 파손. 주거 침입. 폭행. 고의 상해. 여기에 더해 트레버 보일에게 무슨 일이 일어났든, 그 일로도 추적을 받고 있다. 이렇게 끔찍한 짓들을 저질렀지만 분명 이번이 그중 최악이 될 터였다. 내가 두 아들에게 돌아갈 수 있게 된다 해도 어떻게 두 아이가 나를 알아볼 수조차 있을지 모르겠다. 이미 두 아이로부터 너무 멀리 와버린 건 아닐까. 지평선 너머로 너무 멀리 가버린 건 아닐까.

하지만 내가 계속해서 나아갈 방법이 있다. 계속 갈 수 있다. 최상의 위장술을 발휘해 탐색을 이어갈 수 있다. 계속해서 진실을 찾아 나설 수 있고, 나를 쫓는 일을 확실히 중단시킬 수 있다. 그렇지 않으면 지금껏 무엇을 위해 여기까지 왔단 말인가?

일단 그 아이디어에 사로잡히자 다른 것은 생각할 수 없다. 나는 몇 분 동안 앉아서 밤하늘을 내다본다. 쏜살같이 흐르는 구름 뒤로 반달이 나타났다가 사라진다. 머릿속으로 생각을 점검한다. 결함이 있지는 않은지 살핀다. 근처에서 어떤 소리가, 어떤 움직임이, 누군가가 나를 지켜보고 있다는 낌새가 감지되는지 귀를 기울인다. 그러나 장작 연기와, 저 밖에서 굵은 철사를 다이아몬드 모양으로 엮은 울타리에 비닐봉지가 걸려 바스락거리는 소리 외에는 아무것도 없다.

미친 아이디어다. 불법임은 말할 것도 없고, 어떻게 봐도 위험하고 사리에 어긋나며 비윤리적인 결정이다.

하지만 내 유일한 희망일지도 모른다.

나는 뺨에 흐른 눈물을 훔쳐내고 주머니를 다 뒤집어서 앞쪽 바닥에 내용물을 쏟아낸다. 만료된 운전면허증. 지폐 한 묶음과 직불 카드, 선불 카드, 동전 몇 개. 노트북과 리엄이 만들어준 CD 등 내 예전 삶을 기념하는 물건 몇 가지가 들어 있는 배낭. 내 휴대전화. 내 이름과 주소, 석방 조건을 간략하게 기술한 보호청 서한. 피터 버넌이 내게 자신의 손자들과 멀리 떨어진 스코틀랜드로 이주하면 돈을 주겠다고 제안하며 보내온 서한과 계약서. 나는 둘 다 둘로 찢어서 조디의 시신 옆에 놓는다.

모두 이 어두운 곳에 남겨져야 할 것이다. 현금과 오늘 발견한 협박 편지는 제외다. 직불 카드와 선불 카드도 적어도 당분간은 가지고 있어도 될 것이다.

조디의 어깨에서 재킷을 벗겨내 내가 지난 며칠 동안 입은 옷과 바꾼다. 최대한 조심스럽게 조디의 주머니를 뒤져 휴대전화를 꺼내 내 것과 바꾼다. 내 휴대전화는 여기 머물러야 하고, 조디의 휴대전화는 떠나야 한다. 마치 조디가 나와 함께 떠나는 것처럼.

조디의 다른 주머니에서는 코르사 열쇠와 동전 한 움큼이 나온다. 얇은 지갑은 포인트 적립 카드 몇 장과 소녀의 사진 한 장을 담고 있다. 소녀는 열네 살 정도로 보이며 어두운색 머리를 양 갈래로 묶고 눈이 제 엄마와 똑같다. 휴대전화로 빛을 비춰서 그 사진을 보는 동안 또다시 한 줄기 죄책감이 나를 뚫고 들어온다. 나는 조디에게 약속했다. 그녀가 외동딸에게 돌아갈 방법을 찾는 것을 도와주기로 했다. 하지만 이제 두 사람은 영원히 서로를 잃어버리게 되었다. 나는 두 사람 모두를 실망시킨 셈이었다. 이제부터 내가 하려는 일은 용서받지 못할 일일 것이다.

나는 이 모든 일이 끝나면 조디의 딸을 위해 옳은 일을 하겠다고 조용히 맹세한다.

조디의 지갑에는 캐스퍼 왜그스태프라는 어느 남자 명의의 아메리칸 익스프레스 플래티넘 카드도 한 장 있다. 이게 왜 여기에 있는지는 추측만 할 수 있을 뿐이다. 그리고 조디의 명의로 된 운전면허증도 나온다. 에이미의 것임을 알아볼 수 있는 은팔찌도 하나 나온다. 선물일까, 아니면 다른 경우일까? 나는 팔찌를 내 손목에 끼우고 나머지 물건들도 챙긴다. 우리는 모든 것을 바꿀 것이다.

나는 엄마의 가는 금시계를 풀어 조디의 손목에 채운다.

마침내, 왼손 약지에서 백금 반지를 빼고 휴대전화의 빛을 받도록 돌려 마지막으로 한 번 더 새긴 글귀를 읽는다.

헤더와 리엄, 프라이어 파크 14-7-07.

"미안해, 리엄." 나는 결혼반지를 천천히 조디의 손가락에 끼운다. "미안해, 조디."

이곳을 떠나 굴다리에서 1.5킬로미터쯤 멀어지면, 익명으로 구급차를 부를 것이다. 위치를 알려주고, 사람을 보내 내 친구를 돌봐달라고 말한 다음 조디의 휴대전화를 끄고 에이번강 바닥으로 보낼 것이다.

하지만 그 전에, 전화할 곳이 한 군데 더 있다. 나는 휴대전화를 들고 에이미의 번호를 누른다.

61

에이미

에이미는 한 손에 축축한 티슈를 움켜쥔 채 작은 방의 한가운데에 섰다. 너무 가까이 가고 싶지 않았다. 아직은 그러고 싶지 않았다. 처음 해보는 일이라 어떻게 행동해야 할지 확신이 서지 않았다.

검시관인 스티븐이 로열 유나이티드 병원의 주 접수처에서 그녀를 만나 이곳으로 안내했다. 잠긴 문 두 개를 통과하고 지하로 내려와, 응급실을 비롯한 모든 주요 병동과 떨어진 제한 구역으로 들어왔다. 돌아다니는 환자들과 떨어져, 대부분의 사람이 결코 보지 못한 병원의 지하 구역으로 온 것이다.

안으로 들어가기 전에, 에이미는 한 손으로 가볍게 스티븐의 팔을 잡으며 문 앞에서 그를 멈춰 세웠다. 그리고 질문을 했다. 어떻게 말로 표현해야 할지 잘 알지 못했지만.

"그녀는⋯⋯?" 에이미의 목소리는 불안정했다. 적절한 단어를 찾지 못하는 것 같았다. "그녀는 얼마나⋯⋯?"

그러나 스티븐은 에이미가 무슨 말을 하려는지 알았다. 슬픔에 잠긴 유족들을 이곳 지하 방으로 안내하는 일을 20년 가까이 해왔으니까. 그는 에이미를 향해 몸을 돌렸다. 그의 살집 좋은 얼굴에 연민으로 주름이 잡혔다.

스티븐이 부드럽게 말했다. "고인은 두 팔에 약간의 타박상을 입었습니다. 흉골 주변으로도 멍이 좀 들었죠. 하지만 그게 다입니다."

에이미는 고개를 끄덕이고 그를 따라 작은 방으로 들어갔다. 텔레비전에서 본 것처럼 유리로 된 칸막이나 커튼이나 철제 테이블이 있을 거라 생각했지만 전혀 그렇지 않았다. 지역 보건의의 진찰실처럼 단순하고 평범한데 반대편에 문이 하나 더 나 있을 뿐으로, 벽에 아무것도 걸려 있지 않고 다른 것도 전혀 없었다. 그저 플라스틱 의자 몇 개와 탁자에 놓인 티슈 한 상자, 구석에 바퀴 달린 침상이 보일 뿐이었다.

침상에 누운 시신은 아무 무늬가 없는 흰색 천으로 대부분 덮여 있었다.

에이미는 가까이 가고 싶지 않았다. 아직은 아니었다. 대신에, 그녀는 손에 축축한 티슈를 쥔 채 가슴 앞으로 단단히 팔짱을 끼고 방 한가운데에 서 있었다.

그 옆으로 스티븐은 존중의 뜻으로 몇 걸음 떨어진 곳에 서서, 집게로 고정한 서류철을 들고 있었다.

"버넌 양, 잠시 앉아 계시겠습니까? 물 한잔 가져다드릴까요?"

"아니요, 괜찮습니다." 에이미가 조용히 말했다.

조디는 머리와 어깨, 왼팔만 드러나 있었다. 피부는 밀랍같이 창백했으며, 이곳 영안실의 냉혹한 형광등 불빛 아래 노란빛이 가미되어 있었다. 어쩐지 이목구비가 흐릿해져, 마치 단 한 번도 생명력을 지닌 적이 없던 것처럼 축 늘어진 채 죽어 있었다.

에이미는 그녀를 안 지 며칠밖에 되지 않았지만, 별로 애쓰지 않았는데도 자연스럽게 눈물이 나왔다. 이런 상황에 처한 사람들은 여러 다양한 방식으로 반응할 테고, 아마 스티븐은 그런 반응을 모두 보아왔을 터였다.

잠시 뒤, 에이미는 침상에 더 가까이 다가가며 또다시 티슈로 두 눈을 꾹꾹 찍었다.

스티븐은 이를 그녀에게 진행할 준비가 되었는지 물을 신호로 받아들였다. 그녀가 고개를 끄덕이자, 그는 들고 있던 판에 붙은 종이에서 법률상의 절차를 읽어 내려갔다.

"당신은 에이미 알렉산드라 버넌이며 고인의 가까운 친족이 맞습니까?"

"맞습니다."

"고인의 신원을 확인할 수 있습니까?"

"네."

"이것이 당신의 올케인 헤더 엘리자베스 버넌이 맞습니까?"

에이미가 침을 꿀꺽 삼켰다. 또다시 눈물 한 방울이 뺨을 타고 내려왔다.

"네, 헤더예요." 그녀가 속삭였다.

그녀가 손을 뻗다가 멈칫했다. 어깨 너머로 종이에 무언가를 적느라 분주한 검시관을 보았다.

"혹시 만져봐도……."

스티븐이 연민을 담아 고개를 끄덕였다. "원하신다면 손을 잡아도 됩니다. 손을 잡고 싶어 하는 분들이 있죠."

에이미가 조디의 드러난 왼손에 슬며시 자신의 오른손을 끼워 넣었다. 피부가 고무처럼 차갑고 탄력이 없었다. 여러 해 동안 고된 삶을 살아온 탓에 손바닥이 거칠고 굳은살이 박여 있었다. 헤더의 매끄러운 손바닥과 대조되었다. 이런 식으로 불일치하는 부분이 나올 수밖에 없었다. 조디의 치과 진료 기록을 들먹일 필요도 없었다. 키만 정확히 재봐도 다른 사람이었다. 시신이 정식 검시를 거친다면 분명히 드러날 사실이었다.

그러나 그런 일은 일어나지 않을 터였다.

가까운 친족이 신원을 확인한 이상, 범죄의 징후가 없는 한, **그저 또 한 명의 중독자인 이상**, 그런 일은 없을 것이었다. 그저 거리의 삶에 대한 비극적인 통계에 포함될 뿐이었다. 현실 세계에 복귀해서 버티지 못한, 다시 통합되지 못하고 약물 과다 복용을 통한 망각을 선택한 전과자에 불과했다. 에이미의 올케와 조디는 체구가 똑같고 키와 피부색도 비슷했다. 헤더가 살짝 더 나이가 많지만 불과 몇 년 차이였다.

경찰은 과중한 업무에 시달려, 이 죽음을 깊이 파고들 만한 이유도, 시간 여유도 없었다. 젊은 경찰관이 집에 찾아와서 정중하게 이 소식을 전했을 때, 에이미는 경찰관과 몇 마디 나누자마자 그 사실을 깨달았다.

"**고인을 만난 적이 있죠? 고인이 출소한 이후에 말입니다.**" 경찰관은 말했다.

"네, 몇 번 봤어요."

"어때 보이던가요?"

에이미는 잠시 뜸을 들인 뒤에 답했다. "힘들어했어요."

"교도소에서 나와 사회에서 적응하면서요?"

"전부 다요. 제 생각에는, 어쩌면…… 결국 온갖 일이 다 버겁게 느껴진 것일지 몰라요."

이게 대본이었다. 에이미가 그녀의 부모와 경찰, 질문을 하는 누구에게든 읊기로 두 사람이 합의한 대사였다. 헤더는 교도소에서 오랫동안 심각한 우울증에 시달렸어요. 복역하는 내내 약물을 복용하다가 중단하기를 반복했는데 보호관찰 호스텔에서 잡범이자 알코올 중독자, 마약을 장기 복용한 중독자와 같은 방을 쓰게 되었다고 하더군요. 헤더는 출소 후에 두 아들을 결코 다시는 볼 수 없을지도 모른다는 생각에 무척이나 심란해했답니다.

스티븐은 서류에 필요한 내용을 채워 넣었다.

"뭐 좀 가져다드릴까요? 물 한잔 드시겠어요?" 그가 말했다.

"아니요, 괜찮습니다. 잠시 헤더와 있고 싶을 뿐입니다." 에이미가 대답했다.

"개인적인 시간을 좀 드리겠습니다." 스티븐이 말하며 문을 열었다. "저는 복도에 나가 있을 테니, 준비되면 알려주십시오."

에이미는 고개를 끄덕이며 감사를 표하고, 다시 몸을 돌려 침상 위의 시신을 마주했다.

3부 ——————————— 2주 후

62

장례식은 견딜 수 없을 지경이다. 시오와 핀이 이렇게 가까이 있는데, 두 아이가 속상해하는 모습을 보면서 위로해주기는커녕 다가가지도 못한다. 마치 누군가가 내 심장을 쥐어뜯어서 가슴 밖으로 끄집어내는 느낌이다. 조디의 신분을 가로챈 데서 온 죄책감과 그녀를 잃은 슬픔도 뒤섞인다. 나는 교회 뒤편 발코니석의 어둠 속에 앉아서 조용히 작별 인사를 한다. 익명의 존재로 누구의 눈에도 띄지 않은 채로 있다가 마지막 찬송가가 시작될 때 가파른 곡선 계단을 슬며시 내려가 옆문을 통해 밖으로 나간다.

여기 오는 건 위험한 일이었다. 하지만 이 세상에서 단 두 사람만이 관 속에 누운 사람의 진짜 정체를 알고 있었고, 내가 그중 한 명이었다. 조의를 표하는 것은 내가 할 수 있는 최소한의 도리였다. 조디를 안 지 일주일밖에 되지 않지만, 그 시간 동안 우리의 우정은 깊게 뿌리를 내렸고 마치 그녀를 몇 년 동안 알아온 것처럼 느껴졌다. 나는 일이 끝나는 대로 상황을 바로잡으리라고 조용히 약속한다. 이 **모든** 것을 바로잡겠다고, 조디가 이름을 되찾고 제대로 장례식을 치르게 하겠다고. 조디가 지금 어디에 있든, 웃음을 터트리고 있지 않을까. 이 모든 사람이 장례를 치른답시고 교회 신도석에 모여 있지만 정작 죽었다는 사람이 자신들 사이에 앉아 있는 건 모르겠지 하면서. 하지만 나는 대체로 그런 생각을 너무 많이 하지 않으려고 애쓴다.

나는 **빠른** 걸음으로 이 작은 교회에서 멀어져 옆길과 골목길을 통해 내 차가 주차된 곳으로 간다. 그사이에 내 마음은 다시 시오와 핀에게 돌아간다. 에이미와 그녀의 부모는 오늘 밤 장례식이 끝나는 대로 아이들을 지붕창집에 데려갈 것이다. 아이들이 내일 학교를 하루 쉬고 주말을 버넌 가문의 '휴가 집'에서 보내도록 허락할 것이다. 시오는 어릴 때 지붕창집을 그렇게 불렀다. 아이들에게 도시를 떠나 언론의 공세와 곤란한 질문들, 호기심 어린 시선에서 벗어날 기회를 줄 것이다.

이론상, 경찰은 내 휴대전화의 위치를 삼각 측량 할 수도 있었다. 굴다리로 가는 길에 연결했던 기지국 정보를 이용해서 말이다. 하지만 해결해야 할 범죄가 있는 것도 아닌데, 경찰이 굳이 그런 수고를 들일 리가 없었다. 내 시신의 신원을 확인한 친인척을 의심할 이유가 있지 않은 다음에야 말이다. 그리고 경찰이 위치를 **추적한다** 하더라도, 내 마지막 위치가 굴다리이고 그곳에서 내 휴대전화가 발견되었다는 사실만 재확인할 터였다. 경찰이 내 인터넷 활동 기록을 뒤질 이유도 없었다. DNA 검사도 마찬가지였다. 신원을 의심하지 않는 상황에서 경찰이 시간이나 부족한 자원을 쏟을 이유가 없었다. 여하튼 DNA를 확인하려면 내 두 아들 중 한 명의 것과 대조해야 할 텐데, 시댁은 에이미의 매우 강력한 주장에 따라 경찰이 두 아이로부터 DNA 샘플을 추출하는 것을 허락하지 않았다. 아이들이 그런 일을 겪게 하고 싶지 않다는 이유에서였다.

나는 트레버 보일을 공격한 유력 용의자가 되었다. 내 휴대전화, 그러니까 존스가 내게서 **빼앗아** 간 그 전화가 현장에서 발견되었기 때문이다. 존스와 그의 부하들이 보일을 사무실에서 공격하고 마치 내가 벌인 일처럼 보이도록 꾸며서, 경찰이 다음 날 나를 추적하며 오언의 집 문을 부수도록 유도한 것 같았다. 그러다 나의 '사망' 소식이 전해지면서 수사는 종결되었다.

그 후 2주일 동안, 나는 조디 매카시라는 신분으로 아침 식사가 제공되는 숙소에서 은신하며 내가 조심해야 할 상황들을 생각했다. 얼마간 비상금으로 지낼 수 있을 터였고, 에이미가 돈을 보태주는 데다 새 휴대전화도 마련해주었다. 나는 온라인으로 결제하거나 수당을 신청하지 않고, 소셜미디어에 존재감을 드러내지도 않는다. 머리를 짧게 자르고 언제 어디서든 도수가 없는 안경과 모자를 쓴다. 회색과 바랜 검은색의 남녀 공용 옷을 입어서 배경에 더욱 쉽게 섞여 들도록 한다.

마치 유령처럼 아무도 만나지 않고 누구와도 말하지 않으며 세상을 헤쳐 나간다. 나는 달의 저편에, 어떤 빛도 도달할 수 없는 어두운 곳에 있었다. 돌아갈 길은 없었다. 앞으로 나아가는 유일한 방법은 관통하는 것뿐이었다. 진실을 찾을 때까지 계속 가고, 계속 밀어붙이는 것뿐이었다.

나는 스스로를 단련했다. 기다려야 했다. 모두가 내가 죽었다는 관념에 익숙해질 시간을 주어야 했다. 사건의 파장이 가라앉고, 나를 각자의 목록에서 지운 사람들이 다른 관심사에 눈을 돌리고 인생의 다음 페이지로 넘어가도록 두어야 했다. 나의 죽음이 **진짜**가 되도록 해야 했다. 수사가 개시됐다가 중단될 때까지 시간이 필요했다. 검시를 통해 사인이 진통제 과다 복용으로 확정되고 시신이 가까운 친족에게 돌아가 장례가 치러져 사람들이 눈으로 직접 내가 죽었음을 확인할 때까지 시간이 필요했다.

나는 계속, 어둠 속에 숨어 있어야 한다.

하지만 여전히, 마치 끝이 나버린 것처럼 느껴진다. 우리의 작은 무리는 흩어졌다. 무너졌다. 오언은 얼굴이 잿빛이 되어 홀로 장례식에 참석했다. 전해 듣기로 그는 호스텔에 몇 차례 가서 조디를 찾았다고 한다. 그에게 연락하고 싶은 충동을 억누른다. 내 비밀을 아는 사람이 늘수록, 그건 점점 비밀이 아닌 게 되니까. 에이미는 아무에게도, 부모에게조차 말하지 않았다. **특히** 부모에게 알리지 않았다.

그날 밤 경찰에게서 도망치면서 오언과 연락하려고 애썼을 때 그가 내 전화를 받지 않은 이유를 아직 모르겠다. 그는 왜 전화를 받지 않았을까. 우리에게 그가 가장 필요했을 때 그는 돌연 사라지고 없었다.

오언에 대해 남은 의문은 이뿐만이 아니다.

애초에 오언에 대해 의구심을 제기한 사람이 조디였다. 조디는 오언이 신뢰할 만한 사람이냐고 물었다. 조디가 죽기 불과 이틀 전에 우리가 나눈 대화에서 그녀가 했던 말이 떠오른다.

오언은 어떻게 만난 거야?

넌 그냥 이 확실하지 않은 이메일 주소로 메시지를 보냈을 뿐인데 다음 날이 커다랗고 문신을 새긴 남자가 나타난 거야?

그 남자에 대해 뭔가 이상한 게 있는데 그게 뭔지…… 모르겠어.

어쩌면 조디는 내게 경고하려 했는데, 내가 듣고 싶어 하지 않았는지도 모른다. 하지만 혼자가 되어 침묵 속에서 몇 시간을, 며칠을, 몇 주를 보내는 지금은, 그녀의 말이 계속 들려온다. 새로 땅을 갈아엎어 만든 무덤에서 잡초가 돋아나듯 의심이 자라나고 있다.

오언이 다른 누구와 **함께** 있는 모습을 본 적이 없었다. 그가 친구나 동료, 파트너, 아내를 언급하는 걸 들어본 적이 없었다. 그가 우리에게 보여주기로 선택한 모습 이면에 실제 삶이 존재한다는 증거를 본 적이 없었다. 어쩌면 오언은 그저 외톨이 늑대이고, 자신의 사생활을 보호하려 드는 것일 수도 있었다.

아니면 그 모든 것이 허울에 불과했거나.

어쩌면 오언은 완전히 다른 의도로 움직이고 있었는지도 모른다.

우리가 결정적 증거를 발견했을 때 경찰에 알리는 것을 말린 사람이 오언이었다. 리엄이 살해되기 전에 돈이 오간 사실을 입증하는 서류를 발견했는데도 말이다. 우리 모두에게 기다려야 한다고 설득한 사람이 오언이었다.

그로부터 24시간 뒤, 조디는 죽었고 나는 쫓기는 신세가 되었다.

어쩌면 우리가 진작 경찰에 알렸더라면, 조디는 아직 살아 있을지도 모른다.

'어쩌면'이 너무 많다. 너무 많은 의문이 존재한다.

무엇보다도, 우리의 작은 무리 중에서 오언만이 유일하게 존스의 폭력을 피해 갔다는 사실을 빠뜨릴 수 없다. 오언만이 쫓기거나, 협박을 받거나, 공격받지 않았다.

내내 나를 뚫어져라 쳐다본 데에도 어떤 이유가 있었나?

63

나는 지난 2주 동안 오언이 다음 행보에 나서기를 기다렸다.

그가 우리가 모은 증거를 가지고 남은 빈칸을 채워서 마지막 연결 고리를 완성해, 2013년 그 밤에 벌어진 사건의 진상과 내 남편이 목숨을 잃은 이유를 알아내기를 기다렸다. 모든 관련 있는 사실들을 연결해 경찰에 알리길 기다렸다.

나는 여전히 기다리고 있다.

오언은 아직 나서지 않았다. 우리의 조사를 밀고 나가지 않았다. 새로운 증거가 등장해 리엄의 사건이 다시 수면 위로 떠올라, 경찰이 재수사에 나섰다는 소식이 들려오기를 계속 기다린다. 대신에, 나에 대한 기사가 잠시 한바탕 휩쓸고 지나간다. 나의 죽음이 이틀간 헤드라인을 장식하는데, 짧고 딱히 친절하지 않은 사망 기사가 이어지다가 결국 완전히 뉴스 페이지에서 사라진다. 나 자신의 부고를 읽으니 이상하고 혼란스러운 기분이다. 과거 시제로 표현되고, 내가 살아온 이력 밑에 짙은 검은색 줄이 그어진 것을 보니.

오언은 이제 내가 기댈 수 있는 유일한 존재다.

나는 숨어 지내는 처지이고, 에이미는 벌어진 일에 대한 정신적 충격에서 아직 헤어나지 못한 상태로 장례식에 갈 때를 제외하고는 집 밖으로 거의 나오지 않으니까. 한 주가 지나자, 오언에게 다시 연락하기 직전까지 간다. 적당히 거리를 둔다면 괜찮지 않을까. 새 선불 전화로 그의 번호로 보낼 메시지를 작성하고 엄지손가락이 꼬박 1분 동안 **전송** 버튼 위를 맴돌다가 마음을 바꾸고 만다. 천천히, 조심스럽게 글자를 전부 삭제한다.

대신에, 나는 그를 지켜보기 시작한다. 나의 동료 사냥꾼이던 자가 이제 나의 사냥감이 된다.

그는 집에서 긴 시간을 보내며, 며칠 동안 집 밖으로 나오지 않을 때도 많다. 창문 대부분에 커튼이 드리워져 있다. 때때로 그는 야행성으로 보일 지경으로, 밤늦게까지 오래도록 일하다가 다음 날은 거의 종일 잠을 자면서 시간을 보낸다. 혼자다. 늘 혼자다. 나는 검은색 코르사를 훨씬 더 오래된 르노로 바꾸고 그의 습관과 일상, 경로를 파악하기 시작한다. 때로는 며칠씩 그를 놓치곤 한다. 그가 브리스틀로, 런던으로, 아무도 모를 다른 어딘가로 가기 때문이다.

장례식이 있기 전 주에, 나는 오언의 뒤를 밟아 배스 중심가로 간다. 그곳에 그가 자주 가는 카페가 있다. 그는 두어 시간 동안 노트북으로 작업을 하다가 밖에 나와서 전화를 받더니 서둘러 짐을 챙겨 서쪽으로 향한다. 한쪽 어깨에 배낭을 걸치고, 검은색 가죽 재킷 차림에 두 눈은 짙은 색 선글라스 뒤로 감춘 상태다. 나는 뒤를 밟고 섞여 들고 사라지는 데 능숙해졌다. 오언이 중심가에서 멀어지며 걷는 내내 그를 시야에서 놓치지 않는다. 오언은 누군가가 자신을 따라오고 있다는 생각을 하지 못하는지, 남자다운 자신감을 드러내며 단 한 번도 뒤돌아보지 않고 성큼성큼 인도를 따라 걷는다. 마치 상어가 물고기 떼를 가르며 나아가듯, 관광객들과 점심식사를 하러 나온 직장인들 사이를 유유히 헤쳐 나간다. 그가 왼쪽으로 돌아서 뉴킹 스트리트에 오르자 내게 불안함이 밀려든다.

나는 이 스트리트를 안다. 와본 적이 있다. 몇 주 전, 크리스틴 레이와 만나고 나온 필립 부아뱅의 뒤를 쫓을 때였다. 이제 오언은 바로 그 특색 없는 사무실 건물로 향한다. 짙은 색 거울 유리로 된 저 6층짜리 건물은 입구 위로 숫자 125가 보이고 모든 각도에서 검은색 카메라가 비추고 있다.

오언은 속도를 늦추는가 싶더니 커다란 회전문 안에 자신 있게 발을 들인다. 1층의 색유리를 통해 그가 접수대로 성큼성큼 걸어가 이름을 남기고 미소 짓는 접수원으로부터 출입 카드를 건네받은 다음 무심히 엘리베이터로 향하는 모습이 겨우 보인다. 자신이 가는 곳을 정확히 아는 사람의 모습이다. 전에도 와본 적이 있는 사람의 모습이다.

속이 메스껍다.

길 건너편 어둠 속에서 지켜보는 동안 배신을 당했다는 생각에 입맛이 쓰다. 속이 뒤집힐 것 같다.

갈 수 있는 온갖 곳들 중에서, 오언은 여기에 있었다. 꽤나 공개적으로, 내가 알아볼 수 있는 위장술이나 속임수를 쓰지 않고 마치 약속이 된 사람처럼 곧바로 걸어 들어갔다. 자신이 가는 곳을, 거기서 만날 사람을 알고 있는 눈치였다. 분명 이 건물에 익숙한 사람처럼 보였다.

그는 안에서 30분가량 머무른다.

기다리는 동안 오언이 이곳 뉴킹 스트리트 125번지에 어떤 회사들이 소재하고 있는지 알아보고 있다고 주장했지만, 이후 다시 언급한 일이 없다는 사실이 떠오른다. 어쩌면 아예 조사를 한 적이 없을지도 모른다. 내내 알고 있었으니까.

오언을 뒤쫓는 내 두 발이 무겁다. 그는 건물에서 나와 다시 자신의 차로 간다. 뒤이어 라크홀에 있는 자신의 낡고 작은 집으로 향한다. 마침내 진실을 인정하면서 마음도 무거워진다. 오언이 경찰에 가기를 기다려봤자 아무런 소용이 없다는 것이 진실이다. 아무리 기다려도 그런 일은 일어나지 않는다. 오언이 애초에 경찰에 알릴 의도가 있기나 했을까? 오언 역시 다른 누군가에게 고용된 사람이었을까? 냉혹한 현실은, 내가 예전에 경험한 적이 없는 방식으로 이 세상에서 철저히 혼자라는 점이다. 교도소는 내게 기댈 사람은 나 자신뿐이라는 점을 가르쳐주었지만, 적어도 그때 나는 살아 있었다. 살이 붙고 피가 흐르는 사람으로 이름과 배정된 감방과 명부상의 자리가 있었다. 이제 나는 아무것도 아니다. 유령이고, 영혼이며, 하루하루가 지날수록 나 자신이 서서히 사그라지는 현실을 느낄 뿐이다. 정상적인 삶의 영역을 벗어나 보내는 시간이 길어지면서, 나의 일부가 조금씩 떨어져 나가 부유하기 시작한다.

나 자신을 완전히 잃어버리기 전에 행동에 나서야 한다.

그리고 무언가가 계속해서 내게 되살아나고 있다. 밤에 누워서 잠을 이루지 못할 때 늘 떠오르는 두 어절. 얼마 전에 들었던 두 어절.

돈을 따라가라.

어느 방향으로 보아도, 돈은 크리스틴 레이로 이어졌다.

그녀가 중심에 있었다. 직감으로 알았다. 그녀가 이 모든 진상을 밝혀낼 열쇠라는 것을.

그리고 나는 이제 공식적으로 죽어서 묻힌 사람이니, 속도를 내기에 적기처럼 보였다.

오언에게 기댈 수는 없었다.

오늘 밤, **내가 답을 얻을 것이다.** 어떤 식으로든.

64

크리스틴 레이의 집, 그러니까 웨스턴 파크에 있는 조지 왕조 시대의 세련된 테라스 하우스에 도착하고 보니 날이 어두워진 뒤다.

이 거리에 익숙해진 것과 똑같은 방식으로, 그녀의 청소부가 어느 요일에 오고 어떤 차를 운전하는지 알게 된 것과 똑같은 방식으로, 크리스틴 레이에 대해 다시 알아내야 할 게 생겼다. 나는 청소부의 이름을 안다. 청소부가 깜빡하고 열쇠를 가져오지 않을 때 쓰는 여분 열쇠가 정원의 어느 장식용 바위 밑에 숨겨져 있는지 안다. 크리스틴이 동네의 어느 공원으로 뛰러 가는지, 아침 몇 시에 출근을 하는지 안다. 그녀가 목요일 저녁마다 어디로 가는지 안다. 로열 크레센트 인근의 비싼 헬스장에서 8시에 스피닝 수업을 듣는 것이다. 나는 그녀가 여유 있게 수업에 가기 위해 7시 30분 직후에 집을 나서리라는 것을 안다.

내가 아는 사실 중에서 가장 중요한 것은, 내게 필요한 것을 그녀가 줄 수 있다는 점이다.

일단 안에 들어오니, 먼저 한번 둘러보는 게 좋겠다는 생각이 든다.

그녀가 돌아오길 기다리는 사이 빠르게 한번 뒤져보면 흥미로운 무언가가 나올 수도 있지 않겠는가.

* * *

집 안 모든 것이 회색 계열이다. 밝은 회색, 어두운 회색, 청회색, 녹회색, 회흑색, 회백색 등으로 이뤄진 단색 설계가 현관 도어 매트부터 새것같이 깨끗한 빈방의 베갯잇에 이르기까지 내내 펼쳐진다. 벽과 벽난로 위의 선반을 장식한 그림과 사진조차 흑백이다. 모든 것이 깔끔하고 제자리에 놓였다. 모든 표면이 티 하나 없이 깨끗하게 유지될 수 있도록 정리된 모습이다.

그녀의 재정 상황, 그러니까 과거나 현재의 은행 계좌나 노스 스타와의 거래와 관련된 것은 전혀 나오지 않는다. 그녀가 서재로 쓰는 방을 뒤져도 그녀와 미국 다국적 기업인 노스 스타의 직접적인 연결 고리는 나오지 않는다. 다만 그런 연결 고리는 컴퓨터에서 나올 확률이 더 클 텐데, 여러 번 로그인을 시도해보지만 모두 실패한다.

다만 뜻밖의 성과가 나왔으니, 존 머스그로브의 미출간 원고 사본을 찾아낸 것이다. 도대체 원고가 왜 여기에 있지?

원고는 선반 위 A4 크기의 문서 보관함에서 나온다. 보관함은 라벨로 분명히 표시가 되어 있다. 제목이 쓰인 장은 내가 록클리프 로드에 있는 머스그로브의 집에서 가지고 나왔던 것과 똑같다. 「어느 하원 의원의 죽음, 영국을 충격에 빠뜨린 살인 사건의 내막」. 그런데 이번 원고는 장마다 '극비로 배포 불가'라는 워터마크가 사선으로 가로지르고 있다. 또한 문서의 버전 3으로 보인다. 그렇다면 내가 2주 전에 훔쳤던 원고보다 앞선 버전이다.

문서 보관함에서는 어느 로펌에서 보낸 서한도 나온다. 누군가가, 그러니까 아마도 크리스틴 본인이 서류를 전부 살펴보며 그녀의 이름이 언급된 장마다 작고 색깔이 들어간 식별표를 끼워둔 것으로 보인다. 표시된 장 중 일부에는 물음표나 느낌표, 빨간색 펜으로 줄을 그어 지운 부분들도 있다.

나는 여전히 크리스틴이 원고를 가지고 있는 이유를 모르겠다. 어떤 법적인 이유에서일까? 머스그로브가 크리스틴도 한배에 태우려고 했나? 어쩌면 그녀의 의견이 필요했을까?

한 가지는 확실했다. 이 원고는 내가 가져가리라는 것. 텅 빈 문서 보관함을 다시 선반 위에 올려놓은 다음 원고를 가지고 주방으로 내려가 기다리는 동안 읽으려 한다. 색인이 나오는 장으로 원고를 넘겨서, 2주도 더 전에 머스그로브의 빈집에서 보고도 읽을 기회를 갖지 못한 채 존스와 그의 부하들에게 빼앗기고 만 항목을 발견한다.

아르테미스 테크, 99.

99쪽으로 넘기자 갈망하는 두 눈이 페이지 위를 미끄러진다. 그 이름은 총 두 번, 맨 위와 맨 마지막 단락에서 언급된다.

나는 강력계 팀원 몇 명에게 피해자가 의회 내 여러 특별 조사 위원회에서 맡은 역할과 그가 접근했을 수도 있을 민감한 정보 사이의 관련성을 살펴보도록 했다. 특히 이것이 핀테크 기업 아르테미스 테크와 어떻게 관련이 있을지 살펴보도록 했다. 아르테미스 테크는 앞서 몇 년간 몇 건의 영국 정부 계약에 입찰했고, 이어 2014년에는 30억 파운드가 넘는 가격에 한 미국 회사(노스 스타)에 매각된 곳이었다.

나는 한 번 더 읽으며 정보를 받아들이려고 애쓴다. 노스 스타는 리엄이 죽고 1년 뒤에 더 작은 회사인 아르테미스를 사들였다. 내가 리엄을 살해한 혐의로 유죄 판결을 받은 해였다. 하지만 어떻게 연결 고리가 있을 수 있단 말인가? 리엄과의 연관성은 기껏해야 살짝 스치는 정도에 그치는 것일 수 있다.

나는 손전등을 더 아래로 비춘다.

정부 측에서 실사로 회계 감사를 수행한 이후 아르테미스 테크와 관련해 의회 내 하나 혹은 그 이상의 출처로부터 매우 민감한 정보가 유출되었을 수도 있다는 소문까지 있었다. 어느 단계에는 피해자가 '내부 고발자'로 나설 준비를 하고 있었음을 시사하는 특정 '음모론'이 돌기 시작했다. 그러나 이 같은 음모론들은 결코 입증되지 않았으며 정보 유출에 대한 어떠한 증거도 발견되지 않았다.

딱 오언이 말한 그대로, **돈을 따라가보자.** 아르테미스의 인수 과정에서, 비밀리에 그 수십억 파운드의 거래가 중개되며 많은 돈이 벌렸을 수 있었다. 이따금 신문 기사 등으로 접하는 소위 자본주의의 '승리' 사례 중 하나일지 누가 알랴. 소수의 무리가 하룻밤 사이에 어마어마한 부자가 된 경우 말이다. 리엄이 이 사실을 밝히겠다고 위협했던 것일까? 하지만 머스그로브의 팀은 이 가설을 무시해버렸다.

나는 휴대전화를 꺼내 브라우저를 열고 '노스 스타 아르테미스 테크 2014'를 검색한다.

처음으로 뜨는 검색 결과 중 하나는 경제 뉴스 웹사이트인 블룸버그닷컴에 뜬 9년 전 기사다.

첫 몇 단락을 읽어 내려가면서 얼굴이 잔뜩 찌푸려진다. 스크롤을 더 내려도 여전히 잘 이해가 되지 않는다. 그러다가 맨 위로 돌아가서 다시 읽기 시작한다.

노스 스타가 아르테미스를 인수한 것은 승리가 아니었다.

재앙이었다.

아르테미스는 카드로 지은 집이었다. 아르테미스의 가치는 '창의적인' 회계를 통해 엄청나게 부풀려진 것이었다.

노스 스타의 주가는 폭락했고 회사는 거의 망할 뻔했다.

하지만 말이 안 되는 일이었다. 그렇지 않은가?

기사를 다시 한번 읽고 있는데 현관 자물쇠에 열쇠가 덜컥 들어가는 금속성의 소리가 들린다. 두꺼운 원고를 배낭에 넣고 손전등을 꺼서 주방을 다시 어둠에 빠뜨린다.

저녁 9시 갓 지난 시간이다. 크리스틴은 딱 제시간에 왔다.

복도에서 현관문이 열렸다가 닫히며 바깥 거리의 소리가 은은하게 들려온다. 타일 위를 내딛는 발걸음, 우묵한 통에 떨어지는 열쇠. 복도에서 밀려오는 빛. 나는 주방 문 뒤에 자리를 잡고, 그녀가 불과 1미터 앞에서 맨발로 조용히 지나가며 이곳 불을 켜고 수도꼭지를 틀어 목이 긴 유리잔을 가득 채우는 모습을 본다. 그녀는 내게 등을 보인 채 물을 단숨에 들이켠다. 핫핑

크 레깅스와 보라색 에어로빅용 상의 덕분에 그녀의 늘씬하고 탄력 있는 몸
매가 한층 돋보인다. 긴 머리는 뒤로 높이 묶었다. 에어팟이 귀에 꽂혀 있
고, 휴대전화는 팔에 두른 띠에 붙어 있다.

크리스틴은 잔을 식기세척기에 넣고 몸을 돌려 붙박이 선반에서 레드와
인 한 병을 골라 큼지막한 와인 잔을 채운다. 여전히 내게 등을 보인 채, 한
모금, 그리고 또 한 모금을 홀짝이며 어두운 주방의 창문 밖으로 세심히 관
리된 뒤뜰을 응시한다.

나는 주방 문을 닫는다.

크리스틴이 빙그르르 돌더니 바닥에 와인 잔을 떨어뜨린다. **쨍**하는 커다
란 소리와 함께 유리가 산산이 깨지며 레드와인이 흰 타일 바닥에 흩뿌려진
다. 흡사 피가 잔뜩 튄 범죄 현장의 모습이다. 그녀는 고음의 비명을 내지르
고, 곧바로 두 손을 올려 얼굴 앞으로 방어 자세를 취한다. 두 눈이 커지고
입은 충격의 O 자 모양으로 벌어진다.

나는 집게손가락을 입술에 댄다. **쉬이잇.**

크리스틴은 빠르게 눈을 깜빡이면서도 다시 소리를 지르지는 않는다. 나
는 문 뒤의 어둠에서 나와 한 발 한 발 앞으로 내디디며 그녀가 보는 내 모
습이 어떠할지 상상한다. 온통 까만 형체. 검정 재킷과 검정 부츠, 검정 모
직 모자에 얼굴에도 검정 구두약을 발라서 어두운 모습. 장갑을 낀 손에는
그녀의 주방에 있던 칼 하나가 들려 있다. 나는 지옥에서 온 어떤 환영처럼
보일 것이 분명하다.

"안녕하세요, 크리스틴." 내가 칼로 가리킨다. "휴대전화를 식탁에 내려
놔요. 에어팟도."

그녀는 시키는 대로 한다.

"당신은……." 이제 공포에 충격까지 더해졌는지 그녀는 문장을 끝맺지
못한다. "당신은……."

"헤더예요."

"하지만 난 당신이…… 당신은 **죽었잖아요.**"

"크리스틴, 레비넌드가 뭔지 알아요?" 내가 다가가자 그녀는 움찔하며

뒤로 물러나다 개수대에 부딪친다. "영화 봤어요?"

그녀가 고개를 젓는다. "유령이나 뭐 그런 건가요?"

"저승에서 돌아온 영혼이죠. 잘못을 바로잡기 위해, 쓰러진 정의를 다시 세우기 위해." 나는 칼끝으로 내 가슴을 톡톡 두드린다. "그게 나예요. 나는 10년 전에 죽었고, 이제 돌아왔죠. 알아들어요?"

"헤더, 제발, 위층에 돈이 있어요. 제 신용카드랑 차 열쇠가 바로 저기…….."

"그런 건 필요 없어요."

"그럼 원하는 게 뭐죠?"

"먼저 다이닝룸으로 가는 게 어때요? 가서 알려줄게요."

나는 그녀의 팔을 잡아 하얗고 휑한 다이닝룸으로 끌고 들어가서 제일 환한 등을 켠다. 이 공간은 거의 사용되지 않는 것처럼 보인다. 크리스틴은 모임을 주최하거나 누군가를 접대하지 않는 이상 주로 주방에서 혼자 아침 식사 대용으로 나온 시리얼 바를 먹을 타입이다. 다이닝룸은 문도 하나밖에 없어서, 내 목적에 훨씬 더 적합한 곳이다. 나는 우리 뒤로 문을 밀어서 닫고, 그녀는 방 안 곳곳을 눈으로 훑는다. 휴대전화가 작은 접이식 삼각대에 고정되어 있고, 커튼은 닫혀 있으며, 식탁에는 강력 접착테이프 한 통이 놓여 있다. 의자 하나를 빼어놓았고, 그 밑에는 크고 두꺼운 검은색 비닐 한 장이 깔려 있다.

저 비닐은, 칼과 구두약과 마찬가지로, 정말 보여주기 위한 장치일 뿐이다. 적어도 스스로에게는 그렇게 되뇐다.

"이게 뭐죠? 당신이 왜 내 집에 있는 거죠?" 크리스틴의 목소리가 떨리고 있다.

나는 식탁의 상석을 가리킨다. "앉아요."

이번에도 그녀는 시키는 대로 하고, 나는 접착테이프로 먼저 그녀의 한쪽 손목을, 그다음으로 다른 쪽 손목을 의자의 팔걸이에 고정시킨다. 두 손목이 안정되자 두 발목도 의자 다리에 대고 테이프로 빠르게 둘둘 감는다.

"헤더, 제발. 제발 날 죽이지 말아요." 그녀가 속삭인다.

"말해봐요. 크리스틴." 나는 그녀의 맞은편 의자를 빼서 앉는다. "내가 왜 당신을 죽이려고 한다고 생각해요?"

"왜냐하면…… 그러려고 여기에 온 거니까요, 아닌가요?"

"내 장례식에는 왜 왔죠?"

그녀가 입을 열었다가 다시 닫는다.

"저는…… 모르겠어요. 솔직히? 모르겠어요. 어쩌면…… 마침표를 찍거나 뭐 그런 것처럼 생각했을 수도 있어요." 그녀가 고개를 든다. "그러면 묻힌 사람은 누구죠?"

"내 친구요. 좋은 친구였죠."

"유감이에요."

나는 의자에 등을 기대고 잠시 그녀를 살핀다. 숨을 가쁘게 쉬면서 헐떡이고 얼굴에서는 모든 색이 빠져나갔다.

"내 생각은 어떤지 알아요? 나는 당신이 진실을 알기 때문에 조의를 표하러 왔다고 생각해요. 당신은 내가 리엄을 죽이지 않았다는 걸 알아요. 왜냐하면 당신은 늘 알고 있었으니까. 아닌가요? 어느 정도는 알고 있었잖아요. 당신은 지난 세월 내내 스스로를 보호하기 위해 입을 다물고 있었어요. 당신이 리엄의 죽음에 기여한 부분을 감추기 위해서요."

그녀는 고개를 푹 숙이고 무릎만 본다. "헤더……."

"날 이해해줘요." 나는 칼끝으로 그녀의 무릎뼈를 툭툭 친다. "이제 몇 가지 질문을 할 텐데, 당신이 거짓말을 하면, 당신이 거짓말을 하고 있다는 생각이 들면, 당신이 거짓말을 하는 것처럼 들리면, 난 당신을 다치게 할 수밖에 없어요. 교도소에서 보낸 9년은 내게 고통에 대해 꽤 많은 것을 가르쳐주었죠. 게다가 난 이미 죽은 몸이니, 그야말로 잃을 게 아무것도 없어요. 알아들어요?"

"네."

"당신은 내일 아침 8시 30분에는 출근을 해야 하죠. 그러니 우리가 놀 시간이 열한 시간 정도 확보되는 거예요. 당신, 나, 그리고 이 아주 날카로운 과일칼이 함께하는 놀이가."

"이해했어요."

나는 삼각대에 고정된 내 카메라를 조절해서 크리스틴의 머리와 어깨만 화면에 담기도록 하고 영상 녹화를 시작한다.

"이제 시작해볼까요?"

65

나는 그녀의 신원을 확인하고 오늘 날짜를 언급한 다음 말한다. "크리스틴 당신은 내가 함정에 빠졌다는 걸 알았죠? 내가 다른 무언가에, 더 큰 무언가에 제대로 휘말렸다는 사실을 알고 있었어요."

그녀는 고개를 젓는다. "처음엔 몰랐어요. 나중에야, 훨씬 시간이 흐른 뒤에야, 재판 후에야 알았어요. 리엄의 가족이 그를 기리기 위해 자선 신탁을 조직한 후에야 알았어요. 그걸 계기로 리엄의 사건이 재조명됐죠."

"왜 목소리를 내지 않았죠?"

"그때 저는 제 일로 싸움을 벌이고 있었으니까요."

"명예 훼손 사건. 오언 태너가 당신이 사건에 연루되었음을 시사하며 《가디언》에 낸 그 기사 말인가요?"

"네."

"기밀 의회 자료에 접근하도록 해주고 노스 스타로부터 돈을 받고 있었기 때문은 아니고요?"

"아니에요!" 그녀의 눈이 번뜩인다. "명예 훼손 소송이 다 그것에 관한 것이었어요. 태너를 고소할 수밖에 없었던 이유죠. 제가 이겼고, 태너가 졌어요."

나는 오언이 우리의 텔레그램 단체 대화방에 보낸 문서를 출력한 것을 펼친다. 블랙 드래건 홀딩스가 그녀의 계좌에 7만 5000파운드를 입금했음을 보여주는 입출금 내역서다.

"그때 오언은 이게 없어서 진 거죠."

그녀가 몸을 숙여서 식탁 위의 종이를 보더니 고개를 젓는다.

"저는 몰라요…… 이게 뭔지."

"이건 당신이 어느 외국계 다국적 기업으로부터 돈을 받아 의회를 위태롭게 한 증거죠. 외국 집단에 기밀 정보를 제공한 거예요. 부패의 증거죠."

"아니에요."

"돈을 총 몇 번이나 받았나요? 내 남편을 죽인 진범에 대해 침묵하는 대가가 얼마였죠?"

그녀가 내 눈을 똑바로 본다. "이 입출금 내역서는 위조됐어요. 가짜라고요. 나는 누구한테도 단 한 푼도 받은 사실이 없어요."

"우린 이걸 리엄의 서류철에서 발견했어요. 내내 숨겨져 있던 거죠." 나는 그녀에게 우리가 발견한 다른 증거에 대해서도 알려준다. 리엄이 죽기 직전에 그녀와 노스 스타의 고위급 임원 두 명이 참여한 회의록 말이다. 그중 한 명은 그녀와 여전히 친해 보이는 필립 부아뱅이었다. 우리 집 주소로 보내진 협박 편지도 꺼낸다. 리엄이 의혹을 폭로하면 어떤 죄를 뒤집어쓰고 비난을 받게 될지 경고하는 내용이었다.

나는 이 인쇄물들을 식탁에 놓인 입출금 내역서 옆에 펼쳐놓고, 그녀에게 협박 편지의 아랫부분을 보면 날짜가 일과 월이 순서가 바뀐 채 표기되어 있다고 알려준다. 월, 일, 연도의 순서는 미국의 표준 서식이라는 의미다.

"리엄은 폭로할 준비가 돼 있었어요. 리엄은 증거가 있었지만, 그들이 먼저 그에게 손을 쓴 거죠."

"아니, 아니, 아니에요." 그녀의 목소리가 높아진다. "이건 다 가짜예요. 전부 다. 제가 일부…… 노스 스타와 한 일이 있긴 했지만 모두 공명정대한 것이었어요. 모두 문서화됐고 일지에 기록됐어요. 승인받았고요. 아무런 비밀도 없어요. 리엄이 의장을 맡은 특별 조사 위원회에 대한 논의가 있었고, 그들은 위원회에 보고하는 것과 관련해서, 리엄과 절차나 기술적인 문제를 이야기하고 싶어 했어요. 사실 모두 꽤나 지루한 일이었죠. 실제로 리엄은 다른 일로 너무 바쁘다면서 자신을 대신해 이 일을 처리해달라고 제게 부탁했어요."

"당신이 리엄 몰래 그들과 만났군요. 리엄이 이 사실을 알고 당신에게 따져 물었고요."

그녀는 고개를 젓고 있다. "리엄도 알았어요. 맹세해요. 흔히 있는 일이라고요."

"당신은 최근에 필립 부아뱅을 만났죠. 내가 당신 집에 찾아갔다가 곧바로 번화가에 있는 작은 식당까지 따라갔어요. 당신은 그와 깊은 관계인가요?"

"아니에요."

"자는 사이인가요?"

"아니에요." 그녀의 얼굴이 살짝 붉어진다. "몇 년 전에, 우리가 가깝게 지낸 때가 있었어요. 오언 태너가 먼저 우리가 당신 남편의 죽음에 연루되었다는 의혹을 제기했을 때였죠. 필립은 노스 스타와의 연관성 때문에 사건에 연루되었다는 의혹이 제기됐는데, 저에게 일부 법적인 측면에서 도움을 주었죠. 우리가 같은 문제를 겪다 보니 같은 편에 서게 된 거예요."

"연인 사이였군요."

"우린…… 잠깐 만났어요. 하지만 몇 년 전 일이에요. 이제 필립은 친구이고, 사실 멘토에 더 가깝죠. 당신이 집에 찾아왔을 때, 필립에게 말해볼 수 있겠다고 생각했어요. 필립은 전후 사정을 다 아니까 이해해줄 거라고요."

나는 칼끝으로 입출금 내역서를 툭툭 친다. "하지만 당신이 이 돈을 받은 건 **맞잖아요**. 아마 이것 말고도 더 받았겠죠."

"말씀드렸잖아요, 아니라고."

"그렇지 않으면 어떻게 이런 집에 살 수 있죠?"

"상속받았어요. 부모님에게." 그녀의 두 눈이 애원하고 있다. "나는 외동 부모의 외동딸이에요."

"거짓말 **그만해!**" 내가 처음으로 목소리를 높이자 크리스틴이 앉은 자리에서 크게 움찔한다. "아직도 돈을 받고 있어요? 그래서 계속 비밀을 지키고 있는 건가요?"

"맹세해요, 헤더. 난 결코 돈 한 푼도 받지 않았어요." 그녀의 이마 언저리에서 땀 한 방울이 천천히 흘러내린다. "도움이 되고 싶지만 그럴 수 없는걸요."

나는 자리에서 일어나 방의 이쪽 끝에서 저쪽 끝까지 왔다 갔다 하다가 돌아와서 휴대전화의 영상 녹화를 끈다. 배낭에서 펜치 한 자루와 라이터, 두꺼운 비닐봉지, 8 자 모양으로 매듭이 진 파란색 나일론 밧줄을 꺼내 그녀 앞 식탁에 신중히 펼쳐놓는다.

"선택해요." 내가 말한다.

"네?" 그녀의 목소리가 갈라지며 흐느낌이 시작된다. "무슨 뜻이에요?"

"나를 뒤쫓던 사내들이, 그러니까 노스 스타 밑에서 일하는 남자들이 내 입을 막으려고 이것 중 하나를 썼어요." 나는 비닐봉지를 가리킨다. "곧 죽겠구나 싶을 때까지 나를 질식시켰죠. 크리스틴, 난 당신이 내게 진실을 말하고 있다고 생각하지 않아요. 그래서 우린 이제 수준을 한 단계 끌어올릴 거예요. 어느 것부터 시작할까요?"

크리스틴은 이제 공포와 좌절로 거의 떨고 있다. 자신의 무고함을 항변하는 모습이다. 그녀가 느끼는 공포는 마치 내가 두 손으로 만질 수 있을 듯이 뚜렷하다. 이 밤이 나 자신을 완전히 잃어버리고 마는 때가 될까. 마지막으로 남은 내 예전 삶의 조각이 내던져지고 바람에 흩어져, 그 자리를 이 냉혹하고 타협을 모르는 낯선 사람이 차지하고 마는 때가 될까. 아니면 나는 그 사이 어딘가에, 어느 쪽도 아닌 회색 지대에 속하게 될 운명인 걸까.

"제발, 헤더. 나는……."

"어느 쪽?"

돌연 그녀의 목소리가 커진다. "당신만 경고를 받았다고 생각해요? 당신만 협박을 받았겠냐고요?"

나는 멈칫했다. "언제죠?"

"몇 주 전. 그들이 여기에 왔어요. 이 집에." 크리스틴의 목 아랫부분에 검붉은 자국이 보인다.

66

크리스틴이 내게 설명한다. 세 남자, 검은색 메르세데스 밴, 협박, 수갑, 침묵을 지키라는 폭력적인 경고. 끔찍하도록 익숙한 이야기지만, 무언가 앞뒤가 맞지 않았다. 나는 다시 자리에 앉아 칼을 식탁 위에 내려놓는다.

"잠깐. 만약 숨기는 게 없다면, 10년 전에 돈이 오간 사실이 없다면, 그들은 왜 당신을 협박하고 있는 거죠?"

"나도 몰라요! 그들은 그저 내가 당신이나 당신의 사건에 대해 누군가에게 말하면, 내가 뭐라도 하면, 다시 오겠다고 했어요. 자신들이 원할 때 언제라도 돌아올 수 있고, 내가 어느 밤에 자다가 눈을 떠보면 침대에 누운 나를 굽어보고 있는 그들을 발견하게 될 거라고 했어요. 경고는 단 한 번뿐이라면서 다음번엔 날 죽이겠다고 했어요."

"그들의 말이 진심처럼 느껴지던가요?"

"네."

나는 고개를 끄덕인다. "나도 그랬어요."

나는 휴대전화의 영상 녹화 장치를 다시 켠다.

"재판에 대해 이야기해보죠."

그녀가 고개를 끄덕인다. "알겠어요."

"검찰 측 논리는 리엄이 바람을 피우고 있었고 그 사실을 알게 된 내가 술에 취해, 질투 서인 분노에 휩싸여서 그를 공격했다는 주장에 전적으로

의존한 것이었어요."

그녀는 고개를 끄덕이지만 아무 대꾸도 하지 않는다.

"당신은 그와 긴밀한 관계로 일했죠. 그의 일이 가장 바쁠 때는 나보다 더 많은 시간을 그와 보냈어요. 당신은 리엄이 바람을 피운 것이 사실인지 아닌지를 알기에 가장 좋은 자리에 있었어요. 그러니 물을게요, 리엄이 바람을 피우고 있다고 의심한 적이 있나요?"

"어떠한 증거도 본 적이 없어요. 딱히 없어요. 그가 죽은 뒤에야 보았죠." 크리스틴이 말한다.

떨칠 수 없는 물음이 내게 돌아온다. 늘 그녀에게 묻고 싶던 질문.

"어쩌면 당신이겠죠. 어쩌면 **당신**이 그 여자일 수도? 고도의 긴장을 요하는 환경에서, 두 동료가 함께 긴밀히 일하며 종종 저녁 늦게까지 같이 있었잖아요. 늘 이런 스캔들은 하원 의원과 그를 보좌하는 직원 사이에 일어나지 않던가요?"

그녀는 고개를 젓는다. 내게 슬픈 미소를 지어 보인다.

"리엄은 철저히 한 여자만 바라보는 남자였어요."

에이미가 내게 한 말과 똑같다. 물론 에이미는 편향적이었다. 리엄을 사랑했고 그의 기억에 어떠한 오점도 남기고 싶지 않은 마음이었으니까. 하지만 크리스틴에게 똑같은 말을 들으니 내가 늘 마음으로는 진실임을 알고 있던 것이 다시 한번 확인된다. 리엄의 여동생과 그의 가장 가까운 동료가 모두 같은 말을 하고 있다.

"다른 여자는요? 팬과 숭배자, 추종자가 있었잖아요?"

이따금 나는 그걸로 리엄을 놀리곤 했다. 《히트》(영국의 연예 전문 잡지-옮긴이)는 2010년 선거가 끝난 뒤에 「가장 섹시한 의원 톱 10」을 두 페이지에 걸쳐 실었다. 리엄은 3위에 들었고, 그 후 몇 주 동안 이 일로 놀림을 받았다.

"많았죠. 여자뿐만이 아니었어요." 크리스틴의 대답이다.

"남자도 있었어요?"

"물론이죠."

경찰은 리엄의 가장 집요한 팬 몇 명에 대해 알아보았다. 그러나 경찰이 나를 유력한 용의자로 간주하고 내게 관심을 집중시키면서 극성팬에 대한 수사는 그다지 열의 없이 진행되었다.

"사진 속 금발 여자는요? 남편의 서재에서 발견된 선불 전화 속 사진들 말이에요. 본 적 있는 여자였나요?"

"아니요, 모르겠어요."

"어느 쪽이죠? 아니라는 건가요, 모르겠다는 건가요?"

크리스틴은 마른침을 삼킨다. "그러니까, 경찰이 제게 사진을 몇 장 보여 주긴 했지만 얼굴은 안 나온 사진이었어요. 누군지 알아볼 수 없었다고요."

"확실해요?"

그녀는 고개를 끄덕인다.

그런데 그녀의 태도에 어떤 변화가 보인다. 정말 미묘해서 놓치기 쉬운 자세의 변화다. 조금 전, 노스 스타에 관한 증거를 내밀었을 때만 해도 그녀는 자신감이 넘치고 거의 반항적이기까지 했다. 지금은 내 눈을 피해 앉은 자리에서 몸을 푹 꺼뜨린 모습이다.

나는 칼끝으로 출력된 기사를 툭툭 치고 말한다.

"이 협박 편지를 발견했을 때 나는 그저 모델이나 뭐 그런 사람이 자세를 취한 일반적인 사진을 가져와서 협박이라는 목적에 맞게 쓴 것이라고 생각했어요."

이번에도 그녀는 발밑의 연회색 카펫을 내려다보며 머뭇대다 대답한다.

"리엄이 제게 직접적으로 말한 적은 없어요." 그녀의 목소리가 나직해진다. "다만 유독 집요한 팬이 한 명 있을지도 모른다는 의심이 들긴 했어요. 계속 연락을 하고 리엄을 가만히 놔두지 않는 것 같았죠. 하지만 리엄은 제게 말하려 들지 않았어요. 그저 부인하며 별일 아니라고만 했죠. 리엄이 이 일이 문제가 될 수도 있겠다고 판단했다면 앤드루에게 알렸을 거예요."

"앤드루?"

"영."

나는 어깨를 으쓱한다. "저도 아는 사람인가요?"

"당시 제1 원내 총무예요."

리엄은 원내 총무실과 별로 교류가 없었고, 어느 경우든 너무 오래전 일이라 그의 동료들 이름은 대부분 내 기억에서 사라⋯⋯.

퍼뜩 무언가를 깨달으며 마치 한 대 얻어맞은 듯한 느낌이다.

AY.

리엄의 다이어리 속 표기.

AY는 앤드루 영이었다.

제1 원내 총무. 당의 규율을 책임지는 하원 의원. 동료들이 규칙을 지키게끔 하고 당에 광범위한 영향을 미칠 수도 있는 평판이나 부정 행위 관련 문제를 다루는 사람.

리엄이 내부 고발자를 자처할 작정이었다면, 제1 원내 총무부터 찾아가는 게 논리적인 순서였다.

크리스틴이 나를 본다. "뭔데 그래요?"

"리엄은 월요일 아침 8시에 제1 원내 총무와 만나기로 되어 있었어요. 살해당한 날로부터 불과 이틀 뒤죠."

"아닐⋯⋯ 텐데요. 제가 리엄의 다이어리를 관리했는데 그런 일정이 있었다면 기억했을 거예요."

"리엄은 그 일정을 업무용 다이어리에 기입하지 않았어요. 개인적인 면담이었죠. 남편은 다른 누구도 알지 않기를 바랐던 것 같아요."

"리엄이 직접 일정을 잡았을 수는 있겠네요. 그리고⋯⋯."

"남편을 가만히 놔두려 하지 않았던 사람. 그게 누군지 짚이는 덴 없나요?" 내가 말한다.

그녀는 고개를 젓는다. "사무실에서 몇 번 우연히 들은 게 다예요. 몇 번 전화가 오고 언쟁이 있었죠. 사무실 벽이 얇잖아요?"

남편이 죽은 그날 밤, 그와 나눈 마지막 대화를 떠올려본다. 내가 그의 서재로 쳐들어가면서 중단된 이상한 전화 통화를.

"아니, 난 해야만 하고 이유는 잘 알잖아, 계속 이런 식으로 갈 수는 없어, 난 그 문제에 솔직해질 필요가 있고 그 사람한테 말해야만 해⋯⋯."

"경찰에도 알렸나요?"

"네, 하지만 경찰은 별 관심이 없어 보였어요. 그 시점엔 이미 당신을 살인 혐의로 입건했으니까요."

내 휴대전화가 새로 도착한 메시지를 알리며 윙윙댄다. 이상한 일이다. 이 번호를 아는 사람은 거의 없다시피 하니까. 나는 영상을 멈추고 삼각대에서 전화기를 떼어내 클릭해서 메시지를 연다. 사진 한 장이 화면을 채운다.

세상이 멈춘다.

에이미의 사진이다. 한쪽 손목에 수갑이 채워진 채로 등을 바닥에 대고 누워 있다. 두 눈을 감고 입은 살짝 벌린 모습에 밀랍처럼 창백한 피부가 진저리 나도록 익숙하다.

빈 약상자들과 진이 담겼던 빈 병 하나가 에이미 옆에 놓여 있다.

조디와 똑 닮은 모습.

안 돼, 안 돼, 안 돼. 에이미까지 저렇게 보낼 순 없어.

속에서 얼음같이 차가운 무언가가 출렁이는 느낌이 들더니, 공포감이 마치 해일처럼 질주하고 날뛰며 온몸을 휩쓴다.

사진 밑으로 글귀가 보인다.

> 당신이 죄책감을 느낄 또 한 번의 비극적인 약물 과다 복용 사건. 너희 두 사람 모두 경고를 받았어. 말을 들었어야지.

이어지는 메시지를 읽어 내려가면서 심장이 철렁 내려앉는다.

> 다음은 핀이야. 그다음은 시오고.
> 혹은 당신 목숨과 두 아이의 목숨을 맞바꿀 수도 있겠지.
> 지붕창집. 한 시간 줄게. 경찰은 없어야 할 거야.

"뭔데요? 무슨 일인데요?"

"노스 스타." 나는 대꾸하며 빠르게 답장을 입력한다.

간다. 아이들을 다치게 하지 마.

내가 휴대전화를 식탁에 던지듯이 내려놓고 다시 과일칼을 집어 들자 크리스틴은 움찔하며 등받이가 높은 의자에 몸을 밀착시킨다. 예리한 칼날을 위쪽으로 한 번 휘둘러 그녀의 왼쪽 손목을 감은 접착테이프를 끊어낸다. 그녀의 왼팔이 의자 팔걸이로부터 자유로워진다.

"나를…… 날 다치게 하지 않을 셈인가요?"

나는 고개를 저으며 그녀의 오른쪽 발목을 감은 테이프도 끊어낸 다음 나머지 소품, 그러니까 비닐봉지와 펜치와 다른 모든 것을 서둘러 배낭에 쓸어 담는다.

"크리스틴, 당신을 다치게 할 생각은 전혀 없었어요. 나는 그저 진실이 필요할 뿐이에요. 미안해요." 그러고는 입출금 내역서 하단에 내 번호를 휘갈겨 쓴다. "다른 무언가가, 뭐라도 생각이 나면 이 번호로 연락 줘요."

크리스틴은 울음을 터뜨린다. 내가 주방에서 그녀를 놀라게 한 이후 처음으로. 자신의 시련이 거의 다 끝나간다는 걸 깨닫고 마구 흐느끼며 고통스러운 듯 가슴을 부여잡는다. 두 뺨을 타고 흐르는 안도의 눈물을, 그녀는 자유로운 손으로 훔쳐낸다.

"어디로 가는 건가요?"

"두 아들한테요." 나는 배낭을 한쪽 어깨에 들쳐 멘다. "이 일을 끝내러 가요."

67

내 잘못이었다.

그들이 다시 에이미를 노렸고, 두 아이를 노렸다. 내 잘못이었다. 내가 계속 진범을 찾아다녀서, 파헤치는 일을 멈추지 않아서, 에이미가 대가를 치렀다. 존스는 자신의 협박을 실행에 옮겼고 이제 나 역시 대가를 치러야 할 모양이었다.

하지만 그게 시오와 핀을 살릴 유일할 방법이라면, 그렇게 하라지.

차를 몰고 도시를 벗어나면서 터져 나오려는 눈물을 간신히 삼킨다. 이런 저런 생각이 머리를 어지럽힌다. 생각이 너무 많아서 억누를 수 없다. 아이들을 생각한다. 두 아이가 지금 이 순간 얼마나 두려움에 떨고 있을까. 에이미를 생각한다. 에이미에게 **바로** 이런 일이 벌어질까 봐 걱정했는데. 그녀의 부모님을 생각한다. 또 한 명의 자식을 잃는다는 그 끔찍함과 참담함이라니. 조디를 생각한다. 약물 과다 복용 사고로 죽은 것이 아니라 살해당한 내 친구. 거기에 에이미까지 똑같은 방식으로 살해당했다. 그게 바로 조디의 마지막 메시지가 의미한 바였다. 999. 필사적으로 내 도움을 요청한 마지막 몸부림.

미안해. 계속해서 속삭였다. 두 사람 모두에게. **미안해.**

북쪽으로 향하는 길은 차량 통행량이 많지 않다. 르노의 엔진이 제대로 말을 듣지 않지만 최고 속도로 밀어붙인다. 한 시간은 지붕창집, 그러니까

코츠월드에 있는 시부모의 주말 별장에 도착하기에 빠듯하기에, 존스가 제시한 시한에 맞추려면 계속해서 가속 페달을 힘껏 밟아야 한다.

그리고 그곳에 다다르면, 계획이 있다. 혼자 들어가는 것은 최악의 선택지처럼 보이고, 내가 부를 수 있는 유일한 한 사람이 남아 있다. 이 상황의 위험성을 이해하는 단 한 사람. 내가 죽었다고 믿고 있을 그 남자.

그를 믿어도 되는지는 또 다른 문제다. 하지만 그는 내게 남은 유일한 카드다.

회전 교차로 부근에 늘어선 차량 줄에 멈춰 선 나는 휴대전화에서 오언의 번호를 불러와 메시지를 보낸다.

당신의 도움이 필요해요. 지금 와줘요. 긴급한 일이에요. 도착하면 설명해줄게요. 조디.

우편 번호와 별장 이름을 덧붙인다.

오언에게서 지체 없이 답장이 온다.

무슨 일이에요?

몇 분 후 그가 메시지를 또 하나 보내고, 이어서 두 개를 더 보내지만, 운전 중이라 읽고 답할 수가 없다. 잠시 뒤 거치대에 끼워진 휴대전화가 진동하며 전화가 걸려 오고 있음을 알린다. 화면을 터치해서 전화를 받은 다음 오언이 무어라 입을 열기도 전에 말을 자른다.

"오언. 질문을 하나 할 테니 답해요. 그렇지 않으면 바로 끊을 거예요."

어안이 벙벙해서 공허한 침묵을 이어가던 그가 대답한다.

"헤더? 이게 무슨……."

"이번 주 부아뱅의 사무실 건물엔 왜 간 거죠? 뉴킹 스트리트에 있는 그곳에서 당신을 봤어요. 당신도 그의 돈을 받고 있나요?"

"아니요. 당연히 아니죠." 단호하고 빠른 대답이다.

"그럼 거기서 뭘 한 거죠?"

"보도하지 않는 것을 전제로 그를 인터뷰했어요. 노스 스타에 대해."

그의 목소리에서 기만을 뜻하는 어떠한 떨림이 느껴지는지 귀를 기울이지만 전혀 느껴지지 않는다. 내게 다시 연락이 온 것에, 저승에서 온 소식에 놀란 기색만 감지된다.

"내가 왜 당신을 믿어야 하죠?"

"사실이니까요." 그가 힘주어 말한다. "헤더, 도대체 어떻게 된 거예요? 금방 당신의 **장례식**에 다녀왔다고요. 그리고 당신한테 할 말이……."

"그럴 시간이 없어요." 나는 전화에 대고 소리를 지르다시피 한다. "아이들이 위험해요. 지금 그 주소로 가는 길이고요. 나중에 다 설명할 테니 제발 우릴 도와줘요. 당신이 필요해요."

나는 **종료** 버튼을 누르고 이후 걸려 오는 전화를 모두 거부한다. 지금은 길게 설명할 시간이 없으며 도로에 집중해야 한다.

자그마한 르노를 최대한 힘껏 밀어붙여, A46 간선 도로에서 차를 연이어 추월하고 교통 단속 카메라를 획획 지나며 북쪽으로 구불구불 나아가 글로스터셔로 들어간다. M4 고속도로를 건너고 코츠월드로 더 깊숙이 들어가면서, 생각을 모아서 정리하려 애쓴다. 크리스틴의 이야기를 들었지만 여전히 많은 의문이 남는다. 그녀는 의혹을 부인하고 리엄이 철저히 비밀에 부친 스토커의 존재를 넌지시 비쳤다. 그 밖에도 머스그로브의 미출간 책에서 새로 얻은 정보, 그러니까 아르테미스 테크와 관련해 드러난 사실이 있다. 그 지점 어딘가에 헐거운 한 가닥의 실마리가 존재해 내 사건의 실타래를 완전히 풀어버릴 수 있을 것만 같다.

10시가 넘어서 시골길에서 벗어난다. 대문은 열려 있고, 긴 진입로에는 불이 켜져 있지 않다. 내 차의 헤드라이트를 켜고 길 양옆에 보초를 서고 있는 나무들을 눈에 담으며 구불구불한 진입로를 따라가다가 지붕창집의 웅대한 북쪽 건물 앞에 차를 세운다. 피터 버넌의 재규어가 보이지만 오언의 흔적은 느껴지지 않는다.

별장은 완전한 어둠에 잠겨 있다. 불이 들어온 창문이 단 한 곳도 없다.

나는 엔진을 끄고 청바지 뒷주머니에 칼을 집어넣은 다음 계기판 위의 거치대에서 휴대전화를 뽑아 들고 차에서 나온다. 오언에게 온 메시지와 부재중 전화 사이에 크리스틴의 번호로 온 단 한 통의 메시지가 자리 잡고 있다. 약 40분 전에 보낸 메시지다.

당신은 엉뚱한 곳을 들여다보고 있어요.

나는 화면을 향해 얼굴을 찌푸린다. 엉뚱한 곳? 도대체 무슨 뜻이지? 나는 여기, 메시지가 오라고 지시한 지붕창집에 있다. 내가 어디로 가는지 크리스틴에게 말했던가? 나는 답장으로 물음표를 세 개 보내고 휴대전화를 주머니에 넣으며 서둘러 진입로를 가로질러 커다란 현관으로 간다.

밤공기는 아찔할 정도로 바람 한 점 없어서, 오랫동안 수백 명과 따닥따닥 붙어서 생활하느라 잊었던 이 고요함이 강렬하게 다가온다. 교도소에서는 한밤중에도 진정한 고요가 찾아오지 않았다. 이런 고요는 결코 없었다. 이곳에는 고요를 방해할 인공적인 소음이 없다. 근처에 아무도 살지 않는다. 이곳에서 가장 가까운 마을인 헤일스 엔드는 1.5킬로미터 정도 떨어져 있는 데다, 집 여섯 채와 작은 교회, 오래된 빨간색 공중전화 부스가 전부인 곳이다.

별장 현관이 살짝 열려 있다. 계단을 올라가 문을 활짝 열며 입구에 달린 카메라의 검은 눈을 의식한다.

별장 내부의 고요는 밖보다 훨씬 더 농축되고 강렬하게 느껴진다. 생기도 없고 소리도 없다. 이 웅장한 고저택의 냄새는 예전과 다름없다. 광택제를 바른 나무와 신선한 꽃과 높고 바람이 잘 통하는 천장의 냄새. 돈의 냄새.

나는 불을 켜지 않는다. 한때는 이곳을 제집처럼 드나들며 행복한 시간을 보냈다. 그 덕에 지금도 두 눈이 어둠에 적응하는 동안 곳곳을 누빌 수 있을 만큼 여전히 친숙하다. 오른쪽에는 위로 구불구불 올라가는 널찍한 계단이 있고, 왼편에는 응접실이 몇 개 있으며 바로 앞에는 널찍한 중앙 복도가 있어 별장의 한가운데를 지나 다이닝룸과 주방, 뒤편의 일광욕실까지 이어진다. 우리는 약혼한 다음 날 리엄의 부모님에게 직접 알리기 위해 이곳을 찾았다. 결혼식을 앞둔 주말에는 이곳에서 리허설을 하고 우아한 다이닝룸에서 저녁 식사를 했다. 시오의 탄생을 축하하며 이름을 짓는 파티도 이곳에서 열었다. 그 전후로도 수십 번, 이곳을 찾았다.

주방에 들어선 나는 또 하나의 열린 문을 통해 뜰로 나선다.

검은색 메르세데스 밴이 보인다. 어둠 속에서 거대한 딱정벌레처럼 쪼그리고 있다.

나는 메르세데스 밴의 앞쪽을 둘러 가며 어둠 속에서 운전석을 확인한다. 비어 있다. 계속해서 뜰을 가로지르며, 오래된 마구간으로 향한다. 육중한 나무 문이 열린 사이로 보일 듯 말 듯 희미한 빛이 새어 나오고 있다.

주머니에서 칼을 꺼내며 살금살금 문까지 가서 안을 들여다본다. 내부는 예전 모습 그대로다. 한쪽 끝에 늘어선 칸마다 짚이 가득 채워져 있고, 다른 한쪽에는 작업장 겸 차고가 자리해 있다. 저 끝에서 나오는 은은한 빛이 다른 무언가를 비춘다. 두 사람이 있다.

첫 번째는 바닥에 볼품없이 누워 있는 형체다. 나이 든 남자가 고개를 숙인 채, 자갈 깔린 바닥에 달린 쇠고리에 수갑으로 묶여 있다. 관자놀이 부근의 성긴 머리털 사이로 핏자국이 보인다.

피터 버넌이다.

그 뒤로, 머리가 벗어진 남자가 접이식 의자에 앉아 있다. 그는 총열이 두 개 달린 사냥총을 팔로 감싸 안고 있다. 나를 보더니, 한쪽 입가를 올리며 잔인한 미소를 짓는다. 그가 총으로 내게 손짓한다. 들어와.

나는 시키는 대로 한다. 울퉁불퉁한 바닥에 신발이 맞부딪쳐 딸깍대는 소리를 내며 가까이 다가간다. 피터는 내가 온 것을 인지하지 못한 채 멍하고 망연자실해 보인다. 움직임도 느리고 불안정하다.

"아이들은 어디에 있지?" 내 목소리가 마구간 안에서 메아리친다. "시오와 핀은 어디에 있는 거야?"

머리가 벗어진 남자가 내 손을 가리킨다. "칼부터 내려놓으시지."

그의 목소리는 밋밋하고 템스 밸리 특유의 느린 말투를 담고 있다. 2주 전에 칼날을 그의 다리에 꽂아 넣은 이후로 처음 듣는 목소리다.

또다시, 나는 시키는 대로 한다. 손에서 칼을 떨어뜨리자 자갈 바닥에 쟁하고 떨어진다. 피터의 손이 닿을 수도 있는 위치다. 그가 고개를 들 수 있기만 하다면.

"내가 왔잖아. 원하는 건 뭐든 할 테니 아이들은 풀어줘." 내가 말한다.

머리가 벗어진 남자가 일어서서 절뚝이며 몇 걸음 앞으로 온다. 총의 개머리판을 어깨에 받치고 피터 버넌의 뒤통수에 총구를 겨눈다. 공포의 순간, 나는 남자가 바로 여기, 내 앞에서 시아버지를 처형할 작정이라고 생각하지만, 몇 초 뒤 그는 총을 들어서 나를 향한다. 내 가슴을 정통으로 겨눈 채 손가락이 방아쇠를 감고 있다.

"되갚아줄 시간이군." 또다시 그의 입술이 말려 올라가며 잔인한 승리의 미소가 지어진다. "참 재미있겠는걸."

"아이들은 안전하다고 말해. 그게 거래였잖아."

남자는 고개를 젓는다. 그러더니 나를 향한 총구를 거두지 않은 채 어깨 너머로 외친다.

그가 목소리를 높인다. "자, 여긴 문제없습니다."

그의 뒤로 육중한 나무 문이 삐걱거리며 열린다.

두 남자가 마구간의 은은한 불빛 속으로 걸어 들어온다.

레닉과 존스다.

또 다른 발소리가 자갈 위로 딸깍거린다. 제삼의 인물이 어둠 속에서 등장해 두 사람 사이에 선 것이다.

68

에이미다.

멀쩡히 살아 있다.

"가족이 세상에서 가장 중요하죠, 안 그래요? 부모에 대한 아이의 사랑, 자식에 대한 부모의 사랑. 봐요, 그 사랑 때문에 언니가 어디까지 갔는지. 지난 10년 사이에 얼마나 멀리 왔는지. 가족은 우리가 뭐든 할 수 있게 만들죠." 그녀가 말한다.

"에이미, 난 고모가……." 내가 그녀의 뒤를 본다. "아이들은 어디 있어요?"

그녀는 내 말을 못 들은 척한다.

"언니라면 어떻게 할지 늘 궁금했어요." 그녀의 두 눈이 이글거린다. "당신이 알고 사랑했던 모든 것이 완전히 무너질 위기에 처한다면 어떨 것 같아요? 인생의 의미가 되어준 **모든 것이 마지막 하나까지** 사라진다면 어떻겠냐고요? 당신 조부모가 노예처럼 일하고 희생해서 손에 쥐고, 부모가 일구고, 당신이 땀 흘려 가꾼 모든 것이, 그 모든 것이 갑자기 칼날 위에 아슬아슬하게 서 있게 된다면? 한 번만 살짝 밀어도 사라져버리게 된다면? 그런 상황이라면 사람이 어떻게 될 것 같아요?"

에이미가 말하는 사이에, 피터가 일어선다. 주머니에서 열쇠를 꺼내 자신의 손목에 채워진 수갑을 푼다. 빠르고 확신에 찬 동작이다. 이어 다른 주머니에서 손수건을 꺼내더니 이마의 붉은 얼룩을 닦아낸다. 닦아낸 자리에는 상처가 보이지 않는다.

엄숙하고 단호한 모습이다. 더없이 진지하다.

두 사람 사이에, 그러니까 이 나이가 지긋한 남자와 그의 어린 딸 사이에 이상한 역학이 존재한다. 두 사람의 이런 모습은 처음 본다. 에이미가 진두지휘하는 모양새다. 딸이 대장이고 아버지는 자신이 맡은 역할을 수행하고 있을 따름이다. 존스와 그의 두 부하도 마찬가지다. 레닉이 내 한쪽 어깨에 두툼한 손을 올려서 무릎을 꿇린다. 그는 피터로부터 수갑을 건네받아 내 두 손목에 채운다. 수갑의 가운데 부분인 짧은 사슬이 거친 자갈 바닥에 달린 쇠고리에 맞물린 채다. 그는 거칠게 몸수색도 해서 내 차 열쇠를 꺼내 피터에게 건넨다.

그러는 내내, 크리스틴 레이와 나눈 대화의 조각조각이 떠오르지만 도통 이해가 되지 않는다. 여기 오는 길에 그녀가 보낸 문자 메시지도 떠오른다.

당신은 엉뚱한 곳을 들여다보고 있어요.

"지금 뭐 하는 거예요?" 내가 에이미에게 물으며 존스와 그의 우람한 동료를 가리킨다. "왜 이 사람들이 여기 있어요? 저들이 나를 공격했고, 고모를 공격했잖아요."

"흠." 에이미가 코를 찡긋한다. "그렇기도 하고 아니기도 해요. 내 경우는 뭐랄까…… 합작에 더 가깝죠."

"말도 안 돼요, 에이미, 이게 도대체……."

"아무튼 아이들은 무사해요." 에이미가 레닉에게 뒤로 물러나라는 손짓을 하자 그가 즉시 따르며 그의 커다란 두 손이 내 어깨를 떠난다. "아이들은 콜린과 낙농장에 갔어요. 하룻밤 자고 오기로 했죠. 아이들은 걱정하지 않아도 돼요."

그 오래된 낙농장. 이곳 경지 끝에 있는 낙농장은 버넌 일가의 주도 아래 완전히 현대화한 구역이었다. 영화 감상실과 오락실까지 갖추어, 아이들이 어릴 때부터 가장 좋아한 곳이었다. 진치고 앉아서 원하는 만큼 어질러도 괜찮았으니까.

내가 말한다. "이해가 안 돼요. 노스 스타는 어떻고요? 부패와 매수, 리엄이 아르테미스 테크에 대해 내부 고발을 하려던 건요? 우리가 찾은 그 모든 증거는요?"

에이미가 주머니에 손을 넣어 열쇠 하나를 꺼낸다. 검은색과 오렌지색이 섞인 열쇠고리가 익숙하다. 토털 스토리지다.

그 보관함.

"열쇠를 가진 사람이 언니뿐이라고 생각했어요?" 나를 놀리기라도 하는 것처럼 열쇠를 딸랑거린다. "다른 사람도 열쇠를 가지고 있을 수 있다는 생각은 한 번도 못 해봤나 보죠? 애초에 언니의 엄마가 그 모든 쓰레기를 모으는 걸 도와준 사람이 누구겠어요? 덕분에 몇 가지 좋은 위조품을 준비해놓기가 수월해졌죠. 언니가 결국 그것들을 발견하게 될 줄 알았어요."

그녀의 말을 이해하며 앞만 빤히 바라본다.

"회의록은요? 노스 스타와 크리스틴 레이의 연결 고리는?"

그녀가 미소를 짓는다. "그럴듯했죠? 사실 우리한텐 모든 것을 준비해놓을 시간이 아주 넉넉했어요. 언니가 교도소에 있던 그 세월 말이에요. 난 그저 오언 태너가 사건에 대해 주절거린 기사들을 전부 읽고 또 읽기만 하면 되었어요. 우리 집에 그 사람 기사로 가득한 서류철들이 있답니다. 그런 다음 그의 이야기에 들어맞는 무언가를 공들여 만들기만 하면 되었죠. 언니가 엉뚱한 방향에서 시작할 수 있도록 넉넉히 던져두는 거예요. 언니가 출소하기 두어 달 전에 보관함에 서류를 넣었어요. 언니가 결국 보관함을 뒤지리라는 것을 알았으니까요."

"부모님 다락에 있었다던 서류철들은요? 입출금 내역서는? 그걸 다 만들어낸 거예요?"

"입출금 내역서는 조금 더 수고스럽긴 했죠. 그의 다이어리는 진짜였어요. 언니가 발견할 때까지는 거기 있는지조차 몰랐지만요. 그래도 언니가 내게 보여줬을 때 별로 걱정할 만한 게 없어 보였어요."

"리엄이 죽고 난 다음 월요일에 제1 원내 총무와 면담할 예정이었다는 걸 알아요."

"하지만 면담을 잡은 이유는 모르잖아요?"

"리엄은 자신이 알게 된 사실을 공개할 작정이었어요. 의회 내 부패 말이에요. 사람들이 정보를 가장 높은 가격을 제시하는 자에게 팔고 있었거든요. 리엄은 이 모든 것을 폭로할 참이었어요."

에이미가 미소를 지으며 고개를 젓는다. "저런, 딱해라. 안쓰럽네요, 헤더. 미안하지만 거의 다 왔는데 아직 좀 부족해요."

"그럼 직접 말해주는 게 어때요?"

"내 말 제대로 안 듣고 있죠? 알려주려고 하고 있잖아요. 가족에 대해 말하면서." 에이미는 팔짱을 낀다. "가족이야말로 모든 것에 앞서고, 그 어떤 것보다 더 중요하잖아요. 이 모든 일이 벌어진 게 다 가족 때문이었다고요."

나는 다섯 사람을 본다. 에이미 양옆으로 한쪽에는 존스와 레닉이, 다른 한쪽에는 피터 버넌과 머리가 벗어진 남자가 나를 반원 모양으로 둘러서고 있다. 내 눈이 다시 에이미에게 돌아온다. 그녀에게서 어떤 강렬함이, 전에 보지 못한 감정의 농도가 감지된다. 하지만 이것이 현실의 맛보기에 불과하리란 예감이 든다. 이 여자의 가면 속 진짜 얼굴이 드러나려 하고 있다.

"에이미, 난 모르겠어요. 무슨 뜻이죠?"

"우리 어리석고 오만하고 고고하신 오빠께서는 자신이 가족보다 더 중요하다고, 자기가 우리 위에 있다고 여겼어요. 모두들 항상 오빠는 잘못을 저지를 리가 없다고 생각했잖아요. 오빠에게서 후광이 비친다고 하면서요. 오빠 역시 늘 자기가 다른 누구보다 낫다고, 다른 누구보다 똑똑하고, 더 도덕적이라고 자부했어요. 확실히 자신의 멍청한 여동생보다는 낫다고 생각했겠죠."

에이미가 리엄에 대해 이런 식으로 말하는 것은 처음 듣는다. 그녀가 그에 대해 나쁜 말을 하는 것을 들어본 적이 없다. 그러나 이제 전부 쏟아져 나오는 듯하다. 꼭 평생 동안 쌓아온 울분과 오빠에 대한 원망이 봉인 해제된 것만 같다.

"리엄이 그런 말을 한 기억은 없는데요."

"그럴 필요가 없었으니까요!" 그녀의 입에서 침이 튄다. "오빠의 행동 하나하나에, 말 한마디 한마디에 담겨 있었어요. 오빠는 나를 진지하게 여긴 적이 단 한 번도 없어요. 늘 우리에겐 너무 과분했죠. 늘 저 높은 곳에서 도도하게 턱을 치켜든 채 내려올 줄을 몰랐어요."

피터 버넌이 시계를 본다. "가서 저 아이 차를 가져오마. 여기 뒤쪽에 세워놓아야겠다. 그다음에 일을 이어가야 해, 에이미."

내가 들어온 길로 시아버지가 나가지만, 에이미의 시선은 내게서 떠날 줄을 모른다.

"리엄은 옳은 일을 하려 했을 뿐이에요." 내가 나직이 말한다. "리엄은 영국 정계에서 발견한 것을 내부 고발 하려 했어요. 하원 의원들이 가장 비싼 값을 부르는 이에게 기밀 정보를 팔고 있었다고요."

에이미가 짧게 웃음을 터뜨리지만 즐거워서 웃는 건 아니다.

"아직도 그렇게 생각하는 거예요?"

"그래서 리엄이 죽은 게 아니에요?"

"간접적으로는, 그 일을 원인으로 볼 수도 있겠네요." 그녀가 말한다.

내가 수갑을 잡아당기자 사슬이 바닥의 쇠고리와 맞부딪치며 덜커덕거린다.

"에이미, 도대체 무슨 일이 벌어지고 있는 건지 그냥 말을 해줘요."

"참 웃기네요. 오빠가 아직도 더없이 청렴결백하다는 평판을 갖고 있다는 게 말이에요. 모두가 여전히 리엄이 정말 훌륭했다고 생각한다는 게요. 그 때문에 교도소에서 10년을 산 가엾고 바보 같은 아내조차 말이에요." 그녀가 손가락으로 허공에 큰따옴표를 그린다. "성자(聖者) 리엄 버넌. 속이 다 울렁거리네요."

"도대체 무슨 말을 하고 있는 거예요?"

"리엄은 우릴 배신하려고 했어요."

"리엄은 당신 오빠예요."

"우리 가족을 배신하려 했어요! 자기 부모를, 회사를 배신하려 했다고요.

아빠가 지난 50년에 걸쳐서 일군 모든 것이에요. 그보다 앞선 50년간 할아버지가 일군 모든 것이기도 하고요."

"이 일이 당신 아버지의 회사와 관련된 건가요?"

"의리에 관한 것이죠."

나는 오열하기 시작한다. 파도가 부서지며 머리 위를 덮치는 것처럼 깨달음이 찾아온다. 잔인하도록 시린 충격에 압도당할 지경이다.

"넌 지난 세월 내내 거짓말을 해왔구나. 내게서 리엄을 앗아 갔어."

"아니요." 에이미가 집게손가락으로 나를 찌르며 말한다. "오빠가 자초한 거예요. 이유를 알고 싶어요? 언니는 리엄이 현시대의 순교자였다고, 완벽한 사람이었다고 굳게 믿었어요. 이 완벽한 남편이자 아버지가, 이 백마 탄 기사가 의회 내 부패를 폭로하려 했다고 말이죠."

"리엄이 완벽하다고 말한 적 없어. 난 그저⋯⋯."

"그런 남자는 결코 현실에 존재하지 않았어요. 이유를 알고 싶어요?"

"말해." 내가 조용히 말한다.

"리엄이 정보를 유출했으니까요. 리엄이 바로 기밀 정보를 넘겨주던 사람이었어요. 살해당했을 때, 오빠는 다른 사람에 대해 내부 고발을 하려던 게 아니었어요." 그녀의 얼굴이 분노로 일그러진다. "자백하려 했던 거예요."

69

머리가 핑 돈다.

"무슨 말을 하는 거야?"

에이미가 나와 눈높이를 맞추기 위해 쪼그리고 앉아 팔로 무릎을 감싼다.

"언니의 완벽한 남편이 **몇** 달 동안 우리에게, 아빠 회사에 유리하도록 정보를 유출하고 있었다고요. 수십억 파운드 규모의 인수 건에서 시작된 일이죠. 실리콘밸리 천재들로 가득한 전도유망한 회사인데 아르테미스 테크라는 이름이었어요."

내가 인상을 쓴다. "하지만…… 아버님 회사는 인수와 관련이 없었잖아. 버넌 주식회사는 아르테미스를 사지 않았어."

"사려고 했죠. 우리가 왜 발을 뺐는지 알아요?"

돌연 그 답이 아주 분명해진다.

"리엄."

"드디어, 알아듣네요." 그녀가 말하며 천천히 박수를 친다. "아르테미스 테크가 이런저런 정부 계약에 입찰하고 있을 때 공무원 조직이 실사를 진행했어요. 중요도가 높았고, 극비 사항이었죠. 일반에 공개되지 않았어요. 그런 종류의 일은 모두 비밀에 부쳐져야 하죠. 그런데 실사 결과 아르테미스가 벼랑 끝에 서 있다는 것이 드러났어요. 언제 무너져도 이상하지 않은 상태였던 거죠. 리엄은 의회 내 인맥을 통해 그 사실을 전해 들었어요. 오빠는 아빠가 그 회사를 사려고 한다는 것을 알았죠. 그 과정에서 막대한 빚을 낼 예정이었거든요."

"그래서 리엄이 아르테미스가 독이 든 성배라고 귀띔해준 거구나."

"아빠 회사를 살린 거죠."

"그 과정에서 법을 위반하고, 비밀 유지 의무를 저버리고, 의회 규정을 위반한 것이지. 사실상 내부자 거래야."

에이미가 질색하며 얼굴을 구긴다. "그래서 어쩌라고요? 인수가 그대로 진행되는 편이 나았을 거라고 생각해요? 아빠 회사는 도산하고 말았을 거예요. 우린 모든 걸 다 잃었을 거라고요. 한 세기에 걸친 노고가, 사라져버렸을 거라고요." 손가락을 튕기며 딱 소리를 낸다. "한순간에."

"그래서 노스 스타가 대신 나서서 아르테미스를 사들였고, 큰 손실을 보고 말았지. 파산 직전까지 갔어."

에이미가 어깨를 으쓱한다. "사랑과 전쟁 앞에선 수단과 방법을 가리지 않는 법이잖아요."

리엄이 생의 마지막 몇 주간, 몇 달간 얼마나 정신이 팔려 있었는지 기억한다. 당시에는 업무량과 스트레스 때문이라고 생각했지만, 마침내 진실을 알았다. 남편은 자신의 양심과 씨름하고 있었던 것이다. 남편이 세상을 떠난 밤에 우리가 벌인 언쟁도 기억한다. 남편은 의회 내 법 위반 가능성에 대해 '동료'와 대화를 나누었다고 했다. 민감한 정보가 제삼자에게 유출되었다고. 그러나 남편은 다른 사람의 이야기를 하고 있는 것이 아니었다. 자기 이야기였다. 자기 자신이 저지른 일을 이야기하고 있었던 것이다. 직접 털어놓지는 못하고, 그만의 방식으로 내게 누누이 말하고 있었다. 이메일도 마찬가지였다. 작성했지만 결코 보내지 못한 그 메시지.

나는 아주 오랜 시간 후회할 일을 저질렀어.

모든 것을 저버렸고, 당신을 실망시켰고, 우리 아이들을 실망시켰는데, 그건 결코 내가 바란 일이 아니야.

나는 진실을 털어놓아야 해.

내가 저지른 일을 변명하거나 당신의 이해를 구하려는 건 아니지만, 언젠가 당신이 나를 용서해줄 수 있기를 바라.

"리엄은 정말 난감한 상황에 놓였어. 침묵을 지키고 아버지 회사가 파산하는 걸 지켜보느냐, 법을 어기고 회사를 살리느냐 하는 상황."

"오빠는 약해빠진 거예요." 에이미가 내 말을 일축했다. "여름쯤, 죄책감이 너무 커져서 다스리기 어려운 지경이 됐어요. 오빠는 더는 죄책감을 감당할 수 없으니 실토하고 저지른 일을 인정해야겠다고 했어요. 의회가 하계휴회에 들어가기 전에 자백하겠다고요. 그러더니 제1 원내 총무와 면담까지잡았어요. 월요일 아침에 제일 먼저 앤드루 영을 만나서 모조리 털어놓을 작정이었죠. 우리 이기적인 오빠가 자신의 자아를 위해, 자신의 허영을 위해, 고통받고 있는 자신의 가여운 **양심**을 위해 자폭하려던 거라고요." 그녀는 마치 양심이라는 단어가 입에 나쁜 맛이라도 남기는 듯이 내뱉는다. "더는 언니에게 거짓말을 하고 싶지 않다고 했어요. 다 인정하겠다고 했죠. 이스캔들은 그와 함께 아빠의 회사도 끌어내릴 게 분명했어요."

나는 리엄의 다이어리 속 표기를 떠올린다. 제1 원내 총무와 만나기 전날밤 예정된 일정이었다. 저녁 8시 – N에게 전화.

"리엄은 전날 밤에 가장 친한 친구에게 전화를 걸 생각이었어. 자신이 계획한 일을 말해주려고 했어. 친구와 그 계획에 대해 이야기를 나누려고 했지." 내가 말한다.

"아마도요."

"리엄을 죽일 것까진 없었잖아."

"절대 죽일 **의도**는 없었다고요!" 그녀가 내 앞에서 다시 흥분한다. "**경고**로 끝날 일이었어요. 오빠가 얼마나 많은 것을 잃게 될지 보여주는 정도로 말이에요. 누드로 가득한 선불 전화가 그의 결혼 생활에, 행복한 가정에 얼마나 큰 타격을 입힐 수 있는지 보여주려고 했어요. 언니가 얼마나 가슴 아파할지 생각해보도록 하려는 거였다고요."

내가 조심스레 묻는다. "어떻게 된 거야? 그 밤에?"

에이미는 한숨을 내쉬며 한 손으로 머리를 쓸어 넘긴다.

"몇 주 동안 긴장이 고조되고 있었지만 결코 그런 식으로 흘러가선 안 됐어요. 그런 식으로…… 끝나도록 의도한 건 아니었어요."

"그날 밤, 통화 상대가 너였지? 그때 리엄이 너한테 일종의 최후통첩을 한 거고? 내가 서재로 쳐들어가서 물었을 때 리엄은 내 면전에 대고 거짓말을 했어." 그 기억만 떠올리면 아직도 울컥 슬픔이 치민다. "그게 우리의 마지막 대화였어."

"오빠한테 후회할 거라고 했어요. 하지만 오빠는 자기가 얼마나 많은 것을 잃게 될지 보지 못했죠."

"그래서 우리 집에 온 거구나. 내가 잠든 후에 말이야."

"오빠가 알아듣게 만들어야 했어요." 사무적인 말투가 되어간다. "우리 가족에게 어떤 일이 벌어지게 될지 보여줘야 했죠. 새벽 2시에 함께 거실에 앉아 있는데, 오빠가 도통 제 말을 듣지 않았어요. 신경조차 쓰지 않는 듯이, 우리가 어떻게 되건 상관없다는 듯이. 나는 그 자리에서 빌라고 하면 얼마든지 빌 수도 있었는데, 오빠는 여전히 나를 진지하게 여기지 않는다는 게 화가 났어요. 정말 화가 났고, 정말 **분노가** 치밀었죠. 나는 여전히 오빠의 멍청한 여동생에 불과했어요. 아빠가 준 자리에서 일하고, **모든 것을** 아빠에게 받은 멍청한 여동생이었죠. 오빠는 나를 마치 신발에 묻은 똥처럼 취급했어요. 늘 나를 내려다봤죠. 그때 주방에 가서 칼을 가져온 거예요. 내가 얼마나 진지한지 보여주려고요." 꿀꺽 마른침을 삼켰다. "오빠의 결혼 생활을 망가뜨리고 언니가 오빠에게 등을 돌리게 만드는 건 쉬울 거라고 말했죠. 아이들, 언니, 집, 전부 잃게 되리라고요. 그래도 오빠는 나를 진지하게 여기지 않았어요. 방어하려고도 안 했죠. 내가 오빠를 굽어보며 칼날을 가슴에 겨누고 있는데, 소파에서 몸을 일으키지도 않더군요. 그게 상황을 훨씬 더 악화시켰어요. 오빠가 이리도 이기적이고 독선적일 수 있다는 게 너무 **화가 났어요.**"

"그래서?"

"오빠가 결국 내게서 칼을 낚아채려고 했을 때, 내가…… 발을 헛디뎠어

요. 칼은 우리 둘 사이에 있었죠." 시누이가 기억을 떠올리며 눈물을 훔친
다. "내가 오빠 위로 넘어졌어요."

나는 얼어붙는다.

말이 나오지 않는다.

눈물도.

시누이를 응시하는 것 외에 아무것도 할 수 없다. 심장을 쇠로 된 죔틀에
넣고 찌부러뜨리는 느낌이다.

"리엄." 내가 겨우 속삭인다.

"언니가 꼭 오빠의 소중함을 알았던 것처럼 굴지 마요!" 시누이가 또 한
번 거칠게 눈물을 훔치며 말한다. "늘상 투덜거렸잖아요, 오빠가 일을 너무
많이 한다고, 볼 수조차 없다고, 아이들을 돌보는 일은 전부 언니 몫이라고.
언니가 가진 것을 결코 제대로 알지 못했으면서. 우리 가족이 오빠를 사랑
하는 것처럼 오빠를 사랑한 적도 없잖아요. 오빠는 훨씬 더 나은 대접을 받
아 마땅했어요."

"그래서……." 내가 말한다. 피부를 타고 스멀스멀 한기가 퍼진다. "오빠
를 죽인 다음엔, 그다음엔 어떻게 했지?"

에이미가 일어선다. 분노가 번뜩이며 얼굴이 일그러진다. "사실대로 말
할 순 없었어요. 그럼 다른 것도 다 밝혀지게 될 테니까. 모든 게 전부 수포
로 돌아갈 테니까. 그러다 이런 생각이 들었죠. 헤더에게 이 일의 책임을 물
리지 못할 이유가 있나? 이게 다 오빠가 **올케언니**한테 거짓말을 하는 걸, 언
니에게 정직하지 못한 상황을 견딜 수 없어서 자백하려다 생긴 일인데. 그
렇게 아이디어가 떠올랐죠."

머리가 심하게 욱신거린다.

"말도 안 돼."

에이미는 아랑곳하지 않고 말을 잇는다. "만약 언니가 슬픔에 젖은 과부
가 되어 사람들의 연민을 누리게 된다면 불공평하지 않겠어요? 그런 **끔찍한**
일을 겪었다며, **이런, 정말 안쓰럽지 않나요?** 뭐 그런 온갖 개소리를 지껄이
면서 모두가 배려하는 가운데, 언니의 삶을 그대로 이어나간다면 말이에요.

난 두 사람 모두 벌할 수 있었어요. 완벽한 아이디어였죠."

바깥뜰에서 차가 멈추는 소리가 들린다. 르노의 낡은 엔진이 식식거리더니 멈춘다. 내 머리는 아직 어느 정도는 이 상황에서 벗어날 방법을 찾으려 애쓰고 있다. 저들은 길에서 목격되지 않도록 차를 옮기고 있어. 다음에 있을 일을 준비하는 거야. 내겐 시간이 많지 않아.

"넌 단 한 번도 용의 선상에 오르지 않았지?"

에이미가 어깨를 으쓱한다. "당연하죠."

"경찰이 네 지문을, 네 DNA를 집 안 곳곳에서 발견했는데도 말이지. 내 것과 리엄의 것, 피터와 콜린의 지문이 다 똑같이 나왔어. 하지만 경찰은 당연히 널 제외했지. 왜냐하면…… 고려조차 하지 않았으니까. 경찰은 왜 그랬을까?"

강아지가 짖지 않은 이유와 마찬가지다. 강아지는 에이미의 발소리를, 목소리를, 냄새를 알고 있었다. 주방 문이 닫혀 있었어도, 제트는 그녀를 알아보았다. 우리 집에 자주 오는 사람이었으니까. 제트는 에이미가 거기 있어도 걱정하지 않았다. 침입자가 아니라는 걸 알았으니까.

"어쨌든, 나한텐 엄마와 아빠가 뒷받침해준 아주 확실한 알리바이가 있었으니까요."

피터 버넌이 다시 마구간으로 돌아온다. 피터가 머리가 벗어진 남자에게 무어라 말하자 그는 고개를 끄덕인다. 모두가 이 암울한 드라마 속에서 각자의 역할을 수행하고 있다. 에이미가 이들의 몸에 달린 줄을 조종하고 있고.

나는 수갑이 채워진 손으로 피터 버넌을 가리킨다. "아버님도 그 밤에 에이미를 도운 건가요? 에이미가 리엄을 죽이고 나서?"

피터가 덤덤히 나를 본다. 농장주가 경매에 나온 가축을 평가하는 듯한 시선이다. 늘 저런 시선이었다. 침착하고 분석적이며 변호사 같은 시선. 상황을 재고 따져서 어떻게 하면 자신과 자신의 가족이 가장 잘 빠져나올 수 있을지 머리를 굴린다.

그가 차분히 말한다. "아니, 나는 2년이 지나서야 알았다. 네 항소가 진행 중일 때에야 결국 에이미가 우리에게 사실을 털어놓았지."

그를 법정에서 한 번 본 일을 기억한다. 그의 눈에서 활활 타오르던 증오를 기억한다. 그건 진짜였다. 꾸며낸 것이 아니었다.

"에이미가 우리에게 다 말했지. 그리고 나는 이 끔찍한 상황을, 이 비극을 더 크게 악화시켜봤자 의미가 없다는 것을 알았다. 그때 우리는 네가 나오면 벌어질 일을 생각하기 시작했지."

나는 그를 응시하며 상황을 받아들이려고 애쓴다. 피터는 알았다. **몇 년**간 알고 있었다.

내가 말한다. "그 밤에 내가 깨어나면 어쩌려고 했지?"

에이미가 고개를 젓는다. "언닌 금요일 밤이면 수면제를 한 알 먹고 곯아떨어졌잖아. 토요일 아침에는 리엄이 늘 아이들을 도맡았으니까. 게다가 난 오빠와 내가 방해받지 않도록 확실히 하고 싶어서, 언니가 퇴근하기 전에 수면제를 두 알 더 으깨서 반쯤 비어 있는 레드와인 병에 넣어두었지. 언니가 아이들을 재우자마자 와인을 마시리라는 걸 알았거든. 늘 그랬잖아. 리엄은 레드와인을 마시지 않고."

나는 아버지와 딸을 바라본다. 한때는 나와도 혼인으로 연결되었던 이 미친 가족의 똑 닮은 두 기둥이다. 이 모든 일의 충격은 마치 서로 다른 방향에서 강한 타격이 연속해서 내게 쏟아지는 것만 같았다. 그날 밤의 이야기가, 지난 10년간 되뇌고 또 되뇐 그 이야기가 너무도 불완전해서 소설에 가까운 지경이라는 것을 깨닫는다.

아닌 게 아니라, 나를 함정에 빠뜨리기에 최적의 위치에 있는 사람이 누구였겠는가? 다른 누구보다 나를 더 잘 알았던 사람이었다.

"모든 걸 다 고려했지?"

"언니 베개 밑에 선불 전화를 넣어둔 건 좀 기발했던 것 같아요. 솜씨가 좋았지." 에이미가 말한다.

나는 자세를 바꾼다. 수갑이 손목을 파고든다. "사진은 어떻게 한 거야?"

"다크웹의 어느 리벤지 포르노 사이트에서 샀어요."

"넌 그걸 내 휴대전화에 보냈어. 내가 불륜 사실을 알아낸 것처럼 꾸몄지." 내가 말한다.

"정확해." 에이미가 다시 손가락으로 나를 가리킨다. "경찰이 몰입할 만한 것을 준 거죠."

"네가 진상을 은폐했어. 내게 죄를 덮어씌웠지."

시아버지는 내 앞에서 한 번도 목소리를 높인 적이 없다. 그런 그가 지금 목소리를 높이고 있다.

"우리한테 달리 어떤 **선택지**가 있었겠느냐?" 그가 외치더니 거의 곧바로 평정을 되찾는다. "리엄과 에이미 둘 다, 그러니까 자식 둘을 한꺼번에 잃어야 했을까? 두 손주까지도? 넌 에이미가 저지른 일에 대해 우리를 탓했을 게다. 에이미를 멈춰 세우지 못했다고. 오냐 오냐 응석받이로 키워서 그 애가 옳고 그른 것을 구별하지 못하는 지경에 이르렀다고 말이다. 넌 손주들도 빼앗아 가서, 우리한텐 아무것도 남지 않았을 게야. 아무것도." 씨근거리는 그의 좁은 얼굴이 붉게 달아오른다. "스캔들은 또 어떻고, 뉴스 헤드라인은 말할 것도 없지. 우리 가족의 명성이 갈기갈기 찢겼을 게야. 형제 하나가 다른 형제를 죽인다? 가족 간 불화? 더럽고 마약이 난무하는 공영 주택 단지나 근친상간이나 하며 이동식 주택 주차장에서 사는 놈들에게는 가능한 이야기겠지. 하지만 **우리**는 아니다. 버넌 가문은 안 돼. 적어도 범인이 **외부인**이면, 그러니까 질투에 눈먼 배우자라면, 결코 수준이 맞지 않던 아내라면……." 시아버지가 앙상한 집게손가락으로 나를 가리킨다. "그러면 적어도 말은 되지. 어느 정도는 설명되고 이해될 수 있는 게야."

늘 **범죄 그 자체보다 은폐가 더 나쁜 법**. 딱 오언이 말한 그대로였다.

"전 소모품이었네요." 내가 나직이 말한다.

피터가 팔짱을 낀다. "넌 우리 가족이 아니다."

"전 시오의 엄마예요. 핀의 엄마입니다."

"더는 아니죠." 에이미가 고개를 젓는다. "지난 10년간 내가 두 아이의 엄마였어요. 언니보다 훨씬 더 오랜 시간을 아이들 엄마로 지냈다고요."

70

오언이 절반은 옳았다. 음모가 **있긴** 했다. 그가 내내 쫓던 그 음모가 아니었을 뿐이다.

내가 말한다. "그래서 네가 다 날조한 거야? 내가 출소한 뒤에 우리가 찾은 증거들 전부 다?"

에이미의 얼굴에 작은 미소가 스멀스멀 퍼진다.

"대부분은요. 헤더, 속임수라는 건 말이죠, 우리가 어리석어서 속는 게 아니에요. 우리가 **믿고 싶은** 이야기를 들려주기 때문에 속는 거예요. 그게 복권에 당첨되는 것이든, 진정한 사랑을 찾는 것이든, 어떤 비밀스러운 진실을 드러내는 것이든, 우리 자신의 세계관을 강화하는 이야기라 믿는 거죠. 태너는 어떤 거대한 국제적 음모를 믿고 싶어 했어요. 그 악질적인 거대 미국 회사와 협박, 부패, 사기, 살인. 모두 10년에 걸친 특종 기사를 내기 위한 재료들이죠. 난 그저 특정 방향으로 그를 살살 몰고 가기만 하면 됐어요. 그리고 **언니도** 그 이야기를 태너만큼 간절히 믿고 싶어 했죠. 그게 집으로 돌아가, 아이들을 되찾을 방법이라고 생각했으니까. 언니랑 태너는 서로를 부추긴 거예요."

나는 고개를 들어 존스를 흘끗 본다. 그 역시 무표정한 얼굴로 나를 본다. 에이미와 그녀의 아버지는 미국식 말투를 써서 이야기에 깔끔하게 들어맞을 실행자를 고용하는 수고까지 마다하지 않은 것이다.

435

내가 말한다. "넌 그저 지켜보고 있었구나. 우리가 네 의도대로 헛수고를 이어가는 동안 말이야."

"처음엔 태너부터 제거할 작정이었어요. 언니를 그와 떼어놓으려 했죠. 그런데 언니네 작은 무리와 가까워지고 보니, 언니가 계속 엉뚱한 방향을 보도록 하는 데 태너가 무척 유용하겠다 싶더라고요. 아주 유용한 바보인 거예요. 난 그저 오언에게 붉은 고기를 조금 던져주고, 그가 그걸 삼키는 모습을 지켜보기만 하면 되었죠. 그는 화수분 같은 존재였답니다."

"머스그로브는?"

"머스그로브에 대해선 걱정하지 않았어요. 처음부터 그대로 믿었으니까. 칼과 지문, 선불 전화, 누드가 나온 이상, 그는 절대 생각을 바꾸지 않을 터였죠."

나는 출소한 다음 날을 떠올린다. 엄마가 나를 위해 남겨둔 커다란 보관함 속 물건을 하나하나 살펴보던 때를.

"그럼 그 문서들은…… 우리가 보관소에서 찾은 서류 말이야. 오언이 찾고 있던 증거이자, 크리스틴 레이를 지목하는 문서. 그 문서가 진짜이긴 했니?"

"어느 정도는요. 다만 내가 엄마 아빠의 다락 속 리엄의 물건 사이에서 발견한 따분한 옛 회의록일 뿐이에요. 태너를 위해서 몇 가지 특별한 손질도 더했고요."

똑같은 곳에 심어둔 협박 편지.

"입출금 내역서는?"

"그건 우리가 아예 새로 만든 거예요."

아까 크리스틴 레이가 보인 반응이 아직 생생하다. 이건 위조됐어요. 가짜라고요. 나는 누구한테도 단 한 푼도 받은 사실이 없어요. 우리가 몇 주에 걸쳐서 그녀를 추적했는데도 확실한 증거가 더는 나오지 않은 이유였다.

버넌 일가의 서한, 그러니까 내가 배스에서 멀리 떨어진 곳으로 이주하는 걸 돕겠다는 제안 역시 속임수였다. 에이미와 나를 이어주기 위한 계략. 내가 출소하고 첫 며칠, 몇 주 사이에 에이미와 가까워지게 하려는 책략.

나는 에이미를 바라본다. 나는 이 여자를 안다고 생각했다. 이 여자는 나와 함께 고통을 겪었고, 나를 도와주었고, 격려해주었다. 다시 친구가 되고 있다고 생각했는데. 그동안 나는 이 어두운 힘을 알아보지 못했다. 출생 자체로 가문의 경사였던 이 딸이, 아름답지만, 버릇없고, 과하게 제멋대로 자란 이 막내가 부모를 쥐락펴락해왔는데도 말이다.

"넌 기생충이야. 사람들과 친하게 지내며 가까이에 붙들어놓다가 결국 그들이 네 진짜 모습을 보게 되면, 넌 그들을 없애버리지. 리엄에게 했던 것처럼 말이야. 때론 그들이 너에게 위협이 된다고 생각해도 그렇게 저질러버려. 조디에게 했던 것처럼 말이야. 넌 조디가 내 주변에 있는 것을 원치 않았어. 조디라면 늘 맞서 싸우리라는 걸 알았으니까."

"그 기분 나쁜 년은 언제든 골목에서 죽을 팔자였어."

속에서 분노가 끓어오르며 목을 타고 올라오려 한다.

"넌 조디의 배낭에 돈 봉투를 심어두었어. 내가 그녀가 매수되었다고 의심하도록 1500파운드를 넣어두었지."

"헤더, 언니는 참 의심이 많아요. 언니를 돌아서게 만드는 건 별로 힘들지 않죠."

"너란 사람을 100명쯤 데려온다 해도 조디 한 명만도 못해. 그런 조디를 네가 죽였어."

"내가 **직접** 한 건 아니에요." 에이미가 레닉을 향해 어깨를 으쓱한다. "계획의 일부였다고도 할 수 없고요. 처음에 우리는 그저 언니가 가석방 조건을 위반하도록 해서 교도소로 돌아가 남은 형기를 마치게 할 작정이었어요. 하지만 그건 여전히 9년을 연장하는 것에 불과했죠. 그래서 전 다른 방법을 고민하기 시작했어요. 더 좋은 방법이 있을지도 모르잖아요. 더 **영구적인** 방법 말예요. 그날 밤, 언니가 내게 전화해서 조디의 시신을 보고 언니로 신원확인을 해달라고 부탁했을 때, 그건 거의 완벽에 가까웠죠."

"조디는 내 친구였어. 내 진짜 친구." 내가 말한다.

"언니가 교도소에서 나온 뒤에 똑바로 처신했다면, 조용히 언니의 삶을 살아갔다면, 우리 모두는 지금 이 자리에 있지도 않을 거예요. 조디도 아직 살아 있을 테고요. 조디의 죽음은 **언니** 때문이지, 나 때문이 아네요. 언니가

이걸 선택한 거예요. 그리고 이제 언니도 사라지게 될 테죠. 영원히." 그녀
가 레닉에게 손짓하자 그가 주머니에서 투명한 비닐 복면을 꺼낸다. 복면을
단단히 조일 수 있도록, 입구에 나일론 끈이 한 가닥 꿰여 있다. 그가 전에
내게 씌웠던 복면과 똑같다.

나는 몸을 일으켜 쭈그린 자세를 취하고 수갑을 세게 비틀어보지만, 수갑
이 꿰어진 쇠고리가 바위처럼 단단하다.

"아이들을 잘 돌보겠다고 약속해."

에이미가 다시 미소 짓는다.

"내가 그럴 거라는 거 알잖아요. 그런데 헤더, 내가 언니한테 뭐든 약속
할 필요는 없을 것 같아요. 왜 그런지 알아요? 왜냐하면 우린 원하는 대로
뭐든 할 수 있거든. 언니를 찾으러 올 사람은 없을 테니까. 언니가 안 보인
다고 누가 경보를 울리겠어, 실종 신고를 하겠어, 경찰을 끌어들이겠어." 그
녀가 몸을 더 가까이 기울인다. 두 눈이 기세등등하게 번득인다. "언니는 이
미 죽은 사람이잖아."

71

레닉이 내 뒤에서 움직이더니 비닐 복면을 머리에 씌우고 한 번의 매끄러운 동작으로 끈을 단단히 당긴다.

곧바로 세상이 불투명해진다. 눈앞이 희뿌옇게 흐려지고 목이 고통스럽게 조여든다. 나는 고개를 홱홱 좌우로 움직이며 그를 떼어놓으려 애쓰지만 그의 손아귀는 강철 같고 움직일수록 목에 가해지는 압박만 커질 뿐이다. 수갑을 잡아당기고 비틀어 땅에 달린 녹슨 고리에서 빼내려고 애쓰면서 수갑 가운데 연결 고리가 덜커덕거린다. 수갑은 느슨하지만 충분히 느슨하진 않다. 강철이 아프게 손목을 파고든다.

그 고통에 어떤 아이디어가 떠오른다. 수갑을 다시 있는 힘껏 잡아당기자, 손바닥 끝의 피부가 찢어지며 미끌미끌하고 뜨거운 피가 흐르기 시작한다.

에이미는 말을 이어가고 있다. 이제 내 귀에 웅웅대는 소리로 들리긴 해도 아직 알아들을 만하다.

"미안해요, 헤더. 하지만 이게 모두를 위해 최선이에요. 무엇보다 아이들을 위해서죠. 받아들이긴 어렵겠지만 언니도 모르지 않을 거라고 봐요. 우린 모두 아이들에게 최선인 상황을 원하잖아요?"

대답하려고 애쓰지만, 호흡힐 때미다 두꺼운 비닐이 입안으로 빨려 들어와, 거의 사라진 산소를 찾아 절박하게 헐떡이는 사이에 말을 잃어버린다.

"법적으로, 공식적으로 사실상 언니는 이미 죽은 사람이에요." 에이미가 잠시 나를 찬찬히 살핀다. 마치 어린아이가 돋보기 밑에서 타들어가는 개미 한 마리를 관찰하는 듯한 모습이다. "우린 언니가 시작한 일을 끝내려는 것 뿐이에요."

강철 수갑의 각진 모서리에 대고 손을 이리저리 비틀면서, 손바닥의 살 집이 두툼한 부분에 난 상처가 깊어진다. 강철 모서리가 피부에 더 깊이 파 고들면서 손목에서 강렬하고 뜨겁고 타는 듯한 고통이 느껴지지만, 피가 많 이 날수록 마찰은 더 줄어들고, 한쪽 손목을 수갑에서 슬며시 빼낼 가능성 은 더 커진다. 한 손만 자유로워져도, 쇠고리에서 수갑을 빼내고 레닉에게 서 잽싸게 벗어나 문을 향해 내달릴 수 있을 것이다. 바깥의 밤공기를 찾아, 어둠 속으로. 일단 나가면 아주 희박한 기회라도 노려볼 수 있겠지.

어느새 에이미는 나를 보며 주절대던 것을 멈추고 대신 존스에게 무어라 말을 하고 있다. 저 미국 남자는 고개를 끄덕이고 시계를 확인하더니 한 단 어로 답을 한다.

지난번 우리가 만났을 때 그가 한 작별의 메시지를 기억한다.

경고 한 번입니다, 헤더. 다음번엔 10분 동안 두게 할 겁니다. 그런 다음 아 무도 당신을 찾지 못할 곳으로 가 땅에 구멍을 파고 묻어버릴 거고요.

비닐 복면 안에 산소가 남아 있지 않다. 나는 내가 내뿜은 뜨거운 이산화 탄소에 몸이 오염되면서 죽어가고 있다. 시야의 끝이 잿빛으로 변해가고, 마치 1톤 무게의 흙에 깔린 것처럼 머리와 가슴이 으스러지는 고통이 느껴 지고 폐에 아무것도 남지 않은 듯하다.

두 손은 피로 미끌미끌하다.

하지만 내 오른손은 수갑에서 미끄러지며 거의 빠져나오기 직전이다. 엄 지손가락 관절만 넘어서면, 몇 밀리미터만 더 공간을 만들면, 이 강렬하고 날카로운 고통을 참고 받아들이기만 하면, 그러면 손이 밖으로 나올 테고, 그러면 나는⋯⋯.

내 귀에 핑음이 들리더니 또 다른 소리가 이어진다.

기계적이고.

다급한.

매우 크고, 매우 가까운 소리.

뜰로 난 쌍여닫이문이 안쪽으로 부서지면서 나무 조각과 불꽃이 쏟아져 내린다. 작고 빨간 르노가 날카로운 엔진 소리와 함께 마구간 안으로 내달리며, 머리가 벗어진 남자가 미처 반응하기도 전에 그를 들이받아버린다. 손에 들린 총이 쾅 하는 큰 소리를 내더니 그가 곧장 차 보닛 위로 올라갔다가 으드득 하는 소리와 함께 돌바닥으로 떨어진다. 피터 버넌이 몸을 피하려고 하지만 너무 나이가 많고 너무 느려서, 결국 차 오른쪽 흙받기에 그의 질질 끌리는 다리가 치여 땅에 쓰러지고 만다.

르노는 브레이크를 밟고 끼익 미끄러지면서 저쪽 벽을 들이받는다. 엔진이 돌연 쿨럭 기침을 토해내며 멎는다.

잠시, 아연한 침묵이 감돈다. 우리는 모두 몇 미터 떨어진 곳에서 만신창이가 된 차를 빤히 바라볼 뿐이다. 차는 잔뜩 구겨진 채 연기를 내뿜고 있다. 피터 버넌이 고통에 신음하고, 다른 남자는 딱딱한 바닥에 얼굴을 파묻은 채 움직이지 못하고 있다.

내 뒤에서, 우리 모두의 뒤에서, 퍽 하는 크고 질퍽한 소리가 들린다. 마치 상당한 높이에서 떨어뜨린 수박이 콘크리트 바닥에 부딪치는 소리 같다. 돌아보니 레닉이 다이너마이트로 폭파한 굴뚝처럼 옆으로 쓰러지고 있다. 그의 얼굴은 피범벅이다. 127킬로그램이라는 체중을 한껏 싣고 바닥에 쓰러지면서 그의 의식을 잃은 얼굴이 자갈 바닥에 부딪쳐 튀어 오른다. 코가 곤죽이 된 채 그대로 두 팔을 벌리고 누워 미동도 없다.

오언 태너가 야구 방망이를 쥔 채 그를 내려다보고 있다. **보스턴 레드 삭스**라는 문구가 피로 얼룩져서 반쯤 가려져 있다.

레닉이 쓰러지면서, 내 목을 감싼 줄이 느슨해지고 안도의 속삭임이 비닐 복면 속으로 새어 들어온다. 오언이 한쪽 무릎을 꿇고 앉아 복면을 벗겨주어 나는 폐를 채운다. 밤공기에 고무가 타는 악취와 배기가스 냄새, 총이 발사되고 남은 매캐한 냄새가 섞였다 내가 기침하고 헐떡거리는 사이에, 그가 열쇠를 찾아와 피 흘리는 내 두 손목을 수갑에서 풀어준다.

시오와 핀이 저 짓이겨진 르노의 앞좌석에서 나온다. 두 아이 모두 겁에 잔뜩 질린 모습이다.

에이미가 바닥에서 몸을 일으키며 아이들에게 말한다.

"너희 둘, 여기서 뭐 하는 거야? 미쳤니? 너희가 다칠 뻔했잖아."

핀. 아이를 알아본 순간부터 가슴이 아려온다. 아이는 잠옷에 가운을 걸친 차림이다.

"저분을 봤어요." 핀이 말하며 자신의 휴대전화를 내 쪽으로 향하게 한다. "현관 카메라로요. 유령인 줄 알았어요. 시오 형이 바보 같은 소리 하지 말라고 했지만 형에게 보여줬고, 우린 여기까지 달려왔어요."

오언이 거든다. "내가 진입로를 올라가다가 아이들을 칠 뻔했다니까요. 얘들아, **주의를 돌리기만** 했지 차를 망치처럼 써버리면 어떡하니."

존스가 두 사람의 말을 자르고 버럭 소리친다.

"모두 닥쳐. 이제 일을 끝낼 시간이야."

그러고는 내 가슴을 향해 총을 겨눈다.

개머리판을 어깨에 단단히 받치고 두 개의 검은 총구를 흔들림 없이 내게 겨눈 채, 존스가 내게 다가온다. 레닉을 지나치면서 부츠 끝으로 그를 살짝 쿡 찌르지만, 이 육중한 사내는 움직이기는커녕 아주 살짝 움찔하는 모습도 보여주지 않는다. 녹아웃 상태다.

내가 겨우겨우 일어서는 사이에 오언이 한 발 앞으로 나간다. 오언이 야구 방망이를 꼭 쥐자 문신으로 가득한 팔 근육들이 잔물결을 이룬다.

"네 친구가 한 발을 발사했어. 이제 한 발밖에 남지 않았지." 낮고 딱딱히 굳은 목소리다.

"그래서?"

"그래서 우리 중 누구한테 발사할 건가?"

"저 여자." 존스가 말하며 내 쪽으로 총을 쿡 찌른다. "그러려고 여기 온 거니까."

"좋아. 너와 내가 한 가지만 분명히 해둔다면 말이지."

"뭐야?" 존스는 짜증스러운 기색이 역력하다.

"네가 방아쇠를 당기고 0.5초 뒤에, 이 방망이가 네 멍청한 대가리를 그대로 관통할 거라는 사실."

존스가 총을 휙 돌려서 기자의 가슴을 겨눈다.

"그렇다면 네놈을 쏴줄 수도 있어, 이 개자식아."

"다섯 명의 목격자 앞에서?" 오언이 얼굴을 찌푸린다. "그다음엔 뭐 어쩌려고, 천재 씨? 총알이 다 떨어지면 뭐 어쩌려고?"

존스가 잠시 고민에 빠진다. 분노로 미간이 찌푸려지는 것이 보인다.

"네놈을 상대할 땐 운에 맡겨봐야겠지. 원래 하려던 일을 끝낸 다음에 말이야." 존스가 단호히 말한다.

그러고는 다시 총을 휙 돌려 나를 겨눈다. 가까이에서 본 총구는 끔찍할 정도로 크고 검다. 그런데 바로 그 순간, 핀이 쏜살같이 달려와 내 앞에 서더니 두 손을 든다. 깡마른 몸으로 내가 다치지 않도록 막으려 애쓴다.

"이분을 내버려둬! 다치게 하지 마!" 아이가 소리친다.

순전한 공포가 고동치며 온몸에 흐른다. 총구는 핀의 가슴과 1미터도 채 떨어져 있지 않고, 존스의 손가락이 방아쇠에 감겨 있다.

"핀." 나는 핀에게 비키라고 애원한다. 하지만 아이는 두 다리를 땅에 단단히 디딘 채 나를 움켜잡고 움직이려 하지 않는다. "제발 부탁이야. 저 사람은 진지해. 그냥 잠시 형한테 가 있어."

우리 막내아들은 총을 든 남자를 향해 소리칠 뿐이다. 아이의 높은 목소리가 공포와 반항으로 갈라지고 있다.

"난 이분을 다치게 두지 않을 거야!"

에이미도 동시에 비명을 지르고 있다. 에이미가 핀과 시오에게 비키라고 외치고, 두 아이도 소리를 지르고, 그러자 오언도 존스에게 총을 내려놓으라고 외치는데, 나는 모두를 향해 제발, 제발 그냥 멈추라고 소리친다. 내 목소리도 공포로 갈라지고 있다.

다음 순간, 상황은 매우 빠르고 갑작스럽게 전개된다.

에이미가 재빨리 움직여 존스와 자신의 조카 사이로 몸을 던진다.

시오가 동생을 잡아채려 한다.

오언이 총을 든 남자를 잡아채려 한다.

나는 핀을 밀어내려 한다.

그리고…….

이 막힌 공간에서 총이 발사되며, 폭발음이 귀청이 터질 듯이 크게 울린다.

한 달 후 —————————————————

72

내 밑으로 도시가 펼쳐진다. 골짜기를 따라 죽 펼쳐진 벌꿀 색 돌의 배치가 우아하다.

이곳 배스의 남쪽 절벽에서, 나는 교회 첨탑과 혼잡한 거리, 로열 크레센트의 곡선과 몇 줄로 늘어선 조지 왕조 시대의 키 큰 테라스 하우스를 내려다본다. 아침 햇살 속에서 밝게 빛나는 모습이다. 리엄이 처음으로 내게 하원 의원이 되고 싶다고 말한 곳이 바로 이곳, 알렉산드라 공원에서 우리가 가장 좋아하던 벤치였다. 그는 변화를 불러오고 싶다고, 사람들을 돕고 싶다고 했다. 딱 오늘 같은 날, 하늘이 지평선 끝에서 끝까지 구름 한 점 없이 완벽히 푸르른 날이었다.

그 후로 얼마나 긴 세월이 흘렀는지, 그 세월 동안 얼마나 많은 것을 잃었는지.

오늘 처음으로 손목에 감은 붕대를 풀었다. 꿰맨 자국이 사라졌고, 상처가 아물고 있다. 목에 든 멍도 흐려지고 있다. 여전히 그날 밤의 기억들만은 뒤섞이고 소용돌이친다. 생각하기도 싫은 마구간에서의 마지막 순간, 총소리와 비명, 피와 고통…… 무엇보다도 그 순간의 순전하고 본능적인 공포는 전에 알던 어떤 것과도 다른 것이었다.

나는 다음 달 조디의 추도식에서 추도사를 할 예정이다.

경찰은 위조 여권으로 출국하려던 존스를 체포한 뒤에 조디의 죽음에 대한 살인 사건 수사를 개시했다. 내가 들은 바로, 존스는 자신의 두 동료에게 모든 죄를 뒤집어씌우기 위해 경찰에 협조하고 있다. 머리가 벗어진 남자는 이름이 호지먼인데, 그 역시 수차례 수술을 받고 병원 침상에 누워 있으면서 경찰에 협조하기로 했다. 또한 그들을 트레버 보일에 대한 공격과 관련 짓는 증거도 나왔다. 트레버 보일 역시 부상에서 회복하고 있으며 보호관찰소 업무에서 벗어나 장기 휴직에 들어갈 계획이다.

에이미는 충격으로 한쪽 눈을 잃었으며 역시 지난 몇 주에 걸쳐 수차례 수술을 받았다. 나머지와 마찬가지로 경찰의 감시 속에서 말이다. 시어머니는 수사에 협조하고 있다. 사랑해 마지않는 딸을 잃을 뻔한 충격은 마침내 그들이 지난 10년 동안 유지해온 침묵의 벽을 무너뜨리고 있다. 산업 전문가들은 버넌 주식회사가 이번 스캔들을 극복하고 재기할 가능성을 아주 낮게 보고 있다.

레닉과 피터 버넌만이 유일하게 입을 열지 않고 있지만, 문제가 되지 않을 것이다. 바라건대, 경찰은 충분한 증거를 확보할 것이다. 새로운 증거와 증인의 진술에 비추어 내 사건에 대한 재검토가 이뤄질 것이다. 다만 정의의 바퀴는 천천히 돌아가고, 그 과정이 시작되기까지도 수개월이 걸릴 것이라는 주의를 받았다.

당초의 증거에 대해서도 모두 전면적인 재검토가 들어갈 예정이지만, 존머스그로브는 그의 수사가 한 땀 한 땀 풀어헤쳐지는 모습을 볼 수 없을 것이다. 이 전직 형사의 부고가 지난주 《배스 크로니클》에 실렸으니까. 경찰은 내가 출소한 뒤에 벌어진 사건들과 관련해 몇 가지 새로운 혐의를 숙고하고 있지만, 내가 비공식적으로 들은 바에 따르면, 경찰이 애초에 수감되지 않았어야 마땅한 사람에 대해 새로 기소 절차를 개시할 가능성은 극히 낮다고 한다.

나는 아직 공식적으로 가석방 상태이지만 모든 것이 끝날 무렵에는 원심 판결이 뒤집히기를 희망한다. 마침내 정의가 구현되어 리엄의 영혼이 편히 쉴 수 있기를 바란다.

희망. 낯선 단어다. 교도소에서 보낸 그 모든 세월 동안 그 의미를 잊고 있었다. 하지만 어쩌면 이제 나는 다시 희망하는 법을 배울 수 있을지도 모르겠다.

언덕 꼭대기에서 부드러운 여름의 산들바람이 불어온다. 우리 뒤쪽 작은 운동장에서 아이들이 즐겁게 외치는 소리가 바람에 실린다.

제트가 내 발치에 누워서 막대기를 갉아대고 있다. 제트의 꼬리가 느린 리듬으로 무성한 풀밭을 툭툭 치며 흔들리고 있다.

아이들은 벤치에, 내 양옆에 앉아 있다.

시오가 내 왼쪽에, 핀이 내 오른쪽에 앉았다. 내 양손이 아이들의 손을 잡고 있다. 나보다 머리 하나쯤 더 큰 시오는 앞으로 어떻게 될지, 얼마나 걸릴지에 대해, 내가 교도소에서 보낸 시간과 우리가 떨어져 있던 시간에 대해 질문이 100만 개쯤 된다. 핀은 아직 말을 많이 하지 않고, 다만 내 손을 꼭 잡고 수줍은 미소를 띤 채 계속해서 나를 볼 뿐이다. 아직은 내가 진짜라는 것을 믿을 수 없는 눈치다.

사회복지사가 거리를 둔 채 옆 벤치에 앉아 있다. 이번이 감독하에 이뤄지는 나의 첫 면회로, 그녀는 우리 세 사람과 꼬박 한 시간 동안 함께 있을 것이다. 하지만 아무럼 어떠랴. 아이들을 만질 수 있는 거리에 둘 수 있는 한, 지금으로서는 충분하다.

오언은 결국 기사를 냈다. 그가 기대하던 폭로 기사는 아니지만, 똑같이 꽤나 믿을 수 없는 이야기였다. 우리는 그때 이후로 몇 번, 그저 커피 한잔을 하기 위해 만났다. 어쩌면 먼 훗날 그 이상의 관계가 될 수도 있겠지만, 아직은 아니다.

그날 밤 그가 다급하게 했던 말을 여전히 기억한다. 내가 일어서는 것을 도우며 했던 말.

"헤더, 내 차가 저기 진입로에 있어요. 우린 경찰이 도착하기 전에 이곳을 벗어날 수 있어요. 우리 네 사람 모두 말이에요. 당신이 원하는 곳 어디로든 데려다줄게요."

"아니요." 나는 대답하며 두 아들을 향해 손을 뻗었다. "더는 도망가지 않아요."

시오가 처음으로 내 상처를 알아차리고 셔츠를 벗어서 내 한쪽 손목에 부드럽게 감아주었다. 핀은 자신의 가운 끈을 빼서 내 다른 손목에 둘러주었다.

우리가 그대로 앉아서 경찰과 구급차와 다른 모두를 기다릴 때 아이들이 했던 말을 결코 잊을 수 없으리라. 핀은 나를 껴안았고 시오는 자신의 두 손으로 내 손을 잡고 조용히 울었다. 나는 두 아이를 가슴 가까이 끌어당기며 그 말을 떠올린다.

"난 절대 엄마가 그랬다고 믿지 않았어요. 엄마가 범인이라는 걸 절대 안 믿었어요." 핀이 말했다.

엄마. 그 말이 외국어처럼 낯설게 들린다. 누군가가 나를 그렇게 부른 것은 10년 만에 처음이다. 그 말에 익숙해지려면 시간이 걸릴 테지만, 이제 우리에겐 시간이 있다.

우리에겐 뭐든 할 수 있는 시간이 있다.

감사의 말

220만은 꽤나 상상하기 어려운 숫자다. 책이라는 측면에서 그 숫자가 어떤 모습인지 시각화하기란 더욱 어렵다. 2017년에 데뷔작 『리얼 라이즈』를 출간한 이후로 그간 펴낸 소설들이 영국 내에서 220만 부 넘게 팔렸다는 사실을 최근에 알게 되었지만, 여전히 어안이 벙벙할 뿐이다. 불과 여섯 권만에 그러한 중대 시점을 넘어서게 되리라고는 정말이지 꿈에도 생각하지 못했다. 가장 먼저 이 책을 선택해준, (그리고 바라건대 나의 다른 책도 선택해줄) 당신에게 감사의 말을 전하고 싶다.

배스라는 도시를 아는 사람이라면 『마더: 무덤에서 돌아온 여자』의 이야기에 맞추기 위해서 지역의 지형에 몇 가지 변화를 주었다는 점을 알아차렸을지도 모르겠다. 작가에게 허용된 소소한 재량이라고 생각한다. 도서관 개관 시간에도 살짝 변화를 주었다. 도서관이 일요일에도 열면 좋겠다는 개인적인 희망 사항의 발현일지도 모르겠다. 모든 작가가 그러하듯, 나 역시 우리의 훌륭한 도서관과 도서관이 계속 돌아갈 수 있도록 힘써주는 직원분들에게 큰 신세를 지고 있다.

올해 많은 도서관을 방문하는 즐거움을 누렸고, 나를 그렇게나 환영해준 직원들 모두에게 깊은 감사를 표하고 싶다. 가장 중요한 것은 많은 분들이 매일매일 책과 독서 문화를 지키기 위해 힘쓰는 그들의 노고에 감사를 느끼지만, 이러한 노고에 대한 인정은 턱없이 모자라다는 점이다. 아울러 노팅

451

엄의 훌륭한 브롬리 하우스 도서관에도 찬사를 보낸다. 그곳에서 이 소설의 일부가 쓰였다.

커밀라 볼턴은 10년 넘게 내 에이전트로 함께했으며, 그녀 없이는 오늘의 내가 없었을 것이다. 제이드 카바나와 메리 다비, 로재나 벨링햄, 크리스티나 이건, 조지아 풀러를 포함한 달리 앤더슨의 훌륭한 팀도 마찬가지다. 특히 소설 『홀리데이』와 『캐치』를 영화화하는 데 도움을 준 실라 데이비드에게 고맙다는 말을 전한다.

보니에르 재퍼의 훌륭한 편집자인 소피 옴은 계속해서 그녀의 통찰력과 판단력으로 모든 책이 더 나아지게 만들어주었다. 보니에르의 보다 광범위한 팀, 특히 블레이크 브룩스와 엘리너 스태마이저, 이저벨라 보인, 엘리 필처, 시아라 코리건의 훌륭한 작업에도 큰 감사를 표한다.

'대의명분을 지키기 위한 부패'라는 개념을 미국의 형사 전문 변호사인 데이비드 루돌프(넷플릭스 다큐멘터리 「계단, 아내가 죽었다」에 등장한다)가 쓴 글에서 처음 접했다. 그의 저서 『미국의 불평등』은 부당한 유죄 판결이 내려져 무고한 사람이 교도소로 보내지는 결과를 초래할 수 있는 다수의 요인에 초점을 맞추었다.

로스 그린우드의 소설 『죄수』도 재미있게 읽었다. 이 소설은 교도관의 관점에서 교도소 생활을 맛보도록 도움을 주었다. 엘리자베스 그린우드의 소설 『죽은 체하기』도 자신의 죽음을 꾸미는 일(생각보다 훨씬 더 어려운 일이다)이라는 주제와 관련해 매우 흥미롭고 유용했다. 금융 및 법적 문의에 도움을 준 제니와 존 헐리스에게도 감사의 말을 전한다. 오류가 있다면, 당연히 전적으로 내 탓이다.

형 올리와 그 가족에게도 우리가 배스를 방문했을 때 재워주고 도시와 그 주변에 대한 내 이상한 질문에도 답해준 데 큰 감사를 전한다. 내 가족에게도 늘 고마움을 전한다. 아내 샐리와 아이들 소피와 톰(현재 배스 대학에 다니고 있다)은 늘 나를 도와주고 지지해준다.

이 책을 내 어머니 베라에게 바친다. 지난해 힘든 시간을 겪었음에도 어머니는 언제나 영감과 격려의 원천이 되어주었다. 그녀는 책이 어떻게 되어

가고 있는지에 대해 깊은 관심을 보이고 새 책이 나와서 출간 행사를 열 때마다 늘, 어김없이 책을 가장 많이 사주신다. 엄마, 다 고마워요.

작가의 말

이 책을 읽은 모든 독자에게 깊은 감사를 전한다. 작가가 이 책을 쓰면서 즐거웠던 만큼 즐거운 시간이 되었기를 간절히 바랄 뿐이다.

『마더: 무덤에서 돌아온 여자』에 대한 구상은 2021년 말에 처음 시작되었다. 루이즈 우드워드의 재판을 다룬 텔레비전 다큐멘터리를 보게 되었다. 열여덟 살의 영국인 보모 루이즈 우드워드는 돌보던 아기에 대한 과실 치사 혐의로 유죄 판결을 받았다. 나와 아내는 1997년 사건 당시에도 텔레비전을 통해 매사추세츠 법정에서 펼쳐진 그 재판을 지켜본 적이 있었다. 영국 텔레비전에서 처음으로 방영된 미국 재판 중 하나였다.

다시 관련 다큐멘터리를 보면서 사건에 대한 여러 기억이 떠올랐다. 기소와 의학적 증거, 언론 보도에 대해, 그리고 피고인은 줄곧 무죄를 주장해왔다는 사실도 떠올랐다. 다른 사건들을 생각해보는 계기도 되었다. 여성들이 가장 심각한 범죄로 재판을 받은 경우, 그들이 때때로 어떻게 그려지는지에 대해 생각해보게 된 것이다. 그런 사람의 인생은 어떨까? 그들은 오랜 시간을 교도소에서 보낸 후에 어떻게 자신의 인생을 재건할 수 있을까? 그리고 만약 그들이 처음부터 무죄였다면 어떻게 될까?

그 지점에서 『마더: 무덤에서 돌아온 여자』의 이야기가 탄생했다.

다음 스릴러는 암호 같은 메시지로 시작된다. 어쩌면 당신의 세상을 거꾸로 뒤집을 메시지가 될지도……

프랜은 싱글맘의 외동딸로, 아픈 엄마를 보살피기 위해 오랜 시간을 일해야 하는 처지다. 그렇게 인생이 그녀를 스쳐 지나갈 뿐이라고 느끼던 어느 날, 모든 것을 바꿔놓는 메시지 한 통을 받게 된다. 메시지와 함께 프랜은 크로아티아 해안의 아름다운 섬으로 초대도 받는다.

완벽한 고립. 전화도 터지지 않고, 관광객도 없고, 다른 거주자도 없는 곳. 가족의 진실을 알아내기에 완벽한 장소로 보인다. 하지만 그녀는 곧 단순히 가족의 재회를 위해 이 섬에 모이지 않았다는 사실을 깨닫는다. 상상했던 것보다 더 큰 위험이 도사리고 있는 데다, 모두가 살아서 섬을 떠날 수는 없기 때문이다.

프랜은 가족이 위험한 존재일 수 있음을 깨닫게 될 참인데……

형제간의 경쟁, 의리, 상속, 서로에게 상처가 될 뿐인 가족관계를 다룬 소설이 될 예정이다.

다시 한번 『마더: 무덤에서 돌아온 여자』를 읽어준 독자 여러분에게 감사를 표한다. 정말 고맙습니다!

옮긴이 천화영

이화여대에서 영어교육을 전공하고 미술사학을 부전공했다. 같은 대학 통역번역대학원에서 번역학 석사 학위를 받은 후 영미권 소설들을 국내에 소개하고 있다. 옮긴 책으로는 T. M. 로건의 『29초』, 『홀리데이』, 레이철 호킨스의 『기적』이 있다.

마더: 무덤에서 돌아온 여자

1판 1쇄 인쇄 2024년 9월 4일
1판 1쇄 발행 2024년 9월 13일

지은이 T. M. 로건 **옮긴이** 천화영
펴낸이 김영곤 **펴낸곳** (주)북이십일 아르테

책임편집 원보람 **교정교열** 고유진
표지디자인 어나더페이퍼 **본문디자인** 최원석
문학팀장 김지연 **문학팀** 권구훈
해외기획실 최연순 소은선
출판마케팅팀 한충희 남정한 나경은 한경화 정유진 백다희 최명열
영업팀 변유경 김영남 전연우 강경남 최유성 권채영 김도연 황성진
제작팀 이영민 권경민

출판등록 2000년 5월 6일 제406-2003-061호
주소 (우 10881) 경기도 파주시 회동길 201(문발동)
대표전화 031-955-2100 **팩스** 031-955-2151

아르테는 (주)북이십일의 문학 브랜드입니다.

ISBN 979-11-7117-643-4 03840